U0446303

简明 ◎ 著

佛痒痒

重庆出版集团
重庆出版社

我想
　　借天使白色的羽毛
　　　覆盖宿命

故事原本是真实的。但我健忘，丢三落四；我又啰唆，添枝加叶，所以面目全非了。所以称之为小说了。

目录

上篇 ▶ 一　生产 / 002

二　佛光 / 012

三　水井 / 026

四　空门 / 038

五　猎狐 / 048

六　妹妹 / 058

七　游戏 / 067

八　兄弟 / 078

九　快感 / 090

十　死人的事是经常发生的 / 097

十一　割礼 / 107

十二　玫瑰 / 119

中篇 ▶ 十三　入狱 / 130

十四　自残 / 142

十五　标兵 / 154

十六　脱逃 / 164

十七　冤案 / 177

十八　山火 / 188

十九　香紫苏 / 199

二十　钟声 / 211

二十一　狩猎 / 219

二十二　别墅 / 227

二十三　大鱼 / 238

二十四　洪水 / 248

目录

下篇 ▶ 二十五　苍蝇 / 262

二十六　自杀 / 275

二十七　纸船 / 284

二十八　弹壳红心 / 294

二十九　儿子 / 302

三十　然后呢 / 311

三十一　冰释 / 320

三十二　情迷 / 329

三十三　圣人语录 / 337

三十四　DNA / 347

三十五　非典 / 354

三十六　演员 / 360

三十七　明星 / 368

三十八　醉酒 / 376

三十九　探班 / 385

四十　佛痒痒 / 398

上篇

一　生产

爷爷的情人死了。

爷爷的情人是一位妇产科大夫。

所有的人，包括她自己都没有想到，我是她二十多年医护生涯接生的最后一个生命。严格地说，她还没有完成最后一次接生工作。她匍匐在产床上，那时我正从母亲的体内拱出来半个脑袋。她的头跟我的头形成"顶牛"之势。

我为什么要赶在爷爷的情人濒临死亡的时候出生呢！

如果说，以DNA形式存在的时候，我就有了意识，未免故弄玄虚。玄虚的玩意儿与我出生的年代十分合拍，但21世纪却不大相宜。那就从母亲受孕之后，有了胎体说起吧。

种种迹象相互印证，母亲确定了自己的肚子里有了胎儿。这是第二次了。这一次母亲决心揭竿而起，她像一个沉默的羔羊在狼面前突然意外地抓住了一件有效的自卫武器。母亲先是抢在第一时间亮出这件武器："一定是儿子！"

"儿子好哇！"

父亲的态度是可以想见的。上一回，母亲怀姐姐的时候，父亲就固执地认定是儿子。这一回，母亲自己这样确定，父亲喜出望外。父亲粗大的双手开始在自己的身上蹭呀磨呀，仿佛要把手弄干净，伸进他老婆的肚子里，把我捞起来，抱抱我，拨拉一下我的小鸡鸡。我们后厚村的人就喜欢以拨弄孩子的小鸡鸡取乐。父亲笑起来的时候没有不笑的时候那么好看，因为他的双眼皮会起褶皱，变成三层、四层，看上去闪失了原本身为农民的敦厚。当然，父亲敦厚不敦厚在他们两口子之间早已不重要。重要的是，父亲一点儿也没有觉察到母亲是要拒他于千里之外。

"那就不行了!"

"什么不行了?!"

"就是那个呗!"

"放屁!"

父亲一下子拆解了母亲设下的圈套,不禁热血上冲,又像是敏感到一只火红的狐狸将要从自己的魔爪中滑脱,更激起猎人本能的斗志。父亲16岁的时候,就生擒过一只狐狸。

父亲一掌将母亲掀到炕上。霸王硬上弓是他在老婆面前的拿手把戏。他常常逮住母亲一个莫须有的错误顺水推舟来这么一招。这把戏他早已玩得上了瘾。不过,今天母亲有我护佑,态度强硬。

"儿子啊!看看你爹呀!你要给娘报仇啊!"母亲在炕上驴打滚。一面滚,一面亮出第二件武器。她喊:

"儿子啊!你爹要秽你的头哇!"

这一件武器像秦岭山一样挡在父亲面前。父亲收住手脚,长吸一口气,怔怔地望着他的老婆。良久,父亲从脑袋上抓下那顶带耳扇的草黄色棉军帽,摔在炕沿。虽然已经打春,但我们家乡依然很冷。按照情绪惯性,这时父亲总是要发出一些类似野兽般恼怒的声音。母亲蜷缩在炕角,双手抱住头,准备承受那令她心悸的咆哮和咆哮之后兽性的侵入。母亲要负隅顽抗。

没有声音。

母亲的话对向来粗犷霸道的父亲产生了震慑作用。这很新鲜,就像一泡刚出肛的驴粪蛋,还忽悠着热气儿。

母亲说父亲要"秽我的头",并非空穴来风。四年前,姐姐出生之后,脑袋上就结着一层淡黄色的像浓痰似的鱼鳞痂,头发稀稀拉拉,也是发黄的浓痰般的颜色。母亲说,她的妹妹、我的姨妈认定是怀孕后父亲照旧疯狂发泄的遗物。那东西会存留下来,粘贴在孩子的头上啊。

造孽呀!

父亲折身蹲坐在我家的门槛上。父亲抱住头,脸朝着自己的裆部。好一会儿,父亲再仰脸看着天。天阴着,还没有发芽的核桃树枝乱中有序地把阴天分割成各种不规则却又有着内在联系的图形。父亲目光向下滑,那个在核桃树主干上分开两叉的,像女人阴部形状的疤痕跳进父亲的眼帘。父亲经常蹲坐在我们家的门槛上看着这棵形似倒立人体的核桃树杈出神。分叉处的那个酷似女阴的凹陷是树小的时候,母亲顺手拉折了一个小枝枝留下的。后来那家伙越长越大,越长越大。

在母亲出血的日子里，父亲常望着这核桃树举起来的女阴意淫。今天有点异样，父亲心中掠过一阵阵罪恶感。为了摆脱这种感觉，父亲再次仰起头。

父亲对那些图形耸耸他的大鼻子。而鼻子再大，也无法解开那些图形的密码，如果它们有密码的话。这方面，姐姐与众不同，她曾经拉着父亲的手，指着那些图形说：

"那儿有两只燕子，还有一头牛和一架飞机。"说这话的时候，姐姐的头发已经长了六寸长，而且又黑又密。姐姐能跑起来之后就成了一个疯丫头，跟村里比她大的男孩子打架、爬墙、逮蚂蚱、肚子饿了才回家。

姐姐忽然撞进父亲的怀中。父亲的大鼻子给姐姐的棉衣扣顶了一下。那扣子虽然不是金属，却是她身上最硬的东西。父亲捂住大鼻子，眼泪差点儿掉下来。

"爸爸你哭啦？！"

"胡说！……"

父亲神情恍惚，一时语塞。他一手搂女儿于怀中，一手抚摸她的头发，想起了接生婆说的话："娃娃的头都是朝下的……"这话再跟老婆的话对应，曾经闪过的罪孽感顿时在父亲苍茫的如连绵丘陵般荒草无边的大脑中停了下来，慢慢放大，结果是转化成一朵轻飘飘的蒲公英。蒲公英飘落在我们家门前的核桃树枝上，我们家的核桃树就发芽啦，很快就长出了好多好多核桃花……

父亲狩猎从不用枪，他用夹子、竹签、陷阱和匕首。所以，猎物到手时多半都还活着，有体温，能挣扎。父亲在狩猎的过程中遭遇过几位上坟的寡妇，其中有一位还假装崴了脚，试图引父亲上前搀扶，但父亲不为所动。

父亲的名字叫仁尚礼，是爷爷为他起的。"尚礼"之人怎么能做偷腥惹骚之事呢。

爷爷年轻时在山西的一家钱庄做伙计，后来拐了老板的姨太太私奔，生下父亲之后，在回老家过黄河的时候翻了船。结果是奶奶喂了黄河鲤鱼，爷爷抱着父亲回了老家。后来爷爷又娶过一个老婆，办喜事的时候一头骡子惊了，我的第二任奶奶惨死在骡蹄下。如此，就有人说爷爷是命硬之人，克妻。那以后，爷爷就断了婚娶的念头。只是，爷爷几次在外面喝酒的时候，嘴没把住门，说："大爷我上辈子修来的艳福……"

父亲一定是在黄河边那场丧母的灾祸中受到了惊吓，长大之后言语迟钝，神情木讷。如果爷爷有什么优良品质遗传给了父亲，他都用在野兽身上了。所以父亲不是爷爷的乖儿子。而爷爷呢，也不像尊长那样率先垂范，以身作则。

爷爷好赌。春秋寒暑，他几乎都在外面，常常是要过年了，他才回家。

我们家门前的核桃树开花了，结果了。秋风扫去落叶，光秃秃的枝丫上北风嗖嗖，打着呼哨，卷来了漫天的雪花。这意味着爷爷的孙子，父亲的儿子，我，就要出世了。

就在我出生的前几天，爷爷在县城郊区的一个赌窝中被戴红袖章的人逮了个正着。那时通讯和交通不发达，村里的乡亲们不能当即获取爷爷的消息，他们只是注意到一辆北京吉普车往秦岭山开过来。车子在我们村前的黑子河那座破桥上卡住了。恰在附近的乡亲见状纷纷上手，把那吉普车抬过了桥。听说是要来我们家，好些乡亲，更多的是半大不小的孩子，还有不少邻村的人尾随而至。

吉普车停在我们家的核桃树下。这辆北京吉普跟电影里国民党军官和抗美援朝志愿军首长坐的差不多。所以，它完全有理由成为乡亲们好奇、议论的中心。

姨妈和两个威武的解放军战士从车上下来了。姨妈身穿一件当时极为时髦的草黄色旧军装，满面红光，神采奕奕。她朝乡亲们挥挥手，说："乡亲们好哇！"完全是首长的做派。

乡亲们没有受过训练，无法齐声回应"首长好"。有几个曾经见过我姨妈的乡亲应了声："他姨妈又来啦！好哇好哇！"乡亲们不知道我的爷爷被堵在赌窝中，一旦定罪宣判，挂上大牌子满县城地游行批斗，我们家的人百分之百会受到株连，包括我的姨妈和身为军官的我的姨父。至于我，胎死母腹也算不得稀奇。

姨妈入驻，自然成为我们家的主宰。

晚上，姨妈就睡在母亲的身旁，那个原本专属于父亲的地方。这一点，父亲并不介意，父亲介意的是姨妈在母亲有点动静时一惊一乍，好像每一次我母亲的羊水都破了，肚皮裂开了；好像看见了血，看见了我的小鸡鸡。

端热水，涮毛巾，帮母亲翻身，只要是能做的，父亲都不推辞。但是，父亲不会做饭，我们后厚村的男人好像只有那个在城里当工人的大叔会做饭。一个月前，父亲请了邻家的姊姊在家帮厨。姨妈来了，自告奋勇，辞了人家，自己动手。虽然姨妈嫁到了大城市，嫁给了军官，但她老人家打小也是与我的母亲一样在农村长大，所以她能干。她这样干，或者说她此行的目的就是要让我的父母不好意思，滋生歉意。父亲在大雪的日子，整夜猫在村前的黑子河滩上，为的是捕猎野兽；姨妈呢，最终的猎物是我的姐姐。

姨妈推开我们家后院的门，看到野兔、狼、野鸡，甚至还有一只獾的尸体在墙上挂着。她的一只手捂住了自己的嘴巴，啊啊地出气儿。姨妈来过我们家，知道父亲狩猎，但以往都不是冬季。冬季才是父亲狩猎的黄金季节。姨妈定住神，闭上门，转身与我的父亲迎面相对。遭遇了父亲异样的目光，姨妈的双手竟下意识地缩在胸前。有句乡里话说"小姨子的屁股有姐夫一半"。父亲是不是从这时就对姨妈有了歹念，他没交代过。

母亲跟姨妈说过父亲，但说得并不全面，也不准确。不是母亲难以启齿，是她其实并不了解父亲，正如父亲不了解母亲一样。也许我说得也不准确，两口子已经六七年了，怎么会不了解呢？

姨妈一定是瞬间感受到了男人兽性的存在、暗示与压力，不然她用不着摆出那样的架势，好像父亲要强奸她。

"他们说獾肉炖汤可以下奶。"

父亲说着把手伸进那顶姨妈早先送的军用棉帽里面，挠头。那顶棉帽向上耸动了几下，算是说明了父亲的好心情。这几天，父亲难得一个好心情。姨妈像支使丫环一样对父亲发号施令。姨妈的意图和语言不是九曲十八弯，就是摆谱造作。比如说吧，姨妈说夫妻俩就该相互敬重，"举案齐眉"。父亲不得不想：我们家的案板跟城里人的床板差不多，举起来跟老婆的眉毛顶齐……什么角度？一天举几回？

如果不是姨妈之前送过军帽、棉大衣之类的军用品，并且对姐姐宠爱有加，父亲一定会暴跳起来，冲姨妈丢一河滩粗话，弄不好还会把母亲从床上拽下来，然后拖野猪一样拖到门口，再踹上一脚，吼道："见你娘狗日的鬼去吧！咱不生了行不？！"

那是姨妈绝不能容忍的。几番接触之后，姨妈找到了拿捏父亲的分寸。她会在父亲行将暴跳之时轻巧地拐弯，说上回送的狐狸皮真漂亮，那毛红亮红亮的啊。就这一句，父亲的双眼皮就变成四褶了。当下，正值我即将出世，喜气祥瑞之际，姨妈和父亲似乎都顾不上与对方真正计较。

在长辈们忙活的时候，四岁半的姐姐常常并拢双腿，乖待一旁。姨妈曾给姐姐拍过照片，她就是这样乖乖地立着。不知道这家伙是等着姨妈再给她拍照片，还是一时忘记了去外面疯。

"小样儿！"

姨妈得空便在姐姐脖子、脸蛋、下巴那些地方贪婪地摸上一把，让人联想那些讨女人便宜的下流好色之徒。这时，姐姐会响应口令一样绽开笑脸，大眼珠子溜溜地转。姐姐转眼珠子的样子，叫父亲想起放风筝的线轱辘。八成，这丫头是在打理她心灵深处想象的翅膀吧。关于想象，她已经拥有比同龄同村孩子更多的阅历和资本。对于母亲如何能给她生出一个弟弟,姐姐也是十二分地好奇,她强烈要求跟我们一同去医院,却被父亲粗鲁地塞到邻家大婶的怀中。

怎样被那辆吉普车豪华地运往县城,挤进医院,再安卧在铺着白布的待产的床上,母亲事后说不清楚。坐小汽车的待遇令母亲惶惶然觉得自己一下子高贵起来,仿佛是位少女,是公主,是头一次生产。过程中经历的纷乱场面,母亲浑然不觉。

那种类似高贵的飘飘然的感觉很快被我的存在所转移。既然来到医院,那就是要生产。于是,母亲抓紧时间,生怕占久了人家的产床似的,开始鼓起吃奶的劲,妄图把我从她的肚子里挤兑出来。母亲先是抽抽着猛吸几口气儿,憋足了,把她的肚子鼓得好像我和妹妹都在里面。然后,她从胸部往下用劲儿。多次反复之后,未见成果,她急得浑身汗湿,疲惫不堪。

母亲被我困住了。父亲曾经向母亲吹嘘过如何用陷阱困住了一头三百多斤重的野猪。现在,母亲感觉自己就像被父亲困住的那头野猪,亟待解脱。

"驴甚!"

母亲在心里无数次这样咒骂她的丈夫。现在,她终于骂出了声。

"驴甚"在我们家乡是句专骂男人的话。意思是,驴身上的一个物件。什么物件呢?什么物件都可以,耳朵、嘴巴、牙齿、肠子、肚子、心、肝、肺都可以。不过,极端的时候就专指生殖器,说生殖器巨大。这个,还有一种比较斯文的说法,叫做"驴太子"。

姨妈听到母亲的骂声,怔怔地望着她的姐姐,低声说:"你说什么,不会吧!"说着,姨妈自己竟然脸红了。

"驴甚!"

母亲又骂了好几遍。过去将近七年的婚姻生活中,与父亲在炕上的身体勾当零碎浊乱如驴下水一般地闪现。那些记忆像摘剩的棉花耷拉在枝杈上,风吹雨打,蔫湿委靡,既无令人愉悦的造型,也无令人振作的生气。那种事对于母亲简直就是受刑。母亲奈何不得父亲,便把气恼撒在我头上,开始新的一轮折腾。

姨妈延续着几天来的惯性,但凡母亲有点动静,她就会大呼小叫,仿佛她自己的胰腺炎、胆囊炎之类的毛病发作了。大夫护士应声而至,安抚对象更多的不是母亲,而是姨妈。

"瓜熟蒂落嘛,不要着急,不要着急!"妇产科主治医生双唇青紫,但态度温和。

姨妈对医院的设施连连抱怨,说这是生人,又不是生驴,这儿简直像牲口市场。劳累降低了姨妈的控制力,她的声音本来优雅阴柔像绸缎入水,现在变得像砂纸擦木板。

主治大夫深吸一口气,举手整理一下头上的白帽子。由于她的头发一半被剃去,所以帽子附着不平衡。大夫赔笑说这个单间本来是急救室,是革命委员会的军代表发了话才腾出来的,门外走廊上躺着的有孕妇,也有受了重伤的革命群众啊。大夫把医院描绘成了超载的战地救护站,而这一点也不算夸张。

有人赔着笑脸,说着歉疚的话,对姨妈是良好的镇静剂。她享受着准首长居高临下的感觉,不再颐指气使。

"我不着急,我不着急。您忙去吧。那些革命同志更需要照顾。"姨妈说着,发觉主治大夫脸色缺血,又补一句:"您也要照顾好自己啊,可不敢病了倒下哟。"主治大夫的身影已经在窄门处消失。

着急不着急,要看遇着什么事儿。婚后一年没怀上孩子,姨妈就急得睡不好觉,爬过两个年头还没怀上,她就害了神经官能症,并且嘴巴里总是"阿弥陀佛"之类的哼哼,摆出一副要遁入空门的架势。军官姨父本来也不急,但妻子害了病,他也急了。

军官姨父是坚定的唯物主义者,不信鬼神,他去了陆军军医大学附属医院,找了一位在岗的教授军医,连实际情况和思想活动一并汇报了。军医说这简单呀,一查就明白了。那就查吧,先查谁呢?军官姨父认为自己肯定没问题,就哄着姨妈先查,谎称是看睡不着觉的病。结果姨妈没问题。

军官姨父在部队一级级攀升,战胜过许多艰难险阻。但是,这一回他的十八般武艺全部派不上用场。军官姨父的检查结果是这样:军官姨父身上的枪是把好枪(这一点姨妈可以出庭作证),就是没有子弹。不对,有子弹,没弹壳;也不对,是子弹里面的炸药点不着。反正是少了什么。明白了吧。

从那以后,军官姨父更加宠幸、听命于姨妈,像面对领导似的。他那把枪往往在其中充当着添油加醋的角色。军官姨父说,咱们没有孩子是正常的。因为在中国15%的夫妻都是这样。他眯眼算了一下,说15%就是几千万对夫妻哪。我的姨妈笑起来。姨妈善解人意是顶尖尖的,她从军官丈夫的表现中早已领悟到事情的根由。姨妈爱她的丈夫,既然丈夫如此豁达,她又怎么能去挑剔呢?再爬过一个年头,姨妈提出抱她姐姐的孩子,军官姨父欣然首肯。膝下无子的日子已经潜移默化地生成一种阴影,它罩住了军官姨父原本生龙活虎的枪,更可怕的是,那阴影还在向身体的其他领域扩散。军官姨父期待我母亲的孩子可以令他拨云见日,重振雄风。

这样,姐姐便获得了被姨妈和大城市眷顾的机缘,便常常可以吃上大城市才可以见得到、拿工资的人才可以买得起的水果糖和糕点。吃了糖果,那各色图案七彩方块玻璃纸被姐姐小心翼翼地收藏在几个本本里。据说城里的女孩都有这个爱好。闲暇时分，风和日丽，姐姐就取出本本，坐在我们家门旁的核桃树下一张一张地观赏。那些玻璃纸经过本本的叠压，光溜而平整，放在手心，体温会令她害羞地轻轻卷起，像极了一个奇特生命的鞠躬。那些花里胡哨的玻璃纸在姐姐幼小的心田播下了梦幻的种子。那些种子发芽之后，姐姐就格外地爱美。姐姐先是不跟村里的男孩子疯玩儿了，后来连家门都很少出，似乎是刻意等着姨妈再来接她。

村里的叔叔婶婶、爷爷奶奶就说："这丫头转脸就变。贼甜！水蜜桃似的。"

水蜜桃姐姐享受了大城市的生活，大城市的气息也相随着渗入我们依山傍水的村庄和我们家。父亲渐渐嗅出了这种气息，像一只黄鼠狼在空气中捕捉到了鸡屎的味道，固然神往，但他也明白，那其中也潜伏着莫名的凶险。

只有母亲一时不明白，她的妹妹让她享受首长的待遇，最终是要摘走她的水蜜桃。当然，母亲也只是一时发蒙。

深夜，母亲折腾累了，睡着了，姨妈逮空伸展腰肢，做深呼吸。这时候，姨妈感觉到一种仿佛是军令如山倒之下的静谧。那些充斥于耳的叫嚷、呻吟、谩骂、哭喊、责备、聒噪，就在刚才，像无数毛毛虫似的，爬满了姨妈的身体，对她的雍容与优雅提出一浪又一浪严酷的挑战。噪音已经消失很久了，只是姨妈刚刚感觉到。

产房无法用21世纪的标准去审验。窗户的格子中没有玻璃，原来糊着的白色的类似窗纸的东西，早被冬日的寒风撕得七零八落。姨妈进来之后，见状立即命令随身的小战士去县里的百货店买了一幅红旗做窗帘。外面的冰冷光线、寒风都被红旗的红色弯折、软化、遮挡，小屋子一下就暖和起来。虽然没有暖气，也没有炉子，但红旗酿造的氛围胜似暖气和炉子，加上人气互相的照应，大家都不觉得冷了。

姨妈为自己的豪迈之举得意了十几分钟。对于红色的认知和运用，也证明她可以游刃有余地把握当时的主流脉搏。

母亲的脸和在场的人一样都被映红了，她感激得泪眼汪汪。

父亲在没被护士撑出去之前，把买来的红旗展开来，呆立了十几分钟。他想表达一份敬意。第一眼看见红旗，父亲就意会到它将发挥效用。

那时，姨妈揉了父亲一把，说："傻愣着干啥，去帮小同志找钉子，把红旗挂上！"

现在，是这面红旗挡住了那一浪紧似一浪的噪声吗？姨妈下意识地将红旗窗帘撩起一角。

外面不知什么时候下起了大雪，地上的积雪已经可以埋住人的脚脖子，昏暗的灯光下，父亲双手抄在棉衣的袖口里，雕塑似的立着。父亲狩猎时可以整夜待在雨雪中，所以现在的情形对他算不了什么。姨妈并没有看见父亲，确切地说，她很难一下子从一群站在暗影中并且衣着相似的男人中分辨出父亲。

这群暗影中浴雪的男人让姨妈想起那种执行特别任务的军人，或者敌方的"打入革命队伍内部"的"内奸""特务"。对，那就是叫特务。有这样的反射性反应，说明姨妈的脑子里"阶级斗争"这根弦始终没有松懈。姨妈折身看一眼母亲，母亲在梦中嚅了两下嘴。姨妈又折身打开房门，脚下被绊住了。

姨妈的叫声打破了整个医院的静谧。

值班的护士拨开几个站着的人，绕过几个蹲着的人，跨过几个躺着的人，来到姨妈身边。

一时间，走廊又响起了闹哄哄的声音，随着护士的移动，这声音逐浪高涨。姨妈感觉到背后、那些伫立在大雪中的男人们也有了动静……

"没事没事！对不起对不起！"

姨妈僵在门口，嘴巴机械地说"没事""对不起"，脑海闪回到白天的早晨。起初，姨妈坚持要把母亲送往省城的医院，但我在母亲肚子里乱踢腾，母亲嗷嗷地叫。随行的司机和勤务员说省城路远，万一有闪失的话……姨妈才退而求其次，叫勤务员爬上一个就近的军用电杆，插入军用线路，给军官姨父打电话。打电话并不是报喜，而是请姨父用专线给眉周县革命委员会的军代表打招呼。革命委员会雷厉风行，离县城还好几里地，医生和单架就迎了上来。

"他们都是……生孩子么……生孩子也搞运动啊——"

姨妈被县医院门口围堵的人群吓住了。

革命委员会的几位同志一面拨开人群，一面向"首长"解释：这一年半载，发生了好几起接生婆致产妇和婴儿死亡事件，引起了恐慌。我们县和相邻的几个县立即发动了破旧俗、打击接生婆杀生害命的群众运动，还游街、枪毙了两个害死革命军属的接生婆……可是，相邻的两个县都没有妇产科……当然那也不该这么多人。好像群众就只剩下生孩子这一件事啦。唉，这年头，群众的觉悟蛮高的，可不知为啥都赶到这儿啦，唉，好些个农民也不知中了哪门子邪，老婆肚子痛，就往医院送……我们县医院都临时改成妇产科啦！其他科的医生、护士，只要是革命同志，只要是革委会信得过，都归妇产科，现在可以说是妇产专科医院。可是真正的妇产科大夫只有一个。所有的人，包括机关不怎么懂医的同志，都战斗在第一线……革命需要接班人哪，我们吴主任，多好的同志啊，昨天，呃，不对，是前天，唉，英年早逝呀。没有接班人不行啊，您说是不是啊。毛主席教导我们，人多力量大！我们就是要迎难而上，有条件要上，没有条件也要上。就是丢了自己的性命，也要保住革命的未来……

姨妈差不多是被人拥抬着进了医院。在身体时不时地失去重心的状态中，姨妈心中五味翻搅。

为了军官丈夫和自己的家庭幸福，姨妈愿意在这种混杂哄乱、甚至污秽的场景中奋力一搏。这种念头亢奋而激越，很快左右了她的头脑，令她干起活来就像延河畔上的女石匠。

我们眉周县医院是一个"L"形，人字顶建筑，红瓦灰砖木窗户，只有一层。医院里所有的房间像所有的医生、护士一样，统统归了妇产科。妇产科的主治大夫本来已经被打成反革命，剃了阴阳头，游街、批斗了五六趟，她都快撑不住了，打算自决于人民，短时间忽然蜂拥而至的生产大军把她从死亡的深渊中拽了出来。革命委员会紧急会议决定，以革命的人道主义名义，暂时恢复她的工作。主治大夫感激涕零。她感激革命委员会给了她新的生命，给了她工作的权利；她感激左邻四县的农民兄弟，在十个月前就齐刷刷为孕育她的新生提供了充足的基础物质。并且，有护士悄悄告诉她，贴满了医院灰墙的关于她的大字报被那些怀着无限深厚的阶级感情的农民兄弟撕下来擦屁股，点火取暖。"嗯，嗯，我知道，我知道。"主治大夫说着扶一扶盖着阴阳头的白布帽。

妇产科主治大夫很少说话，只是夜以继日地工作。这些农民兄弟和他们的孩子需要她，她更需要产房外的这些农民兄弟和他们的孩子。他们的生命相互依托。

用大字报点火取暖是父亲领的头。父亲发现医院院子里的几棵树的树枝都被先前的人撅秃了，他就蹭到墙边，背向墙，手再背过去撕。大家挪到"L"的弯角处，围拢一起，纷纷从棉袖中抽出一双双粗糙的手，在火上翻烤。大字报毕竟是纸，火苗亮丽地闪两闪，蹿两蹿，很快就蜷缩成灰烬。有人就骂骂咧咧地从身后的墙上往下撕，往火里添。不一会儿，身边、附近的大字报被撕得已经够不着了。众人皆疲惫，看着灰烬中浮动的红斑发愣。

父亲心有灵犀，他仿佛瞬间听到了我的哭喊，箭步冲向那个唯一挂着红旗的窗户。也就是这时，姨妈再次掀起窗帘。姨妈显然是站不稳、站不住，她趴在窗台上呕吐。

"不行啦，啊呦，不行了……"

父亲跳进窗户，看到那位令人景仰的妇产科主治大夫满脸是血，被人抬着架着夺门而去。

走廊上的人在哭喊。嘈杂、聒噪之声像快要掀起屋顶的样子，天花板上两只昏黄的灯泡似乎摇晃起来，刚才一起撕大字报烧火取暖的兄弟们一面狂喊自己的老婆和亲人，一面涌向母亲所在的产房的窗户。

母亲被撇在产床上，她双腿大张大举，就那么晾着。她的下巴顶得尖尖的，像支矛，指向墙泥剥落的天花板。她的双手呈投降状，抓着床头的扶栏。寒风打着呼哨从窗外闯入屋宇，母亲的睫毛在瑟瑟颤抖。没人知道那颤抖的睫毛是因为寒风的吹打，还是母亲本身的生命迹象。看不见母亲的鼻孔呼出白气。没人知道母亲是休克了，还是已经死亡。

我呢，我已经出来了。不过，只是拱出了半个脑袋。这半个脑袋可不像葫芦瓢那么圆润，也不够硬，妇产科主治大夫跟许多产妇和她们好奇焦急的丈夫们说过，婴儿的头骨不但没有一年半载之后或更大时那么硬，而且许多块头骨还有缝隙，有待来日粘接固定成型。所以，有经验的母亲都特别小心孩子睡觉的姿势，以免长成枣头、豌豆头或别的什么乱七八糟的头。

见了世面的半个脑袋体验到外面空气的冰冷，它告诉脑袋后面的躯体，母亲的体内是多么温暖。是出世还是滞留在母亲体内，成为我生命的第一道选择题。

虽然只是露出半个脑袋，也算是有了出头之日吧。

二 佛光

我出头的时候遭遇到妇产科主治大夫的阻截。老人家在母亲大张大举的双腿中间跟我玩儿"顶牛"游戏。她总共顶了三下。第三下差不多只是蹭在我头上。搞不清她究竟是尝试着叫我脱离母亲的身体，还是要把我堵在母亲的体内。她虚脱了，脑子缺氧了，全身的物件都锈蚀了。可是，她的心灵却十二分的亢奋，还在不停歇地发出工作的指令。大脑和心灵谁支配谁呢？这种矛盾的对冲导致了肌肉和肢体的僵硬，导致了她的脑袋一闪一闪地磕头。她的头点到我的头上，触电似的弹起，再点再弹起。她拖着僵硬的身体参加了一场看不见终点的马拉松。她跑不动了。所以，认输是体面而必然的选择。

在我们后厚村，经常见到的是年幼而调皮的羊和羊、牛和牛用脑袋互相顶撞，成年的公羊和公牛几乎都不玩那种游戏，它们绝大多数在性成熟之前就被骟过了。

主治大夫俯首称臣的过程从她被打成反革命、被剃了阴阳头之后，甚至更早的时候，就拉开了帷幕。她挺过了精神的颠覆，挺过了肉体的折磨，但她挺不过饥饿和营养以及水分缺失对生命的蚕食。她被我的姨妈召唤过来，脚下已然不稳，双腿打颤儿，她的阴阳头本来扣着一顶白帽子，在奔赴过来的时候，不知被蹭挂在何处。所以，当她跟我顶完头，并最终匍匐认输的时候，那半边的头发也同她的脸一起，沾上了母亲的羊水和血浆。不能想象她跟我顶头会顶破自己的头，我的头骨那时还很软很软。

她被人架出去不过五米远，就停电了。一片漆黑之中，许多人都没有看到，她的唇角依然挂着幸福满足的笑意。一位医生，没有比倒在手术台上更符合那个时代鼓吹的英雄形象了。一位妇产科大夫，能够累死在迎接新生命的产床上，当然也是无上光荣！许多人不知道她是笑着离去的，正如他们不知道他们先是把她从死亡的深谷中拉拽上来，又一齐松手……那无底的深渊是有回音的，那回音就是她的笑容，但是太深了，大家都没有听见，那需要用极其敏锐的心灵才可以感受得到。大家只是强烈地意识到危险的导火索在那间房子里、在我母亲的胯下、在我的头跟前点燃了。

她死了谁来接生？！

有人挺身而出，挽狂澜于即倒。这个人是医院的院长。院长面目清瘦，鼻梁上架一副圆圈很多的眼镜。那些圆圈如水中涟漪一样，阻拦着最近一些日子那些红袖章一波紧似一波的围攻。院长曾经否认他与妇产科主任有裙带关系，声称自己过去、现在和将来都忠诚于党。现在，正是他履行诺言的时候。院长站在走廊中央，一面招呼抬架妇产科主任的人去另一间屋，一面拉过一把三条腿的凳子，蹬上去，他的身体立刻变得鹤立鸡群。凳子不稳，他忽左忽右地平衡着身体。他的话语与他瘦小的身体极不相称，但如果听到他说话，谁都会觉得他的身体同样非常高大。

"同志们，战友们，伟大领袖毛主席教导我们，死人的事情是经常发生的。但是，如果我们想到人民的利益，想到大多数人民的痛苦，我们为人民而死，就是死得其所。毛主席还教导我们，我们共产党人，死都不怕，还怕困难吗？！"

突然停电了。最后一句"还怕困难吗"完全落入黑暗中，但是院长丹田之气不减，呼吸节奏不乱。紧接着毛主席的教导，院长在黑暗中挥动手臂。

"同志们，这一定是阶级敌人在搞破坏！我们决不能让敌人的阴谋得逞——拐弯处第一间房子里有蜡烛。"

姨妈的先见之明再次被印证。停电的信号像强大的电流注入她的体内，她振作起来,大喊勤务兵。勤务兵早把整箱整箱的蜡烛抬到了窗下。来到医院,天黑之后,这件事是他们唯一时刻准备着的,只等"首长"一声令下。

"我看见的!我梦见的!啊……"母亲一面咳嗽一面说。

母亲活过来了。

七八个人,也许是九个、十个人,他们双手抓托着点燃的蜡烛,近二十朵烛光环绕着母亲和我。光明和温暖刹那间笼罩了产房。

数九寒冬,大雪之夜,温暖取自烛光的燃烧,更有聚拢一起的人体气息和他们的体温。

据说手术台和产房的上面都应该吊着一座无影灯。那时我们县医院还没有配备。环绕在母亲和我身边的烛光,就算是无影烛光吧。

整个医院都被烛光照亮了。

究竟是谁继承了妇产科主治大夫的遗志,将生产进行到底,将我从母亲的肚子里弄出来,并完成一系列产后的程序,已经不怎么重要。重要的是我出生了,我有了呼吸,我开始占据这个世界属于人的一席之地。

我看见了光明,呱呱呱地叫。

烛光和人体聚集的温暖在唤醒母亲的时候,植入了一个强烈的印记,以至于在被安置到观察室之后,母亲便时不时地说她"看见了,看见了……"。

看见什么了呢?

母亲向姨妈描绘了一番。姨妈不得要领。再说一遍,姨妈更是如坠云里雾里。姨妈只好苦笑着劝母亲喝鸡汤,多休息。

母亲究竟看见了什么呢?这个问题闷在左右床和其他邻床的产妇及他们亲朋挚友的胸口。几个小时之后,终于有一个人壮着胆子凑过来,不顾姨妈矜持显贵的仪容,与母亲搭讪。

这个人名叫俞金花。她已是两个孩子的母亲。三年之后,她会生下第三个儿子。冥想呆坐之时,俞金花的面相见棱见角,看上去十分刚强,尤其显眼的是鼻翼两侧的八字纹。不过,俞金花说起话来却不是高声大嗓门,而是起伏有致,情绪饱满,这往往软化了她脸上的棱角和纹路,使她刚毅的神情退居幕后。

俞金花待在摆着十几张床铺的观察室中,是为本家生产的一位女人帮忙。这个女人的丈夫三个月前在修山区公路时,被放炮之后斜着飞来的一块碗大的利石砍中了后颈。当时,这个男人正与七八个伙伴在蜿蜒的山路阳坡休息、晒太阳,脱了棉袄逮虱子。那块倒退五千年或更远就是优良石器的石头,被火药切割出刀锋和利斧的侧面,一路欢歌斜飞过来。红色黏稠的血灌进棉袄的褶缝,令无数虱子饮食过量，昏睡不醒。

那时，修山区公路是县里往下派的，一个公社一个公社地轮，像越南反击战时各军区轮番上阵一样。父亲就曾经荣幸地两次被派去修公路。修公路可计两份工，壮劳力都抢着去。俞金花也是他们公社那一批的劳工，任务是在大灶上帮厨。她差不多是在第一现场目睹了那位本家兄弟的死亡。这个打击像犁铧一样把她脸上的纹路都犁了一遍。

"这位妹子，你说的那是佛光吧？"

这时，俞金花面色红润，愈显阴柔。

姨妈吃了一惊，她挡住凑向母亲床前的俞金花，说："你胡说什么？！胡说什么？！什么佛光？！这是封资修！是迷信！"

母亲睁大了双眼，把我从她的胸前挪到一侧，撑高一点身体。"是么……就是向四周放散开来，那光特别柔软，温热温热的，像奶水一样，黏滑黏滑的……是么……"

母亲与俞金花之间仿佛产生了某种磁场，这磁场排斥姨妈，两个人旁若无人地说起来。

"就是佛光！他们说佛不好，你说佛……有什么不好呢？佛是劝人行善的。还有不杀生，不淫欲……你不知道吗？"

母亲听着俞金花初级的佛门布道，身体各部位依次松弛下来。她绷了几天的神经也相跟着松弛下来。母亲的眼角闪着泪光，绽着笑意，她感觉到整个身心似有云彩在下面托着，炫目而松软。许久，母亲的手下意识地再将我揽入她的怀中，并塞给我一个乳头。

后来母亲与俞金花说起了养孩子，又说起了各自的孩子他爹和种棉花、养鸡之类的事。在这过程中，母亲的脸色渐渐变得红润起来，眼睛里时时溢出迷津获解的快意。

姨妈尴尬地被撂在一边。她几次想插进去，打断她们粘连似的交谈，但都因为人家旁若无人的状态半途而废。姨妈做不出更生硬的行为，她灵机一动，忽然从母亲怀中把我抱起来连亲带哄，连逗带嬉。

这一招蛮灵，它转移了母亲和俞金花的注意力。当俞金花也凑上来逗我夸我的时候，姨妈突然问道：

"你是哪个单位的？！"

这种问话居高临下，具有强烈的身份歧视。

俞金花停下手脚，愣在原地。

母亲叫了一声妹子，说都是自家姐妹，什么哪个单位的，你说我是哪个单位的。

"她传播封建迷信思想，很危险！"

姨妈提高了嗓音，引得四下侧目。

母亲有点急了，说："你喊啥喊，这儿都是贫下中农！都是阶级姐妹。"

在姨妈的记忆中，我的母亲、她的姐姐是个柔弱而缺乏主见的人，她不记得姐姐在她面前抢白于她，类似俞金花在她面前不知所措。姨妈也怔住了。

俞金花知难而退，说她要去一趟茅房。

母亲从姨妈手中夺过襁褓，气呼呼地扭过身，给姨妈留下后脑勺。

"谁在散布封建迷信，反动言论？！"

几乎是同时，一位戴红袖章的女青年就出现在观察室的门口。她一定是在门外与俞金花擦肩而过。

母亲抱紧我，紧张而企盼地盯着姨妈。

姨妈明白母亲的意思，她主动上前一步，说没有没有啊，是我的姐姐昨夜受了风寒和惊吓，说了几句梦里的胡话——生病啦！姨妈接着以大无畏的革命的名义，说有我在，谁还敢散布封建迷信和反动言论。

姨妈的说道是有说服力的。戴红袖章的女人见是惊动了革委会照顾的我的姨妈，马上退了出来，临别还说了声"误会啊"。姨妈开始满腹狐疑地环顾四周，她不明白，在场的这些人会飞快地打小报告，或者，这么破烂的病房中会装有窃听器。有特务吗？在场的人个个如惊弓之鸟，纷纷躲避姨妈审视的目光。

姨妈倒吸一口凉气。敏锐的政治嗅觉令她产生强烈的不安。姨妈还发现，观察室所有的人都陷入了不安之中，那种不安并非姨妈的专利，那叫"人人自危"。

"大家说，是不是这个叫俞金花的人？！是不是她在散布封建迷信、反动言论！"

两个戴红袖章的女青年一边一个，反扭住俞金花的胳膊。旁边还跟了一个戴红袖章的男人。

俞金花拒不低头，不停地甩起头发，昂起头。转眼之间，俞金花的脸就变得异常刚毅。

俞金花原来照料的本家女人率先哭出声来。她一哭，孩子也哭，诱发出更多的哭声。

姨妈被我的母亲推了好几下。但是，姨妈这次没有挺身而出。姨妈骨子里不喜欢这个俞金花。

"都不许哭！现在，让这个反革命自己交代——快说！"戴红袖章的男人从一个草黄色军用书包里取出了一把剃头的推子，举到俞金花的面前。

俞金花抬起头，双眸四十五度甩向天花板的一角，过早地绣在她脸上的纹路此刻加重了色泽，那两道八字纹像两根打狗棍似的支撑着她的鼻翼，进而顶住了眉心竖着的像干柴一样的纹路。

一年之后，母亲与俞金花在宝函寺的附近邂逅。七八年之后，母亲向我说起俞金花留给她的印象，其中此刻的造型令母亲终生难忘。当然，母亲做梦也不会想到，二十年后的某一天，我会在浑然不觉中要了俞金花丈夫的性命。

没有玻璃的窗户上爬满了人。

后面层层叠叠。前面的人把看到的内容小声往后传，一层一层，传到最外面时，变成了"扒光了衣服"。这些人有产妇的家属，更多的人是来医院看热闹的。他们白天来，晚上回家。这些日子，县医院天天都会发生令他们新奇的事。所以，每当东方破晓，他们便从四面八方汇聚到医院。医院的围墙几处塌陷，形同虚设。好些年不让赶庙会了，来医院看热闹，成了一个极好的替代。他们嬉笑怒骂，交头接耳，夸张造谣，得乐且乐。

昨夜下起的大雪黎明时停了一阵子，积雪足有八寸厚。医院和县城都被白雪覆盖。雪，天生具备装饰的品质，晨曦之下显得格外温暖与圆润。那些粗野的棱角、艰涩的弯折，通通被软化。从四面八方零零散散但不断聚集的人，踩乱了雪的浑然一体的美感。前天，为了看女人的光身子，有一个叔叔冲进了产房……今天，众多杂沓的脚步把积雪一点点踩实，很快形成了冰面，就有人在上面滑雪。医院的空地成了滑雪娱乐场。相当于警察的红袖章对这些群众无可奈何，人群被驱散，会再次聚拢，用那种似是而非似非而是的方式聚拢。红袖章只能尽可能及时地出现在有"敌情"或者事故的现场。

在揪出俞金花之前，群众都瞄着停尸间议论昨晚上的事。说："那女人生了个小妖怪，把妇产科主任给吓死啦！""什么样儿啊？""有屁眼么？"

"快看快看！那边——"

"阴阳头哇——"

"扒裤子啦……"

人群折身向观察室的两个窗户运动。这种运动有点儿像山体滑坡。许多人被脚下的冰溜子滑倒，但他们并不介意，反倒哈哈地大笑，连滚带爬地也要去争抢"最佳观众席"。

俞金花的头发与革命样板戏中柯香的发型近似，只是没人家那么规整、洁净。把那些头发用金属推子剃下来，她洗头的时候会比较方便，易于打理，还能节省一些肥皂。对了，是剃一半留一半。

给女人剃阴阳头的情形群众并不是头一回观赏,不过他们对此事的热情却总是像头一次一样高涨。

金属推子插进俞金花的半侧头发就拔出来了。因为层层叠叠爬在窗户上的群众又做了一次反向运动,怎么来的又怎么回去了。

爷爷来了!爷爷在太平间门口被红袖章拦住。爷爷捶胸顿足,哭天喊地。爷爷的两只脚已经悬空,在空中踢腾。

前两天,爷爷被红袖章堵在赌窝中。按照程序,三两天之内就戴上二尺长的高帽子游街。所有被逮的人对那程序最后的内容都十分恐惧。树活一张皮人活一张脸,丢不起那人哪。他们都千方百计地想摆脱那样的结局。但是,只有爷爷一个人得逞了。爷爷以行将问世的我的名义和一枚金戒指成功逃脱。爷爷经过十几个小时的观察,选中了贿赂对象。爷爷先是以我的名义诱发他的恻隐之心,最后以金戒指敲开了自由之门。那枚金戒指本来是嵌在爷爷左脚的中趾上,拧下来的时候差点把脚中趾连根拔起。那玩意儿,套在爷爷的脚趾上已经好些年了。为此,我都吧嗒吧嗒在母亲怀中吃奶啦,爷爷还一跛一跛地像个小儿麻痹症患者。为什么把那宝贝戒指套在左脚上?左是革命的呀。革命的就是正确的,就是保险的,就是吉祥的。

爷爷重获自由,几乎是习惯性地朝着县医院的方向挪动。爷爷去县医院,并不是为了我的出生。爷爷甚至并不知道我差不多是在他打通关节的子夜已经占据了人的一个席位。爷爷去县医院是去见他的相好,他的情人。爷爷迟疑的脚步看上去好像是因为脚趾受了伤,其实不然。爷爷之所以不急着离开"牛棚",那个专门关押人的、类似于看守所或者监狱的地方,是想看看他的赌友被游街示众。那些所谓的赌友,相互之间都深怀着仇恨之心。凭借三寸不烂之舌,又贴出去个金戒指,那种仇恨越发深重。爷爷跛着脚三步两回头,期待着游街的锣声响起。脚下的积雪在他黑布棉鞋的踩压下,发出咯吱咯吱的声响,趔趄之中,爷爷不停地把棉袄前襟再裹紧一些。

"红袖章们也是喜欢睡懒觉的。"爷爷想到这一点,看看天,再看看四周。天上飘着雪,县城的街巷已经有人向"牛棚"的方向走动。相对于"牛棚",县医院只是近几天冒出来的娱乐场所。人们以往都是赶往"牛棚",等着锣声响起,看游行的队伍出街,然后相随着度过一个饭口。红袖章非常注意饮食健康,如果没遇上激烈的抵抗,一定是按时吃饭。吃饱喝足了,下午再继续干革命。他们的理论依据是列宁语录:不会休息,就不会革命。

不过，并不是天天都有好戏上演。反革命分子毕竟是少数，反革命分子也不能一锅煮，投敌叛国的、国民党特务、资产阶级孝子贤孙、搞封建迷信的等等，得分类，按罪行不一先行审理，再给予相应的待遇，再定游街的日子。每次游行都要预先提炼一个主题，突出一个重点，以期在人民群众中收到鲜明的反馈。

"今天狗日的就便宜狗日的啦……"爷爷嘀咕着，停下来，回望着"牛棚"。站了很久，仍然没有动静。爷爷咬着牙，发着狠，骂着狗日的，索性开始往回挪动。爷爷向回挪动好像是腿脚不灵便，其实不然。爷爷心里还惦着去县医院约会。爷爷一心两挂，都放不下。

顺着牛棚的方向，渐渐有人从爷爷身旁经过。人家年轻，走得快，都是一蹦一蹦的，急着去看庙会，去放鞭炮。小孩攥起地上的雪开雪仗，互相追打。不断掠过的人们留下一些似是而非的话语。

"昨天死人了……"

"今天该去县医院……"

"那娃娃是妖怪……"

"是累死的……"

一种不祥的预感袭上心头。爷爷抓住一个后生，问医院死什么人了。人家说不清楚，好像是大夫吧，好像是前几日被剃了阴阳头的，好像是死在产妇的裆下，跟那出生的娃娃顶牛呢。

游行的锣声猝然响起，把爷爷吓得仰身就是一个屁股墩。爷爷爬起来，他没有凑向前去，却折身向县医院跑，还没几步又滑了个狗吃屎……

地面本来就被众人踩得类似冰面，两个架着爷爷的红袖章几次近乎跌倒。他们终于被爷爷折腾得不耐烦了。两人喊了声"一、二、三——"一齐向前一悠，再一松手。爷爷就在冰面上折了几个跟头。爷爷忽悠着想站起来，站不住，再站，还是站不住。爷爷就这么在人群的环围和叫好声中舞蹈着。终于摔得舞不动了，爷爷便闷着头向太平间的方向爬。

"我要见她！"

"我要把她抱回家！"

"我要……"

聒噪欢娱的人群安静下来，这种安静并不是对一个上了年纪的人滋生了尊重之心、悲悯之情，而是，每个人都想听清楚这疯子说的什么话。

父亲在爷爷出现在太平间门口时曾经扑上去拉劝，但被爷爷一脚踹开了。父亲再要扑上去的时候，机敏如警犬的红袖章已将爷爷团团围住，父亲只好狗一样蹿入母亲和姨妈还有我待着的观察室。父亲像一个训练有素的叛徒似的"扑通"一声跪在姨妈的脚下。

姨妈的感觉是一头野生动物闯进了自己的卧室。姨妈甚至发出了一声惊叫。

"他姨妈，你得救救他爷爷啊！你得救啊……只有你可以救他！"

平日木讷的父亲一下子说了许多话。连续的惊诧令姨妈举起了双手。

"我的天，我的天哪……"姨妈被父亲的表现连连撞击，连连后退。好一会儿，姨妈才求救地拉住母亲的手，说："姐，这究竟是怎么回事？！怎么回事？！"

父亲说，爷爷要把那昨夜死去的大夫抱回家。

"啊——"姨妈受到最重的一击。但是，姨妈的身体并没失去平衡，就像她的大脑没有失去起码的权衡功效一样。

"你快起来！"姨妈定住神，然后严厉地审问父亲，"到底怎么回事？！难道他们两个……这可能吗？"

"我不知道啊！……但是，你……"

"好了好了，瞧你熊样！就会欺负老婆！"

父亲不吱声了。父亲从姨妈的语气中感觉到了希望。因为当姨妈开始教训别人的时候，那就是她把什么都想过了，想好了，这差不多就是姨妈施展才能的信号。再看姨妈用一只手的拇指轻轻地抠着自己既无疙瘩，也无胡茬儿的下巴，那就是胸有成竹了。

在此之前，姨妈了解、掌握了一些那位妇产科主治大夫的资料。她姓水，叫水一泓。现年51岁，解放前毕业于厦门大学医学系。1955年，丈夫病故，1956年响应党的号召，支援大西北。先在省城第四人民医院任职，一年后赴眉周县医院创建妇产科。水一泓没有生育子女，且一直寡居。这也是红袖章围攻她、给她定罪的线索和理由。他们认定水一泓一定与县上的某个或某几个反革命分子、当权派关系暧昧。不然，她为什么年过半百还不嫁；不然，她为什么千里迢迢从南方跑到这破县城，而且还有要待一辈子的架势！被水一泓牵连的有县医院的院长和一位原副县长。其中，原副县长已"畏罪自杀"。

现在，爷爷为那位瘦小的院长和那位不知其详"自决于人民"的副县长他们平反了。

姨妈坐着北京吉普车来到县革命委员会。姨妈是怎样为爷爷开脱的呢？姨妈像爷爷脱逃一样，也是以我的名义开头，再以革命的人道主义展开深入。姨妈说："他爷爷得知水大夫是为自己的孙子接生累死的，痛不欲生啊！这是一个朴素的贫下中农无比深厚的阶级感情啊。"姨妈在革命委员会委员们的围观下，摊开自己的双手，边说边四下展示，好像贫下中农深厚的阶级感情是一堆鸡蛋正被她小心翼翼地托捧着。

关于"贫下中农"，姨妈并没有撒谎。解放前爷爷从山西逃回老家，除了怀中抱着的父亲，身无分文。并且，爷爷还给本村的地主干了几个月的活，直到解放。后来定成分，定的是"雇农"。

有位面如盆碗的革委会委员自言自语："他不会就是水一泓的……得审一审！"他左手托着右肘，右手支撑着下巴，不然，他的脖子似乎很受累。

姨妈立即接茬说："这怎么可能啊？！我向毛主席保证，子虚乌有！想想看啊，同志们，一个老实巴交的农民，贫下中农——还是雇农啊，怎么可能啊！"

革命委员会的人面面相觑。

姨妈不等那位面如盆碗的人再开口，抢着说："要是有那事儿，还不早被群众举报啦，揭发啦——群众的眼睛雪亮啊！"

"可是水一泓的案子还没有彻底查清楚！我们不能就这么让你们把人拉走！"面如盆碗者铁面不徇私的样子，立场鲜明。

"是啊……"有人附和。

姨妈见大势不好，拉住革委会主任的手，哭丧起来："我的天哪，这是……还要死人啊……要死多少啊……我不管啦！我管不了啦……我也不活啦……活不了啦！"贵人的矜持在姨妈身上一扫而光。

革命委员会主任是个大块头，但并不是头脑简单的那种人。大块头有大智慧。大块头的思维往往是在毛主席的语录中找头绪。姨妈说要死人。毛主席关于死人是怎么说的呢？县医院近些日子出的乱子还少吗？如果再死人，如果群众的情绪不能被我们引导到一个有利的方向，安顿下来。那么……毛主席说有利的局面和主动的恢复，产生于……大块头革命委员会主任终于说话了："同志们！"他转身劈了一下手。

大家洗耳恭听。

大块头革命委员会主任并没有往下说，而是与驻县的军代表耳语了几句。然后，他才折回身面向大家说："即便水一泓犯了罪，但她死的时候是在工作岗位上。恢复她的工作是形势所迫，也是我们全会通过的。所以，即便她有罪，也算是将功补罪了。现在，人已经死了，那位乡亲，也就是孩子的爷爷的感情是革命的阶级感情，是可以理解的。我们不应该阻碍他表达自己的阶级感情！"

姨妈本来已成泼妇状，听了革命委员会主任的话，她先是将信将疑地支起身体，继而又瘫软下去，倒在地上。

姨妈在革命委员会的表现都被尾随而来的父亲看在眼里。

爷爷用架子车拉着水一泓的尸体回乡的时候，围观的群众欢呼雀跃。他们追随爷爷和水一泓，转过两个街角，遇上了为赌博分子游街的队伍。两股人流会师，又是一阵欢呼。相对而过之后，观赏游街的人便所剩无几，跟随爷爷的队伍空前壮大。路上遇到沟坎众人就搭手把架子车抬起来过。"抬起来呀，走哇，走哇，嘿哟，嘿呀！"有人喊起了劳动号子。众人应和，"嘿哟，嘿呀！走哇，走哇！""大路通天，嘿哟，嘿呀！"抬过几个沟坎，大家索性都不撒手了，架子车成了轿子。爷爷先是跛着脚跟随，后来被人举起来，放在水一泓的身边。出了县城，爷爷跳下来，跑前几步，跪下给乡亲们连磕三个头。爷爷喷着白气，说："乡亲们，我谢谢你们啦！我们家祖孙三代都谢谢你们啊！你们就让我们俩自己回家吧！"说着，爷爷又磕了三个头。路上的积雪沾上了爷爷的眉毛，他的额头红了一块。

乡亲们安静下来，他们轻轻放下架子车，交给爷爷架辕。他们目送着爷爷的背影渐行渐远，消失在朦胧的以秦岭山为背景的风雪中。就像观赏一部好戏的结尾，眼看着主角谢幕，久久回味。在此过程中，人群的热情也一点一点地被爷爷带走了，融化在风雪的图画中。他们对县医院的兴趣也一下子被抽空了，他们茫然四顾，感觉到了刀刃一样的寒风和阵阵袭来的饥饿，他们三三两两，脚印重叠，各自回家。不幸有人滑倒也没人发笑起哄，而是骂骂咧咧，加快回家的速度。

有一点需要说明，乡亲们如此这般"抬举"爷爷，完全因为相信了爷爷是感激水大夫在为我接生时累死的说法。

大块头革命委员会主任看到形势居然这么快就朝着"有利的方向"发展，深吸一口气，无限得意地看看身边的委员们和年轻的红袖章们。大家都站在县医院的院子里，等着主任下发休息的命令。近些日子，很多同志都是彻夜不眠，累坏了。可是，大块头革命委员会主任仿佛才来了兴头，他搓着一双大手，说："毛主席说吃水莫忘掘井人。写一面奖状，给大爷送到家里去！"

连续几天，为了驱散围堵在县医院的群众，革命委员会群策群力，集思广益，绞尽脑汁，紧急会议开了七八回。为了处理一件突发事端，他们身心疲惫，更头疼的是许多事情必须从语录中寻找圭臬，并且学以致用，活学活用。前天晚上以醉酒的幌子、冒充产妇亲戚，闯进产房的流氓，那就是流氓；可是，半夜里一百多号人撕大字报取暖，那又怎么甄裁呢？聚众斗殴，传播封建迷信和反革命言论，易断；可是那仁少菊老汉要拉水一泓的尸体……一想到自己的英明决策，大块头革命委员会主任就热血澎湃，激情满怀，疲惫的身体就再次被注射了强心针一般振作起来。他不想休息，他要与大家讨论一下与贫下中农的感情问题，畅谈自己的心得体会。他有一肚子的话要说给大家听，说给自己听，就在这医院旁浴雪的空地上。

"同志们！"大块头革命委员会主任顿了一下，清清嗓子，说，"大雪压顶枝不弯……"一首即兴诗歌刚开了头，"扑通"一声，一位年轻的红袖章倒下了。"扑通"一声又倒下一个。接连倒了四五个。"扑通"的声响是戴着棉帽的脑袋与坚硬的冰面相撞的产物，有点闷。

没倒下的革命同志惊呼之后，当即实行革命的人道主义，抢救革命战友。为了不与贫下中农争铺位，他们像解放军战士一样，找来麦草，铺在冰面上，就在县医院的院子里支起简易帐蓬，充当病床。

大块头革命委员会主任热泪盈眶，他甩掉套住他双手的棉手套，甩掉草黄色带耳扇的棉帽，他甚至还甩掉了草绿色军大衣。他一面与大家并肩战斗，一面自言自语："多好的同志们啊！"脚下不稳，他打个趔趄，继续自语："要不是仁少菊老汉……同志们连个支铺的地方也困难啊！多好的贫下中农啊！"

大块头革命委员会主任两次提到爷爷的名字，这证明了他粗中有细的工作作风。他在从县委旧址赶往县医院的路上就向姨妈打问关于爷爷的相关资料，结果，只获得了这个名字。不过，事态紧急，那个jú字，他没弄清是车马炮的车，还是菊花的菊。

"菊"和"车"都曾被人写在生产互助组、生产队的记工簿上，爷爷并不在乎。爷爷仁少菊算不上个文化人，但也认得几箩筐字。早十几二十年，在村里也算得上文化人。自从当年过黄河死了老婆，自从再婚时又死了新娘，人们认定，好像爷爷什么都不在乎了，从此跟女人绝缘了。可是命运在一个秋天的晚上，把被劫匪打伤的爷爷送到了水一泓的面前。爷爷的双腿有外伤，鲜血洇湿了鞋袜，必须褪去鞋袜。这样，水一泓发现了套在爷爷脚趾上的八个金戒指。那天晚上水一泓值夜班。水一泓支走了护士，把那些金戒指一一取下来，用酒精泡洗过后，再用一块纱布包好。爷爷住了几天医院，未待伤愈，水一泓把爷爷叫到治疗室，把那个纱布小包包交还给爷爷。为防他人发觉，水一泓关上了门。爷爷以为自己的身上已被劫匪洗劫一空，见到那八个金戒指，差点儿惊叫起来。水一泓算不上美人，但爷爷忽然性欲勃发，他一把将水一泓抱到床上。这个床是医生检查病人体况时专用的。不知道是爷爷攻势凌厉，动作过于凶猛，以致水一泓的反抗显得微不足道，还是水一泓怕被房子外面的人发现，没有反抗；也不知道是水一泓被爷爷的行为吓晕了，还是几天的接触水大夫心有萌动，事情进行得很顺利。爷爷很久很久没有做性事了，猝然勃发，按人体医学常识，是很容易早泄的。而实际情况是，旷久的积攒令爷爷势如公驴！过程中，水一泓几次将要大喊出声，她急忙用手捂住自己的嘴。嘴巴被捂住气上不来，憋得她不得不松开，松开了就要大叫，她又去捂……后来水一泓爽性把手塞进嘴里，死命地咬住。之后的好些日子，水一泓的两根手指都裹着纱布，同事问起，水一泓就说关门夹了手，大家都笑，说："水大夫这么严谨、这么细心的人，怎么会被门夹了手指啊？！"

水大夫红了脸说："是啊是啊。天晓得，人哪，就是这样，百密必有一疏啊！"

爷爷从水一泓身上下来的时候，看见大夫脸侧印着泪痕。爷爷违心地说了声"对不起……我，我……实在……"水一泓撑起身体，扑到爷爷身上，咬住爷爷的肩膀，呜呜地发出一串串鼻音。

按照爷爷与水一泓性事之和谐，爷爷应该还有一次婚姻。虽然爷爷不像水一泓那样拥有大学文凭和许多专业知识，但这不能成为二老交欢缠绵、耳鬓厮磨的障碍。爷爷的传奇故事和沧桑经历，令水一泓神魂颠倒，长吁短叹，而水一泓顺嘴提及并略加阐释的人体医学知识，则令爷爷茅塞顿开。或者，爷爷在撒谎和戒掉赌瘾一样的赌性中选择其一，我也就会有一个奶奶，我出生时也犯不着费那么大的周折，水一泓奶奶也不至于被人陷害攻击，更不会发生她老人家跟我玩顶牛游戏那样的事了。

爷爷如实地告诉水一泓自己是以赌为生的。爷爷还说他不知道还有什么更适合他的活计。为此，水一泓奶奶与爷爷展开了无休止的辩论。这是原则问题，绝不能妥协。二老的辩论往往休止于性事的前奏，有许多次是被性事突然打断的。

有多少次呢？

辩论的结果是什么呢？

爷爷知道自己是不对的，知道一个农民应该日出而作，日落而息，爷爷还知道并且认同许多水一泓说的道理。可是赌博对于爷爷而言，早已类同毒品，渗入他的骨髓，非猛药不得解。另外，爷爷在与水大夫争辩时焕发了童心，顶撞对方然后再去哄，是很好玩儿的事儿，所以爷爷乐于浸淫其中，并且屡试不爽。

现在，水一泓奶奶住嘴了，再也不与爷爷说长论短了，再也不存在什么原则问题了。现在，水一泓奶奶就那么大模大样地躺在爷爷的床上，脸上的表情差不多就是熟睡的状态。令爷爷心悸的是，水大夫的唇角还有上翘的态势，似乎在嘲笑他，一个赌徒。

爷爷跪在水一泓的身旁，跟她说话，不停地说。重复最多又比较清楚的是这一两句："是我害了你！都说我命硬，哪个女人粘上我就会死。是我害了你啊！"

其余的话，大多数别人是找不出头绪、弄不出结果的，也许只有水一泓奶奶会懂，如果她冷不丁活过来的话。

天快黑的时候，母亲抱着我随姨妈跨进家门槛。她们看见水大夫躺在爷爷屋里的床上。爷爷跪在床前，垂着头，一动不动。尾随爷爷回来的父亲从后院跑过来迎接我们。今天早上，父亲要帮助爷爷，遭到爷爷的粗暴拒绝。因为父亲十分乖顺，所以爷爷在他面前显得力气特别大。父亲跟在爷爷的架子车后面，亦步亦趋地回到家中。到家之后，爷爷依然不让父亲靠近。父亲想搭把手将水大夫放到床上，被爷爷踢了一脚："你滚一边去！"好像水大夫是父亲给弄死的。父亲只好受气包一样蹲到后院抽爷爷的烟袋锅。旱烟抽到一半，父亲被火烫了一样想起了炭火盆。这么冷的天，回到家里第一件事就应该把炭火盆点燃。父亲把两个炭火盆都点燃了，然后又点燃了家里的两条炕。

爷爷被烟呛着了，他咳嗽着，想骂儿子，但忍住了。

后来县革命委员会的人送来了一面锦旗和水一泓的遗物：一本书和一张一尺见方的水一泓的一寸黑白免冠照片。那本书是英文版的《小王子》，当时没人能看懂。大约十二年之后，姐姐看了汉语版的和英汉对照版的《小王子》，把它翻译给爷爷听。爷爷竟然一边哭一边笑，说："这就对了，这就对了！"姐姐问什么对了。"笑容，笑容！"爷爷说。这时，爷爷才找到了水一泓笑容的根源似的，对姐姐说："你水奶奶就是这样（像小王子）笑的！就是这样笑的！"爷爷特意差姐姐在省城的大书店买了一本《小王子》，字认不全没关系，老人家主要是把这本书放在枕边，陪自己睡觉。那本英文版的《小王子》没有成为反革命间谍等等罪名的证据，反倒完好（当然有些陈旧）无损地被当做遗物送到爷爷手中，是一件非常蹊跷的事。

有了水一泓的遗物，父亲终于把自己派上了用场。他把水一泓的照片安放在木箱上，撕了几条黑布，挽了几下，绕在照片周围，点上两支红蜡烛，一边一支，算是有了灵台。做完这些，似乎又没事了，父亲便再去后院抽爷爷的烟袋锅。

母亲抱着我，来到爷爷屋子的门前，母亲不知道躺在床上的水一泓应该是她的婆婆我的奶奶，就是知道，母亲大概也不会专门过来向她的婆婆我的奶奶表示敬意。因为没有明媒正娶，没有公社发的红皮皮结婚证，那就是通奸，是流氓！以母亲的思想定势，打死她也不会理解爷爷与水一泓的风流事。母亲是被那亮晃晃的两盏烛光吸引，母亲盯着烛光就睁圆了眼睛，两个眼珠子左右移动，不一会儿，烛光就变虚了，晕光一圈一圈的。母亲喃喃自语。

"佛光……"

三 水井

父亲迎着我们过来，母亲却抱着我拐向爷爷的屋子。父亲看看姨妈的脸色，姨妈耷拉着脸，眼睛木木的，没有一点智慧的光泽。父亲试图在姨妈那里领一份批示的念头落空了。就是近几天的某一时刻，姨妈成为父亲解除困惑的精神依赖。身为姐妹，母亲早早嫁给了父亲，而姨妈上完了高中。有文化的人，不一样。不仅如此，姨妈非同凡响的政治觉悟和遇事不慌的做派也不像她那个年纪的女人。这些，屡屡挑战父亲的男人自尊。父亲被自己的小姨子"镇"住了。

这时，姐姐从外面的雪地里奔回家来。姐姐已经回来过几回，爷爷、父亲都不理她，父亲还拦着她，不让进爷爷的屋子。她就跑到村边的一块坡地边看一帮男孩滑雪。这一回，姐姐扑到母亲的怀里，要看我。母亲抱着我的双手没有松动，母亲也不正眼看姐姐。姐姐感觉到异样，回身来到姨妈身边，抬起她那对大眼，说："姨妈，我妈咋了？爷爷为啥跪着呀！炕上躺着的是谁呀？"

见到姐姐，姨妈的脸上有了笑意。不过，姨妈一时间不知道怎样回答她未来的女儿，只好用手抚摸着我姐姐的头发，算做应答。

姨妈两步迈到母亲身后，扶住她的姐姐的双肩，轻轻地试探性地推了两下。

"好我的姐呢，咱好不容易生了个儿子，应该高兴啊！还有少宜哪！你这样，儿子……你要是断了奶水，儿子吃啥啊？"

姨妈把自己说得眼泪汪汪，母亲却像是什么也没听见。姨妈难得一见地把目光投向呆立一旁的父亲。这两天，父亲被连串的事情搞蒙了。父亲看见了水一泓大夫的离去，看见了我从母亲的阴门拱出头来，看见了姨妈的临危不乱，还见证了他的父亲——我的爷爷的近乎疯狂的行为。父亲大脑僵硬，手足无措，单指望姨妈多说话，多指点。现在，父亲忽然看见姨妈征询的眼神，备受鼓舞。父亲领会了姨妈的意图。他定定神，来到母亲身边，格外温柔地说："他娘，咱歇着，咱们先歇着。来，把孩子给我抱抱。"

母亲没有撒手。父亲加上了劲，要硬夺的架势。这时，我突然哭了起来。是潜藏在母亲奶水中的阴冷之气令我不寒而栗。

"啊……"母亲抖一下身子，从臆境中醒来。

姨妈和父亲赶忙架起母亲离开了爷爷的屋子。躺到热炕上，母亲的身体渐渐回暖，神情也随之舒展开来。把母亲安放在他们自己的炕上之后，父亲立即返身从爷爷屋里端回一盆炭火。从本能自私的角度和当下形势的轻重缓急出发，父亲和姨妈都认定母亲和我是第一重要的。所以，两个人先是撇下了爷爷和奶奶，然后便像冰上双人舞那样默契地合作，干起活来。

姨妈用火夹子从炭盆中夹出一块红红的木炭，折身在炉膛中升火，父亲去后院一手抓了两块木炭，一手抓了一把柴草；父亲把木炭添入火盆，把柴草放在灶旁。姨妈往锅里添水，父亲就拎出了早已褪了毛挂在梁上的母鸡。前些日子，父亲听别人说獾肉炖汤可以下奶，但姨妈并不认可，姨妈是看着獾的尸体害怕，生出一些恐怖的联想，担心祸害了亲姐儿。当时，父亲被姨妈使唤来使唤去，正是气不打一处来。但是，在医院，父亲领教了姨妈的胆略和机智，对她刮目相看，炖獾还是炖母鸡，自然是要按照姨妈的意思办。杀鸡褪毛，是我们回来之前父亲就做完了的准备工作之一。

姨妈往炉膛里塞柴草，父亲就拉起了风箱。透过裂开的窗纸，可以看到夜空的星星。天晴了。吧嗒吧嗒的风箱声伴着呼呼蹿起的炉火，节奏舒缓，仿佛呼吸。炉火映红了姨妈的脸，也映红了父亲的脸。姨妈长长地叹口气，眼泪突然夺眶而出。

"他姨妈，您这是……"父亲紧张地停下手，要站起来。姨妈拉住父亲，哭着说："我不要紧的，不要紧的。我这泪呀，攒了好几天啦……"

"哦……"在此之前，父亲认定姨妈是个非凡而刚强的女人，并且机智过人。眼下，泪水一下子还原了姨妈女人的天性。错愕之余，父亲的雄性本能被召回，他安抚姨妈说："天塌不下来！塌下来有我哪！"父亲说完，怔了一下，他很不自信，回想自己说的话，自我审查一遍，没错。"嗯！"他又自我肯定地补充了一声。

姨妈擤了一下鼻子。父亲立即起身取来一块卫生纸。这卫生纸还是姨妈这回从省城带来的，现在，被父亲派上了用场。父亲不知道，这举动在姨妈的心目中，就算是怜香惜玉了。许多年之后，姨妈和父亲回首往事，姨妈说："那时，还真没想到，你一个农民，还蛮绅士的。"

姨妈用完卫生纸，意识到父亲的举动，侧眼看看父亲红彤彤的脸，说："你变了……前些天，我叫你帮忙做个啥，你还老大不愿意呢！"

"啊……"父亲捏捏他的大鼻子，晚辈似的垂下头。姨妈再叹一口气，继续释放她的泪水。

"我饿了。"姐姐立在姨妈和父亲的身后，撅着嘴说。姐姐这是再次要求被关注。她在隔壁婶婶家吃过饭了。

姨妈的身体随姐姐的声音振动了一下，好像那声音连着她身上的每一根神经：

"哎哟哎哟,小宝贝!饿啦?哦,你看,姨妈那个包包里有饼干,还有糖,快去拿!"

姐姐看看父亲,没动。

姨妈照着父亲的肩膀拍了一巴掌:"你干嘛?还不让孩子吃啊?!我那就是专门给孩子买的,忘了拿出来了。"

父亲说没有啊。姐姐说:"爹说过,不能动别人的东西!"

这回姨妈笑出了泪水:"哈,哈……别人的东西?!姨妈是别人吗?"姨妈使劲推搡一把父亲,说:"没看出来啊!你还教子有方啊!"

父亲又摆出晚辈相,连说:"没有,没有啊……"这种时刻,父亲心底涌上来一种奇怪的感觉。这感觉他说不清楚,但有一点可以肯定,在他与母亲相处的时候,没有。

姨妈起身取来了包,打开,让姐姐兜起衣襟,把里面的食品通通倒到姐姐怀中,姐姐的脸笑成一朵花,她捧着食品跑到母亲的炕边,给母亲剥糖吃。见此情形,姨妈再次掩面而泣。"这孩子多乖啊……"姨妈抽泣的身体看上去有些单薄。父亲取来一件军大衣给她披上。

这时,生产队长推开我家的门,跨进门槛。对父亲说:"你的麦子还在磨,我把我准备过年的"90粉"先让他们拉走啦!"

姨妈这才领悟过来,刚回来时,她怕军区那边不好交代,让车先回去,但过了一会司机又折回来说我们家让捎点东西,姨妈没顾上细问,以为是父亲的关系,要顺道搭车,就应了一声,没想到父亲送自己的白面粉。白面是细粮,"90粉"的白面是精细粮。那时,城里的人用粮本购粮,处于"领导阶级"的工人每月每人30斤,一半是玉米、红薯。军区由国家统配,状况与工人相似。

"这不可以,不可以!"姨妈跺着脚,仿佛自己做错了事。

"他姨妈!你救了仁家两条命啊,送点面粉算什么!"生产队长边说边迈出屋,"我还得招呼那些知识青年。那帮娃娃蛮有意思哩!"

姨妈和我们从县城起程的时候,看见十几辆大卡车插着红旗,载着城里的学生娃,浩浩荡荡地开进县城,大喇叭还一遍遍地播放诗歌"一批革命新兵……一代新型农民……"没想到,这么快我们村里也分来了几个知识青年。这事儿,多少冲淡了爷爷发疯行为形成的新闻效应,一时间转移了村民的兴趣点。好多人围着村里的大库房看城里来的后生。

村里的库房屯着粮食。我们生产队总是有余粮的。生产队长临时把知识青年安置在这里。库房南侧前面是磨坊。父亲稍后来到磨坊看我们家磨的面。他看见库房里人头攒动,热哄哄的气息连同生产队长新接上的一千瓦大灯泡的光亮溢出敞开的门窗,好像是一位女知识青年在表演舞蹈。父亲被人堆中的生产队长看见,喊他进去。

父亲情绪低落,没有应声。生产队长很兴奋,喝了酒似的,拨开人群,迈出库房的时候险些摔个大马趴,他非要拉父亲进去。父亲与生产队长是蛮投缘的人,拗不过,只好进了库房。

生产队长向三男两女五位知青隆重地介绍我的父亲,说父亲是我们村最有本领的男人,最好的男人,力气最大的男人。"19岁那年冬天,在七里外的黑子河遇上熊瞎子,被熊瞎子一掌拍个跟头,可我们仁尚礼,嘿嘿,愣是抢圆了一把十字镐,插进熊瞎子的脖子。了得!"知识青年就推出了他们当中的佼佼者,说是他们学校的运动健将、铅球冠军。有人就凑哄着让这知识青年跟父亲掰手腕。这位知识青年看上去英姿勃发,既高大又强壮,而且一点儿也不怯场。大家说掰,他就掰。

生产队长搬来了他日常记工分的那张破桌子。英姿勃发的知识青年学着农民抡镢头之前的样,往自己的手心唾了口唾沫,"嗨"的一声摆好了架势。生产队长当仁不让地做了裁判:"预备——走!"

父亲从来没有与人掰过腕子。若干年前他与邻村的一个小伙子比力气,是比谁扛的桩子多。那小伙子扛起了四桩,父亲扛了五桩,从此落下大力士的美名。

父亲的手握住英姿勃发知识青年的手,那手比父亲的手要大得多,就像他的身体比父亲高得多一样。不过,父亲的手和比他大得多的手停在中间的位置,相持了四十几秒,终于,英姿勃发知识青年自泄一气,说声"不行——"撒手了。他站起来,害羞地四下看看,他的崇拜者女同学大喊:"没分胜负!"又喊:"三局两胜!"大家都乐起来。

英姿勃发知识青年推开叫嚷的女同学,说:"差一点。不行不行。我还要多锻炼,多锻炼,多向贫下中农学习。"他没有响应"三局两胜"的倡议。以他感知的强度,父亲只用了七分力,父亲之所以"僵持"了几十秒,是给足他面子。

之后,英姿勃发知识青年打量了一下父亲。比赛之前,他没有打量父亲,他甚至觉得与父亲掰腕子有点儿欺负父亲。现在,他为自己刚才的念头而惭愧。不过英姿勃发知识青年打量完父亲,还是有点儿不敢相信。他空抓了两下刚才与父亲较量过的右手,那上面依然存留着父亲力量的强烈感觉。

生产队长拉住英姿勃发知识青年的手说,锻炼嘛,今后有的是机会,今天输了,就得罚一下。罚什么呢?大家各持己见,后来统一到革命样板戏。

"就来一段《红灯记》选段吧。"英姿勃发知识青年边说边清嗓子,"这一段叫做《浑身是胆雄赳赳》!"他自哼起过门,又被人打断,说要用秦腔唱。"秦腔? 我没学过啊!"他摊开双手,人家实在不会,大家只好听英姿勃发知识青年清唱京剧、革命样板戏《浑身是胆雄赳赳》:

> 临行喝妈一碗酒,
> 浑身是胆雄赳赳。
> 赳山设宴和我交朋友,
> 千杯万盏会应酬。
> 时令不好,风雪来得骤,
> 妈要把冷暖时刻记心头。
> 小铁梅出门卖货看气候,
> 来往账目要记熟。
> 困倦时,留神门户防野狗,
> 烦闷时,等待喜鹊唱枝头。
> 家中的事儿你奔走,
> 要与奶奶分忧愁。

英姿勃发知识青年唱得好,字正腔圆,高音部分嘹亮得像军号,赢得满堂喝彩。父亲在他还没开唱的时候就溜出库房,来到磨面房照看我们家磨的麦子。本来父亲是想磨"85粉",但生产队长却拿自家过年的"90粉"先顶了给姨妈的货。所以,父亲得把自己的面也磨成"90粉",好还给生产队长。父亲向王老汉说明他的意图。

看磨坊的王老汉答应了父亲的话,便向父亲打探医院的事,爷爷的事,我的事,还有我的姨妈,说:"他姨妈是阿庆嫂一样的啊!"

父亲并不包藏,知道的就回两句,不知道的就说不知道。两桩子麦子磨完了。父亲先将生产队长那份用架子车给人家送到家里,回来再拉自家的面粉和麸子的时候,看到库房里的人簇拥着往磨坊旁边的井台而去。英姿勃发知识青年身穿一件蓝色翻毛领棉大衣,活像伟岸的石油工人。不过,他肩上的扁担看上去却不怎么贴他的身。扁担两头挂着两只空桶,一摇三晃。父亲笑了一下,自顾进了磨坊。

"小心滑倒呀!""我要是连一担水都挑不回去,哼!""都别上手,我自己来!""你从来没干过!""看起来简单,干起来更简单!""我挑回去你做三天饭,队长要监督啊,她要是言而无信,队长半年别给她记工分儿。""哈……""别动,我自己能行！""地上太滑！""没事，我抓着辘轳呢！"

众人观看英姿勃发知识青年挑水，几乎堵住了磨坊的门，父亲只好在里面等着。估计半袋烟的工夫也就完了吧。父亲从窗格子望出去，月光照在那把陈年辘轳上，反射着光亮，像是涂了一层油。英姿勃发知识青年高大的身体一起一伏，绞着辘轳，辘轳的反光一明一暗。月光使景物和人体的轮廓更加突出，更具立体感。井台旁的一棵大杨树上架着一个喜鹊窝，这个喜鹊窝架在上面好些年了，已经延续了好几代喜鹊。平时生产队长就靠在树下记工分，或召集大伙开会，派活儿。有几次生产队长头上落了喜鹊屎，大家建议他换个地方。他却说："嘿，喜鹊的嘛，吉祥啊！"现在，本该清静的时候来了许多人，聒噪之声和地面的振动使喜鹊感到不安，它们有所动作。杨树枝上的积雪一坨一坨地落下来，有一坨砸在英姿勃发知识青年春光灿烂的脸上。他骏马一样甩了一下头，那帅气，令看着他的女同学如痴如醉。

第一桶水提上来了。第二个桶随着辘轳的逆转悠悠地下坠。听到水桶接触井水的声音，再放一下左手，抖一下绳，右手试摇一下，吃上劲了，说明水装满了。英姿勃发知识青年很得要领。生产队长讲了一遍，他就可以试探性地操作。

但是，事故终于发生了。

在第二桶水升出井台的时候，英姿勃发知识青年的左手拎住了那只铁皮水桶，脚下却打滑了。不知道是英姿勃发知识青年注意力不集中，还是脚下结冰的地方在他体重的压迫下神不知鬼不觉地改变了形状和角度。"嗖"的一声，滑得很脆，那脆劲令英姿勃发知识青年的身体发生了向上、向后的翻转，而那一桶水配合着身体的翻转，轻而易举地就拉动了英姿勃发知识青年的高大身躯，向纵深的井底方向拉。看上去绳子的拉力和身体的腾起是两个相反的力，但是，离开地面的高大身体瞬间就变得轻如羽毛，在空中改变了方向，顺着左胳膊和抓握水桶把手的左手、顺着水桶，向井底奔去。那只抓握水桶的手本应尽早松开，可是速度太快，松开的时候身体已经栽入井中。在场的人似乎看到了一个优美的鱼跃，一个果断的入水。

像英姿勃发知识青年那么高大的身体，还穿着翻毛领的棉大衣，井口在对比之下是很小的。即便是几个人把英姿勃发知识青年的身体硬往井口里塞，也是要颇费功夫的，选择角度，褪去棉大衣，给一个很大很大的外力，那他也可能被什么忽略的因素挡在井口之外。总之，就算调动更多的知识，更换更多的角度，也很难阐释清楚。可是他就那么下去了，干净利索地下去了，毫不迟疑。

之后的几秒钟，人群没有一点声音，只有喜鹊在窝边的杨树枝上踱步。

父亲刚刚转回身体，摸出半截子香烟朝王老汉借火点烟。父亲划着了火柴，凑向嘴边点香烟时，剧烈地抖动了一下，差点儿把火柴插进自己的鼻孔。

那个明显与英姿勃发知识青年关系更亲近的女知识青年的尖叫声炸烂了短暂的静寂。喜鹊惊跳起来，更多的雪坨子砸向地面，砸向井台。

女知识青年扑向井口。

生产队长扑向女知识青年。他一把抓住了她的红色毛线围巾，急速地拉力之下，女知识青年轻灵的身体腾空转了一圈半。生产队长接住女知识青年的身体，大喊："快来啊，快来啊。"

众人纷纷上手，女知识青年已经昏厥过去。两个女人相帮着把她背往库房，半道上不幸滑倒，女知识青年"啊"了一声，又背过气去。

"尚礼兄弟，尚礼兄弟……"生产队长喊父亲。

父亲立在瞬间腾空的磨坊门口，愣愣地看着一派混乱。父亲应声向前，被许多滑倒的人挡着，父亲只好先扶离自己最近的人。父亲听到井台边有人与生产队长争辩。

"我是共产党员，我下去！"

"你下个蛋！你下去也得把命搭上！"

"你瞧不起人咋的？！"

"我不跟你争……尚礼兄弟——那你说，咋样个下法？啊？跳下去？顺绳溜下去？咋上来？！那绳子撑得住两个人不？！还有这辘辘轴，再他娘的咔嚓断了咋办？！"

"呸！尚礼尚礼，他妈的尚礼是神仙哪？！"

父亲来到了井台边。他两手向外张开，保持身体平衡。

英姿勃发知识青年的两个男同学这时也冲到井台边，要求下井。生产队长一把将他们搂向身边，说："我的爷耶，你俩去看那个女娃娃吧，快去！"

刚才与生产队长争辩的村民脑袋插进井口，狂呼英姿勃发知识青年。有两个人拥着他的腰带，两个人拽着他的脚。井底仿佛有一股强大的引力，众人团结一心，抵抗那引力，类似于跟一头巨兽拔河。

父亲差不多明白了事由。不过父亲并不是党员，平时也就没有登高一呼的资格和习惯。并且，在极短的时间里，父亲也不知道有什么好方法为那位可爱的英姿勃发知识青年解围，令他安然地升上井台。设陷阱，把野猪、黄羊之类的大块头困住，父亲有六七成的把握，父亲甚至还能把那些大块头弄得奄奄一息再弄回家中。野猪和黄羊之类的大块头被剥了皮卸了块，父亲会将大部分悄悄地送给包括生产队长在内的朋友和村邻。生产队长是父亲狩猎的受益者,也是村中为数不多的知道父亲本领的人。

所以,生产队长认定父亲是下井救人的第一人选。

"我不行。"脚下太滑,父亲晃悠着双手,像一个被拔了大羽毛的飞禽,想飞却借不来足够的空气的推力。

惊呼声招来了更多的村民。井台被团团围定,轮到父亲说话时,四下忽然安静下来。

"我不行啊……"

父亲又说了一遍。

生产队长愣住了,他的一只手搭在辘轳上。与井心的巨大引力抗争的几个男人坐在地上,仰脸看看队长,看看父亲。

父亲感觉到自己陡然成为事件的中心,大伙都在看着他。也许,如果生产队长不那么一味地狂喊父亲的名字,一定会有更多的人自告奋勇,下井救人。我们村并不欠缺舍己救人的血性男儿。生产队长喊了父亲的名字,那就意味着别人不行,只有父亲行。本来以为自己行的男人多数也扎住了向前的脚步。

井下似乎有扑通的声音冒上来。那也许是受过冲击的井壁脱落的泥巴或砖块跌向井底。这声音生产队长听得最真切。他浑身一振向村民大喊:"给我拿麻绳!"

麻绳很快就被递到生产队长手中。有好些人听到动静,就想到了绳子,从家里出来时就拎在手里。

队长把绳子捆在腰间,低着头,轻声吩咐身边的人拽住绳子。这时,生产队长感觉到羞愧。紧急关头,生产队长潜意识把父亲当做自己的一部分,他的直觉告诉他必须调动这强劲的部分才能解除危难。现在,他不得不面对现实:他与父亲是两个人。早知如此,他就不该喊父亲。喊父亲的结果是,既伤了自己的尊严,也耽误了救人的时间。也许,就是这短暂的时间葬送了英姿勃发知识青年的性命。

人群中传出女人的哭声。

父亲在说第二遍"我不行"的时候,下意识地四下环顾。在朦胧的月光和零散的手电筒光柱的晃闪之下,父亲看见了乡亲们一双双焦灼而期待的眼睛。父亲禁不住打个寒战。生产队长要麻绳,人群动起来,移动的身体交错换位,父亲在人群的缝隙中看见了姨妈,姐姐立在姨妈胸前,她们同样焦灼而关切地望着父亲。她们的眼神有些陌生,好像不是自家人。

"爹——"

姐姐在人群一闪即合的缝隙中唤了一声。

父亲一下子振作起来。父亲折身拨开井台边的人，捞住了那根麻绳。

"拽，往上拽！"

父亲招呼身边的人，很快把已经沉入井中的生产队长拉出了井口。

"我下去！"

"谁让你拉我上来？！啊？！我看见他了，他在动，还活着！"

不由分说，父亲将绳子从生产队长的身上解下来，然后三下五除二，脱掉了身上的棉衣、棉裤。再把麻绳捆在自己腰上，打了一个"梅花结"。

生产队长一面吆喝着众人慢慢往井下放绳，一面喊叫拿两件棉袄，有人把早已准备好的棉被送到井台边。生产队长连说好好好，先抱着，等着，等着他们上来！接着他又喊一声："谁家有酒啊——"

我们后厚村坐落在秦岭北面的缓坡上，在将近200米的爬升过程中，高低落差超过30米。这口水井的位置，处在后厚村的南半边。由于地下水太深，曾经打过三次井都放弃了。七年前，现在的生产队长上任，决心解决后厚村上半部吃水难的问题，与父亲商议打井。父亲说，打井可以，打到哪儿是底儿呢？要是打下去30米还不见水，那还不如多走些路，到村北去挑水。生产队长说那就打25米看看吧。父亲说最多打20米。生产队长说那就23米吧。父亲笑了。说你给多少工分。生产队长说你说多少就多少，我知道你小子行。

父亲领着五个精壮劳力，干了十二天，挖到16米的时候，见水了。所以，生产队长刚才大叫尚礼兄弟，还有这一层缘由：父亲熟悉这口井。当年打这口井的时候，遇到岩层，用过炸药，井壁也就不那么溜直。不断下探的过程中在井壁上凿挖了脚窝子。现在，父亲在徐徐下沉的过程中，用手电光寻找那些脚窝子。父亲看到，那些脚窝子有的布满青苔，有的随土石的塌落已经不复存在。父亲用手去抓抠长了青苔的脚窝子。还好，虽然有的脚窝子青苔很厚，看上去几乎与井壁平齐，没有凹陷，但重力之下，青苔很容易就被剔除掉了。

为了防止自己落下去的时候砸在英姿勃发知识青年的身上，父亲尽可能地撑开双腿，蹬住脚窝子，一步一步地往下挪。井的纵向是个扇形，底部最大，井口最小。快要到达水面的时候，父亲的腿不够长，够不着脚窝子了。父亲用手电照了一下水面，水面鼓起一个大包，那应该是英姿勃发知识青年的棉大衣……

"他还活着吗？！"

父亲听到井上面的人在喊叫，顾不上回应。父亲双腿用力一蹬，腾起身体，贴着井壁落入水中。父亲钻到英姿勃发知识青年身体下面，把他托出水面。

父亲拱出头，大喘一口气，猛拍英姿勃发知识青年的脸，没反应。父亲就揪住他的头发，往井壁上撞，撞……突然，英姿勃发知识青年喷出一口水，剧烈地咳嗽起来。没等父亲开口，英姿勃发知识青年死命抱住了父亲。父亲眼疾手快，双手向外一推，身体向下一沉，闪过英姿勃发知识青年。父亲再拱出水面的时候，那件棉大衣已经脱开了主人的身体，绳子也捆在了英姿勃发知识青年的身上。

"拉啊——"父亲拼尽全力，一面喊，一面拖绳子。同时，父亲自己的一只脚探进了那只水桶。两个大男人，加上衣服浸水的重量，一根绳子恐怕撑不住劲儿，上面的人拉起来也会更加困难。这些，包括营救溺水者的技巧，父亲在下井的过程中就已经想好了。三年前的夏天，黑子河发大水，父亲在涨得像海一样的河滩救过四个人。

英姿勃发知识青年的身体离开了水面。他咳嗽着说："谁？你是谁？！"

父亲没吱声。

父亲在英姿勃发的知识青年的身体下面向上拱。

上升了几米，父亲的一只脚就开始在井壁上探寻脚窝子，以便获取更大的支撑。

井台上，两个人摇辘轳，四个人拽大绳。"动了！上来啦！"四下的人群发出一阵阵欢呼。姐姐抱住姨妈，不敢向前看。她仰着脸，盯住姨妈的眼睛，不停地问："上来了吗？看见爹了吗？！"

突然，拽绳的四个人当中有一个犯了与英姿勃发知识青年相同的错误，他脚下一滑，身体冲着井口倒下去。一个撞两个，两个撞三个，四个人都倒下了。如果不是人多，互相牵扯，四个都可能栽入井口。

水井的引力真大啊！

这时，父亲因为寻找脚窝子，也因为摇辘轳的速度与拽绳的速度参差不齐，身体脱开了英姿勃发的知识青年。上面的人一倒，绳子松了劲，英姿勃发知识青年的身体就结结实实地落在了父亲的身上。

"咚……"

连接辘轳的绳子断了。父亲栽入井水之中，呛了一口水。父亲"我日——"大吼一声，野猪一样蹿出水面，大喘几口气，然后本能地用手抓住一个脚窝子，眼巴巴地盯着上方晃晃悠悠的英姿勃发知识青年的身体。手电筒早已不知什么时候跌落了，井口的光亮被英姿勃发知识青年宽大的身体几乎遮尽，随着这大块头的晃动，偶尔有刀锋一样的光刺向井底，其他时候井下几乎黑得伸手不见五指。

这时，一股彻骨的阴冷袭遍全身，他左腿的裤管中有东西在向上蠕动。

蛇！

父亲的脑海中"蛇"念一闪，惊出一身冷汗。

地面上，姨妈一把甩开姐姐，大喊一声："乡亲们，抱住他们！"便冲向井台那些倒下的男人。很快，井台的男人站起来了，他们一个挨一个，身体向后倾，他们的身后，姨妈抱住了后者的腰，再往后村民们纷纷效仿，一个抱一个，连了很长很长一串串。

"把棉被铺到脚下面，防滑！"姨妈大喊。

抱在后面的人不甘心，又冲到前面去抱，井台旁空间小，抱腰的群众最后形成了一个扇形阵势。

姐姐受了惊吓，放声大哭。

父亲撒开那只扒着脚窝子的手，大吸一口气，沉下水。只有这样，父亲的双手才能随心所欲地动作，父亲双手箍住钻进了蛇的左腿大腿根部，在蛇拱到手的一瞬间，父亲急速地收缩右腿，同时双手向下猛撸，待手到达了裤子的下沿，父亲凭感觉掐住了蛇的颈部，这条蛇有擀面杖那么粗。父亲一发力，闪电般地拧了三百六十度。

这时，英姿勃发知识青年已被众人抬往库房。重新放下的绳子碰到了父亲的脑袋。父亲抓住绳索，用尽最后一点力气，将绳子捆在腰间。之后父亲的意识模糊了，身体则像一头被麻醉了的野猪，任随摆布。

父亲的身体终于被大伙捞出井口，生产队长指挥着为父亲裹上棉大衣，抬往库房。半道上，库房里猝然响起一片惊呼，紧接着冲出几个人。

"喊啥喊啥！"生产队长双手托在父亲身下，生怕有人冲撞，祸及父亲。

"那个……她……凉，凉……"

那位崇拜英姿勃发知识青年的女知识青年的身体，凉了。

库房里摆着各家端来的七八盆炭火，库房里的温度即使不穿棉袄也不觉得冷。但是，这位女知识青年的身体凉了。队里的赤脚医生掐着她的脉，就像掐着一根准备下锅的羊腿，里面没有任何反弹和律动。

库房内外，忽然间安静下来。

生产队长瘫坐在地上，双手抱着脑袋。现在，生产队长还想喊人，但是，他不知道喊谁。父亲躺在他身旁，棉袄与身体的接合处，往外溢着一丝丝热气儿。

这位女知识青年的名字叫做区小燕，在家排行老五。由于父亲被打成反革命，区小燕公开与父亲断绝父女关系，划清了界限。在学校被列为"可以改造好的反革命子女"。以示自己的革命决心，区小燕还差一年毕业就强烈要求上山下乡，与贫下中农打成一片。所以，区小燕时年十七岁。

　　父亲慢慢苏醒过来。父亲是自己醒过来的。父亲发现自己被扔在一边，只有姨妈和女儿蹲在身旁。姨妈握着父亲的手，轻声说："别动，再躺一会儿。你没受伤吧？"父亲把双手举到眼前，看见指缝中有两点血印，想起了井下的那条蛇。依父亲的判断，那条被惊扰了冬眠梦的蛇应该不是毒蛇，只要那条蛇不是毒蛇，在井下磕碰的伤就不算伤。所以父亲冲姨妈点点头，不过，四周的静谧令父亲不安。他支起身体，看见了躺在床上的区小燕和站在她身旁的赤脚医生。

　　躺在另一边的英姿勃发知识青年也想支起身体，被生产队长的媳妇按住了。

　　父亲站起来，看得更真切了。区小燕静静地躺在用装满了玉米的桩子做铺垫的床板上，那条红色的毛线围巾格外显眼。床是生产队长差人为新来的知识青年搭的铺。当时找不到东西支床，生产队长就说："放倒几个桩子不就成啦！"据说，当时知识青年进库房就很兴奋。他们是第一次看见这么大的库房，装了这么多的粮食，听说要用装满玉米的桩子垫床板，他们更是赞叹不已。

　　"那我们不就天天睡在粮食上啦？咯咯……""那要是不小心放个屁，粮食不就熏臭啦？！哈哈！""没有大粪臭，哪得五谷香！屁算什么呀！""你这是瞎扯！"当时，区小燕笑得最欢了。要吃晚饭了，生产队长叫来本村饭做得最好的"王老厨"，可是，区小燕坚持要吃玉米渣子。区小燕吃了一老碗玉米渣子，最后还用舌头把贴碗的黏汁舔干净。之后，她长出一口气，说："真香啊——"

　　父亲的脑海闪过区小燕被生产队长腾空拉起的情形。当时父亲刚刚走出磨面房。就是那条红色的毛线围巾钳住了父亲的视线。那条红色的飘带领先向空中扬起，区小燕的身体紧紧跟随……区小燕的身体赶不上红色飘带的速度，赶不上红色飘带的轻灵，赶不上红色飘带的舒展，她原本以为是可以赶上的，当她明白自己赶不上的时候，就羞愧地向地面跌落。父亲仿佛听见红色飘带在空中行走弧线时与冰冷的空气产生了摩擦，发出了猎猎之音。

　　据说，那条红色的毛线围巾是区小燕的父亲听说燕子执意要上山下乡，在牛棚专门为女儿织的。区小燕的父亲是上海人，50年代响应党的号召支援大西北，他是工程师，会做许多家务包括针线活。

　　没进牛棚之前，许多一个单位的女同志对这位上海人、工程师的针线活啧啧称奇。

　　父亲盯着那条红色的毛线围巾，头晕。

　　邻家大婶悄悄来到父亲和姨妈身边，把嘴贴到姨妈耳边，说："他爷爷一个人去了村后的杏树沟。"

父亲、姨妈和姐姐随邻家大婶一并回家的时候，经过水井边。这儿空无一人，好像什么事儿也没有发生过，连井台旁边杨树上的喜鹊也归巢安歇了。

四　空门

爷爷在自己的屋里跟水一泓说话，说了前生今世一河滩，说得煞有介事。说着说着，爷爷夹进了几句略带南方口音的普通话。就这样，说着说着，听到邻家大婶几回过来向姨妈传话，告知库房那边、井台那边发生的事儿。当姨妈去了现场，邻家大婶就把情况直接说给爷爷听。知道父亲下井救人之后，爷爷不安地从地上站了起来。爷爷是扶着床，扶着水一泓的身体一点一点站起来的。因为腿麻，也因为有话要对水一泓说，爷爷在水一泓的身体上趴了一会儿。

"你说过，要善待生命。善待生命。你还喜欢说'不是吗——是的！是的是的！'"爷爷的话本来是晋陕参半，不伦不类，但学说水一泓的话时，却是相当标准的普通话，略带一点南方口音。爷爷撑起身体，自己到案上取了一块馍啃起来，一边啃，一边孩子一样自语："我得看看孙子，看看孙子！不是吗——是的！"

爷爷来到父亲、母亲的房间。母亲刚才喝了姨妈炖的当归母鸡汤，恢复了一点元气，见到爷爷，赶紧把我送上去。爷爷抱着我看了半晌，竟呜呜地哭了起来。

母亲怕爷爷动静太大，惊扰了我，忙不迭又抱了回去，说："他爷啊，你说，这人死不能复活啊。就算那水大夫是咱家的大恩人，是您孙子的大恩人，可……也总得入土为安吧。"

爷爷是在医院的太平间门口，在冰上舞蹈之时听到别人七嘴八舌，了解了水一泓与我顶牛的事。爷爷认为，那是命中注定。

"你不知道……"爷爷对着土墙说。

母亲说："我知道，我明白您老的心思。"

爷爷不与母亲抢辩，说："好吧，好吧，你歇着吧。"就一个人出门了。

母亲喊住爷爷，说水井那儿咋回事啊。爷爷说来了几个知识青年，唱歌跳舞哩。

爷爷点上烟袋锅，一个人往村后的杏树沟走去，他要为水一泓找一块安身之地。仓库、水井那边的事，他不关心。

父亲和姨妈寻着雪地上的脚印和那一闪一闪的烟锅的红点，尾随而来。走到半途，父亲跟姨妈说："咱回吧，随他去吧。"

"为什么？"姨妈不解。

"他爷准是为水大夫找地儿呢。我们不用担心。"

"是吗？"姨妈有点儿惊异，她看着父亲，对他的判断表示怀疑。

"嗯。"父亲闷着头，忽然又仰起头，深吸一口气，然后看着姨妈。

月光之下，两人的鼻息清晰可辨。远处，黑子河的曲折轮廓也隐约可见。姨妈歪了一下身体，父亲搂了一把。姨妈说声"谢谢"，更疑惑地看着父亲。父亲显然有话要说。

"他姨妈，这些日子让你受累了。你要认少宜做女儿，我没有意见，只要她娘同意就行。你们姐妹说好了吧？"姨妈差点跌个仰面朝天。她在空中抢了几下胳膊，稳住身体："啊，还没……没呢……"曾几何时，姨妈认定父亲是个莽汉，四肢强健，头脑单一。姨妈还担心自己对少宜的要求会在父亲这儿受阻，并且种种迹象早已印证了姨妈的忧虑。怎么会突然之间柳岸花明？！然而，当下母亲在坐月子，爷爷有些疯狂，诸多事宜还都没有捋顺。

"可是现在……"姨妈想说不适宜之类的话。父亲说："现在还得多烦劳您些日子。"姨妈明白过来："啊啊，对对。没问题的。我在你家，帮我姐姐应该啊，理所当然，我不帮忙谁帮忙啊……"

姨妈差点儿说"当牛做马也在所不辞"。在某个瞬间，姨妈闪过拥抱父亲的念头。

"你们站在这里做甚？！"爷爷回来了。

父亲说担心你出什么事儿。

爷爷说我没事儿，没事儿，走吧，走吧，回去看我的孙子。

姨妈和父亲相视一笑，都松了一口气。

第二天，父亲请人帮忙，与爷爷一起安葬了水一泓，就在那片杏树林中。后来爷爷再也没有在外面游荡，再也没有参与赌博。1978年之后，爷爷向生产队要求，专门看管那片杏树林，再后来干脆承包了。

我们家的大事总是少不了生产队长帮忙，但这一回他帮不了了。他在家中闭门思过，等待公家的人来带他走。据说他要被判刑，罪名是"破坏伟大的知识青年上山下乡运动——反革命"，或者颠倒过来"反革命——破坏伟大的知识青年上山下乡运动"。

生产队长就要被带走了，许多人拦着，哭喊着，村里的党员联名写了请愿书，送到县革命委员会。姨妈说这就叫做"欲加之罪"。但都于事无补。生产队长被判十一年刑,发往野鸡胡监狱劳动改造。从此,"野鸡胡"这三个字成为后厚村妇女吓唬孩子的口头禅:"再哭,把你送去野鸡胡!""再闹,野鸡胡来啦!"

野鸡胡监狱地处甘陕交界的一处山区。生产队长去的时候,正是它发展的鼎盛时期,那里粮食堆满仓,牛羊满山坡。二十年之后,我也去了野鸡胡。在我蹒跚学步、牙牙学语的时候,就时不时听到左一声"野鸡胡",右一声"野鸡胡",仿佛是遥远的野鸡胡对我的召唤。

生产队长锒铛入狱。英姿勃发知识青年拽住警车的门不撒手,被人家一脚踹翻在地……对了,英姿勃发知识青年名叫吕刚,生产队长名叫陈大勇。

陈大勇走后,吕刚承担了他们家所有的重体力活。"当牛做马也心甘",吕刚后来对父亲说。

生产队长陈大勇去了,村里的生产谁来招呼?村民一致推举仁尚礼。父亲是做惯了私活的人,不愿意。爷爷也劝父亲"别上当",说生产队长是个出力不讨好的角色,咱又不想跟着陈大勇上野鸡胡。可是众乡亲不答应。父亲只好挨家挨户地做工作,说孩子他娘生产时受了惊吓,受了风寒,家里面离不了人照看;他姨妈只是临时帮个忙,转天就要回省城。这样,总算落了个轻省。

母亲的奶水非常少,并且含着丝丝凉意。多亏姨妈带来的奶粉,我才不至于饿肚子。安静的时候母亲常常念叨俞金花:"她叫什么名字……她说,她说什么来着……"入夜,母亲对所有的光亮都异常敏感,那叫她联想起佛光。父亲和姨妈总是劝母亲,说那是生产时受了风寒,受了刺激,养养身子,开春儿天暖和了,就好了。母亲翻来覆去地唠叨,父亲和姨妈就翻来覆去地规劝。后来姨妈向母亲说了她要领养、过继姐姐的事,母亲和父亲一样,早知道姨妈的心思。自己的骨肉被别人瞄上了,当爹娘的怎么会毫无知觉呢。母亲说少宜跟你去是享福了啊,去吧去吧。姨妈就领着姐姐走了。走的时候,姐姐既没哭也没笑。倒是姨妈忍了又忍,最后落下了泪水。

剩下父亲单独面对母亲的唠叨。父亲就不会说那些不咸不淡的话了。父亲这才明白,姨妈在的时候,自己是鹦鹉学舌,甚至随声附和罢了。父亲情急无奈之中求教于爷爷。过去爷爷即使在家中,也很少说话。现在,爷爷变了,爷爷说:"有道是鬼迷心窍,他娘这叫做佛迷心窍!"最后四个字爷爷用的是略带南方口音的普通话。说完,爷爷吐了一口烟,挑起眉毛,不无得意地看着他一脸狐疑的儿子。

父亲看着爷爷,觉得爷爷有点儿陌生,但爷爷满脸自信的样子又令父亲脱口追问:"那咋办哪?!"

爷爷说:"咱们村信佛的人多得很哩,找几个来屋里扯扯闲篇。你不就轻省了嘛。"爷爷知道父亲的顾忌，在炕沿上敲敲烟袋锅，继续说："咱总不能让尿憋死吧？！"

我们家一时间成了那些佛门的信徒、准信徒老太太们的俱乐部。她们夸我天生的佛相，她们怂恿母亲去宝函寺，找觉澄法师看看这孩子。为什么要请觉澄法师看呢？这你就不知道了吧。告诉你吧，人家基督教讲究给孩子撒圣水，那叫洗礼。咱佛教呢，其实也有这个环节，只要你心诚，求法师看看孩子，摸摸孩子的头，法师要是相上这孩子一定会为孩子取个法名儿，有了法名啊，就像孙悟空那金箍棒给画了个圈，妖魔鬼怪都沾不了身呢……夜晚，屋子里炭火如炽，油灯似豆，母亲觉得自己和她的心肝宝贝都沐浴在温暖无边的佛光之中。这时候，母亲的奶水也变得柔滑而温热，我的眼睛顾盼之间也格外明亮。

爷爷常常坐在后院的门槛上当听众。爷爷好像能听出些门道。父亲常常在我家门前的核桃树下收拾些春耕的农具或架子车。父亲对佛门的事没兴趣。父亲在核桃树下闲摆弄，实际上是站岗放哨，以防村上那些把佛事当毒草的人发觉，惹出事端。有一回父亲去后院解手，听到一个老太太讲了一个故事。说江南某镇有一个厨子杀鳖有方，他做了一个小木桶，盖子上凿一个小洞，把鳖放入桶中盖上盖，鳖头是不会从小洞中伸出来的。但是，把小木桶再放入大锅的水中煮，鳖头很快就从那个小洞中钻出来，这厨子就使一把大号剪刀，咔嚓，鳖头就跌下来了。厉害吧？可知这厨子是怎么死的？他住在一间小阁楼里，有一天失火，火从楼下往上蹿，这厨子只好找窗户，可惜那阁楼没窗户，只有半尺见方的一扇小天窗。那厨子把脑袋伸出去了，身子出不去，这就跟他杀那些鳖的情况一样一样了吧？还没完。厨子把脑袋伸出去，正赶上天上雷雨交加，他高兴啊，心想这真是好雨知时节啊。可是，这时天公断喝："时辰已到！"天上一个劈雷下来，就砍在他后脖上，他小脑袋像个窝南瓜，骨碌碌就顺着斜顶瓦片滚到了地上，最后滚到了臭水沟里……

"瞎扯！"父亲提起裤子扔了一句。父亲没想到自己随便地一声哼哼，立刻像捅了马蜂窝似的遭到围攻。

"大兄弟，这话可差远啦！""你可以不信，但不能嗤。""乱说会遭报应的。""你这不是甑糕糊在裤裆里——瞎黏糊嘛！"……

父亲恼了，他吼道："你们这些懒婆娘，一天到晚打粮食的事儿一件没有，就那么扯淡过日子，还理直气壮啦？！我咋啦？！"

婆娘们被父亲的粗暴言行吓着了，逐个溜出门去。

母亲愤怒地盯着父亲。近些日子，多亏那些婆娘虔诚地布道，母亲心中的郁结化解了很多。现在，父亲向母亲回暖的心境和隐约确立的人生信念发出了挑战。母亲生下我之后，得了主心骨一样，不再逆来顺受。

父亲面对母亲愤怒的目光，失了往日的威风。

"你想咋？！"母亲从牙缝中挤出三个字。

"你……想咋？！"父亲试图找回往日的威风。父亲的威风丢在县医院了，那残酷的生育场面像一根根麻绳，捆住了父亲的威风。一年半载恐怕是寻不回来，解不开的。

"过不成我就带娃回娘家！"母亲直接威胁父亲。

母亲的娘家在渭河北岸的塬上，缺水，粮食不够吃。当初外婆家把母亲嫁给父亲，并不是看上父亲的一把蛮力，而是冲着后厚村年年有余的粮食来的。

父亲被噎住了。"你……日他妈一回。"父亲梗脖子咽口水。

以往从不掺和家事的爷爷扮演起消防员的角色。爷爷操了一把父亲说："去，到南头给我打半斤酒去。"父亲像失宠的宠物狗似的，悻悻然出门了。

爷爷转身安慰母亲，说自己的儿子不像话。孩子他娘莫动气，我这就去她们家，一户一户地道歉，请她们过来。她们说得蛮有意思嘛。

爷爷的表现令母亲转怒为喜。爷爷说话时不断蹦出来的略带南方口音的普通话令母亲想起水一泓大夫。母亲有幸亲耳聆听水一泓大夫说过几句话。大夫的形象在医院里鹤立鸡群，是难以忘怀的。所以，母亲时常会把爷爷当做水一泓灵魂的附体，甚至奇异的转世。佛说，世道轮回，人生轮回，为什么不信呢？

转眼就到了水一泓的周年。爷爷率家人隆重祭奠水一泓的同时，也没有忘记另一件重要的事情：该给我起名儿了。我们村的风俗是这样：孩子出生后胡乱叫，狗娃、牛娃、虎娃，叫驴娃也没人生气，为的是孩子像动物一样少生病，健康强壮。一年后，剃去头上的胎毛，就可以取名了。

爷爷为我预备好了两个名字，瑞生和水生，第一个是含瑞雪之意，第二个有纪念水一泓的意思。对此，父亲没意见，而母亲则执意要先去一趟宝函寺，见过觉澄法师再定。此时的母亲，身体已是相当的灵便。爷爷说算了吧，我听说宝函寺的和尚都被强迫还俗啦，庙是空的。庙里的罗汉和佛像也被砸烂啦。

"阿弥陀佛。"母亲心中默念一声。一年来，母亲在本村的佛友那里听说过佛与庙的当下境遇。她们愤愤不平，母亲还与佛友们一起悄悄地去过浅山之中的一个小庙烧香拜佛。现在，就像有个精灵在母亲的脑海深处大声敦促："时辰已到。"是的，无论如何，也要去宝函寺，也要见觉澄法师。现在也许有些迟了。阿弥陀佛，但愿觉澄法师吉祥安康。

为了显示自己的诚心，母亲早早谢绝了佛友相伴而行的请求。

宝函寺在我们家乡的西偏北方向，距后来声震八方的法门寺12公里。据说法门寺的另三个方向还有三座寺庙，分别叫做"舍利寺""藏经寺"和"玉塔寺"，它们与宝函寺一起形成对法门寺的众星捧月合围供奉之势，可以当做是法门寺的卫星寺。不过，由于历史的缘由，20世纪50年代，宝函寺的香火最旺，因此，到60年代末70年代初，宝函寺受到的冲击也最大，原先三十多位住寺和尚都被勒令还俗，愿意回老家的不拦阻，不愿意走的就近娶媳妇。还真有四位和尚"顺坡溜碾子"娶了村姑。不过，他们的婚礼是一场接一场的批判会。批判什么呢？批判那些被逐出寺庙又折回来的和尚；批判两千多年来和尚不劳而获；批判觉澄法师独守空门，誓不还俗。觉澄法师不但不还俗，还与批斗他的红袖章理论，被架了飞机，画上阴阳头，掰开嘴巴喂红烧肉（那时八百里秦川的农民即使在过年的时候也不一定能吃上肉）。之后，觉澄法师不再抗辩，而是连绵不绝地颂经。觉澄法师的这种颂经方法，是他人无法模仿的，没有起始，没有结尾，并且，那声音一节撑一节，一节压一节，蓄着向心力，令闻者呼吸困难。再往后，觉澄法师力气耗尽，口中无音，出的气多，进的气少，他依然不屈服，以绝食抗争。红袖章们被弄得气极败坏，便取来蒿草，用稀泥糊在他半个脑袋上再浇上墨汁。墨汁溅洒在那件灰色的棉袈裟上，斑斑点点。这样，看上去酷似一个女人被剃了阴阳头，也有点儿像丐帮中的侠客。红袖章还想拉着觉澄法师去游街，但探子回报，方圆几里之内没有超过50米的街道。

围观的群众大多数是愉悦的。他们在宝函寺瞧热闹，起哄，跳脚，壮红袖章的革命声威。他们喊"和尚无耻""不劳而获""寄生虫""骗子""打倒"之类的口号，享受着欧洲足球流氓那样的快乐。

夹在人群中的俞金花心如刀绞。俞金花的家就在宝函寺村，与宝函寺紧挨着，几乎一体。几天前，俞金花曾与几位佛门俗家弟子结伴去县城静坐请愿，差点被拘留。

宝函寺与众不同，没有通常庙宇的大院门，它的正门是一座十几米长、五六米宽的房子，名曰"空门"。出家的人，迈入"空门"不停脚，直贯纵深几座房，进入最后的"大雄宝殿"；烧香拜佛的善男信女，在"空门"取香，点燃之后站立朝里空拜，然后才从偏门进入宝函寺。

宝函寺一带，地面多有凹陷，土崖壕沟随处可见。月光之下鸟瞰，似被鬼神刀劈斧砍，而远处的秦岭则显出幽蓝幽蓝的身形。

觉澄法师跪在"空门"中央，水米未进已经三天三夜了。今夜，这血肉之躯熬不过去的话，他就会在此圆寂。

觉澄法师生得弥勒佛相，双耳硕大，顾盼自含三分笑。现在，沾了墨汁的蒿草遮去了他大半个脸，那浑然天赋的笑意仍残留一分。一丝丝细弱的气息逸出他的鼻孔，微微地掀动沾了墨汁的蒿草。气息在冷空气中被激化成雾气，雾气飘浮在沾了墨汁的蒿草上，一层又一层，结成了冰……结冰的蒿草渐渐变得更重、更重，觉澄法师的脑袋支撑不住，开始缓慢地摇晃起来。

苍穹之上，冷月一钩。

那些一心向佛被遣散又折回的和尚们，那些与俞金花相似的佛门俗家弟子们，就这么眼睁睁地看着自己心中的偶像无声地离他们而去吗？不能。他们早早就串通起来，谋划如何营救觉澄法师。俞金花的丈夫成为这一事件的主谋。

俞金花的丈夫名叫项智义，生得细眉细眼，村中人称智多星。夫妻俩膝下已经有两个儿子，老大项明七岁，老二项君四岁。项智义为村上、为身边的人出谋划策，自己对时事的变迁也相当敏感。所以，若干年之后，项智义成为村中先富起来的人，似乎就是顺理成章的事儿。不过，足智多谋的项智义做梦也不会想到，十九年之后，他正在县城卖猪肉，自己会死于非命，而且是后脑挂在挂猪肉的铁钩上。

项智义不信佛，但听了俞金花的述说，也是长吁短叹。俞金花就鼓动丈夫，领一群人夜抢宝函寺，将觉澄法师救出苦海。丈夫胆小，不敢应允，俞金花说："觉澄法师死了，我也不活了！"丈夫叹口气说："我虽不能与你们同往，但有一计……"

俞金花把丈夫的计谋说与佛友和那些和尚。大家一致认可响应。于是，就在这个寒冷的晚上，雄鸡打鸣之时，宝函寺的"空门"不远处传出一个村姑的哀叫之声。站岗的红袖章闻声而起，他们都是些对阶级姐妹充满了深厚的阶级感情的血性男儿，他们认为自己是改造世界、建设世界的主人，他们乐于挺身而出，为革命捐躯。自然他们不能见死不救！

看守觉澄法师的一共十二个人，六人一组，前半夜后半夜轮换值班。值后半夜班的有一个去了茅房，另外五名红袖章打着手电筒循着声音一面大喊"发生什么事情"，一面迅速地将那位坐卧在地上的村姑围了起来，村姑不回应，只是声音更大地哎哟啊呀。

"谁敢光天化日地欺负你，说出来，我们开他的批判会！""你说句话。""我们给他戴高帽子！""你是哪村的？"……

从茅房回来的红袖章看见"空门"之内空空如也，吓得瘫在地上。大喘几口气之后，他才想起挂在脖子上的哨子。

五个红袖章返回"空门"的半道上，村姑被两个暗藏的黑影飞快地架起遁入夜色之中。村姑是俞金花的本家妹妹，被俞金花连哄带骗干了这个活儿，这会儿也吓得不会走路了。

俞金花等人与众和尚抢得觉澄法师，在一个土崖下停下来。他们为觉澄法师除去头上的蒿草，用温水洗脸，然后将早已准备好的八宝粥递给一位小和尚，请小和尚喂觉澄法师。

觉澄法师吃了八宝粥，有了力气，眼睛闪出了泪花，眉眼润上了笑意。

阿弥陀佛！

俞金花率先向觉澄法师三叩九拜："弟子有罪，罪该万死，没有早一些将大师救出苦海。"其他在场的人纷纷效仿，有个小和尚已经哭出了声。

"阿弥陀佛！"觉澄法师长出一口气，盘腿坐定，手捻法指，"阿弥陀佛，各位快快请起，快快请起。你们，你们殊不知天网恢恢，疏而不漏啊！逃跑，能逃到哪儿去呢？"

众人面面相觑。

"阿弥陀佛，正所谓，普天之下，莫非王土。俗话说得好啊，跑得了和尚跑得了庙吗……天道原本自含因果，生死原本早有定数。"

觉澄法师的话音量不大，却有着极度的从容和良好的共鸣以及穿透力，它像放射性物质一样，作用于身边所有的人。寒夜之中，他们一面频频点头，一面瑟瑟发抖，并且面面相觑。听觉澄法师的意思，好像是不想活了。

见死不救乃佛门大忌。"我们总不能眼睁睁地……"俞金花誓不罢休，"我们已经想好了！我们这么多人，分六路人马，迷惑他们。我和两位身强力壮的陪大师往秦岭跑。进了秦岭，山高皇帝远……"

"阿弥陀佛！"觉澄法师意欲反对，但力不能支，倒在一位贴身的和尚怀中。

佛友曾经告诉母亲，去宝函寺，只要顺着秦岭的走势，沿山脚向西，十四里，撞见一个后王村，再折向北，大约五里路，就是宝函寺。母亲抱着我，黎明时分出发，走了十几里路，未见后王村，迷惑之下，母亲便向北，见人就问。人们都说宝函寺的宝函塔倒了，住持、方丈都散了，母亲越问越焦急，她不停地对我说："不可能！不会的！阿弥陀佛。"也许是心诚则灵，来到一片杨树林跟前，我们鬼使神差地出现在俞金花面前。或者，是俞金花千回百转，在冥冥佛意的引导下，找到了我们。母亲一眼就认出了自己的佛门启蒙者。

"大姐！是我呀，我，我是……去年在县医院……佛光！"

俞金花他们分出了六路人马逃窜,但红袖章动员了十八路老百姓追赶,撒下天罗地网。俞金花他们几个刚刚被冲散。母亲见俞金花手捧一个瓷罐,满脸汗水,喘息未定,说:"您这是……"

俞金花一时没有认出母亲。

俞金花警觉地问:"你要干什么?!"在当前形势下,任何老百姓都可能是敌人。说着,俞金花还不停地四下探望。不远处,是一个狭长隆起的大山丘,向南,一直连着秦岭。反方向,很近是个旧河床,乱石滩,石滩的边上居然活生生立着一棵巨大的银杏树。早晨的太阳,就是从这棵银杏树后面升起来的,也是那个方向,飘逸过来一阵阵泥石与草根的气息。

俞金花擦着脸上的汗,看看我,再看看母亲,她深吸一口气。早晨的太阳,跨过杨树的枝杈,浴在她脸上,抚平了那两道扎眼的"八"字纹。俞金花笑了。

"阿弥陀佛!"

俞金花和母亲同时"啊"出了声。转过身,看见觉澄法师就站在身后。觉澄法师的脸和头慌张之中没有冲洗干净,残留着墨汁和泥土,看上去像是从地里钻出来的神仙。显然,刚才觉澄法师和两个弟子就藏在那棵巨大的银杏树背后,不知道是听了两个女人说的话,还是受到我、一个小生命的感召。他甩开两个弟子,健步走来。他的样子似乎有些冲动,这也许是生命的回光返照吧。

"这就是觉澄法师。"俞金花说罢低头后退。

太阳在缓慢爬升的过程中,消除了枯草、树枝和泥土沙石上面的霜冻,白色坚硬的霜冻在消解中化为极小极小的水珠,在空气中舞蹈、升腾,还有与这些极小极小的水珠相伴而舞的更小的尘埃。这些尘埃有的含混,有的晶亮,吸收一部分光源,反射一部分光源,它们被地面较高的温度向上推举,又被上方的冷空气阻挡,向下坠落。它们扭曲着上下翻舞。太阳的七彩光谱就这样被它们挥发出来。

母亲迎着早晨的太阳,她感觉到水珠的舞蹈和晨曦中泥石与草根的气息。逆光之下的觉澄法师被七彩的光晕一圈圈笼罩,四下氤氲之气被驱散了。

"阿弥陀佛——"母亲恭恭敬敬地跪下身体,被大师当即扶住,母亲将我捧到觉澄法师的面前,"请大师——"

觉澄法师抬手在空气中挡了一下,示意母亲不要说话。之后,觉澄法师目不转睛地看着我,看着我。良久,大师的眼眶竟盈满了泪水。我想,这一刻,他老人家一定是在真切地领略、感悟生命之轮回吧。毕竟,即使是佛法大师,即使他相信生命的轮回,现世的生命也只有一次。或者,他在脑子里勾画预演他的未知的来生。他被自己的联想,被生命的再生——用他老人家的话说叫轮回——感动了。不能认为是觉澄法师意识到人之将死的悲凄。因为大师的脸虽然还沾着墨汁和泥点却格外从容,那与生俱来的笑意支撑、加固了他的从容。

冷空气刺疼了我的脸,我拼命转向母亲,试图回到她的怀抱。

觉澄法师仰天长颂:"阿弥陀佛!善哉善哉!"他的声音驱散了那些极小极小舞蹈着的水珠和尘埃,令它们在挥发的过程中变为雾气。少顷,觉澄法师伸手抚摸着我的额头,微合双目,口中念念有词:"莫说世道陷囹圄,我信天目开祥瑞。"

俞金花发现杨树林的另一边有人,惊慌地与另两位和尚商量对策。未曾想,觉澄法师就奔着来人的方向走过去,一面走,一面反复地念叨:"天目开祥瑞,天目开……"

后来,我的名字被写成"仁天木"。那是母亲回忆当时的情形,被身边的杨树和对面的银杏树所支配的结果。

其实,觉澄法师在被救出"空门"之前,已经抱定了圆寂的决心。对大法师而言,去西方极乐世界,并不是什么痛苦。换个角度说,那正是他毕生的信念寄托呢。这些,一般的和尚和俞金花是难以理解的。满腔热忱的俞金花在觉澄法师临终前把他带到了母亲身边,这一刻,觉澄法师赴死的决心再次被点燃。他为自己走过了好几里贪生怕死的路而羞愧自责。不过,见到我之后,他似乎原谅了自己。

我与觉澄法师有什么因果关系吗?也许只有觉澄法师那样的大师才知道。只是,他没有获取向他人阐释的机会。

觉澄法师被捉回宝函寺之后,接受了声势更加浩大的批判。这事惊动了县革命委员会。他们决定次日拉着觉澄法师去县城和各大镇游街。但是,天亮之前,觉澄法师不知从哪个煤油桶还是煤油灯里弄到了煤油。也许,是他的弟子们领会、认同了大师的意图,暗中帮忙把庙里各处煤油灯的煤油集中起来,泼洒到大师的身上。他们还为师父预备了一盒火柴。

觉澄法师把自己点燃了。

觉澄法师在"空门"之内把自己点燃了。

"空门"四壁层层叠加的大字报把觉澄法师身上的火焰与"空门"的木窗、木柱、木门、木梁、木檐连接起来。"空门"外墙层层叠叠的大字报被冷风呼啦啦地吹起,像猎猎的旌旗。"空门"整个变成一把燃烧的火炬,这火炬用饮用水和井水一时间无法浇灭。红袖章们曾经宣誓为共产主义献身,但面对这火炬,也是无可奈何。剩留下来的十几个和尚排成两排,双膝跪地,颂着经文,送师傅西去。

天亮的时候,人们只看到烧塌的"空门"残留着横七竖八的黑柱子。在一片黑色的柔软的败象中,耸立着更加惊心的一个东西,那东西已经相当的短小,却保持着颂佛颂经的姿态。那东西硬挺硬挺的,像是从地里长生出来的一株无枝无叶的铁树。人们眼巴巴地看着这棵铁树,久久不愿散去,仿佛等待着它长出扇叶、开出花来。

余烟袅袅之中,人们似乎依然听见觉澄法师高颂佛号:"阿弥陀佛——"

声音随着烟幕的逐渐腾空而消散,天空是一片纯净的湛蓝。

五 猎狐

母亲的行动一开始就受到父亲的严密监视。而一切又都躲不开爷爷的眼睛。当母亲在黎明时分抱着我出门的时候,父亲要追上去把母亲拉回家里,但爷爷先挡住了父亲。爷爷说,母亲已是抱定佛心之人,生拉硬拽只会令你们两口子、令这个家四分五裂。

"你要是不放心,咱们跟在后面,看看能出什么幺蛾子。"爷爷说着得意地从后腰取出一根赶牲口的藤条,"我昨天就把队里的驴车借过来了!"

就这样,母亲抱着我徒步疾行,爷爷和父亲赶着驴车,相距百十米跟踪。过程中,父亲几回要下车,说:"我不拦她,不拦她,把她叫到车上,她去哪儿,咱送她,总可以吧。"爷爷说不行,那样孩子他妈肯定会生气,肯定会跟你玩儿命,肯定就不去了。不去了,这事就永远是事儿,不得了结。父亲虽然不情愿,但认爷爷说的理儿。

母亲走得很辛苦。父亲看在眼里,疼在心上。父亲不停地耸他的大鼻子,嘟嘟嘴巴,发出一些莫名其妙的声音。爷爷嫌他婆娘相,说:"你有话说清楚,有屁就响着放!"

父亲说:"你坐车吧,我后面跟着。"走了不到一里地,父亲觉得自己愚钝。自己走并不能减轻老婆的负担。于是父亲又跳上车。可是,在驴车上还没坐稳屁股,父亲又开始嘟嘟嘴巴。爷爷烦,就下劲在车帮上敲他的烟袋锅,父亲孩子一样翻翻眼皮,又跳下了驴车。

父亲有点儿像智商短缺的调皮的猴子。

在那片杨树林,母亲眼见觉澄法师走向几个红袖章。红袖章把觉澄法师捉住。觉澄法师说是他自己跑的,与他人无关。但是,红袖章似乎认得俞金花,根本不信觉澄法师的话。如果母亲不是抱着我,红袖章一定会连我们一块儿捉去的。

母亲尾随着他们来到了宝函寺。俞金花的丈夫这回挺身而出，他胡乱找了些红布条，扎在胳膊上，领着一群人在宝函寺的"空门"外截住了押解俞金花的红袖章，说俞金花昨夜拐走了村中的儿童，要拿去开批斗会。一位妇女哭天喊地抓俞金花的脸："还我孩子！"混乱中，俞金花被人劫走。红袖章都是县革委会派下来的年轻人，有不少还是高中生，对宝函寺一带的村民并不熟悉，他们捉到觉澄，捉到十几个和尚，虽然怀疑俞金花，为了"顾全大局"，并没有深究。在群众中，出现告密者的事屡见不鲜，但那些佛门弟子却没有叛徒，他们时有时无的组织性和无处不在的纪律性赛过红袖章。

批斗觉澄法师的时候，人山人海，母亲根本挤不到前面，她急得团团转，转累了，就坐在一棵榆树下抹眼泪。后来，母亲发现三三两两的许多女人都聚拢到榆树下。她们说出的话闪闪烁烁，其中充塞着许多佛语和诅咒。从这些话语中，母亲可以断定这些人都是"自己人"，不过，母亲明白事态的严重性，克制着与她们搭腔的欲望。在这些女人中间，母亲越发惦念俞金花，仿佛是心灵感应，不多久，就有人以窃窃之语说起了俞金花，并扯到我的身上。

"听说是跟一个抱着孩子的女人一起……""是东边的什么村子，有十好几里地。""那孩子就是……传人……""法师摸了孩子的头呢！""多大的孩子啊？""周岁刚过吧。"

说着说着，这些姑姑嫂嫂姨姨婶婶奶奶姥姥们的目光就聚向母亲。她们先是遇着狼似的向一旁闪身，然后又像是发现了佛祖的舍利子一样扑了上来。但是，她们只是眼巴巴地看着，并没有像看见天上掉下来的馅饼那样一哄而抢。"阿弥陀佛"之音从她们的牙缝、唇边丝丝地飘出来。

母亲肢体的紧张搞得我很不适。再说我也饿了。

"不哭，天木不哭……"母亲下意识地就说出了"天木"二字，她揭开盖在我脸上的襁褓一角，哄我。见我还是哭，母亲本能地解开棉袄的大开襟，把我的脸闷在她光滑而温暖的乳房上。

透过母亲动作的间隙，旁边的姑嫂姨婶奶奶姥姥看见了我的容颜。她们很快分成两派。一派认定我就是那个孩子，一派反对。认定的一派压抑着内心的激动，反对的一派大声地嚷嚷起来，引起了维持批斗会场周边秩序的红袖章的注意。

有一个红袖章凑过来质询。

榆树下的女人们在其中一位婶婶的倡议下，四散而去，这位婶婶顺手拉住了母亲的胳膊，并耳语道："到我家去。"

母亲虽然有些紧张和害怕，但母亲已认定这些人都是佛友，就顺着那位婶婶的拉拽离开了宝函寺"空门"前的批判会场。

有人被踩掉了鞋子,有人被绊倒,母亲也是跟跟跄跄。红袖章站在原地,十分内疚地叹口气,说:"别跑啊,别跑啊,批判大会还没完哪!"

这是离宝函寺最近的一个村子,或者说它就叫"宝函寺村"。由于宝函寺开批判会,村中各户几乎见不着人。这群女人进村之后,反对派也认定了我就是被觉澄法师摸过头的孩子。她们把我们母子俩请入那位大婶的家,又是倒水,又是做饭,有一位正奶孩子的女人把自己的孩子撇在家里,挤到母亲面前,扒着衣服,无限慷慨地说:"吃我的奶吧!吃吧!"这种痴狂的行为很像是意识迷狂的红袖章挺出赤裸的胸膛,把金属做的毛主席像章别进肉里。

母亲说我自己有奶水。但母亲的话还没说完,我就被几只手拉出了母亲的怀抱。另外有人强烈要求抱孩子去她们的家,以求吉祥。我的脸撞向陌生女人们的胸脯,被拉开,再撞上去。这个女人的乳房比母亲的大得多,高得多,在那上面弹来弹去的舒适感觉几乎成为我最早的记忆。这个女人的奶水被挤压出来,散发着香醇的味道。不过,好景不长,那些没赶上自己有奶水的女人很快占了上风,她们把我抢出了门。出门之后,她们还是抢。抢来抢去,襁褓脱解;抢来抢去,我身上的衣服也掉了。最后,光溜溜身无披挂的我不得不放声大哭。

母亲的一举一动都没有离开过爷爷和父亲的视线。父亲一再要求现身,接母亲回家,而爷爷一再阻拦。但此刻,父亲终于按捺不住,他大喊:"儿子!儿子——"甩开爷爷,向我们这边冲过来。

母亲和那位敞开胸怀的女人都哭喊起来,追出门去。两个人在门口碰了脑袋,坐了个屁股墩,她们爬起来再要出门,又双双挤在门中。她们的乳房挤在一处,两个女人瞬间一怔,双目对视一下,同时上手去推对方,结果又倒了下去。

父亲像维吾尔族叼山羊的健儿似的一手从地上抓起我的小被子,一手从女人丛中捞住我,大喊一声"撒手——"。一转眼,我就被父亲裹入襁褓。

"你们疯啦!"父亲狂吼着,却发现女人们仅仅是愣了一下神,就立即扑向父亲和我!

"你才疯了!""你想抢人哪?!""知道这是谁啊?!""哪来的野汉子!"

母亲这时从地上爬起来,看见父亲,失声叫道:"孩子……""他爹"还没出口,脚下一绊,又跌倒了。待母亲哭着再爬起来,父亲已经一溜烟跑出了百十米,眼看着那群女人追了一段,父亲拐过一个巷子,没影了。

母亲一个坐地炮,号啕大哭。

这群女人又分成两大派,互相指责,进而扭成一团。

趁着乱，爷爷把母亲拉向一边，很快回到拴在村外的毛驴车上，离开了这个是非之地。

在爷爷拉着母亲的手离开之后不久，这群女人猝然住手，住嘴。那不是因为她们发现我们一家四口都逃离了现场，而是因为推搡之下，那位激愤之中本来已经掖上了她的棉袄大开襟的女人、另一个孩子的母亲，倒在一个卧在主人家庭院边的石碾子上。她是仰面倒下的，她的后脑勺磕在石碾子的边棱上。重力的反弹炸开了她的棉袄大开襟，两个大开襟像蝴蝶一样展开了翅膀。只是，这翅膀只做了一个动作就不动了。她的脸斜仰着。

时近中午，冬日温暖的太阳照在这个女人的胸脯上，乳房雪白雪白，乳头突出，有酸枣那么大。左边的那只乳房，隐约可见仿佛的律动。红色的血液从她的后脑渗出来，汇聚分流，一部分染红了那个赋闲的石碾子，一部分顺着脖颈，绕向锁骨支张起来的窝窝，蓄满了，又从两根锁骨中间向下滑行。通过那对高耸的乳房形成的深深的乳沟的时候，被一些冷空气激起的鸡皮疙瘩牵绊了几下，之后，速度加快，最后在肚脐眼做个短暂的停留，再往下，就消失了。

在血液滑行在她的白皙的皮肤上并不断冲撞小苗一样的鸡皮疙瘩、针一样竖起的汗毛的时候，我们一家四口也会合在驴车前。之后，驴车专拣小道，七弯八折，黄昏时分回到后厚村。一路上，父亲用粗话骂母亲，母亲脑袋发蒙，她紧紧地抱着我，一声不吭。只是爷爷逮空问了一句："给娃求到名了吗？"母亲才说了两个字："天木。"爷爷问是哪个 mù。母亲指了一下从身边后退的树。爷爷"哦"了一声："那就是'天木'啊！"

是的，仁天木，就是我的名字。

村里的人对我的名字都未置可否，只有知青吕刚赞叹不已："天木，哈哈，在天之木，虚玄却充满了浪漫色彩！"

可以不夸张地说，吕刚从下乡插队的第一天开始，就对父亲感恩戴德。来过我们家几趟之后，吕刚了解到父亲还是一位狩猎高手，更是崇拜得五体投地。不过，父亲并不是擅交朋友之人，对吕刚的热情只是客套应付。再说吕刚这些知青一进村，就死人，陈大勇还被投入了大狱，父亲心里总觉着疙里疙瘩。吕刚呢，非但不在意父亲的态度，反倒把父亲的冰冷当做大侠风范去欣赏。吕刚虽然人高马大，心思却似女人般纤细乖巧，每次回城返乡，都会带些糖果，大部分留给陈大勇的媳妇，少部分送到我们家，逗我开心。后来陈大勇在狱内主动提出与妻子离婚，陈大勇的妻子带着三岁半的孩子另嫁他人，吕刚的糖果就归我一个人了。吕刚甚至还在回省城时造访姨妈，不管三七二十一，就是谢谢救命之恩。弄得姨妈差点

上篇　051

收他做干儿子，如果他的年龄再小上十岁八岁的话。姨妈带姐姐来后厚村时，自然少不了夸吕刚。就这样，日子久了，父亲扛不过面子，终于答应狩猎时允许他跟上。

"啥时候呢？"吕刚急不可耐，"我听说往西二里地的山沟里有狼、有野猪……我秋天的时候还在村前的河滩上见过一只火红的狐狸哪！"

"等下雪吧。"父亲不紧不慢地说。说完，扫一眼正在灶前坐着给我喂奶的母亲。

觉澄法师自焚的第二天，母亲就得到了消息。母亲抱着我哭了一天一夜。母亲再不敢提起去宝函寺，甚至连佛友拉她去小庙烧香也不敢应承。母亲能做的就是把所有的积愤都撒到父亲身上。母亲砸烂了父亲的狩猎工具，把那把猎狐专用的三角刮刀扔进炉膛。母亲歇斯底里地喊叫："你再杀生，我就杀你杀天木！"这种时候，母亲就忘了缀上一句"阿弥陀佛"。母亲造反了。造反派是既不"阿弥"，也不"陀佛"的，母亲手足并用，像李逵抡起了板斧，杀的多半是看客。

父亲是不吃母亲这一套的。他冲着母亲吼："你杀我，来呀！你用什么家伙？！你个疯婆子！猪羊杀不杀？！鸡鸭杀不杀？！你没吃过肉吗？！"这时，爷爷的眼睛一直瞪着父亲，弄得父亲不知所措，好像父亲就是残害觉澄法师的罪魁祸首。所以，父亲干脆摔了家门，到知青住的库房去扯淡，或者，去村前的河滩、村后的杏树林。

近些日子，母亲的情绪刚刚平静下来，父亲担心她再次发作。不过，吕刚来家里东拉西扯，逗我玩，母亲都是很愉悦的样子。可能是臭小子吕刚就是天生讨女人欢心的坏子吧。所以，父亲还是心存侥幸。

当初，母亲砸了父亲的狩猎工具，有一多半是农具和家什。说到底，母亲破坏的那些东西都是可有可无的，父亲狩猎只要有一根绳子，一把刀就够了。那把只比巴掌长一点的三角刮刀是专门猎狐的，母亲拿它没办法，扔进灶炉，拉出来还是原样，因为这刀的把手处是一个尖尖的锥形，连木柄也没有。

母亲听到吕刚和父亲说话，缓慢抬起头，好像是回应父亲探寻的目光，母亲的唇角掠过一丝笑意。那意思就像是说："没有工具，难不成你们赤手空拳跟狗熊摔跤？！人家说你力气大，你就把自个儿当头驴啦！该死的驴甚！"

母亲一时间变得有些神秘的表情令父亲迷惑。不过，男子汉大丈夫，既然说了要带吕刚狩猎，就不能含糊，父亲放开了音量，拍了一下吕刚的肩膀，说："下雪，下大雪的时候，咱们一块去河滩弄两只狐狸！"

鬼精鬼精的吕刚在我们家似乎嗅出了母亲和父亲之间不和谐的味道。他发现了父亲投向母亲的不踏实的目光。明摆着母亲是信佛的，信佛的嘛，最简单、最直接的意思就是不杀生。所以，吕刚本来是不在我们家提狩猎的事的。今天他是按捺不住自己的好奇心，二来他也想用嬉皮笑脸的方式试探一下。现在，一切似乎顺理成章，水到渠成。

"狐狸？！"吕刚叫了一声，"狐狸可是最狡猾的畜生！"为了讨得母亲的进一步首肯和欢心，吕刚进一步说，"狐狸专吃百姓下蛋的老母鸡！狐狸给鸡拜年——没安好心！狐狸比狼还可憎！噢，天木都说是啊，就是这样呀！"这家伙边说边捏我的脸蛋。

我皱起眉毛，歪过脸去。吕刚身上有一股城市中的沥青、水泥味道，这味道对我而言还相当陌生，它令我的鼻腔内膜过敏、起泡泡，想打喷嚏。

母亲笑起来，算是给了吕刚面子。

吕刚这才转向父亲："下雪？下大雪？那要是今年冬天不下了……怎么办？"

父亲说："一定要下雪。"

吕刚说："哈，仁哥！您是神机妙算诸葛亮啊！能预知天象，神奇神奇！"

母亲冷冷地撂了一句："去看看生产队里的牛肚子破了没。"

吕刚一时没反应过来："为什么？"

母亲依然冷冷地："吹呗！"

爷爷哈哈地笑起来。

父亲唾了一口，呼呼地迈出家门。吕刚追出来，一个劲地说："仁大哥对不起，都怪我没眼色！"

父亲不理会吕刚，恶狠狠地踹了两脚我们家门前的核桃树，他把脸对着那个树权权说："妈了个巴子，说我吹牛，说我吹牛！"

"你本事大，你驴甚，你就日天去吧！"母亲在屋里没停嘴。

父亲吹牛不吹牛，取决于远在俄罗斯的西伯利亚的冷空气是否举兵南下。父亲只是依照自己多年几乎升格为本能的经验，作出判断，类似于老鼠和蚂蚁在地震前夕要大规模迁徙。

四天后，老天爷应验了父亲的判断。鹅毛大雪，铺天盖地。降雪的前一天，父亲走了几个邻近的村子，找到一个刚杀过猪的人家，花6毛钱买下了新鲜的猪肝和二两猪油。

父亲拎着猪肝回村之后先去知青灶找吕刚，让吕刚取出前几天寄放在他这儿的三角刮刀。然后，父亲从兜里掏出一小块磨刀石，把三角刮刀细心地磨了几回。之后，父亲找来一块一尺见方的木板，用一块硬木疙瘩将三角刮刀的尖柄钉入木板之中。钉完了，再从几个角度试试它的牢固。

"好了。"父亲把嵌着三角刮刀的木板交给身旁的吕刚。

吕刚像战士第一次接枪似的接了那块木板。但他不知道下步该做什么,总不会拿着这木板当挡箭牌,去野兽堆里冲杀吧?所以,他就那么原地傻愣愣地站着。他想张嘴发问,另一个女知青先张了嘴:"这就可以杀狼杀野猪哇?!"吕刚甩一下下巴:"去!你们懂个屁!这是要猎狐狸!""啊?这……"女知青差点儿把三角刮刀塞进嘴巴。

父亲从兜里掏出香烟,点上一支。父亲是一年前生了儿子,看见区小燕死去,目送陈大勇的囚车之后吸上烟的。父亲点烟之前喜欢先用舌头把烟舔两下,好像是沾些湿气。这个动作与父亲的身形与习性不怎么和谐。不过若干年后,父亲做起了老板,这个动作却成为五邻四乡梦想发财的人竞相效仿的样板。

女知青看见父亲舔烟,别过脸去。吕刚也怪怪地看着父亲,然后挠着后颈,好像是他自己不小心在女同学面前露出了屁股。在村里,知青们见过一些老汉用报纸或宣纸卷旱烟抽。其中有一道工序就是用舌头舔纸的三角末端,使烟卷最后成型。那已经不雅,而父亲抽的是卷烟,竟也平白无故地舔两下……

父亲浑然不觉,自顾自地把猪肝塞向三角刮刀。三角刮刀捅进猪肝。稍作停留,父亲叼着烟的嘴向旁边努一努,示意吕刚抽出三角刮刀。之后,父亲从嘴上取下香烟,说:"放到外面的窗台上晾着。"

吕刚把敷满了猪肝汁酱的三角刮刀拿到外面的窗台上晾。底板斜靠在窗台上,沾了猪肝汁酱的三角刮刀看上去有点像非洲黑人的阳具,只是那三个锋刃还是显得相当突出、明显。

吕刚回到屋里,搓搓手,等着父亲说话。父亲抽完了一支烟,又取出一支,又舔两下,去对前一支烟屁股的火。父亲双手也沾染了猪肝的汁酱,看上去像个屠夫、刽子手。手指一来二往,香烟上面也涂上了猪肝汁,有一块离烟嘴很近,于是,猪肝汁便染上了父亲的唇角。

女知青终于掩饰不住恶心,说:"尚礼大哥,你,你你……"

吕刚堵住了女同伴的嘴:"去去,你给咱们和点面,待会儿吃扯面!"

父亲感觉到什么,但仍是不以为然:"没事儿,待会儿这剩下的猪肝还可以做臊子呐,我今儿个就在你们这儿蹭一顿啦!"

吕刚看着父亲的嘴,若有所思。

父亲支使吕刚把那"机关"再取回来。

猪肝的汁酱已经冻在三角刮刀上。

父亲再次把猪肝塞向三角刮刀,再晾;再塞,再晾。三遍之后,那三角刮刀已不见锋刃的棱角，完全像一个阳具了。一直在一旁观看的另一位男知青笑起来。

"不会是做阳具耍呢吧？！这可是流氓行为。"

父亲可能是许多年未猎，看着猪肝包裹的阳具玩意儿兴奋起来，本来要舔第三支烟的舌头在这猪肝阳具边上响亮地弹了一声。

"狐狸会把这个吃进肚子里吗？"吕刚有点儿匪夷所思，"或者……咬？！"

"它会舔！"父亲把香烟送到唇边，伸出舌头，舔一下，转个角度，再舔一下，说，"你就等着扛它的尸体吧。"

"有这么神啊！"吕刚躁动着，说，"雪已经下起来了，咱们出发吧！"

父亲点着了第四根香烟，说："等天擦黑的时候。"父亲这样连续地吸烟，以往是没有过的。这样在人面前卖弄自己的秘籍更是史无前例。父亲好像是要戒掉一个什么毒瘾之前的最后放纵，也像是被家庭的压抑憋得太久，非得狂泄一下才能舒展心胸。

父亲居然还蹲在地上吐起了烟圈，懒得说话。

父亲悠悠然的样子把吕刚急得像热锅上的蚂蚁。"狐狸会舔……舔刀刃？然后呢？它不会明白我们的诡计吗？它的舌头裂开了口子也不会跑吗？狐狸有那么傻吗？猪也不会那么傻吧？！天哪，这这这……"吕刚的脑子飞快地闪出许多疑问，再用想象试着去解开它们。这令年轻人越来越兴奋。最后，由于他明白不能强行迫使父亲立即出发，只好自己到案上忙活晚饭，以便让时间过得快一些。案子被吕刚高大的身躯弄得咚咚作响。一边忙活，吕刚还一边叫喊其他的知青一并上手，点火，烧水，剥蒜苗，并把被捅过三次的猪肝切成丁做菜。

天黑了。

吕刚搭着一匹麻绳怀揣一把手电筒跟随父亲来到黑子河的出山口时，雪已经盖住了原野，只是还不怎么厚。父亲在河滩上找到一块屋大的巨石，把"机关"的一头塞入巨石的底缝，再与吕刚合力抬起一块足有二百斤的石头，压在木板的另一边，再塞些小石片压缝。之后，试试松紧，很牢固，父亲便折身沿河床向黑洞洞的山里走。

"往里去干什么呀？"吕刚望着黑不见底的山沟，声音有些颤抖。他用手电前后上下地探照。光柱里是一阵紧似一阵的雪花。

"砍一棵竹子。"父亲手提一把砍刀，脖子上挂一个军用望远镜。望远镜是前几年姨妈送的礼物。

"砍竹子干什么？！"

"做陷阱。"

"啊,像越南人给美国佬做的那一种?"

"差不多吧。"

"我说嘛,还带点猪肝猪油,原来——哎呀!"

吕刚脚下踩空了,但父亲在他倒地之前揽住了他的肩膀。父亲反应之快,手脚之快令吕刚又补了一声"哎呀"!

纵深走了二里地,砍了竹子,回来的时候,吕刚累得气喘吁吁。

"就在这儿挖陷阱吗?"

"得撤开,远一点。"

在相距那个"机关"半里远的河床上,父亲选了一个自然的凹陷,插好涂抹了猪肝猪油的竹箭,上沿四周再垒些石头,稀拉地搭上几棵柴草。之后,父亲又走到凹陷的上面。隔半米抹些猪肝汁和猪油,那种抹法,更像是把手擦干净。抹了五六处,最近处恰在陷阱的上方。

"这是干什么?"

"给野猪引道。野猪喜欢走沟,走低处,咱们的陷阱不够深。不过,它们要是从这儿下去,高度就足够了。"

"尚礼哥神啊。"

"去吧。"父亲长出一口气,说,"记住旁边这棵大松树。"

"记住了。哎,咱们去哪儿?"

"回去睡觉。"

"睡觉?就这样……回去睡觉?"

"啊。回去睡觉,快天亮的时候再来。运气好的话……"

"运气?"吕刚没动。

父亲已经走出大老远。父亲走夜路不用手电筒,似乎脚上长着眼睛。父亲走得与白天一样快慢,但吕刚觉得父亲简直在跑。

吕刚打亮手电筒,追着父亲,开始连珠炮似的发问。

"那狐狸舔了刀刃,不跑吗?"

"不跑。"

"它舌头流血也不跑?"

"不跑。"

"不可能吧。它会痛啊!"

"零下十几度,猛地划开,血涌出来,只是热乎乎的感觉。"

"热乎乎的感觉……"

"哼哼。狐狸闻腥而来，大雪盖住了我们的足印，那腥物还在石缝之中，四野无人……狐狸很狡猾，它会先舔一下试试，那味道就令它兴奋。它会再抬起头来四下张望，没人，没动静，它就会再舔。等到舌头舔出了血，与猪肝混为一体，就更兴奋了，它会把自己的血和猪肝的混合物再舔回嘴里，一同咽下去。就这样，翻来覆去。"

"直到血流光了吗？"

"还没流光的时候，它就会倒卧在那里。"

"还活着？"

"如果我们去得早些，它就还活着。"

"啊……那，它的舌头还在吗？"

"还在。"

"舌头上会划出多少刀口啊？！"

"没数过。要不再回来的时候你数数。"

"我想看看。"

"不行。看不见。"

"狐狸的眼睛不是发绿光吗？"

"你能看到的地方，它们能闻着你的味儿，就会跑。"

"那，你看到过吗？"

"看到过……用棉被裹住全身，只露眼睛，在树上过一夜。那太累。"

……

父亲和吕刚远远地就听见知青居住的库房人声嘈杂。

"坏啦！"父亲拉吕刚闪到一棵大树后面，"准是臭婆娘……"

父亲没有回家吃晚饭，母亲就满村子找人，问到知青灶，剩下的知青被父亲和吕刚再三叮嘱过，说"不知道""没看见"，但是，村中有人看见父亲和吕刚走了。母亲确认情报之后，闯进知青灶，在地上发现了几滴猪肝血。母亲像一个职业侦探一样用指头蘸一下，往舌头上一舔。

"不知道啊。"剩下的知青在证据面前还是一脸的无辜。

"你们只要说出他们走的方向就行，嫂子也不是要杀你们尚礼哥。"

母亲的声音引来了邻近的村民。一听，找尚礼，男人没兴趣走了，女人也没兴趣，但佛友们都留下来，为母亲助阵。

"干啥哪，在这丢人现眼！"父亲出现在库房门口。

母亲看贼一样上下打量一下父亲，没有被父亲的气势吓住。"吕刚人呢？！"

"他拉我去他们同学的灶上，要喝酒，我不喝，就回来啦！咋的啦？"

父亲从头上摘下棉帽，在手上掸出很大的声音。"咋的？咱家是监狱呀？我不能出来放放风啊？！"

在场的两女一男三个知青笑起来，信佛的婆娘们也笑起来。

父亲"哼"一声，拂袖出门，雄赳赳气昂昂地回家了。父亲摆起的军大衣，"咚咚"的步伐，凛然的气势，有点接近打入匪巢的杨子荣。

六 妹妹

"他个驴甚！他撅屁股我就知道他拉什么屎！"

像父亲不吃母亲那一套一样，母亲也看穿了父亲的把戏。母亲在众姐妹和知青面前冲着"杨子荣"的背影一通解气地臭骂。之后，她与那些佛友离开知青库房，站在井台旁，沐浴着鹅毛大雪，悄悄私语，如此这般，最后无声地散去。

母亲回到家，见爷爷抱着我戏耍，父亲已经在炕沿上酣睡。炕沿这边是父亲的固定席位。母亲哼哼两声，抬脚去踹，却被炕沿磕了鞋帮子。"你个驴甚！"母亲说着又去推，推不动。母亲只好转身求助爷爷。爷爷这一年多来很愿意为母亲帮忙。

"把你这熊儿子推到炕里边去！"

爷爷笑起来说："你推不动？哈，我跟你说……"

母亲照着爷爷说的招数，抱来顶门杠，塞入父亲腰下，再把石枕拖过来垫在杠下面，然后耍杠杆一样把父亲往里撬。仅仅两下，父亲就"滚"到炕的最里面了。

"弄啥弄啥——孩子他爷——快把天木抱来——把天木抱来啊！"

父亲收住手脚。父亲似乎已经学会了克制。半年前，爷爷发现儿子与媳妇之间不和谐，他教导过父亲，对媳妇应该如何，不管怎样，绝不能霸王硬上弓。父亲学不会。爷爷差点儿把自己与水一泓的经验，包括细节讲给父亲听。"这个驴蛋蛋，茅坑的石头！"爷爷曾经教过父亲许多东西，父亲几乎都没学会。有一回爷爷急了，踹父亲一脚，说："这驴日的不是我儿哩！"

我被母亲安置在炕中央。

父亲的目光挪到我脸上，突然他怪叫一声，扮个鬼脸。

"啊——"母亲向我扑过来。

我很想笑一下,也许真的笑了一下。

父亲呆住了,目光变得怪异起来:"这他姥姥的这是我的儿子吗?!"

"不是!"母亲把我抱在怀中,解开衣襟。母亲认为我受了惊吓,所以用她的乳房安抚我。其时我已经断奶。母亲应该用她的乳房去安抚她的丈夫,那样的话,父亲也许会失去对狐狸、野猪们的兴趣,收了他的"机关"和陷阱。男女双方各得其所,何乐而不为呢?这种时候,我就知道我长大之后为什么那么蠢了。

母亲露乳的同时,甚至还背过身去,连另一间屋的爷爷都听到了父亲的口水通过食管下坠的声音。

"不是!"母亲又喊一声,说,"是驴的儿子!"

父亲开始脱衣服:"妈了个B的!就要衣服哈?!给!给!给!"

母亲的唇角像弥勒佛一样撇了一下。她扫一眼光着上身,仅剩一条裤衩的丈夫,毫不留情地把父亲脱下的军大衣、棉裤、棉帽和麻布做的裤腰带收到一起,压在自己身下。

"咋的?!你要冻死我再找个野汉哪?!"父亲心中有鬼,不然不至于这么逊。

母亲已经躺下了。母亲一边搂着我蹭脸,一边说:"要睡就进里边去,要嫌我们母子,就跟孩子他爷睡。"

母亲心想,有本事的驴甚,你就光着身子去套野猪吧。哼,我就不信你能日天。

父亲来到爷爷的房间,爷爷佯作酣睡状。母亲刚才用顶门杠撬父亲的腰眼,父亲知道是爷爷的主意。现在,爷爷又装熊。联想这一年多来爷爷总是偏袒母亲,父亲咬着牙,冲着爷爷的后脑勺用鼻腔"哼哼哼哼"地笑起来。

爷爷也哼哼两声,像是梦中的呓语,也像是警告他的儿子:"你想咋?反了你了?!"

父亲钻进爷爷的被窝,尽量靠边,尽量少用被子,一副生怕打搅爷爷的孝顺样。躺好了,父亲从牙缝中挤出几个只有他自己能听清的字:"……林冲雪夜上梁山!"

雄鸡一唱。

爷爷做梦也没想到他的儿子会把他的棉被当衣服,冲向漫天大雪的黑夜之中。

父亲裹着红花被面的被子,先往生产队的马厩找吕刚。吕刚把自己埋在饲料草堆中,忽然被揪醒,连声"啊,啊……"。借着一盏油灯,吕刚找到了手电筒,看见父亲裹着个红花棉被,乐得又倒向饲料草堆。"哈,让嫂子扒光啦!"

父亲踢了吕刚一脚,自己折身奔向村外。

吕刚晃着手电筒,照着父亲留下的脚印,拼命地在后面追。

来到"机关"附近，天已经麻麻亮。雪也变得小了，它们轻盈地飘舞，好像缺乏足够的重力踏实地落到地上。因为雪的覆盖，两人花了好一会儿工夫才找到"机关"。那儿鼓起一个包包，好像有一头猪或一只羊被雪埋住。

父亲上前踢了一脚，那东西还有轻微地蠕动。

"它还活着！"吕刚叫道。

父亲猛地弯下腰，伸手在厚厚的雪中抓住那畜生的后蹄，拎起来，一抡。棉被本来是用手在里面抓着的，现在它向后落入雪地。

"嘿！"父亲嘴里喷出一大股子白气，赤溜的上身肌肉丰满，棱角分明。

父亲把那畜生抡了个圆，抖起厚重的雪，雪沫纷纷溅到父亲的皮肉上，激起层层小疙瘩。

"哈！"吕刚赞叹一声，忙拾起被子给父亲披上。

那畜生"扑"的一声落在雪面上。

"是狼！"吕刚认出来了。

父亲哼了一声，弯下身子，在雪下面摸"机关"，没摸着。

"不会被狼吃了吧？！"吕刚凑上前来看，说，"来，让小弟把雪扒开。"

看见"机关"了，三角刮刀有两面露出了锋刃。吕刚盯着三角刮刀显现的锋刃，想象着那匹大灰狼用舌头贪婪地舔啊，舔啊，舔啊……

这时，父亲从地上拈起几根红棕色的毛，看一看，撮一撮，最后，父亲会心地"哼"了一声，掉头赶赴陷阱。

人高马大的吕刚总是处在被动的状态，所以他总是在追父亲。吕刚注意到父亲在观察那些红棕色的毛。

"那红棕色的毛是狐狸的吗？"

"嗯。"

"几只狐狸？"

"不知道。"

"狐狸和狼谁先到？"

"狐狸！"

"狐狸跟狼咬仗了吗？"

"可能是狐狸跟狐狸争抢。"

"那几只狐狸也不敢与狼斗吗？"

"它们斗不过。"

"哦，那就是狼抢了狐狸的美食，结果……尚礼哥，你快看看狼，它还在出气儿哪。"

灰狼搭在吕刚宽大的肩上，狼的脸随着人的脚步在他胸前磕一下，再磕一下……

"没事儿，它已经没力气张嘴了。哎，望远镜呢？""啊？昨晚都撇在草料堆里啦。"吕刚边说边摔下狼，头尾颠倒方向，重新扛起。他长出一口气，向北扫一眼并不平整的关中平原，气象俊逸而静穆，细碎的雪花若有若无，就近的村落传来隐约的犬吠之声。天色已明，空气中充塞着冰雪生冷的味道。

看见那棵巨大的松树了，它撑着身上厚厚的积雪，多数枝丫已经弯垂。快到陷阱了，父亲突然卧下身体。吕刚在后面也蹲下来。陷阱的方向有动静。

"是头野猪！"父亲一面说，一面朝四下探望。"不对，不对……"父亲抽抽鼻子，像是野兽嗅到了猎人的气息。

"附近没有脚印啊！"如果有望远镜，这之前扫描一下，多棒！吕刚一眼望去，河床上是被积雪覆盖的、巨大的石头鼓起来的圆包包，一个，一个，又一个，参差曲折高矮不等，弯曲的河道被这些圆包包装点得仿佛童话世界。雪要下得足够厚，才能造出这样的景观。

父亲"啊"了一声。

吕刚看一眼呆愣的父亲，再顺着父亲的目光扫向那棵大松树的方向。

一眨眼，眼前就出现了十几个披着白布的人。神兵天降啊。全是女人。她们从松树后面，从几个圆包包后面逐次亮相。她们朝父亲他们无声地逼过来。

父亲"哼哼"地笑起来。父亲认出了这群婆娘，为首的就是母亲。父亲拍拍吕刚的肩膀，提高嗓门，说了声："走！"就奔那陷阱而去，一副一不做二不休的样子。父亲身上裹着的红花棉被在此境况下显得格外突出，也有点儿滑稽。

"你个挨千刀的驴甚！"母亲像群狼之首一样率先扑向父亲。

吕刚拼命地喊"嫂子"。

父亲旁若无人，径直去陷阱里弄那头野猪。

母亲死拉住那套红花棉被，拉不住，自己倒被拉着前移，紧跟上的许多手已经把棉被拽开了。就这样，父亲恶虎不敌群狼，被一群婆娘搞成了半裸体。父亲的裸体令除母亲之外的其他婆娘兴奋地哇哇乱叫，像一群色狼扒开了妙龄少女的衣裳，肉很新鲜，还冒着热气儿呢。看来，信佛的女人也好色。父亲回身抢夺棉被，怎奈脚下卵石松动，父亲四仰朝天，跌入陷阱。

一阵剧烈的嗥叫声……

父亲没有出声，是他身下的野猪遭到了致命地一击。野猪咽气儿了。也就没

上篇　061

有声音了。

怎么办呢？

母亲只是犹豫了一瞬间，她从脚下抱起一块卵石，说："来，咱们把他埋了！"

吕刚站到陷阱边，护住伤残不明的父亲，说："嫂子，你要干啥？！我们杀的都是害虫啊！野猪不是祸害庄稼吗？！你这是干啥？！干啥？！"

"你滚一边去！"母亲抱着的石头蛮重，致使她要拨开吕刚时失去了平衡。有两根竹签已经穿透了野猪的身体，如果母亲再把吕刚撞向陷阱，恐怕要轮到父亲像野猪一样嗥叫了。当然，父亲也可以死也不叫。父亲是有英雄品格的。

母亲可能是疯了吧。

僵持中，终于有另外的女人发话了。"玉姐啊，孩子他爹受伤啦！"其他的女人马上附和："这不行啊！""快，吕刚，你力气大，下去把尚礼哥捞上来。""这看着心疼啊！""尚礼兄弟不能死啊！""快把棉被给盖上！""阿弥陀佛。"

我忘了介绍母亲的姓名。两个字：田玉。

母亲撂下卵石，诧异地看着她的原来忠诚现在反叛的佛友们。看着看着，母亲一屁股坐下去，哭起来。

那些本来用于伪装的白布被派上了用场，它们角对角被扎起，四块合一，可以兜住父亲的身体。父亲拼命地抗拒，并开始骂人，他的右腿被两个穿透了野猪身体的竹签扎伤，女人们不由分说，一并上手，红花被蒙盖住父亲往回抬。父亲蹬踹开被子，喊吕刚，叫他把野猪和狼弄回知青灶。

那头野猪足有二百斤，吕刚一个人弄不动，他跑回知青灶，叫上其余的两男一女。女知青在屋里见到吕刚扛回来的狼，一阵惊叫，见到陷阱里的野猪，又是一阵惊叫。

姨妈得知父亲受伤的消息，也想惊叫一下，如果她再年轻十岁八岁的话。顺便告知一下姨妈的大名：田秀。领走了姐姐之后，快两年了，姨妈早想来我们家看看，但是，姨父出了问题。是立场问题。或者，比方说吧，在省城那样的地方总是有很多人排队买东西，有时候买一样的东西站好几个队，其中只有一个队是对的。姨父站错了队。本来姨妈用公家的车帮母亲生产的事无人过问，因为姨父站错了队，半年之后这事也被人拽出来，成为姨父的一大罪状。好在，姨父更重视姐姐的存在，更在乎与姨妈的感情。姨妈对姨父说："以前总是那么忙，现在好了。无官一身轻，咱们享享天伦之乐吧。"还有，从唯物辩证法来看，塞翁失马焉知非福，坏事可以变成好事。夫妻俩日子过得更甜美了。现在，我们家出事了，姨妈拉上姐姐就去长途汽车站赶班车。

姨妈和姐姐来了,我们家阴阳平衡,欢声笑语。但是,姨妈更多的时候充当的是厨师和跑堂的角色。

父亲不吃母亲做的饭。

姨妈说:"我做的也不吃?!"

"吃!"父亲说,"我吃,我吃!"父亲的右腿被自己做的竹签扎了两个洞,在炕上躺了几天,就没吃上什么油腥的东西。

吃了两顿,父亲不吃了。

"为什么?!"姨妈像我奶奶似的看着父亲,说,"你怎么像个孩子一样?!"

"我要吃肉!"父亲眼珠子翻向横梁。

"吃肉,好啊。我给你做!我跟你说呀,我做的红烧肉是可以开馆子的呢。"姨父被免之后,姨妈的厨艺便更上一层楼,姨父的第二个下巴已见雏形。

母亲坚决不答应。

姨妈知道母亲的态度。刚来的那天,姨妈与母亲彻夜长谈。第二天,姨妈又与父亲和爷爷谈了很久,结果,姨妈明白了事态的严重性。姨妈对爷爷说:"难啊,不过您可以以长辈的身份多说说尚礼。我呢,就多开导开导我那偏执的姐姐吧。"

吃肉不吃肉的问题在母亲那儿是原则问题,原则问题类似国家主权,是不能讨论的。

好吧,那就不讨论。先把问题放下,先讨论一下人的身体需要什么。母亲没兴趣。好吧,那就说说你的这个儿子,这个仁天木,他需要什么?

母亲乖了许多。

于是姨妈尽其所知,尽其所能,给母亲上了一堂人体营养课。本课的重点在"蛋白质"。

"那和尚不吃肉不也活得好好的吗?"母亲的疑问直截了当。

姨妈挺了一下腰板,说:"首先,我们都不是和尚,并没有自愿受戒;其次,你怎么能确定和尚的体内不缺蛋白质呢?还有,据我所知有的地方,因为佛内派别不同,戒律也不一样——和尚是可以吃肉的。他们把那叫做'酒肉穿肠过,佛祖心中留'——你应该知道吧,重要的是心中有佛!"

母亲歪着脑袋,说:"那……就让那该死的吃饱了、喝足了再去杀生?!"

母亲退了半步。

姨妈折身来到父亲的炕头,说:"咱们后厚村闹饥荒的时候也不缺粮,吃肉嘛,自己喂头猪，养一群鸡，也不至于那么荒吧？！为什么偏要去……"

父亲听到了姨妈和母亲的对话，没等姨妈说完，他就嚷嚷开来："不杀生不杀生！我他姥姥的再去弄那些该死的野畜生我是驴养的！哼，那黑子河山口，开春就要修水库，往后也难见它们的影子喽！"

"那好，那好哇！"姨妈像看见了自己儿子浪子回头似的，补上一条，"男子汉说话算数？！"

"我仁尚礼几时说话不算数？！"父亲掀开被子要下床，却被姨妈拦住。父亲解恨似的说："我不去，你们去，快去！"

"去哪儿？"

"去知青灶把那狼和野猪弄回来。快去快去！老爷我要补身子！"父亲挥舞着胳膊，唾沫星子乱溅，说："我是羞了先人了，被他妈几个婆娘当野猪往陷阱里掀，我日！我日！"

父亲说的这件事，村子里有另外一个版本，说："要不是我们几个女人一齐上手拉啊拽啊，那仁尚礼就应了佛家的因果报应——自己扎在自己的陷阱里！那就扎成马蜂窝啦！"

姨妈转回身去，搂住姐姐吃吃地笑，说："他爹爹多英雄啊！"

好像这一回是姨妈调和了父亲与母亲的关系。其实，这只是表面现象。姨妈走了，我们家的日子还得我们一天天地过。天一黑，熄了灯，母亲依然不理睬父亲。那种不理不睬，透着莫名的轻蔑。在女人面前死皮赖脸磨啊蹭啊八面温柔那样的事，父亲做不来。所以，两人就那么扛着。有我在，父亲再怎么欲火焚身，翻来倒去地捣腾，也是白搭。

大约三十多年之后吧，我都快四十岁了，被一名导演选中，出演一部名为《王子奇遇》的电视连续剧。那位蜚声海内外的导演辇素齐上手，才把我从监狱里弄出去。那部电视剧还没拍到一半，已经红透了半边天。一份名为《花殇》的报纸，说我儒雅有余，绅士十足，系出名门。说我"坐怀不乱"，简直堪与佛陀相提并论。这篇文章的"链接"部分则说，老子英雄儿好汉，老子卖葱儿卖蒜。网上已有众多拥趸调查了我的家史，说我父亲早年即获"驴甚"之英名，有其父必有其子。

在我学会走路之前，父亲几乎就没有抱过我，他总是冷冷地漠漠地盯着我，似乎在问一个永远没有答案的问题："这崽子是我儿子吗？！"我学会走路之后，父亲很少有机会碰我。爷爷常常抱着我在村民中炫耀，或者去后山坡的杏树林，在那块葬着水一泓的坟茔之地玩耍。爷爷教我说南方口音的普通话，还教给我用一张稍硬的纸叠两下就能甩响的游戏。母亲不厌其烦地给我讲那个杀鳖的屠夫的脑袋最后如何滚到肮脏的水沟里，和与此类似的"因果报应"的故事。母亲讲这些故事，专拣父亲在场的时候，所以，多半她是讲给丈夫听的。与其说母亲是要教诲父亲，不如说她是用这样的方式排泄心头的怨恨。而这犹如滔滔江水般的怨恨，被父亲理解为一个疯婆子的怪异行径。父亲没有心理学家的秉赋，无法将母亲生我、水一泓死去、觉澄法师自焚这些强烈的生死讯息有机地联系起来。就算他偶一闪念，将那些讯息联系起来，他也无法认同这一切都要由自己来承担责任。"我不过杀几条害虫？！至于这样死命地与我为敌吗？！"这就是父亲的基本思想。

不再狩猎，对于父亲来说，有点像爷爷戒赌。父亲本来并不是以狩猎为生的，也不是隔三差五地就起杀心。因为我们家乡方圆数里，并不是野生动物园。野兽的数量在逐年减少，越往后越要讲究狩猎的时机。重要的是，狩猎是父亲身为雄性的一根精神支柱。多年以来练就的对野兽习性和天文地貌的种种迹象的洞察力，每每验证，便令父亲大生快感，全身通泰。

父亲变得易怒。谁跟他犟嘴他就急。好在，爷爷常常可以及时地出现在肇事现场，收敛父亲的野性。不过，爷爷没料到，父亲有一天突然在生产队的会上啮人家生产队长。

"女人当家，能修渠？修个'沟子'渠！哼，哼哼……"父亲就这么"哼哼哼"地向女生产队长发起了挑战。"沟子"在我们家乡是屁股的意思。

村民们议论纷纷。有人支持父亲，说父亲是自己谦虚，这生产队长，早就该父亲干。也有人反对，说生产队长不是谁不想干就不干，想干了又来干的。再说，时下还是"抓革命促生产"，你个仁尚礼成天不务正业，又不是党员凭什么干生产队长。还有人说仁尚礼以往开会生怕发言，今儿个是中邪啦。

女生产队长是个天不怕地不怕的女人，她冲到父亲面前，义正辞严："把你的意图说明白！是我违反了纪律，还是有作风问题？！你说，是什么问题？！""你知道鸡为什么下蛋？！你知道先有鸡，还是先有蛋？！你知道驴为什么下崽不下蛋？！"父亲像被蝎子蜇了屁股乱蹦乱跳乱嚷嚷。

会场乱了。

这回，吕刚离父亲比较近，他扑上去抱住发作的父亲，贴着耳朵说："尚礼大哥，千万要冷静！先回我们知青灶，我前两天才弄回来一瓶'西凤'，我孝敬大哥。大哥，我求您了！"

吕刚人高马大，却不能单独架走父亲，爷爷挤上前来，骂道："鬼上身啦！你个驴甚！"

父亲还是怕爷爷的。爷爷的话泄了父亲的心劲儿。父亲被吕刚等人弄走了。

生产队开会研究的是从上游黑子河山口向我们这一块开渠的事儿。虽然我们村的地多在半坡，但因为土厚且肥沃，亩产并不低。如果开了渠，能保证水浇地，自然是锦上添花。村民们兴高采烈，纷纷献计献策，爷爷特别关注水渠是不是要经过后山坡的杏树林，急着要看水渠的路线图。女生产队长说图还没有，不过杏树林那么高，水渠大概不会修到那儿，爷爷还是不放心，跟一些村里的骨干男人反复论证。纸上谈兵，空谈。爷爷建议几个人一块去实地考察。

女生产队长采纳了爷爷的建议。于是，女队长宣布散会，一行人沿山坡向西面，逶迤而去。

父亲本来是不怎么喝酒的，近两年酒量见长。看到吕刚打开了"西凤"酒，二话不说，抓过酒瓶先灌了三两。之后，父亲就开始骂那个女生产队长。

吕刚丈二和尚摸不着头脑，手忙脚乱，才弄来一碟花生米，一截香肠，一碟西红柿，瓶里的酒已经快见底儿了。

"到底怎么回事啊？"吕刚拉住父亲的手，语重心长地像个兄长。

"咋回事儿？你说咋回事儿？你注意邻村那头种驴没有？没有注意？哈，你小子八成还是个雏儿吧？哈，哈哈哈。去找它学两招！"

父亲说着推开吕刚的手。

父亲来到井台边，扶住辘轳，脑袋向下，像要呕吐。吕刚追上前，扶住父亲，说："大哥，不行先在我们那儿躺一会儿。"

父亲一摆手，说："你走远点儿，小心再栽进这口井里。再下去我可不救你喽。救你差点累断我的腰！你小子沉得赛野猪……我没醉！你给我回去！回去！不许往后看！"

吕刚还是追到了我家门口。

父亲反身用顶门杠顶住了自家的门。然后，父亲闷着头，从母亲怀中把我抢过去。

母亲惊叫起来："你个驴甚疯啦！他爷爷——"

门外的吕刚犹豫了一下，动手敲门。

父亲踢开顶门杠，拉开门，瞪着一双血红的眼睛，说："咋？你不跟驴学？跟我学？好！好哇！来，进来进来，看着我给你摆活！"吕刚立在原地，睁大了眼睛："大哥……你……""好！你有文化！你斯文！你是那驴日的君子！我……我是小人！……你进不进？就站在这儿看？！行，行啊。"父亲撂下吕刚，把正在他双手中蹬踹的我抡了大半圈。我体验到飞的快感。父亲劲真大。母亲从来也没有把这种感觉送给我。

我咯咯地笑起来。

"看见没？我儿子高兴，高兴哈……"父亲又把我抡了大半圈。之后，这家伙拉下脸，把我举到他脸前，举得很高。我的小鸡鸡从开裆裤里钻出来，正冲着他的脸。"小子哎，有本事冲你爹我尿一泡！尿呀！"

生人在场，我尿不出来。

父亲的脸往下一沉，说："我就知道你是个屁包！"

我被父亲关在爷爷的屋里，我听到父亲像野猪一样的喘息声和母亲惊慌失措的尖叫声，混杂着身体的磕碰和手解衣裤的声音。时值仲秋，母亲贴胸穿着白棉布的衬衫，那件衬衫的扣子是布疙瘩，它们套在对襟的布窝窝里，开闭母亲的胸膛。那儿也是我钻来拱去的温馨之所。现在，那些布疙瘩扣猛烈地蹦跳出来，发出布与布之前不可能发出的清脆之音。母亲的下体是个宽松的短裤，褪下去很方便，而这时则传来撕裂的声音……门外面的吕刚叫一声大哥，又叫一声嫂子，然后，很快地，三个声音就剩下父亲一个人的声音了……一股浓重的裆下气息，腥腥地从那间屋升上梁宇，再从梁宇间下沉，把我包围了。

母亲昏过去了吗？

我等了很久，直到听见爷爷跨进家门的脚步声，又顿了一下，才听见母亲爆炸式地哭喊："你个野兽！疯子！驴！啊哈……"

母亲骂父亲的尾音"啊哈……"听上去像是一首嘹亮而欢快的革命歌曲。

这样，十个月之后，我就有了一个妹妹。

七　游戏

母亲在自己枕头下的褥子炕席间藏有一把匕首似的半个剪刀。那不是预备歹人的侵袭，而是为了抵抗父亲的侵扰。可是，当父亲趁爷爷不在，隔开我，真的要侵入母亲的时候，母亲却每每忘了那把剪刀的存在。这一次也不例外。

父亲终于泻下了他体内的积蓄，野猪一样趴在母亲的身体上，鼾声如雷。

是爷爷回家来的脚步声把母亲从窒息的状态中拽醒。母亲使出吃奶的劲，把自己的身体从父亲身下腾出来。母亲这时才想起了那把匕首般的半个剪刀。母亲

上篇　067

一面喊叫一面奋力将剪刀扎向父亲。

那半把剪刀是钝的，且锈迹斑斑，隔着衣服，没有抵达足够的深度。所以，父亲依然沉在梦底，没有醒来。母亲正要换一个位置，换一个角度——比如说照着脸、脖子、脑袋，甚至裆部扎的时候，被爷爷拦住了。

在孕育妹妹的日子里，母亲常做的一件事就是磨那把匕首一样的半个剪刀。磨完之后，母亲都不会忘记在我们家仅有的一张熊皮上试试刃锋。那张熊皮在妹妹出生之后，已经与一张渔网很接近。

我天生木讷，三岁之后才能说句完整话，看到这带毛的网状东西，我说："毛毛网，毛毛网……"爷爷夸我："会说话啦！"

父亲在知青灶睡了几天，是爷爷挥舞着顶门杠把父亲打出家门的。那时候，离婚似乎是件奇怪而丑恶的事，不然母亲一定会提出诉求的。后来，是闻讯赶来的姨妈把父亲"请"回家的。回家后，父亲把另一间放粮食和杂物的房间收拾规整了一下，铺些麦草，铺块油布，再铺个褥子，就当他的卧房了。

父亲闷着，跟谁都不说话，谁说话也不应。姨妈巧舌如簧，也不能将父亲和母亲拉扯到对面。饭做好了，父亲不吃；众人吃完了，散了，他才把剩下的稀里糊涂塞到嘴巴里。生产队忙，他就干活，不忙，他就瞎转，而且越转越远，时有夜不归家的情形出现，大有步爷爷当年之后尘的趋势。

姨妈认为闹到这步田地，母亲有一半责任。但是，姨妈讲述的"夫妻之道"母亲根本听不进去。村上一些大姨大婶用通俗又粗俗的语言讲述的"嫁鸡随鸡，嫁狗随狗"的逻辑，更是被母亲当洗脚水一样泼了出去。能与母亲交谈的人越来越少。母亲自己去半山的小庙"请"了一个泥质的观音，安置在炕边的两个木箱上，每天烧香念佛。只要我不跟父亲搭腔，不往父亲怀里探头探脑，母亲总是和颜悦色的佛相。否则，母亲就朝我屁股上拍巴掌，变得凶神恶煞。母亲这样慈善凶恶地颠来倒去，变幻脸色，令我受益匪浅，给我若干年后被请去做演员积攒了资本。母亲不准我叫父亲"爹"，越是不准叫，我越想叫。我偷偷叫。每一回，母亲不在，我叫了"爹"，父亲都让我飞起来……这种飞的感觉可能就是我长大之后崇拜父亲的心理基础。

我可以感觉到父亲的目光在母亲疏忽的时候，时不时地追随着我。夏天，爷爷会送我一只装在麦秆编的小笼子里的蝈蝈；秋天，又送我一只"木尜"。我知道，那都是父亲的作品。父亲还在县城百货店买糖果、点心给我吃，姐姐随姨妈回了省城之后，这种东西就很少见了。当然，也是经爷爷之手转交的。我在门前的核桃树下逗蝈蝈，玩"木尜"，吃糖果的时候，父亲就在村中央路的那一边远远地蹲着看我。这时候,父亲会点上一支烟,一边搓着身上的垢泥,晒着太阳,蛮享受地吞云吐雾。

我在门前的核桃树下玩耍,母亲是不介意的。那时,母亲正好腾出身来做些家务,或者做饭。再说,爷爷多半就蹲在门槛上,要不就跟我一块儿玩耍。

以往,核桃树果熟之后,都是爷爷漫不经心地打摘,高处够不着的,就任它自己挂着,终有一天它就自己跌到地上了。那时,爷爷就差我把它们捡回家。待我可以爬树了,就帮爷爷打摘核桃。爷爷一面喊我小心摔下来,一面傻呵呵地笑。

后来我听说无数白领、国家公务员,反正那些必须早上按时上班的人吧,他们都有一个梦想:早晨睡到自然醒。在我没有上学之前,我享受的就是"自然醒"待遇。更多的时候,我跟在爷爷的屁股后面,去后山坡的杏树林闲逛,类似城市的女人逛商场。杏树林的景色也是四季不同的,这也类似城市商场的商品换季。通往杏树林的小路上,会遇上一对相挨生长的柳树。爷爷叫它们"鸳鸯柳"。它们小的时候只有爷爷的大拇指那么粗。我每次经过,都要从小路上跳到它们面前伸手把它们分开,从它们中间过去。

妹妹出生之后,姨妈把母亲接到省城的家里坐月子。母亲当然不会把我留给父亲。我看到了公共汽车,宽阔的马路,高高的楼房,哗哗哗用水冲洗的厕所,还有,好多好多的人从学校、工厂的大门涌出来。那么宽的马路一下子就看不见了。自行车在人丛中穿梭,清脆的车铃声像一只只金属鸟欢快地鸣叫,它们还在阳光的照射中闪闪发光。自行车看上去比马儿还要轻灵。

驮着好些个大喇叭的卡车从街面上掠过,喇叭里播放出狂风一样的成人规则和国家意图。卡车留下少许飞扬的尘土和浓重的汽油味道,令我兴奋。

吕刚返城来姨妈家探望,他高大的身躯令姨妈家十八平方米的房子显得更加窄小。姨妈在一个拥有两万多工人的国防工厂的子弟中学做教师,这房子是学校分的,一个单元门里有三户人家,三户人家十几个人,十几个人共用一间厨房,一间厕所。早上如厕是要排队的。姨父在军区大院本来有两间房的,但被贬之后,他们不愿再住在那儿。

我喜欢这种人口稠密、拥来挤去的状态,人气儿旺,热情高,信息量大,不像在老家,空旷的房子里常常只剩下我跟爷爷,或者我跟母亲,常常被一种阴湿之气笼罩。妹妹在襁褓中,她不会时不时从母亲和爷爷那儿夺去本来专属于我的恩宠。这一点众所周知。我是"带把"的小子。我是仁家的传人。

姐姐已经上小学二年级了,她对我说再过两年半我也要上学了。我缠着姐姐问上学有多好啊？姐姐傲慢地说："到时候你就知道啦！"到时候？到什么时候？哼，姐姐就是这样跟家里的男人说话，真是有其母必有其女。吃饭的时候，姐姐还时不时地用一种奇怪的眼神观察姨妈姨父，然后目光又甩向我，甩贼似的，我可不是来偷东西的。

妹妹也不怎么样，她出生才几天，脑袋上就长出一个比馒头还大的水包，母亲因此获得了进一步诅咒父亲的把柄。联想姐姐出生时头顶上像浓痰似的黏黄痂儿，母亲更是义愤填膺。姨父把妹妹抱到军队的大医院看医生。大夫说，没事，这东西不用治，长一长，多则八个月，少则半年，它自然就会被吸收、消退。

城里人要是集结起来，打着红旗、标语，上街游行，或者在广场开会。好几万人，数不过来，那可比乡下的庙会壮观多啦。不过，最令我神往的是他们玩儿的游戏，好多都是乡下没见过的。比如蕊中有个彩月亮的玻璃球，他们把它叫"溜溜"；比如云母片，纸包子，纸三角，纸飞机，还有女娃子玩的跳房子跳皮筋。比较有挑战性的要算"工兵捉强盗"、"卧驴不骑"、"斗鸡"。"斗鸡"并不是拿公鸡斗，而是人用右手拽起左脚，使左腿的膝关节弯成角状，用以顶、挑、推对手；那个"卧驴不骑"的专利应该属于乡下，城里人又不养驴。对吧？

啊，"卧驴不骑"是两伙人玩的，一边五六个、七八个、十几个人也能玩儿。一方选出一个"包剪锤"的高手，先定哪方为驴。"包剪锤"输的一方为驴，"驴"的"头"就是"包剪锤"的那个人，他贴墙而立，其他同伙弯下腰，依次抓住前者的衣襟，脑袋不顶前面人的屁股就歪向一边。摆好了"驴"势，人就从后面加上助跑，像体育课跳木马一样，尽量撑跳向前。第一个人最好跳到"驴头"，也就是"包剪锤"的跟前。这样，后面基本等数的人才可以"一个萝卜一个坑"地骑上"驴"。第一个跳的，是"人"这一方的"包剪锤"，也是弹跳最出色的一位。待所有的"人"都骑到"驴"身上，两个"包剪锤"开始划拳。划拳就是"包剪锤"。这很关键，"人"这一方要是输了，马上就沦为"驴"，下一轮被人家骑。而"驴"这一方要是输了，就还是驴。这时"驴"们常常会起内讧，重选一个"包剪锤"。"包剪锤"的精神压力之大，不亚于足球赛罚点球的家伙。

就这样，一轮一轮，"驴"们狼狈不堪，"人"们大呼小叫。游戏很容易被一个人的响屁或者谁的头被夹得受不了之类的事搅乱，但很快就会重新开始。

好玩儿吧？

有个个头儿瘦小的家长有一回飞起他的瘦脚踢"驴"阵，还骂骂咧咧的。大家伙散了，换个地方开除了那个瘦猴的儿子小猴。小猴不高兴，却也不敢触犯众怒，可怜兮兮地站在一旁当观众。不过，游戏一开始，小猴就换了一张亢奋的脸，当起拉拉队员。当哪一边的拉拉队？谁知道，反正他胡喊乱叫一通，也许是发泄胸中的郁闷吧。这瘦猴的儿子小猴长着一对招风耳朵，尖下巴，皮肤黑黑的，像只大鸟。他还有个弟弟小小猴，长得跟父亲、哥哥很像。小小猴与我一般大，他也经常看哥哥们游戏。有一回，他还把我挤到了一边，他瞧不起我这个乡下崽。这家伙一定没想到，我们同时长到十岁之后，在一起玩"头鸡"，我很轻松地就能把他挑起来。他更没想到二十多年后他会在二十一沟监狱叫我"老大"。

姨妈是把我从游戏边拉走的主角，其次是姐姐。姨妈拉我都是很轻柔的动作，一只手还抚在我头上，并且，姨妈在走之前还要蹲下来，十分礼貌地征求我的意见："乖乖，肚子饿了吧？还要再看一会儿？好吧。咱们天木要多吃饭，快快长大。长大了呢，就可以跟这些小哥哥一块玩儿啦！对不？！"话说到这份儿上，谁还能执拗。对吧？

可是，那个叫仁少宜的姐姐却十分粗暴，她生怕别人说她没力气似的，使出吃奶的劲猛地一拽，我的胳膊像要脱臼了。她不管，扬着脸冲着高高的房檐说："走！"拉一头驴崽也不该是她这副德性吧？

对了，姐姐一出现，就有跟她差不多大的男生起哄，她脸红。就算是她的同学没礼貌，她也不该拿我撒气儿呀。慑于姐姐的淫威，后来我远远看见她过来，干脆主动地离开游戏"观众席"，跑回姨妈的家。姐姐在后面"蹬蹬蹬"地追我，追上了，她就抱我，她太消瘦，抱不动。我呢，也烦她抱。我最烦的就是她了！然后才是那些瞧不起我们乡下人的人。姐姐也蛮奇怪，就是偶尔叫我回家，追上我，才要抱一抱，家里边，大人在场，一块吃饭的时候，她就给我吊着个驴脸，好像我吃的东西是她身上的肉。说到吃肉，那要去专门的肉店买。那是个艰巨的任务，通常是由男子汉姨父去完成的。天刚黑，先去肉店门前领个号，半夜里，拿个小凳子，抱个军大衣，在肉店门前蹲到天亮。不蹲不行，后半夜还要换几次号，人不在，前面拿的号就作废了。买回肉的那一天，姨父不但不困，反而兴奋地说昨夜的情形。哪个打架啦，哪个耍赖啦；哪个男女勾搭啦；哪个一人排两个队，在买红苕的粮店与肉店来回奔忙换号啦；还有人用全国粮票换肉票，用布票换粮票……那哪是排队买肉啊，那就是个超级市场。这样，有肉吃的日子就格外快活。姨妈有一位学生的母亲在肉店工作，但姨妈从不走后门找人家帮忙。母亲要是说麻烦了姨妈，姨妈就会一五一十地说出我们家哪年哪月哪天给姨妈他们多少面粉，还有野味，城里人的口粮一半是粗粮、红苕呢。

纯白面的馒头，城里人一年也吃不上几回，我要是在楼下啃一块白面馒头，会吸引好多小朋友的目光。"猴子"兄弟俩的目光像狐狸一样尤为出众。不仅是目

上篇　071

光,"猴子"兄弟俩很快就想出了从我手中猎取白面馒头的方法。他们拿出一些父辈在工厂里用金属冲压成型的毛主席像章,在我面前摆弄。这东西我在后厚村见过一个,很稀罕的。我的眼神暴露了我的心情,"猴子"兄弟俩就说用毛主席像章跟我换白面馒头。成交。后来我用馒头还换来了塑料的、陶瓷的毛主席像章,还有云母片、糖纸、"溜溜"等等许多宝贝。再后来,我的行为被姐姐仁少宜告发,母亲把我痛扁了一顿。母亲反复说的两句话就是:"啊,粮食可以这样糟蹋吗?粮食容易吗?!"虽然如此,那些宝贝并没有退还给人家,道理很简单,他们无法把我们家的白面馒头退回来。那些馒头早变成粪便,顺着城市的排水管道流到了郊区,被农民伯伯浇了菜地,参与下一轮碳水化合物的生产。

城里五光十色的景象,五花八门的信息,在我懵懂灰暗的脑际划亮了一根根火柴,我的许多鲜活的童年记忆都是从这时开始的。在城里住了两个多月,从春天到夏天,回乡下的时候,我的兜里揣了许多宝贝玩意儿。我在村里的孩子们面前显摆那些玩意儿,觉得自己一下子长大了许多,有了生活的资本。

我们村子的资本在那些起伏不平、连着秦岭山脉的土地上。麦子熟了。四下到处是一片一片的金黄。由于母亲为了馒头揍了我一顿,我第一次关注起麦子了。我看微风从麦芒的针隙间滑过,把成熟结块的麦浆的味道塞进我的鼻腔,奶汁蒸去水分,好像也是类似的味道。太阳的光芒像麦芒一样扎人。

父亲是生产队割麦的主力军。一年前在生产队的大会上,无端冲撞了女生产队长,人家并没有耿耿于怀,也没有给父亲少记工分。所以,父亲干活都是挺卖力气的。父亲他们那样的精壮劳力,割倒一片麦子用驴车运走,亮出来一块一撮一撮麦茬的土地,老人妇女儿童就在后边拾遗漏的麦穗。累了,就在地边的树下纳凉喝水。这时,我把那些宝贝玩意儿拿出来,让爷爷猜。这个叫什么呀,那个怎么玩儿呀。爷爷开了眼界,说他大半辈子啦,还没见过孙子的这些玩意儿。爷爷把蕊中有彩色月亮的玻璃球,也就是"溜溜"放在他的空烟锅里,顿挫着吹气儿,那"溜溜"就在爷爷的烟锅里蹦啊,跳啊,直到爷爷的脸憋成猪肝红,他才搂着我大喘气儿,哎呀哎呀的。气喘匀了,爷爷又那样吹。哈哈,爷爷自己也觉得好玩儿吧。这样一天下来,爷爷少抽了好几锅烟呢。

"城里好哇!还是城里好!"晚上吃饭的时候,爷爷感叹着,向母亲讨教城里现时的西洋景。母亲生妹妹不像生我的时候那么刺激,心、气、血都经过一轮调整,脾气温和了许多。加上在姨妈家的耳濡目染,淡化、消解了许多往事的郁结。姨妈反复强调夫妻分居的下一步就是离婚。再说那尚礼兵强马壮,你就不怕他去寻花问柳,犯作风问题?!母亲后来就没骂过父亲了。不过,见到父亲,母亲的脸还是定得平平的，一副对犯了错误的同志"以观后效"的样子。父亲呢，在我们刚回来的时候忍不住抡起我"飞"了几圈，之后竟下意识地看母亲的脸色。母亲假装没看见，抱着妹妹回卧房了。父亲这才想起他的另一个亲骨肉，也跟进卧房。见到妹妹头上的水包包，父亲说："这个……"

母亲并没有借题发挥，诅咒父亲，而是平静地说："不打紧，军大的医生说了，过些日子就会退的，这已经退了一半了。"

"哦……"父亲搓搓手，等着母亲把孩子交给他抱一抱。

母亲晾了父亲一会儿，才把孩子交给父亲。这一招，八成是从姨妈那儿学习、领悟来的，这叫做"拿他一把"。

爷爷在一旁为父亲说话："孩子他娘啊，尚礼都跟我说啦，他再不打猎啦。他呀，转了心思啦。"

母亲依然深不可测地"嗯"了一声，这叫爷爷也惊讶不已。

有一天，父亲睡觉的屋里，传出"叽叽"的声音，那就是父亲"转移"的心思。父亲在我们不在的两个月时间里，学习了养鸡的技能。

十几日之前，父亲正在后院拆除因为"割资产阶级尾巴"而闲置了好些年的猪圈，准备为将来的鸡娃搭建几层鸡舍，来了一位不速之客。这个人是俞金花。

父亲和爷爷曾经讨论过与俞金花相关的问题，他们父子俩一致认为如果人家寻上门来，一准是来者不善。就说觉澄法师死啊活的与咱无关，但据说那群婆娘当中后来死了一个，都是为了抢天木，这怪谁呢？好像说不清。但母亲后来的一些歇斯底里的表现，与这个俞金花脱不了干系。

父亲对俞金花说："孩子他娘那次从宝函寺回来，就得了癔症，我们去了好些个大医院，也没有治好……"父亲边说边想，说得很慢，爷爷迅速作出了反应。

爷爷去邻家叫来了几个妇女，如此这般交代一番，请她们帮忙。几个妇女很快就出现在我们家门口。她们指指点点，七嘴八舌，说尚礼的媳妇人不人鬼不鬼谁见了都害怕。造孽啊。

"那孩子呢？"俞金花问起了我，"那孩子是叫'天目'吧？"

父亲佯作不解："哪个孩子？我儿子？你说叫什么？唉……"父亲的话都说到半截，然后长吁短叹，没有结果。

俞金花也跟着父亲叹息："唉……都怪我啊。我中了封建迷信的毒，祸害了好些人。这几年我四处走访，用我的亲身经历消除余毒，我以为差不多了，唯独落下了田玉妹妹。唉，都怪我呀……要不要我向县革命委员会反映一下？"

"不用不用！"父亲被俞金花说蒙了。父亲不知道，俞金花等人在觉澄法师自焚之后，被红袖章一一捉住，就在宝函寺设了班房监禁，过堂、洗脑，每顿饭里都放一丁点肉。三个月下来，都认罪了，只剩下俞金花了，难道她要扛着花岗岩脑袋去见佛祖吗？她不知道红袖章专啃硬骨头吗？！红袖章让俞金花的丈夫和儿子做她的工作，依然未见效果。红袖章说我们连国民党的将军、特务都能改造，你一介村妇，还成精了不成。限三日，不悔过就判刑，判十八年；还不悔，判丈夫十年刑；还不悔，判儿子八年刑。当时俞金花已经又怀上了孩子，那就是三个儿子啦，每人八年刑，就是二十四年刑。捎带一句，蹲监狱的日子保证天天吃肉。俞金花终于屈服了，认罪了。那好，红袖章提出了一系列条件，其中最重要的一条就是：在全县各地巡回演讲。讲自己如何鬼迷心窍，如何幡然悔悟，如何"迎着太阳，重获新生"。讲吧，讲的次数多了，就成真的了；讲的次数多了，就忘记曾经的笃信了；讲的次数多了，就渴望一箍红袖章。俞金花扛着大肚子也不停下巡回演讲的脚步，所到之处，封建迷信望风披靡，见庙拆墙，见佛砸像。七乡八镇，"阿弥陀佛"之音纷纷遁去，九曲十八绕，潜入深山。红袖章高奏凯旋，俞金花一举成名。她的三儿子项帅就是在巡回演讲的路上出生的。

可是，太阳光芒万丈，也有照不到的地方。我们家的人就不知道俞金花的声名和她的"丰功伟绩"。

父亲只是一味地推托俞金花，不想那女人竟掏出笔和本子记录在案。

"您这是做甚？！"父亲心头发虚。

"唉，下次再要演讲，这不又是一个血淋淋的实例？"俞金花临别握住父亲的手，说，"同志，再见！"以她的理解，母亲得了精神病，抱着我走失了。

母亲和我回来之后，爷爷和父亲都没有向母亲提及俞金花的光顾。

我被父亲屋里"叽叽叽"的鸡娃声吸引，要求睡到父亲的铺上。母亲得照顾妹妹，无声地默许了。白天，我也不去看父亲光膀子割麦子，也不陪爷爷拾麦穗了。我就待在家里陪那些鸡娃。我试着分辨鸡娃的叫声，搞清楚它们的意图，是冷了，饿了还是嫌过于拥挤。并且，我也相应地发出不同的声音与它们交流。我发出的几个声音它们似乎是听明白了，有所响应，这令我激动得大叫。

收完麦子，打场晾晒，按工分和人头分配，每个人平均可以分将近500斤，多余的归袋入仓。鸡娃身上的绒绒毛这时也不知不觉被一些大叶毛取代了。有一天，父亲挨个拎起小鸡的双腿，观察它们的屁眼。我在一旁观察父亲。

我说："它们拉稀了吗？"

父亲说："没有。"

我说："那你看屁眼干啥？"

父亲说:"分出公母。一窝鸡只能留两只公的。"

我说:"啊,我看人家都是一只公的呀。"

父亲说:"多留一只让它俩争斗。再说,万一有一只出了毛病,另一只可以顶替。"

我说:"哦,那多出来的公鸡咋办?"

父亲这回贴住我的脸,悄悄说:"养大一点,杀了吃!"

我一下就跳起来,喊道:"不行!我不干!这是我的鸡!"

令父亲惊愕的事情发生了。那不是我的猛烈反对杀公鸡,而是母亲赞同杀公鸡。母亲寻着我的喊声从另一间屋走过厅堂,走进父亲暂住的房子。她说:"多余的公鸡要杀掉,不然母鸡就不好好下蛋了。再说,天木啊,你忘了吗?在省城的时候,姨父几次说起他曾经吃过一盘辣子烧仔鸡。仔鸡就是还没打鸣的公鸡——你不想把小公鸡送给姨妈姨父吃吗?不想再去省城见姨父姨妈了吗?他们对你不好吗?!"母亲也学会了循循诱导,那本是姨妈的专利。

我当然想再去省城,姨父要吃仔鸡,我当然愿意给他吃。可是,我跟这些鸡娃有了感情⋯⋯

父亲傻瓜蛋子一样仰脸看着母亲。这时他正蹲着身体,母亲的身后一定有一个光源,不然父亲不会眯起眼睛。我说不准那光源是不是佛光。

"我说得不对吗?"母亲的声音发挥出女性深层的稀罕的轻柔。

"对,对,对⋯⋯"父亲鸡捣米似的连声说。蹲在地上仰望母亲,她显得异常高大。

父亲"忽"地一下站起来,他好像冲动了,要干什么。

母亲已经折身去另间屋抱起了妹妹。母亲喊我:"光知道逗鸡,也不跟妹妹玩耍!抱抱妹妹,我要做饭了。"

妹妹有啥好玩儿的!我才不抱她呢。

父亲抱起了妹妹。父亲抱着妹妹,眼睛却跟随着母亲,那神情,好像母亲是一个陌生人。男人对陌生女人,尤其是陌生的性感女人都充满好奇,心怀鬼胎。

母亲生了三个孩子,腰身也没有走形。母亲的屁股特别丰满,圆滚滚的。父亲常常盯着母亲移动的屁股咽口水。母亲在案板上和面,屁股向侧方一撅一撅的,稀松的裤子就被一下一下地撑满。母亲弯腰去揭锅盖,去拾柴,去拿倒在地上的扁担,那屁股就端端地翘起来。我好几次看见父亲被母亲的屁股吸引,欲向前去,但母亲总是在事发之前改变了姿势。看来,父亲是特别喜欢像驴啊狗啊那些四蹄动物那样,从后面干事儿。

有一回，爷爷抱起妹妹，拉上我，说要去后山坡的杏树林摘杏。已经是夏末，杏子熟了。不过，那是生产队的杏。

我不去！

爷爷说，那杏树林的草丛下面有许多虫子，土里还能挖出蚯蚓，咱们弄些回来喂鸡呀。鸡呀，像人一样，长到现在就要吃肉啦。不然的话，公鸡不打鸣，母鸡不下蛋。

我就跟上去了。

我们家的鸡在后院的多层架子窝里，每天放出来一次，散散步，然后就让它们在窝里待着。后院面积不够大，一百多只鸡分三次轮流放风。父亲说这样养鸡，鸡长得特别快，还有呢，动静小，知道的人也少，知道的人少，麻烦就少。起初，父亲告诉我饲养方法和一些注意事项，鸡长到半斤八两，父亲就全交给我，做起了甩手掌柜。父亲封我为"鸡司令"。我这司令没架子，经常把"溜溜"掏出来让鸡叼着玩儿。鸡也喜欢那东西，叼啊抢啊叼啊。有一回我抱起一只已经八面威风的公鸡，它直接就啄我的眼珠子，我闪了。它啄得快，我闪得更快。它把我的眼珠子当"溜溜"了。

在杏树林逮了一会儿虫子，我想起该给鸡放风了，就一个人往家跑。爷爷在后面叫我，追我，可他抱着妹妹追不上我，我跑得满脸通红，撞开家门，就奔后院而去。

不对。

母亲的卧房里有动静。蓝花布门帘在微微扇动。

父亲在炕上。父亲宽大的脊背冲着门，挡住了视线。

我闪回身，蹲下，从半截门帘的下面朝上看。

啊，父亲宽大的脊背挡住的是母亲高高撅起的屁股和身体。母亲狗爬着，父亲跪在后面干活。干完了吗？不知道。他们停住了。在省城的姨妈家住了三十天之后，有一天姐姐上学了，母亲抱起妹妹，拉上我，说去逛商店，商店离姨妈家不远，没逛一会儿，我就溜了，我去福利区的楼房之间看比我大的孩子们游戏。可是，他们都没放学，我没碰上游戏。我就回姨妈家了。姨妈家的门锁着。城里人的锁是暗锁，一拉就锁上了。我记得离开的时候姨妈姨父都在呀。我就在门上找缝，往里看。那个门有好几个裂缝。我扒门的声音惊扰了他们，他们慌张地退阵，穿上衣服。姨父猛地打开门，看见我，恼羞成怒地差点扇我一巴掌。姨妈在后面问"谁呀谁呀"，发现是我，姨妈立即把姨父拦向一旁，把我拉进屋。姨妈蹲下来，她问我妈妈和妹妹，再问我为什么一个人回来，最后，姨妈扫一眼门，问我看见了么？我说看见了，看见姨父欺负姨妈了。姨妈飞红了脸，说不对不对，不是姨父欺负，是……是那个……我们大人做游戏。对，姨妈是说做游戏。说到做游戏，姨妈仿佛被捆绑的身体和表情才松弛下来。姨妈为自己的聪明才智而得意，姨父的脸色也缓和过来。

游戏。哼。

父亲母亲也是在玩"大人"的游戏咯？哼哼哼。

没意思。

"大人的游戏"勾起了我在省城所见游戏的记忆。我决定脱离长辈的关照，找村里的其他孩子玩儿游戏。当我有了这个想法，我才惊异地发现，村里比我大的孩子正在玩一些我在省城见过的游戏，比如说"斗鸡"。也许他们玩了很多年了，只是我没看见，看见了又不在意。不同的是，这里人少，游戏不能像人家工人阶级的子弟那样，玩出规模和声势。

村里半大不小的孩子有一些常在后山坡的杏树林一带活动，杏子没熟的时候，他们就偷着吃。爷爷是生产队专门看管杏树林的，常与他们发生冲突。爷爷从根本上是斗不过他们的。爷爷在的时候，他们就玩纸包子或者"斗鸡"，爷爷一不留神，他们就猴子一样上树摘杏。好在生产队也不指望这片杏林有什么大收成，不然，爷爷的工分会被女生产队长扣光的。

从黑子河口修过来的水渠，经由杏树林脚下，顺着山势，时而钻洞，时而露脸向东边延伸。正是放水浇玉米的时候，水渠中的水哗哗流淌。

有了这条渠，我们村的庄稼收成更好，村民们都感谢党和政府。

"问渠哪得清如许，为有源头活水来。"

这是我们村早年的一个教书先生看见渠水第一次淌过时咏颂的诗句。爷爷记住了，没事就在奶奶水一泓的坟前哼一遍，像抽一锅烟袋似的，也像是跟水一泓说了话。

去年下暴雨，有人在清理长达一百多米的涵洞时发现了一条蟒蛇。关于这条蟒蛇的大小和来路说法不一。有说是被大雨从山里边冲下来的，也有说是涵洞中的山体有裂缝和暗道，蟒蛇是从暗道钻出来的。大家请父亲判断，父亲说我没见着啊，咱们这一块应该没那么大的蟒蛇吧。

多大呢？说有麦桩子那么粗，有半亩地那么长。

女生产队长的儿子跌进水渠，被冲到那个一百多米的涵洞里。

渠中的水哗哗流，并不深，应该没有把人冲走的力量。问题是女生产队长的儿子跌伤了腿，也许还磕坏了别的地方，他没有力气控制身体爬起来。

是我发现他们几个比我大的孩子在杏树林下方、水渠上方的一小块空地上玩儿"斗鸡"的。我要求加入，他们嫌我小。他们是嫌爷爷坏了他们偷杏的美事，拿我撒气儿。

我只能当观众，我坐在奶奶水一泓的坟头上，看着他们耍，想着城里更热烈、更壮观的游戏场面。城里的"斗鸡"一方十几个，甚至几十个人，男女齐上阵。他们在操场上画一个圈，被挑出圈的就出局，站在圈外为本方加油。最后剩下的几个人那才叫厉害。圈子很大，主动进攻者有时会被防守一方的左右腾挪拖垮……

女生产队长的儿子是把"斗鸡"的好手，他一个人跟四个人干。连着挑翻两个之后，第三个也被他挑起来了。只是，第三个很吃劲儿，他的动作好像被人为处理，放慢了。终于，第三个腾空而起，再跌到地上。

女生产队长的儿子大吼一声，自己也失去了身体平衡，仰面倒向山坡，一眨眼就滚进水渠中，不见了。

八　兄弟

　　我得告诉你生产队长的名字。她叫汪红。汪红在生产队有相当一部分追随者。他们多数大公无私，先人后己，勇于奉献。为了修那条水渠，汪红曾三天三夜没合眼，依然精神抖擞。可是，儿子死了，汪红当众昏倒。汪红醒来之后，领着一帮人，来到我们家，要父亲赔儿子。

　　父亲说你儿子死了我也不好受，但你得讲道理。

　　汪红说在场的孩子都作证，我儿子下水渠的时候还叫唤哪，还活着，怎么你捞上来就是死的呢。

　　有道理。

　　汪红的拥趸都说："对呀。"

　　对呀。

　　父亲说孩子一定是被水呛死的。父亲还说："您应该明白，当时您也在现场，有谁愿意进那涵洞？是谁差人把我从二里外的地里喊来的？我是不相信那洞里有大蟒蛇，也是看您火烧眉毛地着急，才进去的。您能这样赖我吗？！"

　　对呀。

母亲给汪红端上一杯茶,劝她冷静一些。杯子被人碰翻了,母亲跟汪红连面也没照上。

爷爷说我们家天木当时也在杏树林的。

爷爷的意图是,我可以作为证人出席生产队的甄别大会。这个建议令我振奋。虽然汪红的儿子嫌我小,但现在大人们让我说话了。

"我……"

有人大喊:"仁尚礼的儿子是二傻子!""自家儿子怎么可以给老子作证?!""还有没有王法!""这不是让人家断子绝孙嘛!"

对呀。

有一点不对,那些姨姨婶婶,叔叔伯伯,平日里都说我虎头虎脑,说我君王之相,说我与佛有缘呢,这会儿他们却说我是二傻子。

有了那些人的声援,汪红就拽住我不撒手了。

"我,我我我……"

我没有说出话来。这种感觉有点儿像便秘。肛门被塞子堵住了。涩涩的硬屎往下拱啊,拱啊,血管都憋得停止了流动,全身的皮肤都变了颜色,就是出不来。我,我,我……遗憾的是,这并不是事情的结尾,而仅仅是一个开头。之后局面失去了控制,汪红拽住我不放,她的丈夫也恶狼一样扑上来。她的丈夫本来是那种没有文化却懂得温良恭谦让的男人,对老婆、对外人都是这样。看来失去儿子确实不像游戏那么好玩儿。

在许多大人撕扯、扭打的时候,我听到我的骨头在皮肉下面四下奔突,像一支被日本鬼子大扫荡包围了的八路军的小股部队,它冲啊,撞啊。忽然,"嘣"的一声,皮肉被撕开一个口子,"嘣"的一声,又顶开一处。但日本鬼子也不是吃干饭的,他们将八路军的这股部队拦腰截断。这就又多出来"咔嚓"的声音。父亲一定也是听到了这些声音。

"咔嚓!"

"咔嚓!"

两声脆响。大人的骨头就是成色好,声音又大又亮。

但这又大又亮的声音像我的断骨声一样,并没有引起周围人群的足够重视,汪红夫妇的哭喊也被认为是失去儿子的悲痛在延续、发展。

鬼使神差,父亲很容易就撅断了汪红她丈夫的胳膊。父亲本来是抱着我的腰身,当他发现这样的结果是我的骨头刺出皮肉,他急了,放开我,以牙还牙。父亲撅得兴起,只要出现在我身边的手和胳膊,他都抓起来掰,或者抡掌去砍。汪红闪得快，许多手和胳膊，包括腿脚纷纷从我身旁、眼前闪去。这其中，有许多本来是拉架的。母亲上前来抱我，也差点被父亲的大掌砍了胳膊。

又是吕刚抱住了父亲。吕刚在父亲耳边狂吼："大哥！大哥——"

父亲一抖膀子，吕刚高大的身躯便仰面朝后，趔趄出去好几米远，最后被外围瞧热闹的人挡住。父亲抡一下膀子，甩掉上衣。"你们来呀？！来呀！"

"同志！你没受伤吧？！"

吕刚耳畔响起一串女人的声音。他站稳了，侧身看到身边一位陌生的女人。这个女人目光如炬，气定神闲，剪发头，绿军装，神似革命样板戏《杜鹃山》中的主人公柯香。革命激情像松软的红土，填充了她鼻翼两旁沟壑一样的八字纹，使她看上去既幸福又年轻，既自信又豪迈。

俞金花。

俞金花是二次探访母亲来到我们家遭遇此等纷乱。

俞金花分开众人，来到事件中心，她说话了。她说话的音量不高，但却有着良好的共鸣和穿透力，若是过去，那可以说是秉承了佛门高僧深沉诵经的衣钵，现在她已斩断佛缘，那就像训练有素的话剧演员吧。

"贫下中农战友们，同志们！手心手背都是肉啊，我们都是贫下中农，同一战壕的革命战友，为什么要把人民内部矛盾搞成敌我矛盾呢？"

有道理吧。我爷爷从山西逃回后厚村，向组织汇报说自己在山西给地主种地，算雇农。以此推理，我和父亲起码也算双倍的贫下中农。

"赶快把受伤的同志送公社医务所，实行革命的人道主义救治。难道还要再闹出人命才肯罢休吗？！"这话基本就是当年大块头革命委员会主任的翻版。

汪红作为革命的最基层一级领导，曾经被县里召集，聆听俞金花的报告。所以，她认得俞金花。汪红忍住痛，高声说："听她的没错！听她的吧。"

汪红的丈夫跳着脚，吼道："不行！她算哪座庙的和尚，哪块地里的葱！？哎哟……"

"你要怎么办？"俞金花依然心平气和。

"我要儿子！还有……这,这……"汪红的丈夫想把断骨的胳膊抬起来给人看，可是抬不起来。

俞金花说："事情的来龙去脉我已调查清楚。这样吧，我有三个儿子，等你医好了伤，我那三个儿子随你挑一个。不过我要告诉你，儿子女儿都一样，女人也顶半边天。"

这时，人群的聒噪之声才渐渐平息下来。

为什么安静了呢？俞金花的话可信吗？有说服力吗？自己的儿子随便送人？所有的贫下中农都是一家人？一家人不说两家话？这些因果和逻辑上都没有问题吗？俞金花的气势看上去不容置疑。

汪红的丈夫追问一句："你当真？！"

"我向毛主席保证！"

四下再听不到一点噪音。

汪红的丈夫一手托着另一只骨折的胳膊，突然蹲下身子，哭起来。

就真的有人说"贫下中农嘛，大家都是一家人"之类的话。

这样，我才有机会被父亲抱着去公社的医务所接骨头。跑出去老远，汪红丈夫坐的生产队的驴车追上来，叫我们也搭上。路上，俞金花问父亲我母亲的情况。父亲不敢再瞎诌，说人好多了，正常了。俞金花手抚前胸，眼望蓝天，长出一口气。看样子，这事儿比她无端赔人家一个儿子还重要。

如果说，俞金花这几年是一言九鼎，有些夸张，但她至少也算得上言出必行。她在我们村当众"向毛主席保证"，那就更不能含糊。俞金花说她有三个儿子，不假；她说请人家随便挑一个，也是真心话。只是，她并没有征求丈夫项智义和三个儿子的意见。在她现在的意识中，天下的贫下中农，无产阶级革命派都是一家人。

听说要把自己送给别人家，俞金花已经上小学二年级的二儿子项君吓得哭起来。比我小一岁半的三儿子项帅歪着大脑袋，眨着大眼睛，盯着汪红的丈夫看，把他看得手足无措，泪眼汪汪，好像要被带到别人家的人不是这个牛犊不怕虎的孩子，而是他自己。

俞金花的大儿子项明不在家。俞金花指示项智义："快去找回来！"

已经上初中但很少去学校的大儿子项明，此刻正在村外一个土崖下的玉米地里偷吃嫩玉米。虽然玉米正在灌浆，也属于干粮，吃了干粮还得喝汤。项明啃一阵子玉米，再折一截玉米秆，先尝一口，有甜味儿就接着嚼，没甜味儿就扔掉重折一根。这比掰玉米麻烦，五六根玉米秆才可以挑出一截略含糖分的。所以，等到项明吃饱了，或者吃到不耐烦的状态，就会倒下相当可观的一片玉米，损害程度接近一头少年野猪。

项智义知道大儿子项明在外面打野食。但是，他确定不了大儿子的具体方位。项明打野食多半是吃公家的东西，属于见不得人的勾当，所以项智义绝不能敲明叫响地找项明。项智义也不想立即把大儿子找回来，他离开家门之后甚至有些后悔。"奶奶的，凭啥使唤我？！凭啥把自家的儿子送给别人？！上下五千年，奶奶的，送啥不好，有这样送儿子的吗？！还让人家挑，奶奶的，卖烂柿子啊！"

那些质问的话，项智义只是自言自语，自问不自答。

项智义先是溜达着来到破败的宝函寺。项明曾告诉父亲，宝函寺的杂草瓦砾中有蛐蛐、蚂蚱，逮住了点火一烤，很香。项明还捧着烤好的昆虫给俩弟弟吃。项明没有告诉父亲的是，有一回在宝函寺，一只老猫捉住一只鼠，项明把猫捉住了，后来他连鼠带猫都扒了皮烤熟吃了。

有两个偷偷烧香的人见有人来，贼一样闪了。项智义摇晃着瘦弱的身体走到宝函寺的深处，他甚至没有看见闪躲的烧香人。他坐在大雄宝殿的门口，仰脸看着残破的布满灰尘和蜘蛛网的如来佛像，看着庙宇漏顶之外的天空，往事涌上心头。

"阿弥陀佛……"

项智义被颂佛之声吓得向后翻滚，爬起来四下探望。没有别人。那句"阿弥陀佛"正是出自项智义自己的嘴巴。项智义更害怕了，他朝自己的脸上扇了一巴掌，撒丫子撒出了宝函寺。年年听说宝函寺闹鬼，莫非真的有鬼？项智义从不念佛，居然也下意识地"阿弥陀佛"。

项智义往村外半里多远的一片杨树林继续找大儿子项明。

项明常常在夏天的时候跟一伙年龄相仿的孩子在这片杨林里粘知了、网麻雀，还穿插一些顶牛斗鸡的游戏。那时候，知了和麻雀都被划为"黑五类"，是害虫，所以孩子们可以结伙行事。不过，孩子们往往最终因为"分赃不均"而拳脚相向。打架不是项明的强项，所以他很快忍痛割爱，退出了这个迷人的"俱乐部"。只是，过些日子，看人家一群人热火朝天地，项明又架不住诱惑，重新加入。加入了，又退出，退出了又加入，几个来回之后，项明才真正死了这份心。夏天，几里之外的镇上偶尔放露天电影，电影《地道战》有句台词："你们各自为战，打一枪换一个地方……"就是项明打野食的变相写照。

已经是仲秋，黄昏时分天气还很闷热，知了的聒噪之声此起彼落，麻雀不多，乌鸦时有所见。杨树林中，有几个半大不小的孩子在玩斗鸡。没有项明的身影。项智义远远地看着，没有靠近。走了些路，项智义出汗了，肚子咕咕叫，他找到一个水渠，捧起水往嘴里灌。

一只乌鸦也在饮水。

项智义捡起一块硬土，扔向乌鸦，骂道："你个黑驴日下的！"

乌鸦前两年曾是项明的美食。春耕秋耕时，乌鸦会结伙在新翻的土里找蚯蚓和其他昆虫吃，还会在土里刨刚撒下的种子。善于猎荤的项明很容易就发现了这一规律。他弄来几枚鱼钩，挂上蚯蚓、蚂蚱之类的饵，连接的绳上绑一块砖。基本不作什么伪装，几个钩同时散放在新翻的土地上，等着乌鸦咬钩。乌鸦比鱼还蠢，只要看见活的它们就会毫不犹豫地叼一口。饵进了乌鸦的口腔，不适，乌鸦再往外吐，鱼钩就在里面挂住了。乌鸦甩呀，蹬呀，飞呀，扑腾呀，都是徒劳。一块砖的重量足以拖住它们的身体。项明大摇大摆走上前去，脚踩着绳子，一点点逼近，最后踩住乌鸦的身体，用木棍敲乌鸦的脑袋。

常常会有几只乌鸦相继咬钩的情况。项明就敲了一只再敲一只。项明干这种事的时候心情格外愉悦，用他五音不全的嗓子边干边唱"大刀向鬼子们的头上砍去"。

猎获来的乌鸦，通常被项明拎到宝函寺后面的一个土崖下，这里常年无人光顾。天黑了，项明才拔毛开膛，点火烧烤。遇上明月当空的夜晚，从宝函寺的正面隐约可见袅袅升腾的青烟。村里迷信的人就说那是鬼在呼吸。这寺里定有冤魂。那就是自焚的觉澄法师吧。阿弥陀佛，善哉善哉。

有一回项明弄了八只乌鸦，当夜没吃完，他想拿回家给父亲和两个弟弟吃，但那天俞金花在家，大家都怕俞金花，项明也不例外。他只好用一块报纸包了，埋在土崖边。第二天晚上，项明再去找那些乌鸦尸体的时候，发现已经被什么野兽或家禽刨开了，吃过了，剩下的已经不够他饱餐一顿了。项明气得胡乱骂了几句，赶紧点火，把剩下的再烤热。他为了吃今晚的乌鸦肉，一天都没吃东西。项明狼吞虎咽，乌鸦的骨头在他的嘴里嘎嘣嘎嘣地裂碎。

那一夜，项明闹肚子了，上吐下泻，折腾了一宿。他不停地咒骂乌鸦。第二天，项智义找到队里的"赤脚医生"，要了几片黄连霉素，给项明吃了。项明的身体三日之后才见好转。从此，乌鸦彻底倒了项明的胃口，他只要见到乌鸦就反胃，想吐。

项智义在回村的一块玉米地旁撞见了大儿子项明。出乎父亲的意料，大儿子愿意去别人家当儿子。

正在灌浆的玉米被啃过之后，会淌出白色的浆汁，它们残存在项明的鼻孔下、嘴角旁。"爹，我愿意。"他眯着眼说，手背在嘴上蹭了一下。

项智义骂道："奶奶个熊，你妈疯了，你也疯了！你不是说要跟我做买卖的吗？！我他奶奶的白养你啦？！"

项明踢倒一棵玉米，说："咱家没肉吃呀！以前我娘信佛，吃素，后来不信了，又要艰苦朴素，做无产阶级，做革命先锋……这样吧，我先去看看，玩玩儿，他们家有肉吃，好玩儿，我就多待些日子，要是也和咱家一样，我就跑回来——腿在我身上，他能天天绑着我不成？！"

项智义立住了，大儿子的话随口道来，却令项智义始料未及。那些话好像应该出自一个奸猾的成人之口。

"爹，咋啦？"项明也停下来。

"你他娘的是条狗啊？！我告诉你，你就是条狗，也是条癞皮狗，烂货！"

"爹！不是你教我不要做吃亏的事嘛。咱村子人多地少，交完公粮就不够吃了，我也不想偷吃这玉米秆和嫩玉米，我又不是牲口，我成天价饿得要死，可老是死不了。我去那狗日的家里先美美地啃他几年白面馒头，几年之后，我自己到外面闯天下，然后拉一车猪回来给你吃！他们家在哪儿？远不远？"

项明已经到了青春发育的时候，身材高挑，却麻秆一样瘦，脸色黄巴巴的，还有两块蛔虫癣，所有的精神气儿都集中在两只眼睛里。这双眼睛此刻正满含期待与向往，盯着他的父亲。

项智义看着儿子的眼神，忽然觉得儿子说得还是有些道理。只是，常给别人出主意，接受别人的赞许，现在竟被儿子抢了饭碗似的，做父亲的有点儿悻悻然。

项智义闷着头向回走。

项明跟在后面，嘴巴不停："我就知道我娘的主意你是搬不动的。信佛的时候你拗不过吧？！现如今戴着红箍子就更狠喽。对不？你说说，你养两头猪，别人还没吱声，我娘先把你告了；你编个篮篮儿去集上卖，我娘让你把钱交给生产队……唉，你也算是咱村的智多星呢，堂堂男人，自己老婆都摁不住……"

"叭！"

项智义扭身扇了项明一个嘴巴子，再啐一口唾沫说："你个癞皮狗！兔崽子！你再说一句？！"

项明看当爹的急了，撒腿就跑，边跑边嚷嚷："我告我娘，我娘开你的批判会！"

项智义在后面追，喊着："批你娘个B！我把她个牛B环环扯下来箍尿桶！我告诉你，这鬼世道就他娘的是那秋后的蚂蚱，它长不了……"

即使跟村里的男人一块干搬石筑坝的粗活，项智义也很少说粗话，虽然他连初中也没上，但他在内心深处是把自己当一个小秀才的。他知道自己被人夸一句小诸葛是盛名不符，但是，凭力气挣工分的年代，一个身体不够强壮的男人，不去挖掘一点心思，又怎么能够在人前招揽些许尊敬呢？在俞金花没有戴上红箍之前，项智义并没有什么自卑感，可是后来，俞金花乾坤大挪移，孙猴子变脸，她在外面风光，村里人就小瞧项智义了。俞金花回到家中，也不做女人的事了，不管孩子，也不让项智义上身，说那是资产阶级的腐朽下作……

"扑"的一声，项智义摔了个蛤蟆趴。他啃了一嘴土，爬起来边吐边喊："奶奶的，总有一天，老爷我休了她！你他奶奶的信不信吧？！不信我他奶奶的就自己拿锹头把老二挖喽！哈哈……"

项明又折回来了，他扶住已经没有自己高，也同样削瘦的项智义，轻声说："爹，你也疯了么？！你说挖谁的老二？"

项智义抬腿踹在大儿子胯上，吼道："滚——"又折下一根玉米秆当棍子抡向儿子。

项明连滚带爬地往村子里去了。项智义看着儿子跟跟跄跄的背影，一股酸楚掠过心头。儿子并不在乎父亲偶尔这样粗暴地对待。相反，儿子似乎得了受虐症似的，觉得父亲的粗暴是一种特别的亲密行为。难道，这样可以忘记饥饿和烦恼么？这几年项智义被俞金花折腾得皮包骨头，他的聪明、智慧、计谋，在老婆面前统统变成垫后院茅厕的泥土。连垫茅厕的泥土都不如！因为那些被屎尿沤过的土，可以上到地里做肥，滋养庄稼，那是宝贝，稀罕物呢。项智义常常自己骂自己是头猪，想不出办法改变俞金花。他常常幻想着自己的脑袋可以变成一只凿子，凿花岗岩一样钻开俞金花的脑袋。

"我就是一头猪！猪！猪！"

项智义原地一阵狂踏，踏得浑身发麻，一屁股坐倒在玉米地上。他单薄的身体竟不能将身后的几棵大玉米秆压倒，它们支着他的身体，颤颤悠悠地晃动。

项智义仰脸看着蓝天，身体一抽一抽地笑起来。敞开的褂子露出一根根凸显的肋骨。

"这个疯婆子，她是要抽我的筋呀！"

这几年，项智义又当爹又当娘。俞金花失了人形，项智义只好将全部心思放在三个儿子身上。老大项明猴精，老二项君软弱，老三项帅生猛。不管三个儿子性情如何，有一点是相似的——能吃。

为了填饱肚子，项明成天像只流浪狗一样在外面游荡，撅玉米秆儿，偷生产队的红薯，甚至还跑到山边的寨子里偷人家的鸡……大儿子令项智义成天提心吊胆。要是被人捉住，挂个牌子游街，或者被她妈发现，来个"大义灭亲"，那简直不堪设想！所以，当爹的承认大儿子说得有道理。据说汪红他们的后厚村每年的麦子光吃剩下的就很厚很厚，那不是人间天堂吗？！

汪红的丈夫不敢领走项明。因为项明说了句"只要不饿肚子就行"之后，便看贼似的上下打量汪红的丈夫。项明的目光与弟弟项帅不同，项帅是盯着你的眼睛不动，项明的眼神始终不停地在你身上搜索，一边搜索，一边咽口水，好像你身上的每一个部件都可以当做食物被他吃掉。

"唉——"汪红的丈夫长吁一口气儿，后悔没让汪红相跟上。汪红总是比丈夫有主见的。

俞金花说:"就这个大儿子吧。你儿子比我大儿子还小吧?那你还赚了好几年光阴呢。"

项明看出了汪红丈夫的心思,像安抚弟弟似的说:"叔叔,您放心,打今儿个起,你就是我爹啦!我不会捣乱的!要不我现在就叫您一声……"

项智义瞪大了眼珠子。项明扫一眼父亲,话语一点儿也没磕绊。

"爹——"

现在又得说汪红丈夫的名字了。因为项明叫了他一声"爹",也许就是这声"爹——"打开了他的阴曹地府之门。他叫宋朝阳。项明高叫一声"爹——",类似戏剧演员的花腔。样板戏《红灯记》中,铁梅叫李玉和好像就是这样的叫法。可李奶奶有续词儿:"咱们三个本不是一家人。"

俞金花送宋朝阳"父子"出门,说:"孩子改姓随你也行。"又对项明严厉地说:"一定要给人家当好儿子!"

宋朝阳没有回声,他机械地坐到驴车上,勉强地与俞金花和项智义点了一下头,毛驴自己就背着夕阳,寻路往回赶。驴显然是饿了,项家送儿子不搭草料。

我见到项明,是将近两年之后的夏天。宋朝阳死了,我随母亲挤在人堆中瞧热闹。汪红的两个女儿哭天抢地,项明也想加入她们的行列,但那两个女子就是不准项明靠近,还让他"滚"。汪红没有哭。自从两年前儿子死过之后,她就再没哭过。她坐在丈夫身旁,一会儿呆呆地看着丈夫,一会爆怒地呵斥女儿:"别喊!"她说的是"别喊",那显然是暗指别对项明无礼。女儿的哭是送给父亲的,喊是驱赶项明的。母亲陪在汪红左右。两年前,儿子死了,汪红身上女性的软弱被唤醒,她辞了生产队长,与我母亲成了好朋友。只是汪红来我们家,却从不请母亲去她的家。

宋朝阳死得蹊跷。

宋朝阳在自家的后院拉了一泡屎,往屋里走,宋家的后门有一个不到十厘米的槛。这是相当低的门槛。平时过这个槛,像城里人下楼梯一样,不用思索,不加留意,完全是下意识的"动力定型",就像这槛并不存在一样。就过去了。

那天那门槛把宋朝阳绊倒了。宋朝阳扑倒在地。就这么一个蛤蟆趴,至于死人吗?可是宋朝阳断气儿了。为什么确认他断气儿呢?因为没有一个人可以把他喊醒、哭醒,或者推醒。如果宋朝阳猝然咳嗽一声,叹口气,那准是见了鬼了。

村里有聪明人,说:"老宋这叫气绝身亡,跌倒的刹那一口气上不来,一口气憋住了。"

到底是那口气儿上不来呢,还是那口气儿憋住了?

聪明人说是一回事儿。他又追加一句:"佛陀说,生命就在呼吸之间。"

母亲在汪红那儿听到过一些项明早年的劣迹,但那也无法解开宋朝阳的死亡之谜,好像也不能将宋朝阳的死与项明联系起来。母亲知道,汪红无意中透露出来的信息,仅仅是项明的冰山一角。而那些信息在近半年明显转向,变成了:"唉,那孩子可怜!"

宋朝阳是不能出面说明了,汪红对丈夫的亡故始终一言不发,随我的母亲和村里人张罗。汪红的两个女儿,显然是被母亲严厉地告诫过,也没有吐露一丝真相。项明呢,又有谁会指望他招供?!

宋朝阳下葬之后的第三天,汪红请人到俞金花的家里,请俞金花过来领儿子。

俞金花把大儿子项明送给宋朝阳之后,恪守原则,自己不进后厚村,也决不允许丈夫项智义去。快两年了,俞金花,尤其是项智义差不多已经适应了没有大儿子的生活。突然,人家说要把项明放过来。项智义激动地连道"阿弥陀佛"。

然而,俞金花来到汪红的家中,看到桌案上摆放的灵堂,立即警觉起来。她问儿子:"这是怎么回事儿?你宋叔叔怎么死了?!"

项明在俞金花的逼视逼问之下,竟然尿了一裤裆。这个项明,在宋家吃了两年,体重增加了二十多斤,下巴颏也长出了一点胡子。俞金花特别在意地盯着那一小片只有男人才有的第二性征。那绒绒毛里仿佛埋藏着诸多敌情。

汪红请他们父子、母子快些回家吧。回吧。就到这里吧。

俞金花的政治嗅觉与敏感非同凡响,她非得打破沙锅问到底。她把丈夫和儿子支到门外,单独与汪红说话。可是,汪红拉着我母亲的手,很害怕单独面对俞金花似的。说没什么可说的,没什么,原本就不该叫你送儿子的。又说,应该我们跟你说对不起。那架势,似乎并不想与俞金花再有什么瓜葛。

以前,汪红崇拜俞金花。如果放到21世纪,俞金花在汪红眼里,那就是大明星。汪红是俞金花的追星族,"超级粉丝"。现在,只是两年不见,咋成了这态度呢?

"我儿子一定有问题!"

"没,没有啊。"

"那,宋朝阳是怎么死的?"

"他自己……摔的。"

"自己摔的?"

"是啊。"

俞金花斜眼看见躲在里屋门帘后的汪红的两个女儿，越发觉得不对劲儿。如果宋朝阳真是自己摔死了，这个家不是更需要男人么。俞金花说，如果你有什么为难，我就找你们队长，队长解决不了的问题就逐级往上找，我可以做到。汪红说："家里的事麻烦人家做甚啊，你，你就别逼我啦。"

母亲见俞金花誓不罢休，只好贴着俞金花的耳朵，说出了汪红授意的话："汪红，她又有了，两个月了。"

"啊——"俞金花打量一番汪红，说："那……那……"她又扫一眼灵堂桌案上宋朝阳的照片和香火，不知该恭喜还是该悲哀。

以俞金花的经验和判断力，她认定汪红怀孕这件事至少是可信的。但此刻，她没有想到汪红肚子里的孩子是她的儿子项明做下的。

"那好吧。恭敬不如从命。"俞金花说完跨出门去。

项明正在父亲的帮助下狼狈地拧裤管上的尿，见俞金花出来，吓得他慌忙捂住裤裆，蹲下去。不知怎么，项明就是害怕俞金花。

瞧热闹的村民起初不知道项明尿裤子，这会儿明白过来。一片哄笑。有的说，这俞金花莫非是金刚下凡呢？

俞金花如炬的目光挑了一眼项明，从他身旁掠过，丢一声："快走！"

一些围观的村民发出一些含糊不清的议论。俞金花从中拎出一个字来。

"驴。"

难不成是这小崽子在宋家干了"驴"事情？我们家项明还是个孩子，怎么眨眼间变成男人了呢？14岁的年纪就犯下作风问题，那是可以做到的吗？俞金花把宋家的三个女人挨个想了一遍：汪红，比自己还大一岁；大女儿，比项明大一岁；二女儿，比项明小七岁……汪红支支吾吾，显然有难言之隐，有道是民不告，官不究，汪红不告，是害怕丢人现眼，还是碍于我的情面？我有什么情面？以至于人家男人都死了也不追究？！田玉的话似乎是早先预备的；村民怪异的目光和窃窃的议论……

"今天你不给我说出个子丑寅卯，我就用这块石头砸烂你的脑袋！"俞金花把儿子拽到我们村前的河滩地，指着一块跟项明的脑袋一样大的鹅卵石，说。

项智义来到后厚村，也强烈地感觉到异样。所以，他不敢吱声，生怕老婆连自己也一并"砸"了。这会儿，他不停地推搡儿子，敦促他："快说,快说。"一边说，项智义的脚下却在找机会给儿子使绊子。

项明的膀胱是已经没有尿了，但泪水还相当充足，他就哗哗地流泪。"我，我，我……"突然，脚下一滑，他仰面跌倒。

项智义急忙去地上搀扶儿子，他的手从项明的后脑取出来，竟沾上了鲜红的血迹。

"出血啦——"项智义十分夸张地喊道。其实，那血是项智义预先咬破了自己的手指头造成的。

项明与父亲心有灵犀，刚才跌倒他就觉得是父亲故意绊的，现在父亲喊出血了，项明当即顺水推舟，佯作昏迷。

项智义这时对老婆说话了："你不用砸，不用砸，吓都把儿子吓死啦！"

俞金花怔了一会儿，猝然心有所动，泪水在眼窝里打转转。

正是盛夏，河滩上的石头被太阳晒得发烫。河岸边的杨树上传来知了的鸣叫。河滩上没有树荫，连只麻雀也没有。三个人早已是臭汗满身。但是，俞金花的泪水一经溢出，似乎一下子带走了她体内的全部热量，浑身上下竟然顶起了一片片鸡皮疙瘩，她瑟瑟地抖起来。

俞金花虚弱地坐下去，操起一块石头，抡向自己的脑袋。

"花花，花花……"项智义扑向老婆，抢下石头。项智义好些年没有昵着叫"花花"了。他同时被自己的声音吓得左右张望。

俞金花抱住项智义的双腿，哇哇地哭出声来。

项智义摸着俞金花的头，心中暗语："难道是又一次轮回么？！"

哭过了。俞金花不再说话，由项智义招呼着回家。父子俩走在前面，俞金花跟在后面。项智义走一段，回回头，生怕老婆再生枝节。

回到家中，三个人还没有顾上喝口水，二儿子项君就哭着奔回家来。项智义忙问："你个软蛋，就会哭！又咋啦？！"

三儿子项帅可不是软蛋，他大花着脸，光着膀子，双手掐着蛇头，蛇身缠在腰间，小家伙跟一条大花蛇较上劲儿了，非得把蛇弄回家来做菜，吃了它。他身上除了小裤衩遮蔽的地方，全是青紫色。项帅嘴努着，发出蛇一样咝咝的声音，他大概是想喊，但却受到蛇的勒缠，气不顺。他就是这样尾随着二哥，跨进了自己的家门。他立在屋中央，脚丫子的大拇趾抠着地上的土。看见爹妈，他又鼓了一把气力，叫道："爹！娘！"

呐喊助威的人们本来不敢靠近，现在呼啦一下堵住了项家的门。

俞金花一口气没上来。

九　快感

据说苏联解体之后，一个头发稀疏，身材矮小而丰满的俄罗斯人盖达尔，在叶利钦的支持下，在俄罗斯推行一种叫做"休克疗法"的改革方案。那种疗法看上去颇有中国特色，疑似我们中医的某种偏方。

俞金花休克了，几天不省人事。醒来之后，她胡言乱语，把毛主席语录和佛门的法道混为一谈。项智义本以为曾经大红大紫的自己的老婆为县革命委员会做了许多可以彪炳史册的事迹，现在英雄病倒了，革命委员会一定会兴师动众，为英雄疗伤。

项智义错了。

世道变了。

世道一变，日子就像狗撵兔子一样，呼呼呼地，耳畔生风。人们像出闸的水，欢蹦着奔向自家的田埂和作坊。

俞金花痊愈之后，以极其温柔的母性的话语问大儿子项明，项明一五一十地招供了。

"起先，是我自己憋得慌，自己在屋里弄啊弄的。"

"弄啥？"

"就是……这儿。"

"哦，那然后呢。"

"有一次被他们家大女儿撞见，她大喊大叫，汪姨就来了，问咋回事。后来，汪姨说我怪可怜的，后来又说可惜了，还说别自己弄，她帮我弄……"

"啊……天天弄啊，咋弄啊，你真是头驴啊。好好，不说驴，你说说，那人家男人宋朝阳呢，还有，那汪红肚子里的孩子……"

"宋叔自从死了儿子，就不行了……后来……反正……我不知道。可是，宋叔摔死了，不是我下的绊子。当时，汪姨喊我吃饭，就听见后院门'咚'的一声……"

……

后来汪红生下一个儿子，取名汪东锦，那是项明的种。

并没有人就此事寻根究底，自然也就天知地知几个人知而已。几年也没有吹皱一池春水，十年也没人看见死水微澜。只是，项明把仇恨的种子播撒在了汪红的两个女儿的心灵深处。那种子十几年后发了芽，那芽儿后来变成了一个挂猪肉的铁钩，那铁钩荡起来，从脑后钩住了身轻如燕的项智义。这是后话。我有点儿等不及，先通报一声。

之后的年月，我去镇上的小学读书，后来又去县上的中学读书。

读书的日子总是跟别人有些相似。我的学习成绩不如家长，尤其是母亲和姨妈期待的那么好。这不能赖我，主要责任是奶奶水一泓在我刚出世才露半个脑袋的时候就逮住我玩儿顶牛的游戏。我也不擅辞令。这也不赖我。汪红阿姨愿意为此承担一切责任，她说是她儿子死后她和丈夫还有另一些人把我吓成结巴了。对此，她追悔莫及，她冤枉了我的父亲还是轻的，没料到殃及父亲的、我们仁家的唯一根苗。因此，作为补偿，她对我的热情比对她两个女儿一个儿子，再加上所有人的总和都要高。这也就是为什么她的二女儿宋丽芸后来成了我的未婚妻的缘由。

1989年，我第一次参加高考，成绩只够上大专。家人不屑，让我补习一年再考。可是来年夏天，我的高考成绩连上大专都不够。

我害怕竞争，一上考场就阴囊下坠，浑身别扭。我不想再考了，强烈要求跟着正在几百公里外的铜川附近开煤矿的父亲干活。父亲、爷爷都不答应，母亲和姨妈更是坚决反对。

"咋会是这样呢？"我的准丈母娘汪红与母亲说起我考学的事，显得比母亲还焦灼。母亲只是叹气，说这次准备把我送到省城，让姨妈给我请最好的老师。汪红说那不是花钱吗，虽然你们家已是咱远近百里的大户，但这钱可以不花的。母亲不解。汪红说，她的大女儿前两年师范大学就毕业了，你知道呀。她在县一中，咱天木还听过她讲课呢。天木没跟你说起吗？母亲摇头。汪红骄傲地说，天木跟我说了呢，天木说他丽娟姐讲的什么政治经济，特别明白。让丽娟教天木准没问题，他们一块儿长大的，也能有相近的语言吧。

汪红的大女儿，当年是以全地区的文科状元考上大学的，她打小就崇拜教师，上了师范学院，学校对她这样的高才生学费全免，还每月给45元奖学金。宋丽娟到县一中任教之后，教过我们古文赏析和古诗词。那是因为原先的老教师突发中风，没人顶替，她自告奋勇顶上的。也是夏天，其他同学说宋老师讲得好。我呢，也不能说宋老师讲得不好。只是，这宋老师在课堂上穿着短袖上衣，转身抡胳膊在黑板上写字的时候，我总是看见她的腋毛，这令我想入非非。常常从背面看她，发现她的臀部特别丰满。

二女儿宋丽芸比我小一岁，16岁那年就参加高考，结果考进了西北大学中文系。他们家的儿子，也就是那个项明留下的私生子，还没上学呢，就认了四百多个汉字。项明可是斗大的字不识一筐啊。

令母亲在这方面颜面尚存的是，姐姐仁少宜大学也毕业了，在省城一家日本人控股的公司供职，妹妹仁小宜已经上高二，成绩在县一中名列前茅。

就数我笨。

十几年的光景中，我们家是方圆百里世道变迁的最大受益者，"先富起来的人"。最早是父亲养鸡，越养越多，后山坡那片杏树林变成了养鸡场，父亲当上县里头一个"万元户"。后来父亲又打破从不进山的惯例（修公路死人，不吉利），进山几十公里，收购山货往城里卖。再后来，县医院有人找上家门，说水一泓被彻底平反了，追认她为中共党员，革命烈士。又说水一泓什么海外的亲戚要见爷爷。爷爷一头雾水，坐飞机远渡重洋，去美国逛了一遭，居然继承了好几万美金的遗产。我们仁家如虎添翼。我们仁家发了。我们仁家盖了新房，父亲开上了一辆苏联出品的"拉达"牌轿车，时不时在我们村前黑子河的桥上呼啸而来，绝尘而去。

如果我顺利地考上大学，我们家就会因为没有任何发愁的事而愁出毛病来。

因为母亲和汪红的良好关系和汪红极度的献身式的热情，在宋丽芸拿到大学录取通知书之后，我们两家在县城最大的饭店为我和宋丽芸举行了订婚仪式。本来姨妈建议要到省城办，但父亲说亲戚朋友多是本乡本土，姨妈说那就婚礼到省城办，我来办。开杯问盏之间，双方长辈宣称不管发生什么事，只要宋丽芸大学毕业，就为我们举办婚礼。

项明被遣返回宝函寺村之后，我也常常因为找母亲去汪红的家。

宋氏二姐妹差不多都是性格开朗、爱憎分明并且有骨气的女人，当姐姐的没有妹妹长得好看，不过姐姐另外多一分纤细和沉稳。那小的宋丽芸，经常拿我的拘谨开玩笑，惹得我心痒痒。小时候我好像没有想过做她的男人。我估计她也没想过跟我上床。她调侃我，像姐姐的方式。

订婚的事情姨妈起到了决定性的作用。姨妈的逻辑是：阴阳相合，动静相宜。意思是我腼腆羞涩，宋丽芸活泼开朗。这听起来有些阴阳颠倒，但也算基本符合实情吧。虽然宋家寡妇撑门，家境拮据，但人家孩子灵秀，都是大学生。这样，父亲母亲就双双同意了。

那些早早盯上我的亲事、如饥似渴地想与我们家攀亲的人，在我们的订婚宴上口是心非地道贺，悻悻然瞟着我和宋丽芸这对准新人。有一位干部喝高了，大声说:"你他妈的仁尚礼,太不给哥们面子!你他妈小心我让税务局查你……"

眼下,我的未婚妻宋丽芸还有一年就毕业了。我晕头涨脑。在那个"飞旋的年代"中,好些事情还没等我想明白,想清楚,做好心理准备,就逼近了,发生了。

比如说,我们村前的黑子河是从秦岭山中流出来的,可是它的源头也在秦岭山里吗?它的第一滴水是怎样生成的呢?是从岩层中分泌出来的吗?要彻底明白,需要时间和相当长的过程,还需要更多更广更深的知识积累。比如说,这泥土里活生生长出各种庄稼,好像应该如此,但泥土怎么会变成庄稼呢?比如说,项明的样子跟我未婚妻的弟弟有些像,莫不是那小子也可以称做是我的预备老丈人……还有那些该死的复习题,为什么人民币坚挺升值会造成中国工人失业,为什么谭嗣同相当于自杀……

世事变迁,早年活跃在浅山和黑子河滩的野兽,如果它们的后裔还在,都退居深山了。狩猎,对父亲而言也成为渐行渐远的记忆。不过,父亲身上的男人刚性却一点也没有退化。而我,显然是缺失了父亲的某些遗传基因。

我差不多是崇拜父亲的。父亲的话,在我就是皇上的圣旨。当年,我们家刚成为"万元户",母亲手里有钱了,就要给我零花钱。父亲知道后,说:"小孩子不要乱花钱!他知道那钱是怎么挣来的?!"从此,我就再不敢当着父亲的面拿母亲给我的钱。就是拿母亲给的钱,也是精确计算之后,只取够用的部分。比如在县城买一根冰棍,两毛,母亲给了一块,八毛钱找回来退给母亲。其他的事情,衣食住行,交学费,母亲通通代办,也用不着我花钱。因此我受到汪红和母亲还有姨妈潮水般的赞美。说我懂事,说我仁义,说我乖得像女娃娃。那时候,汪红就说她的女儿能嫁给这孩子,是三生有幸,积了大德。

但是,上高中的时候,我虽然简朴,绝不声张,却还是被同学知道了家事。同学叫我请他们看美国大片《斯巴达克斯》,叫我请他们下馆子吃大虾。我说我没钱啊。他们说:"仁天木——虚伪——为富不仁——女娃娃——吝啬鬼!"

同学们骂我,我觉得蛮亲切。不是我爱受虐,而是这时生殖器也处在松弛状态。

我当然也有许多许多"松弛"的时候。这时,我听钟表"嘀哒嘀哒"的声音,听风儿在耳廓中打旋儿,看杨树叶在阳光下轻快地折身,反射出金灿灿的光明。我巴望它们都停下来。

黄昏,我在黑子河的浅水弯旁,看各色蜻蜓,有红色的,绿色的,还有紫色的和黑色的。它们纯净而优雅。我丢石头轰它们,它们在离开之前有一个停顿,这就是优雅吧。我在我们家二层楼的平顶上,看黄昏落日,迤逦的山梁随着日头的西沉渐变成铁兰色,褐色,最后变成黑色。院子门响了,这时,准是爷爷牵着他的大狼狗进了院子……我想象着这一切在某一个瞬间停住。可是，我越是静止不动，巴望它们停下来，对它们运动的感觉越是强烈。往事像幻灯片一张张交替闪现，我竟然也不能叫记忆停下来，它们玩儿狗熊掰苞米，后一个顶前一个，而我也不能控制它们的顺序。青少年都踌躇满志，大谈理想，我却是满脑子糨糊。

我走下考场。我落榜了。这也就意味着大学生要放假了，宋丽芸，我的未婚妻要回来啦！

母亲不断在姨妈那儿接受新潮思想，这个夏天，她要我和宋丽芸"试婚"。

"啊——"汪红惊叫出声。她并不是因为自己观念跟不上趟而反对这种事，只要我，我们家愿意，叫她再把大女儿搭给我家也没问题。她是没听过这个词儿。

"同居。"母亲笑眯眯地瞅着她的准亲家，"让他们先热乎热乎。"

"哦——"汪红搓了一下她的皮肤粗糙的手，领会过来，"好啊！行啊！要按我的意思，我那丽芸也不用上学了，早早嫁给咱天木，守在咱身边，那多妥帖啊……隔年丽芸有了工作，天高地远的，还不踏实了呢。"想当年，汪红也是个一呼百应、干起活来比男人还猛的铁女人，如今，她涣散地种着几亩地，已经在县一中当教师的大女儿宋丽娟每月给她一百多元生活费，她生活滋润心无旁骛，一门心思就想着我和宋丽芸。

"不过，您不是说咱天木还要补习吗？"汪红有些疑虑。

母亲："不怕，天木她姨妈说呀，这男孩子，有了那事，就成了男人，就有自信心……他又不傻，为啥就考不上大学。准是被啥堵住了。"

"就是就是……"汪红联想起项明在她家的日子，和那些日子发生的事情。鸡皮疙瘩像风吹草丛一样在她的颈项一阵阵掠过。

我被母亲指派去县城的长途车站接宋丽芸。临走，母亲当着汪红的面调皮地追问一句："你乐意不？！"

我说："嘿嘿嘿……"

我想说的话母亲可能是不会明白的，去接、去见宋丽芸，对我来说，就像童年时听鬼故事，害怕归害怕，却又架不住悬疑和惊悚的诱惑。

我是骑自行车去县城的，骑自行车狂奔也算是我的一大乐趣。

其实见到宋丽芸通常也不会有什么麻烦。宋丽芸嬉笑嗔骂，多半透着亲人的随意和任性。我只是比较开心。当然，今天好像不同以往，我是专程去车站迎接，相当隆重。

女大十八变，宋丽芸一年一个样儿。她的模样和身体在上大学之前就成熟了、相对固定了。变化多在她的瞳孔和言谈之中。每次放假，宋丽芸都会向我炫耀似的讲述她在大学的生活情形和一些耸人听闻的观点。看到我盯住她不挪的眼神，她又会得意地脸上飞红，甩起小辫，别过身去。说："你个呆子，干吗死盯住我？！"

"我，我……"

我我我我……我走神儿了。有时候我是被她的言语带入了一个陌生而新鲜的环境，有时候是我油然想起了"老二"，它软软的，很乖。我就笑了。也沾点得意。

上次寒假，宋丽芸就跟我说起"90年代的大学生"是性解放一族。可是，今天见面之后，她却一反常态，羞涩得很。

"你咋不说话？！"宋丽芸坐在自行车后架上。

风呼呼地掠过耳畔，我说："你说啥？"

宋丽芸又改了口，大声说："你慢点——停下来——咱们走着。"

我停下来，宋丽芸又说："咱去哪儿啊？！"

我想起来了，母亲交代说去县宾馆，找铁经理。嗯。找铁经理做甚？把宋丽芸交给铁经理？不对吧？

宋丽芸只是窃窃地笑。

铁经理几年我前见过，他满脸横肉，像美国电影《教父》中的一个杀手。铁经理热情备至，亲自领我们去了一个大套房，交给我300元钱，说："其实不用钱，你想吃啥去餐厅要——我跟你爹是铁哥们儿！"

门关上了，就剩下我和宋丽芸了。我想起母亲前些日子总是跟汪红阿姨咬耳朵，然后浪声地笑。

我也笑了。

我不会干。没人教过我啊。但这并不是说我没想过男女性事。只是，我的这类想象不如其他男孩那么绚丽、美妙、具体。

"不许看！"

我还发现宋丽芸的鼻头不是我从前感知的尖尖的，而是有些圆，这增加了她的妩媚与亲和。

我又喘了一会儿，板一下她的肩头，说："你可是我的媳妇呢！"

"那也不能看！你你……"

"我，我……你咋不说你呢。你跟我说那么多性解放，闹半天……"

"你放屁！闹什么半天？！难不成你让我之前先跟别人试几回啊？"

"喔……一回生二回熟嘛……下次。哎，刚才不痛了呢！"

"呸！你还是个男人，哼，还哭！"

"我，我以前从来没哭过。你一抱我，我才哭的。"

"是吗！"未婚妻突然转回来，双目对视之下，她又蜷回去，好一会儿，她才又慢慢地转回身体。她偎我怀中，喃喃地说："吓死我了。"

我们两个都是笨蛋。我们漏掉了许多程序。比如没有打开空调，比如甜言蜜语，比如相互轻轻抚摸，比如——我们，还有，我们甚至没有接吻。

不过，有一点是值得庆幸的，我内心深处的无名恐惧被撕开了一个口子，我得以深深地呼吸，长出一口气。我的脑袋也像是被清泉洗过了一般。我释放了荷尔蒙，就像肿胀的牙龈被口腔和舌头吸出了血。

宋丽芸说让我去冲澡，她自己却不懂得赶紧去冲洗下体，以免留下后患。

我洗澡的时候，未婚妻裹着床单，推开一条门缝看我。我也看着她。她好像要嘲笑我，但却说："你的身体好棒耶。以前咋没看出来呢。"

我得意地喊了两声，做出健美姿势。我感觉自己该做的没做，可不知道该做什么。我说媳妇啊，我奶奶哟，你说话啊，我要听你说话。我的未婚妻就猴子一样在我身边蹦来蹦去，像检验尸体。她说："有一首诗上说'爱是绝境'，你爱我吗？！"

"啊——"这个问题我还没想好，本来计划上了大学再考虑的。是啊，要考虑的还有很多很多。我没注意到她说"爱是绝境"，其实是蛮怪异或者不成熟的反映。老天爷没有给我们更多的时间从容地相互了解。我说的是处在身体亲密区当中的相互了解。我也十分怪异地建议去县一中找宋丽娟，我未婚妻的姐姐，由妹妹向姐姐讨教。仿佛我想从二人世界尽快解脱。姐姐早就谈了恋爱，现在已经是第三个男朋友了，她有经验。

宋丽芸端详着我，犹豫了片刻，还是同意了。

在去县一中的路上，我问宋丽芸："你过去怎么没有请教你姐姐啊？还有你娘？"

宋丽芸撇撇嘴巴。她的嘴巴红润而丰满。翻出来的里子更嫩且闪烁着迷人的光亮。她说："说我哪，说说你自己吧。你一个大男人，怎么像婴儿一样呢！"

宋丽芸边说，边扭着身体。这时，我才发现她的身体曲线分明，特别性感。想要拥抱她的念头一阵阵袭上心头。这感觉，跟过去在家中她调侃我，令我心里痒痒，原来是一脉相承。这惊叹是以"不痛了"作为前提。我拿不准，这是不是就算爱情。

当我回想着第一次性经历，并试图从中拎出一些细节细细观赏、慢慢品味的时候，却总是抓不住它们。我想，没关系，来日方长，再来一次，两次，三次……一定会把那些感觉和印象抓住。并且，经验之下，还会将我们二人体内的青涩逐渐消解，创造出层出不穷的新鲜而完美的感觉和印象。然后，我会像洗照片一样把它们整理出来，捧在我眼前。它们将伴着我，与岁月一并流走。当然，我们还会有孩子……那又会是什么情形呢？

我错了。

后来，老天爷再也没有给我机会，与宋丽芸交合。

十 死人的事是经常发生的

许多年之后，我常常回忆起我跟宋丽芸走过县城，去县一中找她姐姐的情形。我说的是见到她姐姐之前这一段。因为待我年近不惑，竟然没有获得与一个女人无拘无束地溜马路的机会。我和宋丽芸都是好学生，准备向老师讨教。去县一中，要经过半截县城正街。盛夏时节，路面上西瓜皮、汽水盖子、冰棍纸时有所见。有几个地方在翻盖或重建，显得乱哄哄，也容易让人对未来产生联想，如果心情好的话。

我和宋丽芸不能说心情不好。

我们两个都相当的兴奋。

经过电影院，宋丽芸说起她在省城曾经观看意大利电影周。她说，意大利电影不是悬念夸张，而是入木三分。说着，未婚妻会故意顿一下，观察我的表情。我当然是一副好学生的模样。我还催她："快说呀。"未婚妻得意地甩一下下巴。她说有一部叫做《对一个不受怀疑的公民的调查》。大意是：警长杀了他的情人。为什么？因为他是一个不受怀疑的公民。

我笑了，说："那就相当于我杀了你，但别人却不怀疑是我。对吧？因为我就是一个不受怀疑的公民。"

"呸呸呸！"

宋丽芸的唾沫星子溅了我一脸。

我挥一下手，好像是挥去了未婚妻唾液中的口臭。我知道，人们，尤其是宋丽芸，包括她的家人，都是非常忌讳死亡的。她"呸呸呸"，而且很重地"呸呸呸"，是乡俗中撵走死亡、驱散晦气的方法。

"那你还是说说性解放吧。"我想换个话题。

"我不知道，待会儿你问我姐吧。"

未婚妻下巴吊了瓶子似的不理我,她这样佯作生气的样子我是司空见惯的。所以我还是缠着她:"你不说,那我回家问你妈,看看她是不是认为我是需要怀疑的。"我又绕回来了。

"仁天木!我告诉你!不要以为你们家有钱,我娘宠着你,你就可以随心所欲地欺负我!"

未婚妻停下来,瞪着我。她真生气吗?

"我,我,我……我欺负你了吗?"

宋丽芸仰着小脸,顶着灼热的太阳,嘻嘻地咧开嘴:"我就喜欢看你这样张口结舌傻呆呆的样子,哈……"

明明是她欺负我吧?!我忽然想起兜里有钱,而且是三百块呢。我身上从来没有过这么多钱。我说:"咱们下馆子吧,你想吃啥?"

未婚妻挽住我的胳膊,歪着身体说:"这还差不多——像个绅士——买一个奶油雪糕吧,你也热了吧?"

我买了八只雪糕,花了两块钱。

我们俩的嘴巴被雪糕占着,话少了。我光顾着看未婚妻吮雪糕的唇口,脚下被一根竹竿绊了一下。

"对不起。"我条件反射一样先说了一声。抬眼发现我和未婚妻正在一家纸花寿衣店的门前。

一扇花圈倒在地上。

店老板光着膀子,从小凳子上站起来,摇着芭蕉扇,小眼睛盯住我,说"弄脏了——赔!"

"哎——"我正想说"我不是故意的",未婚妻像黄继光堵枪眼一样冲到我前面,抢着说:"赔什么赔?你的东西都摆到马路上了,这是违章知道不?就你这样,满肚子邪门歪道,还做生意……"

未婚妻的话语方式接近某种场景中的北京人。她的这种即便不是危急关头却毫不迟疑地挺身而出的行为,证明她存有侠女风骨。

我看见店老板的肚子圆鼓鼓的,肚脐眼被肥肉挤兑得只剩下一条缝。

"你个小丫头还想跟我耍横……"店老板抡起他的芭蕉扇。

我向前跨了一步。我跨这一步是用实际行动向未婚妻证明,我不是软蛋,我可以保护她,如果有什么不测或危难发生的话。伴随着跨步,我的手好像是挥了一下,类似刚才挥去未婚妻的唾沫星子。

店老板倒了。

宋丽芸掉了下巴似的看着我。

发生什么事呢？

我向身后看了两眼。身后没有很近的人。

店老板嘀咕了两声，自己爬起来。老板娘从店里扑将出来，大叫："还打人啦……"

事态趋向严重。但是，出乎意料，店老板爬起来拦住他的老婆，说："没你的事儿，回去回去……"

店老板自己把倒下的花圈扶起来，并搬离马路，放到店内。

我十分纳闷。

未婚妻拉住我的手，说："走吧。"她的身体都拉歪了，拉不动。她又叫了一声："走呀！"我才感觉到未婚妻在拉我。

"我没动手。我没打他。"我边走边说，边回头望一眼纸花寿衣店。

未婚妻开心地仰着脸，咯咯地笑个不停："谁说你打人啦？！没人说呀！你心虚什么呀！"

我继续解释："我看那肥子想对你动粗，我就上前去……"

"好样的——孩子他爹！"

未婚妻像我爹一样拍拍我的肩膀。她蹦着拍的。

有史以来，我从来没见过宋丽芸这么快活。而且这快活显然是来自我的"挺身而出"。我在毫无准备也"没费吹灰之力"的情况下，就品尝了"英雄救美"的滋味。这比吃奶糕还凉爽。

就这么容易吗？

我好像是碰到了那个为死人的亲人服务的胖子。怎样碰的呢？是手指？手掌？还是胳膊肘？未婚妻不告诉我。也许她也没看见，没看清吧。或者，她是用这种方式表达对我的赞赏和鼓励。

我飘飘然哼起了那首叫做《再过二十年，我们来相会》的歌子。我五音不全，踏不上点子。平日在家里宋丽芸都会嘲笑我，而今天，她竟然围着我走起了华尔兹步。大学生就是不一样。在大学，可以学到高雅的舞步和比舞步更绚丽的思想，这就是为什么孩子们都削尖脑袋想钻进大学的根由吧。

"丽娟姐也会跳舞吧？"我想起刚才在宾馆的狼狈，想起宋丽娟将会怎样给我们指教，还想起宋丽娟第一次拿了工资给她的母亲汪红送回家。我就问了一句未婚妻。

"我姐呀？"未婚妻拽着我的一条胳膊，歪脸仰望着我，说，"我姐你还不知道，

上篇　099

一个标准的布尔什维克。"

"胡说！丽娟姐姐就算入了党，那也是走在潮流前面的、知识渊博的，当然也是会跳舞的！……"

"嘿！嘿！嘿！你喜欢我姐啊？！那你娶她好啦！"未婚妻吃了点儿醋，她甩掉了我的胳膊。

宋丽芸很快就为自己的小性子后悔了。也许那不叫后悔，那叫顿挫。那顿挫不经意间就终结了我跟我的未婚妻轧马路的历史。相亲的人不满意，就说："这是第一次，也是最后一次。"我很满意，却也掉进这句话的深坑。后来我在监狱回忆这段马路，再后来我在省城坐在车上掠过人头攒动霓虹闪烁的更宽阔的马路，我的心里便要涩涩地生痛。

宋丽芸醋醋的语音还没被路上的车辆噪音掠走，我们就看见县一中的大门涌出来一群人。这群人簇拥着一辆自行车，一个女人坐在自行车的后座，身体趴在自行车的座位上。她的胳膊耷拉着，晃悠着，显然已经失去了意识。人群之后跟着一个皮肤白、身材修长的男人。他热狗一样弓着腰，哈着嘴，露出的舌头是青色的。

这个女人正是宋丽娟，宋丽芸的姐姐，我未婚妻的姐姐。

宋丽娟身上只有一条三角内裤和一件小背心。不知道是情人幽会脱成了这个样子，来不及穿外衣，还是脱光了之后再穿成这样。背心在移动和颠簸中已经错位，一只乳房挺在外面。要命的是，我还看见了她的腋毛，宋老师的腋毛。她的屁股在自行车后座上撅着。

出县一中的大门，是一个斜坡，把自行车的人没有把住平衡，我和宋丽芸奔到跟前的时候，自行车倾倒。众人一阵杂乱地惊呼，宋丽芸的声音最亮。可是，竟然没有一双手在宋丽娟的身体掉到地上之前碰到她、扶住她、接住她、拦住她。

我也做了个扑救的动作，也没有够着宋丽娟。所以，后来在看守所的牢中，他们说我手快、手狠、练过功夫，纯属无稽之谈。要是那样的话，我会眼巴巴地看着我的姐姐跌在我身前吗！

我背着姐姐宋丽娟，奔向已经翻盖加层的县医院。一番紧急救治，宋丽娟最终还是没有打开她美丽的眼帘。

在场的人几乎都哭了。一位副校长哭着说："我活了快五十年啦，从没听说接吻也会死人！我就是不信！……宋丽娟，她是我们青年教师的楷模。"

一位穿运动衫、运动鞋的男教师从墙角揪起了那个皮肤白皙身材修长的男人，挥拳便揍，这事他可能干了几回了，被正校长拉住。拦阻的时候，他的深度近视镜被碰到地板上，镜片跌碎了。

身材修长的男人既不反抗也不说话。刚才，他回答了医生的询问，他说他叫吴国文，是省城郊区某中学的语文教师，与宋丽娟在半年前一次教学交流会上认识的。二人相恋，已经商议今年"十一"结婚。这次约会之前，吴国文因家事回了一趟陕北老家，一对恋人再相会，正是"新婚不如久别"的状态。本来，我们明天一早就要去后厚村，见宋丽娟的母亲。本来……他排比出五个"本来"。

医生说好吧。不过我更关心的是今天，你们在一起，都做了什么？

吴国文说，今天，我们，我们一见面……什么也没干啊……哦，关门关窗是例行公事一样的。是这样，一方面丽娟声音大，另一方面，她又不想让学校的老师和学生听见，她的宿舍不怎么隔音。天热，我路上又出了许多汗，不过，我们确实只是接吻。当然，接吻之后还有，必然的性事，但还没有进入性事的程序。宋老师就是性事时，呃！叫床声大，所以先关门窗。

医生问，怎样接吻。

吴国文说，就是……接吻啊！

医生问，除了嘴之外的地方呢？

吴国文说，啊，我吻她的颈项，之后她就没动静了。大夫，扪心自问，我是爱丽娟的。我可以对天起誓。

医生后来对宋丽芸和校长们说，宋丽娟是死于"窒息性接吻"。情人久别的高度亢奋，紧闭的门窗和时下的气温促成了这一事件。这样的个案我在一篇法国人写的关于非常死亡的医学论文中看到过。它在人口中的比例大约是七千万分之一。本来，如果抢救及时，也许还有希望，但校门口跌那一下……总之，请节哀顺变。总之，非常遗憾。

几位校长坚决不依。他们扣了吴国文，还在出校门之前，他们就差人去县公安局火速报案，现在，他们面对已经赶到医院的公安人员，强烈要求逮捕吴国文。他们认为吴国文是一派胡言！同时，校长又差我和宋丽芸回后厚村通知汪红。

公安人员听了医生和吴国文的话，有些迟疑。他们劝学校方面的人先冷静下来。

我单人骑车，一路狂奔，回到后厚村。耳边的风声猎猎作响，而脑子里，却塞满了宋丽娟，宋老师的腋毛和臀部的迷乱影像。它们旋转着，形成一个黑色的大漩涡，我被这黑色的漩涡吸向它的深处……一进村，看见父亲的"拉达"轿车停在家门口，我就喊"爹——""娘——"，希望他们能早点听到，开车送汪红。

我把自行车摔在汪红家的门前。母亲和汪红双双迎了出来，她们本来在说话，

上篇　101

听到了我的叫声，两位母亲看我一个人狼狈不堪，失魂落魄，以为是宋丽芸出了什么事情。两位母亲刚才八成是在议论我和宋丽芸如何互相奉献了童贞吧。

"芸儿呢？！"

"丽芸出啥事啦？！"

从两位母亲焦灼巴望的眼神中，我领悟到乡下人骂人，说"你这个报丧的"的全部含义。这时，我就是那个"报丧的"。我后悔自己积极主动地出任了这个角色。我进村就那么大喊大叫，哪像个报丧的啊，倒像是中了什么大奖。

我一把抓住自己的大腿。

"我，我，我……"

父亲也听到了我的叫声，他赶了过来。看我结巴相，父亲要扇我嘴巴子，汪红抱住了父亲的手，然后，把她的身体全部吊在父亲的胳膊上。

汪红休克了，我张开了嘴巴。

我终于完成了报丧者的使命。我大出一口气儿，坐到地上，满心以为如此这般就万事大吉了。不曾想，对我来说，灾祸的序幕只是拉开了一个缝隙。

父亲对母亲说汪红不行了，你照应，我先开车去县城吧。

汪红醒过来，说她一定要去县城。她不停地唤着"芸儿""芸儿""芸儿"……平日里，汪红叫两个女儿的时候，就是"娟儿""芸儿"，音调细软，透着亲昵。一直到县医院见到宋丽芸，汪红都以为是她的芸儿遭遇了不测。

宋丽娟和宋丽芸的弟弟也过来搀着他的母亲。这孩子已经十一岁了，长得不像他的父亲项明，倒是更接近他的叔叔项帅。当然，这是后来看出来的。他明年就要上中学了。他的名字叫宋玉升。

宋玉升挽着母亲。他没有叫，也没有哭。

父亲开着车，载着汪红、母亲和我，赶往县城。这时，天已擦黑了。

汪红见到宋丽芸的时候，宋丽芸扑到母亲怀里，浑身抽搐。汪红捧着二女儿的脸，死死地看着。忽然，她明白过来，大笑一声，抱住她的小女儿，想说话，但仿佛置身严冬的荒野，上下牙"咯咯咯"地磕个不停。宋丽芸向母亲哭述姐姐的死因。汪红再次不省人事。

医生对汪红进行了急救。

半个小时之后，汪红苏醒过来。她睁开眼睛，在围着病床的人当中寻找校长。

校长鼻梁上的眼镜一只是空的，另一只裂开了花。他凑到汪红身边，细声说："嫂子，有什么要求您尽管说。我们已经强烈要求公安局逮捕吴国文。"

汪红说："校长啊，不要为难吴国文。我虽然没见过他，可是，娟儿上次回家送钱，说过那小伙子。还说放暑假要一起回来看我。这事儿天木他娘也知道，我相信吴国文说的话……"

"咚，咚……"

吴国文横咬着大拇指，用他的额头撞墙。鼻孔淌着涕液，连带出一串串含混不清的声音。

汪红听到动静，从床上起身，来到吴国文身边，说："你就是吴国文啊……让我好好看看你。"

"妈妈——"吴国文抱住了汪红的双腿，放声大哭。

谁也没有想到，身材修长的吴国文"吻死"了他的爱侣，眼下就这么"妈妈"纵声一唤，日后竟堂堂正正地做起了汪红的儿子。因为后来我的未婚妻宋丽芸，成了他的老婆。

如果当年宋朝阳的死亡令汪红洗心革面，那么，大女儿宋丽娟的死亡，则令她再一次脱胎换骨。还在办理女儿丧事期间，汪红就不怎么关心我和宋丽芸的事了，她请前来慰问的姨妈帮忙在城里给她找工作。她要自立。县一中送来的抚恤金，汪红接收，但我们家给她的钱、物，她一概拒绝。弄得母亲十分尴尬。

在宋丽娟死后的日子里，一团阴云笼罩在我心头。这团阴云，就是县一中大门口，我没有半空接住跌向路面的宋丽娟。我是眼睁睁看着她跌下去的。当时我冲上去，宋丽娟是朝着我这一面倾倒的，我离她最近。

姐姐向我倒过来，冥冥之中就是要我接住她，抱她起来，把她从昏迷中唤醒。

我的心被无边的懊悔与疚愧啃噬着，缓释这种精神压力的最好办法就是不断地为汪红、为宋丽芸，哪怕是为项明的儿子宋玉升做点什么。

然而，父亲和母亲请来了许多人，为宋丽娟料理后事。我几乎插不上手。我唯一能做的似乎就是陪伴在汪红或者宋丽芸的左右。

夜晚，我守在汪红家不走。母亲叫我回家休息。我不回。母亲说回吧，明天再来，我说："我本来可以接住丽娟姐姐……"

"你说什么？说什么？！"母亲不明白我说的话，更不明白我的心情。

我说："我不回！就不回！我爹来叫我也不回！爷爷来了也不会回！就是不回。"我的音调越来越高，待鼻腔充满了黏液并聚集于咽喉，堵塞了发音的管道，泪水就涌出来清理，可我并不需要洗脸。我期待着父亲出现，期待父亲看见我使性子，劝不住，动手打我，那样，我就有理由放肆地吼叫出来，并与父亲拳脚相向，一决雌雄。此刻我一点也不怕父亲。

上篇 103

夏天熏蚊子，我们村的人都喜欢在屋里烧一种叫做艾草的植物。刚才宋丽芸说有蚊子咬，汪红就烧了一把艾草。艾草烧燃引起的烟雾为我的泪腺推波助澜。

令我深度疚愧与自责的元凶也许不是我的身手有欠敏捷，而是宋丽娟的腋毛和臀部。它们老是在我的眼前晃。晃啊，晃啊。现在，这两个对于我来说也许是女人最性感的部位开始变形，变味儿，它们像大棒一样不停地砸我的脑袋。我为自己曾经在课堂上的意淫而羞愧。那一定损害了她的心灵，使她在自己的爱人面前过于紧张，不然怎么会窒息呢？我觉得自己玷污了圣洁的宋老师，是个畜生，是驴。

这种感觉很像是花钱花得心烦的公子哥，老爹猝然亡故，没钱了。我甚至怀疑我已经成为阳痿患者的后起之秀。

我的荷尔蒙，我的雄性激素，我的见风而起的热血，被宋丽娟带走了吗？带到什么地方了呢？带到了县城？那个县城的"自由市场"？21世纪之后，"自由市场"叫做"农贸市场"、"菜市场"，卖肉的、卖菜的、卖杂货的被理性分开，不像这时这么乱，这么"自由"。

我和宋丽芸本来是受命到县城买些纸钱和白麻布的。由父亲母亲帮忙操办的宋丽娟的后事，规模和涉及的人员都扩大了。许多人看我父亲的面子，纷纷前来吊唁。所以，纸钱和白麻布不够用了。

县城里当时逢集，人来车往，熙熙攘攘，我们经过"自由市场"的时候，宋丽芸也没打声招呼就自己蹿入乱哄哄的市场。宋丽芸一定是感觉到什么，或者是她看见了什么。她被命运之神牵引。她消失在人头攒动的"自由市场"。我挤进去，四下呼喊宋丽芸的名字。我感到有些异样，脖子上的汗珠滚过之处，竟阴冷地长出来一簇一簇鸡皮疙瘩。

突然，宋丽芸从背后拉住我，说："你来你来！"

"咋回事儿，你……"我一句话没说完，人已经被宋丽芸拉到一个肉摊跟前。市场中烟雾弥漫，空气中充斥着浓重的孜然烤肉的味道。烟雾的策源地在哪个旮旯呢？

这个肉摊算是有一点规模，宽大的肉案后面竖起一根横杆，杆上有六个专挂整扇猪肉的铁钩。其中，四个铁钩已经空了，说明卖家的生意不错。那四个铁钩在阳光的眷顾中闲着，偶尔有经过的人不经意碰到了铁钩，铁钩就悠哉地晃两晃。铁钩上面沾着猪肉的油脂，晃起来，便反射出杂乱的阳光。我扫了一眼那些闲置的铁钩，感觉它们很大，而钩子的尖头，显得特别锐利。

我脑子里闪过一部美国枪战电影的镜头：恶魔最后被大吊车的大铁钩挂住了

前胸。还有一个是灵异片,裸体的女鬼被凌空飞来的大铁钩钩住了下巴,女鬼并不慌恐,她伸出大舌头舔那个大铁钩,后来女鬼吃热狗一样吃掉了大铁钩……

宋丽芸扯住项君,喊叫:"就是他,这个臭流氓……"

卖肉的老汉是项智义——俞金花的丈夫。项家在这个市场开摊子卖肉,已经有很多年了。这是俞金花的主意。俞金花在80年代后期,响应党的号召,争做"先富起来的人",她做生意的点子比项智义还多。他们卖过茶鸡蛋,卖过凉粉,卖过草帽,卖过凉席,卖过苞米皮编织的工艺品,还卖过兔子。后来,项智义在养猪方面颇有心得,猪养得又肥又大,俞金花主动请缨,到县城的"自由市场"去开肉铺,并由俞金花持刀叫卖。俞金花卖肉总是在客人提上肉、行将离去时把人家叫住,再搭一块肥肉或板油。在姨妈那样的省城人谈"胆固醇"色变的年月,乡下人还是油水不足,所以,俞金花深得顾主好评。她的生意自然也是相当的顺畅。俞金花当年的作为曾被好些人戳脊梁骨,但时代不同了,知名度也是财富。项智义不卖肉,他做后勤保障。自家养的猪不够卖,项智义就在自家门上打出"收购生猪"的招牌。在村里,项家成了卖猪专业户。项智义比以前胖多了,得闲就与俞金花打情骂俏。两口子现在是"妇唱夫随"。

今天,项智义是来给老婆送饭的。已经上了大学、放暑假回来探家的项君,是随父亲一并来关照母亲俞金花的。项君是项家的骄傲。

丈夫儿子都来了,俞金花很高兴。她向丈夫汇报了生意的状况,把卖肉钱塞进丈夫兜里,说了声"先照看着,我去方便一下"就闪不见了。

宋丽芸扯住项君,以为扯住了项明。项君比项明小几岁,兄弟俩虽然不是双胞胎,成年之后,倒是确有几分相像。

项明被汪红遣返回家之后,不好好上学,也没跟父亲母亲做生意,他瞧不起父母做的生意。他就那么瞎晃,瞎转,最近跟几个狐朋狗友去了海南和深圳,说是做大生意。在压马路的过程中,宋丽芸好像提过一句那天从省城回来,在火车站遇上了项明,说他吹牛往南方贩运水果,宋丽芸是把项明连同那个卖寿衣花圈的肥老板一起骂的。

宋丽芸揪住项君叫嚷着"你烧成灰我也认得你",其实是张冠李戴了。为什么会发生这么大的偏差,跟天气跟宋丽娟的亡故都有些关系吧。

项智义正操刀给人割肉,听见自己的二儿子项君被一个女子揪扯,喊道:"干啥呢,干啥呢——认错人了!认错人了!"

项智义曾经见识过好几个女人扯着大儿子项明要死要活。那大儿子项明是个花种,早已伤透了项智义的心。项智义盛怒之下还抡起过一把铁锨拍在项明后脊背上。没用，大儿子项明蹲到一边，赖兮兮地笑笑，依然我行我素。俞金花托人为项明说过好几门亲事，项明把人家女子一睡再睡，之后就没有下文了，弄得好些亲戚朋友骂俞金花和项智义。

项明在家里最怕的是三弟项帅，那小子要是真生气了，会下狠手揍他的大哥。有一回，项帅把他的大哥打得住了半个月医院。吓得项智义和俞金花再也不敢在三儿子面前说项明的不是。

爹娘不说，外人可没那么乖。项帅只要听见人说大哥的坏话，就要找大哥核实，项明有时要抵赖、辩解，有时还以大哥的身份教训三弟。结果免不了还是挨一顿揍。

最近，项明在家待不住了，他也不想待了，一走了之。项帅呢，高考落榜索性应征入伍，成了一名武警战士。

所以，见到有人揪扯二儿子项君，项智义条件反射一样，就说"认错人了"。

是认错人了。此刻，项智义的大儿子项明也许已经身在海南岛的一个按摩房中享受着小姐的"泰式按摩"。不对，好像宋丽芸说了一句"项明昨天在西安火车站……"。

项君是一个斯文的大学生，还没有接触过女人，被宋丽芸揪扯，他脸涨得通红。项君起先说不出话，听到父亲的声音，他边退边随声附和。不过他说的是："不是我，不是我啊，是我哥哥，是我哥哥！"

项智义凑过来。项智义手上拎着那把割肉的刀。项智义为自己唯一的大学生儿子着急，他忘记了放下手中的割肉刀。那刀子虽然不是锃光瓦亮，在移动的时候也从某个角度聚敛了阳光。

我的眸子被一股子金属剑气刺了一下。

"你要干啥——"

我向前跨了一步。

我觉得我的动作非常慢，因为我可以感觉到色彩迷乱的声音一点一点，一点一点地从我的耳廓中翩然遁去，像一群五颜六色的蜻蜓受了袭扰，离开水面的时候，也不失贵族风度，带着一个优雅的停顿和拖曳。

"嘿！瞧那儿，挂了挂了！"

"人挂啦！"

"开玩笑吧。"

"妈呀——死人啦——"

"阿弥陀佛……这个人杀了多少猪啊。这是报应啊。"

"让我看看！别挤，让我看看！"

项智义的目光焦灼地停在二儿子项君的脸上。看见宋丽芸撒开手,看见二儿子项君惊慌地把目光甩过来,与自己汇合,项智义的唇角漾出了笑意。后来这笑意僵住了。他的舌头一点一点顶出了唇口,一定是顶出来的舌头僵住了他脸上的笑意,这舌头还顶掉了他手上把持的割肉刀。

刀落地的声音在喧闹的市场背景下几乎听不见,像蜻蜓点水。

宋丽芸折身抱住了我的胳膊,并且在我耳边喊叫着提出一些问题。我没感觉。我的感觉被那个剑锋般的金属闪光击碎了,散落在乱糟糟、闹哄哄的自由市场了。我注视着项智义,看着他的身体仍像钟摆一样摆动,摆动,再摆动。停了,终于停了。终于停了。这时我又想起此前项智义的身体腾起来,飞过了一个并不明显的弧线,就是这微弱的弧线抬高了项智义的身体,送他的后颈和后脑去了铁钩钩尖的上端。项智义本来清瘦,但近些年丰满了许多,他的体重,加上飞行弧线的力度,凑足了吃入那个铁钩钩尖的重量。就是这样吧。项智义的肉要是割下来卖,应该卖不过一头猪。就是这样吧。宋丽芸提出的问题好像也是这样吧。这些,就是冥冥之中的神灵帮我摆脱我的未婚妻的姐姐——宋丽娟宋老师的纠缠吧。我并无宗教信仰,也不信神鬼,它为什么要这样热心肠地帮助我?宋老师的腋毛和臀部的影像消失了,融化在夏日炫目的云朵和热风之中了。沿着时涸时润的黑子河去会渭河、黄河以至大海了。被那些五颜六色的蜻蜓载向远方了。它们离开水面的时候还有一个空中滞留,比如 NBA 明星乔丹的投篮。那是为了显示它们超凡脱俗的优雅的贵族品格吧。

十一　割礼

我有机会学习一些陌生的词藻。"滞留室""提审""笔录""蹲墙根""放风""红头""捞人""大板""戴小铐""打飞机""看电影"……这些汉字裹挟着潮水一样的信息涌入我的大脑,在没有亲眼目睹,亲身经历的汉字的意象中,我从来没有像今天这样恭敬,一如最符合教学大纲要求的学生。我好像明白了为什么没有考上大学,晚了;我发现每一个汉字都是一个巨大的信息库。还有,我感觉到我的听觉和嗅觉,甚至味觉显现出从未有过的饿狼似的贪婪。身边,或者另一间屋子中有蚊子掠过,我耳窝中的汗毛都会竖起来,就像黑子河滩上久旱倒伏的芦苇迎来了哗哗奔走的清流。

"看电影"是这样的：脑袋被塞进盛满屎尿的塑料水桶中，塑料桶都是有颜色的。而颜色与本案无关。脑袋浸在屎尿中了，这是要点。在憋死之前你被提出来。

红头问：电影好看吗？

答：……

红头耸一下下巴，意思是：再摁下去。

憋死之前你再次被提出来。塑料桶都是有颜色的，现在它该开拓你的想象。

红头问：电影……

答：好看好看……

刑拘于县派出所的临时滞留室，就有人跟我讲"电影"。说：一定要说电影好看。怎么好看呢？

我努力调动自己匮乏的想象力，并在脑子里预演几段说瞎话的场景。瞎话要说得跟真的一样，我吃不准。就问。

"你小子'闷'啊？！编啊！你这熊样还杀人？！"那家伙比我年纪大，但应该不到二十五岁，留着胡子。胡子很浓，像是胶水粘上去的。他的左胳膊上部，三角肌一带文了一枝玫瑰花。他说我"闷"的时候，振了振胳膊，铐子在铁制的架子床的柱子上嘎嘎地响。这家伙是个贼，四进宫了，把经验当能耐，在我面前卖弄。他说几十句话，我问一句，比例失调。我一面在心中嗤他，一面巴望他别停下来，多说一些。我挪了一下，铐子也响了，算是对他的回应。我无论如何也想不到，他是我们村原生产队长陈大勇的儿子。

我干咽着口水，目光停在手腕的手铐上。

玫瑰胡子撇撇嘴，说："看不出来，你也会杀人。嗯，你身体他妈的贼棒！嘿，你好像不害怕。哼，等你被折磨的时候你就会想老大我的话啦！"

门外有警察经过，玫瑰胡子闭嘴闷头。

"仁天木！出来！"

当天晚上，公安才审问了我。拖到现在才正经地审问，完全是因为要先安抚俞金花和她的亲朋挚友，他们闹腾得几个人都脱水了。我对自己所犯罪行供认不讳。按手印的时候，我瞄见其他一些人的证词。没看清内容，看见好些红手印。醒目的红手印使我忽略了染红了的人的名字。按了手印还要签名，我写的名字像书法一样难看，公安说："弄颠了，应该先签名。"

我像贪恋游戏的小孩又获得了一枚硬币。我说："那重来一次！"

公安像是没听见我说的话，自己收拾桌上的供词，塞进一个卷宗袋子，喊外面的人带我走。公安对犯罪嫌疑人司空见惯，就像医生对病人满不在乎。审讯并不像我预见的那么恐怖，似乎也太快了。我不敢抬头，但我知道审问我的是三个人，其中一个是女人，虽然她没涂香水，但我嗅出了女人的气息。我对于女人的敏锐嗅觉就是这个时候被开发的。

我快出门了，后面追过来一句："小屁孩儿，签名还上瘾哪，以为是县长呢吧！"

我，我，我……

"把脚镣给加上！重犯！明早送看守所。"

"急啥，有人会捞的。多关他12小时！"

6平方米大小的滞留室有五个人，无一例外都被铐着，其中有一个靠窗的中年人在哭。我等着有人来履行他们的诺言：加脚镣。我的脚踝骨有些发痒，像戴上手铐的手腕一样亟待脚镣的刺激，拓展经验，开发心智。

如果有人拎着脚镣走过来，就一定会有铁制的脚镣相互磕碰的声音率先闯入。我等着。

玫瑰胡子的授课内容在我耳窝内如芦苇一样的汗毛间隙中打旋儿。当我意识到自己竟然没有专心听讲，禁不住打个寒战。

"你没发烧吧？！"玫瑰胡子讲累了，见我打战，哼了一声，顿一下，他又说："你都招啦？！"

"啊……"我可能是招了吧。我无法抵赖。光天化日之下，项智义钟摆一样挂在那儿。他摆动着，摆动着，停了，终于停了。"完了……"我在纷乱嘈杂的现场分明听到了这两个字，它像一口黑锅，从天上扣下来。

完了。

"你刚才说什么？！"我如饥似渴地问玫瑰胡子。

"我说什么？你说我说什么——等死吧你！"玫瑰胡子从牙缝中挤出一溜子条状唾液，像鸡拉稀屎，溅在地上。他隔三差五就来这么一下，多数是在下结论的时候，那似乎代表着他的果断与自信。

既然玫瑰胡子说得这么肯定。他好像也不想再说什么了。那就等吧。

屋里没点灯，但我几乎可以看清每一个人的脸。玫瑰胡子给我授课时，神气活现，闭上嘴，也是满脸的沮丧。其他的人本来多数与我的心境相似，忽然安静了，也都吊丧着脸。靠窗哭的中年男人间歇性地抽一下鼻子。

窗户框子上安装着小拇指粗细的铁栅栏。窗户扇掉了一扇，剩下的一扇形同虚设。幸亏如此，不然我们几个人不能沐浴夏夜的微风。这点偶然而至的微风虽然达不到清凉的力度，但可以稀释屋子里腥臭的人味儿。窗外有一棵杨树，杨树叶子偶尔发出沙沙的声响。月光洒在院子里，是泛白的青色。月亮是在我们这间屋子的侧后方，所以月光不能从我们的窗台跳进来，但借助月光在窗外物体上的反射，我们的屋子也并不黑暗。

我听见走廊斜对面派出所会议室当中的钟摆声，还有大门口值班室里电扇九十度扭头的呼呼风声。再往远，夜市小贩的叫卖和不时掠过的汽车、马车、牛车声也隐约可闻。夜虽不深，但刚处理完一起命案的派出所已经相当静谧。

"你家有钱？！"

玫瑰胡子陡然抬起头，被电击了似的。

"啊……"我一时懵懂，搞不懂玫瑰胡子的意图。

"有吗有吗？"玫瑰胡子不耐烦地连连追问。

"有啊有啊……"我的话像是被玫瑰胡子挤出来的牙膏，随着他催促的节奏，丝毫没有经过大脑的权衡。

"你不会骗人吧？！"

"不会骗人。"

"那你爹妈咋不来'捞人'呢？"

"捞什么人？"

"你个大傻帽，我讲了大半天，嘴皮子都成糟头肉啦。你不知道有钱能使鬼推磨吗？！"

交谈中，我忽略了玫瑰胡子的眼神在我浑身上下贼溜溜地转。我以为这样的眼神类似于教师讲课时觉得学生笨、恨铁不成钢，或者，教师也常用这样的眼神调动学生的思维，激发想象。我还没有分辨这种眼神的能力，就算我有，但眼下是急火攻心，无暇旁顾。我不知道从这一刻起，他已经惦记上我们家的钱财了。这回他是小偷小摸，最多拘留十五天就会重获自由，届时他可能会奔赴后厚村一展身手。

我的脑袋被一个"捞"字携带的混杂意象灌满了。

是啊，我的爹娘，我的爷爷，我的姨妈和我的许多"八竿子亲戚"，他们可以见死不救吗？！

我用最快的速度算计了一下父亲的钱财，还有爷爷的钱财。父亲爷爷都说过"钱是身外之物，生不带来，死不带走"之类的话。母亲甚至还说过父亲拼命挣钱，就是为我积攒家当。我是仁家的根啊！

"今天最后一次解手！——别吵！仁天木先上。"

我站起身来，眼前先是一黑，接着星星乱闪，腿麻得抬不动。

公安竟然上前扶了我一把，他问："你的腿受伤了？"

"没有没有没有……"自从进了派出所，快八个小时了，这是听到的第一声问候，我鼻子发酸，觉得这公安像是我叔叔，是亲人。

果然，进了厕所，这位公安把我推进一个带门的便池间，插上插销，急速地展开半张纸，用手电筒照着让我看。

天木：

　　不管原本如何，一定要说自己是失手，是混乱中有人在后面推你。切记切记！

姨妈字

姨妈的字条被展开之后，这位公安就掏出了打火机，我还没看到底，上面已经被点着了。随即，这位公安拉开水箱，冲走了纸灰，又拉开门，大声说："快点，别磨蹭！"

我想说谢谢，想看清这位公安的脸。但是，他连推带搡，显得很粗暴的样子，把我弄回了号子。

我兴奋得大喘不已。

玫瑰胡子凑上来说："他要了吧？好汉不吃眼前亏——答应了再说——我就知道你是个傻帽——你家有钱咋的？留着喂老鼠吗？！"

"闭嘴！"我瞪圆了眼珠子冲玫瑰胡子吼了一嗓子。

"哎，哎哎哎……你……你冲我发啥火，我，我……"玫瑰胡子露出窘相。我早看出来，他是个欺软怕硬的主儿。狗掀门帘。

我用膝盖横顶了一下玫瑰胡子。

玫瑰胡子挪了一点，被铐住的手也向上挪，示意投降，但还是没闭嘴："我再说最后一句：我这是猫教老虎……可有一样还没教呢……"

玫瑰胡子的话音降调，直至无声。

我集中精力，反复默念着姨妈字条上的内容，生怕漏掉一个字，生怕不能正确领会其中的含义。

在他们轮番从厕所回来之后，我确认姨妈的字条已经分毫不差地刻在了脑子里，"我失手……""有人在后面推我……"姨妈太聪明啦！她怎么会知道当时的情形呢？当时，好像，好像就是有人在后面推我。谁呢？鬼使神差啊。难怪连父亲和爷爷都格外尊敬姨妈。可是，两小时前的提审，好像不是这样说的。是他们问，我答。

"姓名?"

"啊……"

"问你叫什么?"

"啊,仁天木。"

"项智义是你打死的吗?"

"啊……"

"是,还是不是?"

"是。"

"你练过武吗?"

"练……什么?"

"武术!"

"初中体育课学过太极拳。"

旁边的嘀咕:"太极?还真是四两拨千斤哪,狗日的。"

"你为什么打死项智义?"

"是……天热……"

"什么?!"

"他拎着刀,刺我的眼睛。"

"胡说!"

"啊,是反光,反光。"

"项智义还手了吗?"

"没有。"

"为什么?"

"就一下。我就一下。"

"你跟项智义家有仇吗?"

"没有。"

……

玫瑰胡子已经开始打瞌睡了。我用肩膀顶他一下,问:"你说我这案子要审几回?"

"最少三回。有人捞的话,就不知道会审多少回了。为什么不直接送看守所?就是看有没有人捞你。等到了看守所,那就不光是公安审啦……"

"为什么?"

"嗨,你烦不烦,等你下辈子再犯事儿,就都明白啦!等吧!"

下辈子再犯……这辈子就这么交待了……我虽不能跻身童男子之列了，可还没领受"洞房花烛夜，金榜题名时"的风光呢。还有，我都想好了，有了自己的孩子，我要如何跟儿子或女儿聊天呢？我说："孩子，你要是不高兴的话，那爹爹我也生气喽！"我会比父亲温和很多地对待孩子，我会特别关注孩子的包皮，在他十一岁之前就去做手术，并告诉他这是一件美丽的事。我会用很多时间陪孩子玩耍，等孩子长大了，我会带着孩子去很远的地方，甚至去国外旅行。卢浮宫、金字塔、尼罗河、阿尔卑斯山……

也许我该起草一份遗嘱，免得被枪毙之后空空如也什么也没留下；也许我该放声大笑，把积攒在胸中的莫名的烦恼倒垃圾一样倒出来；或者，他们会认为我还是一个孩子，是可以原谅、可以迁就的。也许我该不停地"阿弥陀佛"地念叨，这样，我可能会很快进入下一个轮回，得以脱生……

脑海深处也忽忽地掠过未婚妻宋丽芸焦灼发问的表情和她们家被夸张了的为宋老师宋丽娟吊唁的场景。那场景只是满地散落着纸钱，漫天舞蹈着白纱，却没有人——宋家的人和场景只是掠一下，再一下的时候就消遁于山水天云之中了，留给我一个轻微而悠缓的惊叹，好像宋家与我并无很深的瓜葛。

天快亮的时候，我进入了梦乡。我在梦中跟汪红的那个比我大两岁的儿子在水渠边上玩儿斗鸡，跟汪红的丈夫宋朝阳一起抬一辆没有轮子的架子车，车上坐着汪红和她的两个女儿，她们是少年儿童的样子，她们嘲笑我，说我没力气，说我结巴。我还梦见我把家乡后山腰上的水渠涵洞当成了考场，我着急忙慌地往涵洞里面钻，我好像坐在了考场上，但监考老师不给我发卷子，说我是可耻的枪手，冒名顶替……

是玫瑰胡子用他的尖屁股把我碰醒了。玫瑰胡子歪脸笑着，与我道别，说回见。还说醒醒吧兄弟。

我恢复意识之后，发现滞留室中只剩下我和那个昨晚哭泣的中年男人，他像看袋鼠一样看着我，有点稀罕，又见多不怪的样子。他这样子，一点也找不到昨日哭过的痕迹。

我不知道其他人是否被押往看守所还是被释放回家。我想与这个中年男人聊一聊，也许他可以接玫瑰胡子的班，成为我的新一任教师。

但是，中年男人很快看腻了袋鼠，宁愿把目光挂在滞留室斜上方的屋角。这令我十分困惑，搞不懂我睡觉的时候，究竟是有人"捞"了这位中年人，还是他灵魂深处自我革命，斗私批修有了成效。他的眼神酷似一个疾恶如仇的青年，简称"愤青"。

我回念想起，好像我该被押往看守所了。玫瑰胡子讲解的看守所中的种种把戏，正在向我招手。我应该感到害怕，战战兢兢。可是我没有害怕，没有战战兢兢。害怕和战栗也是需要学习的。还没有人给我开这一门功课。

我被带到一间公安的办公室，姨妈从椅子上站起来迎接我。

这些年，姨妈本来已经有些发福，眼下却很是憔悴。我那鬼灵鬼灵的姐姐让姨妈操碎了心吧，或者姨妈为姐姐找了个男人，姨妈是善于做这种事的，而姐姐宁死不从。姐姐早已被姨妈改造了，完全不像我们后厚村的人。这些年，姐姐只是逢年过节才回后厚村，礼节性的。

我站在门口，不敢向前迈步子。进门的一瞬间，我想起了姐姐。这是一个逻辑性的错误。我走神了。我没有经验。我也没练习过扑到姨妈的怀抱里……

姨妈上前拉了我一把，给门的闭合腾出空间。门在我身后关上了。姨妈抱住了我。姨妈的泪水很快打湿了我的肩膀。姨妈问究竟是怎么回事，那宋丽芸神神叨叨说的是真的吗？那宋家，简直是扫帚星。忽然姨妈又宽慰我，说我爹说了，就是倾家荡产，也要保住我的命。姨妈为我和宋丽芸"试婚"的事责备自己。忽然姨妈又问究竟是怎么回事，怎么会说不清呢？

姨妈乱了方寸。

有人敲门。

姨妈这才想起重要的内容。姨妈边向门口撤身，边问我纸条的事儿。我点点头。姨妈说："咬死了，就那样说！"

在姨妈拉开门的当口，我忽然说："我娘呢……"

姨妈甩着脸消失在门口。泪水从她的眼角腾空飞起。

我还是站在原地。没人叫我，我不能乱动。

姨妈竟然奇迹般地又出现在我面前。这回，她从容了许多。门被缓缓地关上。姨妈说："我还能再待十五分钟。"

姨妈带给我爹娘的信息，父亲没来，是在银行门口等着取现金。父亲的钱都投到矿上了，流动资金并不多。母亲昨天就去了宝函寺，烧香拜佛，怎么拉也不回来。汪红成了木头人，不说话。宋丽芸也哭成呆子了。她们家有那个叫吴国文的年轻人照料，说今天就要把宋丽娟埋了。不对，昨晚就埋了。那吴国文蛮能干。还有，还有，还有什么呢？对了，那俞金花，还有她的亲戚，是王八吃秤砣，铁了心要置你于死地。

汗水渗出了姨妈的额头，汗水也从她耳朵后面爬出来，滚向腮侧，跌到衬衣上。

后来，姨妈催着我说话。我说什么呢？我明白，姨妈是不可能把我从这个地方领回家的，如果可以的话，姨妈定会显现她那炉火纯青的雍容与矜持。如果可以的话，姨妈愿意顶替我。我的军官姨父早已时来运转，退休之前要拿少将军衔。但是，未来的将军也没有力量救我出囹圄。我相信，未来的将军已经在有限的时间内作出了最快的反应。眼下姨妈凌乱的头发，浑身汗水，游移的眼神，就是包括未来的将军的最快反应在内的最后结果和状态。我咽口口水，说："姨妈……"

姨妈走后，我很快被提审。这回不管他们问什么，我都说："我是失手。""我……好像后面有人推我。"

"名字名字，我问你名字。"公安对我的答非所问很不满意，很不耐烦。但是，程序走完之后，他们好像如释重负。有一个说了声："好了。"

"好了"是什么意思呢？

"好了"就是我可以被押解去看守所了吧。派出所完成了项智义被杀案的原始口供采集工作。他们可以松口气儿，到外面的地摊上喝啤酒，吃烤肉了。就在离俞金花的肉铺二十几米的地方，有一家胖子烤肉摊，本来是夜市卖，生意火了，吃的人多了，白天也卖。这就是为什么我昨天进入自由市场的时候感觉四处狼烟的缘由。应该的。"公安都很辛苦，哪有状况哪出勤，常常值班到黎明。喝啤酒可以令神经松弛，吃烤肉可以滋养肾气，老婆满意，公安也痛快淋漓。"这是玫瑰胡子编的顺口溜。

在去看守所的囚车中，我把玫瑰胡子讲授的种种把戏在脑子里都筛了一遍。我想，我好好给红头说，求个情，他也许会网开一面，放我一马。

进看守所了。

玫瑰胡子绝对没有告诉我这样的情形：十二平方米的房子里，坐着十三个人。加上我，就是十四个。天热，十三个人一多半是光着膀子的，即使上身有一件汗衫或背心，感觉也像是光着膀子。十三个人分两排坐着，屋中间有一个人给另一个人文身。我进来的过程中，文身停了一阵子，门关上了，文身继续。

没有人吱声。

我试图找出这间号子的红头。假如我决定在攻击面前以死相拼，我就可以"擒贼先擒王"。可是我的感觉和辨别能力在进入这间号子的时候降到了最低点。它们似乎被扎在皮肤上的无数汗毛取代了。

一股股令人作呕的味道挑逗我的每一个汗毛孔。

如果是对文身表示敬意，把它当做类似宗教仪式的典礼，我不反对。如果是欢迎我，就有点儿太客气了。我分别向两边，也就是跟每一个人点头哈腰了一下，

上篇　115

没有改善现场的气氛。我想起玫瑰胡子膀子上文的玫瑰花，我应该可以联想到其他的人——比如眼下同号子的十三个群众，身上都有文身。

"剑""鹰""忠""孝""蛇""虎头""十字架""佛""龙"……十三个人，身上不同位置，文着这些汉字和符号。

我在原地站了好一会儿，隔壁号子里的声音不断地送过来。其中好像有那位与我同在派出所滞留室待过的中年人的话语。这个"愤青"的声音我可以听出来。没人给我腾地方。我决定向里面走。我抱着铺盖卷，磕磕绊绊地向里走。经过正在文身的两个人身边时，我看清楚了文到一半的汉字，是个"忍"字还差一点。那个干活的手上操着的是一颗生锈的钉子。钉子的尖头显然是被反复打磨，未及氧化的新生面阴冷地表明自己的钢铁本质。它的形态虽不及针芒，但刺入皮肤已绰绰有余。滴滴鲜血从皮肤下面渗出来，很快被蘸了墨汁的纱布摁住。纱布拿开的时候，皮肤上就有了"忍"字的"心"的最后一点。亲眼所见，我明白了文身为什么也叫刺青。

最里面是个便池，便池上方有一块九寸电视大小的窗户，这个窗户与对面门上方的窗户正对。此刻无风，它们形同虚设。有一只红塑料桶坐在便池旁，它的顶上，是一只水龙头。随着身体的临近，浓重的屎尿臭味和屎尿酝酿的氨气味再混合人体的汗味儿越来越强烈。他们不给我腾地方，是逼我来这儿"看电影"吗？自从进了这号子的门，嗅觉、知觉等几乎所有的感官功能都交给了汗毛孔。现在，我的每一个汗毛孔一面抵御异味的侵扰，一面预备着两侧可能突发的袭击。后来我知道了，他们让我从面前走过，是为了先观察一下我的身体。我的身体在我以外的视角看来，还是相当强壮的。

我站在便池跟前。

我总不能把褥子铺在便池上吧。

我转回身，面对着门。难道他们是等待我演讲吗？！要是这样，我宁愿把脑袋栽进红色塑料桶"看电影"。

隔壁传来了哭声。是那位中年男人，"愤青"。他的哭声我是可以确定的。中年男人吸着鼻涕哭着，求人家。说这样"不人道"啊。还说，"士可杀，不可辱"。

文身在继续。也许文身只是摆个样子。其他的人，都泥塑一般。莫非红头就在文者和被文者之中？我忽然集中精力，观察这两个人。

文者自身的右腕上文着一个忠字。"忠"是个三十几岁的壮年人，皮肤黝黑，肌肉发达，骨节大，腿肚子有明显的静脉曲张。

被文者的"忍"字印在他的右大腿内侧。"忍"的年纪大约也过了三十。不过，相形之下,"忍"比"忠"还要算是个白人。"忍"的肌肉相对逊色,但浑身上下非常匀称。好像美术老师讲过,关节僵硬的人思维也迟钝。"忠"迟钝?"忍"灵活?灵活就是狡猾吧。"忍"屁股下面和膝弯处各垫了两床被子。这样,他看上去是很舒适地享受着服务的样子。四仰八叉的造型,强调了他的主人意味。

"忍"是老大!

"忍"的腮帮子上不停绷紧,鼓起的咬肌,说明他的脑子在溜溜地转动。他面向天花板,眼睛眯着……他手上把玩着一只褐色瓶子。这瓶子的长度不够五厘米,内径跟啤酒瓶的外径差不多。这种瓶子平常应该是装某种药片的。什么药片呢?"忍"是个病人吗?

一个病人如何成为红头呢?

我要向"忍"请安吗?

或者求情?

隔壁中年男人停止了哭泣。轮到我哭了吗?

我的大拇趾使劲抠着塑料凉鞋的底子。我的塑料凉鞋前几天与未婚妻幽会时还遭到过耻笑。她说这太土啦!未婚妻宋丽芸如果知道这双鞋是父亲穿过之后"下放"的,不知会不会笑破肚子。她可能会挖苦我,说:"有钱人家的孩子就是与众不同!"

在我盯住"忍"手上的瓶子的时候,"忍"仿佛感觉到了,但是,"忍"并没有侧过脸与我对视,而是斜眼看我脚上已经裂开了几处的塑料凉鞋。

母亲和姨妈都给我买过皮凉鞋,我嫌它们不能随时冲水而塞入箱底。现在后悔了。我和"忍"这样你来我往地交换眼神,终将导致一方开口。这时送饭的来了。是馒头和煮芹菜,只有两个人起身打饭。他俩把除我之外所有人的碗拿过去,打好菜之后,把两根筷子架在碗上,再在筷子上放一个馒头。在"忍"眼色同意之后,大家吧唧吧唧地吃起来。吧唧声令我想起猪圈的同时也勾起一股强烈的饥饿感。

我站着。

可能是"忍"字已经大功告成,也可能是"忍"想起了我的存在,他侧了一下身。之后,他的菜碗就被一个胸前文着一条龙的"龙"给我端过来。

"我,我……我有……"

我取出了自己的碗。

"剑""佛""忠""蛇""虎头""鹰""十字架"……笑起来。

我大出一口气,不知道他们何以为笑。我也笑。这样也许可以互相诱发认同感。有句话不是说"同是天涯沦落人"嘛。

"忍"说吃吧。其他人也说吃吧。

吃吧。

离便池最近的"佛"给我让了一点地方。在我吃饭的时候，他们开始轮番大小便。他们大便不用便池，马步蹲裆，就拉在红塑料桶里。他们是想把这个桶盛的满满当当，好让电影"丰富多彩"吧。我吃了半个馒头，菜汤全喝光了。我还可以多吃三个馒头。但我决定不吃了。已经有屎尿溅到我身上了。我想起了隔壁中年男人的话。我还想起了中年男人在派出所滞留室与我单独相处时疾恶如仇的目光。

我从铺上站起来，碰掉了排队解手的"鹰"手上的半个馒头。

"哎——""鹰"叫了一声。

"对不起！"我在半空接住了馒头，还给"鹰"。

"鹰"闭上嘴，惊讶地上下打量我，然后目光又转向已经挪向门边靠墙斜躺着看戏的"忍"。

"忍"似笑非笑地咧了一下嘴。

我站到屋中央，等大家解完手。我喝了一大碗菜汤，血液的流动提速了，很快，它们就转化成汗水从汗毛孔的密集处泌了出来。这时，有人从身边走过，空气被搅扰，气流像一双柔软纤巧的手，剥洋葱似的剥去了身上的热量，剥了一层，又剥了一层……后来我去了二十一沟监狱，在那里办狱内的《新生报》，写过一篇题为《风》的文章，最早的灵感就发端于此。"忍"那慵懒的样子，大概他会是最后一个拉屎拉尿的吧。我想打个寒战，还想与其被动地坐以待毙，不如主动地出击。如果我趁其不备，把"忍"的脑袋一下摁进塑料桶里，会是什么情形呢？他会告诉我"电影"好看吗？！其他的人会一哄而上，教我什么叫"恶虎不敌群狼"吗？！然后呢？如果我就是不撒手呢？哦，那"忍"会憋死，他的肺会因为充满了屎尿而破裂……弄死一个跟弄死两个有什么区别吗？男子汉，死了咋？！脑袋掉了也才碗大的疤嘛。

"忍"好像是读出了我的心思。他是只狡猾的狐狸。至少我现在是这样感知的。他不知从哪儿弄出一截香肠，夹在馒头里，他颠着二郎腿，啃起了"热狗"。他就是不解手。

我的脑子又乱了，或者说，是迷失了。他没有按我的预想出牌。面对"忍"者，我智商低下。

忽然，瘦小的"龙"从墙缝跳下来大喊："那边挂了一个！"立即有好几个去抢那个最大的墙缝。这号子的质地，甚至比普通民房还差，几个人合力，就可以把墙推倒。正在拉屎的"蛇"一截干硬的屎夹在他的白屁股中间。从侧面看，像是倒装的阳具，也像是"忍"正在啃着的"热狗"。

"龙"咬住"忍"的耳朵，八成是汇报他刚才看到的情景。

应该是那位疾恶如仇的中年男人吧。我很长时间没听到他的声音了。这些人真敢把人往死里弄啊！也许是中年男人不堪羞辱，自决于人民吧。怎么个决法呢？上吊？不可能。撞墙？差不多。自残还能有什么方法？什么可歌可泣、荡气回肠、叹为观止的方法？！

我觉得中年男人不会死，只是受了伤。

我错了。后来，当我成为红头的时候，我得知了更多的信息。中年男人是坐在墙边，双手抱头，猛地向前搬，折脱了颈椎骨……这种自杀的方式好像是史无前例的。而中年男人的案子则司空见惯：与一个小他七八岁的女人恋爱、同居。东窗事发，女方先是声称恋爱，后得知男人有妻有子，便反咬一口，说是被强奸了。女方的一个亲戚在省局干副处长，放出话来，"非整死这兔孙"。现在，中年男人自行了断，不给公安"玷污"的机会。

我觉得脑袋发沉，在众人因为中年男人的死讯而兴奋不已的聒噪中回到自己的铺位，那个差不多盛满了屎尿的红塑料桶边。我的铺位上溅了不少屎尿，我顾不上清理，好像也难以清理。我先是靠坐在墙边，之后斜歪了身体。我感觉到"龙""蛇"之类在我脸前挤眉弄眼。我努力跟他们笑。我笑了。我不知道他们有没有看见我笑。我的笑融化在人体的肌肤中……

十二　玫瑰

我的笑声尚未散尽，十三个人似扇形排列扑伏在我的大叉着张开的裆前。他们尽可能向我的裆部簇拥着，生怕自己离得远就少沾一些福气，或者被罢除入伙的资格。我惊讶地差点说"搞错了吧"。幸亏我没有出声。老大绝不多说一个字。

"是这个孙子！"

"忍"被几个人架着飞机跪到我裆前。

这就是说"忍"与我已经彻底地乾坤颠倒。有十二个人愿意为我无偿地收拾"忍"。

"我的衣服呢？"

有人递过来一套全新的高档浴场才有的浴衣，并说："保证是消过毒的。"

"那个瓶子呢？"我薅下那个小瓶子，本应攥在手中，可是我两根手指夹着它，送到眼前打量一番，轻轻松开了。这个动作显然是天生老大的做派。

有人把那个瓶子捡回来，举到我脸前。

我在月光下把那瓶子上下左右地重新欣赏了一番。我说："这瓶子原来是装啥的？"

"忍"闷着头，不吱声。

"你有没有量过它的直径啊——"

从我嘴里发出的那个"啊"字被什么气场拖曳着，在月光中显出阴冷的迹象。这令我自己也毛骨悚然。

"忍"有点儿忍不住了，出气儿的声音变大了。

"你往菜汤里放了安眠药对吧？！"

"忍"的鼻涕涌出来了，呼吸的声音急剧变潮。鼻涕与从我阳具的帘儿上沾来的血迹汇合，月光下显出更深的成色。

"你自己试过这个瓶子吗？撑破了好几个吧——给他试试。让我看看。"

"忍"哭出声来："大哥——我爷爷——饶了我吧，饶了我吧！"

这些话是我本来计划要说的，"忍"没有给我机会。他连讨饶的机会都不给我，当然是压根没打算饶我。不过，"忍"帮我实施了割礼，这一点，我应该感谢他。

"我……"我，我，我……我要谢他好像不合时宜，会令剩余的十二个光棍大失所望。我迟疑了。"忍"抢住我的话头，好像一旦我再说一句完整的话，他就死定了。他几乎是号着扑到我裆下，把头埋进去，说："我愿意天天侍候你，天天侍候，啥时都行，饶了我吧……"

我听说过"铁头功"，他不会以他的头击我的卵吧。

我的双手推顶住"忍"的双肩。"忍"的双肩和身体都在哆嗦。"忍"的双肩竟然如此柔弱，我料他扛不起一袋麦桩子。三十多岁的男人，比我大一轮，应该是壮汉。

"我就是想看一下。"我决定了。我的肌体内部和表层的汗毛，已经在很短的时间里，以惊人的速度适应了这种号子所要求的、所需要的状态，并且跃跃欲试地膨胀着，妄图搞出新花样。被押往野鸡胡监狱的第三年，有一位上过大学，专门进修了犯罪心理学并且对犯罪心理特别着迷的警官，他说每个人的心灵深处都藏着一个魔鬼，简称心魔。此刻，我的心魔被唤醒了吧。

十二个人一齐上手。"忍"被撂展了。十二个人有好几个是插不上手的，他们在一旁像非洲土著那样舞蹈。一面舞着，一面脱身上的衣服，直到赤条条精溜溜。就差一堆篝火。他们这样开心，八成是之前受过"忍"的"招待"吧。

我做了一个很长的梦。场景不断切换又不断丢失。

我出汗了。

我躺在省城的体育场门口的台阶上。宋氏姐妹左右两厢悉心侍候。嗯……父亲突然站在我的脸上方。

我睁开眼，"忍"和"龙"在给我扇扇子。见我醒了，两个人慌忙改变体态。"忍"说："老大，您喝口水吧。""龙"说："饭也准备好啦！"喝水和吃饭正是我当前的需要。水是冰峰汽水。饭是以菜为主，有一块酱猪肘、一截香肠、一块鸡大腿。这比母亲为我弄得菜还丰盛。就说这肉吧，母亲接受姨妈的指教，每顿饭有一样肉就行。

我惊讶地扫视一周。所有的人都乖乖地、低眉垂目地看着我。他们在等我开口。开口嘛，要么吃东西，要么说话。

我为自己在一夜之间，一梦醒来就装备了这么好的判断力而进一步惊讶，并且备受鼓舞。

我的判断是正确的。后来我发现，这种判断与跟女人接吻类似，是不用学习的。并且，这种优良的判断力贯穿了一年多在看守所的日子。我成了这间号子的老大、红头、部落首领、群众领袖、一班人的班长。我从中领悟，当领导也是不需要学习的。都说看守所黑暗，但这里不拘一格、不搞论资排辈是任何企事业都无法比拟的。拿这个号子来说，我年龄最小。据说有一个外号叫"白熊"的，十八岁生日那天进看守所，进来就弄残了原来的老大，成为最年轻的老大。不能再年轻了，不然得送少管所。我仅次于"白熊"。

所以，一年多时间，我并不怎么关心法官将如何为我量刑。二十年？八十年？或者枪毙？我左右不了法官。我着急上火肯定也是于事无补。有十三个人时刻听命于我，等我安顿，我忙得很。只是，在一些月朗风清的夜晚，我要求他们逐个讲述自己的经历，反倒常常被诱发对父亲、母亲还有姨妈、姐姐等亲人的怜悯之情，他们在这一年多的日子里，过得不比我好。

得到家人的消息，是进看守所的第二天，也就是我吃完猪肘子、鸡大腿和香肠之后。看守打开门，所有的人直立在两边的墙跟前。看守说："哪个是仁天木？"

"报告政府，我是仁天木。"我在此之前已经见识玫瑰胡子的做派。照猫画虎，

上篇　**121**

我会。

看守满意地"嗯"一声,目光在我身上绕了几圈,转向"忍",再用下巴撅一下我,说:"这是兄弟啊。"

"忍"猛一甩头,他是朝着脚面甩的。"明白!"如果"忍"道声"哈依",就是个十足的被俘的日本鬼子了。

看守的意思是让"忍"这个"老大"多关照我,但众所周知,我已经是老大了。我已经以老大的身份用过膳了。

看守走了,群众笑起来。我知道,群众是笑那看守傻帽,连我已经是老大都看不出来。我没笑。老大是不笑的。

"忍"和群众的目光中更添了一层敬畏。因为看守的一来一去,说明我的背后有一股强大的力量支撑着。这一点,所有的群众也看出来了。"忍"做老大也有两个月,从没见过看守说号子里的谁是"兄弟"。

公安的办公室的门打开了,第一个跳入我眼帘的竟然是妹妹仁小宜。仁小宜已经长成大姑娘啦!我应该是几天前见过妹妹,几天呢?记不清了。几天不见妹妹就长成大姑娘了。唉。如果我没记错的话,明年妹妹也要考大学啦!这两年我常常忽略妹妹的存在,有失做哥哥的风度。当然这也不全怪我,我复读,跟妹妹一样的课程,她还动不动就指教我。

"哥哥!"

仁小宜扑到我的怀里。我的肩膀和前胸很快就被打湿了。在家中,仁小宜很少叫我"哥哥",一般都是以"哎""嘿"之类的吆喝打头。

我得承认,仁小宜的这种表现令我英雄气短。如果有人欺负她,我会跟那驴日的拼命的。

还有姨妈和父亲。

"我娘呢?"

姨妈拨开仁小宜,拉住我的手,叫我先坐下,说别着急。

父亲先急了,他用手背蹭一下他的大鼻子,说:"他奶奶的,我到现在还不知道你这是为啥呢?!"

"我……"

父亲比我上次见到他时更黑了,唇角生出了一个小疖子。父亲的话我总是要应的。但是,好像我也想问与父亲一样的问题。这个问题在我脑子里搁得时间长了,生锈了。现在,父亲用砂纸打磨了它,它又开始发光发亮。

为啥呢?

怎么回事儿呢？

难道未婚妻宋丽芸没有招供吗？！她为什么不来看我？

她人呢？

汪红在宋丽娟的死讯面前，并没有为难吴国文，令所有在场的人感到诧异和迷惑。当她在宋丽娟的灵堂前听到项智义的死讯，第一个反应就是四下寻找她的儿子、项智义的孙子宋玉升。宋玉升就在汪红的身边。大姐宋丽娟死后，宋玉升跟随汪红左右，几乎是形影不离。

汪红捧着宋玉升的脸，就跟电影定格画面似的，不动了。

本来人气儿很旺的宋丽娟宋老师的丧事，也随汪红的定格，像沙漠中的黄昏忽然大幅度降温。被父亲找来帮忙的人转眼之间就撤光了。

那也正是黄昏时分。我们后厚村在这样的黄昏中不但没有风，不降温，倒像是坐在炉火上的闷罐子。

冷汗一股股冲刷汪红的脖颈。如果不是吴国文上前搀扶，汪红可能会就地打起摆子来。

如果不是吴国文狗皮膏药似的贴在汪红家，他们家的事真是没人照应了。就冲这个，吴国文纵然抢了我的未婚妻，我也不怪他。吴国文以主人的身份向生产队求助，求他们出几个劳力，为宋丽娟宋老师下葬。生产队的人听说了我的事，搞出几个版本，一种说法是宋丽芸拉我去杀人，还有的说这吴国文是死神，一出现就索取两条命，趁早躲他远些。所以竟然没人敢应承，说这得仁老板点头啊。仁老板连影子都找不着啊。我们得罪不起仁老板啊。我们还指望仁老板给咱村家家户户盖小楼啊。仁家多仁义啊。那汪红家到底是咋回事啊……

吴国文跪下求情。

生产队的人不是无情无义，但却没人拿主意，他们只好回避，扔下吴国文一个人在那儿跪着。汪红的儿子宋玉升躲在远处的树后面，静静地看着跪在地上依然不矮的吴国文。之前吴国文受村里人的奚落，他都看在眼里。

云不动，树叶也不动。

吴国文跪着，细长的脖子似乎已经支不住他的大脑袋了。直到掌灯时分，一个老太太从吴国文身边经过，丢下一个小纸球，吴国文已经跪得膝盖掉皮，满目昏花，见到纸球，如获救命稻草。他打开来看：

"花钱去别处雇人啊，傻孩子！"

吴国文如梦初醒。他起身的时候摔了两回。待他站直了，丢纸球的老太太已经没了踪影。

上篇　123

吴国文花钱雇人，连夜安葬了他的爱人、我的未婚妻的姐姐、我的宋老师。最后一铲土培上坟头，吴国文并没有扑到坟上大哭一场。他向被雇来的人一一付款，一一鞠躬，一一道谢。然后，急慌慌奔回汪红家。那里，还有三口人等着他照料。

吴国文回到汪红家，只看见宋丽芸躺在床上。

"妈妈呢？玉升呢？"吴国文摇着宋丽芸，问。

宋丽芸干涩起皮的嘴唇动了两下，没能出声。

吴国文倒了一杯开水，给宋丽芸喂了，她才说出话来。

"我娘，和玉升，去，去俞……家……"

吴国文明白了，拧身就撞入门外的黑暗之中。

吴国文在村口不远处发现几束手电筒的光亮在晃，跑过去，好些人围着，说三道四。吴国文拨开人群，见汪红躺在地上，宋玉升摇着他的母亲。吴国文二话不说，背起汪红折回村里。

把汪红安顿到床上，吴国文去灶上忙活起来。他先点燃了灶火，然后取来一块蜂窝煤，放在灶火上面，拉动风箱，把蜂窝煤点燃，这样，就有两个炉火可以做饭。那个可以拎来拎去的蜂窝煤炉子，是母亲送给汪红的。

蜂窝煤炉熬粥，灶火煮面条。

黎明时分，汪红、宋丽芸、宋玉升吃上了昨天的晚饭。汪红和宋丽芸都不想吃，但最终还是吃了。宋丽芸吃了碗汤面，汪红喝了碗粥。

吴国文在灶上忙活的时候，汪红的目光就一直跟随着他。半截门帘挡着，汪红只能看见吴国文修长的腿脚时隐时现。后来，汪红叫宋玉升把自己从床上扶起来，又让宋玉升把门帘掀起来，这样可以看得真切。

宋玉升领会母亲的意图，跑去把那盏为宋丽娟办丧事临时装的500瓦灯泡拉亮了。

吴国文被突然增大的光亮吓了一跳。待明白过来，他拍拍宋玉升的脑袋，又冲汪红笑一下。宋玉升并没有阻抗吴国文。汪红点了点头。这样，吴国文觉得可以说话了，像在自己家中。

吴国文给汪红讲道理："我想啊，人家的男人被别人害了。人家肯定不依啊，肯定要去公安局、派出所闹啊。咱现在去，就是想说句话、求个情，能见着见不着人家还没准，就是见着了，人家能听得进咱说话吗？仁天木不会死的，他甚至不认识死者。那应该叫失手、误伤。"

吴国文边说边为汪红端上米粥。

"是啊是啊……"汪红看着吴国文,泪水吧嗒吧嗒地跌向米粥。"你说得对啊。可是……我认识他。"宋丽娟和我孰轻孰重,谁先谁后,汪红的悲哀理不清头绪。两个小时前,她好像是想找俞金花。

"妈妈……"吴国文看着汪红掉眼泪,一时找不到劝慰汪红的言词。更重要的是,他疲惫至极,忽略了汪红话语中的"我认识他"。

"孩子,你不用劝我。我心里明白。我能哭一哭,会好受一些的。我知道,你自己也很难过。难为你啦。"

吴国文自己也撑不住了。他瘫坐到地上,以手掩面,抽泣起来。

十一岁的宋玉升没有像普通孩子那样,经不住长夜煎熬,早早昏睡,他始终格外清醒地、默默地陪伴着母亲。这时,他放下手里的面碗,取来毛巾,先给母亲用,母亲用过了,他又递给吴国文。

宋玉升的两只鼻孔有一点点外翻,像牛鼻子。可能是宋玉升的鼻子嗅出了吴国文身上的血腥,他伸手去拖吴国文的裤角。

吴国文的两个膝盖都脱了层皮,血水和组织液黏在裤子上。

"您这是……"汪红见状,起身去卧房找三年前我母亲送的药箱。宋玉升跟着母亲。

"我刚才在山上跌了一跤。"吴国文仰起脸,双手撑在屁股后面。这时,一阵紧似一阵的倦意向他袭来。

汪红母子俩再来到吴国文身边,他已经四仰八叉地睡过去了。他躺着的位置正是曾经放棺材的地方。这地方因为之前放了冰块,现在湿漉漉的。汪红一面心疼地唏嘘,一面支使宋玉升:"快去叫你二姐,来抬你哥哥。"

宋玉升听到"哥哥"二字,目光在母亲的脸上顿了一下。

汪红的手已经为吴国文涂红药水,她感觉到宋玉升的迟疑,催道:"快呀!"

宋丽芸,我的未婚妻,浑浑噩噩之中,第一次主动接触了她未来的丈夫吴国文的身体。

宋丽芸与吴国文结婚,是我在野鸡胡监狱蹲了快三个月之后。冬天,宋丽芸抱着那个孩子来探监时被验证的。汪红陪着他们来的。

宋丽芸怀孕了。孩子在宋丽芸腹中一天天发育,很快就瞒不住人了。汪红问明情由,征求我父亲的意见,父亲说:"如果是,我们认。""认"的意思是包括宋丽芸在内的。但前提是要有一个真伪鉴定的结果。这刺伤了宋丽芸的心。由此,宋丽芸无论如何也不愿接受我家人的接济,她也不愿堕胎。怎么办呢?吴国文说话了,他说他可以承担。这个家的任何事,他都愿意承担。宋丽芸说,结婚完全是为了孩子，待孩子长大了，仁天木刑满了，她一定还给仁家。为此事，她被学校开除了。

1991年的秋天，县人民法院以伤害罪判我有期徒刑十四年。我和家人都没有上诉。我们认为这是"罪刑相当"。

但是，俞金花认定我的家人走了后门，使了钱。她咬住千古不变的铁律："杀人偿命！"从此，举多年积攒的财力，准备倾家荡产逐级上访，不达目的誓不罢休。

那时，宋丽芸早已与吴国文结婚，搬到吴国文所在的学校去住了。我的家人，主要是父亲与汪红家已经形同路人。汪红最初要找俞金花的念头因为顾忌到儿子宋玉升会受伤害，顾忌到辈分颠迷，她放弃了。现在，俞金花非要置我于死地。被无法名状的复杂的精神压力折磨了一年多的汪红终于找到了一泄积郁的门户。她对着格外空旷的自己的房屋说："我必须挺身而出。"她被自己的话激励，觉得自己像将要舍身取义的英雄。她要向曾经的崇拜者，向那如空气一样包围着她令她窒息的道德樊篱发出挑战。关于宋玉升的身世；关于项明的青春期；关于一个生过三个孩子的女人与一个十三岁男孩儿的性生活，这个女人因此又生下了第四个孩子；关于宋朝阳的死亡；关于宋氏二姐妹对项明的仇恨；关于仁天木怎么会无端地卷入人命官司，这一切都必须说说清楚了。

这么多问题，只有汪红可以说清楚吧。

汪红只身前往宝函寺村。在见俞金花之前，她要先见一下田玉，即我的母亲。我的母亲在宝函寺拜佛烧香已经一年多了。起初，母亲在佛前一拜不起。任何人的劝阻都无济于事。后来，父亲强行将母亲抱回后厚村，但是，母亲只要一息尚在，就扑向宝函寺。父亲和姨妈无奈，他们要周旋官司，只好打发姐姐仁少宜全陪。

宝函寺已经今非昔比，因为七年前在塔中发现了安置佛祖舍利的七层宝函而声名大振。重新修缮之后，香客门徒剧增。新任方丈对母亲的行为也是无计可施，但是他不同意弟子们认定田玉是精神病的说法，方丈差弟子专门为田玉腾出一间斋房。母亲在宝函寺住了一个月，终于同意搬出寺庙，在寺外邻近的房屋睡觉，但依然坚持天天进庙，每日三拜。母亲与佛有说不完的话。

汪红并不是第一次来见母亲，母亲曾微笑着劝汪红与她一起拜佛。这令汪红不寒而栗。当时汪红掩声而语："我怕……我怕玷污了佛祖啊……"

母亲的事迹在宝函寺村家喻户晓，也被许多香客载向远方。有好几位记者向日夜照料母亲的姐姐提出采访田玉同志的意向，被一一回绝。母亲虔诚向佛的状态令所有观者无不为之感染。然而，唯独俞金花不为所动，更不要说主动进庙劝诚她当年的佛友了。自从当年脱开红袖章的监禁，俞金花不但没有再进宝函寺，连走道都要尽量回避。

也许，母亲就是等着俞金花来到自己身边，在佛前一叙吧。二十一年前，母亲生下我，恍惚中看见了佛光，是俞金花诱导母亲亲近佛门的啊。并且，当年母亲抱着我，请觉澄法师摸顶赐名，俞金花不是也在场见证的吗？母亲那样做，不就是企望佛保佑我一生平安吗？

如果项宋两家有什么恩怨，汪俞两人有什么隐私，母亲是了解最深的一个人。母亲对那些恩怨和隐私只字不提。母亲深知自己力不从心，所以寻求佛的法门和慰藉。现在，汪红要撕开层层包裹的遮羞布，把自己的五脏六腑一股脑儿地亮给俞金花看。

"阿弥陀佛……"母亲脸上的笑意凝住了。母亲闭上了双眼，汪红义无反顾地神情令母亲不忍细读，那后面，显然涌动着一股狂躁的红潮，裹挟着咕嘟咕嘟的血腥。还要再闹出人命吗？

汪红与俞金花针尖对麦芒的唇舌大战是十五年后由汪红与项明的儿子宋玉升讲出来的。在汪、俞二人的战争进入高潮时，一直尾随母亲、躲在窗后的宋玉升情绪失控，弄出了响声。那响声令两个女人的战争戛然而止。

汪红揽着儿子宋玉升撤出了战场，回到那个格外空旷的家。这时，汪红意识到，后厚村已经待不下去了。

吴国文早就请汪红母亲离开后厚村，去他新调去的学校龟溪镇。这样，宋玉升的学业也更有保障。原先汪红不愿给小两口添负担。现在，汪红重新掂量这个问题了。

汪红搬家的时候，被姨妈撞上了。了解了汪红的心思之后，姨妈说，要打工做保姆我帮你介绍好人家。这一点，姨妈可以做到，汪红也是可以接受的。

为了我的官司，姨妈在后厚村的时间多，回省城的时间少。汪红和宋玉升走后，姨妈每次经过汪红家门口，都要驻足感慨。原先姨妈是怨汪红一家人的。现在，她说不清心头的滋味儿，她想捋捋清楚。"想不到啊，想不到啊。唉——"姨妈自语叹气。

令姨妈想不到的还有汪红的空宅被小偷当做藏身之所。

有一天，村里响起了急促的敲盆敲锣声："抓小偷啊——"

姨妈、父亲，还有爷爷，正在家中商议如何抵抗俞金花的上访，听见嘈杂之声，并没有闻风而动。很快，吵嚷声就过去了。

晚饭之后，爷爷从外面溜达回来，长吁短叹。父亲问，爷爷说："那贼被打

上篇　127

死了!"

"打死了?!"父亲不敢相信。

"那……那怎么可以把人打死呀!"姨妈高声说道。

父亲和姨妈面面相觑,一块儿出门。这次,他们要看个究竟。

据说小偷是在邻村偷了钱财被发现后,一路逃窜进了汪红的空宅,被激愤的群众团团围住。之前,小偷在汪红的空宅已经住过几个夜晚。被人看见,说是有鬼。此刻,没人敢进屋抓小偷,怕鬼。后来有人提议放一把火把宅子烧了。这时,小偷捣破了汪红家的侧墙,从洞里钻出来。往黑子河滩上逃窜。小偷跑得很快,但抵不住有人从他的前面拦截。跑到桥下,他跌倒了。众人就丢石头,你一块他一块……

警车停在我们村前的桥面上。这座桥是父亲投了两万多元重新修建的,桥孔拓宽、桥面升高,桥下过水量增加了一倍。

被打死的小偷躺在桥下的卵石滩上。已经是初冬,河里几乎没有水。夕阳下,小偷一条腿弓着,一条腿蹬直,摆了一个腾跃的姿势。如果河床竖起九十度,他就是一个攀岩者。

县公安局的便衣刑警正在向村党支部书记询问相关情况。

谁打死了小偷?谁该为这个人的死亡负责?谁知道这个年轻人原本就是我们后厚村的后生?

小偷的上衣、毛衣都被扒开了,可能是搜他身上的赃物的结果。小偷的臂膀裸露着,三角肌上那个文身,大家都看见了。

那是一枝玫瑰。

中篇 ▶

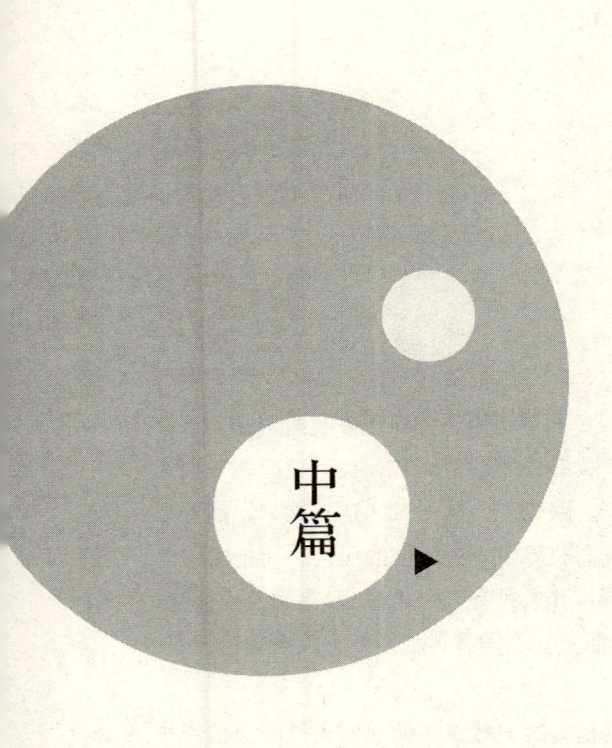

十三　入狱

我先是被发往省城的"罪犯分流中心",再随近百人的队伍发往野鸡胡。

开路的是一辆武警的越野车,一辆满载武警的军用卡车,我们被囚在三辆大轿车中跟随。最后还有一辆政府的面包车。路况差,从省城到达野鸡胡,需要七个小时。将要进入野鸡胡地界的时候,我们获得了一次方便的机会。荷枪实弹的武警面向公路,每人间隔不过两米,呈扇形排开。另有三个武警,没有肩挎冲锋枪,而是手里拎着手枪,近距离与我们相随。听见什么声音,他们就会大声呵斥:

"不许说话!"

有几人当众尿不下来,其中一个年龄稍大的突然跪在地上仰天号啕。扇形排列的武警立即拉开了枪栓;拎手枪的武警冲过去,三支手枪对准了那个人的脑袋。

"其他犯人都蹲下!双手抱头。"

那个号啕的人被两个拎手枪的武警架回囚车,另一个对我们发号施令,叫我们原地不许动。

我们都闷着头,我们可以听见那个人与武警撕扯,并高声叫骂。最后是一声枪响。

枪声把压在山谷里的空气撞开一个缺口,向苍穹逃逸,但很快,滞重的空气重新合拢,凝为一团,封闭了山谷。

野鸡胡监狱地处甘陕边界的一处山区,始建于1951年。当年,一哨人马带着干粮和衣具,受命从省城出发,走了五天半,才来到野鸡胡。以场部为鹰头、鹰身,它的两个翅展各有30多公里,扭曲蜿蜒分叉合拢,总长度近70公里,占地面积二百多平方公里。如此广袤的世界被用来做监狱,可见19世纪50年代的中国是多么的地广人稀,毫无人口压力。70年代鼎盛时期,曾有近一万群众分押在十几个分监区。

我们后厚村，我们家，特别是父亲，对野鸡胡并不陌生。当年，生产队长、父亲的好朋友陈大勇被判刑，发往野鸡胡，父亲一年要来探望两次。当时知青吕刚揽下陈大勇家所有的重活，发誓要等陈大勇回来。后来，大约没过半年吧，事情脱离了人们的预想。陈大勇在狱内主动提出与妻子离婚。妻子与陈大勇难分难舍，但陈大勇态度决绝，妻子无奈，离婚后带着一个三岁的儿子远嫁他乡。那个比我大几岁的男孩儿就是后来被众人用石头砸死在黑子河滩的"玫瑰胡子"。

80年代初，陈大勇的"反革命"罪本该平反。可是，该平反的时候，他的刑期也满了。拿着监狱签发的刑满通知书，陈大勇竟然不知道何去何从。

他哭了。

服刑期间，陈大勇先是"英勇"地与妻子离婚，请她"另谋靠山"。之后，与他的大部分亲戚断绝了关系。因为他的亲戚在陈大勇入狱之后都躲躲闪闪，生怕被牵连。

所以，哭过之后陈大勇似乎是"别无选择"地留在野鸡胡"就业"，当了一名拿工资的在编工人。在野鸡胡当工人，干的活与服刑期间几无二致。修农具、修电机、修监舍，为狱警焊个花架，做把椅子……十余年的劳改生活，陈大勇在野鸡胡监狱早已是各种活计的好手，电工、土木工、开拖拉机、种香紫苏、榨油、喂牲口，几乎就没有他干不了的活儿。他还改造了蒸馏香紫苏的设备，使香精油的产量提高了13%。如果陈大勇生病了，主管副监狱长都会过问。十余年的服刑，陈大勇受到的奖励不计其数。只是每到该减刑的关口，他都要奇怪地与人斗殴。不然陈大勇蹲上六七年就可出狱。有人说陈大勇迷上了野鸡胡的野鸡，斗殴是蓄意的，他不想提前出狱。

虽然干的是类似的活计，但身份、待遇发生了根本变化，陈大勇干得更起劲儿。九年过去了，九张野鸡胡监狱年度"先进工作者"和六张其他类型的奖状贴在他家床头，夜夜与他相伴。前几年，陈大勇再婚，专门以奖状为背景，照了张相，让他的新任妻子拿回家给老丈人看。父亲曾经拉陈大勇一块做生意，但陈大勇"离不开野鸡胡"。这回，父亲为陈大勇的再婚送来八千元礼金，陈大勇没有拒绝。

陈大勇用那八千元在野鸡胡监狱场部的大路口，开了一间小百货铺，他的新任妻子做起了小老板。百货铺开张那天，就要点鞭炮了，陈大勇忽然想起了奖状，他让大家等一等。他回家小心翼翼地、用了近一个小时，把那些奖状一一揭下来，拿到百货铺，再一一贴在墙上。

"好了。"陈大勇眯着一双细长的眼睛,两手在胯间揩了揩,说,"放炮吧。"

1978年夏天,野鸡胡遭遇三十年不遇的洪水,陈大勇在抗洪救灾中挂了彩,脸侧留下一块疤痕。此刻,连那疤痕也兴奋地泛着红光。

我坐着囚车绕黄县,穿鹿镇,一路观赏着野鸡胡诱人的秋色。路过场部,进入第四分监区的时候,陈大勇和他的妻子以及随妻子一并嫁过来的一个儿子和他们共同生养的小女儿站在百货铺的门口张望,他们逐个审视囚车里的人,指望认出我来。

陈大勇在野鸡胡待了二十一年,不会就是为了站在这儿等待我的到来吧?

二十一年,野鸡胡监狱在陈大勇的意识中,似乎什么也没改变。但是,陈大勇已经年近半百,监狱也随着政策和大气候的变化不断滑坡。我来了,好像就是接陈大勇的班,为野鸡胡添加些许人气儿。

下车之后,在高墙围拢的监区内列队点名、搜身、检查身体。测血压、翻眼皮、伸舌头、敲关节、照相……这些过程令人油然而生"活着"和"存在"的感觉,而那位半道上急着要回家的群众,咬政府的手、夺政府的枪,就没有福气与我们分享啦。他还在囚车上。他很快就可以回家,与亲人谋面。也许没那么美,也许政府会把他埋在野鸡胡的某个山洼中、山坡上。

穿上统一的肩上扛着条码的衣服,互相看看,回忆、对比一下在看守所穿的衣服,感觉好像是"预备役"转入了"正规军"。

第二天就开始了为期三个月的入监训练。体能训练有点像上中学时的队列训练。稍息、立正、向前后左右转、齐步走、正步走、跑步走,好像很简单。

与我同来的有四十多名群众中,三十多人在第一轮单个测试中没过关,这其中,就有"忠"和"忍"。"忠"是身体不协调,胳膊和腿不相配合;"忍"是体能差,经不住每天六小时的操练。好些人脚丫子磨出了水泡,腿肿,甚至还有当场晕倒的。城里来的群众似乎就是比我们乡下人协调。只是,他们的态度往往不以为然。其中,一名被他们叫"老贩"的跛腿家伙常常骂骂咧咧,天不怕地不怕的样子。听说"老贩"是被冤枉的,也有的说这狗日的不是精神有毛病就是有后台。

与体能训练交叉进行的是入监教育。上课的有正分监区长贺景龙、副分监区长马良行,狱警吕长樱、鱼湘军、米宏,等等。内容主要是学习相关法律,树立身份意识,背诵"行为规范"。学习的过程也是认知"政府"的过程。狱警,不管职位高低,通通代表政府。听狱警的话,就是听政府的话。出监门的时候,向岗楼上的武警报告,必须是:"报告班长!"

倚山坡开凿出一排十二孔窑洞,那是我们的号舍。号舍大约的坐北向南,大约的东西两侧各有一排平房，大约的东边是灶房，大约的西边是几间房贯通的会议室。号舍的正对面是监门，两扇二人多高的涂着黑漆的下面装有轨道的铁门。监门两侧的房子一间是狱警值班的，一间是犯人家属探视的接见室，铁门上方是岗楼。大约的东南角和大约的西北角也是岗楼。

中央耸立着一柱旗杆，五星红旗高高飘扬。旗杆的四周是大于两个篮球场的操场。两副木质的篮球架，大概是三十多年前安置的吧。下过十几天的连阴雨，木柱的裂缝中拱出了小蘑菇。十七年之后，我有幸随一个剧组返回野鸡胡，这四个篮球架倒了三个，没倒的一个几乎被长疯了的蒿草淹没。

监墙外面的两侧有武警的营房，狱警的办公室，还有粮仓和牲畜圈。玉米、大豆和猪羊牛的气味跳过墙头，叫我想起后厚村的麦场和各家各户后院的茅房兼猪圈。活在后厚村，不用按时起床，不用按时吃饭，不用按时拉屎，几月半载开大会才响一回的钟声，是那么闲适而懒散。

换一个挨城的小监狱，像分监区这么大的空间也许就是监狱的全部，胆敢越雷池半步，身后就会响起枪声。两响，第一声是警告，第二声就有子弹追进你的后胸。野鸡胡是农场式监狱，地盘之大可以驻扎一个集团军而不被敌人的侦察机发现。每天黄昏，看着老群众列队而归，经过监门时，逐个报道，再一一跨过警戒线，回到监区里，我们这些新来的都十分羡慕。要是有哪个从外面回来的家伙，耷拉着脑袋吊丧着脸，我会觉得他们是身在福中不知福。有一天，好几个群众从外面抬回来一个受伤的群众，说是被野猪的大牙挑穿了肚皮。这让我想起父亲，忍不住想开口向群众们吹嘘父亲是怎样的神猎手，收拾野猪，小菜一碟。

站在号舍门前，目光越过高墙，可以看见川道那边的山岗，一团团火红的枫叶，一簇簇翠绿的松柏，还有像白衫少女一样伫立的白桦树，向左向右，都是连绵不绝。夕阳斜照，它们都焕发出蓬勃的生机和瑰丽的色彩。后厚村背后的秦岭虽然比这儿的山体更高大更宽阔，但山坡上没有成片成片的树林，缺乏绚烂斑驳的色彩，更没有流窜驻扎、栖息在丛林中的野兔、黄羊、锦鸡、野猪和狗熊。父亲要是与陈大勇一块儿住在野鸡胡，二十多年，这些野生动物，特别是野猪，还会这样疯狂地糟践庄稼以致伤人吗？！

父亲却没有见过几十头、上百头野猪在山脚下集结，然后有组织、有计划、有谋略地向成百亩的高粱地、玉米地发起攻击吧。父亲当然也未见识过半自动步枪、五四式手枪究竟怎么个玩法。那些偶尔猝然低空掠过的军用飞机，让我们猜测附近有军用机场或者导弹基地。

不仅是白天，半夜也会突然响起枪声。同号舍的群众都是生面孔。政府知道，在看守所的时候，群众们营造了帮派，入监要通通打散。"二胡"来自省城，因犯诈骗罪领刑八年。"二胡"拉二胡的水平可以把人的泪腺拉出二里地。枪声把众人从梦中惊醒。"二胡"就"拉"开他的二胡了。

"这是半自动，离这 121.4 米。2.35 方向。"

"二胡"报告打枪的方位和距离，每次都带着小数点。号舍有六张架子床，十二个人，至少有八九个人，包括我，起初并不明白"2.35""10.31"之类的所谓方向。最初发表自己疑问的人遭到了"二胡"和另几个大城市的人的嘲笑。受嘲笑的人被"二胡"他们唤做"美人"。"美人"年方十八，面目清秀，红唇白齿，开口就脸红，抿一下嘴腮上就凹出俩酒窝。"真有这样的男人？！"不少人第一次见到"美人"，都这样感叹。"美人"说话并非娘娘腔，但声音很低，常常得把耳朵贴向他的嘴才能听清。

刚入监的时候，"美人"认定我可以保护他，主动与我搭讪，套近乎。头两回，我怕自己沾上"美人"身上的女人气儿，被"二胡"他们捆绑着嘲笑，没想到他竟然说：

"我知道你……"

原来，"美人"身上也文有一支玫瑰，他与玫瑰胡子同宗同祖。玫瑰胡子从我们县公安局的滞留室放出去之后，跟他们一伙贼人讲了我家的情况。

我有点儿惊讶。

"美人"说他们几个人还去我们后厚村踩过点，要向我们家下手。

"后来呢？"我来了兴致，放下手里的碗。

"你们家有大狼狗！"

"就吓住啦？！哈！"

"主要是你爸……厉害！再说我们有规矩。"

"我爹把你送局子的？那玫瑰胡子呢？"

"不是。我的案子玫瑰胡子没参加，他不一样。""美人"由此说出了玫瑰胡子的家世。说他两岁半时爹娘离婚，他随母亲嫁给县城里一个工厂里的科长。没过几年，那科长就见不得玫瑰胡子了，还在外面拈花惹草，玫瑰胡子他娘为了自己儿子不受气，悄悄在外面打工挣钱，挣了钱都给儿子攒着。不曾想，玫瑰胡子上初中的时候，母亲被一辆手扶拖拉机撞到地沟里，没有外伤，人却昏迷不醒。

"植物人？"我插了一句，然后把馒头塞到嘴里咬一口，嚼着。

"美人"吸一口面条，吸一口鼻涕，继续说，那以后，玫瑰胡子的继父就更不着家了，见着玫瑰胡子不是打就是骂。更可憎的是，继父还搜玫瑰胡子身上的钱财，不给，他就把玫瑰胡子的母亲扒光了，坐在她肚子上抽烟，把烟灰弹到眼睛里，用吹红的烟头烫奶头，最后把烟头塞入阴道。玫瑰胡子打不过继父，他跪下求继父，说保证把偷的东西都如数交给他。交吧，那狗日的拿了钱财还不放过玫瑰胡子的母亲，他虐待上瘾了。玫瑰胡子辍学了，然后就入了"玫瑰"党。

"美人"咬了一块核桃那么大的生姜，吐出来，说："我偷是挣学费，他偷是为了给他娘治病。那病不能停药，还得天天按摩。医生说也许会出现奇迹。"为了这个医生说的奇迹，玫瑰胡子必须天天回家侍候母亲，先是给母亲身上的烫伤敷药，擦干净母亲的身体，然后喂饭，弄屎弄尿，换被单，按摩，说话——据说他母亲可以听见儿子说话。唉，那个奇迹……

"出现了吗？"

"还没有。"

"美人"噎了一下。他看着我，巴望在我的眼神中找到更多的内容。他这是卖关子。我也看着"美人"，等着下文。这时，美人的脸突然跳了一下。

"哇哈……"

那样把满肚子的下水都往外倒，并伴以腰腹颤动的浪笑，好像是大城市的人的专利。这种笑的技术，我在看守所当了一年多红头，也没学会。"二胡"由下向上，满满地兜着抓了一把"美人"的屁股。然后仰面朝天，那样笑着。

"二胡"说："小样儿！你就瞎编吧。"

"美人"怔了好一会儿，并没有脸红，突然，他一个箭步冲上去，揪住"二胡"。

"想打架？你试试？！"另外的城里人嚷嚷。

"二胡"一把搡开"美人"。"美人"以从未有过的高音量说："谁瞎编了？谁瞎编了？！我说的是真的！"

负责训练队列的群众杨小帆拨开人群，打问情由。杨小帆当年是武警，复员后在省城替人讨账，以绑架罪和伤害罪领刑九年。

"二胡"说"美人"骂他。

不由分说，杨小帆上前就给了"美人"一嘴巴，"美人"被打得侧过身去，他身体还没还原，杨小帆又添上一脚，踹在"美人"的肚子上。

"美人"窝下了。

"忠"要上前拦阻，被"忍"拉住，他们把目光转向我。

我没有动。前几天，杨小帆把一个不会走正步的乡下老头儿打断了两根肋骨。政府视而不见。现在，那老头儿还躺在床上。平日训练，杨小帆就拿那些身体不协调的农民取乐，让他们单独在操场出丑。

我淡漠地逐个观察杨小帆、"二胡"和另几个神气活现的城里人。"老贩"与众不同，他双手抱在胸前，努着嘴，一副事不关己的样子。最后，我的目光挪向监门里侧偏旁的两个藤椅。那两个藤椅上刚才还坐着副分监区长马良行和狱警吕长樱。吕长樱当时在把玩一把五四式手枪，马良行在喝茶抽烟。两人扯淡。

现在，那两个藤椅像两个张着大嘴呵呵笑的卡通人物，空空如也。

杨小帆意识到我的目光，他上前推了我一把，说："咋的？你不服？"

我弯腰去拾地上的碗。

"他娘的问你话哪！"杨小帆说话间一只脚丫子已经朝后扬起。这是足球选手的射门动作。我是那足球。罚点球？

我左手捞住杨小帆没离地的支撑腿，右手推向他的前胸。

我站起来。

"噢……""忍"带头叫唤起来。

城里人一拥而上，向我扑过来。我的头脑意外的冷静。我想：我要不要还手？他们能打死我吗？打断骨头？抓破脸？抓脸是女人的勾当。踢破我的胰脏肝脏心脏或者别的什么脏。我挨了几下。要还手，再死人怎么办？还手还是继续挨打。这是一个问题。玫瑰胡子的母亲成了植物人，需要照料。我的母亲实际是另一种形式的植物人，也需要照料。从小到大，我好像从来没有照料过母亲。我很想照料母亲。我不能被他们打死。我也不能再弄死别的什么人，不然，我就见不到母亲了。"美人"说，前面那个分监区有一个45岁的群众，三十年没见到母亲，不知道他母亲是否还活着。

想到母亲，我就浑身起鸡皮疙瘩。

"住手！"

副分监区长马良行在人群背后吼了一嗓子。

"反啦！"

马良行冲着安静下来的人群再添一声。

马良行是从地上拱出来的还是从墙上跳下来的？不知道。分监区正区长贺景龙常见，马良行很少见。今天他好像是专门来收拾残局的。

杨小帆从地上爬起来，摔一跟头对于曾干过武警的他也没什么大不了。等马良行吼完了，杨小帆凑上前去打小报告。不料，马良行不买账。"胡说！"

杨小帆吓得倒退两步，垂首低目。这种情况令他和另几个城里人始料未及。

马良行冲我说："你叫仁天木？"

"报告政府，我是仁天木"。

"怎么回事儿？"

我咽口口水，我的脖子刚才好像被谁卡住了，这会儿有点吞咽困难。"我，我……"

有人在背后嗤嗤地笑，窃语："他是个结巴。""瓜皮！"

"谁说话哪？！"马良行提了一下腰间的武装带。马良行是个"嘟嘟"脸，怡悦的时候像佛门中的人，但威武起来照样凶神恶煞。这也难怪，全国人民都是他们的后盾。

立即鸦雀无声了。

"你能带队训练吗？"

马良行是叫我替换杨小帆。我感觉到"忍""龙""忠""美人"等许多从农村来的群众目光向我聚拢。

"我，我……"我想说愿意。

"好吧。"马良行用目光把杨小帆叫到一边，耳语了几句。杨小帆领命回身，叫大家收拾餐具，回号舍休息。

杨小帆跟"二胡""老贩"之类交换了一下眼色。

父亲和姨妈来接见时，我向他们报告，马良行"是个好警官"。父亲说："警官哪有不好的。"又说，好好待着别惹事，也许可以减刑。这我知道。

父亲没有说起母亲，我要问的时候，父亲收敛目光，两手在身上乱摸一气，好像忘了什么。

姨妈变得像当年的母亲一样唠叨，废话连篇。最后，要走了，姨妈再三看了父亲的脸色，父亲背过身去，姨妈又咬了半会嘴唇，才说出了我的未婚妻宋丽芸已经与吴国文结婚的事情。

一周前，原本跟杨小帆差不多横的"老贩"，因为妻子要求离婚，痛哭不已，让入监队四十多号群众见识了"好汉"的脆弱。当时我想，要是我的妻子也要离婚，我一定不能哭。

我还没有结婚呢。

姨妈说："如果你同意，她想带着孩子来看你。"

"孩子？"我绷紧了身体。

"是啊，宋丽芸说那个孩子是你的。你相信吗？"

"我，我……"我不知道。

"本来，我和你父亲的意思是把那孩子要过来……可是……唉……她说养大了，你出来了，再还……"

姨妈落泪了。我盯住姨妈腮上的泪光，努力想象我有一个儿子。这个儿子是宋丽芸生的。必须承认，我跟宋丽芸发生了性关系，而且没有采取任何避孕措施。没有任何信息和证据显示宋丽芸与别人有过性关系。这似乎是一个简单的逻辑。

野鸡胡的头一场雪下得很厚，本来"小坑饮马，大坑养鱼"的道路，变得柔和而平滑。我们被派遣到场部清扫积雪。入监后，我第一次呼吸到监墙外的空气，格外愉悦。看着连绵起伏的山岗被白雪覆盖，听见政府鱼湘军哼唱我们中学语文课本上的毛主席诗词《沁园春·雪》。

　　　　北国风光，
　　　　千里冰封，
　　　　万里雪飘。
　　　　……

杨小帆在远处喊我，说有人接见。

接见室是一间小屋，接见和被接见的人只被一个矮条桌相隔，宋丽芸抱着一个孩子，高挑的吴国文立在她身旁。狱警米宏站在门里执行监视。米宏五十多岁了，政府的人都叫他老米。汪红在监墙外面守候，我返回监区时看见她的背影。好像监规规定一次只能见两个亲属。我多见了一个孩子，便宜了。

老米说："坐下说话。"

宋丽芸把孩子递给我看，老米说这样不行，犯人不能接触外人的身体。

我的手在半空中停住。

这时，马良行路过，问老米情况。之后，老米就出去，关上了门。

老米一出去，宋丽芸本来含在眼窝中的泪珠就吧嗒吧嗒地往下跌，有几颗落在孩子的耳朵和脸蛋上。

"都怨我……"

如果吴国文不在场，我可能也会哭的。见到宋丽芸，我很想问些问题，例如为什么不去看守所探望，送个东西；为什么急火攻心似的揪人家项君；汪家跟项家究竟有什么血海深仇；那天，你骂人家"臭流氓"是有依据，还是怒不择言，等等。但这类问题被儿子抢了风头。我想抱儿子，可老米说不能接触外人的人体。监规是不能违反的。我只能抓自己的大腿，挠后颈。

襁褓中的婴儿本来是睡着的，被母亲的泪水弄痒了耳朵，他睁开眼，伸出小手抓着空气。

我忽然扭过身体，觉得羞愧。我说："有什么话快说吧。"我不想让儿子看见我身上的囚服，不想我现在的样子刻在儿子最原始的记忆中。这么大的孩子能记事吧？我攥着双手，感到快要失去控制。

说不上是她善解人意，还是怕孩子着凉，宋丽芸把贴着孩子脸的襁褓一角向里拨了一下。

"你给孩子起个名字吧。"

可是，我很想多看儿子一眼。

"啊……"我把双手塞进两腿之间，用力夹着。好像我是幻想过有自己的儿子。

"孩子还没起名字呢。"宋丽芸的话语极尽轻柔。

"我，我……"我顿了好一会儿，扫一眼眼镜片后面的吴国文的眼睛，说，"这，我好像，好像……没有这个权利吧。"

"你有这个权利。这是你和宋丽芸的儿子。"吴国文平静而肯定地说。这家伙的话语是很标准的男中音。他是什么意思？表明自己的清白？他的皮肤很白。

我想让吴国文出去，但那好像也不在我的权利范畴之内，我想我应该极尽斯文，以免日后吴国文在操过宋丽芸之后，意犹未尽，拿我当笑料。

宋丽芸等我回话。

我牙根艰涩，好像咬了生柿子，好一阵子说不出话。实在扛不过了，我打岔说："你母亲还好吧……"没想到，一句话勾出了宋丽芸的苦水。她又哭诉起她母亲汪红的境遇。其中说到了他们家在后厚村的空宅，吴国文补充了玫瑰胡子，那个小偷被打死的相关讯息。我禁不住想到，那玫瑰胡子的母亲会是什么下场呢？一个植物人，照料她的儿子死了，丈夫不回家，偶尔回去还是疯狂虐待，等待她的，不也是死路一条吗？

后来我从新入监的"玫瑰帮"那儿了解到，"美人"所言医生说的"奇迹"在玫瑰胡子死亡的第二天清晨出现了。玫瑰胡子的母亲醒过来了。她醒来后看见的第一样东西，就是儿子的死亡通知书。玫瑰胡子在公安局有案底，他的家就在县城，所以公安不费吹灰之力就找到了他的家，找到了他的母亲。就在第二天的清晨。

玫瑰胡子的母亲接过那份通知书，说："知道了，谢谢了。"

玫瑰胡子的母亲没有哭，没有笑。她在厨房里找到了一些儿子买的、剩下的菜和面粉，她兑水和面，为自己擀了些面条，做了个菜，饱饱地吃了一顿。然后，她出门去买硫酸。

邻居们见到玫瑰胡子的母亲,都万分惊喜地向她道贺,他们说:"真是菩萨显灵啊!""真是奇迹啊!""有个好儿子真好啊!""多亏那儿子天天侍候,说话,还按摩啊!""我的老天爷哟!""瞧瞧,她起身就能走路,跟没病过一样啊!"他们的话来自四面八方,上下左右。有的很近,像贴着耳朵,有的很远,似来自苍穹。这些声音聚合在一起,形成力量,抬举玫瑰胡子母亲的身体。她觉得自己身轻如燕。

玫瑰胡子的母亲向邻居一一道谢,然后去银行取了钱。当年她打工为儿子攒的钱没有花完,并且成功地瞒住了丈夫。然后她去长途车站搭班车,到十几里之外的镇子上去买硫酸。她一定是担心县城里有人认出她,败露了自己的心迹。她买了两公斤硫酸,一个塑料桶。回家后她把硫酸倒到脸盆里,放在屋中央,看了一会,她从床褥下取出一张带毛的狗皮,剪下一块,扔到盆子里,带毛的狗皮很快冒着气和泡泡消失了。这时,她伸出舌头,舔了一下干涩的嘴唇,搓搓手,捋捋头发,在镜子面前照照自己。她的头发都是儿子给剪的,不时髦,但很齐整。然后,她再用一只空脸盆接了与硫酸的量差不多的水,搬来方凳,把盛水的脸盆担架到卧室的斜开一点的门上面。仔细观察了门和脸盆的角度、方位之后,她从里面猛地拉开门……

这是许多孩子常搞的恶作剧。只不过,孩子们用的多是水、墨水、稀饭和其他液体。

试验成功了。

玫瑰胡子的母亲出门去找公用电话。在拨电话之前,她又想起了什么,赶回家中。她要把刚才溅了一地的水清理干净。为此,反复拖过地之后,她还打开门窗,让风吹进屋子,地面完全干了,她才重新出门,去打电话。

玫瑰胡子的继父很快就从早上上班的工人那里听到了老婆苏醒的消息。所以,听到电话中老婆的声音,并不怎么惊讶,只是不耐烦地说:"有啥事儿?!"

玫瑰胡子的母亲在电话中说,儿子弄回来几样瓷器,说是明朝的玩意儿,说不是偷的,说爸爸喜欢古董,让爸爸看看真假,要是假的就给人家退了。

继父和邻里都不知道玫瑰胡子的死讯。继父确实倒卖过文物,对那些东西一知半解。继父急匆匆赶回家来。继父一点儿也没想到老婆是要取他的性命。继父非但没有想自身的安危,他甚至冒出了再度性虐老婆的念头。他想,这回用烟头烫她的奶头她不会挺尸一样一动不动吧?是的,继父性欲勃发,这更加快了他回家的脚步。

那盆硫酸浇在继父身上，并没有令他当即毙命，继父狂吼着扑向老婆。这些，尽在玫瑰胡子的母亲的预料之中。她操起早已备好的擀面杖，朝丈夫的脑袋上连着抡了好几下，大喘一口气，她又继续抡，直到丈夫不动了，再敲两下，她才罢手。

这时，泪水在玫瑰胡子母亲的剧烈喘息中溢了出来，接着就是号啕大哭。哭过了，玫瑰胡子的母亲拨开了围观的邻居，去马路上撞车自杀……

这其中可能有点儿逻辑不通：儿子死了，做母亲的为什么不见不收尸不去安葬？继父那么好骗，一个电话就来送死？久卧床榻必然肌肉萎缩（关一个月禁闭出来后都不会走路呢），那女人刚醒过来就能马上干出这惊天动地的事情？

说远了。宋丽芸和她的丈夫吴国文又提起给孩子起名字的事。

"还是让父亲为他取名字吧。"我垂下脑袋。

"您就是孩子的父亲呀。"吴国文推了一下鼻梁上的眼镜。这个书呆子。女人就喜欢这样的书呆子吗？哦，也许宋丽芸也是书呆子，他们天造地设的一对？！我无法联想眼前的宋丽芸曾经与我肌肤相亲。她的皮肤看上去那么陌生，像个阿尔巴尼亚或者阿根廷人。

"我说我父亲！"我十分不优雅地抢白。

宋丽芸最后没有勉强我，但也没同意我的意见。她说："那就我自己给孩子起吧。你，你多保重吧。"

起身，开门。我居然没有提出再看孩子一眼的要求。走吧。我见过人家养孩子，多烦哪。我体内男人的"父性"此刻呼噜连天，沉睡不醒。吴国文忽然转回身很真诚地说："仁天木，你的包皮太长，应该早点做手术割除，不然很容易藏污纳垢，引发炎症。我问过了，监狱里也有医院。这是个很简单的手术。"

我的眼珠子向眼窝外面发力……两口子就是两口子，我的隐私被宋丽芸用来调剂他们的生活了。

"真的真的。"男中音依然真诚，"你……你怎么了？难道……"

我拍拍吴国文的肩膀，我忘了不能接触外人身体的监规。拍他的肩膀不像拍"忍"和"忠"或者"美人"那样的中等个子那么顺手。我手在斜上方，脑袋耷拉着。我说："谢谢你。谢谢你。谢谢你。你说得对。你说得对。其实看守所就有医院，我在看守所已经成功地实施了……"

我顿了一下，缩回搭在人家肩头上的手，摸摸光头。光头是前几天新剃过的。头发被剃光的感觉很新鲜，盛夏时节凉凉的。后来就没感觉了，数九寒冬也不冷。我摸自己的光头，是想摸出点智慧，找到一个离粗俗远一点的辞藻。而吴国文依

中篇　　141

然是一本正经的表情，他居然还说话。他敦促我把话说完整，我的话完整了，他才能踏实安心地踏上归途。他说："什么？"

"割礼。"

我放屁一样挤出两个字。众所周知，放完屁之后是相当舒爽的感觉。这种感觉有效地撑住了我的尊严。

十四　自残

晚饭的时候，从武警的军营里飘出来《冰山上的来客》的歌声，翻来覆去。"死人了吧，哀乐！"杨小帆咒了一句。"二胡"说："这叫悲哀强迫症！"

我失眠了。

我睡下铺，在窑洞左手的最里面。以往，上床之后睡不着，我就竖着耳朵听声音。蛐蛐的鸣叫；"肚子"的呼噜声；结队的野猪蹭过山坡的灌木；乌鸦呱呱地从这一枝转向另一枝；猫头鹰的翅膀被空气推向觅食的老鼠，老鼠在雪下面钻来钻去，猫头鹰也可以用利爪把它抓起来；长着犄角的公黄羊正在与母羊亲热，来了另一只公羊，犄角派上了用场，获胜的公羊回身不见母羊，母羊厌倦了性生活？也许它是掉入政府猎人布下的陷阱——这是一串组合音；窑洞背后的山体中，岩层之间缓慢地泌出来一滴水，又一滴水，它们在岩层的空当中集结，聚多了，沿着岩层的裂缝往下走……冬眠的青蛙和蛇也会偶尔挪动一下，改变睡姿；还有蚂蚁和蜘蛛的声音也可以听得到，只要它们爬得够近，特别是爬在干燥的报纸上的时候。干燥是因为入冬之后，烧起了地炉，地炉里的火炭，燃到一定程度，就会变得松软，垮塌下去，像一声莫须有的叹息。优良黝黑的煤块最后都是那样叹息着变成灰粉的。烧起地炉之后，政府把紧挨着我们的那孔窑洞收拾出来，做值班室。这样，如果有"玫瑰帮"夜入监区偷东西，就不用我们操心了。

隔壁的声音有一段日子常常会持续到天亮。政府把它当做棋牌室了。爷爷本来有一副牛骨制的麻将，戒赌之后，爷爷用八磅的大锤挨个砸碎了麻将牌，有一枚"嘣"的一声飞出去，再找不回来。十几年之后被我从风箱与灶台之间的缝隙中捡到，是一张"七条"。我拿给母亲看。母亲笑了，说那是爷爷的宝贝。我拿给爷爷看，爷爷笑着说："天木逢七大吉！"

窑洞里墙根处若干年前安装过暖气，后来拆了，走管道的位置留下个孔，堵了，但堵得不严实，也可能是天长日久，泥沙脱落。我用两根比筷子短一点的饮料吸管接起来，顶上去，另一头顶着耳孔，隔壁的声音源源不断地输送过来。

今天晚上隔壁只有两只耗子来回踱步，找吃的。老鼠分享了一点烤馍片渣子，不过瘾，就互相猜拳行令，打赌，钻到隔壁准有面包。那个说那边都是叫花子。这个说，我下午看见那个叫仁天木的小子从接见室出来，拎了一大包呢。我都闻见火腿肠的味道啦！那个说从哪儿过呢？这个说随我来，就带头奔那个走暖气管的洞口而来。

死耗子，敢过来别怪我掐死你！

我用两个水晶饼塞住那个不成形的洞口。要是两位果然掏洞而来，两块水晶饼可以填饱肚子吧。填饱了肚子就回家吧。要把精力发挥出来？那就上那麻将桌吧，用光溜的麻将摆个床，做爱吧。你们他姥姥的不会是一个姓宋一个姓吴吧。嫌做爱麻烦？那就吵仗，打架，用最恶毒的语言攻击伤害对方，然后砸锅摔碗，闹离婚！孩子怎么办？你们都有孩子啦？！水晶饼的确是宋丽芸和她丈夫送的，他们还带了只烧鸡，被老米"米西"了。老米说熟食严禁入监。我听见马良行在接见室外面训斥老米，老米悻悻然把鸡送回接见室。马良行走了，我对老米说："政府帮帮忙吧，我从来不吃鸡肉，过敏。"

老米惊讶地看着我，手不停，接过包在塑料袋里的烧鸡，一边转体一边揣入怀中，揣好了整转了一圈儿，他说："真是过敏哪？喔……我们老家有个中医，专治各种过敏，回头我帮你讨个方子啊！"

"谢谢政府！"

"老贩"鼾声如雷，"肚子"磨牙吧嗒嘴，像反刍的牲口。"二胡"的二胡拉到裤裆里了，最后一下，"二胡"总是要蹬腿，那是他手淫自慰告一段落的信号。之后"二胡"会马上翻身，再故意蹬两下腿，掩饰他前面的行为。我很想跟"二胡"交流一下：自慰的时候脑子里想的是谁呢？是前妻？女友？还是黄蓉、阿童木？或者是玛丽莲·梦露？

坦白交代，来到野鸡胡之后，我经常缅怀在看守所有人侍候的日子。他们把侍候我当成快乐的事情。我最终叫唤的声音越大，他们越有成就感。我泄了之后，他们才开始自己侍候，或者互相侍候。想起来觉得奇怪。那怎么可能呢？

今天晚上我想的全是宋丽芸。但是，曾经清晰地展现在我面前的宋丽芸的裸体被一个无形而冰冷的锐器切割了，我只能想见她身体的某个局部，想见到的局部多显扭曲，特别不真切，因为它无法原样地再安装到宋丽芸的身上。

我拆呀，装呀，装呀，拆呀，劳动驱使体内的浊气儿挥发出来。之后，我心灰意懒，开始逐个揪起龟头处的小帘帘儿，数数。听说数数可以帮助入眠。我揪着，数着，数着，揪着，脑子反倒格外清醒。那些被揪起的帘帘，成了一连串的问题。

揪一个：那是我的孩子？

揪一个：我为什么要杀项智义？

揪一个：宋丽芸为什么对项君大动肝火？搞错了？情绪的根由在项家老大项明身上？

当时，宋丽芸骂的最多一句是"臭流氓"。什么叫流氓？政客、学者说的流氓是极品流氓，圈在精神范畴。在民间，流氓就是一个男人操了一个女人呗。或者一个男人操了几个女人。

如果项明操了宋丽芸她妈，那宋玉升就是项明的儿子；如果项明操了宋丽芸，那……今天宋丽芸叫我给起名儿的娃娃也是项明的孩子。

那我不是戴了绿帽子啦？！

那我不就是乌龟啦？！

那我还给人家起什么名儿？！

那我……省心啰。不好，省心的事应该摊给像父亲那样整日奔波忙碌的人，而我有的是时间。既然如此，那孩子就归我啦？这多烦哪。

"我……要……呃……""老贩"梦呓。

"老贩"喜欢孩子。在我们面前，他从不掩饰自己儿女情长。一张女儿的照片，得闲就从怀里取出来看，一不留神，就泪眼汪汪。

"仁天木。"

"老贩"不会是在梦里叫我吧。

"仁天木……我知道你没睡。"

"咋的？"

听见我应声，"老贩"从自己的下铺起身摸烟，披上大衣，走几步，转过身抵住门蹲下，点着了烟。

烟头在黑暗中闪亮："今天那个抱孩子的是你老婆？"

我不吱声。我怎么会拿自己的隐私跟别人闲扯呢。

烟头继续闪："唉……"

好像被甩、被戏弄的不是我，好像是"老贩"的老婆跟他离了婚又复了婚然后又离了。他的叹息又深又重。

"唉……"

我没意识到"老贩"这样深深地叹息是想与我沟通,想说说心里话。所以,我没有回应。我试着在"老贩"的话音之中再分辨出隔壁老鼠的动静,或者,正在后山坡的某个洞穴中冬眠的蛇在改变体位。我还想象着宋丽芸和那个孩子和那个吴国文是已然上床入眠,还是在讨论家庭的未来。那孩子是在二人中间呢,还是被丢在一旁……"老贩"只好自言自语。

"我是看出来了,咱们这号子里,咱们分监区,就数你城府深。别看你年纪轻轻。我看出来了。我观察你很久了。唉……明天要差咱们去修公路,你去不去?"

"啊?"

我梗了一下后颈。"老贩"是说"你去不去"吗?我去不去?这是一个自由公民才能回答的问题,才能享受的权利。

床板发出嘎吱吱的声响,我在铺上直起身。我说:

"你说什么?!"

烟头一闪一闪,"老贩"不张嘴了。

"你疯了吗?!什么叫'你去不去'?!"

"老贩"不吱声。

好像我没必要激动起来。"老贩"又不是吴国文,专操我的未婚妻。"老贩"只是常常忍不住袒露出心灵脆弱的一面。我又放下身子。

"老贩"为我预留了足够长的一段静寂时空,之后,我听到了钉子跌落在砖地上的声音。声音不怎么清脆,我判断这是一颗长满了锈斑的钉子。

在入监教育中,我们被告之必须"身无分文,手无寸铁",每人一本账,家里人给了钱,记在账上,买牙膏、毛巾、香烟就在账上划。那生锈的钉子从何而来?

忽明忽暗的烟头变成了一个可怕的念头,在我的脑海里蹦啊跳啊。

我撩起被子翻身下床,拉亮了电灯。

"钉子呢,钉子呢,钉子呢……"

地上没有钉子。

我盯着"老贩",问:"钉子呢?!"

"老贩"用中指把烟头弹到墙上,这个潇洒的动作是他们城里人的标志性动作之一。他摊开双手,说:"什么钉子?"

我听出来"老贩"的话音异样,他的脸色也不对,难道他把钉子吞下去了吗?

号子里的人几乎都醒了。

"二胡"卷着被子,很"仗义"地冲到我和"老贩"之间。说:"兔孙,想打架?!小心我盖你!"又扭脸问"老贩":"咋回事儿?"

"老贩"也不理"二胡",径自回到自己铺上,用被子蒙住了身体,蒙住了头。

我曾经以为,号子里的事儿我都见识过了。所有的人都说"黑啊""惨啊"莫过于看守所。弄了半天,原来是"各庄的地道","各有各的高招"。我搞不懂"老贩""二胡"今儿晚上唱的是哪一出戏。在重新熄灯之前,我还是又追问了一句:

"钉子呢?"

钉子在"老贩"的胃里。

我想象不来,一颗两寸长的钉子扎进胃里是什么感觉。胃酸可以把它一点一点溶解吗?硫酸也许可以,"老贩"需要喝硫酸吗?

第二天上午,吃过早饭,分监区长贺景龙在操场上传达了监狱长杨鼎康关于今年冬天一定要修好60公里公路的讲话精神,我们分监区的任务是在两个月的时间里修好分监区左右各三公里半。将近二百人的群众方阵嗡嗡嗡地议论开来,都是咒骂。贺景龙一声断喝,方阵安静下来,但是,有好几个人举起了手。他们要请病假。我扫了一眼"老贩",他并没有举手。

"不许请假。谁要是来了月经,就可以休息!养了你们三个月,白养啦?!养猪我还杀肉吃哪!"

我们抡着镐头,操着铁锨,顶着新一轮的风雪,像保尔·柯察金一样,奋战在原来"大坑养鱼","小坑饮马"的公路上。不到二十分钟,"老贩"的演出开始了。

"老贩"忽然一个倒栽葱滚到路基边上的浅沟里,在沟里挣扎扭动。

"二胡"率先惊叫起来:"要死人啦……"

群众撇下手里的工具看热闹。围上去的人并不多,蹲了几年,有经验的人见得多了,不稀罕。

我看见不远处的武警向两边的兄弟打手势,两边的武警迅速向事发地点靠拢。更远的地方,鱼湘军牵着两条大狼狗也向这边奔过来。鱼湘军戴着副近视镜,小个子,生相精瘦,负责野鸡胡监狱两只大狼狗的饲养和训练,还顺便喂养了十几条土狗,人称"狗司令"。那些狗业余时差不多是政委辛占河打猎的专用品。狼狗确定目标,狼狗咬谁,那群土狗就一哄而上。三百斤的野猪,也架不住这群狗的扑咬。

马良行挨我们比较近,他过来问情况。

"老贩"翻来倒去,哼呀嘿呀,就是不吐字。

马良行叫杨小帆,又叫我,说把这来月经的架回号子吧。

我第一个下手。我想抬人不如背人轻快。我想把"老贩"背回号子。修公路是从监区门口向两翼展开的。现在几乎就在监区门口。

"老贩"不配合。

马良行嘀咕："这狗东西不会是犯烟瘾了吧。"

"老贩"因贩卖毒品，这回是被判刑十七年。属于"二进宫"，但据他自己说："打死也不会抽那玩意儿！"如果他的话当真，那么此刻便与烟瘾无关。

"快叫救护车吧！""二胡"唯恐天下不够乱。

"拉猪的拖拉机可以用啊！"

"人命关天哪！"

"你也算个人？呸！"

贺景龙大口喷着白气，跟鱼湘军和以两只大狼狗为首的狗群一块儿从远处赶过来。

"范伟！"

贺景龙的声音盖过了那群狗的吠声。

"老贩"听到分监区长喊他的名字，照样不理会。

贺景龙人高马大，气壮如牛，他一把抓住"老贩"的棉袄，把他揪了起来："你说话！"

"老贩"直翻白眼，就差没有把早饭从胃里翻出来，喷在贺景龙脸上。

"跟我玩横的是吧？！"贺景龙一脚踹在"老贩"的肚子上。

"老贩"滚到水沟外面的稻田里。野鸡胡监狱有十好几个政府是南方人，在各分监区门前的地里种几十亩水稻成为多年的传统。野鸡胡产的大米属于桂花球系列，油性特大，据说不用吃菜就很香，我还没吃过。稻田表面结了层冰，冰下面仍有积水。"老贩"的身体像破冰船一样砸开了冰面，再翻一个身，基本就成了"泥水匠"。

贺景龙扔下"老贩"，转身吆喝大家干活，说："我还是那句话，来月经可以休假！"

这时"老贩"忽然从泥水和冰碴中跳起来，破口大骂："我操你们条子奶奶，操你条子妹妹！你个农民，傻帽！你以为你是谁？！你这只披着人皮的豺狼、禽兽！老子刑期再长，也有出去的一天！你哪，锤子砸钢板的无期徒刑……"

贺景龙拍拍手。贺景龙拍手是庄稼汉干完活撂下家伙的样子，不是欢迎明星"再来一个"的样子。拍完了，他猝然从我手中夺去了铁锹。他还没干活，所以要补上操家伙的程序？不然，那手不是白拍了？！

我不知道为什么贺景龙正好站在我身边，而我的铁锹又正好在靠近贺景龙的

中篇 147

一边。我使劲㧢了一下，看到贺景龙眼珠子鼓圆了，我才撒手。

贺景龙操起铁锹，没有马上挥舞。贺景龙先是一把把棉帽抓下来，露出他的"列宁头"。这是在"下定决心"。"列宁头"热气腾腾。

"有本事你当监狱长啊！有本事你到山沟外面吃香的喝辣的啊！……"贺景龙的老婆是野鸡胡林场的工人，个子小，长相普通。她经常为睡办公室的丈夫送饭。

铁锹拍在"老贩"的脑袋上，第二下被马良行架住了。

两只大狼狗早想扑向"老贩"，却始终被鱼湘军拖着。这些狗东西，它们知道该扑谁，该咬谁。

虽然"老贩"本能地用胳膊肘挡了一下，但还是被拍翻在稻田里。他被拍蒙了，趔趔着站起，又倒下，再站，就原地转圈，像一只硕大顽皮的猫在找自己的尾巴。终于定向了，他竟然向对面山的方向爬。两只军用大头棉鞋挡住了他，他扒住那双大头鞋，抬起头，迎着他的是一支自动步枪的枪口。如果那一锹没有拍聋他的耳朵，他应该能听到枪栓被拉开的声音。

我听见马良行悄悄对贺景龙说："弄死了不好交代……"但是，贺景龙显然被激怒了，之前他一定没有见识过"城里人"这样骂他。不对，是糟践他，而且是当着全体群众的面儿。

"他肚子里有钉子！"

我的话音不太高，但好像所有的人都听见了。我不知道我为什么会说出这句还远不能确定的话。我相信"老贩"确如他人所言：疯了。对抗，甚至羞辱分监区长，这叫"猫舔虎鼻子"，明摆着找死嘛。

那句话很有分量。

贺景龙放下了手中的铁锹，马良行问我："范伟吞了钉子？！你怎么知道？！"

知情不报违反监规，事态严重视为犯罪。"我……我……"

"是仁天木干的。"

"二胡"这时挺身而出。

"你胡说！我……我怎么干了？！"

"就是你！昨天晚上，你们俩……他们都能作证！"

我不相信"二胡"的诬陷可以成立，但我一时间也找不出话来反驳他。

我们号子的人七手八脚，把"老贩"抬回号子。给他换衣服，擦脸，放到床上，盖好被子。"老贩"全身瘫软，任我们摆布。

那群狗在院子里，沐浴着风雪，在两只大狼狗的示范下，注视着我们号子里的动静。吕长樱在屋檐下摆弄手枪，向鱼湘军卖弄一些军械知识。鱼湘军的眼镜片在灯光下一闪一闪。执勤的时候,政府都佩枪。这是一个临时规定,因为十天前,别的分监区有六个人集体脱逃。面对崇山峻岭的包围,如果具备野外生存的能力逃出去好像很容易。吕长樱最爱枪,所以从不放过拿枪的机会。而鱼湘军正相反,他从不拿枪。鱼湘军认为,随时伴随他左右的两条狼狗,顶得上两支冲锋枪。

贺景龙和马良行在号舍听我们汇报"昨天晚上的事"。

我如实交代。

贺景龙问"老贩":"是这么回事吗?"

马良行补一句:"你真的吞了钉子吗?!"

"老贩"卷着被子,闷着头,死猪不怕开水烫的样子。他不吐字,政府自然确认就是那么回事。野鸡胡监狱有一个卫生所,但绝对没有X光设备,就算有,也不会"浪费"在"老贩"和我们群众的身上。

贺景龙:"你个杂种,不知道自残违反监规吗?!"

马良行:"自残,一切后果自负!——关禁闭!叫他彻底休息。"

贺景龙向门外喊:"吕长樱,带两个人把范伟送禁闭室,顿顿给他吃韭菜!想逃避劳动,想玩儿猫腻——门儿都没有!狗杂种。"

"报告分监区长,现在……没有韭菜。"吕长樱别好枪,向分监区长敬了个礼。

"那就给他芹菜,给他草!我就不信治不了他狗杂种。"贺景龙一定有些记恨"老贩"刚才骂他,所以话里话外都捎上"狗杂种"。"狗杂种"当然也算是骂人了,但"花哨"指数太低。"花哨"指数低就是智商低。瞧人家"老贩"骂的,那叫一个荡气回肠。

紧挨着厕所有两间小屋,充做禁闭室。禁闭室并没有统一的规格,它只有如下特点:A.尽可能地牢固;B.尽可能地小;C.尽可能地封闭;D.二十四小时有两人以上睁着眼把守。

"范哥橡子硬!"

俗话说"出头的橡头先烂"。城里人反其意而言之。谁出头谁硬。

城里的群众把"老贩"供上他们心目中英雄好汉的牌位。可不是吗,换个人,谁敢骂贺景龙。

我心里挺别扭,似乎是我造就了"老贩"的"英雄壮举",让他占了便宜。不过,分监区外面的天地开阔,即便是一座连一座的山头限制了视野,依然觉得非常开阔。我很容易转移注意。山沟里,川道中,偶尔蹿出一只野兔,被狗群四下追捕,大家会停下手里的活儿,为狗呐喊助威。群众都很贱,狗咬他们的时候全忘了。我不知道别的分监区是否也有鱼湘军这样的政府,也有这样一群狗。

中篇 149

还有许多因素帮我和群众暂时淡忘"老贩"。

在寒冷的空气中抡十字镐是件爽快的事儿。冻土层不厚，十字镐嵌进去，一撬就会撬起两三块。老家山坡上竹笋顶出坚硬的土块，也是这样。干一阵子，浑身冒汗，脱下大衣，继续抡。去凸埋凹，再往整平的路边撒碎石子。修好的一截子路面，落上一层薄雪，像软绒绒的地毯，有人往那上面踩，我就喊：

"嘿！走路边上！"

好像那是我们家的新炕。

要踩软绒绒地毯的群众都听话，他们受到我的感染，也跟我一块欣赏这软绒绒的地毯。这是我们大家的劳动成果，它属于每一个人。每个人都有爱护它、享受它的权利。

一只野兔被群狗扑倒在软绒绒的地毯上，地毯被糟践了。我大喊一声，举起一把铁锹就冲进了狗阵。吕长樱以一个军人的反应掏枪，鸣枪示警。我僵住了，大家也不动了。吕长樱用枪指着我，恶狠狠地说："信不信我崩了你？！"我举起双手，笑着说："没事儿，我是心疼那路面。没事儿，没事儿。"我看着那枪眼，心中没有一丝恐惧。我很愉快。因为我们还可以再修一段。

那是一种莫名的、富有的和自由的感觉。

我就不明白，"老贩"为什么要逃避这样的享受。

听说"老贩"已经绝食三天。他会饿死在禁闭室吗？

在我想"老贩"的时候，马良行就找我了。他把我叫到一边，说："明天你去换人，看守范伟。"然后，又如此这般地交代一番。这时，我感觉到杨小帆在周围晃来晃去。他一定是进一步感觉到自己地位的动摇。

第二天，按照马良行的布置，我和"美人"还有别的号舍的两个群众在禁闭室门口吃饭，我们尽可能用声音制造出一种热闹的场面。过程中，我还提到家人送来一只烧鸡，而我吃鸡肉过敏，另三个人就说那中午我们偷点酒，好好打个牙祭。

我们为"老贩"准备了大麦粥，但我们并不往禁闭室的小窗洞里送。

我们吃的时候，禁闭室里没有动静。我们吃完了，走了，禁闭室还是没动静。"老贩"不会已经饿死了吧？

"美人"一回号舍就拉开地炉，蹲下烤火。我坐在"老贩"的铺位上，看着"美人"，突然觉得有些异样。

"谢谢你。""美人"说话，并没有抬头。

"你说啥？"我靠向"老贩"的被子，被闪了一下。"老贩"的床上没有被子。

我坐端了,又问:"你说啥?"

"美人"抬起头,说:"叫我摊上个轻松活。这几天我快累散架了,快撑不住啦。"

在炉火的映照下,"美人"的脸格外红润。这很容易叫人想入非非。

我想起来了,马良行叫我再拉上一个人,我顺手就拉了身边的"美人"。"哦,当时你就在我身边。"我又想起,干活的时候,"美人"好像总在我身边,就问:"你为什么老是在我身边?"

"我是弱者,你是强者。我需要你保护。自从上次你为我打抱不平……"

那次冲突之后,"老贩"和"二胡"他们还在半夜偷袭过"美人"。他们扒光了他的衣服,摸他的屁股,掐他的脸蛋,还用胡萝卜捅他的屁眼。我从厕所回来,只看见"美人"呜呜地哭泣。

我笑起来,调侃道:"保护?那你还没交保护费吗!"

"美人"站起来,来到我面前。

我仰望着"美人"。如果给他弄个披肩长发,他的确算是美人。他不但生相标致,而且皮肤白嫩,可以用那个词来形容:细如凝脂。他的睫毛也很长,忽闪忽闪地。我想,"美人"大概早已不是"处女"之身了吧。

"美人"居然激动起来,他眼含泪水,说:"我除了身体,啥也没有。这身体你啥时候想用都行。"

"美人"竟然是自愿从妓的嘴脸。

我一甩下巴,说:"你别站这么近,你还是蹲那儿烤火吧。"此刻,面对近处的"美人"我没有感觉,但刚才他烤火的样子,确实叫我浮想联翩。性欲变成了奇怪的东西,不是想来就来。有时候它需要一个恶毒的意念做引子。

如果我能摆平所有的人,成为这号舍的主人,也许想法和感觉会不一样吧。那是君临天下,唯我独尊的状态。看守所的日子不可能在这里重演。相形之下,县城的看守所似乎只是个"小地方"。

"你看不上我?""美人"抹一下眼睛,十分委屈地说,"我会……"

"你会?……"我想笑,没笑出来。

"啥都会!你……不能抛弃我。"

禁闭室有动静。

我撇下"美人",冲到禁闭室门前。"老贩"突然砸门叫喊。他骂我。

这就是人家城里人,大地方的,骂人花子多。

"狗杂种!"我学着贺景龙的腔调,"饿了三天半,还他妈的嗷嗷叫,再饿你三天!"

"狗杂种才偷吃我的饭——我的饭哪？！"

"就不给你吃，饿死你！你乖乖待着吧，我正忙着跟'美人'快活哪。哈……"我边说边撒边向另两个犯人打手势，叫他们把大麦粥往里递。

那时还没有监视器，但后墙接近顶端，有一个小孔，可以监视。我悄悄架梯子爬上去监视。

"老贩"吃完一碗粥，大叫："烧鸡拿来！"

"范大哥，烧鸡是仁天木的。"

又递进一碗粥。

"老贩"狼吞虎咽，吃了个干净。吃完了，又喊："我要烧鸡！"

还是一碗粥。

这回，"老贩"放慢了速度，边吃边哭边骂："你个王八羔子仁天木，你他娘的有什么了不起……"

需要说明的是，我的表现都是马良行布置的任务。我不知道这些表现加剧了"老贩"内心的绝望，他要是自杀，不能赖我。

中午，"老贩"要烧鸡。我说没有。还说有烧鸡我自己还吃呢。粥也没了。只有芹菜。我告诉他，吃了芹菜，芹菜可以裹下钉子。裹下钉子，一切都会好的。

"放你妈的拐弯驴屁！什么'一切都会好'？！怎么好？！"

"老贩"喝了三碗粥，这意味着他的绝食以失败告终。"老贩"为什么自残？为什么敢在群众面前痛骂贺景龙？他有精神疾患吗？他不想活了吗？这些问题本应专人负责，追究到底。这样，才能最终解决"老贩"的心理障碍。可是，前几天逃了人，各分监区的政府被平均抽调，兵分三路"追逃"。修公路也是铁任务，必须在指定时间完工。即便贺景龙、马良行有探究"老贩"内心世界的心思，也腾不出那份闲工夫。

马良行拍了一下我的肩膀，说："干得好！"之后，他竟然征求我的意见，问我喜欢修公路呢，还是喜欢跟别人轮班看守"老贩"。我受宠若惊，稳了一下神，说："修公路。"

"美人"哭丧着说："我也修公路。"

马良行对我的选择颇感意外。他笑一下，说："也好，也好。"

我和"美人"已经走出几丈开外，马良行又叫回我，低声说："陈大勇你认识不？"

"听父亲说过，早先是我们村的生产队长。现在在场部路口开店。"

马良行递给我一个白色的塑料药瓶子，说："这是陈大勇让转给你的。说是你姨妈托付的。咱们野鸡胡早年多发'克山病'。这可能是复合维生素吧。记住了，这儿的河水、生水一定不能喝！"

我简直不敢相信自己的耳朵。我觉得眼窝里很快蓄满了液体。马良行说到姨妈，我感觉马良行好像就是姨父，再看马良行的"嘟嘟"佛脸。我真想高颂佛号："阿弥陀佛。"

一只大狼狗跑过来，叼住马良行的衣角，向回拉。

马良行拍拍狗头，捋捋狗耳朵，对我说："去吧，我有事儿了！"

马良行所说的"事儿"是外出"追逃"的政府凯旋而归：六个逃犯，捉回来五个。按惯例，监狱长要为"功臣"庆功，之后就是把那五个倒霉蛋依次拉到各分监区批斗。

那五个人被拉到我们分监区，已经过了六天了。这时，贺景龙想起了吞钉自残的"老贩"，吩咐下去，拉来一块儿批斗。

"老贩"胃里的钉子已经被芹菜有效地裹出肛门。是从他拉的屎中刨出来的。那是一枚螺丝钉，是"老贩"从一个旧门门轴上的合页上一点点抠、一点点拧，才弄下来的。被关了十几天禁闭，"老贩"面色苍白，步履蹒跚。他在批斗会上痛哭流涕，说自己害怕劳动，一时糊涂，资产阶级思想蒙蔽了头脑。还说骂分监区长贺景龙是"神经错乱"。

坐在会议室主席台的贺景龙与政委辛占河交换了一下眼色。显然，他们相当满意。估计不久就会解除"老贩"的禁闭吧。

批判会圆满成功。我们起立，按号舍依次走出会议室。还没轮到我们号舍出门，已经在门外的队伍忽然乱了阵脚。

"安新掉屎坑啦……"

"淹死啦……"

安新是"龙"的大名。他早我几个星期来到野鸡胡。"龙"身材瘦小，反应灵敏，他怎么会掉茅坑淹死呢？

我扒开窗户朝外看，没看见为安新报丧的人，看见"老贩"从兜里摸出一把不锈钢汤匙。他哪买来的勺子呢？人乱，"老贩"挤到别人身后了。

夜晚，我非常留心地注意回到铺位上的"老贩"的动静。"老贩"没什么动静。我又拼命在记忆中搜寻安新的内容。隔壁有人声，我通过暖气管道，听到值班的马良行与吕长樱议论安新的死亡。他们说安新爬到厕所后面，应该是企图逃脱，监墙近处的雪地上也有安新的脚印。根据情况判断，安新是企图爬上厕所的屋顶，再跳到监墙上，然后跃进灌木丛中越狱。他们说安新没有参加批判会是谎称自己拉肚子。拉肚子嘛，上厕所也没人在意。

"我早说过，这种鸟批判会不要开。开这种批判会等于是在提醒犯人：'嘿，别忘了脱逃啊！'这几个笨，你们总结经验，下次来个绝的。"马良行发表自己的观点。

吕长樱唾了一口，说："追逃他姥姥的就不是人干的活儿！去年，你记得吧，夏天吧，我和贺（景龙）秃子在九号山口的灌木中埋伏，差点被几条大虫给吞了。他姥姥的再让我追逃，我见着人影就先开枪，打死一个省一份心！"

十五　标兵

我没有机会出现在"龙"的死亡现场，没有尽一份兄弟之情下粪池把他捞上来，为他清理满身的粪汁，为他换一身干净的衣服。这些工作是由杨小帆安排安新同号舍的人做的。他们的号舍跟我们隔两个窑洞。

厕所后面的粪池大约 14 米长，1.8 米宽，2 米深。春夏两季，每个月都会掏清一次，用做肥料，上到菜地里。这份工作是各号舍依次轮流完成的，差不多每个号舍都免不了这份荣幸。到了秋天，特别是深秋之后，大白菜成形了，不需要肥料了，过冬的小麦要待开春之后才上肥，粪池就没人打理了。安新跌下去的时候，粪池的表面结着冰，色泽花哨、表面疙里疙瘩的冰层，几乎够着池子的顶端。一位喜欢给《监狱报》投稿的群众向大家赞美安新，说他完成了一次壮丽的"破冰之旅"。

安新被打捞上来了。粪池也被彻底地掏清了，相当干净，连池底都可以看见。大家这才回忆起来，前两天蹲茅坑，十六个粪坑堆积的粪便都向上顶着尖尖，快舔着屁眼了，拉屎的人屁股越撅越高，多亏了安新，现在拉屎好利索。

有的群众屎还在胃部，就跑到厕所蹲着，享受从裆下升上来的清爽气流。

安新的死亡存在疑点。比如靠近监墙的脚印。政府就是拿那脚印确定安新是"脱逃未遂"，然后"自决于人民"的。如果他真的走到那个位置，岗楼上的武警会看得一清二楚。那已经超过了警戒线。武警会开枪。第一枪警告，第二枪就会击中他的胸部或者头部。当然，如果冲锋枪连发一排子弹，也许安新会拦腰成为两截，身体看上去是完整的，但胸腰处有一排穿透的眼眼，就像汉字标点的省略号。再说，如果安新就是预谋从那儿脱逃，为什么选在大白天？趁大伙都在开会，没人管吗？但是，看守监墙的是武警，他们二十四小时站岗，他们从不掺和监墙下、警戒线以内的事情。他们整天练习射击，却很难猎获一个真正的目标。现在安新送上门来，武警会在这个节骨眼上打盹儿吗？数九寒冬，大白天他们睡得着吗？！

还有，据说野鸡胡有史以来总共逃脱过167名犯人，无一例是翻越监墙。85%都是在地里干活时钻入山林；另外的15%是夜晚通过监门混出去的。出去之后，也是奔向山林。

除非是超人，监墙是无法翻越的。

安新傻吗？

这倒是一个问题。

安新被判刑四年半，是因为他买了一只灯泡吊在新房的中央，那灯泡只亮了六秒钟，灯丝就断了。安新拿着灯泡找到商店，说这是假货，要求退款，退二角五分，卖主说："灯亮了没？"安新说："亮了。"卖主说："那凭啥给你退二角五分？顶多退二角。"

安新就砸了人家商店柜台的玻璃。

安新的未婚妻说："就为5分钱……"安新的爷爷和父亲都是皮影艺人，安新也算个皮影新秀。祖孙三代人给人家演一场，可以挣来几十块钱。皮影玩儿的是门神、福禄寿禧、才子佳人、王侯将相。安新的家族玩儿了几代人，没想到安新自己玩儿到监狱了，玩儿到粪池之中了。安新的亡故，是中国民间皮影艺术不可估量的损失。

在修公路的工地上，我撞见"忍"和"忠"。他们都眼巴巴地看着我。我拍拍他们的肩膀，停顿一下，算是给"龙"开了追悼会吧。

停顿的片刻，"忍"把手落在我手上，说："他有洁癖，他准是蹲到粪池的边缘上。那沿沿都被他蹲踩出冰溜子了，我见过。他一准是滑进去的！"

"滑进去的……"中午休工吃饭的时候，我脑子里尽是与"滑"相关的意念。我差不多是不挑食的，可今天看着碗里的萝卜炖土豆，和浸泡着萝卜土豆的脏兮兮的汤，却一阵阵反胃。冰天雪地中，那汤竟然没一丝热气儿。

我滑肠了。

许多群众兜里都揣着卫生纸。早上出工，天黑了才能回号舍，大便要在外面解决。好像最近拉稀的人还偏多。不会是晚上没事儿蹲茅坑，被池底灌上来的冷风冰了直肠、大肠、小肠，还有胃和食管吧？

我在路边的雪地里踢出一个锅大的坑，还没蹲到位就噼里啪啦地开张了。这种动静，鱼湘军的狗们最感兴趣。对此，鱼湘军深以为耻。有一回，一条土狗围着正拉屎的群众不走。人还没起身，这条土狗就急不可待地拱了上去，弄得这个群众跳起来，没擦屁股就提裤裆。鱼湘军气得飞起一脚，把那狗踢出去足有两丈远。

"这孙子肯定是偷吃肉了！为啥狗喜欢他！"

最初，下蹲的人是面朝公路，屁股朝着对面的山，也就是朝着警戒的武警。警戒的武警比我们还无聊，站着不动，冻得一个个猴了吧唧。有一天，他们当中终于有一个灵机一动，他变换着卧式、站式，用空枪瞄准拉屎人的屁眼，还煞有介事地眯一只眼，扣动枪机。枪机撞击的声音不是很大，却一样令我等心惊胆寒。有一就有二，但见群众亮出屁股，武警们便纷纷抢占最佳位置和角度。

还是掉个头吧。

屁股朝向路边，自然也就向群众亮出了屁股。武警不跟我们说话，这帮群众就不一样了。

"这沟子咋这黑啊！""这屁股白！他妈的比我嫂子的屁股还白！"

"美人"要是拉屎，就是工地上全体最开心的时候。

"美人"的屁股雪一样白，又圆又白。可见"美人"名不虚传，他不仅仅有一张漂亮脸蛋。

"美人"完事儿了就贴在我身边，我躲都躲不开。

"狗日的仁天木，艳福不浅！""现场干一个，让咱过过干瘾嘛！"

这天下午，我脱了三回裤子。

拉稀的好处是，可以趁机休息。公路修出去一千多米了，我已经早早现出原形：手掌磨出了水泡，手背裂开了口子，两个脚后跟也冻了。回号舍暖和了之后，冻了的手脚奇痒。戴手套，穿棉鞋都没用。重复单调的环境，重复单调的活计，令人沮丧。我这才回忆起我的童年和少年时代，几乎没有干过什么农活儿。好像是爹娘不让我干。在群众中，我只是年轻，身体比一般人强壮一些而已。我后悔当初马良行让我"选择工种"，我不识趣。

对比之下，"忠"的能耐显现出来。他使用镢头、锨，拉架子车，样样都很轻松，而且从早干到晚，也不显累。我问"忠"为什么，他说不上。我就观察他，我发现"忠"在使用工具和干活的时候不紧不慢，把握着节奏，呼吸的节奏与下手的节奏一张一弛。并且，他的动作都是一两下子到位，没有多余的。平常看着"忠"的身体和手脚多少有些笨重，可干起活来，倒显出了他的轻巧。我才明白，使用农具也是个技术活儿。

不仅如此,"忠"还会修理、调治工具。谁的工具不顺手了,一经"忠"的手,立刻就变利索了。

贺景龙也发现了"忠"的特长。贺景龙先是冲群众喊:"看看,看看人家万福通!你们这群蠢货,看看万福通是怎么干活的!"

磨刀不误砍柴工。为了提高生产力,加快进度,贺景龙专门停工三小时,让万福通为众人示范,让万福通手把手地教城里人。教过了,再让大家练习,再让万福通纠正,如此反复。

劳动改造是记成绩的。我们的成绩采用"双百制",每月满分两百,一百是政治表现,一百是劳动表现。挣够两千四百分,理论上可以减一年刑。政治表现由政府提议,贺景龙和马良行共同定夺。政治表现每月最高只给86分,除非有立功表现,才会添到90分以上。所以,实际上干满一年,天天全勤,也挣不够二千四百分。劳动表现可以给一百分。万福通是唯一一个拿过百分的人。这令人嫉妒。

在第三次蹲下的时候,我看见"二胡"向"老贩"靠拢。"老贩"站着,把下巴垫在锨把的顶端,下巴向上撅起,像一个垂暮的老人望着月亮想着青春时光。我好像曾经见过一幅欧洲油画就是这个造型。

我想起了那只不锈钢勺子。

"老贩"只在号舍里睡了一晚上,就被马良行从床上吆喝起来上工。"老贩"在工地上只是摆了个样子。也没人理他。关禁闭有些时日,出来换换空气,"老贩"至于摆出这副人之将死的造型吗?

莫非"老贩"吞了那只不锈钢勺子?!

"二胡"靠近"老贩"并不是搞什么阴谋诡计,而是要手纸。

"二胡"在我左侧三米远的地方搞出动静之后,我的右侧也噼里啪啦地响起人声。

拉稀会传染吗?

拉稀是不能假装的吧?

十几个人一起拉稀算得上一道风景。令人开心的是拉稀的队伍和声势还在不断壮大。

马良行看呆了。他不信,一屁股一屁股地检验。马良行查拉稀,只是过去扫一眼,换了贺景龙,他会探下身子,恨不能钻进人家屁眼才能看出究竟的样子。

马良行喊叫杨小帆。支使犯人之前,政府都是喊杨小帆。如果上一次我果敢地应承马良行,那么,现在政府叫唤的就是"仁天木"了。

"把灶上的金大江给我叫来！"

金大江向马良行报告：今天的饭菜跟昨天的一样，昨天的饭菜跟前天也没两样。关于饮食，政府对我们的政策是：吃熟、吃热、吃饱、吃得卫生。

马良行瞪着他的"嘟嘟"眼，一时找不出词儿来训金大江。

金大江也是个圆脸，天生的厨子相，只是眼睛细眯成一线，醒着跟睡着差不多。

金大江垂头嗫语："我想，可能是……路远了，饭送来就凉了吧？！"

马良行找到贺景龙，耳语了一番，我听到一半句："这路还不得修到21世纪去！""痢特灵、土霉素。""不会是'克山病'又来了吧，鬼啊！"之后，马良行喊来杨小帆，说："仁天木在哪儿？"

"报告政府，我在这儿！"我已经拉空了肠胃，强打精神，回应马良行。

马良行说："我看你身体不错。从明天开始，你再找两个人，专门负责送饭。要快！"

公路已经修出去一千多米，挑着担子一天跑两趟。我身体有那么好吗？挑扁担也是技术活儿，我几乎从来没挑过。当年吕刚不就是挑水栽进水井的吗？

"美人"听说我要被调走，立即像孩子一样对我说："我也要去！"我没有理会。就算我喜欢"美人"，我也没有权利随身携带着他。

第二天，奉分监区长之命，老米到伙房监督。我第一次进入伙房。看见直径近两米的大蒸笼、大锅，数着蒸笼里的馒头，像政府在群众队列前点名。大锅中升腾起来的热气，令我备感温暖。要是把头埋进蒸汽中，整个浸润在粮食发酵的圆熟中，一定很舒服吧。

灶头金大江踢了我一脚："滚一边去！"他嫌我碍事儿。其他的伙夫也冲我翻白眼。看得出，他们忌讳别的群众觊觎他们的领地。

老米边翻弄案上的野猪肉，边说："你去院子转转，或者回号子。饭好了我叫他们叫你。"

对比之下，老米更温和。

我四下张望了一下。雪后的阳光格外刺眼，操场中央的空旗杆戳着蓝天，寒风绕着旗杆打转，发出呜呜的声音。旗杆显得很瘦，仿佛一棵粗壮的大树，被人一层层剥去了外皮，又一层层剥去年轮。一个人站在分监区操场的中央，很容易成为监墙和岗楼上武警的靶子，如果他们闲得发慌的话，虽然他们是不准真的向监墙内警戒线里边开枪的。

我感到茫然。身边没有"美人"的纠缠，没有政府和杨小帆的支使，没有学习书本，没有劳动工具，没有群众的七嘴八舌和他们性格迥异的神情，没有随时突发的事件和紧张感，不习惯。

进号舍之前，我扫了一眼禁闭室。禁闭室门前坐着两个人，他们卷着大棉袄，缩成一团。贺景龙一般不会让禁闭室闲着。现在，顶替"老贩"的是两个在工地打架的群众。

我可以四仰八叉地躺在床上。

我可以想一想。

没什么可想。

当我好不容易想到马良行身上时，听到监门开启的声音，一个年纪不小的政府喊老米。我慌忙起身。人家叫老米，老米可能就会叫我。

两个政府进了隔壁的值班室。老米叫我给他们的地炉添点煤，又叫我去灶房拎壶开水。

我站在值班室门口。

老米翻我一眼："傻站着干啥？"

我以为还有事。"我，我……"

"没事儿了！"

那个政府褪下棉皮鞋，掸一下手，说："来，给我擦擦。"

我见过站门岗的小哨为政府擦皮鞋。这是群众比较爱做的一件事。人家让你擦，是看得起你。

我荣幸地捧起棉皮鞋，回到号子忙活起来。我没有鞋油，但好几个城里人都有。回头我告诉鞋油的主人，他的鞋油上了政府的脚面，他也会备感荣幸的。

我听见两位中年政府在说老米的警衔如何如何，今年再不搞个两杠两星，以后要求严了，光工龄不行，还得要有学历，听说还要考英语。

贺景龙与马良行都是三十多岁，已经是两杠两星了。

"哎，你说说，咱守着深山老林，跟他娘的野猪黄羊学说英语啊？！"老米说着擤了一把鼻涕。老米的习惯是，擤完鼻涕之后，要在鞋后跟把大拇指和食指擦一下。接着，他还要把两个指头拿到眼前翻来倒去地审看一番，不净，再塞进胳肢窝里擦。

"我在野鸡胡都三十年啦，光先进工作者的奖状都领了二十多张呀，凭啥……"

老米相当伤感。

那个政府安慰老米，说咱俩是同病相怜，我的副科级也干了快十年啦，听说评警衔和提干是同时进行的，我这回要是扶不了正，这辈子也就冤死在这野鸡胡啦!

两人互相保证,在自己的权限之内为对方投一票。之后他们说起了孩子。老米又叹息,说我儿子、女儿都跟那场部的杨树似的,栽在野鸡胡啦,孙子、外孙也该上学啦,咱那学校现如今到底咋样啊。那个政府大概是个类似马良行的角色,在别的分监区做副职,他建议老米把孙子、外孙送到外面的县城,甚至省城去念书,投亲靠友,并说有门路的都这样。

临走,那个狱警问晚上贺景龙在不在,不在的话过来打牌啊。老米不清楚。老米说马良行可能在。

旗杆的影子缩到只剩下两米长的时候,监门口开进来一辆手扶拖拉机。

"仁天木!送饭啦!"

伙夫们麻利地往手扶拖拉机上搬馍筐和菜桶,不让我上手。他们嘟嘟囔囔,说我是个吃白食的。昨天马良行说让我再找两个人,后来他又说"多余"。有道理。

我就这么一天坐两趟手扶拖拉机,专职"押饭"。人家武警押"犯",我也押"饭",听上去完全是一个单位的。"二胡""老贩"看见我,气得寒牙打战;"美人"看见我,都快哭了。

我非常想当面向马良行致谢,但马良行见手扶拖拉机过来了,就借故扯得远远的。直到第七天,我已经悟出其中的门道了。上午,马良行在分监区的门内,当着两个小哨的面,叫住我,说:"你刑期长,还年轻,有没有想过学点什么技术,学个大专、本科文凭?"

"在监狱可以考大学?"我十分惊讶。

"表现好就可以。生产上有标兵,技术上也有标兵,考学为什么不能有呢?你想想吧,人生要有目标,不要虚度年华啊!"

"是!"

马良行又转向那两个做小哨的群众:"你们也一样,得闲别光是抽烟扯淡喝茶看天。"

做学习标兵,考大专、大学文凭,之前并没听老犯们说过,是那些群众学不成,不想学,还是监狱新近才接到司法部的指示精神?马良行的话像个天大的翻斗车,一倒,顿时埋满了我的脑海,埋满了我的空虚。我一下子不知道如何表达自己的心境,只觉得从未有过的踏实。

贺景龙身先士卒,常常在工地上干得摘掉棉帽,露出"列宁头",脱去棉大衣,露出老婆织的红毛衣,瞥见哪个群众怠工,他就叫喊:"不许溜奸耍滑,要踏踏实实地干活!"在我看来,干活的一百多号人,没几个踏实的。别看"忠"干得有板有眼,家里边盖了一半的房子归属都是问题。老婆改嫁了,儿子被老婆带走了,那块宅基地没有户主,没人看守,早被好几家瞄上了……

就我踏实。

好像不对。

那不叫踏实,那其实仅仅是比别的群众多了一层优越感。

晚上,"美人"追着我去厕所蹲坑,自从我"押饭","美人"就不在工地上拉屎了,他憋着,等回到分监区找机会与我"共蹲"。"美人"告诉我,工地上的群众说,你是被马良行"挖"了。还说你肯定是棵"人参",马良行"一挖一个准"。那个厨房的灶头金大江就花了两千多。

我不以为然,说:"什么人参,我是个大萝卜!"我还说马良行从没向我要过一分钱,还鼓励我学文化,将来可以考大专,甚至大学文凭呢。

"美人"说:"马良行哄你吧,犯人还能考大学?"

我有点儿兴奋,摸了一把"美人"的屁股,手感不错,像半个脸盆的凉粉。

"有人!"

只是听到外面有脚步声,"美人"就似惊弓之鸟。他提上裤子,先走了。

把"美人"吓跑的脚步声源自看守禁闭室的群众换班,他们一天三班倒,一班八小时。

安新死后,我情愿在外面的野地里拉屎。在厕所蹲坑,总觉得肛门冲着安新,拉出来的屎都砸到安新的身上了。今天来蹲,算是给"美人"一点面子。我裤子提到一半,响起了"二胡"的惊叫:"要死人啦——"

"老贩!"

几乎是条件反射,我就想到了"老贩"。我认定"老贩"吞了那把不锈钢勺子。现在,那把勺子七弯八绕,终于在小肠之中卡住了吧。

正在值班室打麻将的政府冲了出来。我听到打开枪机的声音。

"你干什么?"吕长樱用枪指着我。

"报告政府,我刚拉完屎。"

"怎么回事?"

"可能是范伟……"我大胆预测。

"老贩"被我们抬到会议室。野鸡胡二把手、政委辛占河跟马良行等是麻将桌上的"铁腿子",他们恰巧在现场。他看了"老贩"的情况,吩咐马良行去叫医务所所长姜楠,马良行指派另一个年轻的政府去叫。之后,马良行把我们号舍的人都叫到会议室。

中篇　161

所有的人都说不知道。

马良行在脖子里搓了两下垢痂，决定个个击破。我们在值班室门口排成一队，等候审问。

"你也不知道吗？"马良行吐出一口烟，焦灼地盯着我。

我不能撒谎，但我只是猜测。

"我……我……"

"你不必紧张，有什么只管说！"

"我看，范伟好像是不想活了。"

"不想活？为什么？他是不是又吞了什么玩意儿？！"

"可能是一把不锈钢勺子。"

"什么时候？"

"就是上次批判会……"

"你怎么不早说？！"

"我……我也不能确定。"

"你……"马良行欲言又止。憋了一会儿，他还是没忍住，说，"你瓜呀，为什么不向我汇报？"

"我……"

群众最恨的就是向政府打小报告的人，那相当于革命队伍中的叛徒、特务、间谍。我能做这种"变节"的人吗？刚来野鸡胡的第三天，就看见一个群众被担架抬出了分监区，听老群众说，那个就是"变节分子"，向政府告密，说他们号子有三个人吸毒，结果他们号子的群众被集体罚站三天。那个群众医好了伤，调往另一个分监区。

马良行说我"瓜"，意味深长，好像是已经把我当他的人了，之前他对我的种种关照似乎也印证了这一点。

可是，我能当叛徒吗？！早在看守所的时候，我还在"忍"他们面前强化凡事"不知道"的规矩呢。我一时间无法克服已经根植于神经深处的惯性。

马良行急躁起来，叫我出去换一个人进来，一句"马尾穿豆腐"砸向我后脑勺。

我想，明天我也就该扛着农具上工地了吧。唉，歇了好些日子，再干活我也不怕！谁叫咱是群众呢。

我的担心是多余的。直到公路全部修完，贺景龙被监狱嘉奖，"忠"被评为"劳动标兵"，我还在"押饭"。我已经跟灶上的群众混熟了，灶头金大江也把我当个伙计使唤了。我想，我也许会一直在灶房"改造"下去。

"老贩"享受了"处级"待遇,被专车送往40公里外的罗直镇医院做手术。据说,如果不做手术,"老贩"就会死掉。不过,我从暖气管道猎获的信息,"老贩"对政府的"人道主义救助"一点也不领情。他扑输液瓶,扒护士的衣服,咬政府的耳朵,"无恶不作"。他甚至还砸破了输液瓶,抓起满把的碎玻璃往嘴里塞,进行第三次自残。

马良行常常在麻将桌上叹息,说:"我也干了十好几年了,头一回遇上这狗日的'滚刀肉'!"其他的政府七嘴八舌。"他要是死了,咱们分监区今年的安全奖就他妈的喂了野猪喽!""那不成,我还指望拿奖金结婚哪!我还差一台录音机,我未婚妻就喜欢听音乐!""改听驴叫吧。""咱这乌鸦的叫声也很好听啊!""不会吹了吧?!""吹?我他妈亲自去把范伟那野猪宰了,你信不信?""我信,我看你还会把这一排猪都宰了!"

政府喜欢叫我们猪,"老贩"那样能折腾的,就是野猪,顺理成章。

手术是成功的。"老贩"被押解回来,绑在禁闭室,强行输液维持生命。马良行说了,要死,也得过了大年。

今年过年不一样。各分监区都开了群众表彰会,群众还抽出一部分做代表,到场部开表彰会,一百多名政府升了警衔,监狱长兼书记杨鼎康还穿上了白衬衣,这一点令许多兄弟监狱的监狱长们嫉妒。值得一提的是,老米时隔六年,重回"先进工作者"榜首,而陈大勇毫无悬念地再次捧回工人之中的"先进"奖状。

大部分政府升了警衔,今年过年多一份喜庆。

只有马良行等很少几位政府回家过年。贺景龙已经连续在野鸡胡过了九个春节了。而老米,据说是去年想回老家,因为有群众脱逃,警务吃紧,没回成,翻过年,老家唯一的一个亲人三舅病故,所以回老家也没什么意思了。老米老家的地形跟野鸡胡差不多,只是树和野兽少些,人和拖拉机多些。

老米三十多年没有回老家过年。大年初三,老米忽然向贺景龙告假,贺景龙十分惊讶。

"干吗去?"

"看火车。"

政府们笑起来。

贺景龙没笑。自从升警衔的名单一公布,贺景龙就再没见老米笑过。大家也知道监狱长杨鼎康送一个久违的"先进"给老米是扯淡。贺景龙本想找老米谈一谈,可不知从何说起。这一轮升警衔已经过去,结果不可能改变。

"你没见过火车?"南方人鱼湘军不相信。

中篇 163

"再不去看的话……"老米擤了一把鼻涕,往鞋后跟一蹭,再把两根手指放到眼前察看一番,又塞进胳肢窝。动作做完了,话没说完。他不说了。

贺景龙担心老米出事,专门向杨鼎康汇报,要求医务所所长姜楠陪同老米去看火车,因为老米血压高已经多年了。杨鼎康同意了。

老米没看见火车,他在半途中死了。

十六　脱逃

姜楠挎上急救箱,陪着老米,一同搭上去罗直镇的班车。据说罗直镇有火车经过。老米当年进野鸡胡,包括早年回过两次老家办事,那儿还没有铁路。据说那铁路是通往神木煤田的。

这班车本来属野鸡胡监狱和野鸡胡林场共同所有,后来两家都觉得自己吃亏。林场说监狱人多,监狱说林场进出的人频繁。车已经快报废了,是个油老虎。有段时间,两家轮流出油钱,最近,双方又在商议把这十几辆面包车承包出去。

出山的公路去凸埋凹,铺上碎石子,已经被我们近两千名群众修得相当平坦。一路上,姜楠跟老米扯闲篇。姜楠是个热心肠的人,平时在医务所就是大家公认的"大嘴",她像蜜蜂一样,嗡嗡嗡地把各类道听途说的再加工夸张的信息传播到各个分监区。政府们都很喜欢姜楠。在这个近乎封闭的世界里,姜楠传播的信息是一个良好的调剂。姜楠还有个优点,她不怕,甚至喜欢众多的男狱警讲黄色笑话,甚至摸一下她的手,搂一下她的肩。赶上酒场子,她会跟每一个人交杯。但是,姜楠并非毫无分寸。听说她的丈夫身体不怎么硬朗,却没听说她与哪个男人红杏出墙。

姜楠说:"那九分监区的老徐,你们是老伙计吧,嘿,见天的到我们医务所量血压,说好玩儿!他从来不提什么警衔的事儿……"

姜楠觉察到自己哪壶不开提哪壶,正要转话题,老米说话了。

"唉,是不是大家都认为我没加上两杠两星就不乐意啊?"

"没有没有啊!老米啊,你说说,那警衔,那烂铁皮做的什么星,那能当肉吃啊?不能啊,要紧的是……嫂子去得早,你该再找个伴呀。我可知道,你血压高,身体最要紧哟。"

"说得轻巧,我这把老骨头,哪个婆娘眼瞎了,会跑到野鸡胡嫁给我。就说呀,咱本来就是个农民,能吃上公家的饭,就烧高香啦!便宜啦!咱又没啥文化。"老米望着窗外向后掠去的积雪的山坡、沟梁,说,"后来儿子、女儿也沾了我的光呢。不然,还不是在老家种地呀。"

"就是啊,就是啊,哈……"姜楠见老米如此豁达,觉得自己已经完成了组织上交代的任务,她手抚急救箱,笑起来。

旁边座位一位抱孩子的妇女被姜楠的笑声感染,也笑起来。怀中的孩子见妈妈笑,就跟着咧嘴。

前方一辆卡车抛锚了。路窄,班车过不去,停了下来。

姜楠眼尖,说是林场的车,又抱怨说这老王(司机)真没神儿,也不靠边停,好狗不挡道啊。

姜楠说"好狗不挡道",声音很亮,她希望姓王的卡车司机听见。那样,王师傅一定会赔着笑脸,说:"姜所长啊,真是不好意思啊!"

林场的职工和家眷平日里有个头痛脑热,也在姜楠的医务所看病拿药,林场的人可能不认得某个新分来的政府,但没有不认得姜楠的。

司机在车轮下面仰面躺着。

班车上的人们下车松松腿,伸伸腰,走动走动。

姜楠先看见了搭乘卡车的小米和他们一家三口。

老米脸上的褶皱聚成了一朵花。

小米一家三口是回丈母娘家过年返回野鸡胡的。

"来,让爷爷抱抱!"

老米高兴地蹲下身子,张开双臂。

孙子还没有扑进爷爷的臂弯,老米就倒下了……姜楠说,老米弥留之际从贴身的衣兜里掏出一个小本本,这小本本是一张很长很长的纸折叠而成,最外面是两片硬纸壳。

"上面写的是啥?""是党费吗?""老米是老党员呢。"政府,监狱的在编工人,林场的工人和这些人的家属,常把位于场部旁边的医务所当俱乐部。

"写了好多。"

"快说啊,你平常不卖关子的。"

"写的是……"姜楠顿了一下才说出一个字,"肉。"

"肉??"

"'野猪腿一只——十元;牛肉三斤——五元,大肉包二两——一角''羊半只——十三元……'"

中篇 165

"老米爱占小便宜！""占就占呗，还记账！""咱是公家的人，吃两块公家的肉，精神足了好站岗放哨嘛！""哈……""这算个啥！""哎，你们谁见过老米吃羊头？哇，他两手捧着煮熟的羊头，往桌子上一墩，羊眼瞪着老米，老米瞪着羊眼，就那么互相瞪着看，足有三分钟，老米才伸手揭羊头上的肉，他蘸着酱油吃！你说他瞪那么久，想啥呢？！"

姜楠十分例外地没跟大伙一块儿笑。她说："老米让小米照着单子还！"

"还？"

"还？？"

"还？？？"

"还给谁？"

"那本子上还记着每块肉的来路、时间和相关人名。最后一条居然写的是一个我不认得的名字，估计是个犯人。叫什么木，天木，仁天木，仁是仁慈的仁——他们四分监区有这个犯人吗？哦，还有一个治过敏的中医偏方，说也要转给那个犯人。"

在场的人有的瞪眼，有的咽口水，面面相觑。

姜楠仔细回忆，尽量把那一条念完整："1992年11月28日，仁天木，烧鸡一只，3元5角。"

"你瞎诌的吧？！"有人听不下去，走了。

"我要是瞎诌天打五雷轰！"姜楠提高了音量。但适得其反，更多的人离开了医务所。他们都听不下去了。有的人是来看病开药的，药开好了，就在桌上，走的时候也不拿了。

姜楠坐下来，看看身边的护士，说："我说错了吗？我是那种瞎诌的人吗？嗨，他们居然不相信！我还没说完哪——老米对小米说：'爸爸不该怪领导，爸爸身上还有许多缺点啊……我就是喜欢吃肉……'还说你要是不按爹的意思办，就别埋我，埋了也不许上坟烧纸！"

三天之后，身为场部教育科科员的老米的儿子小米找到贺景龙，掏出了3元5角钱，要求加到仁天木的账上。他是按照账本的顺序还钱的。我是最后一名。那个治过敏的偏方，小米也请贺景龙一并转交给我。

姜楠的话，被一一验证。

贺景龙愣了足足有30秒。突然，他一跺脚，吼道："你给我滚！"贺景龙一把抓下头上的棉帽，摔在桌子上，冲着小米咆哮起来："给我滚！滚！"

小米在此之前已经遭遇过多次类似的情形，有了经验，他也不看贺景龙，眼睛盯着值班室门上的锁，平静地说："我不能违背父亲的遗愿。这是最后一个了。"

贺景龙发飙了。

他抓住小米的肩膀，拼命地摇撼："你给我闭嘴，闭嘴闭嘴！"一甩身，他又冲着身边的吕长樱大吼："把仁天木给我拉出来！"

把谁谁拉出来的语言模式，在电影中的国民党军队中，就是要枪毙他的意思。

我无处可逃。

贺景龙一巴掌把我掴得满眼冒金星。我站不稳，张开双手找平衡。又是一脚，踹在我的肚子上。我趴窝了。紧接着一只军用大头棉皮鞋在我身上狂踩。踩得很乱，全无章法，而且越来越没分量。

四五个政府，包括小米，架住贺景龙。马良行把我从地上搀起来。我晃了几下，站住了。

贺景龙在众人的掣肘中狂喊："有这事吗？！你说，有吗？有吗？你这头猪！你说有吗？有吗有吗？！"话说得太快，气跟不上趟，贺景龙剧烈地咳嗽起来，缓过一口气，他拼命朝我唾了一口痰。

我垂首低眉。贺景龙吐出的痰粘在我脸上、脖子上，腥臭腥臭的。

老米猝死的消息，当天就传遍了整个野鸡胡。我们也听说了。后来，也听说了那个小本本和我的那只该死该活该飞走的烧鸡，还有偏方。群众不信，我也不信。

小米勾着头，噙着泪水，说："贺区长，请你不要这样。请你不要打他。不要打他。你打他，就等于打了我，打了我父亲，打了我们全家啊！"

贺景龙可以打我、打所有的群众，但他不能打小米、老米和小米老米他们全家。这种逻辑抽取了他筋骨的坚硬部分，他散了架一样瘫坐到地上，非常难看地像个婆娘似的哭起来。

马良行见状立即推了我一把，叫我走开。马良行是昨天从老家回来的。马良行认为，老米"还肉钱"这一招是积压了三十年的郁闷和不满，是"将"监狱领导的"军"。因为在野鸡胡，几乎所有的政府吃饭、吃菜、吃油、吃肉，凡是吃的，几乎都不用花自己的工资。说老米自我反省，鬼才相信。

追悼会在场部大礼堂举行，政委辛占河主持，监狱长杨鼎康致悼词，悼词中说："米宏同志安息吧。"

按老米的遗愿，小米把老米背进场部后侧的一排窑洞左数第三孔窑洞。这排窑洞是三十多年前老米来野鸡胡时住的，一共十二个人，十二孔窑洞。当时人少，一人一间窑洞，住得很宽敞。岁月移动，这排窑洞十几年前就废弃了，监狱为狱警在场部两侧拓出平地，盖了两排十栋平房。老米常常和当年一同来的老伙计念叨这排窑洞，回忆当年光棍的快乐生活。他们议定，死了不用棺材，就住回窑洞，宽敞，还冬暖夏凉。

前面已经有两个窑洞被青砖白灰封住了，他们履行了老伙计们的议定。老米是第三位。

以杨鼎康为首，所有参加追悼会的人都自愿随小米来到这排窑洞前，默立。

完成了所有的追悼程序，小米对站在一旁手持瓦刀恭候已久的陈大勇说："陈师傅，封吧。"

封了四层半砖的时候，小米的儿子突然挤上前来。小家伙右手拎着一条带皮带肋骨的猪肉，左手拎着一个玩具火车头，抬起右手，看着爸爸说："我妈去罗直镇买的，新鲜的，说给爷爷留着吃。"再抬起左手，说："这个火车头是我的，给爷爷，让爷爷坐上，去很远很远的地方，去大城市。"

在场的人们再次哭出声来。

我也哭了。

我不是在现场哭的。

我是事后被贺景龙叫到监门旁的办公室，他向我道歉，我就流泪了。

老米死后，尤其是小米开始按照小本的顺序还"肉钱"之后，政府们一个个都怪怪地，眼神游移，四处躲闪，好像有一块嵌在空气中的小破镜反射着阳光，追着照在他们脸上。

贺景龙让我坐在凳子上，我不坐。贺景龙再说一遍："你坐！"

我坐了。

贺景龙盯着地板，盯了很久，好像是对地板说："对不起。"

贺景龙性情暴烈，在野鸡胡工作十年有余，被他殴打过的群众可能已经接近上千人次了，从没有群众见过贺景龙道歉。贺景龙对地板说了声"对不起"，就开始抽烟，一根没抽完又续一根烟，直到我用手背蹭干了泪水，咽唾沫时呛了一口，贺景龙才如梦初醒地抬起头。他看了我一会儿，说："你了解范伟吗？"

"我……"

难道贺景龙也要向"老贩"道歉吗？还有那接近一千人次的群众，他们90%以上已经刑满自由，他都要一一找来道歉吗？那可比小米照着老米给的单子还肉钱难度大多啦。

见我迟疑，贺景龙并没有穷追不舍。他说："我跟吕长樱说了，让他领你去医务所找姜所长检查一下身体，你能去吗？"

"我能。"我的胸部有几个痛点,手臂活动和深吸气时加剧,但路还是可以走的。"我能。"我又说了一遍,掩饰不住内心的兴奋。离开监区,到场部去,而且是一个人(虽然是跟着政府),这就差不多等于一个矿工在井下工作了半个月,忽然允许上井放假。

我们搭上了陈大勇送货的三轮摩托。一路上,吕长樱问及我和陈大勇的老家。陈大勇承认与我是同乡,不过他说:"我来的时候,他还很小很小。"

别以为姜楠只会传播小道消息,只会与熟人插科打诨,她可是正牌医学院毕业的大学生。医务所所长,正科级,与管理着一百多号群众的贺景龙平起平坐。所以,换一种说法,人家姜楠那叫没架子,平易近人。

近距离看见姜楠,才发现她体态丰盈,皮肤白皙而细腻,五官匀称而精致,大眼睛,双眼皮,有点像一幅彩色画的观音像。好像说观音也是凡人修成的正果,那么之前,观音也有后代吧。也许吧。

姜楠见到我,收敛了与他人说笑的表情。她自语似的嘀咕了一句:"这个就是仁天木?"

我知道我是群众,没权利享受她的亲和与调侃。

吕长樱跟姜楠耳语了几句,姜楠忍不住说:"你们贺头该看心理医生!"之后,姜楠转向我,神情温和了许多。她戴上口罩,指示我在观察室的床上躺下。让我解开上衣。

我看着姜楠的眼睛。我一点儿也不怕,一点儿也不担心。以吕长樱的审验标准,我一定是"太放肆了"。不过,吕长樱在观察室的外面,他看不见我的眼睛。恍然之间我下意识觉得是小时候躺在自家的床上睡懒觉,醒了,而姨妈恰巧来串门。姨妈掐着我的腮,说:"懒虫虫!"那时候姨妈就像姜楠现在的年纪。姨妈身上有股子特别的女人气息,新鲜,那来自大城市。

外屋的桌子上有台录音机,此刻在播放蔡琴的《你的眼神》:"像一阵细雨撒落我心底,那感觉如此神秘……"在分监区和号子,只能听到武警营房和大喇叭传出的"红歌"。

我看见姜楠皱了一下眉头。姜楠的手指试探性地在我的胸部、腹部摸一下,揿一下,又把一只手伸展做垫子,另一只手弓着在上面敲击。我看不见姜楠的手,但我的感觉不会错。我的感觉可以真切地分辨姜楠的手在我胸部的每一个动作,和这个动作与上一个动作的转换过程。姜楠的手轻柔而绵软,移动的时候触及了我的乳头和乳头侧翼竖起的汗毛。像激了电一样的感觉以被触的乳头为中心,向四下荡漾开去,一圈一圈的汗毛纷纷起立……

"哪疼就吭声啊。"

我好像没觉得疼。

我慌了。

"疼就吭声，不然查也没用。"

"啊……"

"这儿吗？"

"疼！"喊叫疼可以减缓裆下的揭竿而起的势能，辅以深呼吸，效果更佳。

我喘。

"哦，很疼？这儿呢？好。下身有伤吗？"

"没……没有没有！"

"坐起来，这样动动胳膊。"

屈体，"老二"被躯干和大腿卷入深处，再怎么膨胀，外面也看不出来。放下内衣，遮蔽身体，硬涩的落寞砍刀似的砍倒了兴奋而起的汗毛。我大呼一口气。但是，按照姜楠的要求做动作非常困难。

姜楠又让我的两个小腿悬空，用一个木锤子敲我的膝盖，看看条件反射还在不在。之后，她为我的胳膊扎了个吊带。

"采菊东篱下，尼姑见南山。"

外屋传来一句共鸣良好的男中音。吕长樱挡着，看不见发声的人。

"唉！"姜楠叹息一声，摆弄好我胳膊上的绷带，叫了声吕长樱，向他交代，"胸骨柄和右肋骨有断裂，必须休息，最少两个月。"

姜楠厉害吧，不用拍X光，也能查出我的骨头有断裂。我就佩服这号人。是女人，我更佩服。

姜楠的"唉"，一方面可能是叹息我的伤势，另一方面是对外屋的不速之客表示无奈。

"你小子命大福大！"吕长樱用这样的话对我未来的假期表示嫉妒。他说："回去写份状子，递交检察院，告他个贺大头人身伤害！"

吕长樱自己也常拿群众撒气儿。他知道我跟大多数群众一样不敢告，也不会告。

"是我不好，我不好！"我推辞着吕长樱，目光越过他的肩膀，找到了颂诗的声音源头。

"华子良，谁让你进来啦？！"

姜楠没好气地要轰华子良出门。但是，姜楠的话音背后，似乎隐忍着什么悲悯。

华子良？那不是《红岩》中的革命党吗？这个华子良居然也是破衣烂衫，满面污垢，披肩长发黏着秽物，一疙瘩一疙瘩的。

华子良扑向我，大叫："同志，我可找到你啦！让我好好看看你，摸摸你，你可是八九点钟的太阳，希望都寄托在你身上啊！"

吕长樱挤到我和华子良中间，掏出手枪："后退！信不信我一枪崩了你！"

"信不信我一枪崩了你！"只要持枪，吕长樱就一定会找机会把这句话扔出来，似乎如鲠在喉，似乎子弹已经被撞了底火。

"干啥！干啥！"姜楠推了一把吕长樱，"小心走火！"大概人人都知道吕长樱的毛病，姜楠也不例外。

华子良瞪大眼睛，哆嗦着双手要抓吕长樱手里的枪！"枪杆子里面出政权！两把菜刀闹革命！"

吕长樱收起手枪，不耐烦地推了华子良一把："滚一边去！"

华子良又把鼓起的眼珠子转向我，再次哆嗦着举起手，说："你看见南山了吗？你看见黄河了吗？你看见十几个船夫拼着性命与风浪搏斗的情景吗？同志啊，你知道你与佛门有缘吗？你是活佛转世啊！阿门！"

华子良满口白牙，呼出来的却是腥臭的气息。他的牙为什么这么白？

"什么乱七八糟的，有一句完整的没有？！回去吧，回去吧。"姜楠劝华子良。

吕长樱冲我使个眼色，我们迅速闪出医务所。

我们分监区距离场部大约八公里，要回去，吕长樱还是想搭陈大勇的三轮摩托。

陈大勇的小商铺在场部的下面，是一间约60平方米的瓦房，里面隔了五六间，正对着政府的家属区、两长溜子平房形成的路口。这个路口与陈大勇小商铺门前的大路形成一个"丁"字，丁字口右面是一个压水井，一个理发店，左面就是医务所。医务所对面，几乎挨着陈大勇的小商铺，是政府和家属专用的厕所。厕所有人字顶，但里面还没有我们号子里的厕所那么光洁，因为它是用砖砌的，年深月久，许多红砖氧化酥软脱粉掉渣，凹进去，砖与砖之间，也随处漏风。

陈大勇的老婆说她男人给七分监区送烟去了，转眼就回来。野鸡胡监狱战线太长，虽然各分监区都有自己的小货站，但都没有陈大勇的货齐全。许多政府要买东西，多半是下班回家；急了，就往医务所打电话，医务所的人再转告陈大勇。

吕长樱买了一瓶太白酒，走出小商铺，揣着酒钻进了厕所。他要我站在厕所外面的一个大缝处，蹲下不许动。他手里攥着枪，一边拉屎，一边从砖缝中盯着我的头。他说："敢跑，我就打你的头。"

中篇

我尽量稳住身体，以免给吕长樱开枪打我的借口。我感觉到吕长樱用槽牙咬开了酒瓶子，酒气混着屎尿味儿穿过砖缝，窜入鼻孔。

吕长樱"吱儿"了一口酒，说："你照镜子不？！"

"啊？！"我不知所云。

"那疯子说你是佛……"

"我娘是念佛的。"

"说说。"

"说啥？"

"说你娘如何念佛。"

"我一岁那年念的，后来不念了，后来又念了。"

"你说了个屁！"

"我……"

华子良在医务所门口那棵三人合抱的大榆树下缠住了一条不知谁家的小狮子狗。那小狗很烦华子良，摆脱了几下，最终逃向政府的家属区。华子良紧追不舍，两条腿慢，他就改四条腿追，结果更慢。在农村，在老家，这种情形一定会有大群大群的孩子追尾起哄吐痰扔石子，甚至还会有胆大的上去踢华子良的屁股然后青蛙一样跳开。

这里可以看见女人抱在怀里的孩子，却很难看见一个满地撒欢的孩子。都上幼儿园了？上学了？学校在哪儿？老米曾经为孙子上学发愁呢。

姜楠送走了两位开药的妇女，她斜倚在医务所门旁嗑瓜子，仰天看大榆树的枝杈。枝杈后面是晃眼的蓝天和刺目的白云。姜楠眯着眼睛。快到午饭时间了，没人扯淡闲聊，她可能嫌闷。从她身后门里挤出来那首台湾小生张雨生的歌《我的未来不是梦》。

姜楠身上的白大褂反射着阳光，亮丽而性感。是的，仅仅是白大褂就十分性感。那张近似观音的脸在光明的映照下，散发出凡尘世俗的女人的肉感。如果是在夏天，她会撩起裙摆，或者就算套上了白大褂，她也会像撩起裙摆一样，撩起白大褂，嘀咕一声："真热啊……"

姜楠显然看见了我，却摆出一副视而不见的样子。

　　我的未来不是梦，

　　我认真地过每一分钟……

我能分辨好些歌的歌名和演唱者,功劳都在妹妹仁小宜身上,她是个疯狂而任性的歌迷。我没考上大学,跟妹妹总在家里放音乐也有关系。

"冻僵啦?"吕长樱完事儿了,起身喊了一声。

吕长樱的裤裆堵在我脸前,令我乌鸦乱扑腾的思绪回到现实。

姜楠冲路边嚷嚷:"小吕,过几天咱这儿要进设备,你再把他带来验血!"

吕长樱应了一声,转向我:"你不会是内出血吧?"话音刚落,陈大勇的破烂摩托车在远处响起来,公路拐弯处卷起一阵尘土。

陈大勇非常乐意再把我们送回去。

陈大勇开的三轮摩托,是后面拖着厢子的那一种。我和吕长樱面对面坐在车厢帮子上。

对面山峦的阴坡、阳坡、半阴坡、半阳坡不断地从吕长樱的肩头掠过。阴坡的积雪几乎是一片白,阳坡的积雪一坨一坨,像斑点狗。松树在雪压之下更显硬朗,而桦树披挂洁白的衣裙,自是亭亭玉立。当它们一群一群连成片,就形成了浩荡的气势。

"吕警官,需要啥就应一声,我包送。"陈大勇讨好吕长樱,丢过来一盒烟。

从后面看陈大勇,可以看见他鬓角的白发,我不禁想起父亲。父亲不像姨妈那样每月来看我。姨妈说,父亲忙着他煤矿上的事儿,想多挣些钱……有道是"家有万贯,养不起一个劳改犯"。父亲每月只给我50元上账,我觉得挺好。姨妈偷偷塞给我的百元大钞,我坚决不要。我不需要。父亲在马良行身上砸了钱,这已是连别的群众,甚至野猪黄羊都心知肚明的事儿。

"你看啥?"吕长樱说着便神经质地去腰间摸枪。

我看见了动的东西。

陈大勇停车、熄火。

"在那一坨雪堆里——那儿!"我用没挎绷带的左手指给吕长樱方向。

"哪儿?"吕长樱看不见。

"那儿!那儿!我也看见了!"陈大勇兴奋地叫着。

"哪儿啊?!"吕长樱还是看不见。

在两山之间靠右的阳坡上。阳光反射很厉害。那东西在动,虽然幅度很小,依然可以看出来。

"是个大家伙!"吕长樱也看见了。

三个人下了路基冲向路边的庄稼地。这块地距离对面山脚下的清水河将近二百米，差不多是川道中最宽的地方。我挎着一条胳膊，动作甩不开，落在他们后面。

快跑到清水河边了，那个东西开始顺山坡向谷底滚动。滚了一截，停下，动一动又滚了一截，又停下……我们依次过了结冰的清水河，都有些呼哧呼哧地喘，踏上对岸山体的时候视角变窄，已经看不见那东西了，但可以听到那东西时隐时现的动静，已经滚到了谷底。谷底积雪最厚，我变换角度搜寻，那东西卷起一堆雪沫被埋没了，不见了。

"看清没？在哪个方位？"吕长樱问陈大勇。

"没看清，好像离咱这儿不到一百米。"陈大勇手里已经操着一截棍状的树枝。他向起伏错落的深谷瞄着，不无担心地说："不会是只熊吧？"

"熊是什么颜色？黑的，棕的，白熊那是北极熊，咱看见的分明是白的。一定是黄羊！"吕长樱自以为是。

我来到他们身边。

吕长樱又问我："你看见什么颜色？会是熊吗？"

"我……"我觉得那是一个人。这个念头令我心悸。再往里走，就会被峡谷和森林湮没。

"黄羊也不是白色呀！"陈大勇分辩说，"咱们这么大动静。不管那是什么，它早跑啦！……只有狗熊喜欢玩这种从树上跌下来，再滚下坡的把戏啊！"

"那咋能是白的，难道是个雪球？难道是北极熊吗？"吕长樱说着回望一下来路，突然对我警觉起来，"仁天木，你过来！"

吕长樱命令我抱住一棵碗口粗的松树，用随身携带的手铐把我铐上。

陈大勇本来是要回应"北极熊"的说道，看见吕长樱的连串举动，愣住了。

吕长樱打开枪机，向陈大勇甩了一下头，说："咱们走！"

"这……"陈大勇看着我，没有立即动身。

"走呀！"吕长樱催促陈大勇说，"等回来再把他放开，不然他趁机跑了你负责呀？！"

双手抱树，牵扯了右臂，波及到锁骨、肋骨，一阵阵剧痛向我袭来。刚才在医务所，在姜楠的身边躺着，她到处乱摁，也没这痛。

陈大勇点点头，三步一回头地跟上吕长樱。不一会儿，两人就消失在雪山丛林之中。

我怀里的松树是扎根于脚下的杂土和岩缝中的，它应该连带着地心的温暖，可是，我觉得自己抱着的是一根巨大的冰柱。我也不是第一回被铐住，手铐从来没有像现在这样冰冷、沉重。我仰面四望，才发现这里的松树、桦树、榍树，一株叠一株，远比平日在对岸看过来高大、粗壮，而它们连片成林又参差无序的浩荡状态，告诉我什么叫森林。在繁杂灌木的铺垫与协同之下，森林就是无处不在又团团围拢的迷宫和陷阱。迷失其中，被它们吞噬，也许是唯一的下场。难以想象，野鸡胡四十多年的历史中，有近二百群众从这样的地方脱逃。我后悔刚才任随吕长樱摆布，被他铐住。我应该当即向他发誓："我要是脱逃，我儿子不得好死！"

头上有动静，我浑身打战，失声叫喊。声音在很近的地方被吞吸，根本传不远。

是两只松鼠。它们一点儿也不怕我这个不速之客，它们大概吃腻了我怀中松树上残余的松果，想去别处换换口味儿，我挡住了它们的去路。

它们为什么不跳到另一棵树上？它们是可以从这一棵跳到那一棵的。在人类文明发轫之前，它们可以一棵树一棵树一直跳下去，从野鸡胡跳到后厚村，从秦岭跳到昆仑，从中原跳到边疆，从中国跳到外国，从亚洲跳到欧洲，然后再跳回来，也不用着地。

都说吃啥补啥，吃了松鼠变成松鼠岂不美哉？！

一只松鼠用爪子捋一下胡须，两只眼盯着下面的倒霉蛋。另一只在另一枝杈上盯着它的伙伴，可能是等待伙伴的决断吧。如果是两只豹子，那它们就该商议如何分解、分餐下面的美味了。

我想笑一下，跟松鼠打个招呼。枪声惊得我一哆嗦，松鼠也闪身不见了。

枪响是预料之中的事。可是，枪真的响了，还是惊得我魂飞魄散。

按照入监教育学到的常识，第一枪叫做"鸣枪示警"，如果遇到犯人脱逃的话。

枪声也惹起不远处的动静，动静很大，我看不见，也无法分辨是野猪还是黄羊在结队逃离这个是非之谷。我想喊叫，却紧张地牙齿打战，发不出声。

他们出现了。最先听到的是哭声，不是陈大勇的哭声。那就是吕长樱的哭声。难道吕长樱是朝自己的脚背开枪？枪走火了？

看见人头了。

是三个人头。

我感觉那东西是个人，果真是个人。是脱逃的群众吗？吕长樱会为群众哭泣？笑话。

吕长樱的哭声更加真切了。他边哭边说："我早说过，我们别无选择！我们别无选择！我们别无选择！"

吕长樱显然是对他背上的人说话。

"别无选择"是什么意思？好像是一个作文题。

中篇　175

"我们无路可逃，无路可逃，无路可逃！"

吕长樱背上的人也是政府。他身上扎着一条白单子，搭在吕长樱肩上的胳膊显然套着加厚的棉制警服。他的一只手肿得像俄罗斯黑面包。政府也脱逃吗？！

他们挨近了。

吕长樱背着的政府闭着眼睛，脸色青紫，嘴唇可以说已经是黑色的了。他的鼻孔向外渗着黏稠的黑血，由于曾经用手擦过鼻血，多半个脸已被弄脏了。一并参与毁容的还有许多不规则的伤口和划痕。

可以确定，我没见过这个政府。如果他真是野鸡胡的政府，是吕长樱的战友，他一定属于另外一个分监区。

披在他身上的白单子中间的字迹虽然褪了色，但依然清晰可辨——"七分监区伙房"。

还有丝丝的热气儿，从这个狱警的鼻孔中游出来。

经过我身边，陈大勇上前拦住吕长樱，说："我来背，你快给仁天木把铐子打开！"

吕长樱一屁股坐进雪窝，骂着："打开打开，打开你妈呀！打开你妈呀！打开你妈呀！"鼻涕淌进他的唇角。

我不明白吕长樱为什么从深谷回来总是重复同样的话。我见过贺景龙像女人一样难看的哭相，吕长樱哭起来竟然与他的长官如出一辙。难道警校对此有过专门训练吗？我们后厚村，只有女人才当街坐屁股墩、撒泼。后来我明白，放声大哭，耍性号啕，像孩子一样声嘶力竭，是自以为拥有某种权利的象征。

陈大勇扑上去，在吕长樱的身上摸出钥匙，为我打开铐子。吕长樱赖在雪地上，号啕大哭，双手乱舞乱抓。一眨眼，手枪就又操到他手上，还在乱舞。他会对着自己的太阳穴开枪吧？！

陈大勇再扑上去抢枪，大叫："飙驴啦！"

枪被甩向空中，落进雪窝子，一下就不见了。

陈大勇动作麻利地背起那个奄奄一息的政府，对吕长樱说："快点吧，他可能还有救！"奔出去丈把远，又对我说："把枪捡回来！"

找枪费了一番工夫。

我在开阔地的半途追上他们仨。吕长樱忽然转向面对我，哈哈大笑。"你拎着枪干什么？！你想一枪崩了我是吧？！来啊，有种朝这儿打，打不准是孙子！打啊，打啊，你打啊！"

我一点也不觉得吕长樱的神智出了什么问题。我认为，吕长樱这样的政府，一旦哭出声来，就好似进入了时空隧道，从咽喉和口腔发出的哭声，经过空气的氧化和回旋，转变成无形的时空倒推器的巨大能量，一部分拍击在他的后脑，令其发蒙失去理智，另一部分兵分两路，倒贯入耳，彻底挤压时空，令他回到童年。

孩子还小，我们不能苛求。

吕长樱像电影里被捕的地下党，面对叛徒的枪口，扒开胸襟，大义凛然，裸露的胸膛腾腾地冒着热气儿。

"你打啊！"

十七　冤案

牛奔。

曾经与吕长樱在省城警官学校一起进修的、一同喝酒唱卡拉OK的、共同认同"没有爱情的婚姻是不道德的"、推掉了家乡和同事中的热心红娘介绍的十几个姑娘的、年届三十四终于等到了中学时代的初恋情人离婚的消息并成功地将这位已经是一位十二岁男孩母亲的初恋情人揽于怀中的牛奔，本来与他的爱人约定，春天的时候，山外的槐花和野鸡胡的香紫苏盛开的时节领取结婚证。

牛奔死了。

　　　啊——亲爱的战友，
　　　我再也看不到你雄伟的身影、和蔼的脸庞；
　　　啊——亲爱的战友，
　　　你再不能听我弹琴，听我歌唱！

电影《冰山上的来客》中的这首歌常常从武警战士的营房里飘出来。它飘出来的时候，被杨小帆咒为"哀乐"，被"二胡"定性为"强迫性悲哀"。

姜楠应该是为牛奔作出了准确的诊断，并以最快的速度挂起葡萄糖，亲自将输液针扎进牛奔手背上的血管之中，这是监狱长和几个副监狱长才可以享受的待遇。曾几何时，牛奔受了风寒，发烧，来医务所输液，他嫌年轻的护士手法不够细腻，请姜楠亲自为他扎输液针。也许牛奔只是与姜楠调侃一下，因为年轻的女护士长

中篇　177

得很水灵，被大家唤做"白鸽子"。姜楠白了牛奔一眼，吐出两片瓜子皮。说："你以为你是监狱长啊！"

当时，在场的人都笑了，牛奔也笑了。牛奔说："监狱长咋？监狱长是肉长的，咱也是肉长的啊。"

姜楠眼睁睁地看着牛奔抽搐着，停止了呼吸。

牛奔是两天前的晚上与吕长樱等战友一起喝酒之后扯下伙房的门帘，撞向夜幕之中的。他越过了川道，爬上了对面的长坡，进入丛林。他喝高了，几个战友都喝高了。他在丛林中转了50多个小时，终于看见了熟悉的川道，看见了公路，看见了公路上的三轮摩托。

"对不起！"泪水从姜楠精巧的眼窝中滚出来。也许，姜楠是想起了那句玩笑吧："你以为你是监狱长啊！"

牛奔最终死于食物中毒。他被蝎子草和毒蘑菇侵害了身体、夺去了性命。

那天晚上，我竖起耳轮中的每一根汗毛，不放过任何一丝从暖气管道透过来的声音。中间，"二胡"竟然哼起秦腔《卷席筒》，我吼道："你他妈飙驴啊！"即使"老贩"在，我也可以当号舍的红头老大，只是我很少耍威风。

牛奔出走失踪的那个晚上，吕长樱、牛奔和另两个同在省城进修过的战友在七分监区的伙房喝酒。席间，牛奔宣布了自己将为爱情结婚的决定，他们高兴，频频举杯，轮番唱歌。没有麦克风，没有音乐他们也唱得公驴一样欢。他们唱《送战友》、《小白杨》、《咱当兵的人》；他们也唱《一条大河波浪宽》《小城故事多》《二十年后再相会》《月亮代表我的心》。后来他们开始高谈阔论，说起野鸡胡的克山病、历届的四任监狱长之死与"疯子"华子良的关系，华子良究竟是法国人还是德国人，华子良是疯子吗？种植香紫苏究竟有多大利润，两年前的不明飞行物，那叫UFO吧，还有野鸡胡的蛇到底是八十万条还是一百六十万条，还有童子沟的鬼怪，结论是鬼怪是不存在的，鬼怪只在每一个人的灵魂深处。那鬼怪要是脱离了肉身呢？那不就四处游荡了吗？那就得先说灵魂，是不是在肉身之中了。扯淡！他们又说到人生与选择。选择就像生或者死一样，是个问题。是我们选择了命运，还是命运选择了我们？牛奔说我们当然要做命运的主人。吕长樱说屁！你别无选择，你别无选择，你别无选择！又说："你想爱人吧，你现在想抱她吧，你没门儿，这就叫你别无选择。"

牛奔说："呸！我现在就抱来给你看看！"

牛奔出门了，出门的时候，手抓住了门帘，门帘裹住了他的身体……

剩下的三个光棍哈哈大笑。

剩下的三个人嘴巴不停，他们好像还说到了警衔、国家公务员、市民、农民，结论是："咱们他娘的就是一群农民！还不如农民！农民多自在啊，没人管，没纪律，种子一撒，就等着收割了，咱他娘的成天是这指标那指标，这禁令那禁令。脑袋别在腰上，心脏搭在脖上，唉，连那群猪（群众）都不如。他娘的顶好算个饲养员，专门喂猪的饲养员！养猪啊，咱容易吗？！"

另一个纠正说："呸！咱要是个饲养员还可以杀猪卖肉。你敢杀一头我看看——咱他妈的是囚犯！那群猪是有期徒刑，咱是无期徒刑。不但咱无期，子子孙孙都无期！"

天麻麻亮了。

牛奔呢？

活不见人，死不见尸。有人说那天半夜看见一个狱警搭上了林场的一辆拖拉机。吕长樱几位战友笑道："想媳妇想疯了，重色轻友！"

监狱长拍着桌子说："三日内不归队，给他记大过！越来越放肆。"

牛奔迷失在丛林之中。

如果吕长樱和战友们确认牛奔的去向，监狱长应该会动用一切力量，包括各分监区的狗对山林进行拉网式搜索。

  当我永别了战友的时候，
  好像那雪崩飞腾万丈！

之后的几天，贺景龙与马良行罕见地同时值班。贺景龙骂抱着酒瓶的吕长樱，说："我就死看不上你们这些扎势玩儿情操的货。要爱情，不结婚，你们他妈的知道屁是爱情。生个孩子就剩下柴米油盐，就剩下洗尿布喂奶发愁，孩子吃喝拉撒你得愁，孩子一天天长大你得愁，孩子上学……他姥姥的你说咱那学校还算个学校吗？！"

"就你老婆那闽南苦瓜相……你当然不知道什么是爱情。"

"你说啥？！你再说一遍！"

"我说你……"

马良行在恰当的时候隔开贺景龙和吕长樱。"行啦，行啦，你们还要打起来吗？"

"今后不许喝酒！"贺景龙吼道。

吕长樱的眼白布满了血丝，吕长樱笑了，说："你说的！你要是喝了是我孙子！"

贺景龙要发作，被马良行推出门外。马良行说："贺头，你就回家吧，这有我呢，你就让小吕晃荡几天吧！他不是难过嘛。你走吧，走吧，这我负责。"

贺景龙走了，麻将牌响起来。

其实贺景龙不走，麻将声也会响起来。前些年，贺景龙新官上任，在四分监区颁布了好几条禁令，但是经不住时间锲而不舍地打磨。不许喝酒吧，他自己都憋不住，不许打牌吧，几个监狱长天天围在牌桌上……

"姜楠说，要是有直升机，牛奔就不会死啦……"吕长樱自言自语。

打牌的人不管吕长樱，随他发泄。

"我真蠢啊，我竟然相信他是只熊啊……"这类话吕长樱说了很多遍。

有人不耐烦了，说："给医务所打个电话，叫陈大勇送点安定过来。"

贺景龙出了值班室的门，并没出监区。他拐到禁闭室门口，悄悄把看守"老贩"的小哨叫到号舍这边，问情况。

出了一些事，可能许多政府，包括马良行，都忘记了禁闭室的"老贩"了。贺景龙没有忘。也许马良行也没忘，只是贺景龙插了手的事，马良行几乎都甩手，省心。输液、强制喂食、软硬兼施哄他吃东西。"老贩"依然活着，他体弱气虚，已经折腾不动了。

贺景龙一定不明白，这范伟是真的不想活吗？他反复审看范伟的档案：父母双亡，一个姐姐在深圳，妻子离异，还有一个九岁的女儿。判决书上说，"老贩"是"第二次贩毒"，第一次三四克，判了三年；第二次，也就是这一次是三十九克，判了十九年。这个世上，只要有一线希望，一点寄托，谁会自杀呢！老婆离婚在犯人中是家常便饭。"老贩"真的这么脆弱吗？

贺景龙决定主动联络"老贩"的姐姐和前妻。

班前会上，贺景龙强调了范伟生死的重要性。它不但关系到四分监区的监管质量、年终奖金，更重要的是，关系到政府在犯人面前的形象和威信。如果我们治不了他，他就会成为其他犯人的榜样，就会出现两个三个、十个八个李伟王伟和别的什么乱七八糟伟。现在，趁春忙还没开始，我们要集中精力、群策群力，攻克这个难关！马良行提议让我去做做"老贩"的工作，理由是，头一次"老贩"吞钉子，后来又进食，就是我在其中起了作用。

"你怎么不早说？！"贺景龙抓下头上的棉帽，露出列宁头。

"早说？"马良行点上一根烟，说，"哪有工夫说！"

"那……"贺景龙想说"那你打牌就有工夫啦"，他忍住了。监狱长几次告诫他要"团结同志"，要"提高领导艺术"，不要什么事儿都抓帽子、发脾气。人说"有能耐不如有好脾气"是有道理的。

"那好吧,咱们双管齐下,你去叫仁天木试试,我这边找人跟那两个女人联系。我有言在先啊,能转变范伟,嘉奖相关人员。那个仁天木如果真有那能耐,给他记功加分!"贺景龙戴上了他的棉帽。

"加多少分?"马良行追问。好像他自己就是即将获得奖励的犯人。

"一千——就一千二吧!"说到这儿,贺景龙怔了一下,马良行的态度令他疑惑。他又补了一句:"那仁天木是多少年?"

"好像是十四年。"马良行装糊涂。

"是十四年。"旁边有人确定。

贺景龙舒口气儿,说:"哦,那就这样。"一副生怕我减了刑就飞走的样子。一千二百分,是一年的"理论最高分"。表现得好,必须一年再三四个月才可以挣得,看来,贺景龙是摊"血本"了。这相当于军警们立了"二等功"。

我能猎获几乎是不可能那么多的关于政府,甚至外面世界的信息,多半要感谢那个废弃的、漏风的暖气管道。信息往往是时空混乱的,需要进行"非线性"编辑、组合,才能还原。这对我来说,不算太难。因为我有的是时间。

马良行跟我说了"老贩"的事,对我提出了要求,交代了任务,但并没有提及奖分儿的内容。

我迟迟没有表态。

马良行盯着我,说:"你是不想干还是干不了?!"

我是担心干不了。本来马良行就说我"马尾穿豆腐"。这次一旦失败,我在他心目中可能就会变成"豆腐渣"。

"厨师"金大江做过生意,他常说"利益和风险总是捆绑在一起的"。

马良行见我打蔫,叹口气,不得不鼓励我:"如果你能让范伟放弃自残,恢复正常的改造生活,我保证给你加分——加六百分!"

少了一半?!

我抬起头,说:"我试试。"

我建议让"二胡"和"美人"协助我"工作"。

禁闭室中,"老贩"被固定在一张硬板床上。他已经瘦得走了样儿。床板的中间掏了个碗大的洞,洞下面有一个盆子,"老贩"的屎尿就从那洞口排泄,如果他能屙出来的话。

天天扎吊针输液,"老贩"的两只手背上已经找不到可以顺利扎针的地方。由于药液渗漏,手背几乎完全成青紫色,而且鼓得像两个黑面馒头。为"老贩"扎针的并不是姜楠和她手下的"小白鸽"们,而是略知医道,经过短暂培训的群众。

中篇 181

零下十几度的气温，仍然冻不住禁闭室的恶臭。

我吊着膀子站在一旁，看着那个群众在"老贩"的脚踝处扎针。这个护士完全是兽医的做派，嘴里还哼着港台流行曲。

"二胡"见到"老贩"的惨状，抱住他的头，哭出声来："范哥，范哥！你，你……"瞎子阿炳拉出的二胡声，跟"二胡"的哭声十分接近。马良行说过，二胡那玩意儿就是哀乐的专用乐器。

"老贩"的嘴唇动了动，好像是要说什么。

"你不嫌臭？！"护士龇着满口黄牙，抬起了身体。

"二胡"第一眼见着这个护士，就想掐他脖子，听见他张口，就真的扑上去掐了。"你妈被野猪操啦！你这畜生！范哥全是你害的！你害的！你害的！"

吕长樱的语言方式传染到"二胡"身上了。

接下来"二胡"要是说："我今天掐不死你就不算人！不算人！不算人！"就差不多可以跟吕长樱上联对下联了，只缺一幅横批。横批给个"同在野鸡胡"不知道他们两个是否苟同。

我掰开"二胡"的手。

"二胡"十分震惊地瞪着我，他不明白我叫他一块来这儿，葫芦里究竟卖的什么药。也许他认为我想救"老贩"，跟他是一伙的，但面对"老贩"的惨状却无动于衷，还帮这个黄牙护士。我也不知道。我好像只是想看看"二胡""老贩"这两个"城里人"是不是"老乡见老乡，两眼泪汪汪"。果然。

我有点嫉妒他们的哥们儿义气，我咽口口水。

我按照设计好的方案执行：叫"二胡""美人"搬来一个蜂窝煤炉子，在禁闭室中开起小灶。

厨子金大江撇下了大灶的工作，专门为我们炒菜。菜炒好了，我们也不吃。我们没有享受这种待遇的资格。主要目的是把炒菜的声音和味道留在禁闭室，刺激"老贩"的味觉、嗅觉、听觉，帮他回忆人世间的种种美味儿。炒好的菜端给值班的政府了。马良行值班。

鱼湘军、马良行和另两个政府对金大江的手艺赞不绝口，说这猪要是出去开个餐馆，准火。

我们吃面条，臊子面。热气腾腾的臊子面，吸溜吸溜地吃。

"二胡"吃不下去，看着我和"美人"贪婪地猪一样吃面，想掐我们的脖子，但他知道弄不过我，知道我是有马良行撑腰的。

"二胡"似乎是顺理成章地劝"老贩"，说："大哥啊，你就喝口面汤吧。这样不是生生要我的命嘛，跟他们这些没心没肺的畜生较劲没意义啊。留得青山在，不怕没柴烧啊。你就吃一口，喝一口吧。奶奶的，我要是女人，嫁给你，绝不会背叛的。要是可以，我去做变性手术也行啊。"

我把面条喷到"美人"的脸上。

"美人"跳起来，哈哈直乐，他知道我是听了"二胡"的表白忍不住了。

"二胡"突然伏到"老贩"脸前。

"老贩"说话了。

我摆摆手，让"美人"安静。

"你出去。"

"老贩"指着"二胡"说，声音细微。

"二胡"不相信。他看看我，又看看"老贩"，说："我出去？！"

"老贩"点点头。

"二胡"边撤边回头。

"他也出去。"

"美人"用手指指着自己的鼻尖，说："我吗？"

"老贩"点点头。

"老贩"要和我单独相处，他要和我谈一谈？初见成效。

我紧张起来。我紧张不是因为害怕，而是那种单独面对一个垂暮者的本能和一点儿担心，我担心弄不好将来"老贩"真的死了，我担什么责任。

"老贩"凹陷的脸像两个巨大的酒窝。"老贩"扯动了一下唇角，我看着像是一个笑容。这是"回光返照"吗？

我感觉到"美人"叫来了马良行，他们就在门外面偷窥、监听。

"你想叫我死吗？"

我……

"我死了你高兴是吧？！"

我，我，我……

我觉得身上的鸡皮疙瘩麦浪一样滚来滚去，我也像"二胡"似的，不相信自己的耳朵了。我的那一点担心被猝然放大，变成了一种惶恐。

"上次我吃了芹菜，是给你一点面子。"

"老贩"眼睛几乎是睡着的闭合状，但闭合得不严。我知道他眼皮后面的瞳孔在盯着我。他的声音细如游丝，拐着弯儿，扭着旋儿，在昏暗的禁闭室屋宇中绕来绕去。

我晕。

我紧握双拳。

我手心汗湿。

"你为什么不说话？！"

我……

"你把自己当王子了吧？"

"停！停一下！"我说话了。

"老贩"的眼皮张开了。

我不知道接下来说什么。这一刻，我似乎拥有了无限阔大的话语权，但我却不知道如何使用。我想说："你扯什么淡！架不住老婆离婚，没出息，懦弱，要自决于人民，关我屁事！"但是，有个声音像啄木鸟一样咚咚咚地敲着我的后脑勺，好像在说："不！不！不！"

"要是马良行不叫你来，你自己会来吗？你好像很吝啬言辞啊。你是不会说话，还是不屑于跟我说话？"必须大喘着气，"老贩"才能说这么多话。

我看着"老贩"的眼睛，我试图在这双眼睛里面找到他话语的注解。显然，虽然我智商低下，但我已经强烈地感觉到"老贩"在抱怨我。

我做错了什么？

我并不想"老贩"自残绝食而死。"老贩"和"二胡"还有杨小帆那个"假洋鬼子"歧视我们，说我们是农民，但我因此就会咒他早点死去吗？我咒过吗？我咒过吗？我咒过吗？

好像"老贩"是这样认定的。

我……我……我……

"我会说话。会说话。会说话。"

"我知道你不是结巴。那你说，说得好我就吃饭。"

"我……我……我……"

我不敢相信事情就这么简单，我更不敢相信，这么简单的事我竟然干不了，什么叫"说得好"啊！

我说什么呢？

我从何说起？

我……

"我冤枉……"泪水同话语一起冲了出来。我想起"老贩"吞钉子的那个夜晚，想起他吞钉子之前与我的对话。他是想跟我聊一聊，而我没有响应。

"老贩"别过脸去，似乎不屑于看见我的鳄鱼泪。

我蹲下去，双手捂住脸，泪水不停地往外涌，好像我的眼窝后面是个漏了的自来水管子。

怎么会是这样呢？

"请你帮我擦一下脸。"好一会儿，"老贩"才把我拉回来，他说。

我站起来，找到一块毛巾，为"老贩"擦脸。"老贩"的脸上也满是泪水。我擦着，泪水还在往外渗。我只好再擦一遍，再擦一遍。

"我需要，一个朋友。"

"我知道。我知道。我知道。"

"没有朋友，我宁可死！"

"你是说我吗？我做你的朋友吗？！"

"老贩"不吭声了。

我觉得说话流利多了。我说："你是说我们可以做朋友吗？你是说'二胡'和杨小帆他们都不行吗？你是说非得我才可以做朋友吗？你是等着我答应你吗？我跟你说，没问题，只要你吃东西，只要你活下来，你活下来，知道吗？要我怎样都行，怎样都行，怎样都行，就是做变性手术也行……"

"老贩"的唇角抽搐了两下，说不准是想笑一下，还是想说话。他挣扎着身体，要下床。

《宪法》和后来出台的《监狱法》都没有不许犯人交朋友的条款。马良行听到了我与"老贩"的对白，他也不反对，也没有提出异议。我把姨妈送来的奶粉、麦乳精和复合维生素都拿出来，还用我账上的几十块钱，在分监区的供应站买火腿肠和卤鸡蛋。每天冲一杯奶粉，两片复合维生素，外加三根火腿肠和一枚卤鸡蛋侍候"老贩"。麦乳精下午一杯晚上一杯。除此之外，我还可以从陈大勇那儿弄些熟肉食品，鱼罐头肉罐头之类的营养品。十五年之后，我在剧组风流，有个叫"眉眉"的女演员说，她就是这样喂她的叫"眉眉"的宠物狗的。

马良行说事成之后奖励我六百分，他把贺景龙的承诺打了对折。事实证明他是正确的。他了解贺景龙。班前会上讨论对我的奖励。马良行说："不都是说好的吗？！还有啥讨论的！"

有政府说就那么扯了几句闲篇，就算立功了，就给一千二太便宜了那个仁天木，贺景龙马上表示赞许，说："那就给六百吧，不少啦！"马良行在我面前依然响当当，硬邦邦，他从来没有对我说什么一千二之类的事情。高。这，大概就是贺景龙只能当一个分监区长，而马良行后来跳着级升任副监狱长的缘故吧。

经过一个多月的调养，"老贩"恢复了元气，恢复了正常的改造生活。在这一个多月的时间里，我们并没有天天促膝谈心。但是，我们已经互相知根知底。有一个秘密是打死也不能告知第三者的："老贩"是被人陷害顶罪的。

"为啥不上诉？"

"就这么认了？"

"你主动提出跟老婆离婚？断绝与妻子的关系与姐姐的往来是为了保护她们？"

"她们都爱你？"

"她们受到过威胁？"

"这么黑啊？"

是的，"老贩"说他要是没有一个值得信赖的朋友一吐为快，他会憋死的。在看守所，他被人打折了腿，曾经自杀未遂。那之后他就绝望不再申诉，不再喊冤。"老贩"还说，你可以不相信，但绝不能泄露给第三者。否则，我的小命会在一场意外中呜呼。

我不相信。我不相信的是陷害他的人还可以到监狱里来杀他。

不相信的事情接连发生。先是医务所所长姜楠要我去复查身体、验血、取精。我乍以为她是要将精液当大补液喝掉。接着厨子金大江居然脱逃，他可是还差一年半就刑满的人哪。通常，刑期剩下的时日越短，在政府那里的信任度就越高。监墙外面喂猪的、烧砖的、做豆腐的、开拖拉机的等等"外役"都是这样的群众。他们有的甚至住在窑上，自己做饭吃。金大江表现不错，眼看再减一年刑，重获自由是指日可待啦呀。

奇怪。

吕长樱就不明白，金大江被判定钻入了丛林，几十个狱警，几十名武警，上百杆枪，几十条狗，硬是没有追回来。后来在各外围山口埋伏，在他家和他亲戚家蹲点的，也是空手而归，金大江会死在丛林中吗？根据以往的经验，回答多半是否定的。

想想森林中的情形，想想金大江肥胖的身体，他不是活活去给野生动物送美味么？我无法相信他可以安然钻出迷宫一样的森林。

金大江脱逃不脱逃，死还是活，与我无关。可惜了他一身手艺，虽然我们吃不上他炒的菜，但隔三差五地闻闻那油香调料味儿，也是可以享受一点臆想中的愉悦的。

伙房的一个打下手的群众悄悄告诉我，金大江是"被逼上梁山"的。

"扯淡！"我挥一下手，"他能有啥冤！"一说冤，好像千八百的群众都冤，政府都是吃干饭的吗？！法官没事吃饱了撑的就制造冤案？！

要说冤，我被姜楠生生取精算不算？

姜楠把我当做一头种驴。

姜楠借故为我验血，就取我精液。

就算骨头断了，验血也是驴唇不对马嘴呀。

就在医务所里面的那间治疗室。姜楠让我解开上衣，又解开裤带。我迟疑了一下，她就自己上手，说："这是命令！"

命令！

姜楠绷着脸，尽可能把政府注射在她体内的威严显现出来。不过，她绷脸的样子并不如她自己期待的那么凶恶。

美国人说："为什么不呢？"对呀，我为什么不服从这个女人呢？我不是佩服她么？不是好几次手淫都想着她的白脸白屁股吗？她在为我的身体操心，在检查我的身体，她就是叫我脱光了也没什么大不了。她就是操刀的外科大夫，要解剖个人体给学生看，我也愿意，至少我是为人类了解自身的伟大事业作出了贡献！再说我又没什么身体缺陷可供讪笑。

我服从命令。

我躺着。

我看着姜楠那张近似观音的脸，看着她的精致美丽的眼睛。观音嘛，使命就是造福一方，重点是给怀不上娃的人"送子"。所谓"送子观音"嘛。

例行检查的动作，跟头一回几乎一样。

姜楠的动作和程序一样。

医务所的福尔马林并掺杂川道草木泥水的气味和姜楠身上的体味儿也一样。

姜楠紧张而短促的呼吸中弥散着一股屎骚与脂肪混合的气味，这些气味花枝招展，打扮得像个好消息。医务所斜对面的公共厕所蹿出来的氨气，附近狱警家属院豢养的鸡狗家禽味道也推波助澜，还有太阳晒着深沟积雪的味道，它们蜂拥而上，为姜楠蛇一样的手鸣锣开道。华子良喜欢与蛇为伍。

姜楠的动作该结束了，却还在继续。

"我可以让你一年休息三百天。"这个女人面无表情地说。她觍着脸跟我谈交易。这不算交易，这纯属强买强卖。后来我去二十一沟监狱美美收拾了一个因欺行霸市而入狱的群众。

现在，我才感觉到可怕。我不知道还会发生什么事，我有点儿上齿磕下齿。

我应该想到姜楠的行为是蓄谋已久的，从她第一次见到我就开始了谋划。而我就是想到了也无法预防。

"你的骨头已经长好了，你现在很健康。"

我的脑袋好像机械齿轮中搅进了沙子，嘎吱嘎吱地响，运转不灵。

"穿好衣服！"

依然是命令的口气。

这是个什么样的女人？性虐狂？她要精液干什么？做试验？寻找中华祖先的DNA？她妹夫精虫坏死所以取我的精代替？

还会有下一次吗？

十八　山火

我走出医务所的时候，双腿发软，老是想停下来蹲着。可能少女被强奸之后也差不多是这种感觉吧。

我被强暴了。

我身心受到摧残。

我的脑袋出问题了。

那种问题被心理学家称做"心理阴影""心理障碍""心智受损""心辕意马""心慌意乱"。

我闷着头朝回走，走啊。快走吧。我不敢抬头看人，就像一个被扒光了衣服的女人那样害羞。

"啊——"

随着一声怪叫，我眼前出现了一条大张着嘴巴的花蛇！

我有理由蹲下了。

是华子良。

华子良似乎是蛇一样埋伏在路边，专门等着我的出现。就是从这一刻开始，我感觉，甚至认定华子良与姜楠之间准有某种关联。我的感觉后来被印证了。

华子良胳膊上缠着一条蛇，脖子上绕着一条蛇，衣领处还露出两个蛇头。不知道贴着他的身体还有多少蛇。

蛇，蛇，蛇，曲颈向天歌。

项家老三项帅,幼时曾光身缠着蛇,憋着气儿,憋得满身发紫地回家。如果项帅见到华子良眼下的情形,谁拜谁为师呢?

"走开!走开!"新警蛋子一定是对华子良略知一二,他并没有拔枪。

我说不上怕蛇还是不怕蛇。蛇身上的花纹充满悬疑,难怪有人用它形容女人。

清明已过,冬眠的蛇都醒了。也许与清明无关,而是被"蛇爷爷"华子良唤醒的。华子良一个人住在半坡上一排废弃的窑洞中。

除了冬天,孩子和女人们都不敢接近华子良的居所。因为人们都说华子良是用99条活蛇当褥子垫,用99条活蛇当被子盖。据说华子良肝火极旺,常常浑身发烫,必须用冰冷的蛇来降体温才舒服。他住的那排窑洞,曾经是野鸡胡第五任场长的办公室兼卧室。据说那位野鸡胡当年的一把手那些年手中的权力失控,权力失控他就着急,着急他就乱说话。他说:

"华子良在十年不遇的洪水中救一名女狱警,表现了一个犯人的仁爱之心,应该表彰。"

胡说八道!华子良分明是趁着洪水来袭,趁着人心涣散,乘机摸女人,耍流氓!那位女政府也说宁可死,也不能让犯人玷污了自己圣洁火热的红心。不惩罚华子良就罢了,还想嘉奖?呸!做梦!痴心妄想!

那场长就被关起来了。

就关在他自己的办公室兼卧室中。

华子良闻讯之后,以绝食抗议,结果被暴打一顿,关了禁闭。待华子良从禁闭室出来,那场长已经死了。他是自己用砖和泥浆把自己封在窑洞中的。他死后,当时的监狱革委会在窑洞口开了批判会,说他"自决于人民,是改造不好的走资派"。

野鸡胡许多许多拐弯山坡上,随处可见废弃的、用砖泥封住但却在时光的长河中又塌去了半边的窑洞,它们像森林中的参天大树和岩石一样,几十年都不会被人关注、触碰,即使被人想起,也是因为偶发、突发的事件。

后来华子良被平反昭雪,政府给他发足了路费,请他回家,并告诉他还有好多年累攒的工资在原单位会计室,等着他回去领。

华子良拒绝回家。华子良砸开那个窑洞。华子良抱住那位场长的尸骨——有两条蛇与那位场长为伍——华子良浑然之间把蛇也一并抱在怀里。蛇是活的,华子良觉得老场长也没死。

人们听到那窑洞中不断传出笑声。

政府不能眼看着一个刚刚被平反昭雪的同志再饿死在老场长的尸骨旁。政府岂能见死不救？政府采取了强制救治措施。所谓强制措施，与对待自残后的"老贩"的情形基本类似。

华子良活下来了。但谁也没有办法把他引出野鸡胡。强行运了几回，华子良都是唱着歌、吟着诗徒步回到了那个窑洞之中。不过，华子良唱的歌、吟的诗，包括说的话，多数都是半截子。

大致如此吧。关于华子良还有另外几个版本，一种说法是华子良本是高干子弟，因父亲"站错队"被株连入狱。还有种说法，说他原是法国海盗，在中国海域犯案，被中国政府判罪入狱。本来在南方某监狱服刑，华子良吃不惯大米，耐不了湿潮，浑身长癣，脚气快烂掉了脚趾头。政府本着人道主义精神，商议把华子良押往北方监狱。北方有很多监狱，去哪儿呢？不能便宜了他，送野鸡胡！

可见，野鸡胡在几十年前就声名远播，令南方都另眼相看，格外敬重。

现在华子良的模样和披挂，谁也分辨不出他是中国人还是外国人，是亚洲人还是欧洲人。叫他"蛇人""疯子""蛇老爷"的都有。

一个法国人，为了中国人民的监狱事业，不远万里来到中国，先是入驻南方，后来辗转野鸡胡，这是什么精神？

龟蛇静，
起宏图。
一桥飞架南北……

华子良边朗诵边把手中的蛇弓成一个桥状，在我脸前戏弄。

"你知道它们为什么屈体成弧吗？哈哈，它们喜欢你的屁股！我告诉你一个秘密，这个秘密有关我们国家和民族的生死存亡：人类已经改变生殖方式，改胎生为卵生。你生下来的时候其实是个蛋，是个蛋噢！你母亲很生气，抓起来投出去，蛋落在石头上，这叫以卵击石！哈哈，傻小子，横看成岭侧成峰，远近高低各不同……"

我得承认，华子良念诗的声音非常悦耳。可我不明白这"蛇老爷"为什么要纠缠我。我咬牙切齿，把华子良与姜楠联系在一起。

姜楠不是一条华子良豢养的化成美女的毒蛇吧。

返青的草木随风摇曳，我看着都像是竖立起来扭动舞蹈的蛇。"风声鹤唳，草木皆蛇"！

据说，华子良居住的窑洞中还有四件春秋时代的文物，那是那位"自决于人民"的场长的陪葬，老场长一生酷爱收藏古董。多少人对那玩意儿垂涎三尺，却没有一个敢向几乎被蒿草埋没的洞口迈进一步。

"举杯邀明月，对影成三人。我要建一条缆车，从野鸡胡一下子滑到凯旋门！这是一个跨世纪的工程，要像愚公一样，祖祖辈辈干下去，没有你这样的年轻人如何为续呢？这就像种族、家族，遗传基因，哪一样也少不了你啊，同志啊，革命战友啊……"这些话跟姜楠强行取精似乎存在某种关联。

如果不是吕长樱牵着大狼狗出现在后面，华子良大有不把我弄进他的蛇窝不罢休的气势。

"喔……回家喽，回家喽……"

华子良把手上、脖子上的蛇塞进怀里，用手护着探出来的蛇头，还用舌头舔蛇的嘴。他转身跑了，消失在半坡的土路中，像担心自家的孩子被狼叼了去。我现在明白为什么老犯们说野鸡胡的狗不拿耗子，也不拿松鼠，专拿蛇了。

新警蛋子向贺景龙汇报了姜楠所长的指示："骨伤未愈，再休仨月。"

贺景龙皱起眉头，他上下打量一下我，说："你自己觉得好了没？"

"报告政府，我……"我很想说姜楠扯她爷爷的淡。

"好吧，没关系，你就在伙房待着吧，能帮把手就帮，帮不上就还是送饭。"末了，贺景龙捡了句好听的话，说："我看你得闲就看书，好，好啊。嗯，我跟伙房交代一下，叫金大江给你炖骨头汤、吃病号餐。"

新警蛋子拽了一下贺景龙。贺景龙反应过来：金大江已经脱逃了，野鸡胡人都知道。

金大江是前几天给旁边的武警营房中的麻将桌送饭之后脱逃的。按相关规定，武警不能进入监区，他们的排长、连长、指导员之类的要打牌，常常凑不够腿子。这时，他们就会叫上副监狱长，马良行等人。

金大江余刑所剩无几，表现又好，早已是政府们"最信任的人"当中的一员。进出监区大门，只是走个形式。

那几天那个麻将桌连夜鏖战，金大江连夜送夜宵。第四个晚上，金大江送完夜宵就再没有返回监门。事后在监门值班的政府和小哨都说："好像看见他进监区了。"

金大江脱逃一案牵连到一个管生产的副监狱长，武警的副连长和指导员，他们都受到降职处分。马良行命大，头两天晚上他还在麻将桌上，出事的那天晚上他抱着老婆在家睡大觉。不过，马良行对金大江"胆敢脱逃"异常愤怒，他主动请缨，参与追逃。

贺景龙支走了我，我听到他在我背后自语："马良行他们也不捎个消息……"

后来我得到的综合情报是：金大江急于回家，他的亲属春节之后带来了钱，金大江给马良行塞了一千块，要求赶上三月份的减刑。这样，夏天的时候，他就可以刑满回家了。

减刑大会开过了。没金大江的名字。

金大江很生气，想着减不成就拉倒，反正再待一年多，他就找马良行讨要那一千元，马良行答应退钱，说钱给老婆抓药了，等凑够了，过几天退，金大江也就安下心来。

金大江突发脱逃恶念，缘于武警营房的麻将桌。他看到马良行他们打麻将，打得很大，一会儿工夫就是几百的进出，他认为马良行分明是有钱不想还。

"龟儿子！"金大江的老家在秦巴山地，语言特色接近四川方言。他蹲在门外的窗下，呼哧呼哧地喘粗气儿。

冲进场子大骂，或者抓住马良行痛扁，金大江还得找熊借胆才行。

次晚，金大江送完饭又蹲在窗下喘粗气儿，正巧马良行出来小便，金大江起身上前搭话。

马良行一惊，说："狗日的，你吓死我！干吗干吗？！"马良行性急的时候，常常会把话语的一部分变成醋溜京腔。比如这个"干吗干吗"。

金大江用最低的音量说明自己的意图。

"霉气！我就说咋这么背，他娘的原来是你在这儿咒我哪！"马良行极不耐烦，他踢了金大江一脚，"滚滚，快滚！"

金大江滚了。

第二天白天，金大江看见马良行在监区大门口跟小哨说话，就奔过去。但是，马良行好像故意躲着，闪身就不见了。

金大江怒了。

金大江手下的伙夫回忆说，金大江刑满在望，心情好的时候，还念诗呢，念的是"君问归期未有期，巴山夜雨涨秋池"。但出事的那天，他居然没说一句话，吃的特别多，老是仰脸看天色，把家人的几张照片和一个本子，还有两大块烧饼、一瓶辣子酱塞进怀里，天没黑就备好了夜宵。那伙夫说，如果能弄来毒药，金大江肯定会下到夜宵当中的。伙房的菜刀都是柄上打孔，拴在铁链上的，不然金大江肯定会"拔刀相向"。

也许，金大江那晚在麻将桌上再次见到马良行，他可能会放弃脱逃的念头。毕竟脱逃失败是要关禁闭、加刑的，而且政府的政策是"终生追逃"，而他仅仅剩下一年半的刑期。但马良行不在。金大江在窗户底下蹲了近一个小时，依然不见马良行的人影。马良行是真输光了钱，还是为拿了金大江的钱又没办成事而不安，所以退出了麻将桌，不知道。

"龟儿子！把老子的钱都输光喽！"金大江自语。

这句话算是金大江逃离野鸡胡的宣言吧。子夜脱逃，天亮时他已翻过好几架山了。

马良行得到金大江脱逃的消息，第一时间、先于贺景龙赶到伙房，他要探明情由，控制局面。他感觉到那个伙夫知道内幕，把他拉到一旁如此这般审问一番，告诫一番，临了，丢一句"乱说我整死你"，就投入到追逃的队伍之中。

最想把金大江捉拿归案的，当然是马良行；没抓着，最丧气的，最搓火的，也是马良行。马良行虽然不像吕长樱那么爱枪，但他的枪法也非等闲。四年前，有一回马良行持枪带班，飞过来几只乌鸦，他抬手就是一枪，一只乌鸦应声落地。在场的政府和群众都欢呼起来。后来，群众中有人脱逃，马良行率队追逃。在一处山坡上发现了那个群众，马良行高声叫着那个群众的名字，说："你是要留一条浑的左腿呢，还是要一条完整的右腿？！"那个群众当时双腿发软，跪在地上，举起双手，说："马队长，我再也不跑了！"这个群众之所以这么怕当年的马队长，就是他见过马良行一枪打下了一只飞行中的乌鸦。不过，这回金大江没有留给马良行一展枪法、举枪威吓的机会。

与金大江"三人互监"的另两个人被扣了三百分。所有的群众都面临一次信任危机，那些余刑不长的群众首当其冲。开会、整顿、强化"三人互监""五人互监"，副分监区长以上的干部轮流在监门带班，禁止打牌，下班时间也不许打！贺景龙越发觉得自己正确，重烧刚上任时的"三把火"。

但是，火再大，森林大火烧上了天，它也有熄灭、冷却的时候，不出两个月，一切都回到原先的状态。一年半载无法"回归"的是金大江和那几个被降职的副处级干部。

我在暖气管道听见政府们议论，说金大江成全了马良行的好事，他要跳半级升为副监狱长喽。几个人向马良行起哄要他请客，马良行说这纯属空穴来风。要说升职，卫生所长姜楠才是第一人选。为什么？马良行说人家上面有人，隔三差五回省城，在局里跟局长跳舞呢。姜楠跳舞没见过吧，就一个字：荤。贴面舞吧。钢管舞吧。脱衣舞吧。那医务所长科级就到头了，难不成还搞个女副监？人家可以兼所长嘛。什么?奸?我说兼。你说奸?你说奸?哈,而且人家群众关系又相当好。

胡说!姜楠跟我的关系就非常不好。

哦,我不算群众。此群众非彼群众。

我更关注关于姜楠的进一步的更深、更详尽的家世背景,指望从中找到解开心头谜团的信息和情报,但所得极少。既然如此,我就不得不当面"审问"她了,如果她胆敢再次"检查"我的身体的话。

上一次姜楠"检查"之后,大约过了近一个月,群众们已经开始在地里忙活插秧了。有天下午,我正在伙房安排群众的晚饭,被小哨叫到监门值班室。开春之后,政府们渐渐不在我们号舍旁边的屋子值班,只是在那儿打牌。

贺景龙问我身体感觉如何,我敏感地意识到是姜楠那条毒蛇又要召唤我了。我说,胸口还是闷闷的,涩涩的,深呼吸的时候……

"好了好了,跟他去吧。"贺景龙摆摆手。他这样摆手,是想尽快甩掉自己的内疚和内疚派生出来的烦闷。是他无端对我施暴,我没向监狱长、向检察机关投诉他,他本应感激我。但是,让一个政府的分监区长整日怀着感激的心情面对一名犯人,是一件特别别扭的事,它直接影响到贺景龙在群众面前说话的音量和底气。

阳春三月,野鸡胡的稻田在凌晨的时候还结着薄薄的一层冰。稻田的面积比我原先预计的大得多。好吃的大米不仅要供给狱警、武警、工人,还包括他们的七大姑八大姨,它甚至还当做礼品被拥有者四处送人。二十多年前,野鸡胡的几万亩土地几乎都种大米,为国家民生作出过巨大贡献。后来省城引进了银川大米、东北大米,野鸡胡的稻田面积才一点点萎缩到今天的状态。

站在结冰的稻田中插秧,腿脚会被划出一道道血口。

有高腰胶鞋的群众被认为是家境富裕的人,而他们的胶鞋多半又不是穿在自己的脚上。我的胶鞋扔给"老贩"了,这令"二胡"和"美人"侧目。我本想向姨妈多要几双高腰胶鞋,但我明白,那样会令全分监区的群众侧目,也会叫更多的政府产生非分之想。

吃过午饭,气温会升高到零上十好几度,穿胶鞋的人又嫌胶鞋笨重,他们把它脱下来,墩在田埂上。

我跟着那个新警蛋子走在大路上。阳光从稻田里折射回来,金光跳闪,掠过面颊的春风裹挟着湿润的暖意和丝丝缕缕的花的香气,像柔软的绸缎一绺一绺滑过皮肤。路两旁,山脚下,田埂上,摇曳着许多种叫不上名儿的花,我只认得迎春花、山丹丹、小喇叭花等几样，靠人的生活区这边的山坡上一簇一簇的野桃树，一片一片的粉色桃花，而对面山上，嵌在松柏和枫树之间的白桦树，更像是一群一群的花仙子，亭亭玉立。我们老家后厚村的山坡上，春天的时候也有花，但是不一样。这可能与人口密度和人的自由度有关。人口密度和人的自由度与花儿的密度和茂盛度成反比。野鸡胡启蒙了我对花草鸟虫的视觉、嗅觉、听觉和由此延伸、幻化的种种感觉。我会常常看着一朵花、一棵草、一只乌鸦、一只七星瓢虫，甚至一条蛇或者一队蚂蚁愣神。这时候，如果没有人和事打搅，脑海里还会出现姐姐、妹妹小时候在家乡时的影像，她们往头发上扎花，往脸上抹红，搜藏图案纤巧且美丽的玻璃糖纸。她们的小样儿格外清晰。也会出现宋丽娟和宋丽芸，不过不是她们小时候，而是成年之后，作为女人在自己脸上轻施粉黛……这些就像花瓣坐在手捧的水中，水渗完了，花瓣也枯黄了、消遁了。这时，我会惊起浑身鸡皮疙瘩，把手指插进袖管。我知道啥叫伤感了。

深深地呼吸，身体就会变轻。

这里还有长着长长的喙的水鸟，有人说是鹭，有人说是鹤，不确定。它们时不时从水田里叼一条小鱼或者一条蛇然后凌空而去，让我们仰着脖子看好一阵子。据说六分监区的侧面是个大水库，那里野鸡野鸭水鸟比我们分监区的群众还多。而在清水河的下游，距场部一里多远的地方，有一个水潭、一片湿地，夏日可以在那儿看见鸳鸯呢。猎手打野鸡、野鸭，不打鸳鸯。

我看见"老贩""美人""二胡"他们了。他们离公路七八十米，他们直起腰跟我打招呼。我听见"二胡"喊："老大，从场部捎几个女人回来！"自从"老贩"与我交朋友，"二胡"也就"连带着"成为朋友了。

马良行喊住新警蛋子，叫他向姜楠再要些蛇药，说这几天稻田里的蛇越来越多了。

野鸡胡的蛇药是姜楠照着一个土方子带领着手下两个护士自制的，特灵。

据说那土方子是华子良提供的。有一年闹蛇灾，蛇像疯了一样追着人咬。监舍甚至政府的家里都钻进了蛇。监狱长的老婆来探亲，居然从被窝里拱出两条蛇。两个林场工人的孩子被蛇咬了之后，没过夜就死了。一时间野鸡胡谈蛇色变，到处是被枪、被棍子打死的蛇尸体，还有被猎枪打开了花的，被手枪击中了头的。有人说要闹地震了，也有人说是华子良使了魔法，要为老场长报仇，要报复野鸡胡。可是那阵子谁也没见着华子良。就是那阵子，有一天姜楠在卫生所正犯愁，脸被一个纸团击中，她捡起来，展开来看，是个治蛇毒的药方。姜楠将信将疑，差人照着方子找来草药，在被咬的群众身上一试（当然要先在群众身上试），果然灵验。

于是，发动群众，加班加点，抗击蛇灾，解决危机。

纸团是谁扔的呢？

姜楠自己知道。

姜楠立了功，"副科"转正，奖金600元。

在观察室屏风后面，姜楠并没有故技重施。这出乎我的预料，她甚至没让我躺下，命令我宽衣解带。她只是提一些问题。

"你们家几个孩子？"

"我没成家，没孩子。"

"是问你父母，也就是你有几个兄弟姐妹。几个？"

"哦，我有一个姐、一个妹。"

"喔……"姜楠用一支圆珠笔敲着下巴，蛮深沉的样子，"他们身体都好吧？"

"谁身体好？"

"你们全家人，身体都好吗？得过什么病吗？"

"没……没有吧。"

"你小时候得过病吗？你的阴茎原先是不是包皮过长？"

"我，我，我……"

"你不要紧张。"

我不紧张。不紧张。我为什么要紧张？！

"哦，吃过什么药吗？"

"不记得了。"

"这就对了。嗯，这就对了。"

"什么对了？"

问答转换，鬼子的招数用完了，轮到我们动手了。

"没什么。"

"那你问这么些干什么？"我的潜意识还在期待着宽衣解带。那样的话，在血液的流速被大幅提升之后，我可能会同时获得一分胆量。我凭借这胆量可以反客为主，转守为攻。

"我不想强迫你。"

"强迫我什么？"

"我跟你商量。啊，只是商量。"

"商量什么？"

"嗯……"

"我，我，我……"

姜楠竟然"我我我"地挪用了我的专利！她竟然脸红了。她脸一红，立刻就像个女人了，就性感了，就有小虫子在我的档部蠕动了。这出乎我的预料。

"我需要你的精液。"

"为什么？"

"但我刚才说了，我不想强迫你。"

"为什么？"

"上一次真是对不起。我有点鬼使神差。我思想偏差。我不应该那样对待你。我本来想好的，可事到临头，我，我，我……"

"你不用紧张，我可以自己弄出来送给你。那玩意儿反正存在我这儿终归也就浪费掉啦。对吧？"

"是啊是啊。没想到你……"

没想到的事情在靠近我们分监区稻田的山林里发生了。

着火了。

不是烟头之类的小火种一点一点从树叶草丛中闷着，再一点点蹿起，蔓延成燎原之势，而是"哗——轰——"的一声巨响就拨起一大片山火。

直线电话在林场、各分监区响起来。医务所的电话也响了。

野鸡胡的狱警、林场的工人、家属，甚至包括我们这些群众、具备优良的革命传统，在突发的灾害面前都能舍生忘死，奋勇当先。

新警蛋子立功心切，他差点撇下我，冲向火海。

新警蛋子双目圆睁，瞪着我。

我说："我跟你一块儿去救火！"

"不行！绝对不行！违反规定，再说你身上还有伤哪。"新警蛋子学他们头儿，抓头上的帽子。他头上今天没戴帽子。他的手抓住了自己的头发。

从门窗可以看见，连陈大勇一家几口人都操起家伙奔向了火场。医务所的两位护士也端着脸盆奔向大路，跟上几个林场的工人……

"你可以把他铐在床头。"姜楠狗嘴不吐象牙。

"好主意！"

新警蛋子铐人的动作非常麻利。估计在警校重点考过这一项。

我也很想立功。

老群众说过，好几年前发洪水，下面的一个分监区的监墙被冲倒了，结果不但没有一个群众脱逃，反而同心协力地救出了被水包围的一个粮仓中的十几万斤

中篇 197

玉米和几十头猪。

立功。加分。减刑。吃猪。喝酒。唱歌。政府和群众拥抱。

"行不行？"

"啊……"我仰起头，看着姜楠向我身边迈了一步。"干啥？你要干啥？！"我喊起来。

姜楠后退一步，举起双手，尽可能温和地说："没有没有，我不会，不会那样的。"好像她脚下蹲着的是一个受了惊吓的小女孩。

"那你要哪样？！"

"你……我的意思是，我和你商量。我尊重你。我们达成一个协议，一个意向。"

"啊。"

"你同意了？"

"就这么铐着我就协议了，就意向了？！"

"对不起，对不起，你站起来，站起来。"

我站不起来。

姜楠居然从口袋里摸出了手铐的钥匙。我不确定她是从新警蛋子那儿讨来的，还是所有的政府都有钥匙，或者，是这个诡诈的女人自己配制的。

"我只能给你开一个。请你谅解。"

事后我回忆着姜楠的话语。整个过程中，她说的客气话比我二十多年闻听的总和还要多，它像一面镜子，折射出我灵魂的卑微和荒芜。我为什么没有适时地、恰当地踩住那斯文的步点，与她翩翩起舞呢？她的音调和语气就像爱人矜持而光滑的仪表，令我自惭形秽。但是，姜楠为何取精？她只取我的精还是见人就取？……这些问题令我深深困惑。刑期漫漫，我需要这种回想、疑难和愧疚填充脑壳、安抚心灵。回忆姜楠女性的阴柔话语，令我浑身绵软，像泡在热水浴缸里。但是，当时我被疾速分泌的荷尔蒙冲昏了头脑，仅仅是左手被铐在床帮上，我的身体还有很大的活动空间，我的动物的本能抓住千载难逢的时机，它喷发了。

"把脸转过去！"

姜楠话音比几公里之外的山火还凶猛。

我蹲下去，努力缩小身体的体积。

电话铃响起来，姜楠抓起话筒，我听见话筒里的狂躁声音："你怎么还在！赶快组织救护队！"

姜楠放下电话，左右四顾，目光停在我身上。她说："你可以抬担架吗？"

"我能！"这两个字也是诱使男人丢弃性之外威风的元凶（项君若干年后说的）。

我想恼羞成怒的姜楠、姜所长会把铐子的另一环铐在担架上，才允许我随她一道奔赴几里之外的立功现场。没想到姜楠迅速地打开铐在床架上的铐子，并且用她胖乎乎、特别绵软的手替我揉搓这只脱开了铐子的手。

"弄痛了吧？"

我想说"不痛"，还想说"刚才弄痛你了吧"。但电话铃再次响起，姜楠指一下靠在墙边的担架，说："快走！"

"老贩"已经停止了心跳。他还没有等到我扛着担架赶到现场，没有让大夫姜楠看上一眼，就死了。

十九　香紫苏

那场山火的罪魁祸首是从野鸡胡上空飞过的老式米格战机。事后，在火场的附近找到了一些金属碎片，经分析，是军用战机的副油箱。这是一个空军演练中的事故，一架战斗机的副油箱不小心脱落了。不能设想那是被飞行员像投掷汽油弹那样故意扔下来的。还有一种说法是整个飞机栽下来了。因为事后有人说救起了跳伞的飞行员，还有人看见寻找飞行员的军车和军人。

我们分监区的群众甚至在起火前的瞬间就看见飞机上掉下来一样东西。当然，也有的说不是"一样东西"，是"整个东西"。

"不会是炸弹吧？""美军突击队来营救啦！他鬼子娘的。""要是台湾的飞机就倒霉喽，国民党可是一群酒囊饭袋啊！""胡说！国民党不也是中华儿女吗？！"

贺景龙处惊不乱。他指挥距火场最近的我们分监区的群众，不等上级命令到达，率先越过清水河，奔火场的边缘而去。贺景龙与后来的新一辈政府不同，他早年毕业于一个农业专科学校，听说当警察待遇高，才来到野鸡胡的。在农业生产上，他就是专家，几时翻地、几时播种、几时上化肥，怎样收拾病虫害，怎样饲养牛马羊和牛马羊的配种繁育等等他都不用请教别人，就像马良行打麻将选择万饼条风当中的一种"停"牌一样胸有成竹。对救治山火，贺景龙也有着较他人更专业的知识。

"不要去扑火！都听我的，离火场一百米挖沟，隔断火源！挖沟的时候遇上树，砍倒，砍不倒先绕过去，等林场的工人拿来电锯……"

我们分监区的群众像训练有素的军人一样，令行禁止。他们蹚过清水河的时候，模仿军人冲锋的样子高喊"冲啊——"。不到一小时，野鸡胡90%的人都加入到灭火的行列。但是，春风呼啸，风助火势，火乘风威，山火不但扑不灭，反而很快卷过了尚未成型的防火沟，爬上另一个山坡。人群中不时传出伤亡报告。人们望火兴叹的时候，天空中出现了成队的飞机。它们翻来覆去地俯冲、投水袋，水袋在山火中跌落、炸开……后来，又出现了一队直升机。它们吊着巨大的水桶，在火场的上空打开……山火终于被控制。

"报告分监区长，范伟受重伤，情况危急。"

"老贩"是被从天而降的水袋击中的，那水袋的材料是耐火纤维，一个一立方，虽然在半空中已经炸开，但巨大的冲击力完全可以令人当场毙命。

水袋投偏了。

倒下去七八个人，包括一名政府，只有"老贩"没有站起来。

不能想象，"老贩"遭此厄运，是他说的省城的要置他于死地的人干的吧？

"老贩"的胸腔被一根胳膊粗细的折断的松木从后背刺穿。"二胡"惊叫着要把"老贩"从松木上拔下来，他喊身边的人帮忙。杨小帆大叫："不行！那样他会喷血而死！""二胡"已经抱住了"老贩"的身体，杨小帆拽住"二胡"向一边扯："不行不行！你撒手啊！"这样一来二往，"老贩"昏过去又醒过来。"我不行了。"弥留之际，"老贩"问贺景龙，他说："仁天木啥时回来啊？"

我和姜楠来到"老贩"的身边，他躺在草丛中，闭着眼睛，他断气已经半个多小时了。

他叫范伟。在修路工地上，贺景龙抡锨拍他的时候就喊过范伟的名字。

范伟闭着眼睛的样子非常陌生，也许是死亡改变了他脸上的气色和饱和度，造成了视觉的误差吧。范伟睁着眼睛的时候瞳孔游移，似乎死亡时刻追逐着他的灵魂。现在他安息了。死神掌控了追逐游戏，就像猫逮老鼠，死神捉住了他。现在，他不用紧张了，不用惶恐了，不用担心了。他什么也不用想了。那些传说中要置他于死地的人，省了子弹，省了刀斧，省了工夫，他们可以高枕无忧了。

马良行问我范伟究竟有什么话要跟我交代。

"不知道啊。"

马良行不信。

"我确实不知道啊。"

其实,关于范伟,我不知道的不仅仅是他要跟我交代什么。我知道的是所谓"朋友"对我而言依然是相当陌生、相当含糊的一个概念。他跟我说的话,我甚至难辨真伪,更多的时候,我似乎是在为受奖的六百分而应付。当我回想起居然为范伟绝食将死而哭泣的时候会暗自发笑。毕竟,范伟与我非亲非故;毕竟,我们之间存在"城"与"乡"的差异。他既没有给过我什么好吃的,更没有为我扛过雷。如果朋友就是可以互相为对方两肋插刀,我不会的。我想范伟也不会。只是,范伟在我们号舍、扩而广之在分监区,找了一个痰盂,他要把他满肚的苦水倒出来,给他惊惶的心灵找个安歇的处所。他是个洁癖之人,他要把苦水准确地倒入痰盂,不溅出一星半点。范伟是个挑剔的主顾,他抛弃了杨小帆,淘汰了"二胡",最终选中了我。他选中我,也许仅仅因为我是做痰盂的好材料:严丝合缝、作为痰盂盖子的嘴巴很少说话更不乱说话。

我只是一个痰盂罢了。

我想,范伟是想说几句话当做礼品送给他的亲人,那三个女人——他的姐姐、他的妻子、他的女儿。我是被他临时改痰盂为一个礼品盒了。遗憾的是我只有做痰盂的份儿,没有做礼品盒的命。我没赶上趟。

所以,我对马良行说"我不知道啊",多少有点儿生气的成分在里面。

而我是不该生气的。再咋说,范伟已经死了。死者为大。他就是想把我当做大粪,浇他们家的菜园子,养他们家的花儿,也没机会了。

范伟对我说的话,在香紫苏开花的时候,被验证了。

那三个女人来到了野鸡胡。

范伟的姐姐、妻子和女儿。

当初,范伟自残绝食,贺景龙曾联络她们,她们正要动身前往野鸡胡,又接到电话,说范伟好了。她们没有来。现在,她们必须来。

范伟的妻子拿出了一封信,声称是范伟的遗嘱。这令贺景龙惊讶不已。因为所有群众寄出的信都要经过政府之手,都必须经过审查,从没有人向贺景龙汇报范伟写过遗嘱。贺景龙拿过信来看。

只是一页普通的家信,只是在其中提到身体不适,说"如果我死了,就埋在野鸡胡,这儿青山绿水空气清新……"。

三个女人都没有哭,那个女孩也一样。

监狱领导和检察院的人不知道怎样安抚这三个女人,只剩下问她们有什么要求。

范伟的姐姐要求见一下仁天木,单独见。

见我。

好奇心令政府忘记了犯人不能单独会见客人的监规，他们想偷窥。

并没有男女之间的离奇故事上演。

在接见室，范伟的姐姐拿出一封信，说是范伟写给她的信，说是范伟写给她的信里面提到了我，说他找到一个朋友叫仁天木，可以"试着"活下去。在此之前范伟从来没说过他有别的朋友。这很重要。

我不知道说什么。

我知道有人在外面监视监听。

"我是想表达对您的谢意。"

范伟的姐姐身上有一股淡淡的香水味儿，这让我想起大片大片的香紫苏。贺景龙说，香紫苏提炼的香精，是所有香水的基本原料。那么，这个女人和别的用香水的女人都与香紫苏有缘了。她的嗓音很粗，像那个唱"黄土高坡"的歌手。可能是在深圳住久了，语调中含有很重的南方味儿，听起来怪怪的，仿佛往羊肉泡馍里掺了糖。

"我弟弟说人总是要死的……"

这是毛主席说的，后面是"或重于泰山，或轻于鸿毛"。

"他早就知道自己要死。"

按照唯物主义的观点，并不存在先知先觉者。范伟也不例外吧。活物都要死，问题是什么时候死。范伟知道自己的死亡时间表吗？！他知道飞机会掉副油箱吗？！他知道我对所谓朋友不以为然吗？他预见到自己的生命跟那截子木头的因果关系吗？而我的名字叫"天木"，这其中又是怎么回事？是诡异的暗示吗？

我不能不以为然。我浑身痒痒。第一眼见到这个女人，就开始痒了。

如果范伟的姐姐哭起来，要死要活，我是不是要顶替范伟，做这个粗嗓子抹甜糖洒香水的女人的弟弟？

"你多保重吧。"

完了。

什么叫我多保重？难道下一个死亡的人是我吗？我可没有跟在范伟后面排队啊。

门关上了。

我看着门，看了很久。

香紫苏快收割的时候，"二胡"手拿一块报纸，在号舍里嚷嚷："看看吧，范哥的案子平反啦！"

巴掌大的一块报纸上，有一个豆腐块消息：

　　本报讯　经过半年的侦察与审理，我省第一桩缉毒刑警涉毒案告破。本案由省政法委书记康为先亲自督导。据悉，涉案的稽毒刑警有七人之多。
　　目前本案正在进一步审理之中。

"美人"说："这跟范哥有啥关系？！"
"呸！""二胡"一把揪住"美人"，说，"我跟你打赌！这要不是范哥的案子，我当乌龟在地上爬？你信不信？"
"美人"仰身后退："你松开松开！"
"你信不信？！""二胡"不依不饶，好像是"美人"办了他的冤案。
"我信，我信！"
法院新的一纸判决书送到野鸡胡的时候，我和所有的群众都相信了。
那三个女人又来了。这一回，她们把哭声留给了野鸡胡的每一个人。这一回，她们身边还多了许多人，那都是范伟的亲戚。

范伟的亲人来哭坟的时候，我已经经历了两个月的花粉过敏折磨，正在一片两人多高的小杨树林中与井裳清耕云播雨。
她第一次出现在我面前，叫出我的名字，我正在一片香紫苏地里把牛往外撵。
"仁天木！"
我转回身。
一个类似华子良的人站在我面前。怎么说呢，这是一个年迈的女人、一个肮脏龌龊驼背跛脚的老女人。我本能地像躲华子良那样向一边挪身体。她跛着腿，跟着我，生怕我跑丢了一样。
这个老女人脸上有块刀疤，牙齿没少一颗，却又黑又黄，一边跟着我，一边还做着疯子般的舞蹈动作。这其间，她的嘴巴一直没停。
"别担心。我叫井裳清，我是来侍候你的。我住在陈大勇家。我是化了妆的，我今年十九岁，是医科大学二年级的学生。我知道有人监视你。我会分散他们的注意力的，别着急。我来野鸡胡已经十多天了。我们有的是时间……"
这是我获得放牛差事的第七天。
是我主动向马良行要求放牛的。我不会做饭，在灶房混吃混喝好几个月，腻了，想象牧童悠然自得的情形，也看见过那些放牧的群众手持柳条，躺在山坡上看白

中篇　203

云，我就想放牛了。

马良行很高兴，这是我第一次主动向他提出要求。只是，放牛的工作脱离监区，脱离群众难以监管，属于外役，通常都是余刑在两年以下的群众才能享受的。

马良行有办法。他去找姜楠，让姜楠跟贺景龙说："仁天木的骨伤虽然好了一些，但要彻底治愈，必须多走动，不能负重。"姜楠心领神会，乐意帮忙。她亲自来到我们分监区，她添加了许多专业术语，说如若不然，"仁天木会出现胸大肌萎缩，进而波及肋间肌和胸隔膜……呼吸系统瘫痪。你说结果会怎样？"

贺景龙挠头，眯一只眼，撅一边嘴，像个犯了错的小学生。

马良行在一旁敲边鼓："走动？嗨，咱野鸡胡还怕没地方走吗？！让他放牛！"

"胡说！"贺景龙挥一下手，"仁天木才来了几天？这样严重违反监规。"

"贺头，监规是由人，也就是由你、由我操控的嘛。我是帮你呀。我知道你怕担责任，我给你扛，我为他担保，出了事儿我负所有责任！这事你就交给我得啦！"马良行一副为领导两肋插刀的样子。

贺景龙看看姜楠。

姜楠说："我只是告诉你仁天木的病情，如何处置，是你跟马副区长的事儿。当然，如果我担心的情况真的出现了，贺头儿……唉，你就多保重吧！"说完姜楠就走了。

贺景龙再看马良行。

马良行说："你可千万别把我的帽檐当做你的鞋帮子啊！"

贺景龙默许了。不过，马良行离开之前，贺景龙拉住他，再三叮咛。

一石二鸟。我放牛，贺景龙欠马良行一份人情。

第一天，我跟着放牛的"前辈"实习，听他讲解一些要领和注意事项；第二天，我放牛，"前辈"在一旁看着；第三天，"前辈"去分监区的养猪场了。"前辈"余刑还剩七个月，他高高兴兴地丢了放牛的工作，他知道我是马良行"挖"的主儿，他还想从我这儿得到些政府的信息，打探他减刑假释的细节。

绕到我们监区的侧面，有一个小水库，水库四周的开阔坡地树木很少，却是个天然的草场。这样的地貌在野鸡胡有十几处，仿佛专门预备着给各分监区做牧场的。

头几天，贺景龙不放心，常常手搭凉棚，远远地向我这边张望。收工的时候，亲自点名。我可以感觉到他点到我的时候，声音显出异样。

"到！"我的回应每次都格外响亮。

贺景龙并没有从此安下心来，他特别指示另外几个住在监外的外役群众监视我，每隔一小时向值班政府汇报。我踩着了规律，估摸着差不多一个小时了，就主动举起双手，向各个监视点挥舞，好让兄弟们交差。

一个亭亭玉立的姑娘，她怎么来到我身边的呢？她如何能躲开那么多双监视的眼睛呢？

放牛的第九天，她又出现在我身边。这次，她撩开破烂的脏兮兮的宽大的像披风一样的外套，让我看她的乳房。她迅速地打开衣襟，又相对缓慢地但也不慢地合上，再胡乱抡两个胳膊。这样，远处的人看着，依然是疯子的舞蹈。她这样重复多次。

我不能确定什么样的乳房算标致的乳房，只能拿它跟宋丽芸的比较。这对乳房好像小一点，但似乎更有弹性，并且更白。清澈的阳光下，可以看见乳房上的静脉血管，胸骨柄的右侧，有一个黑痣。这样的乳房实在无法与她的黑牙疤脸相协调。

我下意识地攥紧了双拳，眼角向监视我的"岗哨"瞟来瞟去。我觉得我可能会喊叫。

"别紧张。别看了。"她在她的形体进行中说，"他们的马啊，羊啊有点儿拉肚子，他们忙着哪。"

"你……要干啥？你是谁？"

"我是个女人，前天已经介绍过了。我要为你服务。"

"服什么鸟务？！"

"不要说粗话。我的使命就是让你成为一个男人。"

"我说粗话？！你这，这……我本来就是男人！"

"咱们进林子说吧。"

痒。

先是耳朵痒，之后很快波及到脖子、肩胛、后背、腹部、大腿。

我挠。

"你痒啊？"

井裳清盯住了我的眼睛。

"啊，痒。"

"为什么呢？"

她的目光从我的眼睛挪开，转向面颊和脖颈。看了一会儿，她拨开我的衣领，要往里看。

"干啥？"

"我是学医的，你别怕，你的痒……"

"他们说是香紫苏过敏。"

"哦……我可以治疗的。你告诉我，多久了？"

"快两个月了。就是那次……跟你说你也不知道。"

"你说，你说了我不就知道了吗？"

我说了范伟和范伟的姐姐。说话的过程中，我渐渐松弛下来。

她叹息了几声，说："现在你不紧张了吧？你看着我。"她看着我的眼睛。

我热了，出汗了。我闪了一下她的眼睛。这双眼睛充满柔情，像亲人。

她把另一瓶矿泉水给我喝。她说："你等一下。"便起身去林子的外沿探风。去林子外面要穿过一段灌木丛。

顺着她张望的方向，我看见不远的山坡上有个女人挎着篮子，采蘑菇的样子。那好像是陈大勇的老婆。

她撤回来，说："你出去，吆喝两下牛，再回来。"

我居然十分乖顺地听从她的支使。我回来的时候，她戴上了胸罩，令我十分惊异。按照她表演的逻辑，她应该越脱越少的呀。我还看见她胸前挂着的项链。坠子很特别，应该是两颗牙齿。

"来，天木哥，过来，坐在这儿。我给你挠痒痒！"

她叫我天木哥。妹妹仁小宜从来没有这样叫过。她的笑容像盛开的香紫苏，这令我犹豫，不能欣然上前。

"就挠痒痒，来呀。"

她的召唤没有收到立竿见影的效果。她只好起身，再次来到我面前。

"我……"

"你什么也别说。闭上眼睛。"

从挠痒开始，她把我引上了"床"，最后带到了云霄之上。

我睁开眼睛的时候，她还在用舌头拨弄着我的乳头，她的手在我身上轻轻地抚摸。她的抚摸严格地讲，只是一种如履薄冰的接触，仿佛安慰一个受了惊吓的孩子。七月光景，野鸡胡的太阳是很硬的。但是，只要有树荫就会非常凉爽。肌肤裸露在清爽如水的空气中，叫我想起点在水面的燕子和蜻蜓。

我听说过前些年"外役"的群众"逛村庄"的故事：他们余刑所剩不到一年，住在远离分监区的地方，自己做饭。政府三天两头过问一下（主要是问给政府干的私活有没有结果，比如晒的干豆角、做的木椅和花架，甚至劈的柴——外役为政府劈的柴接近工艺品，长短粗细像是机器干的活那么精确），如果十天半月政府没来,他们就主动去分监区汇报一次。所以,他们几乎就是自由的人。自由人"逛"那些散落在70公里狭长地带的"村庄",遇上村姑。然后,简单地说是这样:"牛羊怀孕了,村姑也怀孕了。"待村姑腆着肚子找孩子的父亲的时候,政府说:"你说的这个人两个月前已经刑满回家啦!"我算不算"逛村庄"的接班人呢?

情与爱的种子在井裳清纤纤玉指的点拨下悠缓地膨胀、舒展。

我坐起来。

见我"醒"了,井裳清说:"要不要看看我的身体?"

她站起来,踮着脚褪去身上所有的牵挂。

阳光从小杨树摇曳在风中的枝叶间钻过来,我眼前一阵红,一阵紫,一阵白,像有人拿着照明开关戏耍我。

她一边扭转身体,一边说:"还要吗?再来一次。"

"我,我……"我哑吧着嘴,深深地呼吸,嗅觉和味觉黏附着一股粮食被烤熟的气息,这令我困倦。

"你什么也别说。"

她青蛙一样跳到我身边,抱住我的颈项,一滑,她就轻盈地蜷在我的怀中了。她脖子上项链的坠子打在我鼻子上。我抓住那两颗牙,问她。她说这是她自己的两颗智齿。我稀罕,可她没有像奉送身体那样慷慨地送给我。她说这是她身上的东西,将来送给丈夫,保佑他平安。

这时,我听到了范伟的姐姐和亲戚的哭泣。

听到范伟亲人的哭泣是迟早的事。范伟的冤案早已大白于天下,贺景龙和马良行似乎也做好了再次迎接范伟家人的准备。其实也没什么好准备的,除了按现有的法律条文执行,就是尽可能满足范伟家人的要求吧,如果他们提出要求的话。

在地里干活的群众,折了许多香紫苏,送到范伟亲人的手中。带班的政府和警戒的武警都没有拦阻。

范伟的坟茔在我们分监区草场的边上,我放牛从分监区旁边的牛栏里出来、收工从草场回分监区,天天都要与它擦肩而过。

夕阳西下。范伟的坟头盖满了香紫苏。

范伟的亲人们一路哭泣着,被贺景龙和马良行送往场部。六分监区后面三里路远的一个山村保留着嫁女哭丧的风俗。

监狱长杨鼎康、政委辛占河,远远地站在场部的坡上迎接范伟的家人。

场面之下,没有人注意到马良行被一个小女孩拉出了队伍,奔向清水河下游距场部一里多路的一个大水潭。

那个水潭是好些年前野鸡胡发大水留下的。鱼湘军曾在这个潭里钓起过九斤多重的鲤鱼。夏季，野鸡胡牛虻多，鱼湘军来这里钓鱼不备鱼饵。牛虻蜇在他裸露的腿上、胳膊上，他挥手一拍，这一拍是有分寸的，拍得牛虻半死，还可以蹬腿折腾翅膀。鱼湘军掐着牛虻，挂到鱼钩上，往潭中一甩，就有鱼儿蹦着跳着来咬钩。如此往复，出水没有空钩，半小时就能钓小半桶白条。偶得大鱼，那要凭运气。水潭的一面挨着高出五六米的公路，形成一个高台。盛夏，淘气的男孩和解暑的男人，常常把公路当跳台，向潭水中纵身一跃。

被班主任诱奸的马良行十一岁的女儿也从那个高台栽进深潭。

马良行女儿的同学从范伟家人哭丧的队列中把马良行拉出来，就是告诉他这个消息。

马良行奔向水潭，他的妻子随后搭乘一辆手扶拖拉机也追了过来。

马良行从潭水中救起女儿。女儿昏迷不醒，她跌入水中已经十几分钟了。马良行为女儿施行紧急人工呼吸。女儿终于咳出水来。女儿睁开眼睛，轻声呼唤："爸爸……"

马良行哭了。马良行的哭相不像贺景龙和吕长樱那么难看，他是鼓着劲儿闭一下眼，挤出泪水睁开眼，仰面朝天，抽搐几下喉结，咽回多半泪水，但泪水前仆后继，他就鼓着劲儿再闭一下眼……几乎听不到声音。

马良行哭的时候没有在意妻子抢着要抱女儿，她脚下踩着一块虚土，滑入潭水之中。

马良行大吼一声，再次扑入水中，他很快捞起妻子。妻子在水中的时间甚至没有超过一分钟。但是，妻子死了。人工呼吸压折了妻子三根肋骨，妻子依然毫无反应。姜楠和一名护士挎着急救箱赶到现场的时候，确认马良行的妻子已经死亡。

这次，马良行没有哭。他盘腿打坐，调匀呼吸，静静地看着深深的潭水和与潭水相连的芦苇荡，一副深沉的样子。一只水鸟在更远一些的湿地中扇起宽展的翅膀，它的爪子上钳着一条二尺多长的蛇。鸳鸯觅食飞回芦苇荡，那儿可能是它们的家园。再往远处是大片大片蘑菇状的河柳，那是好大一块湿地。

据说，马良行与许多男狱警一样，是"妻管严"一族的成员。"怕老婆"在野鸡胡显然属于"优良的革命传统"的一部分。

现在，马良行可以不用怕老婆了，可以毫无顾忌地跟姜楠之类的女人打情骂俏了。如果山外有他旧时的相好，现在就可以起身赴约了。

马良行的妻子也是野鸡胡监狱的公务员,司职财务科会计。

其他的外役群众可以睡在菜园子、马厩旁、砖窑边、豆腐坊,而我必须在晚饭之前回到分监区的监墙里。

放了好几天牛,我回到分监区,进入监门,向值班的政府"点卯",站在"警戒线"外面向岗楼上的武警报告。

"报告班长,犯人仁天木返回监区。"

所有站岗的武警我们都一律叫"班长",就像所有的狱警我们都叫"政府"一样。这是被叫一方乐意接受的,我们也省事儿,少记很多名字。

进入监门的程序和见到的情形,往往是相似的。

今天与往日不同。我"色胆包天",跟一个莫名其妙的姑娘云雨,范伟的家人来号啕哭坟;马良行的女儿被班主任诱奸了,至少是猥亵了,从几时开始的?总共多少次?不清楚。可以确定的是,马良行的妻子在女儿以死抗拒,要求自己跃入水潭、被马良行救起之后自己栽入了水中。她死了。这个消息像范伟家人的哭声一样,很快传遍了整个野鸡胡。

我是进入监区之后,看见好几个号子的群众纷纷搬出看守所的十八般"游戏",折磨七个因强奸罪入狱的群众,猜测出了什么事儿,再经杨小帆"传达",确知马良行"不用再怕老婆"了。

吃饭前,杨小帆率领部分群众,把那几个犯过强奸的群众的裤子扒光,反绑双手,围着操场中央的旗杆蹲着,他们每个人的屁股下面都放着一个尖头朝上形似木锥的楔子。木楔子是从一块木板钉穿过来的,木板对木楔子起到固定作用。木楔子的高度足有二十厘米。这有点像父亲当年的猎狐工具,如果木楔子换成三角刮刀的话。

木楔子正对屁眼。

各号子的群众有许多习惯在号子里吃饭的,今天全出来了。吃一口饭,往旗杆那儿扫一眼,吃着、看着、等着,没人说话,也没人笑,只有筷子勺子碰上碗和嘴巴咀嚼的声音。

"啊呀——"

群众期待的惨叫声终于出现了。

没人说话,没人笑,继续吃饭。

木锥本来都是对准肛门的,而肛门显然比其他部位的智商高得多,所以,两条腿的肌肉酸困得实在不能将肛门和双臀保持二十厘米以上高度的那个瞬间,就像眨眼那么快，肛门附近的皮肉咬了一口木楔子。撑起。撑不住了，再咬。

"啊呀——"

身体被猛烈地弹起来。一个。又一个。

相隔一些距离，男人的屁股看上去与女人的屁股几无差异，它们多半也是白皙而肥美。

杨小帆手持一根木棍，敲打着那些人的头，让他们的屁股重新归位，让屁眼对准木楔子。

在看守所,这个"游戏"的木锥子是点燃的蜡烛,名字叫"舔眼眼"。蜡烛点燃,火苗舔屁眼。"舔眼眼"听起来酷似陕北人的手笔，典出"拉手手，亲口口，咱们两个坷垃垃里走"。陕北人在民歌中喜欢叠加动词后面的名词。

杨小帆把蜡烛换成了木锥，看来防火防灾教育深入人心，还是颇有成效的。另外，在这么短的时间里，这些"刑具"就被堂而皇之规格统一，不偏不倚地制造出来，令人惊讶。没有极高的革命觉悟和阶级感情，是不可能完成的。

值得注意的是，值班的政府和站岗的武警对操场上的"操练"视而不见，见而不语。

"美人"用胳膊肘顶我，悄声说："老大，我看见血往下滴呢。你看你看，地上都是一滩滩的血呢。"

我白了"美人"一眼。

"美人"缩了回去。

"美人"最近闹情绪，好几天都没叫"老大"了。

我咧咧嘴，向"美人"挤出一个笑容，"美人"吓得差点把口腔里的馒头吐出来。

吃完饭，在水池边，"美人"又壮着胆子问我："那得弄到啥时候啊？！他们在那儿叫啊，号啊，哭啊，咱们咋睡得着啊！"

"不知道，反正死不了。"我说。

我有点儿烦。

我想静静地一个人待一会儿。我急切地需要回味、梳理、归纳井裳清好像是强加给我的种种信息和身体感受。井裳清像一个爆破手，炸开了掩盖着我身体感觉系统的粗硬石土，激活了深埋的敏感神经。原始的问题当然也在这种感觉中被放大，变得更加凸显而神秘。她从哪里来？她什么企图？

我的身体又在四处生痒。

她说"下一回……"那就还有下一回。

她说"用香紫苏……"那就用香紫苏。
她说用香紫苏做什么来着？
治痒痒？

二十　钟声

后来我听说，折磨强奸犯的"游戏"，在整个野鸡胡所有的分监区几乎都有演出。因为，在没有按罪犯类别分别关押、改造之前，各个分监区或多或少都可以找出强奸犯。实在找不出来的话，那些案子中存在与女人有瓜葛的群众，就倒了八辈子血霉了。

群众在"游戏"的过程中拿获了一个好心情，仿佛自己解放了，仿佛野鸡胡的犯人只有强奸犯。群众恍然之间回到了看守所，回到了服刑生涯的童年。

我没想到饲养场的七个外役群众中也有被拖进"游戏"的角色。我也没想到这七个人早就分成了两派，弱势的一派托那位玷污了马良行女儿的教师的"福"，逮着了"咸鱼翻身"的机会。

三个人整一个人，另三个人看。

他们把那个人全身扒光，扔进母猪圈。猪圈、羊圈、马厩的食槽都被井裳清下了泻药，各圈之中都是一滩一滩的稀屎，猪圈也不例外。

他们是今天早晨把这个人揪出来的。

这个人站在猪的稀屎之上。两头母猪抽着鼻子看着这位裸体的不速之客，然后面面相觑，交流一下各自的看法。

那三个人用乱棍将这个人打倒。

这个人就成浑身猪屎，而且是稀屎的动物了。这个人为了少挨棍棒，只好四脚着地，向母猪圈的里面角落爬。

"去！去操母猪！你妈就是让公猪操的！你操了母猪，就给你妈报了仇啦！"

他们用水桶打来水，往母猪圈里泼，稀屎浆溅起。冲猪圈本来有专用的皮管子，他们嫌皮管子里的水太细……

他们用棍子捅母猪，两头母猪在圈中四下惊窜，并且嗷嗷地嚎着。母猪们不明白，当初场长来视察，问猪倌："一间屋两头猪，空间窄不窄？"猪倌说可以吧。猪也没提意见，怎么忽然又安插一个？！而且，要安排也行啊，来个货真价实，雄浑肥大的公猪啊，眼前这个明显是赝品。

他们兴奋地跟猪比着嗷嗷叫，让我也上手。我没兴趣。我转身去牛圈，准备放牛。牛也拉稀了！这个女人，她是妖精还是女人？！她明明说的是"他们"的牲畜拉稀呀！我只好回到猪圈旁，我不会给畜牲治疗，也为其中的责任而忐忑不安，这帮家伙，玩儿得兴起，几时才能完结？

有两种方法可以终止游戏：死一个人，或者马良行发话。

确实死了一个人。不过，死的不是被整得死去活来的强奸犯，而是那位教师。狱政科科长令狐白赶赴现场勘查、拍照。

教师上吊了。

教师趁着人们吃午饭的工夫上吊了。

教师把自己的身体跟学校专门代替上课铃的一尊钟吊在一起。他往脖子上套好了绳子，蹬开脚下的凳子，他的身体就与那尊挂了三十多年，与他的年龄相仿的钟一起摆动起来。那钟不大，与人的脑袋相近，所以，远远地看去，像是一个人身顶了两个头。

钟声响起来。

钟声比不上往日那么清脆。

已经放学回家的学生在半道上止住脚步，条件反射一样折身往学校跑，生怕自己迟到似的。

野鸡胡的学校已经有三十多年历史。70年代是学校的鼎盛期。那时，学校有五十多名教师，其中69%手持大学本科文凭，四百多名学生。方圆四十公里，甚至更远的农民，都把孩子送到这个学校读书。进入80年代，伴随着改革开放，外面的世界发展变化得越快，学校的人数减少得越多。农民的孩子回家帮家里做活或者随长辈外出打工，政府的孩子开始投亲靠友，到山外面的县城、地区城市甚至省城去上学。教师呢？有门路的调转，出山，实在出不了山的，转入野鸡胡监狱机关……最后，学校只剩下二十几个学生，一名教师。二十几名学生年龄参差不齐，有几个还在6岁以下，家长全当是送孩子进了托儿所。

还有一名学校的在编人员，是女性，挂职校长。她享受科级待遇。她没上过师范，之所以留在学校，一是并不少拿工资，二是自己的孩子还没法在山外面安顿，也是野鸡胡二十几名学生中的一员。这位女校长把教学工作全权交给男教师，甚至很少在学校露面。

真正的教师，天天给学生上课的教师，就是这位把自己与钟吊在一起的男人。

他叫屈向农。

屈向农的老家在野鸡胡西北一百多公里的山区。师范院校毕业之后，屈向农来到野鸡胡做教师，那时，学校已经呈现出滑坡的趋势。野鸡胡的水土风景比家乡滋润，屈向农也就乐在其中。后来，眼看着同事、学生一个个离去，他从不着急上火，倒是很乐意接受同事、朋友的媒妁之言，想在野鸡胡安家。屈向农身材不算高大，但一点不矮，相貌比不了大明星，但十分周正，又是国家公务员，性格温和。这样的条件，找个媳妇应该不成问题。可是，不成问题的问题就是问题。快三十岁了，才在老家同村讨上个媳妇。翻过一年，夫妻俩生了个儿子，满心欢喜，谁知孩子长到快三岁了，还说不出一句完整的话，有人说不急，男娃四岁说话也正常，有人说这娃可能是爹娘近亲，弱智。屈向农抱着孩子看医生，得到的答复使他放弃了继续寻医问药的努力。倒霉的事情接踵而至，妻子在地里寻捡没收尽的玉米，热了，喝了几口清水河的水，就犯了克山病，昏迷不醒。野鸡胡的克山病时有发生。所谓时有发生，就是并不是谁喝了地表水都会发病，有时好几年也见不着这病的影子。

屈向农掩埋了妻子，把儿子领回老家。老家贫瘠，父亲早亡，母亲多病，亲戚们没有一个愿意收留这个智障娃娃，屈向农也不怪他们。虽然自己是拿工资的人，平常也没少周济家人，但自己的要求似乎也显过分。养孩子不比养猪，谁也不愿，也担不起那份责任。

回到野鸡胡，屈向农只好在上课的时候，把儿子放在一个大筐之中，安置在教室后面。这孩子不但智障，而且时常大小便失禁，所以离不开人。

孩子是活的，放在教室中，必然有动静，影响正式的学生上课，因此，家长，也就是一些狱警向学校提意见。校长非常为难。这是屈向农预料之中的事情，他试图把儿子交给亲戚寄养，也是出于这种考虑。

屈向农不能因为孩子丢了工作。他想了一个主意，每次上课前给孩子喂半片安眠药，效果不错。时间久了，可能是形成了条件反射，孩子一进教室就瞌睡，不吃安眠药也可以自己乖乖地睡去。

那钟声是孩子条件反射的另一个终端。钟声一响，孩子就睁开眼睛找父亲……

敲钟原先是一个工人的职责，这个工人敲了几十年，退休了，交到屈向农手中。星移斗转，孩子已经快八岁了，每次都是在教室中听见钟声睁开眼，孩子走路还算利索，他从筐里爬出来，然后走到挂钟的房檐下拉父亲的袖子。

昨天晚上，屈向农被押到场部"交代问题"，半夜才回来。回来之后，屈向农失去了往日在孩子面前的体贴与温存，来回踱步，一根接一根地抽烟，整夜未眠。孩子要什么,他不但不给,还粗暴地将孩子推搡到地上。折腾的孩子也没睡好。天亮了,孩子睡着了。

孩子没有听到上课的钟声。

孩子也没有听到下课的钟声。

因为昨天的事情,屈向农破天荒地没有敲响上课的钟声。他待在自己的办公室兼卧房的家里。

班长来叫屈老师上课。"屈老师……"

班长只是这么叫了一声,就闪回教室了。

屈向农来到教室。面对十几名眼巴巴望着他的学生,他不知如何开口。眼尖的学生,看到泪水在屈老师的眼窝里打转。

屈向农到教室外面转了一圈,重新回到教室,他说:"同学们好!"

"老师好!"

"昨天,昨天我们讲到哪一课了?"

班长立即起身:"报告老师,昨天您讲的是《荷塘月色》。"

"哦……"

屈向农想起来了。就是《荷塘月色》,那篇朱自清的散文。很美。怎么美呢?昨天是怎么回事?

昨天就是解读《荷塘月色》。有一个荷塘,夜晚罩着月光……马良行的女儿鼻子里嗤嗤地出气儿,跟身边的同学说话。她说什么呢?好像是说有什么美,美个屁!高楼大厦才美呢,人来车往才美呢,霓虹彩灯才美呢……

最近,马良行的女儿在同学中颇有人气儿,因为父亲不久前领她去了一个城市,并答应她尽快转学。而正在野鸡胡上学的学生,绝大部分甚至没有走出过野鸡胡的地界。老米不是到死也没见过火车么。转学不是新鲜事儿,也不是每个转学的学生都像马良行的女儿那么嚣张。

屈向农停下来,叫马良行的女儿说说自己的看法。

马良行的女儿站起来,鼻子还是嗤嗤地,扬着小下巴,不说话。

屈向农说:"你刚才在说什么?你说!"

"什么也没说!"

"你……这算什么态度?!"

"说了几句真话。"

"真话?你懂什么叫真话吗?!"

"我当然懂啦!"

"你……"

屈向农在野鸡胡学校从来没有遭遇学生这样的顶撞，他平时不苟言笑，学生都有点儿怕他。

"城市就是比山沟美！"

"你……幼稚，无知！"

"我爸说的！哼，也不用我爸说，谁看一眼就知道啦！"

"你爸……"屈向农气得把书摔在桌案上，说，"那好！叫你爸来跟我说说！"

屈向农向窗外喊那名住在学校的工人，说："她爸是叫马良行吧？是四分监区的副分监区长吧？多大的官儿啊？！监狱长的孩子我也教过啊！他怎么能这样教育孩子啊？！"

屈向农不许马良行的女儿离开教室。"站好！听见没？立正！你爸不来，你就别想回家。我倒要看看这个马良行是个什么货色！"

马良行的女儿忽然"哇——"的一声哭起来。屈向农的表现严重地刺伤了她的自尊心。

学校就在场部的侧后方，那位工人按屈老师的指示，去场部找一个电话，打往四分监区。马良行不在分监区，正随着哭丧的范伟的家人走在来场部的半路上。那位工人折回学校，向屈老师说明情况。

屈向农一分神，马良行的女儿就逃跑了，跑得飞快……

怎么会传出马良行的女儿被老师强奸的流言呢？野鸡胡学校历史上发生过男教师猥亵、诱奸女学生的事。人们坚定地认为，历史总是会重演的。早有人怀疑过屈向农独守学校的动机。

屈向农的儿子听到了钟声，今天的钟声跟以往的不一样，孩子睁开眼睛，发现自己不是置身教室，他叫了几声，没人应，就哭起来。哭着，他还是本能地寻着钟声走向那个挂钟的屋檐下。拐过一个屋角，又拐过一个屋角，孩子看见了高高挂起的父亲。孩子不哭了，上前去拉父亲的衣袖。父亲的衣袖太高啦，够不着啊。孩子只好拉父亲的脚。

父亲不理会儿子的拉拽。

跟父亲的脑袋扎在一起的钟发出了轻微的声响。

孩子咯咯地笑起来，使劲推摆父亲的腿脚。接着，孩子索性抱住父亲的脚，向前迈两步，双腿一缩，两个人的身体就悬空荡悠起来。这孩子玩儿过荡秋千。

钟声变得响亮了。

狱政科长令狐白颇具新闻摄影的天赋，他总是以最快的速度赶赴现场，第一时间按动快门。令狐白为屈向农留下了一组与儿子在一起的绝版照片。十四年之后，也就是 2007 年，令狐白儿子的同学在令狐白的相册中发现了这几张"稀世珍宝"。那同学偷走了那组照片，选了一张，寄到国外的一个摄影大赛组委会，居然拿了"特别奖"，奖金两万美元。国内传媒纷纷报道这一消息，刊登获奖照片。令狐白惊愕不已，他一纸诉状，把儿子的同学告上了法庭。那小子在法庭上辩称："是我发现了那张照片的价值……"官司一波三折，令狐白似乎并无全胜的把握。这令令狐白的儿子愤懑不已。他私下找到自己的同学，说："信不信我一刀捅死你个白眼狼？！"他真的捅死了他的同学，用的是一把削水果的瑞士军刀。

那张获国际大奖的照片标题是：《丧钟为谁而鸣》。

"你是妓女吗？"

"你可以这样说，可以这样认定。"

"谁给你钱？是你姨妈吗？"

"你也可以这么认定。"

"陈大勇收留你，干这事儿，是违法的，知道不？！"

"知道。"

"谁知道？"

"我知道，陈大叔也知道。"

"你叫什么名字来着？"

"我说过，我叫井裳清。水井的井，衣裳的裳，清水的清。"

"井裳清……你今天玩儿什么把戏？"

隔着清水河，井裳清躲藏在侧面一片缓坡玉米地里，只说话，不露面。

玉米棒子已经八成熟，正是野猪成群出没的时节，井裳清一个人待在玉米地里非常危险。

"我大姨妈来啦！我给你唱歌吧！"

"啊……"

"月经。懂不懂？！"

"哦，我知道。知道。那也用不着藏起来嘛。我到你身边说话，行不？我想和你说话，说许多话。"

"不行。"

"为啥？"

"我怕。"

"我又不是野猪。最近野猪特多,前天我们分监区还有人被野猪拱了哪。"
"我知道。本来不想来,远远地看见你,就来了,说说话呗。"
"噢,那就说吧。说吧。"
她拒绝回答与自己的身世相关的问题。她在对面哼唱一首民间爱情歌曲《知道不知道》:

山清水秀太阳高,
好呀么好风光,
小小船儿撑过来,
它一路摇呀摇,
为了那心上人睡呀么睡不着,
我只怕他找不到,
那叫我怎么好……

阿弥陀佛。老天爷保佑。
我一时不知道什么地方触动了井裳清身为纤纤玉女脆弱的神经。但是,我感觉到这个神秘女子的面纱很快就将揭开,她的灵魂将为我打开门户。
"我不行了,我不能!我受不了了,我,我,我……"井裳清像忽然扑到我怀里一样,又忽然推开我。她把双手插进脚下的泥水中,沾了污泥,往脸上、胳膊上、身上到处乱抹,抹够了,她钻出玉米地,向陈大勇老婆的方向跑去。
我站在玉米地的外面,看着井裳清的背影,看着她跌跌撞撞地冲入半人高的香紫苏地里,扑到陈大勇老婆的怀中。她把我弄蒙了,弄傻了。
两个女人蹲下身体,就被香紫苏淹没了。过了一会儿,井裳清留在原地,陈大勇的老婆向我走过来,她招呼我向公路的方向挪动。她要跟我说话,她跟我说话不用躲藏。挨近有人过往的公路也许更自然吧。
她说她早就想跟我说,但井裳清不同意,现在她同意了。
说来话长啊。
说你父亲的那个煤矿吧。去年,有个矿工回家过年。他们家在凤翔县县城。他去邮局给他上大学的妹妹汇钱,出了邮局的门,竟然远远地看见妹妹下了长途车。妹妹也是回县城跟哥哥过年的。就说呀,兄妹俩早年父母双亡,哥哥把妹妹带大,供她上学,你父亲的矿上工资高,他才去的呀。哦,这不是嘛,哥哥以为妹妹不回来才去汇钱嘛,见着妹妹,高兴啊。可是,可是过马路就被一辆拖拉机撞啦。撞得重啊，人没死，那就是老天有眼啊。这妹妹光顾送哥哥去医院，没有拉住那拖拉机司机，让他给跑啦。

那跟我爸不相干哪。找警察，找目击证人，抓那个司机啊。

说的是呀。那不是得先救人吗？手术费、住院费交不上，医院不收人呐。那矿工就叫妹妹给你爸打电话。你爸差一个叫吕刚的大个子火急送来了两千块钱。人住下了，急救啊。可是，人伤着了腰骨，差不多就残废啦，再治下去两千就差太多啦。后来找着那司机啦，他是给别人家开拖拉机，自己家穷得叮当响，说要命有几条，就是没钱。妹妹无奈，只好上矿里找你父亲。你父亲虽然开着煤矿，但却没有多少现金，现金才发下去叫大伙回家过年哪。他说呀，要是这矿工在矿上受伤致残，他就养他一辈子。我买的保险只限矿区和生产，这你哥哥是知道的，可这事儿，我给了两千，也不少啦。妹妹给你爸跪下，求啊，说了要能救她哥哥，让她干啥都行啊。你爸爸本来还平和，听了这话倒生气了，说你啥意思啊，你把我当什么人啦！

我爸不管啦？

哪儿啊，你爸架不住那妹子长跪不起啊，最后把他那辆小车给卖啦。

那她哥哥治好啦？

治了小半年，坐在轮椅上可以活动啦。唉……这做妹妹的就想法子要报答恩人呐。以身相许不成，她悄悄拉着那个叫吕刚的大个子，打探你们家的家底。那吕刚起先也不说，后来说了你母亲，说了你。她先去了宝函寺，见你母亲有你姐姐看护，她插不上手，她就打你的主意啦。她说帮你补习文化课，说服刑也能考大学。这事老陈和我当然愿意帮忙啦。好事儿啊。她前几次都高高兴兴地，说你悟性高，再有几次她就大功告成，可以回去照看哥哥啦。怎么你今天欺负人家啦？怎么满脸糊着泥巴啊。

我好像明白了，比如井裳清的长衫中总是塞着几本高考的书。

我明白了一部分。

我对陈大勇的老婆说，啊啊，是我不好啊，我本来说好了记五百个英文单词，我只记了一半，她说你二百五啊，我说你才二百五！对吧，学生怎么能跟老师顶嘴呢。我要承认错误，我要检讨，求求你跟她说，说说，说我认错啦，知错啦。说说吧。她要是不教我了，我就前功尽弃，半途而废啦。

陈大勇的老婆满脸狐疑。

"那我自己去找她！"看看日头已经偏西了，我急了。

"那哪行啊！我去说，我去说。"

陈大勇的老婆走了。

公路上远远地腾起一股烟尘，我盯着它看，直到一辆越野车、一辆小面包从我身边不远处掠过，有个政府从面包车里探出半个脑袋，是吕长樱，他唱着歌，蛮兴奋的样子。看见吕长樱，让我想起近些日子日益增多的枪声。这些枪声，有的是狩猎，有些是新手练靶。

那辆越野车好像是监狱长杨鼎康的座驾。

二十一　狩猎

野鸡胡监狱有一个专用的枪械库。枪械库统一由狱政科管理。狱政科科长拿着库房的钥匙，紧急情况他可以"应急发枪"。平日里，使用枪支必须经杨鼎康签字。按照历史经验，在野鸡胡官阶越高，越喜欢狩猎；似乎不如此，官就白当了。比如政委辛占河，家中常年放着长短各一把枪，闲来无事，他就纠集上几个人，开上车，子夜出动，黄羊、野猪、野兔、山鸡、土豹子，等等，每次多少都有斩获。

杨鼎康是个例外，他几乎从来不摸枪。十年前，他从另外一个叫做叶子沟的农场式监狱调来野鸡胡。临行前，老朋友喝酒相送，喝高了，其中一位拔出枪来，说他枪法好，一枪可以击中十米开外的油灯芯，另外几个就去找来油灯，准备点着了让他一展身手。没料想，几个人刚起身，枪就响了，几个人当中倒下一个。这个人被击中了腹部，几乎丧命。

那事儿要不是那几个兄弟扛着，走火的人酒醒后"好汉做事好汉当"，受害者为杨鼎康说好话，杨鼎康的仕途就完了。

杨鼎康在野鸡胡监狱当书记、监狱长，也有六七年了，每次在领枪的单子上签字，当年的情形都会闪过他的脑际。如果可以，他宁愿让那二百多杆枪永远锁在枪械库之中。

可是，不让政府摸枪是不可能的，这就像不让政府打牌、喝酒一样。执行特殊公务，追捕脱逃犯，监管外役犯都必须持枪。当几十头野猪一夜之间啃光了近百亩玉米、当野兽伤人之后，"拿起枪来！"几乎就成为"形势所迫"和每个政府的本能呼喊。枪支握在政府的手上之后，什么时候交还枪械库，往往成为扯皮的事。而政委这样的"副处级以上干部"拿了枪，常年不还，杨鼎康也不能跟他拍桌子翻脸。因为，那将连带牵扯另外五六位"副处级以上"的干部。领导班子要团结嘛。

再说，闷在这与世隔绝的野鸡胡，除了打牌喝酒，不就剩下打猎了吗！

年年入秋，杨鼎康都要召开全体政府大会，一再强调安全使用枪支，并积极推介不用枪械的捕猎方法，比如改进电网打野猪的技巧、设陷阱套禽兽，等等。不错。但是，这丝毫也改变不了枪支握在同志们手上的势态。

> 我们拿起枪，
> 保卫我们的果实和粮仓！
> 我们决心把野猪黄羊彻底杀光。
> 我们要和工农在一起，
> 迎接野鸡胡明媚的春光，
> 前进，前进！
> 军号已吹响，
> 我们狩猎开枪很忙很忙！

吕长樱等人发挥创意，为许多革命历史歌曲重新填词。

这类歌曲被一拨一拨省城来的狩猎爱好者传唱，在监狱系统广为流传。为此，杨鼎康哭笑不得，而吕长樱他们十分自豪。令杨鼎康欲哭无泪的是，自己唯一的儿子也加入到狩猎的队伍，最终惹出事端。

有一天，杨鼎康的儿子杨国威忽然推开"场长办公室"兼卧室的房门。杨鼎康惊喜不已，更令杨鼎康惊异的是，儿子身后还站着一位金发碧眼的洋妞。

杨国威从小在父亲身边长大，对农场式监狱并不陌生。两年前杨国威去澳洲留学，此番回国，专程探望父亲。

"你也不打个电话！啊呀呀！"

杨鼎康身材高大、魁梧，儿子个头也不小，只是腰围尚显纤细。

杨鼎康被儿子的西洋拥抱弄得有点儿透不过气儿，说："你妈，你妈知道吗？"

"知道。"儿子放开了父亲的身体。

面对儿子的女友，礼貌而诙谐地问："小朋友，怎么称呼啊？"

"我叫兰迪！"兰迪会说汉语，她也没客气，说着便张开双臂拥抱未来的公公。

杨鼎康的目光越过两个年轻人的肩头，看见老婆笑吟吟地站在门外。

杨鼎康的老婆是农村妇女，杨鼎康来到野鸡胡当上一把手之后，手下的人曾经多次建议，后来干脆"先斩后奏"地为"嫂子"安排工作。这是件很容易的事儿。杨鼎康没有反对。杨鼎康的老婆来到野鸡胡"工作"了个把月，就跟丈夫说，她不能在野鸡胡工作,她受不了同志们低眉垂首的目光和唯唯诺诺的话语。还说,她一点儿也没有"工作",心里不踏实。再说,她在老家跟几个亲戚种大棚菜,收入比这儿高得多。

"咱不能做这赔本的买卖!"她跟丈夫说。

监狱长有专车,杨鼎康几时闷了,差司机专程接送夫人,不在话下。这一点,老婆是可以接受的。

前两天,杨鼎康就想打发司机去接老婆的,不曾想连儿子都送上门来!

第七分监区的分监区长是杨鼎康的嫡系,听说杨头儿的老婆、儿子来了,立即安排杀羊宰牛,送往场部。

按规定,牛是生产工具,春耕秋播都离不开它,不能杀的。但规定难不住想吃牛肉的野鸡胡人。政府只要向放牛的外役群众交代一下,不出一小时,就会有牛"成功"地从山坡上滚到沟里。这叫"牛滚坡"。牛在崎岖的山坡上没有羊那么好的平衡功夫,体重又大,一旦滚下山坡,九死一生,不死也没得救,能救也不救。

"牛滚坡喽——"

这种喊声听上去很像是对遭遇灭顶之灾的牛的同情和怜悯。

外役放牛的群众对此必须负责任。扣二百分,在全分监区的群众大会上宣布。但是,两个月之后,这个群众又会因为莫须有的功绩,嘉奖二百八十分。这一次,就不用跟群众说了。

有"眼色"的不仅仅是第七分监区。两天功夫,场部伙房就收到了四头牛、十三只羊的尸体,还有从水库打捞的十几斤重的草鱼,一筐一筐的野鸡、野兔,野猪、黄羊等等也有,不过不如牛羊有身价。多年来,野鸡胡没有收笼到擅长烹制野味儿的群众,算上脱逃的金大江,也找不出一位把野味变成美味的厨子。所以,杨鼎康对那些喜欢用枪打猎的人更不理解:"不好吃嘛,多数还不是喂狗了嘛。"

如果电网一次电翻了十几头,甚至几十头野猪,狗都吃不及就臭了。即使是夏天,野鸡胡的夜晚也只有十几度,用不着冰箱。野猪臭了就被埋到菜地当肥料了。埋得不深,还会被老鹰、乌鸦叼出来分食。

杨鼎康吩咐伙房,留几条牛里脊、一只羊、两条牛腿,其余的分发给各分监区。当然,过程中也少不了象征性地责问杀牛的分监区,处罚责任人。

野鸡胡秋天过年了。许多年轻的政府,对杨国威领来的兰迪啧啧称奇,说瞧人家洋妞,什么结婚不结婚,先睡一块再说。许多来场部没事找事的人,多半是为了有幸一睹洋妞兰迪的芳容。

牛羊肉还没吃完,杨鼎康接到监狱管理局的电话,叫他到省城开会。会议内容是讨论《中华人民共和国监狱法》草案。临行前，杨鼎康对儿子千叮咛万嘱咐：不许摸枪！

杨鼎康还召开了一次党委扩大会，再次强调安全问题，并在会上宣布，他不在的时候，工作由政委辛占河临时负责。

杨鼎康不知道，在此之前，他的儿子杨国威已经跟吕长樱等几个"神枪手"成了哥们儿兄弟。他领着兰迪，跟他们纠集一起，说是上水库钓鱼，其实是去练习枪法。

杨鼎康离开野鸡胡的时候，儿子把父亲送了三十多公里。杨鼎康怕老婆、儿子和兰迪在野鸡胡不方便，特意改乘班车，将自己的越野车留了下来。杨国威折回野鸡胡，半道上就与吕长樱他们会合了。他们一起唱着吕长樱重新填词的革命历史歌曲，呼啸着从我面前掠过。

胸中的潮水瞬间冲决了堤防。深埋心底的另一个意识拱出水面，我一针见血地说："你觉得你背上了沉重的债务，你背不动了，想卸下来，卸到别人的肩上，卸到我肩上！对不对？你觉得欠了我父亲的，就来让我欠你的，找平衡，对不对？！"说出这几句话，原先朦胧模糊的那个意识一下子明朗起来。我觉得自己好聪明啊。

井裳清睁大了眼睛。

"你不是很自私么？"

"我？我自私？"她眨动着眼皮，歪着脖子说。

"对呀。你走之后，我会怎样呢？我会怎样想呢？"我的话进入了加速的轨道。

"我，我，我……"井裳清又把脑袋歪向另一边。

"我会觉得我欠你太多。我会悲观失望！我会想：也许，也许我这辈子都没有机会，没有能力偿还你。这种欠债的感觉将伴我终生！"我彻底撒开本来拥揽着井裳清的双手，我被自己的话语搞得激动起来，烦躁起来，我折了一根身边的树枝，塞进嘴巴里狠狠地咬。树枝又苦又涩，我觉得鼻腔中酸液滋起。我脸上沾上几粒水珠，要下雨了么？还是已经下了？陈大勇的老婆并没有发信号。

"天木哥……"井裳清上前抱住我，把脸贴在我赤裸的胸前。她说："怎么会这样啊！我，我没想到会是这样。没想到你这么敏感，这么多情！我完全忽略了感情的存在，我哪敢奢望从你这儿得到感情啊。我，我，我原以为你，你，你只是个……一般的那样的男人。"她的泪水打湿了我的胸膛。

我甩开井裳清，仄身去拔一棵啤酒瓶那么粗的杨树。我不是鲁智深，我根本拔不动那棵树。我用手推它，用肩扛它，用脚踹它……井裳清过来拉我，被我甩开，她再次扑上来，又被甩开。她不罢休，第三次她改了方向，扑上去抱住了那棵树。她说："来吧，你就冲我来吧，跟人家杨树不相干！你冲我来，别糟踏人家杨树。人家杨树长得好好的，为什么要摧残……"

好像那棵树是她的孩子，而我，是十恶不赦的冷酷魔鬼。

"你松开！放手！"

井裳清抱着那棵小杨树的手松脱了，身体滑下去。我看见雨水打在她的头上和身上，才意识到下雨了。

雨滴把杨树叶打一个跟头，叶子旋两个，晃两下，又被打着了。

井裳清仰脸看着我，不知所措。

我的话语被雨水冲乱了，一时找不到头绪。我甩头。

雨很快就形成了哗哗的阵势。

树林外面走进来一个人。这个人穿着大号军用雨衣，看不见这个人的脸。我想是陈大勇的老婆听见了我们的动静，进来劝阻的吧。或者，她是来为我们送雨衣？风声雨声掩护了这个人的动静，以至这个人仿佛是从天上同风雨一并降临的。

杨树，不管是长到几丈高的大杨树，还是两人多高的小杨树，它的下半身往往是笔直无叶的，所以，如果是在平地上，有人在林中，很远就能看得见。我与井裳清幽会的杨树林处在起伏的地形中，边缘还有一些灌木，所以十分隐蔽，远近都不易发现。但是，一旦发现有人，这个人差不多就近在咫尺。

我打了个激灵，急忙把原来铺在地上的井裳清的大褂子披在她身上。

井裳清也感觉到有人进了树林，她站起来，抹两把脸上的雨水，抹去遮在脸上和眼睛上的几绺头发，她背靠着那棵刚才抱住的杨树，眼睛死死盯住那个一点点靠近的大号军用雨衣。

那棵小杨树瑟瑟地抖起来。

我发现井裳清在发抖的时候，一眨眼，也看见了藏在大号军用雨衣头罩下的人的脸。

姜楠！

我本能地跨前一步，横在姜楠和井裳清之间。井裳清立即从后面抱住我的腰，这令我豪气顿生的同时，也想起小时候玩儿的游戏：老鹰捉小鸡。

我感觉到井裳清在我身后弯了几下腰，她一定是在往脸上抹稀泥。

我盯住遮在军用雨衣下的姜楠的眼睛，指望从她的瞳孔中找到记忆中与她交合的信息，找到一些阴柔、迟疑或慌乱的信息。没有，一点也没有。

远处响起湿淋淋的枪声。用"二胡"的判断法，这枪声在侧面山沟的方向，距我们至少一里地。

"井裳清，站出来。"姜楠面无表情。打在大号军用雨衣上的雨水加重了她话语的冷峻。

我哆嗦了一下，但还是做出英雄救美人的样子，说："你，你，你要干啥？！"

姜楠不看，也不理我，对我身后的井裳清说："有个叫吕刚的男人来找你。你不会说不认识吧？"

"吕刚？"

"吕刚？"

井裳清从我身后站出来。我俩几乎是同时叫了一声，难不成是当年去我们村插队，滑到井里，被父亲救了命的那个"英姿勃发知识青年"？

吕刚在我七岁那年考上了大学，后来毕业结婚，又离婚。他从来没有断绝跟父亲的交情。就在我出事的前一年，他追随父亲，在矿上做销售经理。从某种意义上说，是吕刚指引了井裳清来到野鸡胡的。这个皮条客。

井裳清小鸡啄米似的点头，说："认识，认识，他找我……"雨水已经把井裳清淋成了落汤鸡，刚才抹在脸上的稀泥经不住雨水的冲刷，纷纷滑落。雨水是模仿蚯蚓的运动方式向下拱行的。我用衣襟替她抹几把脸，把泥水擦干净，我生出一个奇怪的念头：不能让姜楠看见我的女人是一个黑牙脏脸皱巴巴的老太太！可是，再看姜楠，对比之下，忽然觉得井裳清弱小得就像一只浑身绒毛的雏鸡，雨水打湿了雏鸡的绒毛，雏鸡越发显得羸弱可怜。姜楠的身体够丰满，可是，有这么宽大么？！有这么威武么？！

姜楠的目光这时才转向我，好像是欣赏我居然知道怜香惜玉，她的唇角微微上翘，撇出一丝笑意。她说："这很好，在我面前用不着化妆。你们的事儿，我早就知道。"

早就知道！为什么不告发？

井裳清说过姜楠曾经在陈大勇的小商店，在半路上目光异样地打量她。而她和我都全然不知，姜楠几乎每次都用军用望远镜远远地监视我们。只是，她没有报告，没有上前打扰。今天是情况紧急，吕刚说要赶末班车返回，而陈大勇送货不在家。也许这些只是借口，是姜楠为自己找的借口。毕竟，她没有见过井裳清的真面目。她要看看这个胆大包天的女子的近距离模样。

我觉得眼珠子往外鼓。

井裳清说："我不见吕刚！"

井裳清跟我说过，吕刚对她很有"意思"，还说过愿意娶她，但井裳清没有答应，因为吕刚拿不出那么多钱为她的哥哥治病。吕刚绝想不到井裳清会潜入野鸡胡，跟我干这番勾当。现在，他是不是知道了呢？恼羞成怒？报告政府？置我于死地？！

姜楠扫我一眼，迟疑了一下，说："吕刚说矿上出事了。你父亲受伤住院了。"

我抹了一把自己脸上的雨水。如果我没听错的话，姜楠，不对，是吕刚带来了父亲煤矿发生矿难的消息。我在总是晚到野鸡胡半个月以上并且总是残缺的报纸上看到过关于煤炭生产的死亡率的报道，说平均一百万吨死一个人。我曾经对探监的姨妈说："劝我爸别干那个了。"我曾经想，父亲的煤矿还没出事儿，那一定是产量低，还不够一百万吨。

现在够了吗？！

姜楠说，吕刚说没有死人。说不是瓦斯爆炸，是透水之后又起火，水深火热。父亲从井上下到掌子面，率领十六名矿工游过几乎塞顶的一段一百多米的巷子，遇上了大火浓烟，他们就改走通风巷道，但气压异常，电路被切断了，通风巷道中也蓄满了浓烟，所有的人都被熏倒了。后来是老天爷救了大家，外面天气豁然放晴，气压改变，通风巷道清爽了。

"大概就是这样吧，更详细的要去问吕刚，或者问仁天木的父亲。走吧。"姜楠最后对井裳清说。

井裳清看看我，还是不愿走。我难以确定她此刻的心境。是怕见吕刚呢，还是担心我父亲的伤势？我们刚才的冲突是否已经被如神兵天降的姜楠冲刷得无影无踪？！也许，她是担心这个女人会利用职权，霸抢她的男人？！

我也不能确定自己的心境。

"不走？等着吕刚来？等着值班的来？！让我立功？！"姜楠伸手拉了一下大号军用雨衣的帽檐。

井裳清再次看着我，说："刚才是我不好。我觉得自己没资格，觉得自己不配。如果你愿意，我会等着你。"说完，她把那个项链塞到我手上。她早就把那个项链攥在手上了。

这个项链我讨过，她没给。现在，她把项链交给我，是在做诀别么？我想拉住她，想说刚才对不起，想说很多话。然而，没有我说话的时间和空间。井裳清深一脚、浅一脚，离开了杨树林。出了林子，她就叫唤陈大勇的老婆。那女人早被姜楠打发回家了。

如果姜楠不在场，井裳清应该说的是另一句话：

"我爱你。"

我一定会对她的话作出相应的回应。我强调自己不是嫖客，应该已经表明了心境。

好像是这样吧。如果不是姜楠和她传递的信息的干扰，我好像也会说那句话。也许我不懂什么叫爱情，也许我没资格说爱情，也许我想说爱上了井裳清，其实仅仅是皮肉欢娱派生的错觉，那是对爱情的亵渎。但那时，那三个字的确在我的脑子里、在我的身体中四处奔突，寻找出口……

杨树林的深处好像有动静。没人照应，又下着雨，我的牛都跑散了吧？！好像是贴着山边的清水河涨水了。野鸡胡深处各山谷的溪水都在向清水河汇聚。

"我们扯平了！"姜楠冒了一句。

呆了片刻，大概是估计井裳清走远了吧，姜楠才与我道别。她拉下大号军用雨衣的帽檐，低下头，完全遮住了脸，一甩，水珠横向飞出，有的溅在树干上，有的跟垂落的雨水撞个满怀。

"什么扯平了？！"我问。

我学着落水狗的样子，甩甩我的光头，也有水珠呈伞状四下溅落。

"你说什么扯平了？！"姜楠猝然转回身，失去了观音相的和蔼，失去了身为大夫的矜持，她瞪着我说，话语字字铿锵。

我看着眼前这个被大号军用雨衣罩着的女人。因为愠怒，她白皙的脸居然涨起红潮。

"我，我，我……那你，你，你……"我张口结舌，思维短路，竟然说，"你不要了？"

姜楠的脸依然红着，但愠色已经迅速退去，这让我想起她谦恭地向我道歉的样子。她说："我要。你知道我究竟要什么吗？！"

我不知道。这个问题已经困扰了我很久。按情势，听语气，姜楠似乎是要主动地向我告白，向我倾诉。

刚走了一位倾诉者，又续上一位，今天是个打开心门的日子！我应该可以马上解脱这个困扰了。但是，类似于漫天坠落、漫无头绪的雨水，姜楠没有一下子阐明。也许她认定她要向我告白的内容压根就不是一句话可以说明白的吧。"天要下雨，娘要嫁人"，"小孩没娘，说来话长"。那么，娘没小孩儿是怎么回事呢？在"因"与"果"之间，姜楠耗费了太多的时间，这个"太多时间"的感觉是被突发事件打断之后显现出来的。往事的胶片已经浸入显影液之中，轻轻摆动几下，本该显影。但是突然，出现了疯狂的闯入者。

这是一个百十号的野猪大家族。

好几棵杨树被它们撞断了。

姜楠被撞到了。

我是说"撞到",而不是"撞倒"。这两个词之间有很长的距离,很大的空间供我伸出双手。

我抱起姜楠,她的身体一点也不像宽大的军用雨衣笼罩下的那么肥大,那么沉重。我甚至轻易地在空中就完成了将她侧偏的身体转正的动作。

姜楠叫了一声,瘫软在我的怀中。我们面面相觑,她惊诧地张开嘴,眨动着双眼,我觉得像抱着一个受惊的孩子。幸好,孩子没哭。

野猪从我膝盖的后面顶我膝盖,逼我单腿跪地。我站好了。它们又顶,再逼我单腿跪地。身体受到牵连,一下一下地震颤。

"你受伤了?!"姜楠的脸在我面前颠磕,她睁圆了眼睛,张大了嘴巴。这次是因为她意识到了凶险。

"没有。"姜楠体内的气息在一个瞬间有力地冲刷了雨林和野猪混搅出来的野生腥气。我接近本能地在她的体味中寻觅粮食被烤熟的味道,却被一丝福尔马林的气息抢了风头,就像满头黑发中刺出一根白发,我想薅出它来,在野生腥气吞噬、姜楠体味之前,确认其主体的品质,却出现了新的闯入者。

一声猛烈的枪响。

非常近。就在树林外、河岸边的山崖上。

又是两声。

猛烈的枪声叫我想起刚才就不断有枪声打断姜楠的倾诉。

狩猎者。

用枪打人,比打野猪容易得多。野鸡胡的历史上,在西瓜地、香紫苏等等庄稼地里被猎枪打了屁股的案例,累计有九起之多,都是一枪开花。

二十二 别墅

杨鼎康走后,风言风语在野鸡胡四下弥漫:"外国人怎么能住在监狱场部?咱们这儿又不是公园!""谁敢保证她不是间谍?!偷偷拍了照片卖给CNN。""老杨脑袋晕菜了吧,连起码的机要常识也忘啦?!""阶级斗争可不能忘哟。""晚上听见叫床声了吧？比他娘的母驴声还大！""未婚同居，什么性质？！""监狱是国家的隐私，怎么能像亮屁眼一样亮给外国人？！"

杨鼎康的儿子杨国威在另外一个农场监狱上过几年小学，上初中的时候，他就被父亲转出去了。出国留学之前，他宁愿回老家陪母亲，也不愿来野鸡胡跟父亲待在一起。他说："野鸡胡不是人待的地方。"

"why？"兰迪问杨国威。

杨国威耸耸肩膀，撇撇嘴巴。

兰迪用英语说："你那是少年偏执症呢。"

在澳洲勤工俭学两年多，杨国威的野鸡胡情结被袋鼠唤醒，他向兰迪描绘父亲当一把手的野鸡胡，兰迪说："那不是伊甸园吗？！"

兰迪对"伊甸园"充满了好奇，杨国威去哪儿她都要跟着。杨国威吓唬她："这是监狱，女人，尤其是外国女人不能随便看！"其实，杨国威非常乐意让兰迪伴随左右，以便随时领受吕长樱他们和偶遇之人惊羡的目光。

兰迪虽然时常大呼小叫，但更多的时候，她倒是显得很沉静，不时地会提出问题。

"野生动物是受保护的，可以随便打吗？"

"服刑的人可以会见女人吗？可以做爱吗？"

"学校没人，孩子们在哪儿读书呢？"

"那个花园，是皇上（你父亲）的别墅吗？"

兰迪说的"那个花园别墅"是鱼湘军的家。

一层杨树，一层柳树，一层花圃，疏密有致，层层叠叠，由浅入深，团团围定一座被精心改造过的椭圆形的旧砖窑。

既然兰迪执意要进别墅参观，吕长樱慌忙紧跟几步，大喊："鱼湘军，首长来啦！快穿衣服！快把狼狗拴住！"

在野鸡胡，谁都知道，鱼湘军在自己的家中是赤身裸体的。鱼湘军改造旧砖窑时在地面安装了一套可控加热线路，他是为自己养的几缸热带鱼着想，后来发现光着身子在这种环境中生活格外自在，与自己身体的本能需要合拍。椭圆砖窑的核心部分原先是添煤烧砖的，被鱼湘军拓出三间房，中央是浴室，两边一间卧房，一间厨房。这三间房占据了原先置放砖坯的环形空间的中间部分，剩下两头的空间，靠卧室的这边养了五缸热带鱼，靠厨房的那边是军犬的窝和仓库，外带十几盆珍稀花草。

鱼湘军不在，军犬也不在。"别墅"有一个"院门"，没上锁，只有卧室锁着，所以谁都可以进来参观。

四个随行的、准备抬狩猎战利品的群众站在门外，吕长樱与另一位政府请杨国威和兰迪进别墅。

兰迪开了眼界，不停地"My God"。杨国威也稀罕地啧啧称奇。兰迪率先发现了"别墅"的采光系统和太阳能。原来，"别墅"的恒温并不是全用电，它以太阳能为主体，电源作补充。兰迪还发现了排水系统和通风系统，它们都巧妙而自然地与"别墅"融为一体，更意外的是还有一组环绕音箱。

"鱼是个天才！"

兰迪用蹩脚的汉语说。

"鱼是个神仙！"

"这是一件伟大的作品！"

吕长樱向洋妞吹嘘："这君子兰，嘿，一盆可以卖七八万！这金龙鱼，十万都买不来一条！"

兰迪不以为然，她一边从各个角度拍照，一边说："什么东西都比不上这个别墅的创意，它是无价之宝！"

吕长樱讨了个没趣儿。杨国威用当地土话跟吕长樱说："土洋鬼子，没见过世面。别跟女人一般见识。"生怕吕长樱不悦，不带他玩枪打猎了。

一行人各着猎装，两支手枪，两支全自动步枪，他们在七湾沟水库找到了鱼湘军。

七湾沟水库水面占地将近两万亩。有人夸张说，野鸡胡的土地面积有多大，这七湾湖就有多大。它因"七湾"而得名。必须乘船下水，开出去几里远，才能大致看清水库的全貌。这么大的水面，是众多水鸟、野鸭子和其他许多野生动物的根据地。鱼湘军说，他的老家也有一个这么大的湖。

鱼湘军摇着橹，从一座湖心岛上划向大坝。两条军犬支棱着四只耳朵站在船的前面。阳光穿过云层，在湖面上形成强烈的反射，坝上的人手搭凉棚，看着鱼湘军和两条威风的军犬划过来。

兰迪自然少不了按快门。

兰迪还当众拥抱身着便装的鱼湘军。鱼湘军身材瘦小，戴着一副眼镜，一兴奋，说起话来像鸭子叫唤，令兰迪啧啧称奇。

"简直是个精灵！"兰迪搜肠刮肚，再掏不出别的词儿了。

与光棍的鱼湘军不同，吕长樱娶妻生子，奶奶婆婆抢着带娃。如今，儿子才五岁，婆婆已经在外面找好了学校。所以，吕长樱逍遥自在，有更多的时间开心玩耍，平日也常去鱼湘军的别墅喝酒。吕长樱还给鱼湘军介绍过几个女朋友。两人没挂上铁哥们儿的名分，多半是因为鱼湘军过于孤僻。鱼湘军特别不擅于跟人打交道，对训犬养狗喂鱼侍弄花草却特别在行。当年选拔训犬员去培训，他破天荒给场长送了两瓶茅台酒，领回两条军犬，配发了野鸡胡唯一的一台大冰箱，鱼湘军就与军犬为伍开始开发那个"别墅"了。

吕长樱向杨国威介绍鱼湘军如何训军犬，如何以军犬为首，领着二十多条土狗围猎野猪。十条一组，每条狗都有分工，两条专咬脖子、四条专咬腿，三条冲击野猪的腰部，还有一条专门咬野猪的屁眼，那是野猪最薄弱的环节。哈哈，有的野猪怕狗咬屁眼，见狗来了就"咚"的一声坐在石头上，死死地压住屁眼……

"那些狗呢？"杨国威渴望亲眼目睹吕长樱描绘的场景。

"养不起啦！"鱼湘军从兰迪面前转过来，笑着说："那么多狗，一天要吃半头肥猪，或者一百多斤粮食，半年前都遣散了。我一个人，也顾不过来啦！"有人关心，又见兰迪，鱼湘军笑得很灿烂。

"你在湖中做什么？"兰迪歪着脖子，手托腮帮，像欣赏熊猫似的看着鱼湘军。她的兴趣点显然与男朋友不同。

鱼湘军说前些日子他在湖中被一条水怪弄翻了船。他指一下杨国威说，那家伙比他还长。

"是条大鱼！"吕长樱兴奋地说，"咱用枪打啊！前天我还打着两条呢，咱这七湾湖快三十多年没清塘了吧，撒网也不可能捞净，那鱼不定有多大呢！"

"嘿，你就会用枪。我正恼火呢，我要把它钓上来！"

众人的目光投入波光粼粼的湖面，再看看鱼湘军紧抿的唇角，不像是开玩笑。杨国威笑起来，说那得多长多粗的鱼线，多大力量的鱼竿啊！再说，这么大的湖面，你往哪儿下饵呢？

鱼湘军狡猾地笑笑，没有回答。兰迪这时又追问别墅中的环绕音箱，平时放什么曲子，你喜欢爵士乐吗？

吕长樱向站在几米外的四个扛着杠子、挎着绳索的外役群众招招手，又向杨国威使个眼色。杨国威明白，但他想拉上鱼湘军一块去狩猎。

鱼湘军说他马上要去监区带班。

"这两条军犬能不能借来一用？"杨国威问。

吕长樱说没问题，拉上带子，你说什么它们都明白。平时鱼湘军病了，就是我带它们。瞧瞧，摇尾巴了吧，它们也想逮个活的，开开荤，它们灵着呢。

鱼湘军正向兰迪说自己的音响系统和日常放得最多的曲子，好像没有反对吕长樱的话，他们就拉着军犬拐向连着大坝的一条山路。那辆杨鼎康专用的越野车，留在大坝上。

打了两只野鸡，杨国威没想起兰迪，他不过瘾。又打到一只黄羊，随行的外役群众有活干了，杨国威还是没想起兰迪。他们来到一块非常宽大的林中空地，这里山势起伏变缓，树木稠密，更容易迷路。下雨了，杨国威猝然被枪击中一样震了一下身体，大叫：

"兰迪！"

吕长樱笑了，说："还真是儿女情长啊！"

杨国威还是被枪击中的样子，僵在原地。

"你是担心鱼湘军那小子把你的兰迪勾引回了砖窑？嗨，我告诉你，借他老鱼十八个熊胆，他也不敢。再说，就他那皱皱巴巴的小样儿，兰迪能看上？那也不匹配呀！"吕长樱说着，仰面朝天，转着身体用脸接雨水，几根松针被雨水带到他脸上、唇角，他唾了一口，这才发现杨国威真的不对劲儿。

"她应该追上来的！她可能迷失在丛林中。"杨国威面色失血，仿佛兰迪已经罹难。

杨国威身为兰迪的恋人，第六感觉非同一般。在澳洲，兰迪是学建筑设计的。有一回兰迪跟同学们参观一个建筑工地，杨国威在电话中听说后，马上觉得危险，当即重拨电话，叫兰迪不要进入工地深处。兰迪不明白，但脚步却不自主地慢了下来，掉在同学后面。当兰迪收起电话，要赶上同学们的时候，一片惊呼、惨叫，几个同学被一个滑脱的钢制脚手架砸在身上，一死三伤。那个电话，锁定了兰迪与杨国威的爱情。

现在，杨国威的脑海又出现了不祥的预感。这种感觉跟上一次非常相似。不同的是，这一次他无法用电话联络兰迪。

"你……确定？"吕长樱盯着杨国威的眼睛，说，"要不我让军犬原路返回去寻找？！"

杨国威不相信军犬，他自己折身回返。吕长樱拉住他说，你情急之下容易迷路，你迷了路，我们还得找你。要么一块回，要么……吕长樱想起了枪，他说："要么我们放枪，兰迪顺着枪声就可以找到我们。"

吕长樱笑起来，觉得自己何等聪明。

兰迪在大坝上与鱼湘军聊得起劲儿，不是鱼湘军说他必须去监区带班，她也不会想起去追赶那一群狩猎者。

兰迪就是朝着枪响的方向前进的。几次,她认为自己已经来到了枪响的方位,但却不见人影。她的恋人仿佛在跟她玩 Tom and Jerry 的游戏。她明白了,枪响是在打猎,打到,打不到猎物,猎手都不会在原地停留。他们玩的是"运动战"。兰迪害怕了,她大声叫着杨国威的名字,却得不到回应。

兰迪在密不透风的森林中失去了信心。下雨了,兰迪把衣领扯过头顶遮雨,她蜷缩在一棵青桐树下。她现在特别后悔没听杨国威的话,出来时在身上别一把手枪。枪可以自卫,也可以鸣枪与亲人联络。

枪又响了。这一次,是吕长樱专门打给兰迪的智慧的枪声。但是,兰迪像被老鼠几次三番戏弄的猫,一时间打不起精神。这次,枪响不一样,好像很近,好像是朝天放的。"再试一次吧。"兰迪在心中鼓励自己。

撑起身体,趔趄着走了几步,兰迪觉得前面似乎有动静,定睛一看,是一只猫!不对,比猫大。是土豹子?好像是吕长樱介绍过野鸡胡的野生动物品种,有一种就是介于猫和豹子之间的,叫做土豹子。

土豹子无声地挪移身体,打量着这个来自万里之外的不速之客。

兰迪开始后退,再后退,她听到了人声,是杨国威,她的恋人来救她了。可是,她不敢喊,她怕自己一出声,会破坏自己与土豹子之间的某种微妙平衡,会惊了土豹子。

土豹子被迫近的枪声和人声惊扰了,它移动的速度加快了,并且撤回目光,掉头而走。

兰迪觉得自己有救了,她扯开嗓子喊:"国威杨——"

我抱着姜楠来到清水河方向的树林边。

"放下我,放下我!"姜楠压着嗓子,但十分用力地说。

我没放。我为什么不放下姜楠呢?是担心树林中还有没跑净的野猪伤了她,还是让她冲着我再次张嘴,以便捕捉、确认她体内的气息?如果是这样,两样我都达到了目的。

流窜的野猪确实有,都在身后。野猪群八成是受到枪声的惊扰,才四下乱窜的。

来自姜楠深喉、肺腑的气息也捕捉到了。那是一股类似鲜鱼的味道。怎么鲜呢,在水中钓上来一条鱼,鱼在翻腾,伸手摁住鱼,从鱼的唇边抻下带着倒刺儿的鱼钩,鱼唇会渗出一些血来,这时,就会嗅到一般新鲜的腥气儿。

"河里有个人！"我放下了姜楠，说。

姜楠双脚落地，不管我说什么，屈身一把抓起我的脚，没抓动，她叫道："你受伤了！"刚才，她强烈地感觉到了野猪对我的冲撞，公野猪的獠牙可以挑穿一头牛的肚子呢。

我低下头，看见我的球鞋和右脚脚面都沾了血水。再撩起裤管，腿肚子以上竟然有两处皮开肉绽。黏附在腿肚子上和脚踝处的血浆冰凉冰凉，好像它们原先不是我身体的一部分。

"别动！别动！"姜楠的目光充满了惊恐和怜爱，雨水的冲刷更增强了她眼神的情感力度。

我的心怦然一动。

"救我……救命啊……救命……"

河那边传来断断续续的女人的声音。声音被雨声大大削弱了，但依然十分清晰。

这时，我感觉到右腿特别的沉重，我好像走不动了。我也感觉到了自己起伏的胸膛，粗闷的呼吸。

姜楠要为我包扎，但没有急救箱，没有纱布。她骂了句粗话，从内衣上扯下一绺布，可是，伤口太大，肌肉都翻出来了，她似乎无从下手。"我背你回去！"姜楠拿出了医生的果断语气。

姜楠在内衣上扯布的时候，我看见了她一只乳房，很大很白，另一只被湿漉漉的白色小背心粘着。后厚村的老人都说，这样的奶子是养娃的好材料。

"那有个人呢，你过去看看，不会是井裳清吧。"我甩了甩头，让雨水伞状溅落。

姜楠白了我一眼，一边拖着罩在身上的大号军用雨衣向河边走去，一边说："她死了活该！"

我不放心，尾随姜楠来到河边。我还可以走。刚才可能是给伤口吓着了。

我看见了已经爬过一尺多深河水的兰迪。我几乎没有见过外国人，更没见过这么高大的外国女人。姜楠要扶她起来，问她杨国威和吕长樱在哪里。显然，姜楠知道兰迪，而我这些日子忙着与井裳清缠绵，还没来得及获取、确认这方面的信息。

兰迪站不起来，她浑身上下虽然十分狼狈，却未见什么大的创伤。

"她摔伤了脊椎！"姜楠用专业的医生口气对我说。好像我是她的领导，必须先汇报请示，才能进行下一步的工作。"吕长樱、杨国威他们要绕下来至少得半个小时。"姜楠的牙齿开始打战了。

我抬头望一眼陡峭的山崖，那么高，没摔死兰迪也算是她们老家的耶稣上帝保佑吧。野鸡胡的山势多呈馒头型，像这一段这么陡峭的并不多。

"那我背她去医务所吧。"我说。

"你不行了。"姜楠下意识在自己身上摸了几下，说。她是想摸枪吧。她一定受过枪械方面的训练，真枪实弹地打过靶。如果有枪，她可以朝天鸣枪，告诉杨国威、吕长樱我们的位置。

姜楠又说："他奶奶的怎么会一个人也见不着啊。"

我已经把澳大利亚姑娘背在了背上。

"放下，放下！"

这回，姜楠是让我放下身材高大的兰迪。

我没有放下，没有停下。我说："我放下你背吗？你背得动吗？你以为你是白猩猩啊。噢，白猩猩一定是比熊猫还稀罕的品种。你见过白猩猩吗？你信佛不？你就没有六神无主的时候吗？有没有人说你生得一副观音相？……"我在自己的话语中汲取了能量。我不停地说着，一旦我的嘴巴停了，似乎我的腿也就迈不动了。我感觉到两耳生风。

"仁天木——"

眼看快到公路了，我竟然把姜楠甩开一大截，她在后面追我，喊我。她栽了一跟头。

我听见姜楠在泥水中的声音，我停下来。我不能确定是返身搀扶医务所所长，还是背着澳大利亚女人继续前行。这种迟疑一瞬间抽去了心气儿，胸膛一沉，双腿一软，我发现自己矮了一截子。我听到了自己毫无章法的呼吸。这时，一个披着长衫的黑影从公路斜侧的方向飞奔过来。我判断出他就是华子良的时候，再也支撑不住脊背上的外国女人了。我也支撑不住自己了。

我看不见了。

再次恢复意识，我已经身在公路上。好像雨停了，我拨开身边的姜楠，一下子就站起来。我高喊一声："胡说！"

迷糊的时候，我好像听见姜楠不停地说："你不行了！"很不屑的样子。

周围站了很多人，七嘴八舌，闹哄哄的。姜楠脱去了大号军用雨衣，脸上、手上粘着泥巴。华子良在人丛中窜来窜去，跳着模仿的非洲草裙舞。人群中还有陈大勇、杨国威和几条狗。野鸡胡就是这样，没人的时候，一个也见不到，有人了，就是一大群。杨国威的母亲在人后面大声叫着"国威——"儿子不回应。

杨国威刚刚把兰迪安顿到他父亲为他和他母亲留下的越野车上，转身见我站了起来，一把抱住我，连声道谢。他确实高大，比我高半个头。

吕长樱拉开杨国威，说："不用这样，他只是个犯人。"如果不是自己惹了祸，吕长樱一定会说："那只是头猪！"

杨国威像误抱了艾滋病患者一样撒开手，倒退两步，眼神特别向我肩部扫了两眼，那儿有几条白布，是身为囚徒的重要标识。刚才，情绪使然，也因为我浑身上下都是泥水，他忽略了那个标识。

"啊……"杨国威尴尬地把目光转向姜楠。

听说杨国威是很英俊的小伙，我一点也没看出来。

姜楠一把拉起我的裤管，说："你们打枪惊散了野猪，他是拖着这条伤腿把兰迪背过来的！"

吕长樱怪异地看着姜楠，欲言又止。他一定是搞不懂姜楠居然为一头猪说好话。他仰脸看看天，天色已晚。西山边残留着一抹晚霞。

"那一块送医院！"杨国威说着又上前来搀扶我。

兰迪躺在一排座椅上，越野车上再坐不下杨国威、姜楠、吕长樱和我。

"你们先走吧，先走吧！"姜楠挥挥手，说，"我已经向辛政委汇报了，他马上会派车来！"

"不行，姜所长，你必须跟我们一起走！"杨国威不放心地说，"万一路上有什么情况，您是医生啊。"

姜楠一手搀扶着我，说："那我也不能丢下他不管啊！他也伤得很重，就算他是犯人，可是，事情的起因……"姜楠居然要为我，为一个囚犯与他们理论。

这时，场部开来一辆面包车，一辆小轿车，车上坐着辛占河和一位副监狱长，还有办公室主任。辛占河跳下车，一发话，所有的人都安静并服从了。

辛占河在人丛中本来没看见吕长樱，他自己扑着扑着要随杨国威一起去。辛占河大叫一声，过来两名政府。辛占河说："下他的枪！先关禁闭。"杨国威的"八一"全自动早不知扔给谁了。他想为吕长樱说句话，没说出来。

我有幸与兰迪、姜楠、杨国威、辛占河同坐一辆面包车。车一启动，姜楠就打开急救箱，让办公室主任打亮手电筒，为我紧急处理伤口。另一边，兰迪不停地呻吟。杨国威盯住姜楠，却不敢张口。辛占河善解人意，说："姜所长，你应该先照顾外国友人啊！"

姜楠自顾忙活，头也没抬，边干边说："辛政委，兰迪的伤主要在腰脊，可能大腿也有骨折，现在尽可能保持状态，少动。杨国威，你让兰迪斜靠在你身上，扶住她。"

中篇　235

辛占河探过头察看，杨国威本来就是那个状态。姜楠闷着头只是把一对恋人的体态说明了一下。

我的腿伤需要做手术，膝关节后面的一条大肌腱几乎已经断了，剩下两条线那么粗的韧带牵挂着。野猪没有学过匍匐行军，不然，它们也许就挑断我的跟腱。据说，跟腱断了是接不上的，跟腱断了人就不能站立。我们隔壁号子有个叫"熊"的，当年就替人干过那种"挑大筋"的活儿。

夜幕已经合拢，车灯左右拉扯，打亮前面的山石、草木，格外显眼。辛占河不停地叹息，说这事可怎么向杨鼎康书记交代啊。

杨国威双目呆滞，没有反应。

姜楠却抽泣起来。

"你哭什么？！"杨国威憋不住了，烦躁地说。显然，他对姜楠的表现一直不满。

"你管得着吗？！谁让你们乱打猎，谁让你们乱放枪？！这野鸡胡是你们家的吗？！"姜楠有些情绪失控了。

"你……"杨国威噎住了。

"你以为你是谁啊，是皇太子啊，天老大，你老二啊？！你爸没教你遵纪守法……"

"住嘴！"辛政委严厉地呵斥姜楠，"你这是干啥？他还是个孩子嘛！你再说，我处分你！"勒住姜楠的马缰，他又转向杨国威，抚慰道："国威啊，千万别生气，别生气啊！姜所长那是着急上火，胡言乱语。你千万别往心里去啊。你放心，我们去省城，去最好的医院，不管花多少钱，也一定要治好兰迪的伤。正好你父亲也在省城……"

杨国威把脑袋埋在兰迪胸前哭起来。杨国威是高大俊朗，心灵敏感，心高气傲，意气风发的男人，但这不等于他不能哭泣。他救过兰迪的命，有理由把头枕在她硕大膨软的乳房上哭泣。后续的事情，比如他的父亲杨鼎康被免职、受记大过处分，他也应该哭泣。只是，那时他是把脑袋埋在他母亲的胸前哭的。

他哭得像一个孩子，而他也的确是他母亲的孩子。

还有一件事，他也有理由哭，那就是他推着轮椅上的兰迪，一同从省城再回野鸡胡的时候。

兰迪的腰脊神经摔断了，身体的上下联络被阻截。中国水土，天老爷，地神仙，嫉妒她身为女人，却有着类似中国高大男人般的身材。现在，她跟中国大多数女人的身高差不多了。这就好了，天王地爷就不那么烦躁了。什么叫"入乡随俗"呢！

兰迪对澳大利亚使馆派来的特使说，是她自己不小心，她是自愿前往，她为自己的行为和结果负责。她还拒绝了监狱管理局除医疗费之外的一切赔偿。她对恋人杨国威说:"我的健康生命是你给的。一年前我本该就是现在的样子。甚至,也许还不如现在的样子,用商业的话说,我赚了呢。"

显然,兰迪觉得自己"赚"得还不够,所以她要求再回野鸡胡。她向新上任的书记、监狱长辛占河一再申明,自己不是间谍,不是西方偏执的"人权主义"者,是"大大的良民的干活"。她说,她再回野鸡胡,是为了那个充满了科学和环保元素的"砖窑别墅"。她说她想再拍一些照片,再与鱼湘军长谈,把别墅和主人的故事带回澳大利亚,拿给她的老师看,拿给世界上所有的人看。

算个请求吧。

不过分吧。

不麻烦吧。

我愿意最终接受一切审查。

辛占河说:"兰迪小姐充满了浪漫情怀和乐观的人生态度,那种对新鲜事物的好奇心和探索精神,令我等自惭形秽。我们会尽最大努力满足您的要求,保证您的生命安全,让中澳友谊千古流芳。"

鱼湘军再见到兰迪的时候,视觉舒服多了。上一次,他是仰着脖子跟兰迪说话的。不舒服的是围观的人太多。

辛占河给鱼湘军放假,全天候接受兰迪的访问,并派出四名政府,轮番守护兰迪。他说:"兰迪再少一根毫毛,我毙了你们,信不信?!"即便如此,辛占河还是放心不下,逮空就驱车赶往砖窑别墅,远远地站在人群后面观望。另外,辛占河派专车去省城购买西餐用的刀叉、黄油、培根肉等西餐用料,还临时聘请了一位西餐厨子,自己顿顿饭陪着,为兰迪营造"宾至如归"的氛围。辛占河在这过程中,充分享受着身为野鸡胡主人、一把手的愉悦和满足。

两天的采访,兰迪已经把鱼湘军的生活背景、人生履历、生命认知、爱情体验、生活态度等记录在案。再用三天时间,兰迪在杨国威的帮助下,完成了照片的系统拍摄,兰迪需要杨国威的帮助,需要他爬到四周的山上,拍各个时段的远景。最后,兰迪要求在别墅中过夜,生活几天,真切地体验一下做别墅主人的感觉。

鱼湘军像鸭子一样叫起来:"这怎么可以!这不可以!"

"怕我吃你的饭,喝你的酒呀?!"兰迪居然钩钩手指,叫鱼湘军附耳过来。

鱼湘军看看侍立在轮椅后面的杨国威,杨国威十分和蔼地笑笑,说:"兰迪要跟你说悄悄话呢。"

鱼湘军凑上前去。

"听说你在这里是从不穿衣服的，这些天打搅了你的正常生活，很抱歉。在这儿过夜是我最后的要求。你要是害羞，可以穿一条大裤衩或者棉大衣，随你便。"接触了更多的中国人，兰迪的汉语表达已经相当流利。

鱼湘军满脸飞红，他答应了。

但是，鱼湘军的别墅没有客房，没有客厅，换句话说，这是"一个人的别墅"。

兰迪笑起来，说："鱼啊，"再返野鸡胡之后，兰迪就是这么"鱼啊鱼啊"地称呼鱼湘军。"这就是我发现的这幢别墅的唯一缺憾。古人云：有朋自远方来，不亦乐乎！"兰迪说着，模仿一个中国花旦，翘起兰花指，夸张地点了一下鱼湘军的额头。之后，兰迪深情地与她的"鱼啊"久久地拥抱在一起。

一百多天之后，野鸡胡大雪封山，兰迪乘坐一辆加了防滑链的越野车，重返野鸡胡。她带来了几本《美国地理》杂志、《世界建筑》杂志，那上面登载了关于"砖窑别墅"的系列照片和长篇报道。兰迪还带来一张一万美金的支票，那是《世界建筑》年度评选"特别奖"的奖金。

然而，出现在兰迪眼前的"砖窑别墅"变成了一座巨大的白色坟茔。长发披肩的华子良围着别墅跑圈圈。口中念念有词："咱俩好咱俩好，咱俩有钱买手表，你戴戴，我戴戴，气死地主老太太……""拉大锯，扯大锯，姥姥门口唱大戏，接姑娘，唤女婿，小外孙儿也要去，拿什么去，煮个鸭蛋放俩屁。"

兰迪问杨国威："他说的什么？"杨国威说："一些过时的顺口溜。他是个疯子。"

二十三　大鱼

省城有家医院，对外挂的牌子是"利新医院"，实际上是被高墙电网围堵的一所监狱。在这个监狱中为群众治病的大夫和护士，多半是被判过刑的和我等类同的服刑人员。为我缝肌腱、料理腿伤的大夫叫华子栋。起初我以为他是华子良的兄弟，其实这二人毫无瓜葛。

华子栋原是省城某军队医院的主治外科大夫，名头很响，非处级以上的干部，挂不上他的号。华子栋用自家的电话线勒死了吸毒的儿子，被判十二年有期徒刑。在法庭上，华子栋教授为自己辩护，他说他的儿子不但祸害家人，而且祸害邻里，他应该算是为民除害。检方说："任何人都不能非法剥夺他人的生命。"华教授说，我生养了他,有权收回。因此,有媒体送他"法盲教授"的雅号。

案发时华子栋48岁,如果他蹲满十二年,出去之后刚好可以去原单位办理退休手续,如果人家没除他的名的话。

大夫们都是两人一个单间,顿顿四菜一汤,天天不重样儿。由此可见,进监狱之前,先混个文凭,再弄个教授名头之类的东西是非常必要的。姜楠私下里叫华子栋"华老师"。我听见华子栋跟姜楠说:"一样,都是给人做手术。"好像他还可以参加总统竞选。

我住的病房另有三个群众,其中一位叫梅昊,是二十一沟监狱的。二十一沟监狱是煤矿,伤亡的事情时有发生。梅昊的光头被精心修饰,可以看出"平头"的痕迹。他下巴略尖,嘴巴微翘,眼睛大,鼻梁高。他犯的是诈骗罪,被判无期。他的腿骨折了,不是在矿井下,而是在号舍拉劝一对斗殴的群众,大铁炉子倒了,砸断了他的小腿骨。

梅昊一点也不摆"大监狱"的谱,他说,他是整合社会资源,民间办学,为国家减轻教育负担。办学何罪之有啊?!资金不足,贷款,贷了款倒卖钢材,为了增值嘛。后来学生被另几所学校抢去了一大半,余下的也闹着退学、退款。退不成了。倒卖钢材赚了头一笔,之后就赔了个倒栽葱。所幸的是,去了二十一沟监狱,入监训导三个月之后,人家并没有让他下井挖煤,而是打算安排他去狱内的"育新"学校教书。先生尚未做得,先折了一条腿。

不说话的时候,梅昊总是举着一本与易经相关的书,抿着嘴,撅着下巴,紧锁眉头,像个洞悉苦难、忧国忧民的老太太,仙者。这时,我们另外三个群众就十分尴尬,似乎我们的无知和低劣都记录在梅昊举着的书中,被他一页一页审视。他那种旁若无人的样子,分明就是对我们的蔑视。

马良行曾经劝导我学习,考大学文凭。我学了,但质量很差。这要怪姜楠和井裳清。好在,我有的是时间。

父亲和姨妈在姜楠的陪同下带来几本烹饪技术方面的书,要我学习。书中还夹了几页手写的烹饪野味的方法。说是从一个六十多岁的大师傅那儿讨来的。我知道,所谓"讨",就是花钱买。父亲是不欠人情的。

我想起了金大江。这个胖师傅正在自由天地里逍遥吧。

我问起父亲煤矿上的事。父亲说不干了。姨妈说你爸赔着本把那煤矿卖啦!

那吕刚呢。

父亲不高兴。

姨妈说,那小子卷了父亲的钱,跑啦。恩将仇报的畜生。

父亲说没有死人，老天爷保佑。吕刚去就去吧，他拿的钱也不算多，他一定是急着用钱。父亲如此宽容，应该比较接近佛门弟子和信徒了吧。

吕刚急着娶井裳清吧。

我受伤、井裳清消失、兰迪受伤、杨鼎康被罢免、辛占河登基……野鸡胡有一组多米诺骨牌被推倒。谁推倒了第一块？是吕刚吧。井裳清的两颗智齿就挂在我胸前，它们像蚂蚁的钳子，夹我的肉。我和井裳清甚至还没来得及深入研讨这两颗智齿的意味儿，她就后悔了吧。她分明说过，这东西要送给丈夫的。她好像还说她属虎，虎牙可以避邪。我感觉到脖子和胸前黏附了稀乎乎的蜜糖，那上面爬满了虫子。更要命的是，这些虫子只是在这儿集结，它们很快向我身体的其他部分蔓延。那感觉类似香紫苏过敏。

母亲依然如故，住在宝函寺村，一天三入寺，一跪三小时。母亲的双膝褪了几层皮，后来生出厚厚的硬茧。姨妈说着，泪水已经滚出眼窝。父亲拽了一下姨妈的衣角。姨妈擦一把泪水，说她不想说这事儿。可是，天木要问，有啥办法。

我问母亲，是试图在母亲的信息中得到慰藉，可是，结果适得其反。而说到吕刚，必然联想井裳清。井裳清与我肌肤相亲的时光恍然如梦。

还有一些事情是亲人走后姜楠告诉我的。比如俞金花的逐级上访从未停止。现在，俞金花住在省城，天天去人大、检察院门口举牌子，见着从里面出来的车就拦，喊冤。见着围观的群众就诉苦。俞金花的意图就是：杀人偿命！俞金花还威胁说她要去北京。姜楠说，都四年了，俞金花真是执迷不悟啊！还有，父亲并没有像吕刚说的那样受伤住院，只是父亲从矿难中逃生，躺在泥水中，呆呆地看着天上的乌云，父亲流泪了。父亲说："不干了，不干了，不干了……"可能是父亲的话提醒了吕刚，他才卷了钱四处寻找井裳清的。当初，井裳清跪着求父亲帮助，吕刚就爱上了她。现在，两人不知在哪儿定居安家逍遥快活呢。

"是你叫我学厨子？！"我问姜楠，"这算补偿之一吧。"

姜楠兴奋得满面红光，仿佛做了善事的信徒得到佛的赞赏。她说："我跟你父亲和姨妈一提这事儿，他们都高兴得不得了。你姨妈拉着我说'您真是观音转世啊'！你父亲说，'可不是嘛！这位警官真是观音相呢'。哎，你说，你说我像观音吗？你父亲可是说了好几遍呢。我跟你说啊，后来，你父亲跟你姨妈嘀咕了几句，你姨妈就跟我说要给多少钱。这，这……我就生气了。我说，你们这样不是陷我于大不义吗？是羞辱我！再说，要不是你们家天木在树林中抱起我来——我说漏嘴了。反正我说天木是为我受的伤，是我的救命恩人！这样，他们才……"姜楠跟我说这么多话，并且完全人格对等，甚至是用明显在讨好我的话语方式，仿佛就是我的家人。什么人？媳妇？嫂子？妯娌？这叫我备感温暖与亲切的同时，也暗暗忧虑：她是不是怀孕了？！

终于有个利新监狱的政府路过，姜楠才刹住车。

按姜楠的理想图，我掌握一门烧野味的绝活，去场部，天天为辛占河和来野鸡胡视察、狩猎的官员炒菜。这样，自己吃得好，又不下地，一举两得。

我好像不能拒绝，就像我无法拒绝井裳清把青春肉身呈现给我一样。

"自学成材，许多伟人都是自学成的材！"姜楠鼓励我。

练习掂勺，练得胳膊肿痛。

唯有梅昊举着另一本与易经相关的书，那书的封皮儿好像是《大智慧》，他没有挪动身体。

梅昊依然保持着"仙人"姿态，我天天掂勺，沙子磨铁皮，吱吱吱地比一群耗子围着还烦，炒勺碰锅沿，叮叮当当，梅昊就是这姿势，他不为所扰。他说：

"凶多吉少。"

鱼湘军在兰迪面前是厚道热情的样子，有问必答。但是，他知道在外国人面前是不能倒苦水的。那样会影响、甚至危害祖国母亲的形象。即便兰迪率真坦诚的性格具有十二分的感染力，十三分的魅力，鱼湘军依然保持清醒的头脑。兰迪走后，辛占河专门找来鱼湘军，说他"为中澳人民的友谊作出了贡献"。

有什么不能说呢？

父母离婚不能说。

父母早年是"支援大西北"，从湖南调来的不能说。

来野鸡胡工作，当狱警，是与同学打赌的结果不能说。

与工作相关的一切都不能说。

关于爱情，确切地说，是关于跟女孩子的爱情，不说吧，人家会认为自己是"同志""玻璃"。他编的爱情故事是这样的：在省城，有个副市长的女儿，已经订婚了，听说鱼湘军一个人住砖窑，天天被帕瓦罗蒂的男高音，或者贝多芬交响乐唤醒，工作之余喂鱼养狗种花，神仙似的。她不相信，亲自来了一趟。见了之后，她说，如果这个狱警能这样生活一年，她就跟原先的未婚夫解除婚约，搬到野鸡胡跟她住。

兰迪拍拍手，惊呼："妙啊！还剩多长时间？"

"将近一百天吧。"鱼湘军推了一下鼻梁上的眼镜。

一百天之后，兰迪看到的是被皑皑白雪覆盖着的巨大坟茔。那里面只有鱼湘军自己。

鱼湘军是跟七湾湖水库中那条弄翻过他的小船的大鱼同归于尽的。

为了在近万亩广阔的水域钓到那条大鱼，鱼湘军下了一个多月工夫。他在第二湾选了一处水位较浅的地方，每天晚上12点准时在同一个地方抛下一公斤重的自制鱼食。鱼食中和进了野猪血、野猪肝、野猪肉、鱼骨粉。鱼湘军认定这条大鱼不是草鱼、鲤鱼、鲢鱼之类的普通货色，它可能是一种凶猛的叫做鳡鱼的食肉鱼。这鱼还有个别名，叫做"黄钻"。

下饵的距离必须在距水岸二十米以上，最好是三十米左右。怎样把做好的鱼饵投向这么远的距离呢？用小船显然不行。用海竿也不行，鱼饵太大。鱼湘军想起美国西部牛仔抡绳子套牛马的技术，就找来三十米长、圆珠笔芯那么粗的十分柔软但很结实的尼龙绳，一头钉在地上，在地上盘出一个一个圈。美国牛仔抡出去的是绳圈，怎样把一公斤的软乎乎的东西连着绳子抛出去，半途不溃散，又能安然沉入水底？鱼湘军想了三天，试了三天，最后，他决定用塑料袋。这样，抡的时候鱼饵不散，入水也不散，落底时，由于没扎口，鱼饵就会露出来，腥鲜的气味开始八面扩散……

鱼饵连着尼龙绳，水下的动静，大鱼吃没吃，尼龙绳都有反应。

砖窑顶上，原先布满了冒烟透气的碗大的孔，鱼湘军只留下最外层一圈的七个，他在上面加装了铁皮烟囱帽防雨，下面安装七个喇叭，组成、构建出环绕立体声。环绕立体声在主人的操控下，也可以当做闹铃使唤。

清晨，砖窑别墅会在贝多芬《欢乐颂》或者帕瓦罗蒂的《我的太阳》声中爆炸般苏醒。兰迪在的时候，鱼湘军把音响调到下午四点，他要去分监区换班的时间。《欢乐颂》猝然响起，吓得兰迪像被炮弹击中一样仰身后翻，这声音也曾惊得层层围绕着砖窑的树上的大群灰喜鹊和野鸡扑扑啦啦四散逃窜。幸而杨国威一刻也没有离开自己的岗位，他双手抓着轮椅的把柄，侍立在兰迪身后。兰迪双手抚胸，口中"阿门"之声连连。之后，她闭上眼睛，再睁眼的时候，她想站起来，站不起来，她就要求杨国威转动轮椅。转啊，转啊……"欢乐"的旋律，"太阳"的光芒，为兰迪的灵魂装上了翅膀。兰迪感觉自己身在"欢乐太阳"的"里面"被融化了，之后，呈放射状被抛向野鸡胡的天空，紧接着像怒放的礼花在空中炸响。野鸡胡的天空如此清澈、如此湛蓝！

鱼湘军挺起身子，伸展双臂，拍拍坐在床前的两只军犬。军犬夜里轮流在自己的窝中睡觉，轮流值班，守卫主人。黎明时分，它们会先于主人醒来，踱到主人床前。鱼湘军对它们说："早上好。"它们就摇摇尾巴去门外的环形林子里方便、散步,偶尔嬉耍一番,等着主人穿衣洗漱,吃早点,也等着自己的早餐。

如果鱼湘军犯懒不起床,军犬就立起,用爪子拨拉主人的手,还不醒,就挠脚心,直到主人起来为止。

鱼湘军的早餐通常是一碗八宝粥,一枚煎鸡蛋,一小碟咸菜,一个馒头。在做早餐、吃早餐的过程中,他还会逮空喂那几缸热带鱼,跟它们嘘寒问暖。那些色彩鲜艳、形态各异的热带鱼,见到鱼湘军的身影,就欢娱起来,它们差不多都是跃出水面来抢食。如果有哪条鱼沉在缸底玩"深沉",鱼湘军就会盯着它问:"感冒啦?""受排挤啦?""喔,你不会又染上厌食症了吧。明天爷爷给你换食谱!"

夜晚,如果华子良不来蹭酒,自己也不当班,鱼湘军就会"举杯邀明月,对影成三人"。酒后,鱼湘军裸着身体,踩着帕瓦罗蒂的旋律翩然起舞。舞得兴起,他会拉起一只军犬的前爪,令军犬直立,充作舞伴。军犬喜欢跟主人舞蹈。二犬为争宠,时常翻脸。这时,鱼湘军会把两条军犬统统揽在怀里,对它们说:"要团结!团结紧张,严肃活泼!""不要学他们争风吃醋。""不要学他们兄弟阋墙!""要明白退让也是美德!"鱼湘军为这两条犬起名"咪咪"和"倩倩",潜意识中它们就是鱼湘军的情侣。

酒后亢奋,鱼湘军还喜欢背着手在树林中咏诗:"黑夜给了我黑色的眼睛,我却用它寻找光明……"这种时候,华子良往往会出现在附近。

鱼湘军侍弄君子兰的时候也会说一些话。

所以,为那条大鱼——大鳡鱼、大黄钻下饵的时候,鱼湘军也说话。

前五天,水面上没有动静,投饵前后都没动静。鱼湘军说:"挨千刀的,弄这饲料我可是下了工夫的,想吃别客气,别玩儿深沉。要知道,日本人炮制的全球销量第一的鱼饵三年前就被我拆解啦。"

第九天之后,鱼湘军感觉到水下面涌动的暗流。来了!大鱼潜水艇一样四处游弋,终于嗅到了野猪肝脏的味道了。大鱼吃饵了!鱼湘军说:"这不就对了嘛。你可以藐视我的身高,藐视我的生活方式,藐视我的狐臭,藐视我的豁牙,但你不能污辱我的人格和智商!哼,你等着。"

第十五天,吃完饵的大鱼居然升上水面,探头探脑,似乎想见识一下鱼湘军。鱼湘军说:"还想吃?没了!孔乙己的茴香豆,多乎哉,不多也。亲爱的众鱼朋友们,今天的节目就到这里,咱们明天同一时间再见。"

第二十天,他说:"小样儿,想给我当宠物?!太夸张了吧!我得弄多大池子养你哟!你还不吃得我倾家荡产啊!就算我愿意养你,领导也不批啊!"

后来鱼湘军忘记了日子，忘记了对大鱼的仇恨，忘记了猎取大鱼的欲望。他投完饵，等着大鱼美餐之后浮上水面撒欢。银白的月光把鱼湘军和他身旁的两只军犬勾勒出金属般质感的线条。他跟大鱼说了许多话。他说："我要是把你钓起来，一定会引起轰动。那时候，我就出名了。那些说我不会跟人生活的人就会对我刮目相看，那些女孩子也会注意我。也许我很快会有一个媳妇呢。你呢，也就是我的月下老人啦。你看月亮多么圆！"大鱼把月光掀起大大的波纹，在湖面上荡漾得很远很远，像是展开一个大大的笑脸。他又向大鱼检讨说："其实我无权剥夺你的生命。我是被虚荣心弄昏了头脑。唉，你真的以为我是你的饲养员吗？你不知道天下没有免费的晚餐吗？"

有一天，鱼湘军没下饵，大鱼照样光顾。他说："情况好像失去了控制呢。唉，这全怪那个叫巴甫洛夫的老头儿，他喂狗之前摇铃铛，发现了条件反射。要不然，我怎么能想出这样的馊主意！都怪那老头儿！那个苏联人！此苏联非彼苏莲，《重归苏莲托》你听不？我把大录放机和音响给你搬过来……你这样摇头摆尾到底是赞同啊，还是反对啊？！"

直到他每晚经过的武警岗楼上的哨兵开始调侃他，他才重新下定了决心。

哨兵说："鱼警官，夜游啊？！""鱼警官，鱼毛在哪啊？！""鱼警官，你是自己钓自己呢吧？！"

决定下钩的那天晚上，鱼湘军叫了两名工人做帮手，其中一位是陈大勇。他也叫了吕长樱，但吕长樱拒绝了，吕长樱说："你这是狩猎，虽然不用枪！"鱼湘军怔了一下，没太在意。两条军犬前后相随，也没在意吕长樱的话和态度。军犬精灵一样，两天前就嗅到了主人身上散发出来的杀气，它们暗暗憋着劲儿，准备跟着主人大干一场。

岗楼上守望七湾湖的武警看见鱼湘军等人的架势，知道"老鱼"要动真格的了，夜色中朝他们敬了一个军礼。

绕过第一湾，眼看就要到达指定地点。

那儿站着一个人。

深秋的月光下，那人身上的披风被阴冷的夜风轻轻地撩起。

"是华子良！"一个工人说。

"这疯子，想干啥？"陈大勇说。

鱼湘军不怕华子良，他也不认为华子良是疯子。他认为华子良之所以沦落到今天的样子，其实与自己是有几分相似的：华子良无法融入他现状之外的生活。生命的各种渠道，各种因缘被割断了，神经的传导系统被割断了，跟亲人、同事、朋友，甚至跟陌生人的联络方式统统丢失了，丢失在老场长自闭的那间窑洞中，丢失在野鸡胡的每处草丛、旮旯拐角中，丢失在野鸡胡神出鬼没的云卷云腾的风中。风是流动的空气，流动的空气如何捕捉呢？时常有人看见华子良扑蝴蝶、抓喜鹊、追蜻蜓……一首歌，一首诗，记得上一句记不得下一句，记得最后一句记不得中间一句。他唱："我有一头小毛驴，从来也不骑！"停住了。再唱一遍，又停住，永远接不上下一句"今天我高了兴……"就是例证。

华子良偶尔静悄悄、怯生生地来到砖窑别墅讨酒喝的时候，鱼湘军希望他能多待一会儿，谝两句。可是，华子良不跟他谝。他只是"嘿嘿嘿嘿"地用舌头舔嘴唇。鱼湘军给他盛一碗酒，他喝完之后，再"嘿嘿"几声，走了，并不贪杯。他的血液被酒烧热了，但他的血管却无法把那些热血输送到应该去的地方，比方说大脑的核心，或者神经末梢。所以华子良喝完酒总要向额头上翻眼皮，他的额头还是凉的，凉的额头告诉华子良，酒可以暖肠胃，对大脑却没有丝毫作用。他失败了。他不好意思，所以他像来的时候一样"嘿嘿"地撇着嘴走了。

"慢走啊！"

"再来啊！"

"您留步！"

"多谢啦！"

"好酒啊！"

这些客套话没有出现，没有响起。这些通常的情景中的废话、屁话、空话，其实是所谓正常人交往的必要程序。人们仰仗这些程序相互联络、相互维系。华子良没事扑空的时候，就是在找这程序。它们藏在环绕音响的后面，藏在一层一层杨树、柳树、刺柏、兰草的阴影中，藏在喜鹊蛋、野鸡蛋、水鸟蛋蛋壳的缝隙中。它们不带华子良玩儿。它们本来铿锵硬朗，却被流动的空气软化了，变成了液体，甚至变成了气体。

没有人看见过华子良的眼泪，他总是乐呵呵的。

当人们看不见华子良，又有人提起他时，就有人说："他蒸发了。"

可是华子良重新出现的时候，先前说"蒸发"的人又会说："这个疯子！"

鱼湘军径自走到华子良跟前，把一捆绳子摔在华子良脚下，说："干啥？想帮忙？！"

看见鱼湘军跟华子良说话，陈大勇和另一位工人面面相觑。他们可能从没见过有人与华子良正经说一句话。

"不行！"

非常清晰的声音。

"什么？"鱼湘军绕着站桩似的华子良踱步说。他分明听清了华子良的话。华子良比鱼湘军高大，鱼湘军需半仰着脸，才能看见藏在乱蓬蓬的脏发中的华子良的眼睛。在月光的照射下，华子良的眼睛竟然也是闪闪发亮。

"我要阻止你！"

调门不高，但声音依然清晰。

"你以为你穿件破风衣就是大侠啦！"鱼湘军用食指掏鼻子，说，"你知道我下了多大工夫吗？你知道我要做什么吗？你不懂得成人之美吗？"

"它会要你的命。这是一个消息，我带给你这个消息。"

"什么叫一个消息。你还是稍息去吧！你疯啦！"

"哈哈！你也说我疯。哈哈。"华子良手扶长髯，迎风伫立。

鱼湘军浑身鼓起鸡皮疙瘩。他咬咬牙，挠挠后脖，发狠地说："你让开！不然，别怪我不客气！"

两只军犬的喉咙里发出了"呜呜"的警告的声音。当初，华子良第一次去砖窑别墅讨酒喝，军犬几乎扑到华子良身上，鱼湘军大叫："这个人是朋友！是朋友！！"鱼湘军只喊了这么一次，军犬再也不追咬华子良了。军犬发现，今天情况发生了变化，这个叫花子老头、冒充大侠的家伙要变成敌人了。

军犬等待主人的命令。

华子良看看军犬，它们的眼睛在不停晃动的手电光的照射中，泛着锐利的红光。华子良不得不后退。但他说："鱼大头，你还是放弃捕杀大鱼的念头为好。那么大的鱼，应该活了几十年了，几十年的生命容易吗？你就没有一点点恻隐之心吗？"

鱼湘军怔了一会，嘀咕道："那咱还不杀猪宰羊啦？"之后，他在指定地点铺展他的捕鱼工具，不再理会华子良。一张大网：这是钓上鱼之后请陈大勇他们帮忙用的。鱼湘军知道凭一己之力无法把大鱼弄上岸，能弄到岸边，再撒上网，就大功告成。一根近三十米长的麻绳，这根麻绳一头固定在身后的杉树上，一头捆在鱼湘军的皮带上，再往身上缠几圈，溜大鱼的时候可以有一些收放空间。类似于普通鱼竿弯弓的韧性和弹性。那根用于投饵的尼龙绳一周前就绕上了细钢丝，细钢丝是有重量的，重量的改变可能影响到抛掷的距离和精准，所以他提前适应。今天，细钢丝的顶部拧上了鱼湘军自制的菊花那么大的三向鱼钩。鱼钩包裹在鱼饵的核心。

还有什么呢？

一双皮手套，一双足球鞋。

一切准备就绪，鱼湘军开始像美国牛仔那样抡起尼龙绳。抡了两圈，他停下来。他听见有人的声音靠近。

吕长樱带着贺景龙等几名政府赶过来。

鱼湘军小心翼翼地把鱼饵放在地上，生怕塑料袋裂了口子，鱼饵撒出来。然后，他盯着吕长樱。

吕长樱领会鱼湘军的意思，说："贺头是来给你助威的！我们都来给你助威。"

兰迪受伤之后，吕长樱被关了七天禁闭，他变得不像以前那么随性了。

"好好干，鱼湘军。"贺景龙站到一群政府前面，说，"我听说那条大鱼专吃小鱼，咱七湾湖为啥鱼少？就是让那龟鱼儿吃的！你为鱼除害，来年这七湾湖的鱼儿成群成群地谢你呢！"

"贺区长，这很危险！"华子良的声音从人群后面传过来。

几名政府把华子良当疯子轰得远远的。

受到领导的鼓励，鱼湘军热血沸腾。平常领导使唤他，往往先想到的是军犬"咪咪"和"倩倩"，见到鱼湘军，先问"咪咪"和"倩倩"还好吧。似乎"咪咪"和"倩倩"比他鱼湘军更重要。

众人的目光都聚集在鱼湘军一个人身上。

一弯明月。背后的山林里，偶尔传出野兽的叫声。

如果不是尼龙绳一头被缠绕在腰上，今夜鱼湘军会把鱼饵甩过"鱼窝"好几米。他非常兴奋。

"咚——"湖面浅起一朵浪花。

所有在场的人都屏住呼吸，目光都跟随鱼湘军的鱼饵被甩起来，砸向湖面，再沉入湖底。

过了一分钟，也许只有几十秒。感觉很长时间了。

"咋没动静？！"吕长樱急着问。

"别出声，小心惊了大鱼！"有人在后面捅吕长樱。

鱼湘军看看吕长樱，看看斜挂在深蓝色夜空的一弯月亮，倒吸一口凉气，问："几点了？"

鱼湘军犯了一个错误，他今天来得早了。

"差一刻十二点。"吕长樱打着手电照腕上的手表，说。

果然。

鱼湘军浑身燥热，鬓角后颈都冒出了汗水。提前抛饵会引发各种变数，是钓家大忌，违逆巴甫洛夫条件反射规律，也许今天就失败了。今天失败就意味着整个失败了。一个月的工夫可能就白忙活了。大鱼在饵中咬到硬物，又没钓上来，就会十二分警觉。

紧握在鱼湘军双手中的尼龙绳没有动静，一点动静都没有。鱼湘军绷紧的身体和马步松弛下来，他一屁股坐在地上。腾出一只手擦汗，自语自责："怎么搞的……"屈体之后，鱼湘军又觉得肚子勒得慌，麻绳和绕着钢丝的尼龙绳都缠在腰上，这在之前的抛饵动作中是不曾有的。对这个细节忽略的察觉，也增加了鱼湘军的沮丧，他骂了一声，伸手去腰间松一个皮带扣。这是他犯的第二个错误。当然，如果一切都是注定的，那么，就无所谓错误不错误。

就在鱼湘军情绪波动的这个空当中，尼龙绳猝然绷成一根直线，没等他反应过来，他的身体原地转了几个圈，忽忽地，像冰上芭蕾的一个飞旋收尾。

岸边旋起一阵阴风。

在场的人还没叫出声，还没伸出手，鱼湘军已经"扑通"一声跌入水中。站在后面的人调侃："鱼湘军呢？他人呢？！咋贼似的就不见啦？！"

是的，不见了，一不留神，一眨眼，鱼湘军就不见了。

捆在身后杉树上的麻绳拖出了鱼湘军的皮带，皮带在空中发出一声爆响，类似马车车夫甩向空中的长鞭。皮带干净利索地脱开鱼湘军的身体，与主人各奔东西。事后，有位兄弟监狱的政府说，鱼湘军的这种钓法"太业余"、"纯属瞎胡闹"、"拿生命开玩笑"。这个政府是省钓鱼协会的副会长。

七湾湖在人们的惊呼声中很快收敛了浪花和波纹。风停了，月光下的湖面玉盘一样托着满天星斗和一钩弯月。

二十四　洪水

两天之后，武警的冲锋艇在七湾湖第六湾的水面上发现了跟大鱼捆绑在一起的鱼湘军的尸体。是鱼湘军吗？他身上少了许多肉，却比先前胖了很多。

那条鳡鱼的体长比鱼湘军的身体长一半，体重相当于他的两倍还要多。

很难想象被凶猛的大鳡鱼拖入水中，鱼湘军还能将尼龙绳和钢丝缠绕勒嵌在它的腮部、腰部，完成"同归于尽"的壮举。水下是鱼的地盘，仓皇入水的鱼湘军应该在瞬间就被呛昏过去，然后任随大鱼拖着，在它自己的地盘上东游西窜。直到那个菊花状的三向铁钩耗尽大鱼的血液和精力，慢慢死去，才会浮出水面，而那时，鱼湘军也许只剩下一副骨架子。

　　鱼湘军身上有多处被撕咬的齿痕。经验查，齿痕正是鳡鱼所为。假定鱼湘军身手非凡，入水之后很快就攀着尼龙绳与大鱼绞作一团，这条大鱼口中挂着菊花钓，几乎是无法撕咬鱼湘军的。

　　还有另外一条大鱼做帮凶？

　　也许是好几条。

　　也许是一群，一窝，一个家族。

　　如果是这样，就要算是鱼湘军犯的最大的错误了。他根本没有设想第二条或更多的大鱼。也许，这怪不得鱼湘军，因为大鳡鱼并没有像水族馆里的海豚一样，逐个跃出水面，弄姿作秀，让他数数。白天的湖面，几乎见不到大鱼的踪影，半夜投食前后，凭借月光鱼湘军看到过涌起的水纹，看到过像小潜艇似的大鱼脊背的局部。仅此而已。

　　众人一片惊呼，贺景龙蒙了。陈大勇距鱼湘军最近，人没了，他一个猛子扎进水里。紧随陈大勇扎入水中的是华子良。华子良被人轰到一个半坡上，他看到了鱼湘军的身体原地打旋儿，看到了鱼湘军跌入水中，甚至还看到了大鱼绷直的尼龙绳的颤抖。

　　武警岗楼上的警笛拉响了，探照灯打亮了。以往，只有在群众脱逃的时候才会拉响警笛。

　　贺景龙缓过神来。发话的时候，就算是终止了所有可能的营救。

　　贺景龙克制着打战的牙齿，说："喊住陈大勇，喊住所有下水的同志！"在华子良身后，又扑通入水了好几名政府和武警，其中包括吕长樱。

　　"咪咪"和"倩倩"不听命令。它们已经游得很远很远，也许鱼湘军就在它们的身体下面，但它们不会潜水无法接近命落黄泉的主人。

　　寻着"咪咪"和"倩倩"的吠鸣声，探照灯的光亮也够不着了。后到的冲锋艇启动了，找到了"咪咪"和"倩倩"，但它们拒绝上船。

　　吕长樱落汤鸡一样抱住贺景龙的肩膀哭丧着说："没办法啦？！没办法啦？！就这么眼睁睁地看着啊……"

　　同样落汤鸡一样的华子良夸张地举着双臂，面对夜空，高声朗诵："黑夜给了我黑色的眼睛，我就面向大海春暖花开……"陈大勇一边拨拉头上的水，一边推华子良。华子良武士站桩一样，纹丝不动。"在橘色的森林中，那幢红色的木屋向我招手。那是我的爱人……""老一死了老二埋，老三老四抬棺材，老五哭老六笑，老七老八睡大觉。""我的所爱在山腰，想去寻他水也高……""可上九天揽月，可

中篇　249

下五洋捉鳖……"

静谧的湖面像深邃的夜空一样,星光灿烂。

贺景龙挪开吕长樱的手,蹲下身体,从地上拾起一头固定在杉树上的麻绳,他抓住连在麻绳上的鱼湘军的皮带,紧紧地握着,说不出话来。

前天晚上,场部的小电影放映队光临我们分监区,为群众放映电影《南征北战》,张军长手下的军官说:"张军长,不是我们无能啊,是共军太狡猾!"群众都笑了,贺景龙也笑了。见贺景龙笑,群众笑得更欢了。

野鸡胡监狱党委一致通过对贺景龙进行纪律处分。停职、记大过。我们分监区的区长一职由马良行暂行代理,只等局党委批准通过,正式任命。处理鱼湘军的善后工作,自然也落到马良行头上。

在搜集整理鱼湘军遗物的过程中,马良行发现了鱼湘军的一份遗嘱。鱼湘军刚过而立之年,难道对此番灾难早有预感?

遗　嘱

我总有一天会死去。

在我还没死的时候,我不能说我不快乐。因为我拥有一幢别墅,拥有一个家庭。

我只记得一件遗憾的事:十七岁那年,母亲把继父领进家门。我没有叫他"爸爸",我甚至命令他滚出去。我没想到一起滚出去的还有我的亲生母亲。从此,母亲在我和她的丈夫之间疲于奔命。当我拿着毕业证书找母亲报喜的时候,母亲已经与我、与她的第二个丈夫阴阳两隔。母亲死于心脏病。她心力交瘁,临别时也没让我见上一面。

我想如果我早些叫一声那个男人,母亲一定不会死。至少,她也可以多活十年。

那岂止是遗憾啊。

我无家可归。我的家就是我倾心构筑的这个别墅。佛说,死亡就是奔向极乐世界,我的别墅正是我的极乐世界。所以,用它来埋葬我应该是恰如其分的。兰迪说,我没有在别墅中为他人留出空间。是的,当别墅成为坟墓的时候,里面依然没有别人的空间。

赤身裸体的感觉真好!闭上眼睛就像浸在母亲的羊水里了。

鱼湘军
1992.8.24

所以，将鱼湘军葬在那座"别墅"中，应属"遵从遗嘱"。把"别墅"堆成坟丘状，用去超出常情许多倍的土方，其阵势，很容易让人联想到咸阳塬上星罗棋布的帝王将相的远古陵墓，层层环绕的植被为这种联想推波助澜。有人说，若干年后会引来盗墓者吧。为此，马良行向野鸡胡监狱党委建议，砍去这座坟茔四周的杨树、柳树和其他植被。未获批准。理由是树木不许乱砍滥伐，并且那样也许更像古墓。

马良行对姜楠鼓捣着我去场部做厨子嗤之以鼻。他对我说："你这辈子，啊，将来，出去了，就做个厨子吗？"他这样一顿一顿地说话，尽量掩饰自己的心虚。私下里，他与姜楠争执了一个多小时。

后来我明白，马良行是对姜楠"撬了他的行当"悻悻然。他怕我去了场部，脱开他的管理，父亲就不去供奉他了。不过，很快马良行的态度就恢复了，因为，事实证明，父亲是拿他"当朋友"的。

不然，马良行也许会禁止我在分监区的灶房实践、验证我的厨艺。这一点很重要。"理论、实践、再理论、再实践"。这是毛主席说的。

父亲拿马良行"当朋友"，玩儿的是江湖义气，而马良行本身也很讲义气。贺景龙被鱼湘军霉了运，马良行跑到省城，找局领导，慷慨陈词：1. 贺景龙是好干部；2. 自己决不顶替贺景龙。对我呢，每道菜几十次十几个政府考核，过关了才向辛占河推荐。

辛占河对我烧的野味赞不绝口，说我是个"可用之材"。因此，他的手又痒痒了，又想摸枪了。他想吃我做的他猎的野味了。自从杨国威惹出事端，杨鼎康被罢免，辛占河很久没摸过枪了。其实，要说狩猎，辛占河才是野鸡胡数一数二的好手。

辛占河狩猎是晚上出动。他专门叫陈大勇做了一个与可充电电瓶连接的探照灯，架在越野车或者面包车的顶棚，专挑野鸡胡的小路往山洼里钻。

夜晚，几乎所有的禽兽见着光亮，都是原地发呆，并将脸朝向灯光。它们的眼睛要么是两个绿点，要么是两个红点。距离的远近决定绿点红点的大小。陈大勇身体探出窗外，在探照灯打出的光柱的尽头寻找目标。

发现红点！发现绿点！

停车。照着别动。

瞄准、射击。

每次射击之后，陈大勇都要顺着探照灯的光柱，走到光柱的尽头，搜寻战果，没有先喊一声；有，就往回扛。这是很危险的事儿，可能遭遇野兽的袭击。

冬天，野鸡胡经常是零下二十几度的气温，陈大勇干的是同样的活儿，难免力不从心。他已经是五十多岁的人了。

陈大勇为场部灶房采购一些精菜细菜，我们常在灶房见面。每次见到我，他都很高兴，像见到亲生儿子那样。

"那是我大侄子！"

陈大勇常在他的小商店和医务所的人面前这样说，十分自豪。他还时不时地塞给我一盒好烟，说："抽吧抽吧。男人嘛，抽支烟不算啥。这不，闲着也是闲着嘛。"我几乎没见过婶子带来的儿子。他和婶子生下的女儿，快七岁了，应该上学了，没上，也不愁。小家伙常常跟屁虫似的跟在陈大勇后面。陈大勇叫她叫我大哥，她就叫。她还给我们跳新疆舞蹈。我十分惊讶，在野鸡胡长大，没见过世面，竟然会跳舞。小家伙也会唱歌，不过"我有一头小毛驴，从来也不骑"永远唱不出第二句。据说，这是被华子良"传染"的。

我也时常私下留一两个小炒倒在塑料袋里悄悄塞给陈大伯。完成"投桃报李"的程序。我说："给婶子和弟妹尝尝。"

陈大勇叫婶子为我做了一副耳套，一个暖手筒。我身上的毛衣毛裤就是他们去年送给我的。这些东西姨妈也送，但感觉不一样。

日子久了，我觉得陈大勇像父亲似的。他身材高大、身板硬朗，却特别善于恭维。在一些政府眼中，这就是蹲过监狱的人的"典型性标记"吧。而我拿这个"标记"跟父亲比，显出了父亲的生硬和粗暴。

在感情脆弱落寞的某个片刻，我抽着陈大勇送给我的香烟，望着红彤彤的炉火，脑子里闪过叫他父亲的念头。我掰着指头算刑期，想：待我刑满，陈大伯都奔七十岁啦，不禁黯然神伤。我还想起"玫瑰胡子"，他的亲生儿子……

当我听到陈大勇的死讯的时候，我却没有哭。我发现我是个铁石心肠的人。

好像是姜楠随口说过，陈大勇迟早会丢了性命。她说什么呢，好像是说陈大勇商店墙上一张叠一张贴着的奖状。我去过几次陈大勇的商店，满墙的奖状比他铺子里的商品还夺目。姜楠说："老陈太在乎那些纸片片了，那是一种心理疾病。"

陈大勇跟一头受了枪伤的野猪搏斗，他扳住野猪的獠牙，非要按下去，令它就范。结果，野猪挑穿了他的腹腔，又挑穿了他的胸腔。发现险情，顺着探照灯光柱追赶过来的几名政府，有持手枪的，照着野猪的头补了两枪，野猪瘫在雪窝中，不动了。陈大勇抱怨说："还浪费两颗子弹，我马上就制伏它了！"说完，他一头栽到野猪身上。

野猪的血和陈大勇的血搅在一起，洇红了一块雪地。浸血的地方都会在雪地表面下陷，因为血是热的。

这事与辛占河无关，否则他可能会像杨鼎康一样丢掉乌纱帽。

年终，野鸡胡开过总结表彰大会，陈大勇照例当选工人中的先进。庆功会餐的那天晚上，陈大勇喝了许多苞米酒，来到场部灶房。他叫我喝酒。我是被禁止喝酒的。他说："大侄子，喝，今天是过大年，咱野鸡胡没有元旦，没有春节，就是今天过大年！哈哈哈……"

这是我最后一次见到陈大勇。这就是我闻听陈大勇死讯而不哭的缘由吧。

陈大勇一摇三晃，棉袄大开襟，胸膛裸露出好大一块，向外腾腾地挥发着热气，那热气一定是溅上去的酒和汗水被赤热的身体烘起来的。平日扎在腰间的布带也不知丢到哪里了，他脸红，脖子红，连胸部都红了。我想，这一刻，陈大勇、陈大伯的整个身体都是红彤彤的吧。这一刻，他老人家成了野鸡胡最快活的人吧。

陈大勇的身体倚靠在我肩上，酒气熏天，他说："大侄子，你大伯——我告诉你吧，辛书记说啦，要上报局里，你大伯——我要当全省监狱系统的先进啊。哈……"陈大勇的笑声十分粗犷。

野鸡胡新一届掌门人辛占河去省城开会，人没回来，消息却传开了："有前科，不好做全省监狱系统的标兵吧。""唉，一日为囚，终生为奴啊。""为了慎重起见……""老陈啊，还指望在这墙上贴一张更高级的呀？！你不会想着去北京，去人民大会堂吧？！"

陈大勇先是在后院把他养的几头肥猪踹得嗷嗷叫；后来抓住自家的鸡，直接把头拧下来；再后来，他踩死了女儿养的一只宠物京巴犬。为狩猎者打探照灯，本来是辛占河的专用，现在，他主动要求为其他的夜晚狩猎的政府打灯，枪一响，他就猎犬一样冲出去……

姜楠没有在陈大勇一息尚存之际为陈大勇料理伤情，超度灵魂。她不是怕自己说陈大勇的话得到了应验，她是因为怀孕，隆起的肚子已经行动不便，早早告假回省城调养待产了。在场部，人多嘴杂，姜楠经过，只是远远地向灶房这边扫一眼，远远地跟机关的同事插科打诨。"野鸡胡的水土啊，就养姜所长这样的女人！""谁说姜所长的老公不行，您瞧瞧，这肚子里不是宰相就是豪杰！"我远远地听到姜楠哼唱那首民歌：《知道不知道》。好像井裳清也唱过这支歌。姜楠离开之前，打发陈大勇的女儿塞给我一个纸条，她请我多保重。我把那张纸条翻来倒去地看，好像是妄图找到"我爱你"之类的字眼。没有。

姜楠走后，我也就再也没见过华子良。风传华子良洗心革面，沐浴更衣，去省城向姜楠求爱去了。

实际上，陈大勇还没有回到他们家小商店斜对面的医务所，就咽气了。

临近春节，陈大勇的第二任妻子在一儿一女和几个娘家亲戚的帮助下，离开了野鸡胡。那个小商店和与店相连的两间屋子被搬空了。搬东西的时候，有一个柜角刮蹭到墙上的奖状，寒风吹入，粘连在一起的方块奖状被撕开一个大口子，搬家的亲戚顺手抓起，包了灶上的一笼凉馒头。陈大勇的女儿见父亲的奖状被撕开了，哭起来。当娘的一把把她拽出门去。当娘的明白女儿为什么哭。她还知道陈大勇好面子，知道他在意那些奖状。那又怎么样呢？

陈大勇的家变成了一座空宅，没有人向辛占河申请住进去。过年的时候，有几个在外上学，回家过年的男孩子点着了手中的爆竹，一粒一粒朝屋里丢。屋里响起的爆竹声与孩子们过大年的欢笑声此伏彼起。

野鸡胡的房子不是土木结构，就是砖木结构，一旦没人居住，它的房梁、砖瓦、门窗就会被人悄没声息地卸下来，搬回自己的家。公路为干这勾当的人提供了便利。陈大勇的空宅也不例外。第二年夏天，陈大勇的空宅就被拆卸得塌了屋顶，只剩下几堵土墙了。有人发现，几面土墙中间，都嵌着顶梁的工字钢，那东西凭一两个人的力气是卸不下来的，因为它的底部埋在地下的那一截铸在半米见方的钢筋水泥混凝土中。如果用八磅的铁锤去砸那钢筋混凝土，"咚咚"的声音，二里之外都听得见，那不成了明火执仗了吗？！这可是公家的财产呢。人们议论说，没人发现陈大勇啥时候把这些工字钢铸进墙里啊。那是相当大的一个工程呢。看来，陈大勇是想在这几间屋里，在野鸡胡待一辈子呢。

夏天，野鸡胡百年不遇的山洪冲跨了九个分监区的监墙，泡塌了一半以上的房屋，连位于斜坡上的政府的家属区也淹了三排房。野鸡胡开阔扭曲，像叶脉般分叉的川道、所有的农田统统成为一片汪洋。七湾湖的水面几十分钟就拓展了两万亩、三万亩。陈大勇的空宅位于川道，跟公路对面的医务所一样，遭到了灭顶之灾。洪水摧垮了空宅的土坯和砖瓦，那几根工字钢也被连根拔起，一根撞一根，退却了几十米之后，它们倔强地歪着身子，相互交叉拥靠在一起。还在水位下降的过程中，忙于抢险自救的野鸡胡场部的人，就看见一条比人的身体还长的大鳡鱼的脑袋卡在交叉的工字钢中间。它还活着，拼命扑腾、挣扎。在七湾湖，它是霸王，从没遇上过对手，所以，它好像天生不知道后退，只会向前。结果是越卡越紧。以鱼天性的灵巧与溜滑，它不可能被卡在两个硬物之间。也许是覆水之下，这条大鳡鱼被泥沙棍石撞昏了头脑，要不就是鱼湘军的在天之灵发出了诅咒吧。

有人说："看吧，撕咬鱼湘军的大鱼被陈大勇捉住啦！""它是那条被鱼湘军捆住的大鱼的老婆。"

所谓"百年不遇的山洪"，是野鸡胡所属地区水文站事后的监测报告。山洪大大超出了七湾湖大坝的设计承载，大坝决口、垮塌成为必然的结果。事实上，洪水是先漫过了大坝，之后才冲决了大坝。上级领导在党委扩大会上质问辛占河："下了四天暴雨，为什么不派人上大坝围堵？！"

辛占河低头不语。

"我们都去了！"马良行瞪着充满血丝的眼睛，拍着桌子说，"谁说我们没上大坝？！我们去了，所有的人，包括犯人都去了……怎么样？要不是辛场长命令大家撤退，今天就没有一个人在这儿开会！"

贺景龙在洪水中为了救群众，被一根圆木顶在脑门上，壮烈牺牲。他救了我原先号子的四名群众。马良行等同志远没有从失去战友的悲怆中解脱出来。所以，马良行胆敢跟上级领导拍桌子。拍桌子原本是上级领导的专利。

原以为上级领导会首先抚慰一番，没想到居然劈头盖脑地将了辛占河一军。将辛占河的军就是蔑视所有的野鸡胡人。在场的人一时间群情激奋，好几个站起来质问，好几个诉苦，有几个已经哭出声来。

辛占河站起来说话了。如果他不说话，同志们可能会失去理智，局面可能会失控，有人可能会把上级领导塞进陈大勇家的工字钢中，像那条大鳡鱼。

辛占河说，这场洪水夺去了八名狱警、三名工人、七名家属、两名武警、一名犯人的生命，财产损失还没有最后统计清楚。大家都十分悲痛，但是，当前，首要的工作是保护好各分监区的机井不受污染，严防克山病和其他传染病的爆发。野鸡胡的地表水即便是山泉，也是不能够喝的。眼下，各处严重的污染，地表水几乎就是毒液。

辛占河说，上级领导看到野鸡胡的惨象，心急如焚，大家要理解领导的心情。

上级领导后悔自己心急，应该先跟辛占河通气儿，了解基本状况，交换一下意见，再开党委扩大会，人急了，起码的程序也忘了。唉，刚开始上级领导也并不是想质问辛占河，天热，空气中弥漫的沤腐气息，耳边不时充塞邻近家属区的哭丧之音，很难正常思维，心平气和。上级领导对辛占河给的台阶十分领情。他转而向大家汇报他们如何历尽千辛万苦，将第一批营救物资运到野鸡胡场部。洪水冲毁了公路，阻断了通讯；上级领导和营救场部的物资几乎是被一个连的武警官兵抬进野鸡胡的。途中，一名十八岁的武警战士被山坡上滚下来的巨石夺去了生命。另一名十九岁的武警战士得了伤寒，他不撤退，后来竟死在连长的怀中……

上级领导用手帕擦拭眼角。

这样，上级领导完成了与野鸡胡全体狱警、全体武警的融合。我们本是一家人。我们来自五湖四海，都是为了一个共同的目标。

上边有人光临，本来是我大显身手的良机。但是，洪水淹了野鸡胡，场部灶房就不再炒菜了，顿顿蒸馒头。我和另两名群众被派往新组建的医务所，加入灾后防疫小组工作队。原先医务所的一些药品是场部机关的干部们冒着生命危险抢救出来的，其中包括三瓶"84"消毒液。我们用六天时间，走遍了野鸡胡十二个分监区和没塌的住人的窑洞、房屋和仓库。我们用喷雾剂把"84"消毒液喷洒在有人生活的地方。正是三伏天，到处是野兽、家畜的尸体，到处是积水污泥，我们不得不戴上口罩工作，遇上山坡高处，我们就摘下口罩像热狗那样喘气。"84"消毒液不够用，我们建议大家寻找生石灰，找不到生石灰，我们只好留下一番告诫"不要喝生水""不要吃死动物的肉""尽量开窗通风"，等等。所有的群众都很配合、很听话、很乖。

据说，在抗洪救灾和日后重建的过程中，群众有十九人立功，却无一人脱逃。八个分监区的监墙都垮塌了。武警的营房也被淹了一米多深，他们自顾不暇，狱警的家属区淹了一半，他们狼狈不堪，群众要脱逃，那可真是易如反掌。

我们四分监区的监墙塌了一个大拐角，剩余的墙也岌岌可危。为了预防墙倒伤人，马良行指示杨小帆率群众把墙推倒，暂时扎几根棍，拉两条绳，做个样子。

我们分监区的路基下，成群的苍鹰和乌鸦哇哇地叫着，它们在分食一头死牛。那头牛死于洪水，水退之后，群众把它埋在路基下的菜地里，埋得仓促，被俯视已久的苍鹰和乌鸦又刨出来了。很快，它们把那头死牛吃得露出了骨架。

"二胡""美人""肚子"，还有另外号舍的"忍"和"忠"他们，与我很久不见了。我第一次来消毒的时候，他们都去搬运谷仓了，今天他们都在。

"忍"把我拉到一边，说他在包谷地里捡了几样文物。他拿出来一个生锈的五角星和"三八大盖儿"的枪栓。据说当年李先念的部队在野鸡胡行进，与胡宗南的部队发生遭遇战，击退敌军之后在此地驻扎了几十天。所以，洪水翻出几样"红色文物"应该在情理之中。如果发现什么唐宋元明清的文物更不用惊奇。

"就这？！"我不以为然。在"忍"面前，我总脱不净"老大"的派势。

"忍"又掏出几枚古钱，说："认得这是啥年代的不？！"

我不知道。

我不说我不知道。我叫"忍"先放起来。我问他："我们号子的人没缺谁吧？！"

"忍"说缺是没缺，要不是贺景龙，那可就缺的多啦。

我跨进我们号舍的门，他们全部都站起来，伺立一旁。群众见到政府进来才会是这样。

他们搞错了吧。

他们垂着头，都不说话。

我看见每个人的胸前都扎了一朵小白花。我看见贺景龙的遗像被供在最里面的桌子上。第一次来的时候没有这些，可能是忙，也可能是马良行当时还没批准。贺景龙的免冠照片酷似意气风发的列宁。列宁说："……还有一条路，那就是死亡——死亡不属于工人阶级！"

贺景龙为鱼湘军的死担了责任，马良行出人意料地力挺贺景龙，他还鼓动了好些个政府联名给上级写信。贺景龙最终只是写了一份检查就过关了。因此，贺景龙与马良行的关系急剧升温，上升到"同志加兄弟"的层面。我们分监区的群众都看见马良行逗贺景龙，叫他模仿列宁说话。春节分监区搞文艺娱乐，贺景龙真的上台演了节目。群众发现，平日里严声厉色的分监区长完全可以扮演列宁，隆重推出创新版《列宁在1995》。

列宁从天上往下劈手，四指并拢，大拇指向上。列宁说："死亡不属于工人阶级！"

按照规格，我往我们号舍床下和屋角喷洒"84"消毒液。"84"液现在已经很充足。他们不懂礼让，我就一个一个扒开。扒到"二胡"跟前，他忽然抱住我。"二胡"显然是想哭，"二胡"要是哭出声来，也像是拉二胡吧。但他终于没有哭出声来。我听到"二胡"口腔、鼻腔稀里呼噜的动静。我感觉到他的泪水弄湿了我的肩头。这样的态势和造型应该是男女搭配才好吧。

我记得，"老贩"，也就是范伟死去之后，"二胡"好像没有哭。

大家个个身心疲惫，衣冠不整，估计几天前已经把储蓄多年的泪水倒得差不多了。马良行、政府吩咐干活，大家一拥而上，叫休息，都乖乖地回到号舍，没有一个人走近无墙的仅拉了两根绳子的监墙边。

我知道。这些天各分监区的群众都差不多。

我不知道如何安抚我们号舍的每一个人。我推开"二胡"，放下喷雾器，坐到我自己的铺位上，掏出香烟，自己点上一根，然后把烟盒扔给"美人"，让他给群众散发。这烟还是陈大勇送我的。我抽上烟之后，陈大勇就不是一盒一盒地塞了，而是一条一条地给。

"美人"给每个人都发了香烟。每个人都点着了。我记得以前只有"二胡"和"老贩"抽烟。当然,他们也记得以前我也不抽烟。都抽上了。香烟的味道跟湿霉的气息和"84"消毒液的味道混在一起,刺激得我反胃。

"美人"坐到我身边。他的双眼竟然与马良行一样,也充满血丝。我不禁留神扫一眼旁人,竟然全是红眼。

"美人"说:"老大,你是不是还记恨贺区长?!"

我说:"你放屁!"

"美人"说:"我放屁?!"

我说:"你放屁!"

"美人"说:"我,我,我……"

我抬起头,发现屋里的每一个人都看着我,一双双红眼看着我。红眼让我想起白兔子,兔子急了也咬人。他们的目光都非常陌生。好像是怀疑,也好像是怪罪。

我把香烟插到香案上。案上供着十个馒头,是新鲜的。估计他们每顿饭都换这些馒头吧。换的时候每个人说上一句类似宗教信徒对主说的话,"用这样的方法寄托我们的哀思,使整个号子的群众团结起来"。

他们模仿我。完了,他们又看着我。他们在等什么?他们是要我向贺景龙、贺区长三叩九拜么?就像贺景龙是我们的长辈,我们的亲人,我们的父亲?!他们要我七尺泪水八尺鼻涕地哭么?!

这是一个问题。

这两天在野鸡胡的各处,我见过许多哭坟的,号丧的,我都假装没听见,没看见。我忙得很。

我又点上一支烟,试图削减反胃的感觉。但是,胃翻得更厉害了。前天,不知道是什么原因,我上吐下泻,吃了痢特灵、黄连素,控制住了,现在,肠胃系统又要崩溃似的。

"二胡"终于被激怒了一样冲到我脸前。他的裆部在我脸前晃呀颤呀,一股子裆骚味,蛇一样拨开其他的味道,顶住我的鼻孔。他说:"你知道我们为什么在这儿设灵堂祭奠贺区长吗?!你知道我们几个的小命是谁救回来的吗?场部里混了多半年,吃香的、喝辣的、吃得你没人味啦?!你,你,你……"

我站起来。

我想给贺景龙磕个头,如果这号子里没有人的话。可是,他们这样气势汹汹地逼我,似乎是我加害了他们的救命恩人。莫名其妙。我陡然生出一股奇怪的抵触情绪。贺景龙踩断了我两根肋骨，但那事出有因，他也认错了。我也得到了相应的补偿，扯平了，无所谓恩怨。要不是他伤了我，我怎么会有机会操姜楠呢？怎么会捞着放牛的工作呢？怎么能与井裳清云雨呢？！我得感谢贺景龙区长。现在，他死了。我知道他是怎么死的。我知道他的死是英勇壮烈、重于泰山的。我还知道自从鱼湘军的死，他免于被降职，感激马良行之外，他的工作热情和积极性猛增了一倍。过去贺区长工作就是拼命的，再加一倍，那不就累死了吗？！他也是人，也是血肉之躯嘛。

列宁说"死亡不属于工人阶级"。可是，列宁没说死亡不属于政府、不属于群众。

"贺景龙是累死的，关你等鸟事！"这句话几乎已经脱口而出，被我紧咬的牙关卡住了。还有许多话，顶在喉咙下面。"就算没救你们的命，贺景龙也会在之后的救灾重建工作中累死。他一定会死，死在工作岗位上。这些你们懂吗？！"就像屈向农为了学生而死，陈大勇为了奖状而死，鱼湘军为了大鱼而死，老米为了吃肉而死，吕长樱为了忧伤而死，那都是天王老子爷也救不了的！

就在发大水的第二天，吕长樱听说贺景龙牺牲了，他的另一个战友也牺牲了。他呆了。这一回他没有抱着酒瓶喝个烂醉。他在一块半坡的干土地上跟搬家的蚂蚁说话。他叫蚂蚁爬进他的枪筒里避难。他说："搬家，搬家，咱们搬家。"蚂蚁不懂，他就把手枪筒抵住蚂蚁的路，一只蚂蚁爬进了枪筒，他把枪筒抬起来对着眼睛，蚂蚁爬往枪筒的深处，他看不见蚂蚁了，就顺手拉开了枪栓，枪栓那边有光透进来，他看见枪筒里的蚂蚁了。他笑了。枪响了。

吕长樱曾经不止一次地用枪指着我的脑袋，他常挂在嘴边的话是："信不信我一枪崩了你！"现在，他死了，我也会幸灾乐祸吗？！

"放你娘的狗屁！"

我还是没有骂出声来。当我想骂人的时候，当十八般浊气在我的胸膛，在我的腹腔发酵，冒泡泡的时候，我才发现，骂人也是一种教养，就像学习外语需要一个语言环境，最好从小就受到熏陶。我缺乏这种教养。我骂不出来。那些气泡应该掉头向下，变成一串响屁。可是我连屁也没放出来。我估计我的脸色已经接近腐烂的猪肝。

我站起来。我站起来说明我改变了姿势，改变了姿势就该有所表示，以便区别坐在那儿的情形。

我站着。

我感觉到咽喉干涩，脖子因为积淀了几层汗水而发黏。

我等着。

我等着体内的那些浊气刺激血液，加快运动，奔突起来，我指望它能帮助倦怠昏沉的大脑形成理智认可的一个意象，一个单字，一组词，一句话。

他们也等着。

我们等来的是另外的声音。

"仁天木。"

杨小帆在门外面叫了一声。

我没有回应。

我们号子的人左右两行夹奉着我。他们也许不敢，不会蜂拥而上，摁住我向贺景龙磕头。但是，他们显然已经有了类似的想法。红眼兔子急了不是还咬人嘛！

杨小帆几乎是跳着进了号子。看见我们的阵势，顿了一下，扫一眼灵台上的贺景龙的遗像，再顿一下，冲我说："快走快走！"

我看看左右两行我的同窗，没有动。我和他们共同等待的言词和与言词相匹配的行动还没有出现呢。

"哎，还愣着，快点，马区长叫你哪！"杨小帆说完折身出去了，他显然还有别的事。非常时期，都忙啊。

"啥事？"我冲着空门追问了一句。

"法院传票！"

下篇

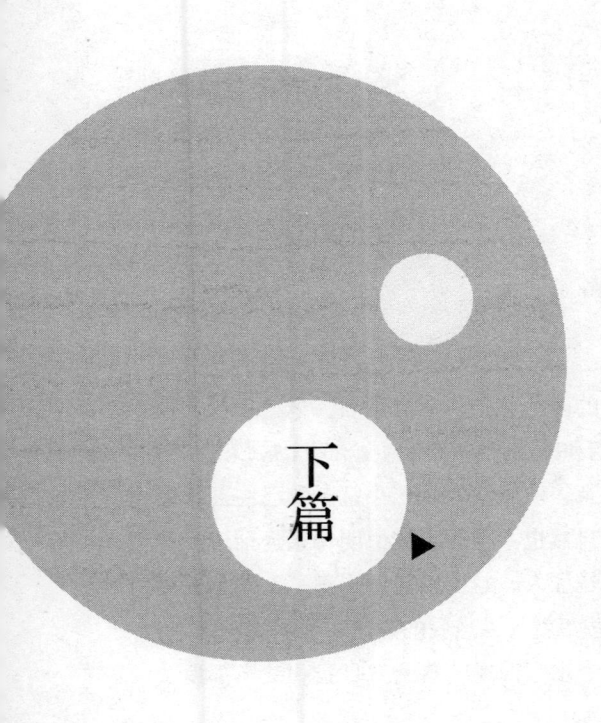

二十五　苍蝇

　　法庭上，我再一次见到了俞金花和她的两个儿子，老二项君、老三项帅。据说她的大儿子项明在深圳发财了，却被母亲和两个弟弟彻底地抛弃了，被归入"穷得只剩下钱"的那类人了。我也见到了父亲、姨妈和妹妹仁小宜。我已经五年多没有看见母亲了。母亲没来，姐姐仁少宜自然也不在场。这说明母亲还活着。我还看见了我的前未婚妻宋丽芸。她和项君是证人。她比以前更丰满了，看上去更温柔了。估计那个瘦高个吴国文的厨艺早些年就可以当我的师傅。吴国文也来了，他跟汪红坐在较远的地方。他们中间的那个东张西望的孩子就是我和父亲都没认下的儿子吧，他好像叫汪东锦，随他的外婆姓。

　　我的身体感觉到，井裳清、姜楠这两位与我有过肌肤之亲的女人，应该就在附近。我看不见她们。我要是可以像汪红怀中的那个孩子一样东张西望，也许就可以找到她俩。我不知道，她们正在辛苦地养育着孩子。就算没有孩子，她们也没有必须来到现场的责任和义务。我只是特别想见到她们，尤其是井裳清。

　　俞金花满头银发，鼻翼那两条纹路，现在可以用"刀劈斧砍"去形容了。项君和项帅时不时地伸出手搀扶他们的母亲，都被老人家推开了。她直挺挺地站着，昂着头，就像女英雄面对刽子手的屠刀。经历了五年多马拉松式的上访，荡尽所有家产之后，她又举债为续。如果她不拒绝大儿子项明的钱，她可以把官司打到联合国也不会资金短缺。她为什么要对大儿子项明这样绝情呢？她一定是意识到了项智义的死与项明有直接或间接的关系，她害怕历史真相会动摇她为亡夫讨回公道的决心。她大义凛然，迎难而上。吃了多少苦那不算苦，遭了多少难那不算难！杀人偿命！这是天理！今天，正是她讨回天理的日子。今天，也是了结她苦难的日子。她受苦了。

　　"……以故意杀人罪，判处仁天木无期徒刑。"

这个声音像铁棒敲击悬空的工字钢一样，带着坚硬的金属质感和穿透力，刺得我耳鼓丝丝地发痒，在我耳廓中久久回旋，不肯遁去。

俞金花的身体瘫软了。

姨妈倒下了。

汪红在另一边呜呜地哭出了声。

我好像看见抱着俞金花身体的项君向我的方向、向姨妈站着的位置扫了一眼。宋丽芸跑回汪红那儿关照她的母亲。那个孩子大叫外婆。

法庭一时间有点儿混乱。六名法警出面维持秩序。其中两名法警把我带出法庭，送上等在偏门的一辆囚车。

一声判决，铁定如山。一切都没有丝毫的回旋余地。双方的律师都可以休假钓鱼了。

从囚车的后窗上，透过不锈钢栅栏，我看见俞金花的三儿子项帅率先冲到路面上。项帅身着武警制服，十足的彪形大汉，他瞪着一双牛眼，恨不能像大力金刚一样，抓起囚车，甩到远处的高楼墙壁上。

我的亲人们比项帅晚了好几步，他们的身影只现出了一些局部，这些局部刚够我判断出他们的身份，囚车拐弯了。

再进看守所的时候，我就开始怀念野鸡胡了，甚至在乘坐囚车离开野鸡胡的路上，这种怀念就已经发芽。洪水洗礼过的、在大山深处弯扭延展的野鸡胡川道，到处是深深浅浅的积水，许多地方的积水与清水河连在一起。它告诉人们，这川道原本就是一条宽大的河床，地里的庄稼、川道旁的房屋、圈舍、粮仓等等本来就是河床的一部分。零星的柳树披着长发，像一个一个华子良一样孤独地站在水中，一言不发。未及收割的香紫苏一株一株仰着脖子，探出三两朵花瓣。成片成片的玉米刚长出织布梭大小的棒棒和鲜亮微红的须须，正在凭借风力授粉，但多数玉米棒都沉在水中，花粉落在水面上，找不到接粉的玉米棒的须须，只好随波漂移。玉米棒没来得及领受野猪的糟践，就浸在水中，这样变质的玉米野猪是瞧不上眼的。夕阳扒开层层乌云，在大气和水中构建七色的光影，氤氲迷离，摄人心魄。

医务所靠近大路，靠近川道，就靠近清水河，也本来就是河床的一部分，它基本上完全垮塌了。本来，姜楠不在，医务所这个野鸡胡的"信息中心""娱乐中心"就是形同虚设，现在，它连外壳也没有了。因此，野鸡胡又多了一层郁闷。我跟井裳清常常幽会的小杨树林倒没有丝毫损伤，小杨树们站在水中，依然挺拔昂扬，像一群年少不知愁滋味的孩子。

公路在川道中，是沿着一侧的山势而建的，一般要高出川道三到五米不等。山洪冲断了几处，还有两处山体滑坡埋掉了道路，并在两面山体的狭窄处拦截了川道，形成堤坝，形成了"堰塞湖"，这些都被一个中队的武警在四天之内疏通、修整完毕。这样，法院的传票才送到了野鸡胡。这样，我才乘坐囚车离开了野鸡胡。

我是被那场百年不遇的山洪冲出了野鸡胡，推到了二十一沟监狱的吧。

离开野鸡胡，押往看守所，押上法庭，再押往二十一沟监狱。这个过程中，我始终感觉身后有一股不可抗拒的力量在推我。就像当年我把项智义的后脑送上铁钩。什么力量不可抗拒呢？地震，法律，洪水。

"无期徒刑。"

与爬抓在野鸡胡死羊身上，把白色的羊变成黑色的情形类似，"无期徒刑"这四个字就像一坨一坨苍蝇一样，爬抓在我白色的大脑沟回中，改变了它们的颜色。黑色的苍蝇遇上脑浆这么好的营养，繁殖速度就像一日千里的国民经济。我的脑壳里挤满了蠕动的蛆。蛆吞食了我的脑浆，茁壮成长，它们通体洁白，晶莹透亮，它们化蛹成蝶，展开了翅膀。二十一沟监狱的第二千一百代苍蝇便有了与我这类人相近的智商、情商，它们一个个寡言少语，深思熟虑，体态矫健，动作敏捷。而我，却成了一头巨大的无头苍蝇。

来到二十一沟监狱的第一天，还在入监队，我就因为动作迟缓挨了一警棍。

警棍通常是打在胳膊肘上面的，那会造成尺骨桡骨骨裂、骨折。没有人看见警棍挥舞过来不躲闪、不伸胳膊遮挡的。

我没挡。

我看着警棍劈划开混浊的阳光，舒缓优雅地走了一个弧线。看到这样的弧线我觉得亲切，它似曾相识，经得起审美的挑剔，像个老朋友。

警棍砸在我脑壳上。

咚咚地响。

然后"嗡——嗡——"，空气紧缩，刚才被划开的空气又严丝合缝了，变成了一个大瓮的囫囵的外壳。

这大瓮有多大呢？罩得住二十一沟监狱的二十一条沟吗？

二十一沟监狱坐落在"佛足山"上。

二十一沟监狱只有六条沟，五条沟是佛足山的脚丫子缝和足内侧的大沟，这些属支线。另一条是干线沟，它贴着佛足弯扭的参差不齐的足尖，拐向远方。十月天气，大沟小沟都没水，更像是垃圾沟。那些沟就是人倒垃圾的。监狱建了几十年，垃圾倒了几十年。垃圾味儿从沟底袅袅升腾起来，汇合无处不在的焦煤烟味和煤粉颗粒，令人鼻腔发痒，双目生涩。太阳的光线在云雾中跌打，又被煤粉煤烟调戏，浑身红肿，破裂的部位还淌着黑红色的血。煤粉在阳光中反射，居然生出彩色的光斑。

"嗡——嗡——"像大瓮一样的脑壳也於满了血，憋得发胀。

"嘿嘿嘿！你傻帽呀！"

有人推了我一把。

"我一眼就认出你啦！"

我看见两扇招风大耳，一副尖嘴猴腮。

"忘啦？！我猴啊！"

像猴子。

我记得我认识二十一沟监狱的梅昊，那个知识分子。梅昊沾点儿婆婆相，年纪也快四十了，眼前的猴子不会把我当孙悟空了吧。佛足山可不是花果山，没有水帘洞。要是有瀑布般的水帘冲冲脑袋，就爽了。

稍息、立正、向前后左右转正步走、齐步走、跑步走、立定、报数、向中看齐、向左看齐、向右看齐。

双开门，两边通铺，双层。一层十二人，两层二十四人，再乘以二等于四十八人。不出三天，某一个或者某几个人身上的虱子就完成了它们的横向折返运动，它们南征北战，到处播种，弄得一些人彻夜难眠。彻夜难眠当然还有别种缘由，比如犯了大烟瘾呀，害了相思病啊，哼呀、嘿呀较为相似。他们都在被子下面掏啊，抓啊，鼓捣啊，看上去很像是集体手淫。臭脚丫子味儿、煤粉味儿、烂菜剩饭味儿、狐臭味儿，八味俱全。猪圈里的味道也会比这里清纯许多。"猴子"也算是大城市的人吧。他二进宫了，有经验。他对那些大呼小叫的人说："怕什么？！狗日的，它咬你，你不会咬它——把它吃了！那也算一点肉腥嘛。改善伙食啊！"

虱子是什么味道呢？

训练间隙，群众蹲靠在墙边、扒开衣服、解开裤裆，就着晕黄的太阳捉虱子。在"猴子"的示范下，吃虱子的行动很快蔚然成风。也有不入流的，躲在人后发抖，哭泣。还有一类见政府不在就破口大骂，对相当于野鸡胡杨小帆那种角色的视而不见。掌事的也装聋作哑。"娘稀屁！虱子多得都钻屁眼儿啦！""老子是来服刑的，不是喂虱子的！""咱们搞一个比赛吧，看谁身上虱子多，咱们推举他做老大！四十八人的老大是什么派啊！""这他姥姥的绝对侵犯人权！""小姨子养的还不如看守所呐！""这孙子从来不逮虱子，裤裆里肯定是一窝一窝的，一营一营的，一集团一集团的，肯定是冠军！"

我被群众摁在地上，四仰八叉，扯光了衣服。

哈哈哈。

比体温低得多的冷空气水一样冲刷每一片肌肤。它们在肌肤表面受到汗毛的阻碍，它们把汗毛摁下去，可是汗毛却如弹簧钢丝一样弹起来，它们摁呀，汗毛弹呀。风摆杨柳。游戏童年。我想起来了。我想起猴子了。我想起井裳清了。我想起野鸡胡了。我想起黑子河了。我想起未婚妻了。还有姜楠、姨妈、父亲、母亲、姐姐、妹妹。

母亲已经死了。

俞金花完成了她的终生使命。她原本当然是要求让我吃一颗黄铜闪亮的金属豆的。无期徒刑也行吧。法院说了这是"最终裁决"。无期嘛，那就是永远。罢了罢了。该回家了。回那个宝函寺村，回那个宝函寺。该去看看那个整日磕头念佛的妹子了。

宝函寺空门之中，母亲向寺庙深处的佛像磕头，姐姐立在母亲身后，庙里不时传出颂佛之音。

俞金花在空门外站了很久，似乎是适应一下这儿的空气。这里的气息已经久违了。她垂着头，深吸一口气，迈入空门。她先是在母亲的身后站着，母亲感觉到了，却没有任何反应。俞金花便挪到母亲正面，与母亲相对而跪。

母亲在宝函寺的"空门"中日日念佛已经有五年多了。也许，母亲五年如一日，就是等着这一天吧，就是等着俞金花来会面吧，就是预备着了结尘世的无边苦海吧。

她们面面相觑。

俞金花白了头发，鼻翼的八字沟纹已经堪比二十一沟监狱的沟壑了。母亲的面颊已经印上了老年斑，母亲的年龄不过五十，没有理由生出老年斑。四十七岁的女人，在香港还参加美女竞选呢。

五年多，在佛的眼中，也许还够不上"弹指一挥间"。可是，香火、烟雾粒子，已经通过七窍、通过皮肤、通过凡人无法洞悉的渠道渗透到母亲的血液中，那些色素本来是无序的、涣散的、游走的，不知哪一个瞬间，它们疲惫了，停下来歇息，沉积、凝结在母亲的脸上。所以，那些深色的色斑应该不是老年斑。母亲完全不是老年人。

母亲原本是丰乳肥臀的盈润女人，而今已是颧骨高耸，十指如柴。母亲的双膝因为天天下跪、日日磕头，已经生出了厚厚的茧子，比脚后跟的茧子还厚。在租房的炕上，母亲以膝作足，轻灵地挪移，令串门的邻居和房东叹为观止。

她们四目相对。

俞金花说："妹子，起来吧。完啦。"

母亲看着俞金花。

俞金花说："那好吧。我也没事了，我陪着你，天天陪着你。"

母亲咳嗽了。

俞金花伸出双手。

姐姐蹲下身去为母亲捶背。只捶了一下，姐姐听见一声喷响。

俞金花的脸上溅满了血浆。俞金花的脸在血浆的冲拍之下，回应噼噼啪啪的声响。这张脸本来有一个条件反射般地躲闪，但血浆的速度太快，它们是以颗粒为核心拖带着血浆喷射而来的，这张脸躲闪不及。以母亲虚弱的身体，从她嘴里喷出的液体不可能达到那样的速度和力度，那有赖于时间分分秒秒的积攒和蓄势。也许母亲来到宝函寺并不是潜心向佛，而是运气、调运她身上的每一滴血液，等待此刻绝命的一喷，将她体内的血液和精气一并挥洒干净。

母亲的身体像一个空壳似的失去了支撑，翩然倒下。

姐姐后来对父亲和姨妈说："都怨我！我要是不捶母亲的话，要是不捶的话……"姐姐把自己的小粉拳当成武林高手的铁砂掌了，仿佛可以隔山打牛，生杀予夺。

我想哭。但是，我不能当着群众的面哭。更不能光着身子哭。光着身子哭是婴儿的专利，盗用他人专利是违法的。

在野鸡胡被扒光了衣服丢入母猪圈的那个群众，他就是盗用婴儿的专利。他的哭喊反而助长了那几个人的兴头。当时我想，如果是我被丢进猪圈，我会认真地想一想要不要站起来。我想我会站起来的。我会立马站起来。

我站起来。

谁说的？

谁身上虱子多，谁就是老大！

我在裆下抓了一把，挥舞起来。

我喊："看呐！这还有十八个营呐！哈哈哈！"

我追着每一个人，让他看。他们被我追得满院子乱窜，拿着我衣服的纷纷把衣服抛向空中。把衣服抛向空中是攻陷了阵地的军人和得了博士学位的人的专利。他们不是怕见我手上抓着的虱子，眼尖的已经看出我手心里可能什么也没有，至少没有十八营那么多的虱子，他们不怕虱子，他们争着把虱子塞进上下牙之间，咬一下，发出"嗞"的一声，蓄满虱子身体的人血爆溅出来，白牙都被染红了，他们用舌头舔那白牙上的红血，舔白了，再咬一只，再舔。他们怕什么呢？

他们认为我疯了。

挖煤换班回来的老犯们黑着脸，一个个露出雪白的牙齿。

我感觉，赤裸的身体，像饱涨的馒头一样，充满了幸福。我明白华子良为什么幸福了，我明白为什么陈大勇说华子良是"幸福的麦穗"了。陈大勇说过吗？陈大勇能说出这么诗情画意的语言么？反正陈大勇活在野鸡胡很幸福。

好像是政府帮我披上的衣服。我甩膀子，甩掉了衣服。政府再次挥起警棍。威胁说："别逼我犯错误！"群众都看出来了，政府是害怕我不伸胳膊挡警棍。哈哈。

政府还是相当的礼貌呢，够江湖。在我没离开野鸡胡的时候，《监狱法》就颁布了，打骂群众是违法的。

群众打群众违不违法呢？一群人打一个人算咋回子事儿？记不清了。好像要揪出个主犯，揪出第一个下手的和下手最重的。所谓"首恶必办，协从不问"。

大号舍与我们家的旧宅很像，双开木门，里面可以用方木棍把门别上。

我从左面的下铺开始，往下拖一个，把他的胳膊反剪到背后，令他头朝下，屁股朝上，像我出生之前他们对待我奶奶水一泓那样。

"谁说的？"

没反应。

我当即把他反剪的双手向前一推，毫不迟疑。

左右二层的人都听见了"嘎巴"的声音。

我去拖第二个。

"谁说的？"

这一个身体还没着地就开始招供了。可是他是个长江以南的口音，又说得太快，我听不懂他说的话，也不能分辨哪句是他的嘶鸣，哪句是他的供词。

两个卧驴了。

我想起"猴子"了。就是小时候在姨妈家的福利区、家属院集体玩"卧驴不骑"的孩子们当中的一个。是小猴还是大猴呢。不清楚，反正那个游戏就叫"卧驴不骑"。

再拖第三个。

猴子扑上来抱住我的脚："大哥，大哥，这不是玩的！不是这样玩儿的！会出人命的。是我说的，我说的。"

"你说啥？"

"你是老大！你，你，你……"

耳边生风。

我撂倒一个。再撂倒一个。脑袋磕在门轴上，脑震荡；大腿碰到炕沿上，骨折；杵个屁股墩，尾骨撕裂；当胸挨一掌，心肌缺血……四十八个人，四十七个都要上手么？！他们说恶虎不敌群狼。他们说好汉不吃眼前亏。他们说留得青山在，不怕没柴烧。他们说君子动口不动手。他们说愣的怕横的，横的怕不要命的。他们说打蛇打七寸，擒贼先擒王。他们说毛主席说的，砸烂一个旧世界，创造一个新世界。

谁说的？

我挑了一个块头最大的彪形大汉。

"快住手吧，他是一掌下去就要人命的呀。神掌仁呐，鬼挡杀鬼，佛挡杀佛啊！

有人开始抢铺头的梯子往上铺爬，太急，一个撞一个，撞倒一群。有几个压在先前倒地的人的身上。

彪形大汉举起双手，说："不干我的事，我没动你。是蚊子说的，秃子第一个上手，马三下手最重。就这。"彪形大汉说得非常流利，非常清楚，是块办案的好材料。

几个趴在地上呻吟的不算，蚊子、秃子、马三站到我面前，听候发落。

我笑起来。

"把灯泡摘了。"

我说。

咚咚咚。

三个人应声跪倒。他们都懂得摘了灯泡下黑手的意思。他们不摘灯泡。

我双手张开，向中央合拢。就像看到精彩的演出要鼓掌那样。我并没有学过像舞蹈一样眼花缭乱的武术。我的动作简单、直接、有效。

门豁然洞开。三个脑袋撞在一起的时候，有人蹿出去，高呼"他疯啦"。

政府们手持警棍冲到我们号子门口的时候，我该办的都办过了。我知道我不是侠客，不是超人，我知道天网恢恢，国家机器坚不可摧。我知道挨一通警棍之后就是被关禁闭。

禁闭室正是我向往的地方。

单间。

二十一沟监狱的五个监区修建在佛足山的五个脚趾上，各监区由下而上，七层平台、七个分监区，满打满算，五七三十五个分监区。野鸡胡就没有监区建制，据说最小的监狱只有三个分监区。二十一沟监狱之大可见，佛足山佛足之大可见。

入监队训练和居住用的是三监区第一分监区的地盘。换句话说，入监队归三监区统辖。三监区第一分监区在佛足山佛足中趾的顶头，离整座监狱的大门最近。禁闭室呢，在佛足中趾的最顶头。

对我们群众的管理，大致分为五个级别：一级宽管，二级宽管；一级严管，二级严管；禁闭。各监区都有规格不同的"严管队"，禁闭室整个监狱只有一处。如果发生爆狱，要关禁闭的人太多，各监区的严管队可以代行禁闭。

我对在佛趾的中趾没兴趣。我来到这小单间是预备哭一哭的。母亲喷血而亡。我是母亲唯一的儿子，却没有为她老人家守灵，戴孝，悲号，这是要被乡里乡亲戳脊梁骨的。

判决之后的第三天，在省城看守所，我就要被押解入狱，只有姨妈来送我。姨妈不说话，只是看着我流泪。我心有灵犀。我感觉到母亲死了。我抓住姨妈的衣领，像一个革命者质问叛徒一样问她："我妈死了吗？死了吗？咋死的咋死的？！你说呀！"当时，泪水很快完成了从五脏六腑的集结，赶赴两个眼窝，那两个狭窄的通道。但是，泪水被一声断喝给截住了。

"干啥？！放手！"政府立在姨妈身后。

姨妈小声告诉了我。姨妈一定是百般选择，认定告诉我真相，会减轻我的痛苦，免得我无休止地追问。也许母亲的亡故是一个无比沉重的包袱，姨妈背不动，她必须卸到我的肩上。

现在，我住进了单间，我声势浩大地完成了流泪的准备工作。我该流泪了。

我渴望流泪。

可是，我哭不出来。我找不到类似厕所中水箱在高处的拉绳。打架耗费了体能，我竟然毫无廉耻地昏昏睡去。

单间的最里面有一条宽二十公分左右的水渠，那是厕所。水渠跟左右的单间、跟更左更右的单间是相通的。它一直通到灶房。灶房的伙夫们在灶房外骑在渠上隔出个单间，当厕所，那同时也是严管队好几个小哨用的厕所。午饭和晚饭之后，灶房把刷锅水比较集中的倾倒两次，连接一排单间的水渠就哗哗地有了声响。水渠的出口是通往佛足的第二趾与第三趾趾缝的那条山沟。这种设计节能而高效。

禁闭室一排房共有十七个单间，我住7号。6号、8号没人，5号、9号有人。好像更远的2号也有人，只是几乎听不到动静。

5号是个话痨子，昨夜我昏然入睡时他就不停地问我犯了什么事儿，我不吱声，他就把脑袋插进水渠，喊："你耳朵还好吧。"

早上醒来我撒了泡尿。

5号大脑充血的声音又不断从水渠中升上来："睡醒了吧？清静清静吧。跟你说吧，我们在掌子面上炸煤，没几个耳朵好的，你不是往耳朵里塞棉球了吧。快掏出来，掏出来！7号，听见没有！爷爷我快闷死啦！你说话啊，你个驴日的，看着墙壁能看出妞啊，三八鳖犊子臭狗屎啊，你……"

隔壁房间扮演着汽车排气管消音部的角色，5号的声音被大打折扣之后，重新钻入屎尿池，才能进入我的房间。

"你咋知道我在看墙壁？"我对着墙壁说。到处是墙壁，声音碰来碰去自会反射到屎尿池，再由屎尿渠负责托运到5号那里。

"哈，哈哈，哈……说话啦——你不看墙，你能干啥，哥们儿，快说快说，说话。"

我告诉5号，我是来哭的。

5号就哭起来。

5号说他藏在垃圾桶里，已经混出了监门。可是……

"被逮住啦？！"我一笑。

5号说你笑啥。没有。我没被逮住。

"那你怎么脑袋朝下，扎在屎尿渠当中啊？！"我觉得好玩儿。想到5号高高地撅着屁股，脑袋朝下，额头上青筋暴跳。我就想笑。这个蠢货。

5号说垃圾车开出监门几十米，他就跳出来，钻进了山坡中的树林。在树林中，他换掉了身上的囚服，架上一副眼镜，戴上一顶假发，西装革履，大摇大摆地住进了二十一沟镇上的一家私人开的旅馆……

"你就可劲儿地吹吧！"我特别分神探听9号那边的动静。没动静。也许9号是那种吞食钢钉、钢匙、玻璃渣的主吧。

5号说骗你是孙子！他说他在那家旅馆住了三个晚上，大白天还在餐馆吃饭，听人家议论昨天有一个犯人脱逃，现在还没抓回来。在餐馆吃饭的也有政府。其中一个年轻的还向他借火点烟，之后还说了声"谢谢"。那旅馆不咋的，还没咱号舍干净……

我不吭声了。

5号说，不知道了吧。这叫"大隐隐于市"。跟你说吧，这二十一沟镇大着呐，佛足山五大监区，三十五个分监区，关了七八千弟兄，条子也有两千多号吧，这就一万多人啦。当地的百姓，几十里外的都往这儿搬迁。这儿有煤呀，有人呀，可以做生意呀。跟你这么说吧，这里外里加起来，两万人挡不住。逢初一、十五的，这儿还赶集呐。赶集的地方就在佛足山大脚拇趾大包围的外面，就隔了一条马路。

你把脑袋塞进这渠里头闻闻,人气儿十足啊!赶集的日子,这渠里还可以听见集上人喊马叫驴吆喝呐。

这兔孙跑题了。

5号说哈哈,扯远啦,你等会儿,让我仰身顺顺脑壳里的血。狗娘养的,这脑壳都成血葫芦啦。要不我坐着给你说吧。

这驴日的以为抓住了我的兴头,开始卖关子了。"听不见——我听不清——说啥——说啥——"我非让他把脑袋插进屎尿池子说。

5号又说了。这回声音带点儿回闷。这小子不蠢,他准是用写交代和思想汇报的信纸做了个喇叭,把喇叭对准屎尿池说的。他说他在镇上住腻歪了,就买了一张长途车票,像个旅行观光的游客一样,离开了二十一沟监狱。哈,那感觉,就像充满了蜜糖的荔枝,浑身的鸡皮疙瘩都是幸福哇,自由哇。

我冲着5号的方向,往水渠里撒尿。我说:"这渠子很光滑很通畅,要是你不胖的话,可以顺渠溜出去,溜到山沟里,再次变成充满蜜糖的幸福的荔枝。"

5号说没看出来兄弟还蛮风趣,这屎尿渠要是能逃出去,那八千兄弟还不争着抢着来坐禁闭呀!你是头一天新鲜,以为住三星宾馆呢吧,过两天你就知道滋味啦!我告诉你,千万别忘了向那些小哨表示……

铁门上的小方窗被拉开,"7号,开饭啦!"小哨喊。

我看见一个馒头,一截香肠,一碗水煮土豆,还冒着热气,端在猴子手里。猴子说:"老大,您受苦啦,我们全体入监队……"

"等等,"小哨发现了香肠,拦住猴子,说,"这东西是给我捎的吧?"

猴子怯生生地说:"爷爷,这,这是我们四十七个人对老大……"

"说啥,说啥?!"小哨把耳朵凑近猴子的嘴,香肠已经攥在了手里。

猴子闭上嘴。

"给我!"小哨端过放着菜汤碗和馒头的木托盘,猛咳一声,然后小心翼翼地把一泡带着血丝的黄痰挤出嘴巴,吐在馒头上。显然,他不吐在汤碗中,是嫌那样技术含量太低。带血丝的黄痰十分黏稠,粘在馒头弧面的顶上,晃晃悠悠,竟然不泻、不滑、不滚,仿佛它本来就是馒头的一部分。

带血丝的黄痰丝丝缕缕地飘着热气儿,它新鲜着呢。

小哨把木托盘塞向铁窗。模仿着太监的嗓音,说:"您请——"

我朝铁门狠踢一脚,水煮土豆溅在小哨身上。铁门是不会被踢倒的,小哨是受了惊吓,自己后仰着想喝那碗菜汤吧。

"你个狗鸡巴日的,敢踹我,敢踹我……"小哨像猩猩一样跳着,在身上乱抓。

值班的政府赶过来过问。

小哨说:"他想让我开门,想跑!"

我脚上戴着镣铐。

"三天不放风!"政府指示完了就走了。我知道,除非闹出人命,政府才没工夫管这些屁事。他们忙得很。

小哨得意地冲铁窗说:"听见了吧,不放风,憋死你。还想吃饭?!我让你吃猫屎夹馒头!"

陕西有种小吃,叫"肉夹馍",使用的是被动语态,意思是"肉被馍夹着"。像美国人的汉堡,就是"鸡肉被面包夹着"。自然,猫屎夹馒头,就是"猫屎被馒头夹着"了。这是文化。

一个伟人说过"知识越多越反动"。看见这个有文化的小哨就知道,此言不虚。

这个小哨应该有三十多岁了,却长着一张娃娃脸。一个娃娃脸的人总是给人天真吉祥的印象。他坐在太阳地里凭空逮苍蝇的时候,那种天真无邪的孩子气,越发明显。看得出他还是身手敏捷的,不然凭空抓不住苍蝇。不过,那些苍蝇是往我的水煮芹菜、水煮萝卜、水煮白菜里添加的。几十只苍蝇被装在一只透明的玻璃杯中,一小片白纸做盖子,翻过来倒扣在地上。开饭时,他远远地就挡住我们入监队送饭的人,接过木托盘,然后,他把木托盘放在太阳地上,再小心地连白纸和杯子一并抬起,再把杯子和纸一并摁进菜汤里,抽出纸。之后,他就喊:"7号!7号!开饭啦!"

之前小哨就开着铁门上的小窗。他这样喊,并不是叫我吃饭,而是完成一部作品之后要求观众的掌声。

我很听话,先是羡慕地看他晒太阳,后来欣赏他逮苍蝇,现在,我望着扣入菜汤的玻璃杯咽口水。

玻璃杯插入汤中,玻璃杯里面的空气彻底与外界隔绝,几十只鲜活的苍蝇不会被汤烫死,因为那汤离出锅的时间已经很久了。但是,苍蝇是生命,需要氧气,就算它们可以在最脏最臭的地方自如往来,觅食交欢,它们甚至非常喜欢把臭鱼烂虾、腐肉尸体当做产床,但它们也不能绝对脱离氧气。小哨就是彻底探明了这个生命的要诀,才玩儿的这个把戏。这也算是向我进一步展示他多么有文化吧。

一刻钟之后,苍蝇都被憋死了,与菜汤彻底地融合了。小哨依然是十足的太监腔:"皇上,您请用膳哪!"

我不动,我看小哨托着木托盘,等待那木托盘在他手上、胳膊上、臂膀上,甚至腰腿上慢慢地,一点一点地,一秒一分地增加重量。我要让他明白,他的作品,他是托不起的。他以为我是新来的，是只菜鸟，我让他长点儿见识。

没过五分钟，他的手开始发抖了。

我笑起来。

小哨不敢喊政府。他也不能把那木托盘弄翻在地，因为他很难把那些苍蝇从菜汤中清除干净。就算能，他也不愿意干那下等的工作。这样，他就无法向政府交代。政府最怕犯人绝食，这我在野鸡胡就知道。他支持不住了，翻着白眼，白粉粉的脸蛋涨得像驴肝。终于，他弯下腰放下了木托盘。

我们俩都意识到他放下木托盘，就算是给我鞠了一躬。我得胜还朝，倒向铺位。这屋子随便一倒就在铺位上。

我觉得双腿发软。好像是两顿饭没吃了。我的脑子不断地闪出野鸡胡第四分监区的禁闭室，闪出"老贩"绝食的一幕一幕。饥饿令我肠胃下坠，四肢颤抖，浑身冷汗。我无法想象"老贩"如何抵抗这种饥饿的感觉。也许，当一个人自主地，果断地决定不吃东西的时候，就不会有这些感觉吧。也许，像跑马拉松都会遇上"极点"一样吧，再饿一顿就没感觉了吧。再想想在野鸡胡当厨子的时光，那简直是人间天堂啊。

野猪里脊肉，泡在白酒中，泡五天，再用姜汁、蒜泥腌一晚，切成丝儿，裹上芡，用辣子蒜苗爆炒，这是我的招牌。这个菜也可以跟西红柿合作，添几片木耳，弄碗"野猪肉丝面"。辛占河想来点儿清淡的，就冲灶房门喊一声："来碗面。"他说的"面"，就是我做的"野猪肉丝面"。黄羊、野兔、山鸡、獾，包括蛇等等野味我都能烹制，叫他们吃得肠肥脑满，眉开眼笑。那野猪蹄，是狗都啃不烂的东西，我把它先炖四十八小时，再跟黄羊蹄、牛尾、圈猪蹄等蹄子一并炖一夜，捞出来，清锅，再倒入成捆成捆的啤酒、三瓶黄酒，再炖八小时，佐料嘛，除了大陆货，再添两包香紫苏末子，两包麻油籽……他们一盆一盆地盛出去，摆宴。这道菜取名"四脚朝天"。谁吃了都会四脚朝天。

屎尿渠中流淌的灶房味道，我一闻就知道是几个下三烂的厨子在忙活。

我可以砸门，喊叫，弄出很大的动静。这样，政府就会闻风而至，我就可以向政府揭发。可是，这种行为类似于叛徒，令我等不齿。

小哨在太阳地上吹起了口哨，吹的是日本电影《追捕》的主题曲。他咬住我了。他弄出任何动静，都是在跟我打招呼。我浑身无力，懒得理他。

"哈哈……"小哨加重了招呼的力度，"看呐，看这叫什么，猜中了有奖！"小哨把脑袋凑到窗户跟前，"起来起来，猜猜看！猜中了，我跟入监队的一块叫你老大！"

依然是一只透明的玻璃杯,扣在一小块白纸上,不同的是,这回杯子里只有一只苍蝇。

太阳光从玻璃杯上反射过来,刺得我眯起眼睛。

我哼了一声。

小哨特别兴奋,竟然在太阳地里玩侧手翻,玩倒立。他倒立之后还能停几十秒。乾坤颠倒之下,他说:"别哼,有种的就说!"

二十六 自杀

"前途光明,绝无出路!"

这就是玻璃杯中那只苍蝇的状况。这个名叫计春来的小哨主宰着这只苍蝇的命运。计春来身材不高,不胖,能耍倒立,说明他早年练过体操、武术那种花拳绣腿的玩意儿。

我绝食了。

我绝食在计春来看来是与他抗争的有效手段。当他意识到我绝食的时候,他的特别喜欢一并推向地面的双手便转向天空。他脑袋顶在小窗上说话的时候,始终举着双手。

计春来说:"兄弟啊,我这不是闲得慌,逗逗闷子嘛,千万别跟哥哥一般见识啊。同是天涯沦落人,相逢一笑泯恩仇哇,咱哥俩是前世无冤,后世无仇哇。那只苍蝇,我可是已经放生啦。阿弥陀佛呀,不信,我把它逮回来,你问它呀。它要是不招,你严刑逼供,也没问题啊。我告诉你,苍蝇翅膀下面有两个肉垂,随便剁去一个,它就只会绕圆圈飞。那时你再审它,保准哭爹喊娘地招供,连上星期在哪泡屎上操的母苍蝇都会招的。我的姥姥哟,我算是遇上硬茬喽。算我求你啦,求你啦!不然,我撞死在这铁门上,死,谁不会啊,我撞啦,看谁先死?!驴吊吊的,与其让你连累加刑,不如死了痛快!屁眼看人,我知道你狗日的压根儿就瞧不起我。"

我听见5号在那边厢乐,还手舞足蹈地叫:"高哇,爷爷,我也玩儿绝食!"

5号没绝食,他叭叽嘴巴吃饭的声音比屎尿渠中的潺潺流水动静还大。也许是小哨们或者政府给他下的命令吧。这一招虽然比我在野鸡胡的手段低劣得多,却叫我不断想起背了冤屈但意外死亡的"老贩",想起吃饱了肚子就乐呵呵的"肚子",想起厨子金大江,想起灶房的十八般家什,想起我在野鸡胡做厨子的时光。

下篇 275

"四脚朝天"那道大菜的汤还可以再做一个副产品,叫"蹬腿膏"。那道菜是用炖出来的黏稠胶汁经过一夜冷却而生成的肉冻,这个肉冻吃了之后,不像印度神油、泰国春药那样只对少数男人生效,存在个体差异。它具有广谱的壮阳效能。尤其是对四十岁以上的男人,效能更佳。后来辛占河指示我把"蹬腿膏"灌到半斤装的瓶子里,密封,他拿到省城送人。每回,我都偷偷留几瓶分送给马良行和陈大勇。人家关照我,我不能没有来无往。

我在铺上蹬蹬腿。蹬腿是一个明显的生命迹象。经常会听到人们这样述说死亡:"他蹬腿了。"我蹬腿了,却还没有死。那就是回光返照吧。我死死盯住门上一米多高的透气儿漏光的小窗,那个小窗有二十公分见方,被一副十字钢条分成四块。下午,太阳偏斜,阳光就可以从那四个方块中跳进来。这时,禁闭号子完全被照亮,砖头的色泽和纹路都一清二楚,阴霾的湿气也一扫而光。砖砂中的碱性物质从砖头和水泥砂石中分泌出来,形成弯扭的线条,弯扭的线条显出无数抽象的图形,像几笔勾勒的人脸侧面,像大胡子,像起伏的山峦;像一条河,像水潭,像一窝青草,像鱼,像蘑菇烟云,像原子游弋,像野猪的獠牙,像蜻蜓。胃空了,肠子空了,颅腔空了,胸腔空了,腹腔空了,那些抽象的图形也会变得无限空旷,阔大的纵深,优美的起伏,连绵在意象的尽头。我在这广袤的空灵之上飘浮……前任,也许是前前任,前前前几任号主在被阳光晒着的那块墙上留有手迹:"大爷到此一游!""二十年后还是好汉!""我操!""生活像一条河!"

5号握着纸喇叭,撅着屁股对着屎尿渠,向我传达了许多信息,讲了一些故事。他自己最后是被他母亲举报的,而他的母亲是从他的女朋友那儿得到的信息,并在他的女朋友的劝说下"大义灭亲"的。他母亲在派出所的滞留室对他说:"儿啊,天网恢恢啊,你才二十几岁,往后还有好大几十年哪,不能这么整日地、每时每刻地提心吊胆呐。你回了监狱,安心改造,娘还可以岔时岔段地去看你,还可以指望你回来给我送终啊!可你要是逃啊逃,再犯啥事儿,再加刑,加刑,那哪儿是个尽头啊!"

5号说着鼻涕眼泪吧嗒吧嗒地掉在纸喇叭上,掉在屎尿渠中。

5号知道我绝食,并不劝。他也没要求我多说什么。他只是把我当个垃圾篓子,把他满肚子的下水往篓子里倒。

关在另外一个方向的9号,为什么没有任何动静?

5号说,那家伙是二十一沟监狱的贵族,绝对贵族。住的房子有八个禁闭室那么大。我想起那天晚上,我被带来禁闭室,进了严管队的大门,顺一溜子平房向前走,被一大块凸出来的房子挡住了,是绕过来的。也就是说三监区严管队的一排禁闭室因为9号的存在，由原来的"1"字，变成了"中"字。

我操。"中"啊。

几间禁闭室打通还不算，还要凸出来扩大面积。

所有的砖墙都是压"T"字缝，一层一层垒起来的，号舍、禁闭室的墙也不例外。砖与砖之间相勾连的"T"字和"工"字，就像所谓的"规矩"一样，高度限制了碱性物质分泌线条所构成的意象的自由。

我也明白了为什么9号那边没有动静。他房子的沟渠一定是被"文明"地加盖了木板，木板上再掏个眼眼，眼眼上再安置一个瓷制的坐便器。坐便器旁边同样是白瓷的水池，水龙头是镀铬的，上方是一面二尺见方的竖镜。墙壁呢，统统用柔软的绸布包了，挂一幅欧洲人的油画，再把卧室和客厅用屏风分开；客厅嘛，自然是沙发茶几……活齐了，真他妈的就是三星级吧。

无独有偶，在二十一沟监狱，享受"三星级"待遇的并不仅限9号，在另四个监区，几乎都有这样的人。四监区有一位留着披肩长发的中年人，浑身上下全是名牌，每天放风就开始叫骂，骂累了，改变方式，哭！据说他是"政治盗窃销赃犯"。就是以"盗窃销赃"的名义关押的政治犯。9号也是政治犯吧。

我想起来，9号的方向并不是没有动静，而是没有与5号相同、类似的动静。比如9号在木板地上焦躁地踱步声，被我误以为是更远的灶房在捣蒜；而9号的咳嗽则被我当做是另外几个小哨中的一个伤风感冒。还有，9号冲马桶的声音我觉得蹊跷，却没有多想。

5号说，9号是为本家兄弟扛雷。9号是宁陕交界处的一个家族的族长，那是个大家族，有三万人之众。宗族内这些年闹帮派，时有械斗发生。今年春天另一派要把9号推下台，9号的拥趸们便奋起对抗，闹出了人命。事后找不出凶手，9号铁肩担道义，罪名全揽在他身上，被判了十二年。押在宁夏某监狱的时候，9号的嫡系把监狱包围了，差点推倒监墙。

斜照在墙上的太阳光线令禁闭室空气中的尘埃和生命微粒纷纷显形。那些尘埃和生命微粒反过来又加强了阳光的效果，使它们在空气中有了温热的金属般的质感，因为悬浮在空中，又显得格外柔软。金色的阳光好像是可以抱在怀里的臆想中的黄绸抱枕，皇上用的那一种。

我记得刚入监那天，日头昏暗，空气混浊，到处充斥着煤粉煤烟味，怎么到了禁闭室，阳光就变清澈了呢。似乎禁闭室前挂了水帘，阳光是用淋水喷头冲洗了之后才放进来的。

教育科科长丁树来到我的禁闭室的时候，太阳恰恰斜照在墙上。这为丁树的光临平添了喜气。也许，丁政府是个心理专家，专挑这个好时候来与我谈心。

政府来了，我必须起立致敬，这基本已是条件反射。而我的颅腔、胸腔、腹腔都空空荡荡。里面原来的填塞物都液化了，半截子液体在三个腔体中被改变了角度，并且摇晃起来，这令我身体的外壳难以平衡。身体不平衡，又加剧了腔体中液体斜晃的幅度。我恶心，如果能找个出口把那些液体倾倒出来，可能就会觉得轻松吧。

"你不用起来！"丁树坐在自己拎进来的一只小方凳上说。丁树能坐在这间屋子里，说明他的身体非常不占地方。他跟我离得很近，通过他的呼吸声和口腔的闭合，我可以感觉到他的五脏六腑的蠕动、运转。他中午吃的是羊肉水饺，翻上来的味道含着浓重的烂葱气息。

我重新躺倒。我听见液体在腔体中来回悠荡，像倒退的影像中的海潮，逐次减缓，直到平静下来。我不敢大口呼吸，害怕胸腔起伏，使那些液体再掀波澜。

计春来的脸塞满了门上的小方窗，只要我开口说出他玩儿的小把戏，他就死定了。明天他就得蹬上胶鞋，拎上矿灯，下井挖煤。我听他们小哨闲唠，说再让下井，就自杀。

我知道有这样的时刻，我没有计划在这样的时刻开口。

丁树也没拿钳子撬我的嘴巴。他打开写着我名字的卷宗纸袋，从里面取出所有的文件，一页一页翻看，好像他来到我的房间只是为了寻个僻静，碰巧翻到了我的那一份儿。

丁树鼻梁上的眼镜在阳光的作用下，把他的眉眼反射到眼镜侧面太阳穴一带，他眼珠子一动，那一带似乎又生出一只活的眼。

"是这样啊……"丁树的眼睛没有离开文件，仿佛是自言自语："这样，哦，这样……"

哪样儿呢？

丁树把他从档案中看到的内容复述了一遍，假装不了解情况，假装才知道。

如何呢？

丁树开始演讲了，他的目光在那块被太阳晒着的墙皮上来回移动，仿佛他的讲演稿在那上面滚动播出。丁树说，人是动物。动物必须吃喝。不吃喝呢，四天之后生命垂危，七天之后天王老子来了也救不了。你不吃，你也不喝。喝了几口水？哦，你想等到七天大限去见阎王爷。有魄力，够男人，够汉子。这叫自杀，知道吧。什么叫自杀呢？就是明知山有虎，偏向虎山行。你大概会说那是武松——千古传颂的英雄。可是，那是武松喝高了。酒壮怂人胆。你高中毕业，考了两年大学，高中历史课里面有谭嗣同吧。谭嗣同就是自杀的,他本来可以逃之夭夭,溜之大吉。清朝末年的大学者王国维是自杀的,那是时代变革中的精神分裂。美国作家海明威是自杀的,那是他们家族的传统。革命烈士黄继光是自杀的,他用身体去堵敌人的机关枪枪眼,明摆着要被打成马蜂窝。还有一种自杀,就是疯狂地杀人,想着多杀一个就赚一个。还有,你看过《地道战》吧?那个鬼子松本最后在砖窑中准备切腹自杀,那被鬼子称做武士道精神。还有,你自己可以帮我想想,各种类型的自杀。你自己想吧,不告诉我也行。现在的问题是,你也要自杀,你是属于哪一种类型呢?你可能会说:"爷们就是爷们自己,才不归于什么鸟类型哪!"有种!但你要是哪种类型都不是,你死之后,人们就会把你当做一个新的类型,再在后面寻找、登记、统计跟你一样类型的。叫什么类型呢?"仁型自杀"?"天木型自杀"?"仁天木型自杀"?别费口舌啦,你这不过就是绝食。"五四"运动的革命青年经常去伪政府门前绝食抗议。你是"五四"青年型?你抗什么议?拒绝归类是不可能的。跟你说句卖衣服的广告词吧:"必有一款适合您。"

  墙上那块金色的太阳,有时候也会发酵、膨胀,像个硕大的黄橙橙的桃酥点心。

  门那儿有动静,计春来被另一个小哨推搡到一边,他报告政府。

  丁树正说得兴起,他咬咬牙,咽口唾沫,头也没回,说:"啥事快说!"

  那个小哨说是9号铁幼军那边的情况。好像很机密的样子。

  丁树咧一下嘴:"说吧,快说。"

  丁树的意思是面对一个一息仅存的自杀者,还玩机密,完全是放了屁再脱裤子。再说,真正的机密能让你们小哨知道吗?你以为小哨是什么?跑腿传话,递烟倒茶,擦鞋搓背!你以为不下井就不是囚犯啦,就成政府的人了?!呸!

  小哨打个立正,报告说,9号铁幼军的铁家族人,七千多人,号称一万,百分之八十是精壮男女,百分之二十是孩子老人,他们自带干粮开着卡车、拖拉机,还有马车、牛车、架子车、自行车、三轮车,当地政府劝说无效,已经闯过了铜锁关,武警鸣枪示警不起作用,引发了冲突。如果逼近银锁关的话……刘副监让您先做好铁幼军思想工作,他正在行政楼参加紧急会议,说会一完就进监来。

  "嗯。"

  丁树一个字打发了那个小哨,回一下神,发现阳光已经在墙上严重变形,几乎与墙面平行的阳光,显出了墙体的凹凸与粗糙。那些线条勾勒的意象消失了,"T"形勾连像凿出的沟渠,黑不见底。丁树吁口气,他先骂了句:"兔崽子能把二十一沟端了不成?!"然后扭过脸,说:"刚才说到哪了?"

  没有人回应。

"哦，"丁树右手掐着我的档案，往左手上一拍，说："该说这些档案了，说你的身世，你的家人……"

我的父亲、母亲、姐姐、妹妹、姨妈、姨父，还有爷爷，他们都曾出现在被金色的阳光眷顾的那块墙上，金色阳光眷顾下的那块墙差不多扮演的就是电影屏幕的角色。通常的电影屏幕是白色的，而我的是金色的。当阳光挪移、色调转冷，那屏幕就显现出无限的纵深，就像野鸡胡，各个分监区好像是相似的，但它一纵八岔地延伸，却是深不可测。

爷爷去野鸡胡看过我一次。爷爷拄着拐杖。拐杖之于爷爷的年纪，恰到好处。爷爷说："天木啊，别怪汪红她们家人，别怪丽芸那孩子。好好的，爷爷等你回来！爷爷等你回来打咱家门旁那棵核桃树上的核桃。这几年，核桃都是熟烂啦，自己掉下来的。爷爷等你打核桃啊！"爷爷为我的事找过俞金花，找过汪红。爷爷自以为聪明睿智，相信俞、汪两个女人把持着打开囚禁我的枷锁的钥匙。然而，最后他跪在俞金花面前也无济于事。俞金花跟爷爷说："我只有两个儿子，一个叫项君，一个叫项帅。"爷爷差点儿碰死在一根电线杆上。

现在，如果爷爷还活着，应该难以自理生活了，住在县医院，或者省城的医院吧。

父亲呢，父亲当然要料理母亲的后事。父亲会把母亲埋在哪里呢？埋在后厚村后山坡的杏树林中么？会跟奶奶水一泓埋在一起么？父亲会在母亲的坟前说话么？会流泪么？如果父亲流泪的话，他老人家这辈子就算是第二次流泪啦。父亲第一次流泪是从矿难中逃生之后，仰面朝天，看着乱云飞渡的天宇。父亲是会流泪的，父亲的眼珠后面也有泪腺，虽然他老人家曾经叱咤风云，富贾一方。我被改判无期，一定从根本上打击了父亲的锐气，令他心灰意冷，而母亲随即的亡故，则进一步将父亲推向绝望的渊谷。即便母亲曾经拒绝与父亲性交，父亲也没有在外面拈花惹草。父亲是恪守道德规范的。

妹妹仁小宜大学已经毕业。过去的五年中，她曾四次前往宝函寺劝母亲"还俗"，回到现实中。最后一次，她甚至粗暴地摔了庙里的烛台，更不能容忍的是，她竟然骂母亲"迂腐"，被姐姐当众扇了两记耳光。据说，大学毕业之后，她迷上了"行为艺术"。

姐姐仁少宜本来已经是省城的职业白领，陪伴在母亲左右，天天受到寺庙文化的熏陶，由浅入深，由表及里，隐约感悟，早已动了出家为尼的念头。目睹母亲暴死当下，语无伦次，神志恍惚。

丁树说："难道不是这样么？！"

"你说啥？"我开口了。

丁树的屁股从小方凳上弹了一下，他正了一下眼镜，盯住我，说："我说你母亲。你的母亲在宝函寺念了五年佛，烧了五年香，磕了五年头，她老人家不就是巴望着你活着回到她身边么？"

可是，母亲已经死了。我只能回到她的坟前。

5号那边传来一阵声响，这之前，5号那边一直没动静。我猜想没动静这段时间，他保持着一个姿势，听我这边的动静，听丁树古今中外地讲自杀，讲我的家人和他们的境遇。这几天，光是他一个人吧嗒吧嗒地说啊，哭啊，今天可捞着反馈信息啦！他一定是克制着亢奋喜悦的心情，屏住呼吸，使出吃奶的劲听啊。那个姿势众所周知，撅着屁股，大脑充血。

我要坐起来。

"你要干什么？！"丁树向前倾了一下身体。

我坐不起来，但可以用手指一下屎尿渠，指一下5号的方向。

5号死了。

5号脑袋栽在屎尿渠中死了。

小哨打开5号禁闭室房门的时候，看见5号像个憨笨的掏地洞的狗熊高高地翘着他的屁股，脑袋插在屎尿渠中。

我和丁树听见5号那边一阵忙乱，听见几个小哨在门外慌张地窃语，丁树的屁股这一回弹离小方凳，再没落回来。

5号名叫杨玉堂。杨玉堂在被背往二十一沟监狱医院之前，在几个小哨把他的脑袋从屎尿渠中拔萝卜一样拔出来之前就死了。杨玉堂听到了关于古今中外的自杀和代表政府的丁树为那些自杀所下的定论；他还听到了我的亲人和他们的命运及现时状态。在那些以特务、间谍、黑道为题材的艺术作品中，"知道"越多的人，死亡指数越高，而我的家人家世，应该不是国家机密，也算不上什么要人动杀机的隐私，如果分监区搞"亲情帮教会"，我也会当着群众的面，一五一十地和盘托出。可是杨玉堂对这些信息竟然如饥似渴，顶礼膜拜。他的头朝下、臀朝上的姿态是十足地虔诚教徒的造型。也许，他只是要听人说话，听听而已。他已经十几天没听见有人跟他说一句完整的话了。

杨玉堂算不算自杀呢？

穿警服的医生说，杨玉堂死了。氨气中毒、脑血管破裂。到底是哪一种？有待法医验证。

在过去的时光中，在丁树迈进我的单间之前，杨玉堂还告诉我许多生存的要诀：每天双腿下蹲五次，每次三组，每组二十下，不然出去之后不会走路；要抓住阳光，它在墙上的滞留只有不到一小时，别嫌角度斜，位置高，尽量顶腹顶老二撅屁股往上够吧；饭要趁热吃，菜汤要喝光，尽量别喝沟渠上面的自来水，一旦跑肚拉稀，非把你掏空了拉成一副骨架子。

小哨整理杨玉堂的遗物，其中有十几页写的都是忏悔，都是他决心好好改造，听政府的话，决不再脱逃，下井挖煤争取多减刑，早日回家孝敬母亲。

我绝食两天后，杨玉堂骂我傻，说"好死不如赖活着"，说"你难道已经年过花甲活够啦"，说"你没有爹娘，没有老婆，没有孩子"，说"你信不信，你活下来，爷们再给你表演一回脱逃"。然后又哈哈一笑，自我解嘲："反正监狱里面没有税务局！"

杨玉堂那么想听与我相关的故事和信息。我很乐意满足他的要求，我可以讲十天十夜，只要脚镣不打开，禁闭不结束，我可以一直讲下去。

我说："我曾经有个未婚妻，她现在跟一个叫吴国文的高挑男人养着一个孩子。这个孩子快5岁了，快上学了，我曾经的未婚妻跟她的现任丈夫，就是那个高个子叫吴国文的男人，他们俩咬定那孩子是我的儿子。你不是问我有没有老婆孩子吗？那孩子是我的儿子的话，那我也就是做父亲的人了。身为人父，不能没有丁点责任心，不能撇下孩子不管，陕西话咋说的——'日娃不管娃'。你说对吧？"

杨玉堂说："你这绝食已经是第三天了吧？离死不远啦，你死吧！反正这煤矿监狱有的是火爆的同犯，我等下一个就是了。"

我说："如果那孩子是我的儿子，那吴国文能当他自己的儿子那样养吗？如果他能把那孩子当自己的儿子养，那么那孩子能是我的儿子吗？这叫做悖论。难道他们不知道去做个DNA鉴定吗？贵？再贵也得做呀，这是一辈子的事呀。两口子过日子，锅勺碰锅沿，吵个架，拌个嘴，他不拿孩子撒气儿啊？对了，他们家还有个孩子，是我曾经的未婚妻的弟弟，那年十岁多，现在该是十五六啦，小伙子啦，他会不会欺负我儿子呢？他叫宋玉升，传说宋玉升跟我那前未婚妻是同母异父。父亲是谁呢？是死在我手里的项智义的大儿子项明。项明怎么操了我的准丈母娘？这的确是一个问题，有点儿乱吧。其实一点也不乱，就是三个家庭，我家、项家、宋家。我家六口人，项家五口人，宋家四口人。现在，我母亲死了，我家五口了；项家当家的项智义是当年被我弄死的，所以女人当家了，就是俞金花，她有三个儿子，一家四口了；宋家呢，当家宋朝阳死得更早，也死得蹊跷，宋家本来是俩女娃，俩女娃天赋智商超群，大的宋丽娟都当上教师了，正恋爱呢，也死了，说是"过敏性接吻"，唉，这样宋家只剩两口了；不对，还有宋玉升，还有吴国文，这几年，也许宋丽芸和吴国文又生了孩子。喔……待我一丝一缕地给你撸明细喽，反正咱们有的是时间。"

杨玉堂说："哥们儿，兄弟，爷爷！你就行行好吧，绝食是最愚蠢的主意，绝食是死不了的。到时候人家把你绑上，给你点滴葡萄糖，不多，一天一小瓶，你生不如死！"

我说："我说我给你撸撸我们家。不，还是先撸项智义、也就是俞金花他们家吧。俞金花死了丈夫，为亡夫上访请愿，顺理成章，这是个浑身是胆、义无反顾的前辈，她把我判成无期，最终还夺了我母亲的性命。她绝非等闲之辈。她是个孤胆侠客。她有三个儿子，她果断决绝地与大儿子项明断绝关系，不要他一分钱；她也不让二儿子项君、三儿子项帅帮忙，她一个就把我和母亲，甚至我们全家给办了。俞金花的三个儿子都有出息呢，老大项明被母亲逐出家门，去了南方，据说大发了；二儿子大学毕业留校任教，那可是大学教师，未来就是教授；老三项明呢，报名参加了武警，据说就是专门看守监狱的武警。没准逮你回来的那个领头的武警就是项帅！"

杨玉堂说："连我娘都举报我，我还活个什么劲儿！早知道如此，当初还不如把砍刀交给那个被我砍翻的兔孙，我那什么叔叔伯伯和什么叔伯兄弟，叫他们把我砍死算了！"

我说："不着急，禁闭最少十五天。汪红家的事是这样：汪红与丈夫本来有两女一儿，儿子是在一次游戏中栽入我们村后半山腰的水渠中呛死的。汪红赖我父亲，让我父亲赔他们一个儿子，还拽住我不撒手，父亲急了，大打出手。就在这时，俞金花出现了。俞金花说手心手背都是贫下中农的肉，她有三个儿子，让汪红随便挑一个。俞金花的大儿子项明就来到我们后厚村当儿子了。没过两年，汪红的丈夫莫名其妙在自家的屋里摔死了，再翻一年，汪红莫名其妙地给宋丽娟和宋丽芸生了个弟弟，取名宋玉升。"

杨玉堂说："不瞒你说，我砍的是我的一个叔伯兄弟。我们家在城里有三间老房，我们伺候着爷爷奶奶，住了几十年了，从来没人问，忽然说要拆迁，来了三个叔伯要跟我们家分财产。他们说这叫'兄弟阋墙'。为这事儿，爷爷着急从阁楼上摔下来，死了。唉！"

我说："汪红与俞金花的儿子项明究竟是咋回事，那得中央情报局来调查才会有点眉目。我母亲生我的时候还与俞金花结下了深厚的情谊，成为佛门俗家弟子。我们家与汪红家同在后厚村，而我母亲偏偏看上了人家二姑娘宋丽芸……"

"大爷啊！祖宗啊！你饶了我吧，你让我吃屎也行啊！你就喝口汤吧，喝口

下篇　283

吧。你这不会是中邪了吧，你跟谁说话哪，5号？那5号杨玉堂已经死啦，抬走啦，你要说，就跟我说吧！你跟死人念哪门子经哪！你又不认识他！他死啦！我可不想下井挖煤呀，我现在的位子可是下了老鼻子工夫呀！别毁了我呀！"计春来左右开弓，扇自己的脸。

我浑身一阵乱颤，闭上了嘴。

我大喘气。

我眨巴眼睛要思想。我想，跟5号的话还没说完，没说完。

我抬起手。

计春来见我招呼，手足并用，爬到我脸前，说："爷爷您说，您说想吃啥？"

"西红柿鸡蛋面——汤多——最后放点绿葱花。"

我累了，我要吃东西补充体能，接着说。我说，我说，我说，说说！

二十七　纸船

俞金花的两只手在眼前摸一下，抓一把，好像她眼前立着一块不干净的玻璃，并不时飞来一群蚊子，她必须摸一下、抓一下，才能安生。宝函寺村民都说俞金花的眼睛瞎了。也有的说她装疯卖傻，村里的郎中在众人的逼问之下，绕了半天脑子，说了个与中医不怎么相关的名字："是强迫症吧。"村民们觉得还是郎中有学问，"强迫"二字点到穴位上了。俞金花每天做同样的事，不是有人"强迫"，难道是鬼神推磨？俞金花每天径直来到宝函寺，在门口张着嘴，淌着口水，站很久，然后，她开始绕着宝函寺的围墙转圈，三步一叩首，五步一大拜，形体动作类似西藏的信徒去布达拉宫朝圣。这样转五圈，停在寺门口，站很久，再转五圈。

宝函寺西墙偏北处有一个污水沟，大约一米宽，半米深，俞金花每次来到沟边都要郑重其事地停下来，背诵毛主席语录："有利的情况和主动的恢复，产生于再坚持一下的努力之中。"之后，她夸张地张开四肢，蛙跳入坑，在坑中做一连串只有她自己明白的游泳动作，爬上来之后，哈哈大笑："道路是曲折的，前途是光明的！"

有四个同村的妇女两两轮换值班，寸步不离俞金花左右。

俞金花抬手在自己的脸上蹭下来一抹血水，放在眼前看，看很久；换只手，再摁一下面颊，得到同样的血水，再看很久。血水虚幻了她的视神经感知系统，"阿弥陀佛"之音与振聋发聩的钟声从身体下面轰然炸响……之后,她就开始了在眼前交叉抡着双手的动作。

宝函寺的钟声频频响起,众和尚列队颂佛,目送着几个人将母亲的尸体抬出"空门"。

"阿弥陀佛……"

俞金花本来的计划是:见了母亲之后,立即去给丈夫项智义上坟烧纸,告慰先夫的在天之灵。可是,母亲——她当年的佛门相好的鲜血喷射着阻断了她的神经传导,冻结了她的记忆和思维。

在俞金花身边轮流值班的四个妇女,无所谓亲戚还是邻里,她们每月都会收到远在深圳的俞金花大儿子项明汇给村长的工资。

早在俞金花大张旗鼓地上访时期,三个儿子都逐个来到他们的母亲身边。老大项明、老二项君是想劝阻,老三项帅不知所措。俞金花平静地对大儿子项明说:"我想掐死你。可是,我已经是掐不死你了,我没那么大的力气。但是,我可以用这把剪刀刺死我自己。你要是不想我死,就离开宝函寺村,再也不要回来。我没有你这个儿子,我只有两个儿子!现在我数三下——"

大儿子项明十分听话,从此再没有出现在他们母亲面前。项明是在他的母亲数到"二"的时候消失的。虽然不能见母亲,在深圳发了财的项明并没有弃家弃母,只顾一个人快活,他把钱寄给村长,叫村长转给俞金花。怎奈俞金花谁的钱都不要,更没人敢提老大项明的名字。俞金花与亡夫项智义多年经营猪肉生意,攒下了不少钱,那些钱原本是计划为老二项君、老三项帅娶媳妇用的。项智义生前与俞金花早已达成共识,绝不认大儿子项明。所以,项明寄来的钱,在俞金花眼里,形同污秽。两年前,项明悄悄潜回宝函寺村,找到村长,交给他一个存折,请他雇人轮班照顾俞金花,并与他保持联络。折上的钱不够了,村长打个电话,项明就汇转。

俞金花对二儿子项君说:"儿啊,你是大学生,将来当大学教师啦,为人师表的人,娘高兴啊,你自己讨老婆,在省城过日子吧,娘是一时半会顾不上你啦。有空跟你帅子弟多唠唠,你弟弟生猛,别在部队上弄出啥乱子,给你爹丢人。你照娘说的做,不然,别怪娘心狠!"项君叹气。项君明白他的母亲是铁了心了。

但是,项君依然试图把母亲的"铁"心软化下来。他委婉地说:"小时候您信佛,大哥不以为然,可我是颇受感染的。记得有一次大哥捉蛐蛐,您很生气,叫我把蛐蛐放了,说蛐蛐是生灵,不能囚在罐里,更不能拿它们去斗仗。我就放了,后来大哥还骂我一顿。那时我才四岁多,刚记事儿。还有,您说咱宝函寺村的人是大福大贵的人，因为挨着宝函寺，有佛保佑着……"俞金花听二儿项君说佛，愣了半晌，后来她举起手掌，叫项君停下来，说："这些我都不记得了。"

俞金花对三儿子项帅说："好好当你的兵，遵守人家部队的纪律，不许你去后厚村找仁家的人，有事找你君子哥。等我办完事，领你和你君子哥一齐给你爹上坟。"

打发完了三个儿子，俞金花才踏上上访之路……

现在，俞金花被母亲喷发的血水冲到另外一个世界了。

项明联络上项君，又叫项君联络项帅，三个儿子一同赶回宝函寺村。如今，项明可以大大方方地、毫无遮掩地站在他的母亲面前了。他的母亲不再排斥他了，老人家对三个儿子的态度高度统一了：摸一下他们的脸，空抓一把；空抓一把，再摸一下他们的脸，一个一个来是这样，三个都跪在面前也是这样；三个安静地站在面前是这样，三个抽泣地背过身去也是这样。

三个儿子都哭了。这是一定的。在那个严冬将至的深秋里，夜晚，三个儿子的哭声为宝函寺村平添了几分寒意。老大项明哭着哭着，抱住了老二项君，然后又去抱老三项帅。项帅一甩膀子，吼道："你滚——你这个扫帚星！"

一针见血。

老大项明一惊，身上已经挨了三弟一脚。他趔趄着还没叫出声，没稳住神，项帅已经扑到他身上。

老二项君拼死抱住了项帅，贴着他的耳朵说了句什么，才控制住项帅，把他从自家堂屋扯到院子，又从院子扯到村外。

村长和项家的亲戚见老二老三半晌不归，便寻迹跟到村外，大家七嘴八舌，莫衷一是。末了，村长说："要不送医院？"

每个人都明白，村长说的"医院"是"精神病院"。

专门护理俞金花的一位妇女说："送不走，金花就不离开咱宝函寺村。我们试过，带她去别的地方，换个环境，她咬人呢，谁让她走远，她咬谁。"

老大项明说："那，把医生请到家里行不？"

试一试吧。

医生无法接近俞金花，说，这种情况只好采取强制措施，用电击，然后摁住送医院。

老三项帅坚决反对。他无法容忍别人用电棒电击他的母亲。项帅还不同意老大项明留在家里，说这会加重母亲的病情，说母亲早就不认他这个儿子了。

医生开了些药，走了。老大项明悄悄把村长拉到一边，如此这般地交代一番，说:"钱不是问题,问题是一定要照料好我妈!"然后与老二项君道个别,也走了。

项帅在宝函寺的西南拐角跪了三天,看着母亲一次次完成她的例行"作业"。项君起初陪项帅跪了一会儿,他发现下跪是一件极其困难的事儿,他根本跪不过半小时。项君起来了,项帅不起。项帅为什么可以长跪不起呢?仅仅是因为身体更加强壮吗?项君后来明白了,这其中必须有"强直状态"的神经支撑。后来,项君在国学界声名鹊起,他的发行量超过一百四十万册的巨著中,有一个章节就是专门论述中华民族的"强直状态",这一篇章就是从自己亲身体验的下跪开始的。

项君只好站在项帅身旁,不时领受一下弟弟的白眼。

项明回来的时候乘飞机,再从机场雇专车,回去的时候也一样,几小时就飞越了两千多公里,抵达深圳机场。出口处,有位手持白玫瑰的香港女作家伫立恭候,她的名字叫姚夗芝。

"谢天谢地……"

子夜,屎尿渠中忽然飘起了人声,这简直比从屎尿渠中伸出来四个蛇头还恐怖。

这是个有月亮的夜晚,月光虽然没有移动到可以从小窗投射进来的角度,但通过光线的折射,物体的轮廓都可以分辨。最早在滞留室,我就有这样的经验。

鬼么?

我基本上属于唯物主义者。在野鸡胡,五分监区的高粱地里就闹鬼。我去过一次,那块地里后半夜就是能听到女人的哭声。

杨玉堂没死么?可是他几时被送回来的?怎么没有5号开门、人走动说话和脚镣拖地的声音呢?

那声音闷闷的,怪怪的,音长、音量、音色、音频都变形了,仿佛经过了技术处理,好让听见的人无法分辨音质,无法与说话的人对位。

我哆嗦一下,坐起来,脊背发凉。搞不清自己是醒着还是在梦中。杨玉堂死了,只有屎尿渠中偶尔爬过三两只老鼠,偶尔响起9号冲马桶和大灶刷锅冲水的声音。真的有鬼吗?是杨玉堂从阴间传来的鬼音吗?

我迅速排除了5号杨玉堂的可能,声音好像也是从反方向传过来的。

咳嗽。是一个上了岁数的人。是9号!

"你终于活过来啦!唉,好啊。"

是铁幼军。咳嗽声间隔、分割了他的完整句子,叫我惊慌了好久。

铁幼军。二十一沟监狱的"三星级"群众,也要找人说话。

下篇　287

碰巧我正在心中与杨玉堂悄悄地对话。杨玉堂死了。死人是不会说话的。这个世界是物质的，没有鬼魂，也没有鬼说话。

我掀开被子，扑到高出地面十几公分的屎尿渠上面，模仿杨玉堂生前的动作。

铁幼军很早就发现他的白瓷质地的坐便下面是一条沟渠，这条沟渠贯穿了所有的一间挨一间的禁闭室。起初，就他一个人，郁闷不郁闷，也得一个人待着。后来杨玉堂来了，但是隔了三间房，就算禁闭室一间不到两米宽，他也很难听到杨玉堂的自言自语。我来了之后，他听见了我的声音，分辨出我跟杨玉堂发生了交流，虽然我的话很少，但照样刺激得他在屋里团团转。铁幼军住在"三星级"的单间中，并不是被关禁闭，他的屋子里甚至还装有电视，可以收看包括中央一套在内的四套电视节目。还有政府看过的报纸每天也会基本准时送来。他享受这样的待遇，完全是因为他身上承载着几万家乡族人的安宁。政府说了，还有什么要求只管提出来。

有什么要求呢？一个被判了刑的犯人，最高待遇也就是被一些法制观念较强的政府叫声"服刑人员"罢了。铁幼军明白，政府给的一切，已经超出了他的全部要求。

铁幼军在靠8号的沟渠的木板地上用筷子捣了个眼，用报纸卷成管子，塞下去，一张报纸卷成管，不够长，他再卷一张，续上；还不够，再续。续了四五张，他认为可以够着我的房间了，就把纸管塞入耳孔，回音之真切，令他惊喜过望。

可是，他很快发现纸管堵塞了，闭合了。他喘着粗气，对着镜子问自己："水？是水浸泡的吗？"镜子里的铁幼军头发稀疏，眼袋明显，瞳孔混浊。这加重了主人的沮丧与烦躁。

水是洁净的概念，屎尿渠中的水说得再怎么斯文，也只能说是"液体"。

纸管浸在屎尿液中，很快就会软化，粘连，失去管道的效能。

铁幼军像笼中的熊一样来回踱步，抓耳挠腮。

那时，正是我绝食的第二天。

绝食也传染吧。铁幼军突然之间也茶饭不思，水米不进了。

伺候铁幼军的小哨当即向政府报告了铁幼军的"新动向"。

丁树根本没有把铁幼军的"新动向"与我联系起来。他长长地"哦——"了一声，模仿着毛泽东的样子，一手夹烟，一手四指向下插着腰，目光投向远山，走了几步，似乎是拉近与远山的距离，自言自语道："难道，铁幼军对他的族人有心灵感应吗？！见了鬼了。"他们要闯铜锁关了，他就能感应到他们渐渐逼近的族人气息？！

因为我已到了"大限"之日，必须由政府出面，实施先礼后兵的"礼"，丁树上午只是向小哨交代了一句："问问9号想吃啥，是不是饭菜不合口味儿？！"就翻出我的档案，准备下午与我谈话。

小哨认为问铁幼军也是白问，就直接到伙房说："丁科长说了，老家伙嫌你们手头紧，自己把油偷喝了吧？属耗子的啊？！"

伙房不管三七二十一，做了碗羊肉泡馍，舀了大半勺骨髓油。

铁幼军并没有以我为榜样，决心绝食。他盯着热腾腾的羊肉泡馍，咽口口水，他感觉到饿了，想吃，但他发现了这碗羊肉泡馍的异样：那浮在碗沿的厚厚的一层油。铁幼军年过半百，身体肥胖，小学生都能看出他高血压、高血脂。羊肉泡馍很快就凉了，那层油也随之凝结，由液态变成浆状，再往后它就会板结。

铁幼军灵机一动，伸出食指在那快要板结的骨髓油上蘸了一下，拉到脸前，食指跟大拇指搓一搓，点一点。骨髓油在低温下涂在报纸上完全可以防水防湿。

技术革新后的纸管果然灵光，铁幼军不但听到了丁树跟我的全部谈话内容，还听到了之前杨玉堂跟我说的话。那是杨玉堂的临终遗言。

"是铁老先生吗？"我在黑暗中小心翼翼地振动着声带。

"啊啊，是我是我！"

"你，你想跟我说话对吧？可是，你千万别头朝下，屁股……哦，对不起，我好像听说您年纪大……"

"天木啊，我没听清。是这样，我说的时候不能听，听的时候不能说。我说完的时候over一声，就该你说啦。就像空军、飞行员那样。知道吗？来，试试。Over。"大叔说。人们常说，人与人需要相互沟通，这条沟渠十分形象，它完全可以充当"沟通"二字的形象代言人。虽然，沟渠的湿度和阴冷状况特别适合蜥蜴、蛇或者蜈蚣之类的软体动物。

我把褥子朝上拉，趴在屎尿渠的台子上跟铁幼军说话。黑暗中，我们两个over来over去，对话急切而真挚。我感觉到如浴阳光般的温暖。我从来没有这么急切地想与人说话。我说我就叫您大叔吧。我说听说您的族人已经闯过了铜锁关。我说那该如何收场啊。他说船到桥头自然直。我猜想到他使用了通话管道，还猜想到他是用报纸卷出来的作品，我甚至说他用动物的油脂粘连。当我说出我的猜想的时候，还没来得及over，他就接话说："孩子，你真是绝顶聪明啊！"

一股酸液猛烈地涌向鼻腔。

在完全无助的黑暗中，一个长辈这样夸我，让我想起父亲，而父亲从来不会这样慷慨地夸我。我也想起像父亲一样亲和的陈大勇，想起绝食过程中的范伟。

我拼命咬住自己的手指，避免哭出声来。好一会儿，我才说："大叔，让您见笑啦，如果我这儿有那些东西，我也会那么做的。Over。"

铁幼军进一步问我家人的情况。对于我的身世，他有许多疑点和担忧。对我家人的关注和忧虑，使他一时不愿提及他的三万族人和那七八千正在向二十一沟监狱逼近的肇事者。他问我年纪轻轻为什么杀人。我说我一时不知从何说起。他有些急躁，连连叹气，我甚至听见他在跺脚。如果不是跺脚，就是在用拳头砸木地板。他说年轻人啊年轻人，怎么都这么藐视生命呢？小时候你父亲没教你热爱生命吗？你母亲不是信佛吗？！佛教不是救人一命胜造七级浮屠吗？你要是把对方、把陌生人的生命看得跟自己的生命一样，能痛下杀手吗？！你你你……这这这……声音忽然遁去，他一定是气得甩掉纸管，在他的大房子中踱步去了。

我坐起来，靠在墙上，看着墙上依稀可辨，上下、左右不断连接的"T"字、"工"字砖缝。那好像是许多许多出路，许多许多门户，但结果又绕回到起点。我深深地叹口气，觉得浑身发冷，撩起被子裹住身体，还是冷。

我十分新鲜地生出愧疚的感觉。我杀了一个人，我杀死了项智义。这是一件事情，确凿的事情。这件事情像古往今来的无数悲剧一样铁板钉钉，不能改变。这是我们家、他们家，还有她们家的共同悲剧。大家陷在悲剧的泥沼中难以自拔。我没料想这件事情竟然惹恼了大叔。我感到很对不起大叔。我需要大叔，需要有人说话，我体验到前所未有的孤独和恐慌。如果老鼠愿意听我说，我很想抓几只对它们喋喋不休。我冷，是因为热乎乎的对话忽然over，没有接续，就像那碗热腾腾的羊肉泡馍被晾在桌子上，它很快就凉了，羊油也板结了。

我再次扑向屎尿渠，大声喊道："大叔，对不起啊……"动作过猛，被氨气呛得一阵咳嗽。我一面咳嗽，一面还在说："对不起啊，大叔……"

"你胡说啥呢？！什么对不起？对不起谁啊？咋就对不起我啦？你都不知道对不起谁吗？你首先是对不起受害人、他的家人，其次是对不起你自己的亲人，最后，也对不起你自己。你害了别人，毁了自己！……"

从屎尿池中升腾而起的有点发闷，但依然清晰而浑厚的声音令我如沐春风。我似乎听到过与大叔的话接近类似的话，但是没这么清晰、这么澄明、这么确定。这情形与音乐发烧友听到了一张自己偶像的正版碟类似。是禁闭室窄小的空间和屎尿渠夸大了它的效果吗？是我吃了那碗西红柿鸡蛋面为脆弱的感情注入了能量，以至于感情更加脆弱了吗？翻然之间，我对"老贩"、对杨玉堂有了更深的理解。这种理解使我对自己在他们活着的时候的表现追悔莫及。

我对着屎尿渠说："大叔，你说得对，说得好！你打我、骂我都行，千万别不理我啊。"屎尿渠升上来一股股刺鼻的寒气,我巴望它变成一股股暖流。

大叔叹口气。

屎尿渠中爬过来几只老鼠。它们在狭长的屎尿池中觅食,它们抽着鼻子,显然对沾了羊油的纸管发生了兴趣。在监狱,撞上这么大的油腥可能是稀罕的事吧。

担心的事情终于发生了,老鼠践踏了沾油的纸管,大叔的声音被阻断了。

大叔又断断续续说了几句话,我告之大叔老鼠的祸害。

我裹着被子靠在墙上,斜眼仰望铁门上方的小方窗,那儿有一点院子里的灯光折射进来。隐约传来二十一沟镇上农户家的公鸡打鸣声。禁闭室的后面不远就是高墙电网,那一带即使没有荷枪实弹的武警在墙上来回巡视,也会有探照灯彻夜照着。探照灯可以固定在一个方向,也可以变换角度来回扫射。监墙外面并不是自由世界,隔一条日夜监管的马路,还是监墙,两层监墙的那一面是煤矿的露天工作场。他们把它叫做"大包围"。监区与"大包围"之间有地道相连。干活的群众和监管的政府都是通过地道从监区进入"大包围",再从"大包围"进入井下。"大包围"大约有两个足球场那么大,井口、小铁轨、筑着两面斜坡的选煤楼、抽水的管道和排水的水渠,空地上堆放着各类井下生产的备份材料和工具。围墙一侧建有一排平房。如果拆了围墙,跟一个普通的中型煤矿几无二致。"大包围"与其他的生产工作现场一样,彻夜灯火通明。

大约也能听到"大包围"里传来的零星、混杂的声音。群众在政府的带领下下井挖煤,是三班倒。政府戴黄色的矿帽,群众戴黑色的矿帽。

听不到铁幼军的族人山呼海、啸潮水般涌来的声音。七八千人过了铜锁关,那已是十几个小时,也许还是二十几个小时之前的事。此刻,他们应该已经过了银锁关,甚至金锁关。武警有枪、有警犬,但他们不能向人民开枪,就像他们不能向兄弟姐妹、父老乡亲开枪。他们挡不住人民推进的步伐。所以,那七八千人也许就在监墙外面,他们也许就藏在二十一沟的二十一沟之中,只待一声号令,便平地起雷……大叔怎么会无动于衷呢?难道他不停地指责我、教训我,是在分散我的注意力,等待他的臣民轰然之间推倒监墙,推倒禁闭室的这排平房,救他出苦海么?不对。他是用这种方式掩饰自己突突的心跳,焦灼的神经。一刻钟之前,我还对大叔的训导感激涕零。我的思维简直就是一副无赖、叛徒、汉奸的嘴脸。我因此而亢奋。

我感觉到身体跟房屋一起在微微地颤抖,我不愿相信那是因为阴冷导致的生理现象,我愿意把这种颤抖与兵临城下的大叔的臣民联系起来,我需要惊天动地的事情改变现状,颠覆时空。恍若洪水冲刷我的被蛆爬满的大脑沟回。人的大脑有多少条沟回？二十一条吧？那就让他们山洪一样的人马来冲刷吧！然后呢？然后会怎么样？我不知道。我已经被刀片一样锋利的黑暗与孤独切割得体无完肤，潮湿和阴冷又不断打磨这些刀片的刃口，令它们更加锐利。有只南方鸟，好像是梅昊吧，他说被关禁闭就叫"温水煮青蛙"。他真的是知识分子。我这才领教了监狱、牢房、囚禁这类字眼的确切含意。野鸡胡那是田园牧歌。

我颠三倒四，怨天尤人，指东说西，语无伦次。我甚至不停地咒骂大叔，说他老奸巨猾，出尔反尔，说他是资产阶级的孝子贤孙，我恶心，但吐不出来，我浑身痒痒，但身边并无香紫苏；笼罩着我的是屎尿合成的潮湿氨气。

当我最终想起令我陷入无限恐慌境地的罪魁祸首其实是那几只老鼠，意图去屎尿渠抓它们出来正法的时候，我已经精疲力竭，昏昏然遁入梦境。我搞不清那几只老鼠是真的出现了，还是我的臆想或幻觉。

我梦见几只老鼠在花团锦簇的山沟建造了一艘大木船，大船上的字号有英文也有汉语：

Noah's Ark
方舟

老鼠面临灭顶之灾。这个地球上生存能力最强的物种会有种族危机吗？它们用牙签撑开我的眼皮，令我的瞳孔猝然暴见于白光之下。白光是黏稠的红色。它们的鼠头说："上船吧，带我们离开这鬼地方！这鬼地方太花哨、太干净，连一泡冒热气儿的屎都没有，更别说垃圾啦！这么阔大的清纯简直令我辈窒息。快快快！请你拯救我们出苦海吧！带我们去大城市，传说大城市垃圾成山，而且有你的亲戚。"我眨一下眼，试图确定一下自己的存在。是真的，野鸡胡少女一样清纯的气息扑面而来。我惊异野鸡胡居然是如此的瑰丽，如梦似幻。我对鼠头说："你们走吧，这儿是我的家。我小时候就生在这里，我是在这里长大的。"鼠头眨巴一下眼睛，露出无限惊愕的神情，它捋了一下从唇角翘起的硬胡须，说："难道你犯了什么罪恶，要待在这儿接受处罚吗？！难道你不是一只鼠吗？！"我说："对呀，我怎么会是一只鼠呢。我是一个人呀。"鼠头仰天大笑，四下蔓延无际的鼠以鼠头和我为中心，耍了个中心开花的"波浪欢呼"。我这才看清，原来我陷在一个老鼠的汪洋大海之中。很久，待"波浪"波及到很远很远、最边围的一只鼠，鼠头摸着我的额头，说："没发烧啊。"我看见鼠头的唇边有颗小痣，像一片荞麦皮。这颗痣很像是姜楠腮侧的那颗痣，也许并不像，只是叫我生发了联想，我想说："姜楠，没发现你还蛮幽默嘛。"可是鼠头很霸道，用爪子堵住我的嘴，它的爪子能堵我的嘴，是件奇怪的事儿。鼠头继续说："我问你：如果你不是一只鼠，那为什么浑身散发的气味跟我们一样？经血液化验测定，你的 DNA 与我们只有 0.001% 的差异，在医学上完全可以认定你与我们同类。"

"仁天木，开饭啦！"

我被计春来揉醒。

老鼠们生了翅膀，鸦雀般散去，梦境被切碎了。

我狼吞虎咽地吃掉了一个馒头，一碗水煮萝卜。我看着计春来，像看一只鼠。

计春来看着我，像看一只舞鞋。他没有跳过芭蕾，只是练过几天体操。

我说："好啦，你走吧。"

计春来有点蒙。

"你滚！"我吼了一声。

计春来还没拉上门，我已经重新钻进被窝。我瑟瑟地打战，磕牙。我试图快些睡去，再度坠入鼠群的温暖怀抱。我想啊想啊，兴奋了，睡不着了。我想起了铁幼军。

屎尿渠那边有动静。

"小伙子！Over。"

铁幼军的声音是哈着气儿说的，听上去像老鼠的绒毛一样温软。大清早，他可能害怕小哨听见。一顿早饭的工夫，铁幼军就重造了一只"麦克管"，也许他昨天晚上就造好了，只待今天瞅个机会。他不叫我名字，声音又那么柔和，不会是为昨晚的训导道歉来了吧。

"大叔，你好啊！早上好啊！"我也尽量哈气说话。说出一句话，我感到浑身暖和了，比刚才吃了馒头、喝了汤还管用。

"小伙子，你看着点渠，看着点啊！接着啊！"大叔的话音之后是一串细碎的声音，紧接着是马桶冲水声。

我屁股朝天。

一波液体承载着一样东西划游过来，经过 8 号空屋时，被微弱的光线照亮了一下，好像是只纸船。

一只纸船。

纸船里坐着两个饺子。饺子还腾腾地冒着热气。一股强烈的羊肉大葱味瞬间洗涤了禁闭室的潮湿和从屎尿渠中弥散的氨气。为了不让饺子沾上污秽，大叔用羊油涂遍了纸船。饺子个个鲜润洁净。

下篇　293

我双手颤抖着捧起纸船，泪水夺眶而出："大叔……"

"还有呐，还有！"大叔连续冲马桶，连续放纸船。

大叔冲了九回马桶，我吃了十八个饺子，得到九个涂满油脂的纸船。

最后一个饺子塞进嘴里，我忽然觉得羞愧，觉得自己像猪八戒吃人参果，觉得自己像畜生。我的手指间还残存着每一只船划过来时液体冲刷的感觉。饺子坐在纸船上，起伏前行，让我想起"郑和下西洋"。我的生理本能却破坏了那壮观激越的图景。我把闪着油光的纸船在渠台上一字排开，看着它们，打着嗝，好一会都不能调匀呼吸。那些一字排开的纸船虽然阵型壮观，但船舱是空的。如果我不吃那些饺子，它们坐在船舱中，那不跟坐着金元宝一样吗！

我想，我不能白吃大叔的饺子！

二十八　弹壳红心

1994 年，项明辞去了深圳一家电子元件公司推销员的工作。

他押上自己这些年闯荡商场的所有积蓄作保证金，拉上一个合伙人，成功地应聘为一家洋酒西北总代理。之后，项明在交际场上的才能充分发挥出来，每年洋酒推销的利润率都远远大于国家 GDP 的增长。在一次年度糖酒会的宴席上，姚奂芝翩然坐到他身旁。其时，姚奂芝已是长江以南、包括港澳台媒介公认的美女专栏作家。她特立独行，曾只身前往沙漠、雪山探险，散文、随笔、札记风格鲜明，独成一家，是许多时尚年轻人的偶像。她的感情世界与她率真的文章一样，被人们关注。很不幸，她四次向外界披露的爱情均以失败告终。每次失败之后，她都会写大量的文章"纪念"她的"前男友"，其中绝大多数是溢美之辞，搞得许多男人心中发痒，都渴望在她笔下领取一份赞美。

项明对传媒却是知之甚少。他看着许多经理老板抢着凑过来要与姚奂芝合影、要签名、要碰杯，要拉这个女人坐到自己旁边，以为姚奂芝是影视明星。但他又想不起她演过什么片子。项明搜肠刮肚，包括香港的三级片也想到了，还是对不上号。

直到宴席开始，大家各就各位，姚奂芝才长出一口气，腾出工夫与左右的陌生人打招呼。项明马上笑容可掬地自我介绍并递上名片。

项明也拿到了姚奂芝的名片。

"好家伙，作家！我从小就崇拜作家！"项明大声说。

"哦……项经理，我从不喝洋酒。"姚夬芝毫不掩饰自己的生活态度。不过，她丰满的唇角挂着笑意。

项明当即倡议"本桌只喝国酒"，并附耳对姚夬芝说："我其实也是个爱国者。"

酒席宴上推杯换盏，不少大老板和慕名者争相过来与姚夬芝碰杯。项明看出苗头，早早向服务员讨了一听雪碧。他把雪碧倒入白酒盅里，用筷子搅几圈，搅掉雪碧中的气泡，递给姚夬芝，悄声说："用这个跟他们喝！"

姚夬芝一闻，心领神会，感激地说："谢谢，谢谢！"

项明再附耳说道："千万不要一口喝干。第一下喝一半，第二下喝一半的一半，第三下剩几滴，并且一定要作苦难状——OK？！"

姚夬芝鸡啄米一样地点头。

与人碰杯之后，姚夬芝按照项明的教导，果然灵验。没有一个人怀疑姚夬芝的杯子里不是白酒。

姚夬芝惊讶地看着项明，眼前这个身材颀长的北方人令她很想喝几杯真的白酒。她说："项经理，您很有点儿派克·白兰度的意思。"

项明以为她说的是另一种洋酒，严肃地说："我从不喝洋酒。"

姚夬芝模仿项明的样子，说："我说的是一位英国演员。"

项明用手在自己鼻子尖挥一下，窘迫地笑起来。

姚夬芝也笑起来。

过来一位东北商人，说他刚才听说姚女士是个大才女，一定要喝一杯，换酒杯，这是我们家乡的习俗，互相不嫌弃。说着话他已经把自己的杯子塞到姚夬芝手中，另一只手端起那杯雪碧。

姚夬芝未及分辩，那老兄说了声"先干为敬"，那杯雪碧就下肚了。

结果可想而知。

好几个老板不干，非要跟姚夬芝重新来过，并且亲自斟酒，还要每人罚她三杯。

姚夬芝满脸飞红，求救似的看看身边的北方男人。他能救她么？

项明挺身而出，担当护花使者。他一个一个贴着耳朵跟前来挑衅的人嘀咕了几句，他们就打着哈哈，嘻嘻呵呵，恭喜恭喜，保重保重，不知者不为过地一一离去了。

事后，姚夬芝追问项明，跟那些老板说的什么。

项明说，我说我是你爱人。

"不对吧？"

下篇 295

"我说你怀孕了。"

"啊?……"

后来,一年多之后吧,姚奂芝真的怀孕了。

二人开始讨论,要不要"奉子结婚"。

婚姻不是两个人的问题,它牵扯到很多方面。

两人都注意到自己已经过了而立之年,两人都没有婚史,两人对婚姻的认定曾以姚奂芝的理念为标准,那就是顺其自然。项明的家庭背景,姚奂芝已经了解了很多,反过来项明几乎一无所知。姚奂芝不说,项明从来不问。这也是姚奂芝满意的一个方面。项明差不多是拜倒在姚奂芝的石榴裙下,对她的文采更是五体投地。项明说:"你教会我思考。教会我体察这个世界的美妙,跟你在一起,一切都不同。我常常产生重新做人的感觉。不对,是重生的感觉。"

姚奂芝相信项明的话。她还相信心灵脆弱而敏感是作家的共性。如果多上几天学,多读一些书,项明也会成为一名作家。这种想法导源于与项明身世不同,但感受却深度共鸣的那份孤独感。姚奂芝是个私生女,母亲难产,生产之后便撒手西去,她在香港一个摆水果摊的夫妇家中长大。十六岁那年,养父母忽然说要送她去英国读书,她不去,逼得生父不得不出面与女儿相认。生父说:"现在,我请你回家!为了你,我可以放弃家族的荣耀和产业。"姚奂芝说:"我几年前就知道自己身世诡异,也没什么诡异,就是现在的样子。也许我可以理解您的心境,但我无法接受您的安排。我想好了,去大陆读书。"

姚奂芝小小年纪,伶牙俐齿,令生父目瞪口呆。

可是,养父母说,这些年咱们家一直是你生父接济的,养父当年患白血病,不是生父差人花钱,下工夫在海内外找骨髓配型,养父早死了。姚奂芝也知道,十几年来,养父母把自己当金娃娃侍候,甚至不惜一而再,再而三地伤害自己的两个亲生儿女。她就对生父说:"哦,那就花吧,反正您有的是钱。我花的钱将来挣了都会一一清还。"姚奂芝知道这些话最伤生父的心,她偏这样说,像个有仇必报的剑客。

姚奂芝在北大中文系学成回港,名下生出两千多万元存款外加罗湾区一套七百多万的别墅。她没退钱,也没说不要那别墅。她约生父长谈了几次,让生父说他的前半生,说他的女人,说自己的母亲。生父说得声泪俱下。姚奂芝也时不时泪眼汪汪。说够了,生父以为女儿原谅了他,不料姚奂芝说:"以后咱们就别见面了。我忙得很。"

姚奂芝也很少与养父母往来。她向同事、朋友和整个香港编了一组"大陆的亲人",开始了她的作家生涯。在她的笔下,"生活在北京的亲人们栩栩如生"。

可是,姚奂芝怀孕了,怀的是爱人的孩子,这是她第一次怀孕。所以会怀孕,完全是姚奂芝自己主动放弃避孕的结果。之前有过好几个男人,她都是一丝不苟地执行避孕措施的,她已经年过三十,她的母性本能被爱人唤醒了,她想做母亲,打开人生绚丽的篇章。她不能让这孩子生下来就看不见父亲,看不见母亲。

而结婚,却不是两个人的事。

项明说过父亲死于非命,母亲上访,但还没有"深入"到母亲已经精神分裂的层面。上次回老家,姚奂芝要同往,他斟酌良久,说:"等我跟家人缓和了关系,你再去见他们,是不是更妥当?"

现在,姚奂芝也需要斟酌,如何把自己的身世向项明——自己的爱人和盘托出。

铁幼军大叔他们家族的人马,敌不过全副武装的武警。如果势态继续恶化,武警后面还有解放军野战部队。族人们只得听从命令,就地解散,向后转,齐步走。武警送出去80里地才罢休。

所以,二十一沟监狱固若金汤,得以悠哉地枕在佛足上伸懒腰,打哈欠。

大叔没有就此安生。大叔的表现叫我感觉情况并不像零碎的消息来得那么祥和、简单。

铁幼军的几万族人不可一日无主,类似电影院、礼堂那么大的家族祠堂,必须由领袖主持,周周议事。大叔说,他们族人之所以被分裂成两大派,是因为前几年从海外回来了两个本家的大学生,他们大谈民主法制,提出即便是族人领袖,也应该进行民主选举,每一个成年人都有投票的权利。大叔也是上过大学的,知道民主、投票之类的东西。他非但不反对,反而请两位"海归"起草族内民主选举方案,他还说,他不是土皇上,第一拥护共产党,服从政府的领导,第二不遗余力为全体族人谋利益,第三他不会老得不能动了才"禅让"。可是,事情不那么简单,族人中有几个干了企业的老板,思想格外保守,坚决反对年轻人废黜祖宗留下的规矩。历史积淀的帮派势力乘机抬头。两派对立,逐渐升级,最终演化成械斗。

大叔蹲了大狱,他的族人能安宁吗?

大叔请我为他出主意。我不明白,我认为事情并不复杂。只要大叔给他的族人写封信,表明自己的态度和立场,不就得了吗?

"我写过很多信!而且还是跟政府,跟那个丁科长一块商量着写的。没用。"

"问题就出在你跟丁科长商量了。"

大叔糊涂了。说："我不商量，人家还不是逐字逐句地审查么？一句不对，人家会给你转寄么？！"

"那你的信不就成了丁科长的手笔啦。你就成了政府的代言人啦！你的族人又不是傻子。"说到这儿，我隐约觉得不妥，觉得自己放肆了。

大叔说我说的有道理。他叹口气，请我帮他想辙。

我兴奋起来。前几天我还为如何报达大叔而发愁呢。我调动起狱内生活的知识和经验，反复斟酌，最后说："首先，必须让你族人的代表相信你传出去的信息。方法A：与直系亲属接见时传达。这是初级的，因为亲属的转述也可能不被相信，可能会有刁顽之辈说你的亲属是'垂帘听政'。那么方法B：请代表参观你的"三星级"号舍，并偷偷将你的私信塞给他们。这样，他们一方面知道你受到优待，一方面也会确信你塞给他们的信息。"

说完我的妙计，我仰脸美美喘了几口大气。

"不可能！"大叔失望地说。

"啊？！"我后悔自己太冲动，考虑不周全就急着表功。在大叔面前，虽然我属"资深"囚犯，但监狱的各种规章、禁忌在新入监三个月内都被反复灌输。大叔说不可能，一定有其不可能的道理。

大叔说政府不可能允许"代表"入监参观，更不可能毫无监视让我私塞信件，而且这种事一旦败露，加刑也许都算便宜了。我不能违反监规。

我说不着急，咱再慢慢想。咱有的是时间。

"胡说！"

手一抖，烟头差点儿戳到我的鬓角。手指撒开，香烟坠落。在香烟着地之前，我伸手在下面搂了一把。香烟溅着红星，旋舞着跳起来。我捧住，双手凌空接住香烟，腾出右手的拇指和食指把它捏住。啊——我又说错了。可我不能让吸了半截的香烟栽进屎尿渠。那太奢侈、太浪费、太对不住大叔了。自从大叔用小纸船成功地运来饺子之后，我的饮食待遇就蹿上了"三星级"。纸船还载来了腊牛肉、香肠、烧鸡、水果、香烟，甚至还有木制的耳匙，精美的香皂。大叔心细，大苹果一只半斤八两，他就切成一小块，分三只船运载，切成方块的苹果上还扎着一枚牙签。难道大叔还做过宾馆服务生？！唉，我错了。错在哪儿呢？我好像十分喜欢说"我有的是时间"、"我们有的是时间"、"咱们有的是时间"，不知从哪天开始，我说过一句什么"有的是时间"，这"有的是时间"就成了嗓子眼的赘肉，一不小心就袒露出来。

大叔的族人"化整为零"，来了三百多号。他们遵纪守法，规矩地坐在距二十一沟监狱大门50米之外，只派一个人上前与政府交涉。说铁幼军冤枉，不该蹲大狱之类的话已经在当地政府、当地司法部门和前一个监狱说了几车轮，无用。现在，他们只要求铁幼军对家族的一系列事物表态，并要求允许几位代表入监参观，回去好向族人有个交代，让他们安心。

驻监武警紧急出动，把这三百多号人包围起来。武警荷枪实弹。

那天早晨天空中静悄悄地下起入冬以来的头场大雪。时近中午，铁幼军的族人已经被白色的雪花覆盖。远远望去，像是一坨坨垒起的越冬的蔬菜被冬雪掩埋。站在他们身后的武警，一个个也成了雪中的雕塑。

从监门口拉出一只大喇叭。三百多号族人仿佛教徒见到教主纷纷起立，默立片刻，又纷纷蹲下、跪下。他们身上的积雪被拱起，大部分悄声地抖落在身后。一起一落，人形从雪坨中凸显出来。可是，又过了半小时，那喇叭也没有播出音来。

三百多号人在监狱门口静坐，这是非常严重的事件。他们非常安静，仿佛集体做了割舌手术，但这样的安静给人的感觉更像是爆发前的沉默。教育科科长、狱政科科长、主管改造的副监狱长等等警官都亲临现场。向远在省城的监狱长报告，与武警协调，讨论铁幼军族人的要求，拿出三个方案，与铁幼军沟通。铁幼军是百分之百地配合，政府叫咋做就咋做，政府叫咋说就咋说。

监狱长在电话中叫警官们改变了前期的主意，他认为用喇叭向监外喊话不是明智的选择。那样无法预料三百多人的反应，如果听到铁幼军的声音不是他们期待和认定的，他们很可能骚动起来，恐怕局面失控。还有，二十一沟镇的百姓早在武警的身后簇拥成堆，他们也可以完整地听到喇叭传出的声音，这也就等于铁幼军在向全社会说话。这是违背判决书的，判决书上有"剥夺政治权利八年"的内容。被剥夺了政治权利期间，他无权向全社会发表演讲。

监狱长撇下在省城的煤炭生意，一路电话不停，向监狱管理局汇报，向二十一沟作指示。他火速返回二十一沟。来到三监区禁闭区，监狱长直奔铁幼军的"三星级"号舍。五分钟之后，他召集在场的科级以上警官开会，决定放三个代表进来。

监狱长要让铁幼军的族人代表看到铁幼军的生活跟在老家并没有什么大的差异，不但住得宽敞，有电视报纸，还有专门的厨子。这些本来也是上级领导指示的一部分。

我穿上了厨师的白衣服，戴上圆顶白帽子。液化气灶，方形的塑料小案板，支起来，白菜、芹菜、萝卜、土豆、西红柿、洋葱等蔬菜码一边，生熟牛羊肉、鸡肉鱼肉分类放在冰柜中，锅碗瓢盆、刀铲勺叉一应俱全。我和铁幼军之间的禁闭室在四分钟之内变成了灶房。

有两个小哨在搬运过程中滑倒了，其中之一就是计春来。

当监狱长说要在旁边开灶房的时候，大叔说7号可以做厨子。监狱长一愣，说他怎么知道。大叔说十几天前7号绝食，嫌伙食差，年轻人嘛，哪有那么刁的口味，所以他准是个厨子。监狱长向丁树问我的情况。丁树说已经把我搞定，最近表现不错，写了四份悔过书。至于是不是厨子，还不清楚。监狱长担心节外生枝，自己跑到我门上，问我是不是厨子。我说是，监狱长喊人开门，并大声说："炒不了菜，我加你八十八年刑，快放，磕哩嘛喳的。"监狱长的关中口音极重。

一切都在政府的严密监视之下、控制之中，他们不怕我作乱。我也没有作乱的理由。

我走进大叔的"三星级"号舍。我看见了大叔的面容。我直盯盯地看着大叔，大叔也直盯盯地看着我。我们两个人的眼神交汇在一起，一切似乎都心照不宣。大叔的眼神中有一层惊异，意思是："事情居然按你的想法在演变！"大叔看上去确实有些苍老，像六十多岁的人。大叔的眼神还有层层悸动，那是大事临头的紧张。

"大叔，您点菜吧。"我轻声说。

大叔打个战，"啊"了一声，缓缓神儿，才说："点菜？我，我，我……"

丁树在一旁催促："快点啊，抓紧时间，你点了我们好作准备呀！别客气呀！"

"酸辣土豆丝，葱爆羊肉，芹菜牛柳，外加一条糖醋鱼和西湖牛肉羹。"我报了四个菜名，一个汤。

大叔双手拍腿，按捺不住喜悦，说："嗯！好！你咋像是我肚里的蛔虫啊！"

丁树看看我，看看铁幼军，有点疑惑。

我说："我看大叔年过半百，身型略胖，所以想荤素搭配一下。另外，是不是口淡？"

丁树说："好好，快快，炒出来看看，你可别是狗掀门帘哟！"他转身出屋，又折回来，补充一句："仁天木，好好干，今天干好了，我上报监狱长，明天就解禁！"

在铁幼军的族人代表入监之前，丁树一再向铁幼军交代政策，有什么权利，有什么义务，什么能说，什么不能说，安定团结最重，尽早减刑回家为妥。

我用红白萝卜雕了几只小船，红萝卜船里坐一只黄樱桃，白萝卜船里坐一只红樱桃，预备置入菜碟子做装饰。我还叠了一只纸船，备用。在做这些工作的过程中，我的脑子里不断闪出革命战争年代地下工作者和进口片中间谍的影像，而革命的地下工作者跟外国间谍在造型和心理上相去甚远，难以调和，这导致了我在炒酸辣土豆丝的时候忘了放盐。

全副武装的政府外面四个,里面四个,戒备。狱政科长毛山巨、教育科长丁树陪同"代表"入监。监狱长和几个副监狱长在远处观望,随时发出指令。

大叔各样菜都轮番吃了一口。他面带笑容,边吃边说:"我入监以来,就住在这儿,有专门的厨子,不劳动,不挖煤,有电视,有报纸。你们坐下来,一块儿吃吧。"大叔说话的时候,双手在一个电热器上翻来翻去,这是七分钟之前从政府的办公室搬来的。

三个代表单腿跪地,双手抱拳,像旧时代的江湖中人。行过礼,三个代表伺立一旁,看着铁幼军吃,并不说话。

铁幼军吃到那盘酸辣土豆丝,"嗯"了一声,停下来,看着我,族人代表也把目光甩向我,两位政府大科长也学他们的样儿。

我想起盐了。

大叔竟然再三要求他的族人尝尝土豆丝,他的族人拿起了筷子。他们尝完之后,又一齐把目光落在我脸上。"嗯。""嗯。""嗯。"三个人居然发出一个音,频频点头。

我已经想起来了,我不用尝也可以确定这盘菜没有放盐。

丁树冲我撇了下嘴角,我分不清这个神情包藏的意向。

代表中的一位长者说话了:"就是这个味儿,就是这个味儿!"

也就是说,大叔在老家吃酸辣土豆丝就是不放盐的。我算是歪打正着了。那位年长者还特意夸我安置在菜碟上的小船,说很漂亮,看上去赏心悦目。

大叔说:"这孩子真是用心良苦呢。"

我心中暗喜,一切似乎都按照预想、期待中的情形进行。

该说正事了。丁树示意我回到隔壁灶房。

大约十分钟之后,三个代表与大叔说过了正事,挤进厨房参观。房子小,政府都在外面。机会来了,我跟三个代表客气了两句,很快指着屎尿渠说:"这池子一直通到左边的山沟里。"然后,从靠墙的葱叶中拎出那只预备的纸船,放到屎尿渠中,并舀了一缸水轻轻冲走了纸船。

我在三个代表的脸上看到了期待中会意的眼神。

当天夜里,我听到大叔那边响起冲马桶的声音,便扑向屎尿渠。我看到了三只纸船欢快地起伏冲浪,来到我脸前。我拼命克制住想要捞起纸船的念头,生怕自己偷看了纸船中的内容,再不能还原,坏了大事。克制这样的好奇心,是件难过的事。我叫了两声:"噢,噢……"既然大叔没有通知我接住,就是不愿让我干预的意思。

纸船走了,看不见了。大叔那边也再没有动静。我试着叫了几声大叔,他好像睡着了。

这不正常。

不正常的还有，次日，整整一天，大叔那边也没跟我说一句话。第三天一大早，计春来就奉命打开我的牢门，说："兄弟，你毕业啦！"

我显然是悻悻然离开了禁闭室。自从实施我的方案，一切顺利，我却没有得到一点从大叔那儿反馈过来的信息。我不知道在我不在的时候，大叔与族人代表究竟说了什么，而丁树、毛山巨又说了什么，我也不知道我和大叔的合作是否露了马脚。这叫我忐忑不安。我跟在计春来后面。我知道，今后的日子有一半多就要在煤井中度过了。我好像还没有准备好，但我不怕这个。我是老大！

猴子他们显然也没料到我大清早回来，一阵忙乱之后，他们把号舍两边上铺最里边的两个铺都腾出来了，让我挑方位。他们还摆了一席吃喝，为我接风。有四瓶啤酒，两瓶白酒。他们说，这是从专干里外买卖的乔桥生那儿买的。大家都叫乔桥生为"乔老爷"。

我想着铁幼军，心情郁闷，没有胃口。猴子便鼓动众人制造欢快气氛，"蚊子""秃子""马三"还逐个过来给我赔罪请安。

"你们谁知道，监狱外面的人走了没？"我问了一句。

我张嘴说话，就等于赦免了"蚊子""秃子"和"马三"。他们高兴，纷纷抢我的话头，把自己知道的信息抖露出来。"秃子"说前天晚上从乔老爷那儿买酒的时候听说那些人下午已经登上返家的大轿车，车是监狱租的，还是乔老爷给联系的。猴子说昨天晚上他起夜，听见值班的政府说，那些人前天晚上在咱们北边的沟子里捡了东西。

"是纸船吗？！"我推开啤酒杯，忍不住问。

猴子给我倒上一杯啤酒，说："纸船？嗨，不是。说是一个爱情物件儿，是用红毛线绕子弹壳编出来的一个红心。那东西可能是武警的，不然谁会有那么多子弹壳？！好像说一个姓项的武警排长还领了几个人追出去找，两方面还打起了群架！你想，那帮倒霉蛋能是武警的对手……"

二十九　儿子

我的直觉没有错，猴子说的那个"姓项的武警排长"就是项帅。

项帅就是驻守二十一沟监狱的武警排长这个事实，算不上什么戏剧性。项帅参军当武警是五六年前的事，他随部队进驻二十一沟监狱也有两年多了，而我是初来乍到。身为军人，他应该知道他无权向狱内的群众开枪，虽然我是他的杀父仇人。当然，不能向我这样的人开枪，对于项帅是十二万分遗憾的事，这严重抵触了他暴烈的性格，并一点点削去那性格的棱角，使其变形。沾点戏剧性的是，项帅手下的一名战士半年前复员，在老家的乡镇企业做保安，监守自盗，被判十二年刑，就在我们隔壁的号舍。

这群众叫党忠烈。党忠烈入狱之后，为了与群众搞好关系，大肆贩卖高墙电网上面的机关和秘密。像"日常站岗挎枪，但不装子弹啦"，"警笛响起多少秒进入战斗状态"，"电网一般是不通电的"等等。卖完了，他又开始讲武警中的稀奇事儿。那个项帅的红毛线绕弹壳编红心的爱情故事，算是党忠烈讲的流传甚广的一个。

前年夏天，我们最北边的监墙外的公路边，也就是佛足山小拇趾外侧再靠后一点的一个只有十几张床位的旅馆，来了一个陕北姑娘。这姑娘进了旅馆，对老板娘说："我能不能给你打工？你管吃管住，我不要工钱。"老板娘不缺人手，不要。这姑娘就哭了。她说她的男朋友跟老乡去省城打工，钱花光了，被迫无奈，抢了一个洗脚房的女子，犯了罪，判了十一年，就在这墙里边。她说她跟自己的爱人青梅竹马。她说她的爱人在里边关多久，她就在这儿住多久。她说她跟她的爱人是山崩地裂、海枯石烂。她越说越快，像不打算叫听众听清一个字的名牌主持人。

老板娘的旅店经常投宿的都是来探监的"犯人家属"。因为路远，当天回不去，住一晚，第二天就走人。"家属"形形色色，老板娘见的多了，她皱起眉头，问："他救过你的命？"

"没，没有。"姑娘噎了一下。

"救过你爹娘的命？"

"没，可是……"姑娘意识到老板娘的意图。

"那你吃了秤砣啦？！"老板娘从牙缝中拔出牙签，她的话音也多半是从牙缝中泄出来的。

老板不一样，他对老板娘挤了一下眉眼，说："叫她送饭吧。"

李千菊有几分姿色，看上去也机灵。老板娘领会老板的意思：叫这丫头送饭，可以招揽更多的食客。

跨过公路，要爬很长一段坡，才能走到监墙底下。也就是说，那个小旅馆处于高坡上高高的监墙下方，这为在监墙上巡逻的武警预备了良好的观察视角。相对于几乎千篇一律的狱内情形，监墙外的景观更能吸引武警的眼球。毕竟，那儿时常有女人出入，还不时传来咯咯的笑声。顺着监墙向东再走一百多米，拐过一个武警岗楼，再走七十多米，经过一处篮球场，绕过一副单杠，一副双杠，一个沙坑，就到了武警营地的大门口。这些地方，都留下过项帅和李千菊的足迹。李千菊在这些地方认老乡，老乡又向李千菊介绍项帅，后来老乡成了"灯泡"，不好意思再出现在二人面前。

监区的大门跟武警营房的大门隔二十多米斜对着，营房与监门之间的路向二十一沟镇的方向延伸，在半道上汇入公路。两条路交会不远处有一个小天池，公路骑池而过。小天池一头大，一头小，顺理成章得名"葫芦湖"。葫芦湖被杨树、柳树环抱着，岸边芦苇丛生。

项帅与李千菊萌发爱情与葫芦湖无关。他们恋爱的过程中也极少踏足葫芦湖。只是，李千菊末了投湖自尽，却是有好几个目击者。目击者说，那是秋天的一个黄昏，他们看见"那女子"歪歪斜斜、踉踉跄跄从岔道上来到骑湖的那段公路，也就是桥上吧。后面还有个老头追着。"那女子"叫了一声，张开臂膀，燕子一样栽入湖中。"那女子"身条细溜，水花小得像蜻蜓点水。芦苇婆娑，夕阳斜照，逆影迷离，仙女飘逸。

那李千菊来到小旅馆打工，不是发誓等她的蹲大狱的情哥哥么？怎么转眼就斩断情缘，投向项帅的怀抱？

这要感谢那几个常来"葫芦湖"钓鱼戏水的小青年。小青年都不过二十岁，他们当中有在家待业的，有在外上学回家过暑假的，还有本地的高中生。他们听说李千菊的事儿，觉得新鲜，先是跑到小旅馆窥探，继而在李千菊送饭的半道上拦截骚扰。监墙下那段土坡蒿草丛生，半人多高，他们就埋伏在草丛中，待李千菊经过，猝然蹦出来吓她。没料想李千菊根本不害怕，把他们当小孩子一样训："有娘生，没爹教的，碎碎的后生！回家写作业去！"

有句陕西话是这样说的："小娃娃的鸡巴，越拨拉越硬。"

小青年们受了刺激，野性膨胀，他们一哄而上，动起手来，在李千菊身上胡乱摸揣。

李千菊惊叫几声，突然喊道："停！"

小青年不停。

"我叫你们停下！"

那个小青年狂喊："姥姥他娘！我不是后生！我是先生，我是先生！"

"先生"被李千菊的身体和气概震慑，以至于当夜失眠。那之后，他一个人在"葫芦湖"边叫一个家住湖畔的真正的小孩,去小旅馆为他点菜。

　　李千菊送菜送饭,拿了钱就回,根本不给"先生"插科打诨的机会。"先生"拦住李千菊的去路,说:"那天对不住,我没动手,我是好人。"

　　李千菊笑了。说:"好人好人,天天来馆子吃饭嘛。"说着,脚下不停,甩开了"先生"。

　　"先生"看着李千菊的屁股左扭一下,右扭一下,咽口口水,笑起来。

　　第二天,"先生"摘了一束野花,在山坡草丛的出口恭候。

　　这时,项帅出场了。

　　项帅腰间挎着手枪,军容威武,他俯视着脚下的"先生",极尽斯文地说:"你个头蛮高,但是太瘦!"

　　"先生"吓了一跳,眯眼仰望监墙上的项帅,倒退两步,说:"你,你,你……"

　　项帅说:"千菊是我的未婚妻,不是你手上的野花,想采就采。"

　　其时,项帅已经通过李千菊的老乡与李千菊结交。部队有规定,武警可以谈恋爱,但仅限于家乡的女子,也就是说不能在军营谈恋爱。身为排长,项帅自然有所顾忌,跟李千菊约会躲躲闪闪。可是,后来听说了"先生"的事,军纪就被项帅抛到了九霄云外。

　　"先生"手搭凉棚,看清了监墙上的项帅,镇定下来。他挑战似的显现出自己的智慧,说:"你编排!你的未婚妻咋还打工送饭?这不可能。逻辑不通!"身为省城某大学二年级的学生,"先生"的确可以不被归入"小孩儿"之列。他说到了逻辑。

　　这时李千菊出现了。"先生"当下就问,说:"只要你说他说的是实情,我这把花就算是祝福你的。"

　　李千菊仰望了一下高高在上的项帅,叫了一声"帅哥哥",然后笑着问"先生":"他说啥?"

　　"先生"根本没有他自己吹嘘的那么大度,李千菊亲昵的一声"帅哥哥",子弹似的击中了他的心。他甩下手中的野花,落荒而逃。

　　李千菊看看"先生"的背影,看看地上的野花,再看看监墙上的项帅,呵呵地笑起来:"你说啥?你说啥?你说啥?"她笑弯了腰,跺着脚:"快说快说……"

　　李千菊直起腰身的时候,监墙上的人没影了。

　　李千菊发现草丛中有动静的时候,她的身体已经被项帅扑住。项帅抱着她滚向草丛深处。

　　项帅迷上了李千菊。这种着迷的状态应该可以圈入爱情的范畴。若干年后,项帅从北广进修结业，他对新的女友冷杉说："如果爱情不是一件美丽的东西，它为什么像竹笋一样顶开石板，像花儿一样迎风绽放？如果爱情不是足够诱惑，为什么明明身陷沼泽肌肤却涂满了快感？为什么叫我忘记了军纪，忘记了仇恨，忘记了整日围着宝函寺三叩九拜的我的母亲？！爱得越深，自我越浅。"

项帅无限洒脱地从高高的监墙上纵身一跃，挣脱了命运强加给他的生命轨迹。从此，曾经异常牢固的信念和价值观统统改变了。他犯错误了。

党忠烈说，恋爱中的项帅神魂颠倒，左鞋穿右脚，右鞋穿左脚，睡觉说梦话，大便不拿纸……完全经不住女人用身体制成的炮弹的攻击。

许多状况是项帅纵身一跃之前没有了解、来不及了解、更无法预料的：李千菊的父亲坚决反对她与犯罪入狱男友的爱情，因为那是一个"穷小子"。老人家说："穷人才抢人，进大狱了吧！"老人家背着干粮千里迢迢来到二十一沟寻女。老人家在小旅馆找到了女儿，却撞上"先生"的父母与李千菊理论。原来，"先生"撇不下手中的野花，回家后便大病不起。"先生"的父亲是个小煤矿的矿主，从矿上回来见儿子害了相思病，根本不相信。过去曾有人介绍过几个女孩儿，"先生"都不正眼搭人家，这回是遇见仙女下凡了？"先生"的父亲为救儿子，向李千菊和随后赶到的李千菊的父亲开出了价码。

李千菊的父亲在老家曾经下井挖煤卖苦力养家，他知道矿主心黑，是剥削阶级，知道他们钱多。现在，人家说要娶自己的女儿做媳妇，还让自己当他们矿的副矿长。他想都没想就答应了。

李千菊说，她已经怀了项帅的孩子，都有两个多月了。她还取出项帅用子弹壳、红毛线编的红心给她父亲看，说这是爱情。她父亲骂道："你个贱货，蹬个穷小子，又挂上个兵娃子，这值几个钱？！这能吃能穿吗？！能当房子住吗？！"

李千菊捡起那颗红心，捧在怀里，奔向武警的营房。往武警营房去的路，正是李千菊平日经常送饭的路。体内爱情的火焰此刻转化成对父亲的怒火。她要立刻找到她的爱人，立刻与项帅结婚！

"先生"的父亲正率一伙人在武警的营房闹腾。这事惊动了中队的长官，长官已火速从中队队部赶到现场。"先生"的父亲咬定项帅恃强凌弱，欺压百姓，强抢民女！

李千菊的父亲追着女儿打，一路追到武警营地。李千菊见武警营地乱成一锅粥，却见不到项帅，便顺路继续奔逃，逃到拱桥上，身体失去平衡，栽进湖中。

李千菊被救起，送往二十一沟医院，死于流产大出血。

项帅背了个记大过处分，免去排长职务，调往另一个分队，也就是看守我们监区的三分队。我说过，项帅出现在我们监区的墙头，并不是蓄谋找我寻仇。

后来项帅在李千菊坠湖的水下捞起了那个弹壳红心，在我们监区执勤的时候，他失魂落魄，那宝贝不慎脱手，跌入山沟。那个弹壳红心没有碎，项帅的心碎了。

接下来就是猴子说的那场斗殴。铁幼军的族人重伤一人，轻伤两人。

公检法的公家人犯了错误，被开除、被治罪，人们喜欢送上两个字："扒皮。"

项帅被"扒皮"了。武警中队的长官和更高的长官们对一贯表现良好、成绩优异的项帅猝然脱轨十分困惑。中队长官向上级长官归纳报告说："完全是爱情惹的祸。"

李千菊的父亲埋葬了女儿，坟头就在"葫芦湖"的岸边。他接受了武警部队的抚恤金，也接受了"先生"父亲的"安葬费"。他在女儿住过的小旅馆住下来，没有马上回老家，他要等到每月一次接见日来临，以亲属的身份探望女儿生前的男朋友罗艳雄。他要向罗艳雄道个歉。因为，正是他强烈反对女儿与罗艳雄的恋情，罗艳雄才发誓要挣很多钱、外出打工的。

几年之后，项帅在老家因为引水浇地与乡亲打架斗殴，以伤害罪领刑入狱，在同一个监区，遭遇罗艳雄仇恨的目光，项帅脱口说道："狗日的没见过帅哥啊？！"

罗艳雄回敬："猪操的也有今天！"

我们这批新入监的，正赶上二十一沟监狱煤矿改造、更新井下设备。对于监狱方面和所有必须下井干活的群众而言，这基本算是个好消息。因为，安装了机械化、自动化的"综采系统"，就意味着彻底告别了打眼放炮的采煤历史。历史上，出现过爆炸事故，也不乏群众"自决于人民"偷雷管自爆，并危及他人性命的案例。

坏消息是，在这一"伟大的历史性变革"过程中，我们必须付出双倍的劳作和汗水。当然这也没什么，我们就是来干活的，而且我们有的是时间。我们不用为衣食住行操心。我们身无分文、手无寸铁、无忧无虑。

大包围里几十年来也没见过这么多人干活。大型卷扬机按系统安装，二十多米高的选煤楼拔地而起。铁轨拆了重铺，几吨重的液压柱和一系列配套机械零部件往井下运。那好几吨重的液压柱运一根就得两三天，因为井下没铺轨道的巷道足有十公里远。旧的传送带也有十里路，拆了，换新的，而且几乎加长了一倍。白日，热火朝天，夜晚，灯火通明。一位退休的政府在大包围外面看见我们壮观的劳动场面，无限感慨地说："叫我想起1958年大跃进！"

大包围的西南角临时搭起三个帐篷，那是指挥中心。帐篷前面用浸满沥青的旧枕木烧了堆篝火，黑烟滚滚，像是为宏大的劳动场面领军的迎风飘摆的猎猎战

下篇 307

旗。

我们干的都是没有技术含量的体力活：为选煤楼运砖、运水泥，为铺铁轨运钢轨、运枕木，为排水渠挖土方。能下井干活的，都得经过三个月以上技术培训。有一天，党忠烈说："想知道你儿子的事儿不？！"我笑了，说："我有四十七个儿子，你问的哪一个啊？！"这家伙也笑起来，说："到底是邻居老大，够力度！"我说："你应该说你们排长项帅很想干掉我，这才是逻辑！"他说："哥们有文化呀，还逻辑不稀的。"我折身要走，他拉住我，说："你得给我弄盒烟。"

干体力活，三班倒，收工回来吃完饭就是蒙头大睡。"马三"是呼噜王，常常把"蚊子"从睡梦中闹醒；"秃子"是屁精不敢敞着放，但"丝丝"的拐弯屁声听上去更臭，不像政府，放屁从来都是使出吃奶的劲，放不出嘎嘣脆响决不罢休。对面下铺的那个叫"钉子"的睡前一定要面壁打坐，口中念念有词，最早他是往墙上贴张神像，被政府命令撕掉，他又用钉子当笔，把神像画在墙上。他念的不是阿弥陀佛，似乎也与道家无关。"猴子"是溜尖耍滑的主儿，睡觉的时候眼睛闭不严。我瞪着猴子的两只眼，想着党忠烈的话，睡不着。

党忠烈说井裳清前两年在他们老家的召马镇开的一个小诊所里做护士，不久便跟省城的一个大个子老男人结婚了，婚后七个月生下一男孩儿。那大个子城里老男人好酒。不喝酒的时候把井裳清当公主，喝酒之后就骂井裳清是婊子，说那孩子是野鸡胡的野种，说他还没结婚就扣着一顶天大的绿帽子。可是呢，酒一醒，那兔孙又是下跪，又是磕头，又是抱着儿子不停地亲。这样，日子没多久，井裳清提出了离婚，那大个子城里老男人不干，说他养她家三口人这么久白养啦，花那么多钱白花啦，咱可是有约在先的——哪三口？那井裳清还有一个残废哥哥。井裳清一听这话就哑巴啦。吃人家的嘴软，拿人家的手短。对吧？那就继续过日子吧。那就别喝酒了吧。没料想那井裳清的残废哥哥是个刚烈的主儿，自己推着轮椅，从半山断崖上冲了下去……

党忠烈打住了。

我盯着党忠烈的眼睛。

党忠烈道声"明儿个茅房见"，闪了，闪进搬运机械设备的人丛中。

据我所知，党忠烈专干刺探、挖掘别人隐私的活儿，他的记账卡上几乎没上过一分钱，但他在号子里的日子，似乎比他当年在武警营房里过得还滋润。当他发现他掌握的信息可以当做商品进行易货交易时，便不再无偿地给群众供应了。同时，他也开始施展浑身解数，利用政府对他这种人的微妙心理，到处搜罗情报。猴子就在工地的枕木堆后面见过党忠烈把一个群众说得哇哇大哭，他不但不安慰人家，反而推搡着说："嘿！别光顾着哭啊，钱拿来！"

轮了四天班，才跟党忠烈轮到一块休息。我揣了两盒"哈德门"，跟他进了茅房。

茅房的构造类似禁闭室，只是不分单间，一长溜子渠，既是小便池，也是大便池，一溜到底，没有隔挡。渠的高端外面就是澡堂子，煤炭生产停顿的日子，洗澡水每半个月供应一次，厕所也就每半个月大扫除一回。其他的日子，井下劳作的群众不定期、不定时享受一下洗澡水。后来我有幸与梅昊一块办报，他说那洗澡水就是墨汁，应该提着毛笔进去练书法。

党忠烈"哼"了一声，对我那两盒"哈德门"有点意外，他没料到我如此"舍得"。他说："井裳清的儿子是你儿子吧？"我没应声，照旧看着他的鸡巴。党忠烈点上了我的烟，吐出一口，说："有一点我始终想不通，就算按年月推算，你当时肯定是在野鸡胡，可你是怎么操上井裳清的呢？都说他娘的犯人的鸡巴是一大闲，你在野鸡胡闲过几天呐？！那井裳清也算得上一方美人啊！"党忠烈的鸡巴由于屁股有所甩动而忽悠了两下。我说："你就接着上回说吧。"他把肘吊在膝盖上，手和香烟在自己的鸡巴跟前晃。他咳一声，说井裳清的哥哥死后，他们的婚姻就失去了支撑。原先井裳清答应跟那个大个子城里老男人结婚就是因为那老男人答应用他的钱养他残废的哥哥。对吧？我操，哥哥死了，井裳清就剩下孩子了，丈夫又嫌弃，她就说："你为我们家三口花的钱我会如数归还，并且我一辈子都感激你危难之时向我和哥哥还有孩子伸出援助之手。但是，婚一定要离。"

党忠烈说，离婚之后，吕刚失魂落魄地回了西安。对吧？井裳清呢，带着儿子参加医生资格考试，拿到了行医证，当起了大夫，没多久，原先的诊所老医生死了，井裳清自己当起了诊所所长。她求卫生局的领导帮忙找银行贷款，把那诊所扩大了规模，招了两个医生，三个护士，重新开张挣钱啦。她得挣钱还债还贷，对吧？

抽烟在二十一沟监狱绝对违反监规。许多抽烟的群众都是在茅房偷偷地抽。茅房味重，政府几乎没来过，要检查，一般也是打发小哨进来执行。小哨看见有人抽烟要分清人物，他得罪不起的，就睁只眼闭只眼。而敢在茅房抽烟的几乎都是小哨不敢得罪的。

党忠烈讲我儿子的过程中，茅房进进出出好些个人，没见小哨，也没人打搅我们。

讲到哪儿了？挣钱还债还贷。党忠烈嘀咕一声"有人"。

党忠烈走了，我没有阻拦。

在排队打饭的时候，我塞给党忠烈两盒"哈德门"。他说贷款的事情一波三折，诊所的护士后来说漏了嘴,说"那是我们所长的血汗钱,用身体换来的"。你说对吧?不然她一个女人家,毫无官场背景,大学没上完,人家卫生局的领导、银行的领导谁认得她是老几啊,对吧?就认得她是个女人对吧?我这可不是玷污井裳清啊!我只是把我知道的告诉你对吧?你也知道,如今的世道,生存才是最重要的对吧?

之前,我没有得到过当面聆听党忠烈讲故事的机会,几乎也没听到他说一句完整的话。我搞不清他说两句就坠一个"对吧"究竟是他本来说话固有的毛病,还是他瞎编故事,心里发虚,下意识地流露。我没心思费劲儿拧干他话语中的水分,更不愿意假设他是在诓我。不管怎样,只要他讲井裳清,讲我儿子(确定?),我都愿意给他塞烟。

我手头的香烟都是从猴子那儿要的。大概塞了八盒了吧,我记不太清楚,一时半会弄不来香烟了,我改用香肠。大概香肠也塞了三回吧。有一天,党忠烈戴着黑色的小矿帽,一身井下装备在工地上帮我推架子车,他说我儿子在满周岁的时候害了一场病。

"什么病?"我问。

党忠烈是刚从井底下钻出来,他抹一把黑脸,说:"急性肠胃炎,吐奶!"

我正要细问,党忠烈又折身追上了他们那一班群众的队伍。我惦记着儿子,完全没有感觉到什么凶兆。"急性肠胃炎,吐奶",就是党忠烈留给我的最后一句话。

党忠烈是在井下出了事故,三个多月之后自杀的。

党忠烈在井下抽烟。

谁都知道,在井下抽烟是要命的事,是绝对禁止的。但是,最近的"历史性跨越"热火朝天,停止了煤炭生产。繁忙之中,井下的监管无形中松懈,就有好些个群众偷空钻到废旧的巷道里抽烟。为了节省时间,也为了掩人耳目,抽烟都是跟拉屎联系在一起的。出事之后,带队的政府回忆说:"党忠烈那几天屎特多。"

三个月培训,专业技师讲到瓦斯在煤海中的状态,说它们是一坨一坨,一泡一泡地坐在煤缝中的,对煤不断挖掘、不断开采,就会有瓦斯不断溢出,所以强有力的通风是必须的,火种是严禁的。但是,党忠烈拉屎的旧巷道往往有一头被堵住,通风不畅,瓦斯就像一个个气球一样悬浮在空气中。有好些人也抽烟了,没出事,之前,党忠烈抽了几十回了,也没事,群众说那是运气好。天天拜神的"钉子"说是他拜神拜的。既然拜神那么灵验,为啥最后又不灵了呢?"钉子"说那天他闹肚子,拉稀拉得直不起腰,坐不住。他说拜神一定要腰直、心直、念头直的。党忠烈被炸的那天晚上,"钉子"掉转方向,面朝党忠烈号子的方向拜了三个多小时。大概他是责备自己了,请求神明宽恕。

党忠烈被群众从井下抬运上来的时候,不停地狂呼乱喊,蹬腿拱腰,他的两只手分毫也没离开过裆部。

我们只能远远地看着党忠烈被运出大包围的大门。那个大门外面是自由世界,出了门,拐个弯不远就是二十一沟镇的街市。每当运货的卡车开进开出,我们都会不自觉地向大门外面张望。我问身边的秃子:"他喊啥?"秃子仰脸推了一把猴子的腿说:"老大问你哪!"

猴子站在一个土堆上张望,说:"他说他还没结婚,还没儿子,还说……喔,好像是说他还是童男子吧。"

三十 然后呢

二十一沟监狱,五大监区一把手办公室的墙上,都贴着一张"肖像特征图",我们分监区区长的办公室也有一张。这当然是为了帮助政府们提高业务水平,他们被要求看人"一眼认定""过目不忘"。那张图上有几十个人脸肖像,每个肖像都有名称。"甲字脸""国字脸""团脸""圆脸"之类属常见型,下面宽、上面窄的少见,还有"梨形脸""梯形脸"等等。党忠烈就是下宽上窄型。不过,他既不像"梨"那么柔和,也不像"梯"那么刻板。他的脸看上去蛮像央视版电视剧《水浒》中的武松。

党忠烈的家在召马镇郊区,他排行老五,上面有四个姐姐。爹娘憨实,只会种庄稼。为了要儿子,一气儿生了五个,才生了他这个儿子。十亩地里一棵苗,爹娘百般疼爱,怎奈家境羞涩,直到两个姐姐嫁了人,党忠烈才饱饱地吃了顿红烧肉。那时,他已经是十五岁的少年。靠着两个姐夫和两个未来姐夫的帮扶,党家人才推倒了住了几十年的土坯房,盖了砖瓦房。不过,四个姐夫、准姐夫并不是齐茬大款,也不是同心协力帮扶丈人家,其间少不了甩几句凉话。年少气盛的党忠烈不辱其名,先是加了年龄报名参军,后来听说在企业可以挣大钱,又退伍干起了保安……他在自己的"忏悔录"中写道:"千言万语一句话,就是没好好地继承爹娘的本分,做一个老实人,踏踏实实地种庄稼!"

但是,私下党忠烈跟群众却说:"种庄稼?那是驴和骡子的本分!"

政府把党忠烈送往一所地区医院救治,通报他的家人,叫拿钱。群众的医疗

下篇　311

费是有定额的，每月不超过五块钱，如果是工伤，政府会酌情支付医药费；党忠烈属于自己严重违反监规，原则上政府不但不管，还要在伤愈之后严厉惩罚，加刑关禁闭。

党忠烈的父母荡尽所有家产，主要是卖掉那两间砖瓦房，并向四个女婿乞讨。二女婿分文不给，说："人都废啦，还花那冤枉钱干啥？！"

那一泡瓦斯没有夺去党忠烈的性命纯属恶意作弄。在救治的过程中党忠烈就不想活了。爹娘给儿子跪下，哀求，党忠烈才熬过了在医院的时光。

离开医院，重回监狱的党忠烈拄着双拐，大小便失禁，裆部裹着"成人尿不湿"。他拄着双拐，也走不出十米远。这等残废，按政府的意思，就让爹娘领回家算了，每月向当地派出所汇报一下就行。但是，党忠烈的爹娘已经没有家了，两位老人还得哀求四个女婿，看哪一个菩萨心肠，可以收留他们，而四个女婿是打死也不会收留党忠烈的。当爹的明白，他对狱政科长毛山巨说："我娃的刑期还有九年半呢，我娃的刑是国家、政府、法院给判的呀！怎么能不算数呢？怎么能回家呢？！让他回监狱，好好改造，好好学习，好好表现，减了刑，服完了刑再回家！不然，改造不好，他还会祸害社会的呀！咱总不能放虎归山吧，总不能引狼入室吧？！要不问问我娃，看他愿意回哪旮旯，两口子离婚，娃判给谁都是要问娃的嘛。"

党忠烈的父亲个头不高，脸黑皮厚，皱褶就像沙皮狗，看上去已经老眼昏花，但说起话来却十分麻利。事到如今，老两口依然活着，应该算一个奇迹。而他们的儿子却早已下定决心，一死了之。

党忠烈回到我们监区，被安排在"老残组"。

每个监区都有一个老残组。老残组的群众有先天残疾的，也有入监后"因工致残"的。那些先天残疾的，几乎都是身怀绝技，比如小儿麻痹往往是扒火车的高手，而"老"到快七十的却常常是强奸幼女的货，还有一位剩下一条腿、两只手只有七根手指的"黑社会老大"。偶尔也会有几个精神病患者，他们有的是入狱前就是精神病，而判决书上写着"偶发性精神病"，不然监狱可以依法拒收；有的是入狱之后诱发的。

党忠烈生前虽然没有住上铁幼军那样的"三星号子"，却也享受了"三星饮食"。那个快七十的"老群众"特别积极地响应政府的指示，与那个独腿黑老大一并侍候党忠烈。党忠烈点了菜，没胃口，那两位便扑上去狼吞虎咽，风卷残云。十天半月地熟了，党忠烈干脆把点菜的事儿交给了那两个人。

自杀有很多方法。党忠烈之所以在老残组待了十天半月，是因为他头一天晚上半夜睡不着觉，嗅到了炸药的气味儿。结果，他兴奋得整夜都瞪着一双亢奋的眼睛。

通过扯淡，党忠烈了解到老残组厕所后面就是一个炸药库。那库里的炸药是之前老方法采煤，井下炸煤专用的。历史上曾经有群众在井下擅自引爆雷管，"自决于人民"，监狱方面因此开展了长达一个月的安全整顿，这次党忠烈烟头点瓦斯炸挡，政府也开展了一个月的戒烟运动。当年有人建议专门修建一座炸药库，远离监区，远离二十一沟镇。可是，"伟大的历史转折"废弃了炸药雷管，十里地之外的炸药库修了一半停下来，炸药库雷管库的管理也相对松懈，单砖的围墙裂开老大的缝，也没人修。

炸药和雷管分别在相距很远的两个库房。按通常的逻辑，没有雷管，炸药是不会爆炸的。

"对吧？"党忠烈问那个单腿黑社会老大。顺手去夺老强奸抽了半截子的烟。这里禁烟跟野鸡胡禁枪类似，是一个过程。老残组都是老弱病残，既不下井，也很少干活，每天早上盼着天晴，晒太阳。他们顶多干一些磨宝石（玻璃）、贴锡纸、编草垫（一种民间工艺品）之类的案头活儿。所以，这儿也是群众自己给自己开禁抽烟最早的地方。

老强奸犯不撒手，党忠烈把烟头向下一摁，半截烟碎在老强奸犯的指头、手背上，火星溅在皮肉上。

"对对，咱放鞭炮不还得点捻子嘛。"单腿黑社会老大谁说话都响应。

老强奸甩着手跳起来，骂了几句，突然顿住，问："你俩刚才说啥？！放啥炮？！"

"放你娘的炮！一边去。"党忠烈接过单腿黑社会老大递上的烟，拽住老强奸犯，在他身上摸火。

老强奸犯憋得接近猪肝色的脸已经变形，眼珠子都凸出来了。他踉跄着朝院门而去，找小哨逗闷子。

残疾群众在温暖的阳光下起哄。

单腿黑社会老大转脸对党忠烈说："党爷，要不要扶你去厕所？"

党忠烈心领神会。二人五条腿进了厕所。党忠烈说："那老东西……"单腿黑社会老大说："就是就是，他肯定会找雷子点咱的炮。你放心，这事儿交给我，就今天晚上。你呢，自己……你忙你的。就是就是。"

单腿黑社会老大知道党忠烈的心思，他乐意成全党忠烈。出厕所的时候，党忠烈主动上前拥抱单腿黑社会老大，说："我就不谢了！"

那是一个月光斜照的夜晚。后半夜，单腿黑社会老大用臭袜子塞住老强奸犯的嘴，把他拎到厕所。党忠烈追出来，说："交给我，别连累你！"

下篇　313

"不行！得按我的规矩办，你忙你的吧！"单腿黑社会老大推开党忠烈，说，"让他跟你上天，辱没了你一世英名！"

在厕所，单腿黑社会老大几下子就把踢腾挣扎的老强奸犯弄瘫了。他这样做的目的是要使后续动作轻松自如，从容不迫，以便充分地，慢慢地享受。

单腿黑社会老大堆起笑脸，说："齐玉中同志，齐老先生，您看好了，我王乾明人不做暗事，今天叫你死个明白。知道我咋成一条腿么——跟鹰头帮拼的——为啥拼——他们强奸我妹妹。嘿嘿，你不是说你的家伙灵光嘛，干过二十七个幼女么，行，临别我再侍候你一回。"

王乾从兜里掏出一个盖暖瓶的圆木塞。这个软木塞中央已经掏空，成环状，内侧嵌入了三个半块剃须刀片，刀片是嵌成斜面，一头宽些好入，一头窄些好割。王乾把这玩意儿举到齐玉中眼前，慢慢地前后翻转，眯着眼，笑声说："你那回说的'烈女塞'是不是这样的？哪个朝代发明的？秦朝？明朝？不管咋说你也算弄了一把文物，深牢大狱的，你也别嫌糙，全是手工活。"

齐玉中昏过去了。

有人夜尿被死人绊个跟头。

就在政府们指挥小哨忙活齐玉中尸体的时候，小哨来报：炸药库起火了。

没有雷管，炸药也会爆炸，党忠烈对此深信不疑。因为，他知道堆满TNT炸药仓库的深处还堆着许多几十年前遗留的旧炸药，这些旧炸药就像当年董存瑞举的炸药包一样，明火就可以引爆。所以炸药库爆炸时是一声巨响后面，跟着一声更大、更沉、更剧烈的爆响。

炸药库的火烧了四十多分钟，才烧到那些旧炸药跟前。这样的火是不能救的。监狱长命令就近的人员，包括群众通通撤离。晨曦微露，炸药库和附近的建筑连同党忠烈一齐飞上了天。临别，党忠烈还为二十一沟监狱的改造建设出了一把力。那个被弃置了几个月的炸药库，跟另一个监区的炸药库一样，早已被政府列入拆除之列。

监区派我们分监区去清理炸药库的残骸，并且紧接着盖一幢宽大的平房，用途是开会学习，取名"娱乐室"。

在群众中，也许我是唯一一个害怕提及党忠烈的人。我心虚。我无法告诉自己党忠烈在井下吸的烟不是我塞给他的。我预感到在炸药库的废墟中会遭遇党忠烈身体的某个局部，一根指头，一截腿，一个眼珠子，一滩肠子。所以，遇上堆积物，我都放下工具，用手扒。我记得唐山地震之后，救灾的解放军就是用手扒砖石、扒楼板，扒一切需要扒开的东西，可是我并没有看见党忠烈的血肉，对，连血迹也没看见。我这才对大爆炸的威力有了具体的认知。这样，我反倒十分失望，难过。如果我撞上了党忠烈的手，它扁我一下，撞上他的眼珠子，它瞪我一眼，似乎我才能踏实地睡觉。好长一段日子，我一闭上眼，就看见党忠烈身体的残部，看见他的眼珠子。爆炸把老残组的一截围墙掀了个大豁口，老残组的群众经常在豁口处看我们干活，他们看见我们号子的人都学我的样儿，用手扒拉，就喊叫，让不是我们号舍的群众也丢掉手里的工具。

党忠烈说我儿子病了，吐奶。我呢，病不病不知道，反正就是反胃、吐酸水。

王乾在爆炸之后成功开脱。因为老残组的群众众口一词，都指证齐玉中生前虐待党忠烈，往党忠烈的饭菜里吐痰、撒尿、扔猫屎——老残组确实有一只白猫，齐玉中生前确实经常喂那只白猫，把它当个女人抱在怀里。所以，党忠烈是气极了，虐杀了齐玉中。那么，"烈女塞"呢？它们是怎么长了腿进了监狱、进了监区、进了老残组，落在党忠烈的手中？众口一词：不知道。

王乾有一回拄着单拐，越过他们围墙的豁口，凑到我跟前，说："党爷提到过你，你是叫仁天木吧？对。党爷说，他跟你说的你儿子的事，百分之八十多都是编的。其实你的孩子是个女儿。党爷说挺对不住的。"

我不敢相信自己的耳朵。党忠烈描绘、述说的井裳清和我儿子的情形已经被我自己反复强化、夸张，深深地印在脑子里。自从党忠烈第一次跟我提起，我就找出了井裳清临别留给我的她的两颗智齿项链。离开野鸡胡我就把这东西收藏了，我想我再见不到井裳清了。现在，这个单腿黑社会老大要我一下子抹去那些党忠烈给我，又被我强化、夸张的活生生的影像。我盯住王乾的眼睛。王乾眯着眼，面带微笑，并不回避。这时，党忠烈话语中不时夹带的"对吧"被放大了。

"他还说啥？"我问。

"没了。"王乾说着转身回到豁口里面。

"没了。"王乾说得轻巧，像吃饱了倒掉碗里的汤渣。而我，一年多之后，如果不是古力新的出现，也许依然摆脱不了党忠烈身体残部对我的纠缠，更抹不清他为我塑造的井裳清和我儿子的印记。

古力新一把薅住我衣领的时候，我在井下干排水工已经有九个多月了。对井下的粉尘和超常湿度以及黑暗已经适应，走道不用矿灯也不会出现磕碰。并且，练就了对"黄帽"（政府）和"黑帽"（群众）敏锐的分辨力。古力新干的是井下电工、钳工，其他机械零碎活他也能干。他是后来的，下井第四天就领着一帮人在工休间隙大咧咧地晃着脑袋上的矿灯揪住我的衣领,像反扒队的便衣警察揪住了未成年的小偷。

"你就是仁天木?!哈!野鸡胡来的?!"古力新的白牙在黑暗中跳闪。

古力新的话音在井下噪音的围剿之下,显得并不怎么高亢,但跳闪的白牙传达了他亢奋的心情。这家伙身高足有一米八五,块头大,我的脚丫子几乎是悬离了胶鞋。

"秃子""马三"叫喊着从两旁扑上来,"猴子""钉子"操起家伙。

我举手示意手下的人住手。在井下斗殴的事时有发生,但都是有缘由的。难道古力新是项家的人么?

古力新看了一会儿我的脸,松开手,改搭在我肩上,喊了声:"走!"

我随古力新拐进一条旧巷,这儿比较安静。我俩身后跟了近十盏矿灯。

"缘分哪,缘分哪!在这儿能遇上野鸡胡的人。够鼎!"古力新说着从他的人手上接过来两瓶啤酒。当时我没注意到给他递酒的人是"美人"。刚混完入监训练才下井几天,古力新就敢、就能在井下随便喝酒,可见他有多么"硬"。

"来!兄弟,我请你喝酒!咱们一块怀念一下野鸡胡那鸟不生蛋的地方!"古力新把一瓶啤酒塞到我手上。

"野鸡胡操你姥姥是鸟的天堂!"我在心中骂道。接过酒,我当即把瓶颈攥在右手上,这样抡起来方便。我说不行,我酒精过敏,而且"黄帽"巡察员很快就会发现我们。

"那叫他们都回去!"

我不知道这大块头葫芦里卖啥药,没吱声。古力新自己喊着轰走了其余的人。十分钟之内,古力新向我证明他几乎了解我在野鸡胡的一切。他竟然还提到了华子良,提到了姜楠。

我正一下矿帽,觉得血流加速,脑门儿突突地跳。

"马子!"古力新冲外喊了一声。

"美人"出现在我面前。见到"美人",应该惊讶,但古力新的存在容不得我分散精力。

"怎么样?认得他吧?现在明白了吧?!"古力新晃着他宽大的身躯,说着还把"美人"搂在肩下。在野鸡胡,"美人"吃醋,搜罗了不少我与姜楠,还有我与井裳清的情报。

"美人"冲古力新笑笑,不正眼看我,一副婊子的做派。

"告诉你吧。我马子是三进宫,入监训练的时候就是我马子啦!我马子说'木头'不是一般的木头。是个青铜器,四腿鼎。拜个把子吧。"说着,古力新把脚绕向侧面,勾我的后膝,试图叫我单腿跪地。这家伙应该有四十岁以上的年纪,力气够大,动作也不拖沓。

我眯着古力新头上的光束,木木地、硬硬地戳着,没有响应。意外的是他并不介意,似乎我们已经完成了"歃血为盟"的仪式,成了同党。他说:"他们跟我吹牛,说华子良是蛇精,跟九十九条蛇一起睡觉。我是谁?我是蛇王!我擒蛇先擒王,捉蛇打七寸!……那华疯子劲儿还不小哩,眼都翻白了,还攥着那只宋朝的银镯子!"说完,古力新放浪地笑起来。他只顾自己说着痛快,就像操了"美人"的屁眼儿。

古力新杀死了华子良?!

我花了一个多月时间回忆华子良的光辉形象。我想起跛着腿,背着那个外国女人,天黑之前从公路上斜冲下来的人影,想起无数野鸡胡的美好时光,最终它们都转化成了愤恨。之后,我开始搜集与古力新相关的信息。这家伙的活计离不开两样:坟和文物。1990年之前,古力新还是个庄稼汉,一次偶然的机会被专办"阴婚"的团伙相中,他那超人的块头是背尸体的材料,多数时候他甚至不用背,尸体往腋下一夹,就走人了。什么尸体呢?已经下葬,又被他们挖出来的年轻女人的尸体。黄河两岸,许多地方盛行为夭折的男人"配阴婚"的风俗。配一次最少八千块,最多的五万块。这活干了几年,有一回古力新嫌分的钱少,打残了同伙老大,携款潜逃,仓皇之中被弟兄们追上。弟兄们非但没有为难他,反而推举他做老大。古力新从此自立门户。挖的坟多了,难免接触文物,文物挖得好,可以一夜暴富,古力新便不再弄女子的尸体,改挖古墓,专攻文物。古力新外观五大三粗,实际上却十分精明,干了好几年挖古墓的勾当,弟兄折了几个,他自己竟然毫发未伤。这回趁着野鸡胡发大水,去野鸡胡"捡货",完全是栽在华子良的手上。华子良在与古力新的同伙搏斗时,薅下了他们的头发,吞进肚里,为日后刑警破案提供了线索。人命关天。古力新作为案首,再搭上好几件文物,居然只领受九年刑期。这就要说人家古力新能耐大了。直到现在,频繁探监的他的人马中,有两位是大律师。其中一位律师居然是个漂亮的女人,回回都是以泪洗面,跟古力新海誓山盟。古力新对这个女人极不耐烦,古力新向群众吹牛说,如果政府允许,他的弟兄可以每天给他弄一个女人,天天不重样儿。这其中,居然还包括我的妹妹仁小宜。

妹妹大学毕业之后,跟一帮"艺术家"玩起了"行为艺术"。他们裸体把自己装在坛子里,伸出一只脚,指向天空,题名《还草木的叶子吧》。他们在城市的园林中像野猪、野狗那样群奸,被警察拘留,古力新请律师、花钱把他们保出来。

他们用几十个钩子把自己的裸体挂在铁丝上，题名《风啊，你轻轻地吹》。古力新为这种"艺术"提供全方位赞助。

妹妹之所以如此这般，完全是因为家里所有的亲人都不把她放在心上。即使坐在对面，父亲和姨妈也只想我的事情，跟她说话都是有口无心。后来发现问题严重，但妹妹已经不能自拔。妹妹单独去野鸡胡看过我，而我竟不知道如何与她交流。妹妹也回老家陪过爷爷，但爷爷风烛残年，精神委靡，整日只知道招呼那条老狗。

谁都知道，仁天木是个杀人犯。可我的脑子里却总是欠缺自己是杀人犯的足够认知。当我横下一条心，决定向古力新下毒手的时候，我明白了，要充分认知自己是杀人犯，必须有一个预谋、实施、结果这样的过程。有了足够长的过程，才能在脑海中留下足够的痕迹，才能最终完成杀人犯的自我认知。就像老师说，记住一个英文单词必须读、听、写七十二遍。

弄死古力新，我这个杀人犯就名副其实了。对吧？这样想的时候，我竟然如释重负。

我找了一根钢丝，让"猴子"和"马三"用小拇指粗的铁条做了两个把手，与钢丝连在一起。我双手塞进把手，向两边绷一绷，再套住一根腿粗的木桩勒一勒，硌手。"不行。"我对"马三"说，"找些布条缠在把手上。"

"钉子"和"猴子"看着我，目光发直。"猴子"怯生生地问："老大，你要……"

"钉子""呔"了一声，说："那个土鳖子傻大个，把所有的人都当女人，昨天还抓了我屁股一把。他这叫'人神共愤'，该杀！"

整日很难说一句正经完整的话、每夜不拜神不入睡的"钉子"姓简名章，是个杀人犯。简章简单地用电话线勒死了他的情人。之前，情人说："既然你离不了婚，咱们没结果，那你还不如杀了我。"简章说："好吧。"两分钟之后，他的情人便大脑缺氧，不省人事。当时简章和情人在情人的租赁屋中，情人为与简章幽会，营造氛围，早就特意挂上红窗帘，阳光被红窗帘过滤，满屋子都是刺激荷尔蒙分泌的暖融融的红色。简章至今仍然以为，在那个时间片段，他与情人交合、溶解在那暖融融的红色之中了。

简章看见我手上弓起绷紧的钢丝绳，可能想起了电话线，想起了情人租赁屋中暖融融的红色。他亢奋起来，涨红了脸，鼓出眼珠子，补充说："人神共愤！"之后，猝然深吸一口气，急促促地去他的铺位枕头下取出那个神像，口中念念有词，渐渐安静下来。

说简章是个宗教信徒吧，他不烧香，不作法，也不"跳大神"，但闭目自语，显然是宗教信徒的造型。宗教类似于政府发奖金吧，派别林立，名目繁多。

那个用泥巴捏的神像是四个黏在一起的不很规范的圆坨坨，看上去像是一个人无首、无颈、无腰、无腿。一对乳房摞在两瓣屁股上？或者哪家公司的商标创意？或者，四个人头？说不清。神像上面涂了些颜色，无数次地被手捧起、触摸，颜色褪旧了许多，凸起的部分渗入了人的汗渍和油脂，光洁闪亮。简章说这神像是女儿的外婆的外婆传下来的。外婆对女儿说这神物是极灵验的。女儿对简章说这神物是极灵验的。简章就带上了。临别，女儿说："外婆说心要诚，要安静，要说'然后呢，然后呢，然后呢'……"

"然后呢"就是这个神教的唯一经文么？

简章回忆的时候，我们仿佛都能听见他女儿脆嫩脆嫩的声音。

然后呢……

看着简章转眼之间就安静下来，他女儿脆嫩的声音又在号子里响起。

"然后呢……"

这声音居然可以带着我回到童年。而糟糕的是，它也可以带着我穿越高墙，走向远方，走向天边，走向生命的下坠轨道，直至尽头。到了尽头，再然后呢？

我打个冷战。

人神不测的是，古力新赶在我动手之前，在井下休息站（公共场所）的外面，一把搂住我。他吊下脑袋，胡茬刺在我脸上，说："木头啊，果然厉害呀，刺探情报、调虎离山、反奸计，三十六计你是不是样样都给我耍一遍哪？然后呢……"

古力新也说"然后呢……"。

"然后是趁我操马子的时候勒死我呀，还是用刀捅啊，还是用棍子抡啊，还是拿脚踹啊——用锹头挖我的屁眼儿？！哼哼，我可是跟你拜了把子的呀哥们儿！"

我被推出去一丈多远。

那一天，我在工作时故意绊了一跤，把额头磕破，流了血，提前回到地面。一种强烈的不祥的预感包围了我。在医务所包扎之后，我回到号舍。环顾两边双层通铺，有十六个人在睡觉，其余二十六个铺位空着。很显然，针对古力新的所有预谋，几乎都在人家的掌控之中。"马三"最先找古力新的麻烦，绊了他一跤，推搡起来，"黄帽"闻讯赶到，"马三"咬死是古力新绊他，还在他身上乱摸……这时，"美人"被我挟持到一个旧巷道，"猴子"在巷口放风。第三次是"蚊子"凑向古力新，古力新正弯腰扯线，"蚊子"闷着头，弓下腰在古力新脸前猛地抬起，撞得古力新鼻血满面，鼻梁差点断了。"蚊子"连连道歉。为此，古力新休息了五天。这五天，我们在井下全方位打探搜罗古力新的情报……

谁出卖了我？

难道政府都被古力新收买了？！难道我以往搜集的古力新的情报都是假的？！都是他放的烟幕弹？！我掉进了他专为我设的陷阱？！

"然后呢……"这声音在号舍四壁滚来滚去。

我笑起来，"然后"可以叫简章立即安静、镇定，轮到我的时候怎么就变成了过期的药片？我扫一眼简章的铺位。他在井下。我蹲上简章的铺位，在他的枕头下面慌乱地翻找那个神像。那个神像是泥巴做的，泥塑。它该归入民间艺术。

然后呢……

三十一　冰释

古力新死了之后，我才悟出了"然后"的另一层含意。它告诉我，之前的焦虑和紧张完全是杞人忧天。这可能也是简章得以持久镇静、平和的缘由吧。卫元泽说："我们生活的所有内容加在一起，只有一件事，那就是安顿我们的心灵。"简章对此深得要领。

古力新在政府方面花了很多钱。他天真地以为钱花得越多，日子越好过。等到下了矿井，他才明白过来，他花的钱在此政府和彼政府之间不断地冲撞、对折，折来折去，人人心虚，互相推托，终于有人说："总得锻炼锻炼吧？！"那语气，仿佛在安排一个少年才俊。那句话，立即得到所有相关人员的响应。这样，看上去谁跟他都没关系。这件事儿，说明古力新书生气十足，是个生瓜蛋子。当然，才俊下放劳动，只是"锻炼"一下，镀镀金。当三个月快到的时候，有人说"差不多了吧"，立即又得到全体响应。看来古力新苦尽甘来，镀金圆满，修成正果，已经从无尽的洞底部看见了光明，看见了抖抖颤颤下坠的绳索。他仰着脖子，眼巴巴地望着在刺眼的光明中摇晃的绳索，手心攥出了汗水。

但是，古力新还没抓住那绳索，他的脚下却塌陷了，前后左右还在不断地冒水。不知道咕嘟咕嘟的喷泉一样的水是从哪儿找到了缺口。"美人"，还有另外三个群众把古力新当救命的稻草一样生拉硬拽。"美人"非常不优雅地吸着大鼻涕哀告："古哥，你别丢下我……"

二十一沟监狱的煤矿煤层非常厚，已经挖了几十年。过去，当官的都是急功近利，就近取煤，由浅入深，有些地段是巷道摞着巷道，摞了好几层。"黄帽"郑开泰早就瞄上了许多已被封闭的旧巷道的旧电线,那是可以剥出铜线,通过做里外生意的乔桥生卖钱的。

郑开泰请古力新帮忙,并神秘地透露了很快将古力新"上调"的情报。

古力新豪迈地说:"包在我身上!您就等着用架子车拉吧。"

那次事故死亡九人,其中一位就是"黄帽",他是古力新他们分监区的副分监区长。后来他被追认为烈士,井下抢险的英雄。他好像叫时英北。

"完了,完了,完了!"带队的"黄帽"郑开泰被矿山救护队抬出矿井,逢人便说"完了完了"。平日,郑开泰遇上什么鸡毛蒜皮的事,都说"完了"。"完了"几乎是他的口头禅。这一回,他大腿被一根横木轧断,还断了两根肋骨,差一点就真的完了。

郑开泰被送往省城,在我曾经住过的医院接受治疗,返回工作岗位的时候成了围棋高手,在二十一沟监狱"独孤求败"。

"猴子"问我"美人"叫什么名字,我居然想不起来。我说:"到底是同行,惺惺相惜呢!他叫美人,还有什么名字比美人更好呢?!"说完,我想起了他的名字,他叫莫飞。

二十一沟监狱的招待所,住了近一百号死难者的亲戚朋友,其中也少不了律师。

教育科科长丁树代表二十一沟监狱与前来讨说法、讨赔偿的死者的亲属们谈判。声称是古力新家属的人当中有四五个年轻女性,其中一位名叫仁小宜。他们显然不要赔偿,他们要求惩办凶手,不然就把自己的裸体挂在监墙的电网上。丁树记性好,想起我的档案中,亲人一栏有"仁小宜"的字样,虽然存在同名同姓的可能,丁树还是来到号舍,把我叫出去说话。

丁树态度温和,招待所的那些人显然并没有令他着急上火。他说:"看来你妹妹确实属于当年古力新赞助的所谓'行为艺术'的成员。你能劝她么?"

"我……"我垂着头,脖子发烧,咽喉干燥。

"你感冒了?"丁树问。

"我……"我抬起头,拼命咽口水。没有口水。政府如此问候,我受宠若惊。

丁树拍拍我的肩,笑起来:"你是真的觉得尴尬,还是不想见你妹妹?

我又垂下头,我不敢看丁树的眼睛。可能是打我绝食之后吧,也可能更晚一些,跟铁幼军之间的秘密一直是我的心病。党忠烈生前告诉过我,说禁闭室所有的房子都在屋角装了窃听器。那之后,我就感觉丁树的目光类似刮刀。不老实,就刮你一层皮,还不老实,再刮你一层肉。他略微眯住的微笑的眼角总是带着莫名的自信，似乎随时可以跟我算总账。古力新的死在我们号子中有一种微妙的幸灾乐祸的效应。众所周知，本来我是谋划着弄死他的，在那个过程中，我莫名其妙地浑身是胆，而那场事故之后，古力新死后，我又莫名其妙地害怕。现在，又冒出个仁小宜，替古力新申冤，我更把持不住自己了。

而在群众中，我的心态和目光具备普遍的优势。我的目光可以钻进"猴子""马三"，甚至简章的瞳孔之中，然后进入他们的血管，再进入他们的大脑。

妹妹近在咫尺。

妹妹不相信他的哥哥站在她的面前，她似乎不知道她的哥哥就在这个监狱服刑，而她，因为探视古力新，已经是第 N 次来到这里了。铁栅栏中间有足够宽大的空间，可以伸出手，触及对方。她上身穿一件红色男式衬衣，颈下有两颗扣子没扣，露出了锁骨和一部分胸膛。

我看着妹妹的眼睛。微妙而愧疚的心境使我双拳紧握。我必须再咬紧牙关，才能勉强控制身体的颤抖。我后悔，在无数难挨的牢狱时光中，没有好好地，慢慢地，充分地，细致入微地，点点滴滴地想想我的妹妹。我没有给她写过一封信，我给"马三""猴子"他们的家信中纠正过错别字，可我从来没有给妹妹写过一封信。我有的是时间，却没有用它来想自己的妹妹。父亲和姨妈满脑子不是我的事，就是生意，无暇顾及仁小宜。妹妹当然是强烈地感受到了冷落，才愤然与亲情割离。我们这些深陷囹圄之人，常常悲观绝望，觉得背负了世间太多的苦难，殊不知真正的苦难都结结实实、有形无形地落在了亲人的肩上。是我们这样的人搞乱了亲情正常的 DNA 链接。亲情十二分小心地拆解我们布下的地雷阵，就算二十分小心，也难免失误，造成身心伤害、身心残破。

我看着妹妹的眼睛。她的眼仁居然是淡淡的咖啡色，她的眼白则泛着轻微的蓝色，这些色泽和闪烁其间的光影既熟悉，又陌生，既令我悲悯，也叫我心悸。泪水在她的眼窝中滚来滚去，就是不掉下来，好像泪珠的后面有强劲的韧带拉拽着。大概妹妹在迟疑，她一时拿不准这泪珠是献给她崇拜的古力新，还是献给她的亲哥哥吧。毕竟，虽然她的亲哥哥几乎没有给予她哥哥般的呵护和精神支援，她甚至还没来得及放弃少年性格中充满矛盾的任性和矜持，跟哥哥撒娇，哥哥和亲人就抛弃了她。而事实却是，眼前站着的就是她的亲哥哥。

也许，灵犀一点，亲情闪回，仁小宜想起了家乡，想起了更小的时候，她像野小子一样用蚂蚱吓唬我，而我总是显得不够机灵，憨笨有余，但就算是个大傻子、痴呆患者，这也是她的哥哥。不是么？

"哥哥……"

泪珠子后面的韧带松脱了。

妹妹把身体扑到铁栅栏上。双手穿越过来。

我抓住妹妹的手。

"哥哥对不住你。"我说。我想说很多话，但我憋住了。我不能再多说一句话，否则，泪水也会冲决闸门。

妹妹抓住我的手，翻来覆去地看，看了很久，然后，她又在我身上到处摸，到处拍打，好像要试试我是否真的还是一个活物。这些年她知道我在监狱，却没有打听、没有探望，她一定觉得是件奇怪的事。她也许在背后咒骂过我，说我毁了她的人生，可她现在后悔了、愧疚了。她说："你在这儿！你在这儿！"她脸上绽放出大难不死般的笑容，泪水为这笑容添加了重量。仿佛我是她从古墓中挖出来的先秦时代的青铜器。古力新是怎么说的？他说我是"四足鼎"。我没有被埋在井下的煤海中，我被妹妹挖出来了。崇拜古力新，妹妹仁小宜能不染上视古董为宝贝的雅兴么？我感到她身上到处挥发着青铜器的斑锈气息。

是的，我在这儿，监狱并不是屠宰场，不停转动的传输带上面承载着的是煤炭，不是成行的尸体。

如何呢？

仁小宜同志是专程来为古力新申冤的。

妹妹很快收回她的双手。她可能觉得并不快，是很慢的。而我觉得非常快，快得使我差点儿脱口问道："你要走吗？！"

她想起了心中的偶像古力新。

我想起了政府交代的任务。

妹妹身上的红色衬衣刺激了我的肾上腺素。红色恍然间招展开来，宛如在风中猎猎作响的旗帜。我忽然大声说道："古力新是我杀死的！"

狭长的房子、椭圆的围栏四下空荡，却没有回音。三年多了，我一直以为这儿是姨妈的专属之地。

妹妹瞪圆了眼睛。

"他是杀人犯！他杀死了野鸡胡的华子良！"

"你胡说，古先生是被人诬陷才进监狱的！什么华子良，你以为二十一沟、野鸡胡都是国民党的渣滓洞吗？！"

"古力新是个盗墓贼！是个强奸犯、鸡奸犯！是个恶棍！十恶不赦，罄竹难书！"

妹妹耸耸肩膀，笑起来，她说："哥哥，你疯了吗？！背课文哪？！你说的话有根据吗？！你与他素不相识、无冤无仇，又为什么要杀他？！"

"他杀了华子良,每天换一个女人睡!"

"你被'改造'了!古先生深爱他的妻子,还养着一个卧病在床的母亲,古先生还向国家捐献了一块甲骨,那块甲骨上的符号把中国文明史增加了五百年。他身为名流,却性情纯真,并且从无绯闻。"

"他没有碰过你?!"

"你说什么?!"

"那他就是单纯的强奸犯加杀人犯加盗墓贼!"

"住口!"

"你不相信哥哥吗?"

"相信?相信是什么意思?!是接受诽谤吗?!你以为我们这些搞行为艺术的人就像你见过的牲口那样生活吗?我告诉你,你可以把你妹妹当成妓女,但绝不许你诬蔑古先生!"妹妹气壮如牛。她的哥哥竟然这样糟践她和她的偶像,她必须挺身而出,像《红岩》中的江姐那样勇敢,既然我提到了华子良。

我没想到妹妹竟然被毒化到这种地步,不禁恶向胆边生,怒从心头起。

"你……"

"你……"

我们监区、大舞台的天花顶棚上,筑有七个燕子窝,据说与我们监区相邻的二监区和四监区也各有七个燕子窝。三七二十一,暗合了二十一沟。这种现象曾被文化教研室的知识分子群众闲扯、讨论。为什么?为什么暗合了"二十一"?为什么佛足山两边的一、五监区一个窝也没有?为什么燕子不在树上做窝?进而引发西安市钟楼、鼓楼、东西南北城楼为什么燕窝多?燕子的做窝标准是什么?燕子怀古吗?他们引经据典、各抒己见,常常争得面红耳赤。

更多的群众是看着燕子忽然出现,忽然消遁,来感受季节的转换。梅昊例外,他是以舞台下面两侧的几株无花果树和两排杨树做参照,感受春夏秋冬。我特别注意自己脚踝处的皮屑,皮屑多的时候不是春天,就是秋天,不是由冷转热,就是由热转冷。

马良行被提拔,从野鸡胡调来二十一沟监狱任副监狱长,主管服刑人员的改造。这要说姨妈和父亲十二分的英明,他们从来都没有停止对在省城读书的马良行的女儿的关照,姨妈还把那姑娘送到国外留学。

野鸡胡监狱因为"不适合人类生存",被下令撤并。

马良行揣点儿私心,把野鸡胡群众中的"精壮劳力"都带到了二十一沟,类似英雄投靠梁山捎些"见面礼"。

金大江当年脱逃成功，却不敢回家，不敢投亲靠友，凭着一手厨艺，漂流四方，一个地方停留一般不超过三个月，听到警笛声，看见政府，他就牙根发颤，腿肚子转筋。这些年熬下来，落下一身病，精神几近崩溃，终于忍不住向野鸡胡打电话，"找马良行副分监区长"。马良行亲自带队，驱车千余里，远赴湖北带金大江归案。这事为马良行的升迁锦上添花。"二胡"在野鸡胡第二次撤并时已经刑满，回家不到半年，又因抢劫出租车"二进宫"，领刑十一年。杨小帆也是"旧刑再犯再进宫"。

几星期之前，我收到一封发自广州的女人的信件。信上说，她在一次回老家，也就是与我们后厚村相邻的一个村子的时候，在广播中听到了我写的一篇散文，深深触动，愿与我"结交，成为笔友"。这事被分监区长大肆渲染，还鼓励大家向我学习。政府说："别怕老婆离婚。"我浮想联翩，却没有当即回信。不是我不想回信，我是十分忐忑。写了几回，自己都不满意，撕了。我需要一段时间，找准定位。

一年前，我和妹妹为了古力新不欢而散，几乎反目成仇。后来我检讨自己，进一步核实关于古力新的情报。毕竟，我向妹妹描绘的古力新的为人几乎都没有证据。我对着高墙电网说"法律重证据"。马良行对我的优待，为我在狱内的生活提供了巨大的便利。调查古力新，也不用像以前那样煞费苦心，偷偷摸摸。然而，调查的结果矛盾重重：有人说古力新是个胆小鬼，借着块头大，装出一副凶神恶煞的样子，其实是"以攻为守"。他买通了"美人"，佯装他的"马子"，其实他就算"把老二塞进烟囱往黑里磨"，也不会操"美人"的屁眼。还有，说什么杀死了野鸡胡的华子良，纯属吹牛，他压根没去过野鸡胡。这一点，被杨小帆、"二胡"等印证：华子良还活着。不但活着，而且沐浴、剪发、剃须、更衣，狮子头变猴屁股，要做姜所长姜楠的新郎了。另一些人则说古力新是个恶霸。关于古力新入狱前的情况，几位政府都说："文物贩子。"

反省之后，我给妹妹写了一封信，我说："马克思主义唯物辩证法认为，一个事物都有两个方面。当我想用钢丝绳勒古力新同志的脖子，将他的身首'一分为二'时，我应该在此之前拿出他种种恶行劣迹的证明，再起草一份起诉书，之后，再起草判决书，找观众若干，公开宣判。行刑时，本着全球通行惯用的人道主义原则，用黑布蒙上他的双眼，并送上大餐一桌，白酒一碗，酒足饭饱之后，再征询其是否留下遗嘱，是否信奉某一宗教，以便高薪聘请牧师法师、之类为其超度灵魂……"

我还说："古力新同志的一生是战斗的一生、革命的一生，他把毕生的精力都献给了伟大祖国的考古事业，成绩彪炳，享誉海外，他把中华文明辉煌历史的编年从三千年推向五千年，从五千年推向一万年，以至于西方各族，各党派，各元首纷纷摒弃前嫌，向我中华鞠躬跪拜……"

我又说："古力新同志顶着压力深入煤海，大海捞针，针针见血，所谓出师未捷身先死，留取英名照汗青。伟人曾经这样教导我们：'今后我们的队伍不管死了谁，不管是强奸犯，还是盗墓贼，只要他是做过一点考古工作的，我们都要为他送葬，开追悼会。用这样的方法寄托我们的哀思，使狱内群众团结起来。'叹只叹，死者不能复活。是的，不能复活。耶稣本来是要为每一个群众发放复活证书的，怎奈东方遥远，其声渐弱，其心渐衰，所谓鞭长莫及者是也。事已至此，我等须化悲痛为力量，继续完成古力新同志的未竟事业，将考古进行到底，将中华文明之编年推向两万年，十二万年。子子孙孙推下去。"

最后我说："对死者品头论足、说三道四，有悖我中华十二万年（仁者注：'十二万'年是古力新'倒行逆推'的功劳）文明之道德圭臬，请看在你我乃一奶兄妹，同宗本仁，本着惩前毖后，治病救人的原则，缓刑处之，以观后效。"

在给妹妹写信之前，马良行把我叫到政府值班室说话。他问我想干什么"工作"，我说做厨子。他说："什么厨子！在野鸡胡我就反对你做厨子。当然，不是说你的厨艺不高。我是说那会有什么出息。"我说"哦"。他说："你会写文章吧，如果能写个一篇半篇，就去那个小报社吧。"这话听着像风铃一样。马良行还告诉我，绝不要灰心，绝不要绝望。道路是曲折的，前途是光明的。无期可以改有期，有期可以再减刑。我在野鸡胡的服刑没有白干，他为我弄了一份野鸡胡监狱的官方证明，证明我在野鸡胡服刑期间表现好，抗洪救灾立了功，可以加倍减刑。很快，我的"无期徒刑"就被减刑至有期徒刑十六年。

"十六年，表现好，最多可以减一半。"马良行说。

也就是说，我的理论上的最少刑期只剩下八年。

我能不听马良行副监狱长的话么！

等我写完了给妹妹的信，发现自己的想象力可以随意穿越高墙，穿越时空，并且，文章所需的情感因素好像一位单相思的恋人，一直在暗处等我投去关注的目光，等我召唤。这个恋人招之即来。我明白了我是可以写文章的。我写了一篇文章，取名《风》，交给了马良行。

马良行扫了几眼，马上拉下脸来，说："抄的吗？！"

这不亚于遭到当头棒喝。

其时，正有教育科的一位政府在身边，马良行把我的文章递给他，说："你看你看。"马良行的语气好像我已经犯下了剽窃之罪。那位政府看了一会儿，抬起头，用目光在我、马良行和稿子之间扫来扫去。最后，他盯住我说："这是你写的？！"

是的，是我写的，当然是我写的。我为什么不能写！

那个女人，在我们老家的邻村广播中听到的就是这篇《风》。它先发表在本监狱的《新生报》上，又被监狱局的《图新报》转载，又被一个叫《春芽》的文学杂志转载，又被电台选中。据说，有作曲家也看上了它。

马良行当即对那个政府说："去，告诉你们丁科长，说我给他找了个人才！"又转向我，说："没发现啊，这么多年都没发现！你还有这才能。"

既然马副监狱长都没发现，我也没发现。

这样，我在二十一沟监狱《新生报》当上了一名编辑，并有幸与梅昊成为"同事"。丁树叫我当《新生报》的领导，我不干，我推举梅昊。原先的主编三个月前刑满回家了。

梅昊依然延续着我们当年同病房时读书的习惯。只是，他话更少了。我一时弄不清他是自己用易经测出了未来，所以对生活丧失了信心，还是我春风得意，不小心损伤了他的自尊。当主编的事，他客气了几个来回，最终"屈就"。

《新生报》每月一期，我负责推荐来稿，修改错别字，交给主编梅昊"审阅定稿"，再由梅昊交由丁树终审签发。打印另有一人。《新生报》直属教育科管辖。这样，在丁大科长的直接领导下，我从体力劳动者摇身一变，成了脑力劳动者，每月的积分还是最高的。我获得了大量时间和自由往来于各监区、各分监区的权利。所以，我出现在狱内任何一个地方，都不会令自己惊讶。我不但可以自开小灶、安心读书，还培养了闲情逸致，跟养伤归来的郑开泰开枰对弈。"开枰对弈"当然是专指下围棋啦。斯文吧。

郑开泰自己刚出院，老婆就查出了乳腺癌，他住院是公费医疗，老婆却不能。他老婆在二十公里外的一个水泥厂当工人。国家建设一日千里，满世界的高楼如雨后春笋，他老婆的水泥厂愣是背上了三千多万的债务，濒临倒闭。已经有几十名职工下岗了，关于医药费，水泥厂厂长说："我的好嫂子，你把我压成药片，轧成粉末吃了吧。"郑开泰要求下井多挣钱，但领导不准。为了省钱，他一天在狱内待十六个小时，跟我吃小灶，下棋。为了报答我的厨艺，他弄来好多围棋书。我看完了，他又鼓动丁树去买。那些围棋书，他自己一眼也不看，似乎也看不进去。

按照狱规，犯人接见亲属，必须由政府陪同并监视。我现在可以自己走着去。

这是一个秋高气爽的日子。佛足山对面、两侧的大山上偶尔可以看见一两株火红的枫树，显出大山的一点灵气和生机。二十一沟这地方虽然较之野鸡胡可算做山大沟深，但因为靠近大城市，开发煤矿，人口多，烟尘垃圾多，植被消减相当严重，野生动物几乎绝迹。据说，几十年前刚创建监狱的时候，这儿的生态跟野鸡胡相似；而现在，遭遇一只野兔或野猪之类的家伙是十分新奇的事。

我给妹妹的那封信，是寄到姨妈的地址，由姨妈转交的。妹妹不久回了信，说："十分抱歉。"语调相当老成，叫我怀疑是不是姨妈代笔而为。妹妹还说："为了一个死去的古力新而败坏我们的兄妹亲情不值得。"妹妹还说到她常与父亲和姨妈见面，已经"不似当初"了，"回到了亲人的怀抱"，"不再迷恋行为艺术"。妹妹说父亲跟姨父姨妈一起炒股票，赶上东南亚经济危机，股票都"套"住了，不过这些年的总账还是赚了些钱。还说什么呢？对了，妹妹还夸了我两句，说我的文风够"酷"。她还提到了一个男人，说正帮着他出书，书名叫《拆卸历史政治的核心零件》。妹妹的变化令我心中忐忑，虽然一些内容得到了姨妈的印证，但我依然将信将疑，难以想象妹妹也是二十六七的女人了，她依然未婚。

妹妹身边立着一个男人。

"他叫项君，我朋友。"妹妹仁小宜双手抱着他身边男人的一条胳膊，摇晃着，像蜜月中的糖人儿，笑嘻嘻地说。自豪之情溢于言表。这就是妹妹抛弃行为艺术、转移兴致的所有依据和根源吧。

项君的胳膊有些僵硬，直一下，屈半下，似在挣脱身边女人的缠绕。

我认识项君。快十年了，我依然认识他。这是理所当然的。项君认识我，我烧成了灰他也该认识我。项智义——他的父亲被挂在挂猪肉的铁钩子上，那是我干的。当时项君就在现场。他目击了父亲的死亡。他是我犯杀人罪的有力的直接证人。那之后，我无数次地借他的影像联想他的哥哥项明，试图拣出灾祸的根源，原版就是眼前的项君。

多了一副眼镜。

眼镜片后面的双眸十分平和，在身体微欠之时，也没有开脱与我的对视，丝毫也不闪躲，流露出这个男人的勇敢与自信；在礼节的层面，也显示出他的教养。某一个瞬间，我的脑际闪过围棋九段常昊的影像。巧合的是，郑开泰说过我的面相接近围棋九段周鹤洋。

接见室人很多，杂音之中裹携着哭泣。我身边这位有二十三年没见过爹娘，今日相见，弄出了各种声响。即便如此，我还是听见了项君的话语。也许我并没有听见，只是看见了他变动的口形。

"你好。"项君的一只胳膊从身边的女人的臂弯中解放出来，他双手垂胯，直起略欠的身体说。

三十二　情迷

　　妹妹仁小宜和她的新偶像项君来到接见室，要求见我，像项君目光中的某一层含义一样，只是礼节性的。项君只说了四个字，"你好"还有"再见"。

　　妹妹会浑到连项君与我们家、与我的关系都不明白的地步吗？项君呢，他是用勾引我妹妹的方法，叫妹妹最终陷入感情绝境来报复我、报复我们家族么？！项君等于一句话也没说。

　　妹妹说"我们项君"是本省最年轻的正教授。他演讲的时候，师范大学最大的礼堂容不下他的听众。他的那本近三十万字的《拆卸历史政治的核心零件》轰动了海内外，美国麻省理工大学已经发来了邀请函，请他去讲学。我扫了几眼项君的眼睛。眼镜片正处在反光的位置，这令他的目光海水一样深不可测。这时他的双手捧在腹间，似乎提醒我他是"这样的"满腹经纶。妹妹说："哥哥你知道吗？那本书是用你们男孩子拆卸玩具车的心态和笔触去揭示历史政治真谛的。下次，等书出来了，我一定送你一本，让项教授签上名。哈，可好玩儿啦。现在大学兴起了历史热、国学热，全是因为项教授呢。文学已经死亡，国学正在复兴！他是历史文化新锐大明星噢。"这时项君项教授应该轻推眼镜架，道声"哪里哪里"，谦虚一下。他似乎是打算表示什么。不过，我身旁的"二十三年终相见"的亲情演出吸引了他的眼球。白发苍苍的母亲正揭去儿子的衣襟，在他胸部左乳下寻找一块柿子大小的胎记。项君项教授见此情形，大概免不了勾起对母亲俞金花的念想吧，她老人家正绕着宝函寺三步一拜、五步一叩。也许，项君项教授想的是此情此景与"政治历史核心零件"的关系。他要拆卸么？

　　一年前与妹妹争辩之后，我就发誓再不与她别扭，就算妹妹把痰吐在我脸上，我也要面带微笑，像那些把顾客当上帝一样的服务行业服务生一样。妹妹兴奋，甚至亢奋的情绪，说明她正沉浸在爱情的蜜汁之中。那蜜汁呛着妹妹了，呛得她咳嗽。妹妹也许很难爱上一个人，也许很容易。我对妹妹了解太少。我们家的人对她了解都太少。也许妹妹的表现并不是爱情，只是崇拜。妹妹也许很容易崇拜一个男人，也许不容易。妹妹需要把自己的精神，乃至肉体交给偶像去托管，就像孩子需要在捉迷藏的游戏中把自己藏起来。也许吧。

　　我微笑着，并模仿项君微欠身体。欠很多次。欠得多了，我发现我们三人都没有将屁股放在凳子上。

妹妹说"不坐啦，哥哥"，还说他们还要去看项君的弟弟，晚了就不准接见了，他在五监区。妹妹临别说："我回去就给你写信，哥哥！"

项帅在五监区！

在等待妹妹来信的日子里，我使出浑身解数搜寻到许多关于项君、项帅，甚至俞金花和项明的信息与情报。其实这是我早该做的工作。

项明与自己的香港情人姚奂芝在香港正式结婚，婚后不久，其妻姚奂芝流产大出血，母子皆亡。姚奂芝两千多万的遗产顺理成章计入项明的名下。岳父不但不怪项明，还认其做干儿子。俞金花已经死亡，她是睡过去没有醒来。返乡务农的项帅早上看见母亲睡着，神色十分安详，有些奇怪，因为俞金花每天都是随着宝函寺的晨钟天不亮就醒来。项帅诧异地走近母亲床前，一点一点靠近。项帅一屁股坐在地上，大喘粗气，好一会儿，才哭出声来。送葬的时候，项君哭了，项明哭了，项帅没哭，可能他是把泪水提前哭干了吧。宝函寺的和尚全体出动，义务为俞金花做法事，超度她的灵魂。母亲去世之后，和尚们做过类似的事情。

宝函寺早已今非昔比，寺内所有的建筑不但得以修缮，而且后院还拓出一块两个篮球场那么大的僧人生活区。僧人的数量在十几年间猛增了四倍。晨钟暮鼓，香烟袅袅，佛声浩荡。那天下着绵绵秋雨，整个宝函寺，整个宝函寺村，整个世界都湿淋淋的。不知是受僧人的感染，还是对旧事的缅怀，十里八乡的乡亲都来为俞金花送行。出殡的队伍连绵了二里地。

之后，项明再次尝试拉着项帅去深圳，遭到拒绝。

项帅之所以锒铛入狱，与我等为伍，是因为给自家的玉米地浇水，为争渠水，与村邻发生争执，动起手来，人家掉了三颗牙，断了一条腿。项明"故意伤害"，领刑四年。本来二十一沟监狱收的都是十年以上的长刑犯，遇上这几年煤炭价格涨得凶，"煤炭生产要大上"，两三年的刑也往这儿拉，只要年轻，身体好。全省二十多个监狱，项帅最不愿去的应该就是他曾"战斗"过的二十一沟了吧。也许正相反，他很想抓住这次机会，到二十一沟监狱里找到我，以报杀父之仇。以前他顶多只能在墙头看我两眼。

"你不用担心，"马良行对我说，"我把他安顿在五监区，你不去找他，他连你的面儿都见不着。再说，据我所知，项帅已经不是当年的样子了。他不会胡来。"

哦。

马良行这些年有些发福，第二个下巴已见雏形。他跟我说话十分严肃，但我总觉得他在笑，或许那不是笑，是一种得意和从容。为了照顾女儿的情绪，马良行到现在也没有再婚。

我每天下午都神不守舍地盯着送信小哨的动静,终于等到一封,是那位"笔友"。她给自己取了个笔名叫"晒雪"。问我意下如何,有无笔名,希望共勉。信中还附诗一首,是应和我的那篇广播送过的《风》。诗中说:"她渴望变成空气,在冷暖的挤压下流动,在高耸的监墙上自如进出。"群众都说"蹲牢三年,母猪赛貂蝉"。有女人投情送意,怎能心如止水,不见波澜?!并不是每一个群众都能享用这样的"精神大补丸"。我承认,妹妹挽着项君来见我之前,"晒雪"的信的确调动了体内的荷尔蒙,我更多、更细微地回忆起宋丽芸、井裳清、姜楠,这几个与我有过肌肤之亲的女人,我甚至把"晒雪"想象成井裳清,我们再度交欢。可是,我的妹妹仁小宜跟项君出现后,搅乱了缠绵的意象,充斥在我脑海的都变成了他们两个在媾合。这种倒错令我心烦意乱,以至于跟郑开泰下围棋,被他打到再授三子。

我心烦,钱在葆和第五健又来凑热闹。钱在葆原是省女监的机关干警,因为挪用公款炒股票,被判了十二年刑。其父是监狱局的副局级干部,虽然退休了,但威名、关系俱在。钱在葆在狱内自然成为"自由人",他听说我也很"自由",便常常上门骚扰,考验我的耐性。第五健曾为项明做过保镖。这家伙脑子和身体一样灵便,找机会就缠着我讲项明的故事,我感兴趣,但心不在焉。有一回,钱在葆非让我给他包饺子,第五健讲得兴起,唾沫星子乱溅,骂了一句:"你吃你孙女屁眼儿!"钱在葆上去就是一耳光。第五健没等对方抢圆,脚已经踹在他肚子上。

终于等到了妹妹的信。妹妹说:"哥哥你真的令我骄傲!我后悔这么多年没有经常去看你,请哥哥原谅妹妹吧。"妹妹说我那天的表现令她的偶像项君——项教授深深折服,说我面善如佛,情绪平稳,目光中透着母性的柔软与安详,因而具备了"难以抗拒的穿透力"。

我记得我只是尽力克制自己的情绪,全方位照顾妹妹的情绪,偶尔模仿了一下她的偶像的形体动作而已。

妹妹说项君是何人,本来她真是不知道,但项君知道妹妹是何人,妹妹一报姓名,项君就说出了一二三四五六七。为此,妹妹想了一个晚上,最终还是扑到了偶像的怀里。

妹妹对项君项教授说:"既然如此,那就请你把咱们两家的恩怨情仇的核心零件拆卸了吧!"一句话,说得项君项教授摘下眼镜,擦拭泪水。项君教授说:"我何尝不是如此念想啊!谈何容易啊!我跟你说,历史的悲剧都裹携着巨大的惯性。截至目前,我们只是眼睁睁地、活生生地被这个惯性折磨、祸害。你的母亲,我的母亲，你的姐姐，我的哥哥和弟弟……"项君教授用泪水为他的话续点省略号。

妹妹说当时他们是在一个酒吧，项君教授以泪洗面，引来左右侧目。

妹妹说她做一百八十年的梦也想不到项教授会哭。

妹妹说项君教授是有家、有妻、有孩子、有道德底线的知识分子，文化精英。所以请哥哥断去俗念，别为小妹烦忧。如果哥哥认定一个快三十岁的女人只有成了家，才叫人觉着安妥，下次我就领个老公去探望你。

我有点蒙，好像也该有点儿羞愧。妹妹的心思和与项君的关系，需要我花更多的时日去拆解、理会。我必须试着在脑子里搭建一个全新的逻辑框架，然后把妹妹和与妹妹相关的人与事放进去，看看她和那些人与事物如何出入，如何表现他们的情感。对此我必须足够耐心，因为这一切十分陌生。在这种陌生的臆境中流连很累，却可以猎获超越本我，拓展心胸的意外惊喜。

"拆卸项、仁两家恩怨情仇的核心零件"。这个命题好像令人振奋。

妹妹说，相形之下，在道德方面，项君教授的岳父就太低档了。老人家养了一个二奶，那二奶是白眼狼，伙同自己的男友绑架了项君的岳父，逼他交出了几件文物。项君的岳父义愤填膺，事后报警。那一双狗男女被逮了，警察就问："这个'四龙纯金双鞘镯'是怎么回事？"文物是从他办公室拿的，有两件尚未登记。就这样，最近老人家已被拖入司法程序，据说最少要判十年，要送往二十一沟。据说二十一沟一千多年前是皇上的行宫，二十一沟盛产文物。所以嘛，请老先生服刑期间也别闲着，献出慧眼，为国家作点贡献。

妹妹的信相当长。最后她说："唉——"

这个"文物老头"叫卫元泽，2005 年之后，卫元泽在"预防职务犯罪报告会"上屡次上台，为前来参观受教育的处级以上干部"现身说法"。

妹妹还说到了冉青竹，二十七岁，身材苗条，在广州郊区一家饲料厂当会计。"可别以为人家光会算账噢，"妹妹说，"人家还是省作协的会员呢！那就是女作家，女才子！"

妹妹说的这个女作家冉青竹，就是给我写信的笔友"晒雪"。

妹妹说："哥哥艳福不浅！可别有眼不识金香玉噢！"

妹妹没有说冉青竹是否已婚，是否生了孩子，也没有说她们是怎样相识。也许，在妹妹的观念中，这些均属"俗人的念想"吧。

莫非爱情女神真的驾临二十一沟上空？她搭起丘比特之箭，仙力开弓，对准了我的胸膛？！

妹妹的信，我读了五六遍。之后，我开始给妹妹述说我的感想，探问家人，包括姐姐任少宜的近况。既然妹妹都大力推荐冉青竹，我也得尽快给冉青竹回信。知道人家是作家，我特别注意遣词用句，以免被耻笑，应她上次信中的要求，我在信后另附一篇《水》。

我在纸上写字，通常都是晚饭后的时间。白天，我必须完成教育科任何一位政府指派的工作。比如组织几个小哨写标语、贴标语啦，布置会场啦，帮政府去另一个分监区取他刚才忘拿的水杯啦，安排烧锅炉的群众给政府预备洗澡水啦，等等。我很乐意被他们指派，更愿意在他们"正巧"赶到饭口时，为他们一展厨艺。另外，报纸的编辑、组稿等日常工作也得在白天完成。狱规有令，下午六点之后，任何群众不得串号子，更不能串监区。

最近监狱要搞"冬季篮球赛"，五个大监区各成立一支篮球队，在各监区自己的篮球场天天训练。文体活动，都归教育科管，我们积极配合宣传造势。马良行来了之后，还建议丁树成立一个专职的文艺队，逢年过节给群众演出，减压、活跃、丰富群众的"业余生活"。

我是在五监区的篮球场见到项帅的。

我远远地看着项帅在场上欢蹦乱跳，心境复杂而微妙。剃了光头，项帅的样子好像走形了，不怎么像项帅了。大概项帅也没适应光头的状态，人家出汗擦脖子，擦脸，他老是用手抹头。妹妹曾在信中说："如果见到项帅，请把他当做你的兄弟吧！"那语气，似乎妹妹已经与项君完婚，项君成了我妹夫，项帅成了我们家的亲戚。我由此又想到了远在深圳的项明。而在二十一沟，跟项明有瓜葛的就是第五健。

"第五健！第五健咋不见了？"我忽然问身边的梅昊。

梅昊撅了一下他的婆婆下巴，指向禁闭室的方向。

怪不得也有段日子没见着钱在葆了。上次第五健踹了钱在葆一脚，被关了禁闭。

第五健给我讲了不少项明的故事。现在，该我报答一下第五健了。我炒了一份木耳肉丝，通过计春来送给第五健。我还逮着放风时间，溜到第五健的禁闭室门口，跟他谝，教他蹲禁闭的一些"要领"。经过铁幼军的门口，遇见他，我会叫声"大叔"，并不停留。大叔冲我笑笑，招招手，不说话，仿佛当初我们俩之间没有发生过什么事情。新近的情报显示，铁幼军属于政治犯。

当第五健发现我对项明的事情其实特别感兴趣时，便要求我每天来送个小炒。

我笑。

"他们不是说你家是大款嘛！"第五健很失望。

我哼了一声，告诉他，我的账上已经好几年没上过一分钱啦！

第五健咂吧几下嘴，叹口气，挠挠头，大概他后悔上一份木耳炒肉丝狼吞虎咽，猪八戒吃人参果，速度太快了吧。

"来日方长嘛。"我抚慰第五健。

第五健当初找我套近乎，本意是想交朋友。

我知道禁闭室的墙角高处装了窃听器，所以我叫第五健把脸拱在门上的小方窗上讲。第五健问为啥，我说我耳朵在一次爆炸中震聋了，也没绝聋，就是要凑近点儿才行。

也许，拿俞金花这辈子对佛的态度变化去类比她的大儿子项明对情爱和钱财的态度变化，是不恰当的。不过，项明在遇到姚夬芝之后，确实变得心无旁骛，专心致志了。这种变化曾令包括他自己在内的许多"道"上的朋友惊讶。这种情况的好处是，它修补、粘合了姚夬芝那颗破碎的心，使她在离开这个世界的最后时光里一直沐浴在爱情的甘霖之下。而这种情况的坏处，很明显是姚夬芝撇下了她的爱人，留下一杯令项明一辈子都喝不完的苦酒。

"那时，"第五健显然是指料理完姚夬芝的后事之后，他说，"项老板整天拉着我喝酒，人家香港的律师拿来财产继承文件，叫他签字，他拿起来就撕，两千多万哪，那家伙就当是赌了几把撕扑克牌一样。他翻来覆去地问我：'你说，你会几种性交姿势？你认为哪一种可以代表爱情吗？！你知道哪一种代表爱情吗？！'我答不上来，他就用酒喷我的脸。"

第五健在深圳混迹四年有余。在他没有为姚夬芝、项明做私人保镖之前，坊间盛传项明是个"驴甚"。姚夬芝死后，项明的家具像被抽去了筋骨。

那一阵子，我比较兴奋，感觉项家三兄弟包围了我。因了妹妹的缘故，这三兄弟不但解去了仇家的武装，甚至都成了我的亲戚似的。我几乎是听了第五健讲一段项明，就跑一趟五监区。我在五监区挨着篮球场的舞台侧角远远地看项帅他们训练。已经是穿棉衣的时节了，他们活动开了，就脱得只剩下裤衩、背心。项帅更多的时候是赤膊上阵。项帅在他们球队的角色是前锋，他的底线跳投蛮准，突破也很犀利。不过，在训练的间歇，项帅往往是一个人坐在篮球上，神情呆滞，目光涣散。能进篮球队，是所有群众的梦想，那意味着至少一个多月不用下井、不用劳动，不用闷在分监区狭小的空间内，并且，还天天可以吃鸡蛋、吃肉，那是每年过生日才有的待遇。

比赛场设在我们监区的篮球场，组织统管比赛的教育科的狱内办公室就在那个"娱乐室"旁边，与我住的小屋相邻。

罗艳雄想与项帅"仇人相见"就没那么容易了，他属于第一监区，与项帅各在佛足的头趾和末趾，群众不许串监，罗艳雄又是几乎天天下井，平常根本不可能遇见项帅。他积极报名参加篮球队，一方面是可以提高待遇，更重要的是为了直接面对他的仇人项帅。

"你也有今天！"

罗艳雄在本队与项帅他们队开战之前，甚至在练球之前，在场地外面集结的时候，就说出了这句经典台词。

项帅是军人出身，训练有素，论打架，他有信心跟群众中的任何一位单挑。并且他在心理上占有轻蔑群众的优势，觉得自己虎落平阳，不屑与群众为伍。看见罗艳雄莫名其妙地耍横，他顶了两句。

"咋，没见过帅哥啊？！""皮紧啊你！"

按说，处于公开场所，处于众多政府的目光之下，架是打不起来的。怎奈那罗艳雄早被别人大肆渲染的，他的李千菊被武警项帅糟踏的淫荡故事激怒。当他知道李千菊是"投湖自尽"的，便认定自己的马子是不忍"当兵的"强暴才以死抗拒。在井下，有一回罗艳雄听到有人哼哼那首小黄曲儿"当兵的，不是好东西，二把盒子他别在腰里……"，上去一拳就打飞了人家一颗牙齿。

现在，那个"当兵的"就站在他面前，他要打飞三十二颗，再卸一条腿儿。

群众渴望有哄闹的场面，那样可以刺激麻木的神经；政府呢，隔久没了人闹事，也闷得慌，看着事态扩大，然后断然制止，可以特别显示他们对局面的掌控能力。

"上！把狗日的屎打出来！""就是这货奸淫少女！""那李千菊多妙的女子啊，我见过一眼！"

罗艳雄他们监区的群众看着罗艳雄扑了上去，觉得自己也不能光说不练。上手！

项帅以一个军人的反应速度回应对方。罗艳雄显然不能三两下就讨着便宜。但是，罗艳雄气盛，舍生忘死。身后又有本队的人呐喊助威，不弄倒项帅，不打他个七窍生烟不罢休的势头。项帅一方的队友本来是偏向自己人项帅的，可经不住对方的群众威吓，尤其是其中有人喊出李千菊的名字，他们就发愣。在二十一沟，几乎所有的人都听过李千菊的故事。这样，形势便倒向一边。

当丁树的断喝通过舞台上的高音喇叭在人群背后响起的时候，群众忽地一下就闪开了。

"反啦？！"丁树站在舞台上，他背着双手，目光在人群中搜寻。

群众再退，罗艳雄和项帅便显现在中央。罗艳雄的身后有两个人架着。原来，上手的人也不都是冲着项帅的。

在二十一沟，执行着严格的"三人互监"制。也许拼命拉劝罗艳雄的就是他们"互监"吧，他们担心事弄大了，自己担不起连带责任。而在这样的"公共"场所，事态很容易被控制，不像在迷宫一样的井下巷道中。所以，更多的人只是享受一下类似看电影、看戏那样的怡悦。

罗艳雄挣扎着怒吼："我操你祖奶奶！"然后，竟哇哇地哭起来。

项帅扣上被扯开的棉衣襟，揉揉腮帮子，瞪着罗艳雄，大吐白气，说："咋，我跟李千菊谈恋爱，是谈恋爱，咋？！"显然底气不足。他歪着脑袋，当年的虎狼之气已经所剩无几。这时也许只有我和他的管教才能看出项帅心灵的虚弱。

我站在丁树侧后方。台下面开打的时候，我正跟梅昊在舞台下面的右侧贴"比赛对阵成绩表"，听到动静，我跳上了舞台。

我曾设想过遭遇项帅的情形，推演过如果项帅如虎狼般向我扑来的一系列动作变化。我暗暗告诫自己，一定要像解放军那样"打不还手，骂不还口"。当然，人家项帅毕竟是在军队的熔炉中锤炼过的，知道法律，知道分寸，他要是只是看着我呢？我能扛得住他子弹一样射过来的目光吗？我曾经梦见过项帅。梦中的项帅温文尔雅，像他的二哥项君。梦中的项帅对我说："你的女朋友其实是我的女朋友，不过如果你确实离不开她，我也不跟你争。"我在梦中撒开了攥在手中的另一只手，回眼一看，竟然是"美人"。"美人"说："我给你寄两封信，你回一封信，不公平吧，不绅士吧，不妥当吧。请允许我抱怨一下。"

我看清了歪垂着脑袋的项帅，我发现自己竟然双拳紧握。似乎与项帅斗殴的不是罗艳雄，而是我。

"仁哥，你的信。"小哨龇着一口暴牙，站在我身后，展开一个媚笑。

第五健说，项明的事他就知道那么多。后来项明辞了第五健，说："要不我给你当保镖吧？！"再后来第五健的老婆生娃，他回到西安，在产房外面跟一个卖假药的动起手来。那卖假药的家伙气壮如牛，但不经打，躺在地上耍死狗。不经打归不经打，可人家有背景，通过一个什么鸟局长，找公安局长，又找检察院。第五健当年武术队的教练，托了几层关系，到派出所捞人，结果还是给第五健判了七年刑。

第五健说，他非常懊悔，当了几年保镖都没出过一次手，不知怎么一听说卖假药的，就觉得老婆吃的药都是假的，没出生的儿子也受到假药的毒害，情绪失控。干保镖，第一重要的就是保持镇定。猫操的东西，见鬼了。第五健说，儿子出生，他都没看上一眼。

我来到禁闭室的院子外面,正要跟值班的计春来打招呼,龅牙小哨又追了上来。

"干啥?"我拦住龅牙小哨,问。

"有一封第五健的信,政府让交给值班的班长。"龅牙小哨说。

"给我吧。"我知道关禁闭的人是无权收看家信的。家信往往成为政府"改造""感化"的工具,要视情况,灵活运用。

龅牙小哨看着我。

龅牙小哨是在给之前让我加深印象,最好让我表现出一点欠了他人情的样子。

我笑了一下,然后马上拉下脸。

龅牙小哨很满意。通常,他一个月也见不到一次我的笑脸。

我自己的那封信是"晒雪"寄来的,我要等天黑了,回到自己的被窝里慢慢品尝。第五健的信得马上看。我想从第五健的家信中得到一些相关信息,验证一下他平日说的话到底有多少可信度。

我背靠第五健禁闭室的门,蹲下。把一截香肠举过头顶,第五健从窗口一把抓过香肠,大口嚼着,说:"喔,项明的事儿就……"

"项明回西安了。"我打断第五健,说,"他到你家找你,知道了你的事儿,他给了你老婆一些钱,让给孩子买奶粉。他还说过些时日,他会开车带着你老婆来二十一沟探望。他看他弟弟项帅,你老婆看你。"我抓着一根刚才在屋檐下撅的冰锥子,一边扎地皮,一边说。冰锥子在手心融化,水顺着冰锥子往下淌。手心发热。

"仁兄,你要我玩啊?!"

我把第五健的信像举香肠一样举过头顶。

三十三 圣人语录

项明的命运和精神变迁,后来得到项君的岳父卫元泽的大量补充。卫元泽跨进二十一沟监狱大门的时候,我们已经举行过大型文艺汇演"跨越2000年"了。

卫元泽身为艺术家,说起糙话一点也不含糊:"那些政协委员,非要保我,分明是折磨我嘛!把我在看守所困了两年多!那看守所是人待的地方吗?!看看咱

下篇　337

二十一沟多好，大梯田一样的台阶，校舍一样的宿舍，群山环抱佛足岭，每天做操，简直堪比人间仙境。再次也可以算上国家森林公园嘛！嗨，这回知道为什么佛总是笑口常开啦，这么多人在他脚上折腾，佛痒痒啊！"

据说卫元泽的书法在省内也是可以"扳着指头数"的。不然，那些揣着文物来请他鉴定的各类公家人，也不会每每临别都忘不了向"卫老"讨一幅"墨宝"。马良行就很虚心地拜"卫老"为师，苦练行书。

新世纪新气象，二十一沟监狱成立了专业文艺队。所谓专业，就跟我专门办报纸一样，他们每天就是吊嗓子，拉胡琴，弹吉他，劈叉下腰，拔筋踢腿。选入文艺队的人，近一半当年有过专业生涯。像"二胡"的二胡，当年在省戏曲院是头把椅子。马良行有想法，节目练出"专业"水平，不但满足狱内服刑人员的业余文化需求，还要走出去，到局里给领导和他们的家属演，到兄弟监狱去演，甚至到社会上去演。向领导和全社会上的人展现二十一沟监狱服刑人员的精神面貌，开创"改造服刑人员新局面"。好像就是这个时候吧，政府嘴里的"犯人""猪""蠢猪"之类的说法渐渐少了，代之以"服刑人员"。

卫元泽不会演节目，马良行把他安排在教研室，舞台后面的化妆间隔出一半给"卫老"作专用的"书房"，笔墨纸砚，一应俱全。

卫元泽离我很近。

我住的地方比舞台低一个大台阶，我几乎天天可以听到"台上面"的动静，文艺之声随风游走，空气中的煤烟和粉尘被过滤了，软化了。受此风熏染，群众中哼哼曲子的人也多起来。有群众在巷道里大吼"再也不能这样活"，或者秦腔。

我逮空会情不自禁地从舞台侧面的小门小楼梯登上舞台转悠。我对"二胡"的二胡惊讶不已，他可以拉出洪流滚滚，万马奔腾，也可以拉出春花秋月，潺潺流水。我看着他深吸松香的醉人气息，神经的舞蹈通过抚在琴弦上的指尖揉颤，尽情地释放，觉得自己的精神也受到了洗礼。他还担当着一些文艺队员的乐理指导、乐器指导。我惭愧在野鸡胡有眼不识泰山。"二胡"爱吹，可人家那牛皮可真不是吹的。"二胡"的神情中已经流露出掩饰不住的强烈的自信和骄傲，像他娘的新郎官。

常看见从井下穿着胶鞋，戴着矿灯，黑着脸经过院子大门的群众都会忍不住向舞台这边行注目礼。

我们监区七个分监区七级台阶，加上舞台篮球场更大的一级，大灶房、严管队较小的一级正好九级。群众呢，从住"三星级"号子的铁幼军往下，"积委会主任"、编辑部、教研室、各类小哨、伙夫、矿工、技工、电工，各类工种中还分严管一二三，宽管一二三，等等，等级远远超过了九级。文艺队的成立令群众等级凭空多出一层。

都是群众，都是犯法服刑，差别就这么大。

"毛主席说过，凡是有人群的地方，就会有左中右。拿我女婿和他的哥哥弟弟来说吧，就是这样。"

卫元泽身材非常小。有多小？差不了多少，就会让人想起侏儒那么小。不能设想他是因为年纪大了，缩得这么小。不过，喝点小酒，挥毫舞墨的时候，他的身体又会被放大。这时，他口若悬河，张牙舞爪。别以为老家伙昏聩，当政府在场，或者不在场，但他认定人家可以听到他讲话时，他就会时不时地把马、恩、列、斯、毛的话拉出来说事儿。对狱内的明规暗律，老人家门儿清。

卫元泽喝的酒几乎都是我给弄的。这一点，我专门向马良行打过小报告。马良行说："把大瓶换成二两的，往里边装一两半，一周最多一次。我那儿还有瓶茅台，也拿去。卫老是文化名人，你跟他多学学。"

卫元泽不用喝，鼻子一闻就能报出酒名儿。老人家馋酒，后来竟追到我门上来讨要。对此，我是绝不能"有求必应"的，不然惯下毛病，无法收场。

我在内心开脱自己：我不是用酒与卫元泽做交易的。

我不能确定卫元泽的酒后之言有多少水分，当然我非常愿意听他说项家三兄弟。

卫元泽说项明陪同项君花钱托关系去看守所探望过他。"你说我女儿是不是瞎了眼？看上项家老二那书呆子！瞧人家项明，大老板，风流倜傥，中华全国新崛起的绅士。"

"我可听说项明自称'穷得只剩下钱了'。"我用一些似是而非的信息刺激老人家，并且尽量做出不以为然的样子。我说："他在深圳的那个保镖，说那家伙'势大没文化'，是个花花肠子。只是与那个叫什么免芝的女作家恋爱之后，灵魂蜕变。我就不信，肯定不止这一点，还有更深层的缘由。也许是难以告人的秘密。"我差点儿说出宋丽芸生孩子的相关信息。我就是觉得宋丽芸跟项明有事。当然更不用说汪红跟项明的事啦。

"不可能吧？你比我知道的还多？"卫元泽眨巴着充血的小眼睛，瞪着我，仿佛我是从深海中浮上来的唐三彩。

卫元泽受了刺激，用新世纪之后开设的"亲情电话"问他的女儿，问他的女婿。之后，跟我说："没别的，就是你说的那个香港女作家改变了他，他脱胎换骨，立地成佛啦！"

我拎起卫元泽书案上笔筒中的一支毛笔，对着光吹它的毫。"你敢说这是狼毛？！"我说。

"你少跟大爷我班门弄斧！那不是狼毛，是鸡巴毛！"卫元泽耸动双肩，双手在两侧由低向高不停地挥舞，演员和球星得意之时就是这样扇忽观众鼓掌欢呼的。

也许，老家伙是想把我当灰尘一样扇到窗户外面去。

"卫老先生，您过的桥，吃过的盐都多很多，您倒是说说，你爱过一个女人没？"我背向窗户，学他的样，摊开双手，不过没有上下挥舞。我说，"你爱过的女人改变你了吗？你还记得这种事吗？改变了什么？改变在什么地方体现出来了？是局部的，阶段性的，还是整体的，根本性的？"

卫元泽挥舞的手臂停在半空，似乎是被我的姿势遥控。"喔……"连"喔"了几声，他提笔蘸墨，挥向案上的宣纸。

一个圆形很快出现了。蛋？太阳？

"一个圆。"

卫元泽给那图形下了个定义，然后看着我。

我再次摊开双手。

卫元泽也摊开双手，只是右手指缝夹香烟一样夹着毛笔。

"回到原点。"

卫元泽咧起嘴，意思是说圆的属性很简单，不言而喻。

"项明又回到原点了？说不通吧。"

"喔……"卫元泽像一休似的挠起头来。

通常，长辈是不会认错的，被称做什么"老"的更不屑说。也许卫元泽并没有错，他只是意识到了关于项明，他知之甚少，这诱发出一点点惭愧，一点点惭愧又挫伤了他的自尊心，也是一点点而已。就为了这"一点点"，卫元泽下了两年多工夫，从他的女婿嘴里掏出更多的项明的事迹以及令项明"立地成佛"的听起来符合逻辑的缘由。

这两年，有两件事值得一提：

一、"猴子"在井下一气杀了五个人，重伤一人；二、省电视台开办了每周一期的《风吹大墙》栏目，记者进入监狱，采访拍摄群众的故事。

"猴子"杀人的方法都是从背后揭矿帽，用大扳手敲后脑。就一下子。如果他不被判处死刑，并且立即执行的话，他的招数也许能穿越高墙电网，在江湖黑道上盛行。

"猴子"杀死的人都是同号舍的。他们依次为：简章、金大江、杨小帆、"秃子"、"蚊子"。唯一脱逃并引来了政府的是那个吃饱了就笑的"肚子"。"肚子"当时拉肚子。"猴子"已经杀了五个，看见"肚子"拐进一条废巷道，就尾随而去。他看见"肚子"蹲下了。"肚子"也看见他了，他跟"肚子"打了声招呼，窜到"肚子"身后，揭帽子、砸脑壳，"猴子"已经熟练了。可是，"肚子"的身体在帽子被揭起的瞬间向前跳了一下：他脚下踩了块煤，挪个窝，扳手泄了力度砸在他肩胛骨上，他惊呼着连滚带爬地冲向主巷道。

　　"肚子"、杨小帆、金大江等群众都是马良行特意安排在我原先的大号舍，让我们"好好叙叙旧"的。叙旧是件愉悦的事。他们几个也都表达了庆幸的心情。谁不需要关照呢？遗憾的是，之后，很快我就被"上调"了。正式离开的前一天晚上，我们几个，包括"猴子"、简章他们还聚在一起喝了点啤酒。

　　问题是，问题不是"猴子"为什么杀人。问题应该是：他为什么不想活了，为什么要杀这多人。据我所知，"猴子"的刑期只剩下一个半月，而他杀的这些人跟我类似，本来都是他的朋友。如果我还在大号舍，也难免一死？！

　　全二十一沟的群众开动脑筋，试图揭开谜底。很快有几种版本流传开来，并被反复讨论。梅昊给我的回答是知识含量、信息含量最高的。梅昊说："侯江潮为什么杀人，而且连杀五个人，我不能回答，但有许多人可以回答。这些人的回答如下：

　　柏拉图：为了追求更高的善。

　　爱因斯坦：究竟是侯江潮杀了那五个人，还是那五个人杀了侯江潮，取决于你的参照坐标。

　　康有为：其实孔子在春秋之时代就预示了侯江潮要杀这五个人。

　　老子：侯江潮为什么杀人，无法用语言表达。

　　慧能：颇具禅意。

　　拿破仑：不杀人的侯江潮不是好侯江潮。

　　马克思：历史的必然。

　　王朔：无知的侯江潮无畏。

　　尼采：若你注视侯江潮，他也会注视你。

　　休姆：出于习惯和嗜好。

　　希波克拉底：侯江潮黑胆汁分泌过多，而胆汁分泌不足。

　　佛祖：你提出这样的问题，表明你心已面佛向善。

　　胡适：我不能告诉你侯江潮为什么杀人，我只能告诉你用科学的方法，大胆假设，小心求证。"

……

梅昊天花乱坠，似是而非，自鸣得意。他用这种方法告诉我他是多么学识渊博。我恭敬地给他沏了一杯茶，他才停下来。

只有一种版本可以解释，并且甩脱包括所有枝节、所有细节问题的纠缠。那就是：他疯了。"猴子"疯了。

"他疯了！"

据说焦头烂额的马良行偶然在群众中听到这三个字的时候，十分惊喜。其实，马良行在近二十年的狱警生涯中，并不是头一次遇到棘手的事。"他疯了"也被他和他的战友用过多次，以渡难关。只是，"他疯了"不像手表，可以天天戴在腕子上，想起来，抬抬胳膊就行。往往事到临头，就大脑空白。有群众看见他紧握双拳，原地屈腿儿大跳，然后冲下坡道，急奔狱外办公楼、书记的办公室。

侯江潮疯了，所有的责任可以一推六二五。否则，不但书记、马良行等人的乌纱帽保不住，甚至可能会有"直接责任人"被检察院起诉，然后锒铛入狱。"锒铛入狱"是政府公务员的专利，我等群众是无权受用的。钱在葆就说过"老子是英雄落难，虎落平阳，锒铛入狱"。

说侯江潮精神分裂，必须要法医出具鉴定书。侯江潮戴着手铐脚镣，在禁闭室二十四小时不离人监管，一日三餐，顿顿吃饱，分裂从何说起呢？

"我不想活了！"

四十八小时，侯江潮对政府只说了这么一句。

马良行找到我，让我提供侯江潮的信息。我发傻，竟然说不出个子丑寅卯。我知道侯江潮来自省城西郊的一个大型国有企业，小时候,他的哥哥玩"卧驴不骑"游戏，他嘴里叨着个"琉璃咯嘣"不停地吹着，发出一串串"咯嘣咯嘣"的声音。那是叫我百般羡慕的东西。我用馒头换毛主席像章等玩意儿，也提出过换"琉璃咯嘣"，却没能如愿。我还知道侯江潮的哥哥是顶他父亲的班，后来哥哥因工受伤，他又顶了哥哥的班，好像工厂是他们家的自留地，可以祖祖辈辈种下去。侯江潮因为盗窃和贩毒入狱，二进宫，这些政府知道的比我更详细。马良行叫我去探侯江潮的口风，因为我曾是他的老大。

对侯江潮的杀人缘由，我的好奇心不亚于马良行和所有的人。我答应下来。马良行如此这般地叮咛我一番，最后说："只要他还想活，咱就成功了一大半。"

我炒了两个菜，切了些火腿肠，炸了一碟花生米，拎上三瓶啤酒，让小哨端着，像政府的人一样跨进侯江潮的 7 号禁闭号子。这间号子也是我当年蹲过的。啥也不说，喝酒吃菜。他要张口，我就摆手。

他显然想叫"老大"，想说话。我不让他说，他脸都憋成猴子屁股了。

喝酒！

侯江潮一口气灌完了一瓶啤酒，最后的沫子从喉咙深处喷了出来。他"啊"地叫了一声，一边不住地打嗝，一边狂叼着菜，一边说："最后的晚餐！好！好！好！"终于噎住了，他直眼珠子瞪着我。

我看着侯江潮的眼睛。我曾经十分自信自己可以看透侯江潮他们的眼珠子，从眼珠子拐进他的体内，摸清他的胆结石有多大，盲肠攒了多少粪，血管壁的皱褶上粘了多厚的胆固醇和脂肪。我可以把他们的肠肠肚肚撸展了，轧平了，晒干了，变成纸一样的东西叠起来，然后像翻监规条例册子那样漫不经心地阅读。

跟我对视的是一双安装在尖脑猴腮的狼头上的眼睛，它发散出非人而生涩的光柱，阻挡我进入。这头畜牲！我想起昨天回大号舍，看见六个空铺，在场的群众见了我，犹如惊弓之鸟，都像见了狼一样后退躲闪，瑟瑟发抖。好像我会像侯江潮解决那五个人一样，把他们一个一个干掉。

"为什么？！"我把酒瓶子墩磕在地砖上，吼道。

侯江潮喉咙发出"呃"的声音，刚才的吃喝"哇"的一声全倒了出来。他没有失去控制，他是转身吐进沟渠的。他扑在沟渠上，后脑勺正对着我。

我把我手上的啤酒瓶塞到侯江潮手里，说："来，给我也来个敲脑壳！咱们大号子四十八个人，你才敲了五个，不够！来！把我也敲了。来呀！"

侯江潮推开啤酒瓶，缓慢地跪下，脑袋勾向自己的肚子。

侯江潮哭了。稀里哗啦，鼻涕老长。

他说，我走之后大号子群龙无首，杨小帆、秃子，甚至金大江都想做老大，搞得鸡犬不宁。

这我知道。

他说他早想找我说说，可是没机会，见不到我，没东西给小哨，他们连话都不传。他说他没办法。

不是马上刑满回家了吗？

他说就是害怕回家。

我给他点上一支烟，自己也叼上。

他说："老大你不知道我有个女朋友，死心塌地，我都二进宫了，她还不另找人。"

"这有什么不好呢？"

他说他还不起感情债。

他说:"当初我吸上白粉,把女朋友家的面粉、大米、自行车都扛出去贱卖换白粉。女朋友早年丧父,母亲把她拉扯大,我那样糟贱她们,老太太也不生气,还说我啥时候去,她都给我做饭。我恨自己,可戒不掉、改不了。进来一回,出去了,人家母女还是欢迎我。这几年,人家起早贪黑卖炸油糕,说是攒了些钱,等我回去结婚。"

老太太说"罪不足死,当以爱扶之。"

他说:"老太太绝对是个文盲,居然能说出这句话。还说是孔老二说的。老大,你给查查,孔老二说过这话么。孔老二说没说让我做上门女婿?"

他说这些年在二十一沟,大烟没吸一口,但是,嗅到过大烟的气味儿,感觉出去之后还会再吸——我不能害人家母女一辈子啊。啊,哈哈,老太太居然说孔老二的话!什么"罪不足死",什么"当以爱扶之"。

"那你就害简章、杨小帆他们?!"

他说:"我本来是想弄伤简章,加几年刑,让外面的母女俩绝望。原来选的人也不是简章,是咱分监区副区长。后来一想弄伤了政府,加了刑,那日子就没法过了。简章是咱大号子中最烦的人,成天的'然后,然后……'搞得人情绪低落,老是做掉进无底黑洞的噩梦。唉,我砸他肩膀的时候手发抖,偏偏他低头捡什么东西,矿帽又掉了,就砸在他后脑上了。简章当时扑在地上就不动了。我一转身,杨小帆过来了,他嚷嚷说晚上别忘了给他洗裤衩。老大,你当家的时候连外衣也没让弟兄们洗过吧,这兔孙,他算哪根鸡巴毛啊!我还没应声,杨小帆看见了倒在地上的简章,他根本没想到是我砸死了简章,弯下腰去查看。这时,我就左手扒掉他的矿帽,右手抡起了扳手。这一次我的手一点也不抖。你说怪不?"

烟头烫着了手指,我抖着手撒开了。

他说:"唉,没想到这么容易就杀了两个人,而且一点也不害怕。当时还骂了一句:'我让你兔子操的做老大!''秃子''蚊子'跟我是三人互监,我杀了人,不就连累他们了吗?那不仗义,所以我是分别一个一个找到他们俩干的。死了省心。简章的咒语'然后呢……'像钳子一样夹住我的头,我脑子反应出来的只有'就是这样'。'就是这样'。现在想,我肯定是疯了。唉,我又砸了金大江。金大江那胖子人不错,就是呼噜声太大,还有那'肚子',是个猪吧?不吃饭也咂吧嘴。他娘的猪有猪福哩。"

"你停一下。你刚才说"你疯了"?"简章的咒语"?对不对?"

他说:"我,我,我……是啊。"

我跟他讨论简章的咒语对他精神的扭曲作用。为什么简章的"然后"会是咒语呢？为什么别人却没觉得是咒语？比如我就觉得那是一份镇静剂。这样讨论来，讨论去，得出了结论，侯江潮的想象力如江湖般汹涌，似钻机般锐利。而这种结论显然对我不敬。他不能说。最后，我给自己找台阶，说："也许你还可以为他们五个人烧纸。"

侯江潮浑身筛糠一样抖作一团。他一时分辨不出"可以为他们五个人烧纸"意味着什么。我也无法将他引导到一个确凿踏实的彼岸。我叹口气。显然，他不想死。

"然后呢？"侯江潮鼻涕再次挂在前胸，他抬起头，鼻涕就扬起来。

然后教育科科长丁树就登场了。我可以想象丁树在当年关我的禁闭号子里从容地把侯江潮引导到了那个结实的活下去的彼岸——精神分裂。但我不知道丁树引导的内容与方法。这是一笔交易，在侯江潮不想自我了断的时候，这交易可以算做"两全其美"。

马良行代表二十一沟监狱主动向住监检察组汇报。这已经是井下杀人案的第三天了。三天时间，检察组的检察官们对此案一无所知吗？那"住监检察"不是形同虚设吗？不知道。

法医鉴定，结论正是"精神分裂"。

忙完了这件事，丁树便开始忙着接待电视台的女记者。电视台的栏目《风吹大墙》已经开播了大半年，才进入二十一沟监狱，有点儿屈了我们监狱的名头。女记者没来之前，做了不少二十一沟的功课，来了之后，连称"名不虚传"。女记者在丁树的推荐下，选中了卫元泽。卫元泽当年是机场建设的考古队队长，相当于处级干部。他的"事迹"有利于配合当前的反腐倡廉大形势。卫元泽看见女记者，当下就把自己"肖像权"交给了公共传媒。他说："痛定思痛，我要忏悔。"丁树向他交代政策，他连连颔首，并说："我知道，都知道。以前我还被中央电视台采访过哩。"

摄像机架在舞台上，文艺队的、教研室的、我和梅昊，还有不少有点自由的小哨、厨子都在台下围观。个别群众对卫元泽说什么感兴趣，更多的群众对女记者垂涎三尺。

"那娘儿们是毛阿敏她妹吧！""毛阿敏是谁？""农民！毛阿敏都不知道。女歌星啊，就是唱那个'好像一只蝴蝶飞进我的窗口……'""不像，我看像倪萍！""呸！你长眼珠子没？！""个头有一米七吧？""我看有一米八！"

丁树驱散了围观的群众，可人家摄像说他需要把围观的群众拉入镜头当背景，这样，重新围上来的群众反而有一些"拒绝出让肖像权"，闪到一边去了。

我转了半圈，来到舞台侧翼的卫元泽的书房，这里既不会被摄像机拍到，又可以看见、听见舞台上的动静。梅昊尾随而至。不用说，电视台的女记者的光临也拨动了梅昊的心弦。

卫元泽说他的犯罪根源在于荷尔蒙。他说他已是年过花甲之人，荷尔蒙的分泌量已经明显减少。这时，他的脑子才可以比较冷静、比较清醒、比较深刻地反省。他坦白说，当年自己条件优越，手中有权，见了性感的女人根本就控制不住。他还极尽斯文地对女记者说："要在那时，您是我喜欢的类型，就会成为我的猎物！正所谓窈窕淑女，君子好逑。"

女记者顿时满脸飞红，接近于她颈上围巾的颜色。这太突然了。

丁树一直在旁边监听监视，几次觉得"卫老"偏离了轨道，想阻止，但女记者听得入神，他便克制着自己。这会儿，丁树克制不住了。冲上去一把把"卫老"拉起来，拽到他的书房中。我和梅昊躲闪不及，丁树也没轰我俩。丁树吼道："老淫棍！把这儿当酒吧啦！"

卫元泽脸上漾着亢奋的红晕，他摊开双手，理直气壮地说："丁科长，我说的是真话，心里话。你不是说叫我敞开心扉嘛？！我跟你说，这个女人围一条桃红色的围巾，我敢说她的羽绒服里面有一件红玫瑰色的毛衣，她的胸罩和小三角裤也是红色系列的！她用的香水儿是古龙牌，但有CD牌残余，说明她是视情况选择香水。她在办公室，在跟情人约会时一定用的是CD香水。不信我跟你打赌！我打赌！"

"闭上你的猪嘴！"丁树从腰上摘下了警棍，今天迎接省电视台记者，丁树全副武装，这叫"政府形象"。

在卫元泽遭到棍击之前，女记者在门外轻声唤道："丁科长。"

丁树的脸聚成了一朵花，出去了。

梅昊出乎意料地冒了一句："我的心紧张得像琴弦。"

体内荷尔蒙调动的能量没有得到尽情宣泄，卫元泽憋得团团转。他一把揪住梅昊的衣领，嚷嚷："梅主编，你可以在我面前卖弄斯文吗？！瞧你豚样！谁叫你进我的书房？滚！"

梅昊也不知哪来的心气儿，反唇相讥："你不是知识分子吗？！你不矫情吗？放开我！"

不知是不是跟卫元泽较劲，后来梅昊也参与了《风吹大墙》的拍摄。不过，来采访的不是这位女记者，而是一个谢顶老头。梅大主编兴冲冲向那个谢顶老头记者展示了他最喜欢的一首古诗,书法:"十年磨一剑,霜刃未曾试,今日把示君,谁有不平事?!"那谢顶老头记者笑了笑,说:"贾岛的——赶紧收起来,换一副赞美祖国山河的。"

一位教育科的干事跑过来拉着丁树耳语了几句,丁树变脸向女记者道声"对不起",匆匆离去。又出事了!

侯江潮割腕自杀。

侯江潮早饭时故意摔破了一个瓷碗,藏下一片可以发挥刀片功效的瓷片。送午饭的时候,小哨发现了浸满铺位的血迹。

侯江潮八成是认定自己"罪足以死"了。

我有机会看见侯江潮未婚妻的容貌。监狱特别允许侯江潮的未婚妻入监来到大号子整理他的遗物。没什么遗物,只有一张这个女人在大雁塔的风景照片。这个女人昂首望着远方的云朵,像刘胡兰英勇就义的宣传画。现在物归原主了。侯江潮藏得严实,群众都没见过这张照片,包括我。

被我怀疑为丑陋或残疾的侯江潮的未婚妻是个身材苗条,皮肤白皙的女人。她嘴唇偏厚,也可以说十分丰满。她的眼睛不大,但配在瓜子脸上十分协调。她走路的时候,夹着双腿,裆部、大腿内侧发出"嚓嚓"的声音。她的眼神不怎么挪移,或者说直勾勾、硬生生的,甚为坚定,当她把目光移向侧方,让人觉得仿佛后面拖着一个重物,似乎她要把原先注视的物体连根拔起,带着沉沉的力度。这种目光后来常常被梅昊提起。他说,这个女人的目光像连在绳子上的甩钩,甩出去,拉回来,都要捎带些皮肉。毒啊!要不怎么勾去了六个男人的性命。

这个女人对丁树说:"江潮是爱我的!应该有份遗书。"

丁树说:"非常抱歉。他说的最后一句话是'罪不足死,当以爱扶之'。"

这个女人"啊"了一声,仰面向天,凝聚的目光似被棍击,飘零散落。

三十四 DNA

卫元泽后来十分配合地完成了那一期《风吹大墙》的拍摄。他说:"本来,我在北郊机场的土方工程中,说一不二,令行禁止,航空局的官员甭管级别多高,见到我都得点头哈腰。原因很简单,那里有文物,而我身兼首席文物鉴定和考古队长。我跟那个女娃娃也是有感情的。我的威风被她一点一点，神不知，鬼不觉地吸食而去。最后，她威风了，我乌龟了。爱情就是这样吧。爱情属于傻子。我真傻。像我这样事业有成、心高气傲的人，只有进了监狱才会真正地反省。

卫元泽没有细说"亲人和亲戚"帮扶的内容，这内容的核心，就是他女婿的哥哥项明。

在两年多，近三十次的亲友接见和书信往来以及亲情电话中，卫元泽不断地向老伴忏悔，向女儿忏悔，甚至向孙子和女婿项君忏悔，说到动情处老人家声泪俱下。起初，老伴说他"狗改不了吃屎"，女儿说他"虚情假意"。但随着时间的推移、忏悔次数的累积，情况渐渐发生了变化，老伴开始给他做肉沫咸菜，女儿开始亲手为父亲织毛衣，项君也开始与老丈人交谈。后来项明也加入到"亲情帮教"的行列之中。

很难说卫元泽不是虚情假意地向他的家人、亲戚忏悔，然后套取情报，跟我换酒喝。

项明的爱人姚奂芝死后，他度过了一段神魂颠倒的时光。是当年的一些酒肉朋友把他一次次灌醉，一次次弄醒，最后他真的醒了。他发誓戒酒，天天去姚奂芝的墓地吊唁。跟他的爱人倾述心语。那些酒肉朋友拉项明喝酒不成，就开始打他钱财的主意，引诱他"跳坑"。项明好像丢失了以前的精明，人家怂恿他买地，说"便宜"，他就说："买！这么便宜，为什么不买！"卖地的钱老板合同一签，当夜就摆庆功宴。可是，一周之后，这个自以为赚了项明一大笔的钱老板差点儿跳楼——在那块被市场公认的"烂地"一里之外，政府计划建一座公园，一个月勘查，两个月图纸，第三个月就动工。那块"烂地"一夜之间就涨了十三倍。项明看着报纸上的消息，立即拨电话给钱老板，说："今晚我请你喝酒。"酒桌上，项明一再感谢钱老板。钱老板说："不用谢啦，再谢，我的胳膊腿都给你'卸'掉啦！"钱老板愿意用高于当初卖价九倍的价钱再回购那块地。项明说："不行，我不卖地，卖房子。"钱老板说："三百二十亩地啊，要盖多少房子呀！你没有那么多资金！"项明说："我有现成的注册公司，明天再注册一个，马上招人，然后用一百六十亩土地，也就是总数的一半向银行抵押贷款。你说可以贷多少？三个亿？五个亿？不要太多，够用就行。然后，打好了地基，就卖图纸，卖了图纸，就还贷；然后，再把这一半土地打好地基，再卖图纸——我会没有钱吗？我会资金周转不开吗？你是房地产行业的前辈，多多指教。"

钱老板差点儿给项明跪下。

后来钱老板在股市上赔了个精光，项明听说后，请他到自己的公司做了一名业务经理。项明说:"我就不爱听他们损你的话。我认为你是房地产行业的精英,钱经理。"

钱经理发奋努力,业绩突出,不到两年就被项明提拔到副总经理的位置上。

钱经理是山西人,在炒股票之前,包括卖地给项明,没做过赔本的生意。项明跟他聊生意,他预测说最近买煤矿是好时机。国家经济发展这么快,能源吃紧是大趋势,近来煤矿事故频发,据传,国家要下令关闭所有的私人小煤窑,这将会加剧能源的紧张。项明说好啊,你带个秘书去陕北考察一下,如果行,我把手头的几只股票卖了,还要敲定两个百货超市的并购意向,再买二百亩地,空闲一点就去陕北买煤矿。

买一个煤矿,建两个超市,卖几只股票,项明说的跟老大妈买萝卜、黄瓜一样轻松。股票可不是好玩儿的,钱经理有血的教训。他忍不住小心翼翼地问了几句。原来,项明当年从钱经理手里买了地,工地一开工,他发现账上还可以腾出不少现金,就买了股票。

相关数据一对照,钱经理暗中惊叹:项明在股市上又赚了五六倍。

"我就是懒,一直拿着没出手。"项明边拨动着大书案上的桃木制的地球仪,边说。

半个月之后,钱经理从陕北返回深圳复命。项明又转着地球仪说:"我出钱,你经营,利润四六分。"钱经理愕然,项明又说:"你是一条大鱼,该自我掌控局面。我相信你的分析,更相信你的能力。"钱经理正要开口,项明举起左手,说:"我收回成本的105%,矿就归你!去吧,财务总监那儿我昨天就打过招呼了。"

钱经理结巴了,惊喜与恐惧结伴而生,泪水在眼窝里打转转。他交代了自己当年因为土地的事曾经雇了杀手,当上副总经理之后也起过歹念。

"我都知道。哼哼……"项明平静地把手从地球仪上腾出来,开始擦拭自己的眼镜,说:"不是什么也没发生嘛。我不是一直好好的嘛"。

这副水晶平镜,是姚夬芝送他的礼物。姚夬芝说"我看你眼热,又少点儿斯文"。当时项明说:"你是说我眼'花'吧。"不过戴上这副水晶镜,项明的确感觉十分清爽。

项明告诉钱经理,曾与他俩一起吃饭的"包先生",是刑警队队长,自己的司机是"包先生"的堂弟。

钱经理回忆起当初他雇的人在行动之前忽然被警方传讯、羁押,以致"行动流产"。那应该就是"包先生"的功劳。

"在深圳这种地方,天天都有刑事案,大浪淘沙,泥石俱下,自我保护属于本能的范畴。"项明戴上了那副水晶眼镜,说,"只是,如何自我保护,那是'各庄

下篇　349

的地道，各有各的高招'。"

钱经理感觉膝盖发软。

项明只是催促他去办支票手续，然后去陕北买煤矿。

钱经理感激之下，为项明的大智若愚和宽厚仁慈而折煞。他明白，跟项明说"感谢"之类的话是没有任何意义的，重要的是干好自己的分内事，并且用行动证明自己的"忠诚"。后来，钱经理在陕北开了煤矿，"董事长"一栏，他填的是"项明"。

项明的生意一日千里地飞腾，他也冷不丁想过："不会是我的老丈人、干爹在背后暗中帮我吧？！"为此，他开诚布公地跟干爹谈过自己的疑虑。

干爹说："如果你有这种感觉，那一定是奂芝在冥冥之中保佑你吧。我呢，更关心你什么时候结婚，什么时候叫我抱孙子。"

光阴荏苒，项明已经是奔四十的人了，干爹的话有道理。但是，姚奂芝在他的心中分量太重，痕迹太深，他试着接触过几个女人，都是不了了之。这扩大了他心灵的空虚。闲暇之时，他常常孑然一身，坐在海边发呆。

项明决定全方位撤出深圳，回到西安，是因为他开车载着一个女人撞死了另一个女人。而除他之外的唯一目击者，也就是当时他载着去飞机场的那个女人，在回到家乡后车祸身亡。

"有鬼吧？！"项明向他的朋友、刑警队长包先生述说事情的全部经过。其时，离他撞死人已经过去了四天。这几天项明浑浑噩噩，时空颠倒，白天也做噩梦。他拉着包先生的手，说："你带我去自首吧！"

包先生问了一些关键性的问题，比如被项明撞死的女人滚下了山沟，尸首呢？比如那个回了老家的女人又被别人撞死了，是不是你干的？是不是怕你加害故意诈死？还有，这个女人死前跟别人说起之前的事了吗？谁能证明？

项明照实回答。包先生说他去给项明买点镇定药，再看看他车库的那辆大奔。回来后，他说："第一，人死不能复生；第二，民不告，官不究！那辆大奔上碰剐的痕迹早已被我的堂弟送去修理厂修饰一新。就是谁要做DNA鉴定，也找不到一块皮屑、一截头发、一滴体液。"包先生为项明献计献策，教他"如此这般"地"善理后事"。包先生还表示，他可以亲自去那个后死、也许是失踪的女人老家调查，必要时可以动用公安的关系。

"DNA？"项明从包先生一箩筐话中刨出来三个字。那个回老家之后在车祸中丧生的女人的体内、阴道中应该残留着项明的精液。这个女人叫苗伊娜，与项明结交半年有余。苗伊娜是一家证券公司的经理，崇拜大名鼎鼎的项明，她不敢奢望婚姻，却一心想为他生一个孩子，将来"母以子为贵"。所以，跟项明同床，苗伊娜从不避孕。

"DNA……"这三个字再次从项明的牙缝中挤出来。

包先生风尘仆仆地从苗伊娜的老家四川省汶川县回来，得到的情报是：苗伊娜根本没有回老家。苗伊娜失踪了，蒸发了。奇怪的是，那位被项明撞死的女人也"死不见尸"。项明天天看报纸，看电视，上新闻网，就是没有被他撞死的女人的消息。办过许多离奇案件的包先生说："项董，您是前一阵子太劳累，出现幻觉了吧。"

项明领着包先生到他撞人的现场勘察，结果什么也没找到。这时，距"案发"的日子已经过去九天了。"这地方出现过UFO吧？"项明望着天空说。

从那以后，项明见庙就烧香，见佛就磕头。他还找到一座基督教堂，学着外国人，向牧师忏悔。他含着泪水长时间地向方丈和牧师倾述自己的罪恶，以求得到心灵的解脱和安宁。他的超过七十平方米的办公室，很快摆满了与宗教有关的物件、书籍。《金刚经》《古兰经》《圣经》，各种经书纷纷坐在他硕大的书案上，底下的人来请示工作，看见小山一样的经书，看不见董事长项明。在传媒上看到什么地方泥石流毁了庙宇，他立刻就去援建……包先生看不过去，请来心理专家诊治。心理专家说："要不先换个环境看看。"

专家的话与项明的心思不谋而合。在深圳，他是热锅上的蚂蚁，度日如年。

临别，项明把一座价值几千万的百货超市转户到包先生堂弟的名下，作为报答。

回到西安，项明每月回一次老家，为父母上坟，去宝函寺进香。其时，二弟项君已经名满学界。翻过一年，三弟项帅也刑满出狱。只要能抽出身，项君很愿意陪大哥一同回乡；项帅已经不是当年的莽撞烈汉了，看到大哥一心向善，也愿意在大哥的公司做点事。回乡祭父母，项帅是一次也不落下。平日，项明和项帅常去项君家吃饭。比起整日泡书斋的大学者项君，项明显得黝黑、粗糙，岁月在两人的脸上刻上了迥异的痕迹。如果现在宋丽芸再看见这兄弟俩，就不会张冠李戴了。

大约是项帅出狱半年之后吧，项明用巨资在西安成立了一个"三兄弟慈善基金"，专门帮助遇灾遇难的妇女和儿童。听说北郊有一个专门收养父母都在监狱的儿童的"儿童村"，他便率一行人上门捐助。就在这次捐助现场，他遇上四个从女监刑满出狱的女人，这四个刑满的女人一个叫别新蕊，一个叫柳姬，一个叫兰香，一个叫杜月妍。

那个叫柳姬的有点儿面熟。

柳姬已经三十大几,十五年的牢狱生活并没有完全夺去她女人的生理特征。重获新生的兴奋令她的脸颊布满红晕。名叫杜月妍的也是这样。另两位,别新蕊和兰香就不一样了,她们是来看自己的孩子,并且要尽快做出带走孩子,还是让孩子继续待在儿童村的决定。她俩流了过多的泪水,从出狱前三天就开始流了。这会儿,她们正拼命调动身上的体液,转化成泪水,献给孩子,献给儿童村的村长。当然,也包括正好在场的项明。

项明在为一个孩子打开可乐瓶的盖子。可乐的泡沫令他若有所思。

一个孩子喝可乐太急,呛着了,喷出的可乐溅在同伴裸露的胳膊上。

项明想起来了。

十五年前,项明从西安的果品批发市场往深圳贩运猕猴桃,车站附近的旅馆爆满,周围不是苦力就是生意人,项明就搭三轮摩托,在火车客站附近的一个招待所租了个铺位,六元钱一夜。那天吃过午饭,项明钻进火车站旁的一个卡拉OK厅。当时,就是眼前的这个柳姬笑着献上一瓶可乐。

就在项明准备回他的招待所那间一个顶一个摆了十张铺的小房间吹电扇的时候,宋丽芸在人海中脱颖而出,暴露在他的视线之下。

宋丽芸是从学校赶来搭长途汽车回眉周县与我约会的。我们约好的。准确地说,是我们俩的母亲为我们约好的。

柳姬见项明和颜悦色,他在人群中显然格外关注自己,好像还面熟,就说:"项大老板莫非有个妹妹跟我长得相像?!"

有钱又愿意捐献,且和颜悦色的老板是很容易被人记住的,尤其是那些处境尴尬、渴望救助的人。在儿童村待了不到半小时,近百个娃娃,十几个工作人员,都知道称呼项明"项大老板""项叔叔""项董事长"。儿童村就是一个篮球场那么大的空场地,一座破旧的二层楼,没有围墙。姓仇的女村长集合了孩子们,请他给孩子讲几句话,他没有答应。手下的人从车上卸食品和衣物,项明楼上楼下走动,灶房厕所看看,很快决定用资重建儿童村。不过,与柳姬相关的往事猝然浮上脑海,眼前的柳姬的做派似乎还是秉性难移。项明笑起来,说:"可乐,啊,可乐。"

手下的人从捐助的饮料中取了一瓶可乐递给项明。项明没接,示意递给柳姬。

柳姬接住可乐,似乎想起了眼前的这位"当年的客人"。她却并不窘迫,也不慌张,倒扮着鬼脸,说:"项大老板,你可不能把我装进麻袋里,然后用针扎呀,扎呀,扎呀!"

十五年前的那个炎热的中午，项明撩起宋丽芸的裙子，盖住她的脸，褪去她的裤衩，抬起她的双腿，操得浑身大汗，几乎虚脱。

在长途汽车站，项明在几十秒内用两块钱买通了一个民工，这个民工揣起两块钱就上前纠缠、拉扯宋丽芸，宋丽芸惊叫起来。项明"英雄救美"，三拳两脚打走了民工，把宋丽芸拉到他住的招待所，另开了一间房。

宋丽芸当然认得项明。她被超高的气温和那个民工搞蒙了。她当然也十分厌烦项明。而项明不停地骂那个民工，不停地请宋丽芸消消气儿。待坐在招待所的单间中，吹上了电扇，宋丽芸双手叉腰，凛然道："你要干啥？"项明说："这么热的天，回县里吧，你歇着，我帮你买车票，我有熟人。你歇着，喝口水，消消气。再咋说咱们也一个锅里吃了两年饭嘛。叫哥哥帮你这个忙，哥哥心里也好过点嘛。那些年都是哥哥我不好。"

说着话，项明打开了那瓶可乐。

宋丽芸气呼呼地一口气儿喝了半瓶多。她几乎是抢过去喝的。天太热，她出了很多汗。她很快昏睡过去了。待醒来，她觉得不对劲，浑身别扭，便怀疑那瓶剩下三分之一的可乐。项明说："你是太累了，打了个盹，这可乐绝对没问题。"说着，他把剩下的可乐一饮而尽。

项明在操完宋丽芸后，迅速到外面买了一瓶可乐，自己喝去大半瓶，换走了那瓶混有蒙汗药的可乐。

所以，当宋丽芸抱着那个孩子，跟她的丈夫吴国文到野鸡胡让我看，让我起名字的时候，我没有表现出足够的热情，就算不是在数九寒天的冬日，也是情有可原的吧。后来我见到了井裳清养大的女儿，姜楠手牵着的儿子，感觉完全不同。DNA承载的不仅仅是遗传基因，还有骨肉亲情的感应和潜意识。

项明那天在儿童村的一个教室坐了一会儿，算是与仇村长和那四个女人座谈。结果，他同意把那四个女人暂时安排在自己的慈善基金会工作。有言在先：必须完全遵守基金会的规章制度；自己有了依靠、能找到更好的工作，想走自便。那四个女人感激不已，别新蕊和兰香摁着自己孩子的脑袋，给项明磕头。四个女人身世不同，而当下相同的一点是她们都无家可归或有家不能回、不愿回。

在我们二十一沟蹲了几年，第五健也听说过儿童村的事，他庆幸自己刑短，老婆没要求离婚，女儿有人照料。

项明仰脸看了一下天色，说："咱们去后厚村。"

三十五　非典

项明十四岁那年离开后厚村，离开汪红的家，之后就再也没有去过后厚村，没见过汪红。一晃，已经二十五年了。二十五年前的记忆，与撞死了女人、与爱人姚奂芝一样，他这辈子是无法忘却的。在项明的意识中，汪红如果不是蓄意掠夺他的童贞，那么，她就可以算得上是他的性启蒙者。这段记忆如影相随，跟了他二十五年。教堂的牧师说："主宽恕你，你可以放下这些精神包袱。"庙里的方丈说："善哉，自觉者可在善恶之间自如往来。空冥之中，善恶无形，重要的是一心向佛，断除凡念。"宝函寺的住持、方丈在笑纳了项明一笔可观的捐赠之后，高颂佛号，道："施主无论身在何处，只要打个电话，我等必会全力以赴，为施主排解心结。"

这就相当于佛门弟子中的"VIP"了。

阳春三月，关中往西偏南，地里的油菜花被成行的杨树、麦田上的土垅分割开来，沐浴在温暖的阳光中。可以看见流动的空气，仿佛一双双纤纤玉手，轻轻地推摇站在泥土上的各类草本、木本植物。喇叭花、玉兰花、月季花、桃花、梨花等等不时地闪现，只是，鲜黄的油菜花占地太多，成为这个世界色彩的主导势力。

一辆大奔，一辆越野车下了高速，拐向通往眉周县的县乡公路。

项明想起曾经在油菜花的海洋中操一个女人。在小树林、玉米地里也操过另外几个女人，都不是强奸。项明这辈子就强奸过一个女人，那个女人就是我的前未婚妻宋丽芸。之所以强奸宋丽芸，显然跟之前与柳姬的遭遇有关。如果没有蒙汗药，如果柳姬为他完成性事，如果宋丽芸不是被麻翻了。如果吧。

"车子停在黑子河这边，你去打听一下叫汪红的……"项明对身边的第五健说。他思忖着，不知道把汪红说成老太太合适还是说成女人恰当，"大概60多岁，70左右吧。想办法进她家，看看她和家人的生活状况。把墨镜摘了。"

第五健领会了老板的意思。他叫上办公室李主任，挽起裤腿，用矿泉水往胳肢窝和后背洒些水，二人扮作春游的迷路者，走过后厚村村前的那座小桥。

此时的后厚村，街道和小巷都铺上了水泥，几乎家家都住上了二层楼的砖瓦房。而汪红家的空宅，塌了多半边瓦顶，门窗被人卸去。如果不是几根朽裂的立柱苦苦支撑，这屋宅就会彻底垮塌。断瓦颓垣的缝隙间生出的蒿草和野花，倒是生机盎然，欣欣向荣。

大奔和越野车原路返回。

第五健向项明汇报说，村民七嘴八舌的说法归结起来有以下几点：1. 汪红得癌症死了；2. 汪红的女婿吴国文也得癌症了，是乳腺癌；3. 汪红的儿子宋玉升从十七岁就去南方打工，挣钱为母亲治病，但干的多是体力活，也挣不下多少钱，所以汪红没钱医病，死了；4. 汪红的女儿宋丽芸还好，在鸡凤县龟溪镇中学教书，她丈夫因病已经四年没上班了，一家三四口，就指望宋丽芸每月的工资过活；5. 宋丽芸和吴国文的儿子是跟汪红姓，叫汪东锦，是 1991 年生的，现在应该是十三岁，这孩子很聪明，学习成绩全班第一，这孩子就是这个家未来的希望了……

第五健说着话，手指不停地抠怀中照相机的皮盖，好像他要说的内容都在照相机中，必须一点一点抠动，拉出胶片，一切才能逐步显现，一目了然。

还有村民说到我们仁家与汪红他们家的事儿，他们没能与我联系起来。他们甚至不知道我的家就在后厚村。看来他不适合做情报工作。

项明伸手搭在第五健的手上，说："别抠了。"生怕隐私曝光似的。

一个月后，第五健把用这个照相机拍摄的汪红他们家五口人的生活照和鸡凤县龟溪镇以及流经镇边的一条渭河支流污染状况的系列照片，一一展示给项明看。

与传说中的不同，汪红还活着！只是，由于患癌切除了子宫，虽然保下一条命，但这个老太太瘦骨嶙峋，项明完全认不出来了。项明在医院见过这个病入膏肓的老年人，病人的眼神茫然而空洞。可是，照片中的这个皮贴着骨头的老太太却神情平和，目光慈祥，她的唇角甚至挂着一丝笑意。项明少年的记忆中，汪红是一个胜似母亲的形象。她的手十分奇妙，看上去粗糙而硕大，但抚摸在项明肌肤上的时候却格外温软。她抚摸着项明削瘦的、情窦初开的身体，说："可怜的孩子，让我帮你弄吧。"一股极其新鲜的暖流淌过少年项明的身体。这位身材颀长的少年情不自禁地哼哼起来。他感觉鼻腔发酸，泪水盈满了眼窝。他想起了自己的母亲。自己的母亲不知道什么时候把他和弟弟抛到了九霄云外，在他和两个弟弟最需要她的时候。

项明久久地凝视这张照片，试图在其中找到与自己母亲老年之后可以重合，或者哪怕是相似的部分。他没有成功。

第五健向项明交了差，站在一旁听候吩咐。项明显然忘记了第五健的存在。第五健等久了，明白过来，自己悄悄退出房门。

项帅跟办公室李主任来向项明汇报工作。

事到如今，项帅对大哥的诸多隐私几乎没有不知道的。但项帅已经今非昔比，他不责怪大哥了,他甚至愿意为自己当年对大哥的粗暴道歉。他现在常常陷在迷茫中,但"长兄如父",他认同。项明曾提出给三弟一笔钱,自己干去,项帅说:"我就跟着大哥就好。"

项明回到西安后,几乎每周都要请项君一家和项帅一起吃饭。项明非常愿意听项君的哲学论述,项帅基本听不懂,但也乐意跟亲人聚在一起,他特别喜欢逗自己的侄女玩儿。

项君说:"我看你最近感情十分脆弱,听说你居然还看三毛的散文、张爱玲的小说。我也不知道你到底有多少钱,不如投资拍电影、拍电视剧。"

项明一墩酒杯:"英雄所见略同啊!这些年在商场我就后悔一件事:没有创出品牌,没有一份可以祖祖辈辈干下去的事业。成立个影视公司,你给咱们当艺术总监!"

项君说:"搞艺术,我不行,别到后来闹出笑话,提点建议也许还凑合。"

项明说:"那就总策划。"项明非要拉二弟入伙。他这样,考虑更多的是给二弟送钱就"名正言顺"了。其实项君也不会徒有虚名,他的建议要么一针见血,要么高屋建瓴,差的是如何与影视、市场结合起来,水乳交融。

在筹备成立"三兄弟影视公司"的同时,项帅被送往北京广播电视大学学习影视制作,重点是制片人运作。第五健被派往广州寻找宋玉升——项明认为,那可能就是自己的儿子。

项明计划用第五健拉拢宋玉升,通过宋玉升援助汪红和她的家庭。项明向第五健交代,第一要"自然",第二要"不惜代价"。

宋玉升十七岁开始就南下打工,去过广州、深圳、东莞,也去过海口。搬运工、垃圾处理工、保安他都干过。他还干过从饭店的高层走楼梯,往楼下背死人的活儿。一晃十年了,换过多少次工作他已经记不清楚。

第五健在深圳湖滨医院住院部一层的走廊上见到宋玉升的时候,差点叫出项帅的名字。宋玉升穿着医院保安的蓝色制服,戴着大盖帽,跟第五健看见过的项帅身穿武警服、戴着大盖帽的照片,几乎一模一样。

所谓有钱能使鬼推磨。第五健设计宋玉升"英雄救美",很快就让他跟一个叫周玉环的护士进入了"角色",成为恋人。

第五健为宋玉升和周玉环提包扛箱,一路返回陕西老家。中途,"非典"的侵扰一再升级,从广州到北京,从北京到各地,到处都是关卡,到处都在消毒、量体温。所以,行程一再受阻。赶到后厚村的时候,宋玉升看到自家的荒宅已被拆除,代之而起的是一个功能齐全的别墅式的二层楼。原先挨着宋家后面的人家的房子显然被买断，扒了修成一个小花园，中间还有喷水池。

我们仁家的二层楼原本是后厚村最早的暴发户，因为年久失修，灰头土脸，相形于雨后春笋般别家的新宅，恰似"病树前头万木春"的景象。

宋玉升问了几个乡亲，又激动地拉住一位正在铺木地板的工匠，问："这是我家的房子吗？这是谁出的钱？"

周玉环从后面勾住宋玉升的脖子，脸凑上去，娇声说："爱情喽。这是爱情的房子，是爱情出的钱。我们很快去龟溪镇，接你的母亲和家人，回到这里过日子。我们开一个果类罐头加工厂。这里满山坡的果树，不愁原料。你当罐头厂厂长！"周玉环当护士是不苟言笑的类型，第五健为她安装了"富家女"活泼开朗的角色，笑意从她的骨子里被挖掘出来，在氧气的作用下，越发红润生动。

那天晚上，在一家旅馆，宋玉升兴奋过度，第二天就发烧了。他自己没觉得，但在进入龟溪镇的时候，被关卡戴口罩的人用仪器验出来了。

宋玉升被强行送往县医院传染病区，横遭隔离。听说他们来自广东，连周玉环和第五健也被结结实实地"隔离观察"了六天。

服刑已经十三年，从没看见过这么多"政府"在大墙里面活动。为了最大限度地限制与外界的接触，减少流动，井下的生产也停了，本来三班倒下井的群众都过大年似的歇了。监区和号舍忽然之间像鸡笼子一样显得拥挤不堪。

入夜，操场上的舞台成为"政府"上下发声的集中场所。他们放声浪笑，撇着嗓子唱"几度风雨几度春秋"，放屁打嗝拿大顶，掰手腕子斗鸡手拍手（一种游戏）。如果干了十年、几十年的政府从没遇上过狂欢节，这一阵子算是补了一回人生遗憾。

不出一周，舞台上诞生了一位口技大师，他白天学驴叫，子夜之后学狼嗥。他叫茶英文，是第三监区第二分监区副指导员。因为三天没喝酒，脚脖子肿了。要消肿，就得喝酒。封监了，没酒。

"发热。""发烧。""38.5度。"

消毒的喷雾剂，如同打理猪圈一样，一遍一遍喷过号舍，也要喷"政府"的办公室；测体温的仪器测了群众，也要掉头测政府。这是"非典"传达的公平对等，甚至友善的信息。

封监的不适如同病毒，从鸡笼般的号舍蔓延出去，溜进政府的办公室。

大概是一周之后吧，茶英文闯进我们小报社，瞪着眼，说："快把酒给我拿来！"

听说茶英文前两天闯进医务所,把医用酒精倒了半缸子,再兑上水喝。

见茶英文气势汹汹,我后撤两步,说:"没有酒啊。"做里外生意的乔桥生前两年被纪委查处,里外生意青黄不接,加上"非典",三天两头地清监,老鼠尿都被猫舔干净了。哪有酒?!二十一沟在监狱系统是创收大户,政府收入也位居前端,许多兄弟监狱的同行都眼红,能在这儿谋个一官半职,没关系,就有后门,没后门,就是下了工夫,没下工夫,就是"祖坟冒紫烟"、冥界脱胎的神人。据说茶英文跟局党委副书记是老乡,童年玩尿泥的老乡。所以,最好别惹他们当中任何一位。

"卫元泽都招供啦!你敢说没酒?!"茶英文一把揪住我的衣领,将我的身体抵到墙上。茶英文已经是年过半百之人,平日走路都是飘飘忽忽地,没想到他还有把子力气。

梅昊站在门边,说:"但凡有一滴酒,他都会从他的乳房中挤出来的。"

"哈哈哈……"丁树背着身,跨进门,鼓动茶英文,"好哇,梅先生说仁天木的奶子里有酒!快挤快挤。"

梅昊仙人般拖长音调:"吃进去的是草,挤出来的是酒!"

茶英文撒开手,怒视丁树。

丁树凑近茶英文,小声说:"炒两个菜是比较现实的。"

茶英文不解。郑开泰拎着个包出现了,见着茶英文他哼了一声。

小报社的一间房一分为二,前面办公,后面是床铺,后墙还有个暗门,通往隔壁的房间,那是教育科另一间堆放舞台道具的库房。库房也是一分为二的,最里面的后墙上装了个排气扇,下面就是灶具。灶具在用过之后要进行小心的覆盖和伪装。伪装是第二位的,这事根本上得有人"罩着"。

我端上第二盘菜的时候,看见郑开泰哽咽着说:"完了,完了,完了……"天花板上的吊扇,吹着郑天泰稀疏的头发,头发跳开头皮,落下,再跳开……丁树请在一旁为三位政府茶杯里添水的梅昊给老郑出出主意。因为梅昊是"教育家"。

郑开泰的老婆病重,乳腺癌已经扩散,而这是其次的,可预见的问题,首要的问题是他儿子在省城上一个汽车修理学校,两年下来汽车修不了,人修理了好几个,几次赔人家医药费就超出了一万元。学校要开除他。

梅昊冲着我的背影说:"仁天木的姨妈才是教育下一代的专家。"

姨妈调集多方(父亲的、爷爷的、银行的)资金,招贤纳士,挖各学校的师资,在省城西郊创办了一所外语培训学院。学校是股份制,父亲是董事长,姨妈自任院长。

妹妹说,姨妈和父亲已经形成"事实婚姻"。姨父,现在应该说是"前姨父"了,他向上级要求,调往济南军区,不出一年,领回一个小他十九岁的女护士,说是要结婚。前姨父早就是将军了,将军的婚姻是百分之一万的"军婚",他不离,姨妈是不敢放肆的,父亲也不敢。有道是"小孩儿没娘,说来话长",在姨妈和前姨父那儿颠倒过来。自从母亲去世,姐姐仁少宜出家为尼,姨妈和前姨父的婚姻就走到了尽头。办完手续,将军把他名下积攒的十二万元捐给了父亲和姨妈的学校,那钱,本来是计划给姐姐仁少宜做嫁妆的。末了,将军向姨妈敬了一个军礼。之前很久父亲与姨妈就同居了。将军并非不知情,但他充聋作哑,视而不见。时隔一年,姨妈与父亲干柴烈火,姨妈有了身孕,父亲要求做掉,姨妈坚决不肯。姨妈说:"就是死,也要生下这个孩子!我可以求他,也可以给他下跪。我不怕坐牢!"二十多年了,将军第一次向姨妈敬礼,而且是军礼。其时,姨妈的腹部已经显而易见地隆起。也许,将军是向姨妈肚子里的孩子敬礼吧。姨妈年过五十,能怀上孩子差不多也是个奇迹。

将军要跟那个小他十九岁的女护士结婚,完完全全是因为护士重新唤回了他的性功能。并且,女护士自带的四岁的儿子,会向将军立正、抬手敬军礼。还没办结婚手续呢,将军似乎已经听见孩子亮着嗓子喊:"爸爸——"

不能怪梅昊推托,也不能怪他泄我们家的私情。姨妈和父亲办学,是我告诉他的。我是被一个近乎天真的念头驱使:"姨妈跟梅昊是同行。"其实二者是南辕北辙。不然,姨妈也该进女监了。我显然也深藏着与吹牛类似的不健康心理。

我端第三盘菜进来的时候,丁树跟茶英文在大骂房地产商。郑开泰闷着头看我们办的报纸,上面全是我们连载的"非典"常识,估计他是有眼无心。见过许多政府骂娘,丁树骂娘这是第一次。他说把那些房地产商挨个地拉出去枪毙,绝对没有冤案。他说房地产商全是罪犯,咱们二十一沟怎么没关一个?这是一个问题。他,说明明是他们盖的房七歪,八裂,九漏,他们还理直气壮,咱呢,还得低声下气装孙子求爷爷,告奶奶。茶英文说,进了省城我才知道什么叫弱势群体。不提咱的身份还罢了,一提,那帮狗东西嗓门更大啦,说什么警察应该成为遵纪守法的模范,不能知法犯法,好像咱买了他的房子就成了犯罪嫌疑人了!

丁树跟茶英文大骂房地产商,一半是因为二十一沟监狱在省城"团购"的房子确实存在诸多问题;另一半,就有宽慰郑开泰的意思。郑开泰没有加入在省城买房的队伍,丁、茶二人的意思是:"家家有本难念的经。"

这时,一个年轻政府从值班室一路喊着"茶区长——"奔过来。

"报丧哪你!"茶英文跨出门槛。

"茶区长，嫂子38.5度，被被被被塞进笼子里……电话"。

茶英文向前扑着奔向值班室。双脚跟不上身体的速度，更跟不上他的意念。这两天，茶英文脚肿、小腿肿，走十几步就抬不动腿了。此刻，他是想跑起来。但是，此刻他的双脚重如铅砣，从来没这么重，没出十米远，他就一头栽向路边的水沟里。

茶英文上身依然十分敏捷，他用手撑住了水沟的边沿，身体着地时几乎已经完全翻转了过来。他喘着粗气，双目圆睁，胸脯起伏着，他看着满天闪亮的星斗，他试图拉出个长长的狼嗥之音。

三十六　演员

我在小报社门口看见丁树、郑开泰和刚才来叫茶英文的政府俯身去抬仰面卧沟的茶英文，不知道是茶英文太重还是太软，两三下都没抬起来。莹白的月光被撞碎，变了形，在几个人身上突突地跳动。我急忙折回里屋卧房，拽了一床被子，喊上梅昊，冲了过去。

我把被子垫在茶英文的身体下面，被子便充当了担架的角色，上身重，前面两个人一人拽一个被角，后面一个人双手提两个被角。中间陷下去了，我抽出皮带，从下面兜揽茶英文的腰。茶英文的身体不算特别高大，但中年发福，体重接近二百，一条皮带担不住，我又叫梅昊也抽出皮带，梅昊的腰带是一根编成辫状的红绳，他还没解下来，丁树他们几位政府的皮带已经递到我手里了。

我们做这些动作的时候，茶英文一直在说话。他对郑开泰说："儿孙自有儿孙福，用不着操那些心，你老婆来日无多，多陪陪她才是正经事儿。我在省城医院看病，人家把这叫'临终关怀'。"他对丁树说："房子的事人家说得对,依法办事嘛。有合同嘛，咱就拿着合同一条一条地验嘛，不行，咱就上法院起诉嘛……"

丁树劝茶英文不要说话，做深呼吸。但是，茶英文显然意识到自己的一条腿已经踩到阴界之中了，他凭借不停地说话告诉阎王爷，他是阳界的人，至少他的另一条腿还在阳界！他看见我抽皮带，"哈"了一声，说："这仁天木就是与众不同，聪明。不是聪明，是想象力超群！你的裤子掉下去啦，走光啦。哈。我跟你说，伙计，你炒的醋溜土豆丝是我半个世纪吃到的最香的菜！孔夫子怎么说？叫'食不厌精，脍不厌细'！还有啊，你的文章我也看过，神啊。我老婆说那叫'苦心孤诣'，她写给我看那四个字，我读成了'苦心孤旨'！哈哈！都说我'势大'，势大没文化……"

中途不断有人上来帮手，他们大多是政府。看见监门了，看见警戒线了。我近乎条件反射一样撒开手，停在警戒线的里面。

四周都是嘈杂的声音，高高的监墙上，探照灯四处扫描，一名政府大叫一声，抓住随茶英文的身体一块越过警戒线的梅昊的膀子，一抢，梅昊就跌回警戒线这边，扑倒在我身旁。

梅昊提着裤子看着我，满脸错愕的神情。

我的裤子在脚踝那儿。

茶英文被抬出监门就不会说话了。他"老婆发烧被关进笼子"的电话，是另一位姓佟的政府打来的。并没有那样的事。姓佟的政府跟茶英文是哥们、酒友、麻将腿子。"关"在狱内的政府烦闷，外面的也不逍遥，麻将四缺三，喝酒"对影成三人"，到处是路卡，四下是谣言。所以，哥们给哥们打电话逗个闷子。一个多月前的愚人节，茶英文叫他老婆学小姑娘的声音给佟政府打电话："我的声音都听不出来啦！老同学贵人多忘事呀——我在铜锁关车站——最后一班车也没赶上。"铜锁关离二十一沟几十里路，佟政府骑着自行车狂奔而去。结果，等着他的是铜锁关车站的站牌和茶英文追过来的电话。电话中茶英文呱呱地笑着，像操了别人老婆的公鸭子。

"你脸上涂满了泪水。"

后来，事过境迁，梅昊与我回忆那天晚上的情形。他用了一个"涂"字，仿佛我的脸是半扇砖墙，他要贴丁科长安排的标语，先往墙上"涂"些糨糊。

"探照灯打来打去，打得你的脸煞白煞白！"梅昊又说。

这个"打"字有嚼头、有硬度、有心机、有气势。它超越了通常的文辞修饰，"打"开了梅昊的心理之门，这扇门通往五千年历史，一万年文明，通往易经之玄，佛道之禅，儒家之礼；通往四库全书，英吉利百科全书！说太极如行云流水，阴柔有加，可行至半途，猝然一顿，采天地万灵之精华、能量，汇聚掌心，此乃一个"打"字。倘若梅昊的兄弟是美国拳击手泰森，他会直截了当用拳头打飞我三十二颗牙齿，然后把这些牙齿栽蒜瓣一样栽入花盆，天天浇"黄豆发酵水"，让它们发芽。这种心理的衍生与成形，应该不完全是姨妈干上了与他当年类似的事业。令我惊愕的是，他可以如此这般冷兵器一样亮在我面前。

我坐在桌子后面的椅子上，脑袋斜枕在屈起的右臂上，我垂目低眉，呼吸悠缓，昏昏欲眠。这是梅昊那个"打"字的显著功效。微弱的意识中，我想起了茶英文。

丁树突然出现在桌子那边，他走路向来没有声音。

我冷不丁站起。我想起今天晚上丁树带班，舞台上好些日子没有动静，大概是悼念茶英文同志吧。文艺队也掐断了他们的系列训练科目。

丁树说："怎么，肚子痛？"

我退半步，重新站好了，说："报告政府，肚子不痛！"

丁树带来了电视台《风吹大墙》栏目组的"风声"：他们要把我当个题材，拍一期或者两期上下集。而这事的始作俑者是我的"笔友"冉青竹——晒雪。

冉青竹——还得说晒雪，因为她告诉《风吹大墙》的编导，她在节目中只用笔名，如果她会以各种形式出现在节目中的话。各种形式包括：文字、声音、正面、背面、侧面、全景、中景、近景、剪影、局部特写等等。她就差给人家电视台写分镜头剧本了。

妹妹曾经跟我说晒雪多么可爱，就一个词：率真。

《监狱法》划定了服刑人员诸多权利，其中包括肖像权。我并没有起草一份委托书把自己的肖像权交给晒雪打理。我有权拒绝《风吹大墙》的美意。我不想扫丁科长的兴，抹煞他的工作业绩（每年二十一沟至少要出九期节目，因为这儿是"大"监狱），也无意驳电视台"毛阿敏她妹"和那个谢顶老头一干同事的面子。我只是拒绝被强奸，拒绝被那个率真的晒雪强奸。

在此之前，我的服刑之路还算平坦。所谓平坦，就是自己可以不断地安顿左冲右突的心灵，可以安全无公害地排遣高量分泌的荷尔蒙，还没死，没受重伤，并且在可能减刑的理论范畴之中一一兑现。再减两年刑，我就可以在2007年的夏天刑满，并且可以提前一年假释，也就是说可以在2005年的夏天重获新生。那一年我应该是36岁。我甚至已经开始小心翼翼、战战兢兢地幻想大墙外面的生活。

我推了钱在葆一掌。

跟上回第五健推他的说辞一样，钱在葆对政府说他肋骨折了两根。不一样的是这回是真的。他一只脚搭在我们小报社的门槛上，身体躺在门外面，不起来，非等着值班的政府来到现场。后来的伤情证明，他不是耍赖，他确实非得帮助、搀扶才能挪动身体。

这一回我不是在煮饺子，也没弄别的吃喝，是在整理新印出来的《新生报》。钱在葆非要先拿几张。他的要求没什么特别不合理，更扯不上挑衅，事实上挨了第五健一脚之后，他再也没有找过第五健的麻烦，第五健刑满出狱之后，他也没找我的茬。如果说他从心里尊重我属于夸张，这些年至少他跟我也算得上"井水不犯河水"。他路过小报门口，还夸了我几句，说"还沾了点文采"之类的，顺手就弯腰取报。我背对门口蹲着，"一边去"！顺手推了一把。

当医院那边传话说钱在葆两根肋骨骨折，我才相信是真的，我才想起项智义是我弄死的，我是个杀人犯，我是他们说的"神掌仁"。

丁树来到案发现场，他盯着我看，不说话。好像我是一尊兵马俑，神奇归神奇，但毕竟冰冷，不是生灵，用不着用人话伺候。所以，他也就用冰冷的目光看着我这个物件儿。马良行不一样，他来到现场之后先轰走了所有在场的人，包括政府丁树、群众梅昊。然后，他关上门，气喘吁吁地围着我转。唉，马副监狱长该制订一个减肥计划了。

"你，你，你……我，我，我……"马良行就这么"你你你，我我我"地转圈，找不出后面的言词，似乎就找不到刹车的闸。

"你说呀！"马良行双手叉腰，终于停在我面前。他已经满脸汗水，连脖子都被汗水打湿了。

我无可置喙。

"你这不是自毁前程吗？！"

我不能说。

"文凭还要不要？减刑还减不减？！"

我说了马良行也不信。在我拒绝了上电视、做《风吹大墙》节目之后，人家电视台也没抱怨，还传话说"尊重他的选择，他有这个权利"，人家丁树也没给我小鞋穿。还调侃："把自个儿当明星了吧！"可是，晒雪不干，她火速给我写了一封信，那也许不叫信，叫电报。

9日10时亲情电话，望接。切切。
晒雪

二十一沟的"亲情电话"也是马良行上任之后"人性化管理"的组成部分，在舞台另一侧文化教研室边上的一间屋内，由教育科掌控。八部电话。要打亲情电话的群众手持自己监区监区长的批条，在指定时间由一名政府陪同（押解）去亲情电话室排队，陪同的政府常常在舞台上聚堆聊天、抽烟，有的还拉出文艺队的乐器施展一下。电话当然不是免费的，不免费，就是奢侈品。群众中，靠父母供养，过着奢侈生活的大有人在。我没钱，寄信的邮票都是拉赞助，所以从来不向丁科长要求打什么亲情电话。只有两次，一次是马良行说父亲、姨妈要我打个电话，二老十分害羞地征求我的意见，说他们要领结婚证书。另一次是马良行建议我给爷爷打个电话，说爷爷病重。当时是父亲先接的电话，说爷爷身体还好，就是想听听你的声音。当然，这两次电话马良行亲自"监督"，电话免费。

亲情电话都是从监狱里面向外面打的，从没听说叫哪个群众去亲情电话室"接"电话。可见，晒雪同志是下工夫了。通过找我的妹妹？还是直接找父亲、姨妈（二老已经不止一次在信中学着仁小宜的腔调夸晒雪）？还是拉着仁小宜的手一并去见父亲、姨妈？说"此事生死攸关啊。啊！"说"这都是为仁天木好！好。"说"这甚至是为仁天木的未来打开了一个门户呦。呦！"说"天木不是把我的好心当做驴肝肺了吧？！"说"我哭，故我在耶。耶！"

操控这种事情的才干可能是晒雪身上最突出的才干。我特意在我们通信之后的第一个夏天提出："很想一睹芳容。若交通方便，时间得闲，不辞劳顿，赴二十一沟一晒？天木不胜感激。"结果我得到一张二寸的大头像。晒雪复信说，"你看到的就是我的全部了"，我如何解读呢？吊胃口？耍我？颈椎以下残疾？强调她的智慧？批判我的低俗？那她为什么还写这样的文字："有朝一日，当我们四目相对，就有火花溅起，而我们第一次拥吻将使整个世界为之战栗。那将是一个伟大的世纪之吻！"还有这样的："美酒，愈陈愈香醇；等待，愈久愈美丽。面对万家灯火，我可以想象你闪亮的双眸，在二十一沟出没（狼和野猪才'出没'）。"据妹妹仁小宜说，晒雪写给我的信，每次都是先朗诵给她听，领受掌声和十二分赞许之后，才折叠了塞入信封，贴上邮票。之后，还要把信贴抚在胸口，仰脸望着天花板。

在相当长的一个历史时期中，我被"政府"当做熊猫的亲戚一样关注着、探问着、调侃着。

那天上午九点半，马良行就亲自入监，把我"押解"到成百上千的群众都巴望进入，却常常因为账上羞涩和监规限制而不能跟亲人充分地电话传情的"亲情电话室"。

我知道晒雪要说什么。

在去"亲情电话室"的路上，马良行就跟我唠叨拍《风吹大墙》的好处，说我生相俊朗，上了电视，说不定被大导演看中，将来会成为明星的。还说现在的姑娘、婆娘，一听说哪个男人蹲过大狱，就像见着曹雪芹从《红楼梦》里活过来啦！

在二十一沟监狱，谁的话可不听，马良行的话是一定要听的。可是，马良行拉出个死人曹雪芹，不对路。我看过《红楼梦》，看不进去。怀着崇敬的心情三次捧起《红楼梦》，总共看了两回半。梅昊说《红楼梦》必须看五遍以上，才能"解出"其中味儿来,说毛泽东就看了五遍。我说,要是派两个中队的武警把曹家大宅(红学家百年考证:所谓"贾府",其实就是曹家大宅)围起来,墙高垒加三尺,拉上电网,东西南北门以及小偏门通通堵死,只准进,不准出,各厢房之间的主子仆人保持生存权,但相互之间不得接触,不许对话,如何?那我就看它《红楼梦》一百二十遍。

我当然不能把两头粗,中间细的电话当大骨头,然后摆出饿了十七天的狗样,狂啃不止。我静静地聆听。这是我第一次听到晒雪的声音。怎么说呢,清脆,就是清脆;率真,就是率真。

如果妹妹仁小宜告诉我晒雪不是年近30,而是年方16,我是不会提出质疑的,我眼前差不多出现了一条迎风招展的红领巾。

"你在听吗?"晒雪在电话线那头"晒"了十几分钟"雪",已经是满地的湿潮,很湿很潮。

"呃……"我怎么能拒绝一个少先队员的请求呢?而且是女少先队员。

可是,教导员教过女少先队员逮住一个叔叔就玩命骑上去强奸吗?!

梅昊梅主编是上过大学的,而且是名牌大学,晒雪据说是手持"大学本科"文凭的,而且就读的大学是鲁迅先生曾经讲过课的"西北顶级"文科大学。门当户对啊!

我未经主人批准,把晒雪所有的信送给梅昊看。他曾经趁我不在的时候偷看过几次。我知道他想看,就是推辞一百遍,我也坚信他想看。我说:"其实你们二位才是天造地设的一对儿。我这种土包子根本不配。我们是个误会。"

"你有心理问题。"梅昊喷着口唇呼吸,他激动的时候就这样。这种呼吸法看上去出气的动作大,进气的动作小。他说:"我看可以,可以是可以,只是可以给你提点儿建议,建议而已。"

可能就是在梅昊喷着口唇呼吸,看晒雪的信的时候吧,钱在葆跨进了我们小报社的门槛,他被洋溢着墨香和新生气息的《新生报》吸引,并且还讨好地夸着我,结果吃了我一个"断肋推手"。

情况就是这样。我怎样向马良行说明呢?我觉得我说了之后,他会更加糊涂,更加疑虑。他会说:"看不出,你瞎编乱造的本事,像国民经济一日千里地长进啊。"

一系列的事情是不能省略的:关我三十天禁闭,扣我一千二百分(普通群众下井挖煤,干一年才挣九百分),开大会批判我的严重"违反监规"。我宣读不少于三千字的"忏悔书"。这样还不够,有位副局长闻听此事,强烈要求二十一沟监狱狱政科立案,上报检察院,提起公诉,加刑。这位副局长大人当年是钱在葆的父亲一手提拔的。他的要求并不过分，他有充分的法律依据，别说断了两根肋骨，就是断一根，也可以加两年刑。

马良行指示丁树，说服钱在葆。

丁树领命，对钱在葆说："仁天木这段时间精神明显异常。"

钱在葆过去就是监狱系统的干部，在二十一沟监狱关了这么些年了，不说事事他都明白，但也八九不离十。他马上听出了弦外之音。当年侯江潮杀了五个人，一句"他疯了"，不就通通搞定了嘛。钱在葆咽了口唾沫，斜着眼说："丁大科长的意思是我是活该？！"

丁树给钱在葆递上一根烟，点着，说："仁天木的母亲一个月前（推迟了近五年）在宝函寺吐血而亡，他的姐姐因此出家为尼（同样推迟了近五年）。还有，给他写情书的那个女人，你也知道吧，二十一沟的人都知道，前一阵子突然提出分手，说她已经怀上了别人的孩子，必须'奉子结婚'。喔，这种事在咱二十一沟司空见惯。问题是，事情轮到自己头上就不同了，咱们狱内的案子有一半跟这类事有关吧。"

"那，那你凭啥为那姓仁的求情？！"钱在葆这样问。明显是得理不饶人，这用问吗？！

丁树笑一下，说："我不是来求情的，我是来跟你做笔交易。"

交易的内容：钱在葆出狱就医二百天（本来最多三十天）；伤愈归监之后减刑一年半（他的改造成绩从来都不够减刑）；提前一年半假释，假释押金由仁天木的父亲出。另外，仁家赔偿医药费两万元。

丁树说得很快，也很平稳，说完，起身就走，临出门，丢了一句："你应该知道游戏规则。"

钱在葆明白丁树说的"规则"：马良行和丁树把所有的砝码和盘托出，不商量。一旦交易失败，他们会调动所有的力量报复。因为那折损了他们的自尊。官场上有人会为了做官、保官，杀自己的儿子给上司炒菜吃，但也有为了自尊舍命相搏的。退一步说，自己的既得利益不容侵犯。

那位高高在上的副局长，很快就不再往二十一沟监狱拨电话了。事实上那位副局长也是上任不久，特别需要上上下下的支持，谁都不愿意得罪。钱在葆有话，那位副局长跟他的"老领导"也可以交代。

马良行的女儿马岚早年在姨妈的关照下，就读于省城的一所重点中学，后来父亲出资，送她去距英国剑桥大学八公里远的一所大学留学，回国之后，马岚一直追随姨妈左右，现在在父亲和姨妈的学校担任一个系的副主任。是那所学校最年轻的副教授。

这就是马良行罩着我的动力根源。马良行前两年就向父亲和姨妈开列出我减刑、假释、出狱的时间表。现在，我搅乱、撕破了那张时间表，他要下工夫，甚至奋不顾身地把它重新对接起来，粘好，还回原样。不过，后来的事情进程说明，这只是马良行的一厢情愿。

在好几千人的群众中，找一个与侯江潮案底不同，但心愿相似，把监狱当做家、当做休息地、当做饭票、当做疗养院的人并不难。

马良行在第五监区找了一个"六进宫"的群众，他叫沈三山，犯的是与前五次相同的罪：盗窃。他偷人家的电视机、架子车、牛、毛驴，还偷人家媳妇晾在绳上的奶罩和裤衩。四邻八乡，走哪偷哪。他们村的村支书和村民异口同声地对政府说："能不能给他多判些年头，叫咱村民多过几天安生日子？！"这话也是最近一次沈三山向法庭上的法官说的。他说："能不能让我在监狱安度晚年？"鉴于沈三山贪图享受，他原先服刑的汉水监狱的监狱长向局里打报告，把他发往二十一沟挖煤。挖煤和在汉水监狱的砖场干活唯一的区别是煤粉对身体里外的侵害。沈三山不在乎，他在乎的是一日三餐、一年四季吃穿不愁。

沈三山的刑期只剩下两个半月了。他正为刑满出狱发愁，忽然被调往第三监区第一分监区。有人给他出主意：出去再偷再进来太麻烦。直接在狱内找点事，加加刑，多简单。

"高！高！实在是高！"沈三山信了别人的主意，趁着夜色，就近溜进我们小报社，抱起那台姨妈以她们学校的名义捐给二十一沟监狱的电脑，就跑。

当时梅昊在舞台那边的教研室跟卫元泽聊天，我刚从禁闭室里放回来两天，正在房子的隔挡里边铺上养神。听到动静，我以为是梅昊回来了，叫了一声，没人应，我又闭上了眼睛。这时，有个故意压低的声音飘进来："抓贼，贼偷电脑啦！"我翻身下床，发现电脑确实不在了。迈出门槛，没看见"通风报信"的人，看见二十来米远的地方一个人"咔嚓"一声跌在地上。我走过去，看见沈三山用身体盖着电脑。听声音，电脑八成摔坏了。

"你干吗？"我问沈三山，顺手把他扶起来。我没见过他，也没想他是贼，因为偌大的电脑如果可以在狱内"成功盗窃"，那还不如去"成功脱逃"呢。

沈三山呜哩哇啦地叫了两声，推我一把，又扑向电脑。

这时丁树和另一个政府打着手电出现了。

这样，沈三山郁闷地被加了一年半刑。所以郁闷，是他嫌加得太少。

后来，丁树在报告中说："仁天木奋不顾身，与作案的沈三山搏斗，保护国家财产。实属'将功补过'的具体表现。"奶奶的，《监狱法》上说，"服刑人员有重大立功表现的可以减刑",我在监狱待了十好几年,除了遭遇野鸡胡百年不遇的洪水,有人立功,再没有看见哪个"立功的服刑人员",见着我自己了。

这只是马良行"还原"那张时间表系列行动的开始。紧接着,他又在二十一沟监狱搞"优秀散文评选",海选、预评、复审,最后在狱外请了五个作协的终审,结果我拿了个特等奖,梅昊拿了个一等奖。然后,又把获奖作品拿到外面的刊物上发表,折腾了大半年,给我加了两次分。又过了半年,马良行跟我提起参与《风吹大墙》的事。这次,我没有拒绝。不能拒绝。无法拒绝。

当我想象着面对镜头,面对女记者的情形时——每一个答应参与拍摄《风吹大墙》的群众都会这样条件反射地期待,来的却是个男人。不是以前采访梅昊见着的那个谢顶老男人,而是一位刚刚从政法学院毕业的小伙子。这小伙子高大的身材足有一米九,高鼻梁、大眼睛。电视台就是不一样,选的人不是美女就是帅哥,随便拉出来,就可以编入模特的队伍,在T形台上走秀。

这位小伙子记者叫李仓健。

三十七 明星

几年前,《风吹大墙》拍摄卫元泽——卫老先生的时候,老人家虽然拿女记者当孟盆,调皮地排泄了他积攒了好些年的荷尔蒙,但人家问他"被自己的情人出卖,你觉得冤吗"的时候,他哭了。事后我们都拿老先生开涮,说卫先生冤哪,堪比小白菜呀,胜似那窦娥呀。还说,卫元泽面对女记者近在咫尺,可望不可即,癞蛤蟆吃不上天鹅肉,急啊,伤心啊,哭啊,有歌为证啊——"别说我的眼泪你无所谓"。这歌是梅昊起的头儿。这歌诱发出50多首与泪有染的歌曲,这些歌从文艺队,从那个舞台扩散到各监区、各分监区、各号舍、各井下井上劳动现场。那年春天,二十一沟五十年不遇地下了三十多天春雨,连绵不断,春雨比秋雨还淫,老天爷都哭了。那时,我没想到我面对镜头时也会哭。

眼泪也是电视台需要的,而电视台说,那是百姓和观众需要的。

当我的脸从双手中抬起来的时候,发现摄像机就在我的侧面,吊杆话筒在我的脑袋上方,一盏太阳灯照着我身边的白墙(反射回来的光线柔和)。后来李仓健另外做了一个"全国法制节目"参选版,片头就是我满脸泪水,从双手中探出,然后定格。而这时,我还没有说一句话。

"对不起，"李仓健优雅地递过来一张纸巾，说，"对不起，实在对不起。"

"不用。"我用手擦了几把脸，说。

李仓健莞尔一笑，重新打开文件，说："节目是从一封书信，也就是晒雪给你的第一封信开始……"

不用说，晒雪已经把我写给他的书信"卖"给了电视台，两年前她就卖过了吧。

李仓健停下来，再次观察我的神情。他一定是从马良行那儿得到一些负面信息，担心我会在晒雪的事情上作梗。

我也看着李仓健，等着下文。

李仓健长出一口气，如释重负似的看看丁树，然后说："晒雪就住在外面的招待所，这几天还帮我出了不少主意。她的积极主动和热情，打动、感染了我们摄制组所有的同志。嗯，你，你想见她吗？"

用晒雪的语言方式说，这"委实令我讶异"。但是，我不在乎，这符合事态的逻辑。事隔两年，当我答应马良行之后，我就做好了被晒雪劫持、强奸的准备。卫元泽说过，"每个性成熟的女人，潜意识中都渴望被强奸"。我倒要看看这个晒雪如何"反其道而行之"。来吧，我已经等不及想呼吸一下监墙外面的空气了。

"我听了丁科长的命令！"

摄像机跟住我的脚后跟，跟出去几十米远，在拐向坡道的大路上，渐渐抬起来，并来到我的侧面。吊杆话筒跟紧，灯光暂时派不上用场，因为早晨的太阳已经爬上了东面山梁。山大沟深的佛足山银光闪亮，煤尘被洗涤，煤色被覆盖，空气凛然而清新。两侧的平房逐一后退，监狱的大门一步步向我走来。《红灯记》中李玉和唱道："狱警传，似狼嗥，我迈步出监……"

"以前见过面吗？"李仓健的脚下不大稳妥。

"见过。"

"见过？在哪里？"李仓健身体歪了。

"在梦里。"

"啊！梦境是什么样子？"李仓健的身体几乎撞到我身上。

"政府说：1571号，有人接见！"

"什么时候？"李仓健的脸下沉了。

"今天！现在！"

"哈，你这叫梦想成……"

四个小伙子跌的跌，趔的趔，脚向前，身体向后，向两边，脸朝天。我被几只脚铲倒了。他们一窝蜂扑向那台摄像机。

下篇 369

丁树脸色发黑。

丁树是在我们分监区的门岗值班室打完电话追过来的。

丁树发黑的脸色，说明出大事了。这里的大事有两种：死人或脱逃。

三人脱逃，为首的叫童自可。

防脱逃是监狱最基本，也是最重要的工作。这是一项艰巨的工作。政府要时刻面对四五千个活生生的光头。政府不能确定这四五千个光头哪一个是安分的，哪一个在贼溜溜地转，他们窥探、算计着监防的每一个可能的疏忽和漏洞。该怀疑谁，该信任谁，永远都是问题。漏洞是可以堵的，而疏忽类似于打哈欠，无法杜绝。时空流转，疏忽会形成新的漏洞。这一次总是跟上一次不一样。梅昊说："魔高一尺，道高一丈。"可转过身来，文化教研室的一位语文教师却斩钉截铁地说："那句话叫做'道高一尺，魔高一丈'。"两位先生各执一词，翻出七八本经典，对质，结果还是各执一词。

"读书无用！"卫元泽笑那两个正经的知识分子。

但是卫元泽却送给我许多书。丁树、马良行、郑开泰也送我书，加上姨妈和父亲给我买的书，可以装满半壁墙那么大的书架。他们送的书多半不是新的，有的掉了书皮，有的只有一半，有的被鼠啃了，有的发黄，像从尿液中捞出来又晾干的。我开玩笑，对卫元泽说："你们打扫卫生，清理书架，把我当垃圾桶。"有一回，是秋天，我蹲靠在舞台前沿，晒着太阳看《基度山伯爵》。晒着太阳看书，享受的那份悠哉与闲适，还有忘我，本来专属退休知识分子，比如卫元泽这样的先生。卫元泽自己不屑于那样的享受，我逮空享受一把，他见了就不舒服。他踱过来骚扰，说："嗯，你就该多看些这种书。什么《少年维特之烦恼》呀，《茶花女》呀，《红楼梦》呀，儿女情长，英雄气短，无用。"我看《茶花女》的时候，卫元泽是这样说的："孩子，爱情是傻子的游戏，你聪明过人，不配谈爱情——别跟我说哪个政府骂过你猪，那不算！"

我眼不离书，反唇相讥："无用？您要是多看看《三国演义》，多看看《三十六计》，就知道有用没用。"卫元泽就怕别人提他的案子，傻子恋爱，丢人。但他不生我的气。他没词儿的时候喜欢搂一把我的后脑勺。

童自可当年跟柳姬是情侣搭档，干那麻醉抢劫的营生。后来二人同案都被判了无期。好不容易熬出监，柳姬几乎是出监的头一天就遇上了"老客户"项明，并且得幸留在项明的公司谋生。而童自可在监内改造成绩差，减刑少，比柳姬晚了两年多。童自可与柳姬在漫长的服刑期间依然有书信来往，还通过两次电话，他们约定，重获自由之后还要"有福同享"。可是，童自可出狱后去找柳姬，柳姬躲躲闪闪，支支吾吾，心不在焉。童自可明白了，这个女人是嫌弃自己了。

可不是么，童自可不但没房子、没工作、没钱，连亲人都没有。他一出生，就被农村的父母送到城里的一个路灯下面，那时全国到处都闹饥荒。收养他的老两口膝下无子，他们倒是有两间旧屋，但在童自可服刑时二老相继过世。街道办的人问弥留之际的老大爷有什么遗嘱，有什么亲人，两间旧屋怎么办，并有人提起老人好像有个儿子，但老大爷一口咬定，他没有儿子。这样，老大爷死后，两间旧屋划归房地局，不久街区改造，推了旧的盖新楼，旧屋连影子都找不到了。童自可即便想讨房子打官司，连一星半点证据都拿不出来。

"你等着！"童自可并没有死命纠缠柳姬。当年在渭北监狱，他曾经把一个在他面前显摆耐克球鞋的家伙痛扁了一顿，并让那家伙给他买了一身阿迪达斯绒衣、一双耐克休闲鞋。他知道钱的作用，但他不能用粗暴的方式对待柳姬。多少年来，柳姬就像他唯一的亲人。

童自可连夜去找他在监狱留下的关系，参与贩毒。他对着街边橱窗里的石膏模特暗自发誓，要给柳姬买房买车——买别墅那样的房子、买悍马那样的车。

贩卖毒品是这个世界上利润最大、风险也最大的行当。童自可二进宫印证了这种说法。

童自可第一次服刑的渭北监狱挂着另一个招牌：东风锅炉厂。据说女监以制衣为主，制箱为辅，其他很多监狱有磨宝石的，有编垫子的，有的扎头套，有穿珠眼的，总之是那种劳动密集产业。有机加工车间，能学技术的不多。童自可初中辍学，从没学过什么手艺，只能干些体力活，这锻炼了他的身体，为后来在二十一沟监狱脱逃打下了坚实的基础。据说童自可牙好，胃口好，吃嘛，嘛香，四十大几了，依然力大如牛，且身轻似燕。

童自可进二十一沟，判的是有期徒刑十二年。还没待够一年，他就脱逃了。

脱逃跟贩毒类似，只是把追求利润改换成追求自由，但风险大是一样的。抓住了要加刑，还要受诸多皮肉之苦。政府最恨脱逃者。还有，追逃过程中政府可以随时开枪。

凭童自可一己之力，插上翅膀也飞不过二十一沟监狱的大墙。他之所以铤而走险，并成功脱逃，主要是得到了贩毒团伙的帮助。而贩毒团伙帮他是因为他入狱前刚接手了一笔价值二百多万的"货"。据可靠情报，那批"货"被童自可藏起来了。警方如果找到了，那童自可早被毙了。童自可不可能无条件供出那批货的所在。交换条件就是"把我弄出去"。于是，童自可不但很快有了手机，有了脱逃计划，甚至有了两个"押解"他的人一并脱逃。

童自可所在第一监区是佛足山的小拇趾。佛足的小拇趾趾甲盖与皮肉相接处的外侧，有一个将近二十米高的烟囱。那烟囱是80年代二十一沟烧暖气的遗留物，它距监墙5米，在地面上是跨不过去的，但爬到一定的高度，尤其是爬到顶端，就可以跃过去。跃出监墙，是坡沟，坡地上的杂草灌木，即使在冬天叶子落尽，树枝枯黄，也一样可以起到垫子的作用。动作要领是：落地前一刹那就开始翻滚。冬天，穿着厚棉衣，也可缓冲撞击。项帅当年就用这一招从监墙上纵身一跃，揽住了他的初恋情人李千菊。现在，童自可等三人在距项帅当年演出三十米开外的地方，在高出监墙一倍多的烟囱之上跃下。他们不论是在人数上，还是高度上，都刷新了项帅创造的纪录。他们是在天亮前一小时跃出监墙的。跳跃之前，在监墙武警岗哨的反方向，有人搞出了动静，吸引了岗哨，并用手机"直播"给烟囱上的人。

跌入沟底，爬上对面的沟坡，就是公路，那儿有一辆卡车恭候。童自可三人爬上卡车的后厢，卡车疾驶，路过葫芦湖的时候，三人又翻身下车，钻进拱桥下面，沉入水中，只露鼻子以上半个脑袋。

从葫芦湖下车是童自可的"灵机一动"。他认定警车很快就会追上来，卡车虽然租用的是拉煤车，但空车离开二十一沟嫌疑最大。

这个计划的临时变更，要了一个人的命。我们姑且称他为"同案甲"吧。同案甲在跃出监墙之后跌断了腿，又被锋利的冰块划了脖子，他先是牙打战，后来很快就僵硬了。

童自可过虑了，他们的行动是分监区点名之后才被发现的，那时，天已放亮，他和同案乙已经离开二十一沟七十公里之远。

等了半个小时也没听见警车追出来，他们从葫芦湖起身，翻过一座山包，攀上一辆满载碎煤的火车，把自己埋进煤堆之中。火车准点发车，开往远在长江以南的一座发电厂。

后来，警方在距二十一沟七十多公里的铁路边的雪地上，发现了同案乙的尸体。他的肺叶中沾满了煤粉。警方抓获了两名在监外策应的同案，得到了一些贩毒团伙的线索，也得到了童自可的手机号码，但是，那个手机没有反应。直到第二年春天，冰消雪化，警方才重获这个手机的信号。手机的新主人，是一个鱼塘的老板，他说，他是下网捞鱼清理鱼塘时捞的这个手机，冲洗干净，用电吹风吹干了，居然还能用。鱼塘老板说："大品牌就是不同凡响！"

还有什么线索呢？当然是柳姬，柳姬是童自可唯一的亲人。当年关押童自可的渭北监狱提供了所有背景资料。在号舍翻查童自可"遗物"的时候,政府在铺缝下面找到一张柳姬的工作照,那是她跟随"三兄弟影视公司"的剧组在拍摄现场,她负责后勤,为剧组的工作人员送盒饭。照片上的柳姬双手拎着两个装满盒饭的大塑料袋,张嘴呐喊,大概是"开饭啦——"。一缕阳光投射在她的脸上,她显得热情高涨,容光焕发,一点也看不出是一个"奔四"的女人。警方向"三兄弟影视公司"插入一个女卧底,几个月过去,也没见一丝一毫的异样。那个卧底倒是见证了柳姬与剧组摄像师的"姐弟恋"。

警方——主要是马良行带的人马,与刑警配合,同时也盯着帮童自可脱逃的贩毒团伙。被童自可涮了,老大气得嗷嗷叫。他们费尽心机,损兵折将,原以为可以弄回价值二百多万的"货",结果连童自可的一根头发也没见着。老大发誓:逮着童自可,让他不得好死。老大有两只宠物狗,一只是极坤的"鸡犬",一只是可以把毛任意剪裁成时尚状的"贵妇犬"。老大在郊县买了二十亩地,挂的招牌是"土鸡土鳖养殖场"。

柳姬没想到再见到童自可的时候,是在自己的宿舍。

同宿舍的两位室友都裸身被缚,嘴巴里塞着毛巾,撅着屁股趴在床上。她们光溜溜的屁股上,都沾着血迹,地上扔着几把牙刷,同样是血迹斑斑。三个女人同居一室,月经相互感染,柳姬记得昨天还跟大胡子摄像说"是安全期"。所以,眼前的血迹应该不是经血。

柳姬还没看清状况,她的嘴巴也被捂上了。

"跟我走!"童自可脸贴着脸,对柳姬说。童自可的脸被毁容又修整过。

柳姬的第一反应是"老色狼"。但童自可的鼻息和他身上的体味告诉她,是童自可,老冤家!

"不然她俩,还有你,都得死!"

柳姬拼命挣扎着点头。

"不许吱声!搀着我!"

捂嘴的手松开了。

柳姬浑身发抖,蹲下身体,抱住头。童自可把她拎起来,她抖得更厉害。童自可低头一看,柳姬的大腿、鞋都被尿湿了,地上还洇了一滩。

童自可哼了一声。

"你不要杀我!我,我,我已经怀孕了!不不不!没怀没怀!我跟你走,跟你走。"柳姬跪在自己的尿液上,抱住童自可的下身。曾几何时,柳姬与童自可

下篇 373

风华正茂,"麻醉抢劫"得手。但眼下,童自可在那两个女人身上消耗了精气,毫无感觉。

童自可命令柳姬换条裤子。

柳姬换裤子的时候,门猝然被撞开,闯进来两个打手。他们是贩毒集团的人。贩毒集团盯柳姬比警方盯得还紧。

童自可一把抢开柳姬,柳姬撞在床架上。童自可掏出手枪。

枪响的时候,特警、刑警、狱警、武警已经把"三兄弟影视公司"的独栋十二层楼围得水泄不通。

童自可开枪击中了一个打手,但被另一个打手重创。这个打手擒住了童自可,正得意忘形地给老大打电话,从窗户上"刷、刷、刷"飞进来三名蒙面特警。紧接着,从门外又涌进来几个刑警。

大胡子摄像闻讯赶到公司楼下,三个女人盖着白色的被单,躺在担架上正要被送上救护车。柳姬的腰椎受到撞击,她的下身、双腿完全失去了知觉。

大胡子摄像扑到柳姬面前,伸手去拉柳姬的手,那手冰凉冰凉:"咋啦?!啊,咋啦!你说话呀!"之前两人已经开始谈婚论嫁。

"抱抱我,抱抱我……"柳姬唇齿微启,说出话来,她悸动的瞳孔上颤动着硕大的泪珠。

"抱抱我"也是我在参与《风吹大墙》的过程中,对晒雪说的话。那时,晒雪说"等一下",然后深吸一口气,十分夸张地张开臂膀。

第一眼见到晒雪,原先的恶念就被我抛到九霄云外。

晒雪身材中等,皮肤白皙,嘴唇丰满,眼神鲜活,鼻梁上架一副咖色框边的眼镜,闺秀斯文中显出俊俏。像个热情奔放的大学生。年龄?就算八十岁又如何?!人家喜欢用咯咯的笑声填充、代替话语的间歇与标点,那有什么不好?她喜欢在镜头面前摆 poss,做接近慢动作的动作又碍着谁了?!用法律的言词说,那是她的权利。

"让她说吧。"好几次我对李仓健这样说。

我喜欢听晒雪说话。我原先不知道面对这个女人,亲耳聆听她的话语是这么令我身心愉悦。她身上洋溢着少年宋丽芸的气息。有时身体挨得很近,她的鼻息也令我着迷。她的胸脯也是弹性十足的在衣襟中蹦跳。那里面一定是充满韧劲的白馍馍,秀色可餐。这样的女人被千千万万自由世界的男人忽略、遗漏。或者翻过来,她抛弃了千千万万追求者,却对我情有独钟,这不是老天爷对我的恩赐吗？！

　　在与晒雪相关的部分将要结束的时候，我忽然捺不住拥抱她的冲动，我就说出了那句话。

　　我们是在秦岭北坡延伸出来的一道梁上拥抱的。这个地方居高临下，可以俯瞰我的老家后厚村，也可以看见我小时候"推柳"的、葬我奶奶水一泓的那片山坡。爷爷已经老得走不出村子了，只能每天从家门口望着那边山坡的方向。

　　在长达一个多月的拍摄过程间隙中，我有幸听到李仓健对传媒、对大牌主持人、对明星的"人道关怀"。这为我日后成为明星预备了底气和话语方式。

　　马良行逮住童自可，返回二十一沟，向丁树询问拍节目的情况，半年多时间，他只回过一次二十一沟。其时，《两地书》不但早已在省台播出，而且已经被大个子编导李仓健另做了一个三十分钟的评奖版送到北京。更名《风吹大墙》，也就是他们栏目的名字。获奖之后，一种服装悄悄在年轻人当中流行起来，从香港向台澳和大陆扩散。那是一种左胸带编号，双肩带彩条的囚服变相版。一位享誉国际的台湾大导演的儿子大咧咧地买了一身穿上，到母亲面前炫耀，母亲不以为然，儿子斥母亲"不懂"，被大导演父亲听见，说："那你说说，让我们懂一下。"儿子不说，却拉着父亲进了自己的房间，让他看在台湾音像店可以买到，但在电视上不能播放的大陆纪录片。还没看完，大导演就拍着儿子的肩膀笑起来。儿子以为是嘲笑，摔门而去。大导演则拨通了经纪人的电话，他指示经纪人与大陆联系，或者飞一趟西安，找到二十一沟监狱，找到仁天木的代理人。他应该知道我的代理人是政府。大导演的动向被港澳台的娱记翻来炒去，结果大导演还是大导演，而仁天木我俨然已经成了明星。华人世界，包括远在大洋彼岸的美国华人街，我的照片在平面媒体频频出现。他们配的标题是："一个和尚""一个心如止水的男人""瞧，他的眼神多像《蒙娜丽莎》""令我们期待的男人""中国大陆囚徒字典""他把监狱当天堂""我的神啊，多赐几个这样的男人给女人吧"。

　　在网络上，一个网名叫"挖地三尺"的家伙跟一个网名叫"深喉"的家伙展开"人肉搜索"。他们比赛谁掌握更多我和我的家庭以及项家、宋家的信息，并进行研讨。关于晒雪的评论令我意外，他们非常不礼貌，非常粗暴地骂她"装腔作势""抢镜头""装嫩"。另有一批网民列出与我相关的十大猜想，矛头指向"三兄弟影视公司"董事长项明。

三十八　醉酒

在我以演员的身份见到项明之前,项明曾经向项君提出过三兄弟一并赴二十一沟探望我的建议。项君说:"好主意,早该有个了结。"而项帅以沉默表示反对。项君跟项帅讲道理,项帅憋不住了,他双手抬起,在空中推向二哥,说:"要去,二位哥哥去,做弟弟的不拦阻。非要我去,有一条,他必须答应,他刑满后必须去咱爹娘的坟上烧香磕头,七七四十九天,一天也不能少。"

项帅去北广进修两年,回来后带了一个女朋友,是导演系的高材生,意图在项家的麾下大展拳脚。她叫冷杉。冷杉两年时间为项帅打了三次胎,发誓不导出惊世之作不结婚,不要孩子。为此,项明跟三弟说:"杉杉几时跟你结婚,生了孩子,我就让你们两口子搭班单干。"探监看望仁天木的事,冷杉支持男友的态度。她说:"咱还真成了托尔斯泰不成,打左脸,再送右脸。咱又不是卡西莫多!"如果让冷杉说半小时话,她会把世界名片、名著、名导的人名通通插进标点符号之中。

项明摆一下手,说:"你一个丫头片子,懂什么!"

"大哥!我可是拿你当大哥!"项帅蹿起身体,双手支在项明的大办公桌上,身体被惯性推着向前倾斜。这种举动已经好些年没见了。项帅不能容忍两个哥哥对我的绥靖态度,更不能容忍哥哥轻视、欺负他的女人。

项君叫了一声三弟,说:"有话好好说!"

冷杉揽住项帅的腰,使使劲儿。项帅瞪一眼冷杉、咽口口水,退出了项明的办公室。

项明点上一支烟。项君说要不咱俩去。项明摇摇头,说:"算了,我不想看到三弟这个样子。再说,他自己也在二十一沟蹲过,咱俩就别刺激他了!"

项君看着项明,想起那四个字——"长兄如父"。对于项帅,项明越来越像父亲。可是,父亲也有恼火的时候。这令项君感慨。项君也知道,项明恼火的主要根源在冷杉身上。关于结婚和生孩子,项君感情上倾向大哥,理智上认同三弟和他的女朋友冷杉。

冷杉年轻,热血澎湃。她决不会轻易放弃、改变自己的人生态度,但她也知道大哥是老板,知道老板是得罪不起的。本来,项家三兄弟都十分客气,珍惜来之不易的亲情融和,但是,我,仁天木的再次闯入把他们的家庭矛盾推出水面。

项明把刚吸了一口的香烟摁在烟缸中，重新点燃一支。最近他的烟量见长，往往是抽一口就摁灭，再点一支。他起身来到项君坐的长沙发，坐下之后，脑袋伸向沙发靠背的后面，颈项朝着天花板，双脚放在茶几上，两手一字张开。他的喉结伸缩几下，说："二弟，你说我能把钱交给三弟和那个女人吗——我不相信他们。"

项明自言自语，自问自答。项君只是在胸前叉绞着手指，微笑地看着大哥。

"一个不喜欢家，甚至连孩子都不喜欢的人，我不知道他们会有什么感情。他们创作的原动力在哪里。我跟他们说，当年，姚奂芝没遇到我，也是抱定独身，可是爱情改变了她，她愿意舍弃生命生孩子。他们居然嘲笑我！你说他们那叫爱情吗？"

项明挺起身体，面前是项君捧着的一杯热茶。

"你是老大，你决定。"项君交接了那杯茶，眼睛没离开杯沿上逸散的热气，说："我了解你的心思，所以我也不劝你。"

项明不能一下消解激动的情绪，他跟项君提起了他看到的拍我的那两期《风吹大墙》。他说："江湖上都讲究冤家宜解不宜结。人家仁天木怎么说的？你看了没？"

项君点点头，说："仁天木说，'当时，太阳从那把割肉的刀子上反射过来，很硬。好像后面有人推我。我不想辩解。我做了一个动作。那个动作可能只是一个条件反射'。他还说'项家三兄弟个个都是好汉，我见过项君，也见过项帅。如果他们为解杀父之仇加害于我，在我出狱之后，他们还有机会。我不反抗。只是，此事与我的家人无关。还有，如果他们三兄弟这些年已经化解了与我们项家的不共戴天之恨，允许的话，我会去他们父母的坟上烧纸钱，磕头，每年清明的时候我都会去。当然，那应该是在我为母亲上坟之后'。"

事实上，项家三兄弟的私宅中都有《风吹大墙》的 DVD。街上可以买到。他们都看了好几遍，以至于项君可以张口说出我的"台词"。

在《风吹大墙》的节目中，还有我专程为项智义上坟烧纸的情形。那是早春二月，天上下着蒙蒙细雨。

姨妈说，这几年清明前后，总有一位身材颀长的中年男人，为我母亲烧香烧纸。这个人就是项明吧。不能确定的是，项明是看了《风吹大墙》之后去的，还是之前去的，而这似乎也不重要。重要的是项明表达了与我所言类似的心境。不知道我们两个一起去项智义、俞金花和我母亲的坟上去烧香烧纸、磕头吊唁会是什么情形。

"晚上喝酒吧。"项君提议。

当我跟大陆的导演马大刚并剧组主创人员坐在项明的大办公室项君常坐的那个长沙发上的时候，说明"三兄弟影视公司"完成了与港澳台影视圈的争夺，如愿与我的代理人"政府"签约。这是一个复杂而漫长的过程，大约耗费了近一年时间。其中，享誉海内外的大陆名导马大刚被项明手下的冷杉说服，欣然加盟，是这场争夺的重头戏，本来"政府"已经与先下手的台湾同胞签订了意向书。

马大刚导演此前一直拍电影，这回要拿光头系列过一把电视剧的瘾。这也是市场炒作的一大卖点。

另一大卖点是"条码服装"。从港澳台渗入大陆的"条码服装"已经在大陆出现了大量的仿制品，侵犯了那家率先注册"条码服装"商标的香港商家的知识产权。此番"条码服装"公司与三兄弟影视公司合作，支付不超过总资金50%的经费，携手马大刚导演，一来为"条码服装"正名，二来借机大举进军内陆市场，一石二鸟。三兄弟影视公司的艺术总监项君为"条码服装"做过如下判定：

> 也许并不是所有的人都知道，
> 肩扛条码的人是囚徒；
> 但所有的人都应该知道，
> 我们都是心灵的囚徒。
> 我们的心灵其实本身就是一贴条码。
> 条码服装令我们每个人的心灵昭然于世！

马大刚向项董事长介绍我即将投身拍摄的电视剧的故事梗概和规模。他说："名字您已经知道，先叫它《王子历险记》吧。释迦牟尼的身世，王子出世一集；王子童年一集；王子出东南西北门四集；王子见生老病死人四集；出家一集；出家自然是遁入空门，在庙里。此庙是'古往今来'之庙一集；也就是整座庙随季节、气候等等不同因素穿越时空，来到不同民族、不同国度、不同年代四集。从此观众了解了我们系列连续剧的'大背景'。往后随心所欲植入任何场景，随心所欲展开任何情节。其中陕西方言版一县一集共一百集，全国方言版一省十集共二百八十集。外国的部分在酝酿中，需要几位大老板放眼全球，下定决心。"

"仁天木那边没什么问题了吧？"项明问。他是指我的行为自由、活动范围被约束到什么程度。

"报告董事长，没有问题。"我起身立正，说。

2007年秋，距我完全刑满还有不到一年半时间，完全可以办假释。虽然暴力犯在《监狱法》中是不能假释的，但交钱找马良行，应该没问题。马良行半年前就跟我提这事儿，姨妈和父亲，还有妹妹仁小宜也急切地盼我早些出去。但我不急。一个攀岩者，从崖底起步，历尽艰险，终于看见了崖顶，崖顶近在咫尺，可是亲友团这时纷纷伸出援手，抛绳子、扔彩带、叫喊"拉上拉上，抓住抓住……"这种比方不恰当吧？不过反正我要彻底刑满。再说，拍电视剧不就在监墙外、社会中吗？干吗还要花钱假释？！我没有挣过钱，为什么不能少花钱、不花钱？！

"啊，"马大刚把矿泉水从嘴巴那儿挪开，说，"就天木这报告政府、报告董事长、报告导演、报告制片、报告虎牛鼠兔，就可以拍四集。没问题。"

"公司"与"政府"的合同中，规定两名政府与我同吃同住，拍摄过程中不离现场。这件事，马良行是具体执行者，他轮番为手下人派差，说："平日里咱都稀罕那些大导演啊，大明星啊。这不，咱二十一沟也培养出明星喽！去吧，想看热闹就看两天，有私事就办私事，觉得那拍电视也无聊，就休假，回家探亲。仁天木出了问题，我负责。"所以，在长达一年多的剧组工作生活中，时不时会有两位政府心情舒畅地来观光，但都不久待，他们瞧瞧热闹，然后享受假期。

没问题。

马大导演声称此番开拓电视剧领域，对他而言是处女地，他要搞出21世纪打动全球的幽默系列连续剧。

马大导演还特别强调，媒体说我过不了女人关，此番降格拍电视，是经受不住冷杉的软缠硬磨，磨出了豆浆。我告诉你们，我是三兄弟公司老二项君项教授的粉丝，每天晚上我不看几行、几页项教授的书，就睡不着觉。媒体因此对马导"刮目相看"。马大导演干活的方法也与众不同。召集九个编剧，主要演员若干，导演组六人，其他工种的人来者不拒，大家闹哄哄地聚集在可以容纳百人之众的会议室，面对空白的黑板，开始编故事、列大纲。任何人的主意一旦形成故事被采用，交给编剧，出主意的人就可以在稿酬单上记一笔，日后与编剧一同领稿费。三教九流、各行各业、古今中外，天上地下、放浪闷骚、高雅粗俗，什么都可以，只要幽默就行。发言很踊跃。说不清或需要图示的，便在黑板上画。这样讨论嚷嚷了一周之后，我也敢发言了。

我说了个段子。

有一首儿歌："我有一头小毛驴，从来也不骑"——停住。再唱一遍这头一句，再停。为什么不骑呢？话说呀，一个地主把驴当宠物，养了多年，没见过驴笑，便想个主意，贴出告示，说谁让我的驴笑，我就把三个女儿一并打包嫁给他。结果，一个叫花子把驴牵到墙角，对着驴耳朵私语一阵，那驴引颈长笑。地主兑现承诺，三个女儿哭着嫁给了叫花子。婚宴上，地主搂着叫花子，请他告诉叫驴笑的秘密，叫花子不说。地主急了，说我的姑爷耶，有本事你再叫我的驴哭，我的家产三百亩土地、四十间瓦房、五十头牲口全归你。我给你站门房、当看家狗！叫花子叫地主当着众人立下字据。然后，他又牵着那宠物驴来到墙角。拎着宠物驴耳语一番，驴又仰脖哈哈，地主高喊："哭！这回是要哭！哭！哭！"叫花子笑笑，说："它马上就哭！"结果，地主、所有在场的几十号人都看见那宠物驴哇哇地哭起来，谁劝都劝不住，哭了还不算，还用脑袋撞墙要寻短见。这时，轮到地主哭了。叫花子如何叫驴笑又叫驴哭呢？他对驴说："伙计，都说你的家伙巨无霸，可我的比你的还大！"驴一听，天下还有这样吹牛的人，笑了。第二回，叫花子又对驴说"真的比你大"，驴又笑了。可笑吧。可是叫花子解开裤裆，驴一看，好家伙，果然比它大，宠物驴自尊心受到极大伤害，就像那宋丹丹说"伤自尊啦"，就痛哭撞墙了。真相大白，人群中爆出三个女人的笑声，那是地主的三个女儿，叫花子的大老婆、二老婆、三老婆。

我喘口气儿，觉得台下面没反应，就多喘了几口气儿，镇定一下。第二口气儿还没上来，台下面骚动欢腾起来。

"和尚，你太有才啦！""顶啊！""雷死人啦！""我肚子痛！""马导慧眼识珠啊，伯乐啊，这光头编剧主演一条龙啊！""叫花子，光头叫花子！""不如叫他花和尚吧！""这家伙蔫驴踢死人！"

我哆嗦了一下，觉得膀胱下坠，尿失禁，又能憋住那样的状态。

自从出了监狱大门，自由世界的声色犬马令我发晕、胃痛、拉稀、失眠，仿佛我是从月球以外的世界返回地球，得倒时差，十天半月地倒。一种鞋带没系紧的感觉叫我不能踏实。我住四星饭店的单间，每晚被妓女电话骚扰。我身边簇拥着美女，被女人（也有男人）的香水和体味包围，他们十二分慷慨地献出爱心，关心我生活中的每一个方面，打问监狱的每一个细节。他们越是热情洋溢、口吐莲花，我的反应越迟钝。他们就给我取外号："大傻""光头""和尚""条码兄弟""1571""笑一个"……对了，我极少笑。这一点特别受马导欣赏。我紧张、亢奋、如履薄冰，牢记大个子编导李仓健的话，小心谨慎。他说："明星？哈，哼哼！电影明星、歌星，包括电视明星主持人？哼哼，这是一些可怜的人。拿主持人来说吧，最初众人拥挤过独木桥，好不容易挤过去了，那边人山人海圈着个台子等着呢！你见过欧洲电影中的绞刑架吧？《巴黎圣母院》绞那吉普赛女郎那种。主持人上去了，上面的绞绳换成了话筒，喷吧，喷啊！喷出来的全是荷尔蒙、类固醇、兴奋剂。台下的人呢，高兴啊，起哄啊，绞啊！绞啥？台子下面装有巨大的升降绞轮。一天绞一圈，不知哪一天，电视明星已经升入云海。高处不胜寒，你知道吧。有一个过程。这个过程就是不断地、一点一点地、神不知鬼不觉地剥去他们人性的过程。啥话都说，单单不说人话。不会说人话了。你们可以看报纸看电视吧？那你就知道有多少明星要么抑郁症，要么自杀，要么还没觉醒，冲下面喊，'抬啊，再抬高点儿'哈。那台子在地面的时候是台子，上升到一定高度就成柱子啦！再升，不就成一根棍了吗？！还升，那就是筷子，牙签——那东西能支撑一个人的重量吗？！哈。"大个子编导李仓健是我成为一名明星的原始推手。我进入剧组之后，他还经常带着摄像师到现场"纪录"，说电视剧拍完，他的又一长篇纪录片也将大功告成。想起他，我就想起"大个子有大智慧""大就是美""大将之风"之类的话。

饭店的脚下是一个地铁工地。夜晚，我常常站在十二层高的玻璃窗后面看着工地的灯火出神，回忆往事，体味恍然如梦的感觉。

马大刚高兴，今天晚上要自掏腰包，请大家喝酒。我听见人堆中有人窃语："太阳从西边出来啦！马导铁公鸡，地球人都知道。"

抽烟喝酒，我在监狱中零零星星地享受过。如果抽烟喝酒是一种享受，这个晚上就算是我人生的第一个狂欢节。红的、白的、黄的，只要是酒，就没有大家不喝的。我"涉世未深"，一时没明白那"红白黄"其实是各人根据自己的身体和爱好选择的结果。我应该具备这样简单的判断力。我听说过许多许多关于酒、喝酒的门道。我过于兴奋，看见啤酒向杯沿鼓泡泡，想起玻璃杯的内壁，看上去光滑，"其实是有毛刺的"，想起我20岁那个夏天被送入看守所度过的那个夜晚。

"哈！""干杯！""我干了，你随意！"

其实，我不胜酒力，很快就开始傻笑，并挪动身体，见人就抱。我抱住一个人，哈哈地浪笑，放声叫道："亲人啊，亲人啊！"如此往复，直到有人架着我离开酒席现场。

我的酒后浪笑，后来被编入"马大刚作品"的宣传片。

我在酒场上待了四十多分钟，他们都说我醉了，其实我的脑子十分清醒。至少，我的耳朵即时收录了足够多的信息。那些信息可以归结为两个字：绯闻。"项董可不是独身。项董至少有三个儿子。你没上过'土豆'网吗？！嗨，'盯钉'网也行啊。""你看项大老板的神情，见女人那是一派漠然。这不证明他是玻璃同志，相反女人睡多了才是这样的。咱这辈子能捞上人家百分之零点一的派，死也甘心。""不知道吧，前两天在会议室门外面晃了一下的那个南方女人，那是他儿媳,叫什么来着,南方人,对,叫周玉环,啧啧,玉环呐,那是贵妃耶。""等一下,马导,看马导,冷杉觍着脸往上贴呢!马导来者不拒啊,身体棒啊!""我见过马导媳妇,那是炸弹呀!""小样,这都不懂,家花永远没有野花香!你发育不全吧。""公司办公室的李主任怀上了吧?谁干的?我跟你打赌!""你还没说谁干的,咋赌?""自己估摸去吧。"

在剧组,流言飞语满天飞,没人管,都拿那当乐子。大个子编导李仓健说过,许多流言是幕后推手蓄意设计的,那是炒作导演、炒作明星、炒作"大戏"的原材料,以此盘踞媒体,撩拨粉丝的兴致。化妆师邢质洁早期给我试妆时说:"剧组就这样,不闹出点事儿就拍不出好戏。"

不知道邢质洁说那样的话是不是为自己日后与我缠绵埋下伏笔。后来,拍了两集半戏之后,她与我的绯闻也上了一些报纸的娱乐版。"叮钉"网更是说的"色大"。"色大"这两个字在剧组发音是 shǎi dà。不知道借用的是东北方言,还是河北方言。他们觉得那样说"给劲"。绯闻煞有介事,从我胸前挂着的一对智齿项链说起,说那是邢质洁第一次为我试妆的时候"神不知鬼不觉"从我的光头上"出溜"下去,套在我颈上的。台词:和尚,这东西就像孙猴子脑壳上的环儿,你要是不乖,乱瞄别的女孩,我念头一紧,你就会痛得在地上打滚,驴打滚!"仁天木被姐姐套住了!"结论如是。

都说绯闻是扯淡,捕风捉影,无中生有。但有些也是确凿的。比如我和邢质洁吧。当然,与他们说的箍子一样的项链无关,邢质洁也不会念紧箍咒。

头一回,敞开了喝酒,我高了,大家开始还新鲜,说:"啊,亲人,亲人,我们都是你的亲人。"但我酒醒之后,会恢复原样,基本不记得抱过谁,抱过几个人,好几个喜欢我的女孩,见我不认"账",原本的兴趣一扫而空,再见我"亲人啊"地抱,不是给我脊背,就是拉出个男的顶上来。毕竟,人家都是见过大世面的人,我是"群众",也没有完成什么表演大作,好些人嘴上说我是这个"星星",心里想的却是那个"猩猩"。"监狱关久了就这样儿?!""整个一个二傻子他亲戚!""别理他,他是个傻子。""吃摇头丸了吧,这可怜孩子!""真把自己当腕儿啦?!让他给咱指一下吧!"

头一回,几个人送我回房间,最后留下来给我擦脸、洗脚的是邢质洁。后来大伙懒得送了,只嚷嚷:"洁姐,洁姐,快快快,快把这'亲人'送回去,谁让他来的!"他们叫邢质洁"洁姐",听起来跟"姐姐"一个音。我搞不清她比我大还是比我小,有时候看着她小,有时候感觉她大,就叫她"姐姐"吧。这样的称呼,打开了我心灵深处埋藏的关于姐姐的柔软而温热的渴望。仁少宜姐姐还没来得及把"姐姐的温存"给我，就出家了。尼姑庵里真的很清静吗？姐姐过得好吗？

我倒向床铺，手也不松开，"亲人，亲人啊……"她身上有股子强烈的奶味儿，令我痴迷。邢质洁费吃奶的劲儿拽开我的手，站在床前看着我，很久很久。

我说过，酒后我的头脑也非常清醒，只是感觉身体轻松，神经轻松。据说吃了K粉和摇头丸就是这种感觉。在二十一沟，每年禁毒日，都要开大会宣讲毒品的害处，批判吸毒者的丑陋，自然也少不了染过毒的群众上台现身说法。他们都说吸食毒品的感觉就是一个字"松"！忘了烦恼，忘了忧愁，见着不认识的人也想拥抱，见谁都亲。如此而已。对了，侯江潮在杀了五个人之后就要求给他K粉，他说他太"紧"了，要"松一松"。"松"，对了，我很松。但是，我不会"松"到失控，色狼一样扑向女人，实施强奸。

项明海量，但也是会喝醉的。回到西安后，他心烦的时候常有独自醉倒办公室的事情发生。他买了两栋别墅送给了项君和项帅，自己住办公室。与大办公室套着的两间屋就是他的家。他也没有女秘书，办公室和卧房的打理多半时候由办公室李主任差人或亲自打理。

项明跟项君兄弟俩喝酒，喜欢选择人多、有现场弹奏钢琴、吹萨克斯管、拉小提琴，总之比较嘈杂的那种酒吧。因为，项君曾经在项明的大办公室漫不经心地说过一句："你这儿怎么好像总是有回音似的。"项明说："那哥哥带你去酒吧，咱们大声说话，声音通通都让别人、让音乐吸走，不再返回。"他顺便哼出那首小曲，做飞翔状，改词儿："我的声音小鸟一样飞去不飞回！"项明的嗓音不适合唱民歌。

希望像小鸟一样飞去不飞回的是项明心中与日俱增的烦恼。投产播出的两部电视连续剧不温不火，倒惹了几场官司；导演明星一个个大爷似的难伺候；娱记狗仔队没完没了地问问题，没完没了地纠缠，一不小心，就成了百姓茶余饭后的笑料；合同纠纷协商私了；职员（比如柳姬）出事担责任；柳姬已经残疾，另三个与她一同出狱的别新蕊、兰香、杜月妍的背景依然不是十分清晰；别新蕊和兰香的孩子已经成年，异口同声地说要为他们的母亲报仇；杜月妍已经显示出她干练的才华，同时也传出她与另一家北京的影视公司有秘密往来；冷杉不结婚，不生孩子，给一套别墅她也不干；自己的儿媳妇周玉环又谎称奶奶病重无限期推迟婚期；周玉环显然是嗅出了项明身上特殊的味道，如果大儿子宋玉升也知道了真相，怎么交代呢？还有宋玉升的母亲汪红，她知道多少，持什么态度？还有宋丽芸，她与吴国文养的孩子汪东锦十六七岁了，他为什么姓汪呢？汪东锦究竟是吴国文的孩子还是仁天木的孩子——"就算是我的吧！"项明自言自语。想起汪红一家二十多年的境遇，项明恨不能把她们家所有的事都揽下来。所以下意识中，既然汪东锦这个儿子也认了，宋玉升顺理成章也就是"大儿子"。

烦恼像病毒一样到处复制、蔓延。一个月前，办公室李主任还可以为项明排忧解难。可是，李主任怀孕了，还没看出肚子隆起，她就向项明告假，说远在美国的老公天天来电话，请她"立即回家静养"。李主任的老公在美国，项明从未谋面，也没有听李主任说起"老公回国探亲"，她怀的是谁的孩子呢？当初录用李主任，项明是在十几个应聘者当中看见了李主任颈项之间的十字架和她专注而忧郁的神情。后来，李主任工作严谨、一丝不苟，很快从职员中被提拔上来。项明似乎喜欢看着李主任两根锁骨之间的十字架在他眼前晃来晃去。那十字架是个项链坠子，白金的。项明好几次想问什么没张开嘴。

"你的吧？！"项君今天情绪低落，听大哥唠叨了半天，一直是陪着，听着，碰一下杯，喝一口酒。这时忽然冒了一句。

"说啥？"项明身体探向项君，说，"什么我的？李主任，还是她肚子里的孩子？你雷我啊？！"

"你在办公室醉过几回？你醉的时候李主任在做什么？你酒醒之后没觉得异样？"项君的语气像个职业侦探。

项明倒吸一口气儿，想起当年麻奸宋丽芸。难道李主任也会趁火打劫？她可从来没表示什么呀？她会把我麻翻了强奸我？！项明努力回忆自己几次醉倒在办公室的情形，没法得出结论。

乐池中一位银发的男人在吹萨克斯管，是美国电影《教父》的主题曲。

"不明白？不明白拉倒！"项君此刻更关心自己，他猛一仰脖，喝干了杯子里的酒，说，"你都说了半个世纪了！公司有章程，船到桥头自然直。"

"可是，"项明给项君斟上酒，拿着自己的杯子凑上去碰一下，说，"可是老三的事总不能不操心吧？！都三十好几啦！那个冷杉，不中用，咱换一个呗。你说老三是不是脑子有问题？"

"老三老三，你就知道老三！你几时能关心一下老二？！"项君一仰脖，又喝干了。

项明放下酒杯，怔怔地望着项君，说："老二？什么老二？你说老二是什么意思？嘿——"项明拖着长音，左右扫两眼，再次望着他的哲学家弟弟，没笑，但膀子抖了几下。

"我，我我我！"项君连拍三下胸脯，说。

"你？你你你？！你，怎么啦？什么意思？！我不关心你？！这……"项明一时语塞。他点上一支烟。喷出一口，看着迷乱的烟雾爬到项君脸上，再升腾弥散开去。项明有意无意地向项君脸上喷烟，好像疑惑会像烟一样很快化解、消遁。

"我不是你的纸篓、痰盂，什么乱七八糟的固体垃圾、液体垃圾、电子垃圾、生化垃圾都往我这倒！"项君也点上一支烟。他是从项明的烟盒中抓的烟。

项明的喉结抽抽几下，咽口口水，摇摇头，摊开双手，又合上双手前后搓动，就是说不出话。

项君在项明心目中是精神导师，类似于庙里的方丈、教堂里的牧师。兄弟俩喝过许多回酒，不都是这样吗！项明确实从没想"关心"项君。这个问题突然颠覆了兄弟二人之间的劝导惯性。

"仁小宜怀孕了！"

项君的脸上，那种近似导师、哲学家矜持自信的神情早已被愤懑清扫干净，他嘟一下唇口，孩子扔石子似的丢下这句话，起身去了洗手间，留下项明一个人歪着脑袋继续搓手。又不是寒冬腊月，手心没搓热，搓了满把子汗湿气。

"怀孕了？仁小宜？"项明自语。

项明脑海中掠过小时候跟项君一起在河边扔石头。他们捡鸡蛋大小的石片，越薄越好，看谁扔的石片在河面上"弹"起的次数多，看谁的石片"漂"得远。他们伸长脖子，睁大眼，目光追赶着轻灵的石片。石片终于沉下水面的时候，他们会长叹一声，嫌它还是不够远。

项君的脑袋在拐角处消失了。

三十九　探班

仁小宜怀了哲学家项君的孩子。这可能是不用追究、证明的事实。这个事实在仁小宜那儿，顺理成章，而在哲学家项君那儿，则有些怪异。我看过一本叫做《哲学的故事》的书，讲着故事介绍世界上，主要是欧美的哲学家，从柏拉图、亚里士多德到威廉·詹姆斯、约翰·杜威。我不能说读懂了那本书，但我记住了里面的一些话，其中一句是"哲学家往往是不要孩子的"。就是记住的这句话，我也没有弄明白，到底是哲学必须早年"自宫"以定心神，才能最终修成正果成为哲学家，还是说生了孩子就不要了，弄死，扔掉？哲学家跟孩子有仇吗？哲学不需要子承父业和接班人吗？奇怪。和尚不要孩子，寺庙也不见少，和尚也不见少。

项君跟仁小宜怎么上的床？也许不用上床。在席子上、地上、沙发上、椅子上，或者站着也行，总之男女交合，不在乎什么姿势，什么体位，但有一个过程吧？仁小宜明知项君有妻有子，项君满口的仁义道德，二人精神枷锁如何开解？有个过程吧？项君的妻子对丈夫偷腥若干年，竟然毫无觉察，或者充聋作哑？说不清，也得有个过程吧？项君很想时光倒转，从头再走一遍，看看那些过程什么地方、哪个细节出了岔子。为什么该停没停住，该收没收拢。大哥是"女人堆里爬出来的"，深谙此道，略加点拨，是不是就会云开雾散？

　　大哥项明说："人家要生，你就得养，就得认！"一点没含糊。进而又说："这不正好，项、仁两家联姻嘛，冤家成亲家，化干戈为玉帛，一笑泯恩仇嘛。这件事的'本质'就是这样"。项明重重地强调了"本质"二字，那本来是项君的专利。

　　"可是……我，我，我……"项君憋红了脸。

　　"你你你，你什么你？！"项明一拍桌子，说，"今天这酒你买单！"项君的状态令项明找回了做大哥的感觉。他窃笑几声，抖两下肩，按捺不住得意。

　　"我，我这跟'他们'不一样！"项君语义双关。

　　项君说的"他们"，指的是汪红的儿子宋玉升和宋丽芸的儿子汪东锦。"他们"都是项明的儿子。

　　项明并不生气。身为大哥的感觉还在项明的脑子里膨胀。做弟弟的言而无当很正常，做弟弟的也难免喏喏烦琐。可是大哥忙啊，大哥要罩公司、要养百十号人哪。大哥说："你提醒我了，几天没见着，不踏实，该探班了。"

　　父亲和姨妈以夫妻的身份领着他们的儿子——我的弟弟来探班，是在暑假期间。4岁的弟弟名叫仁光祖。仁光祖在餐桌上被马大导演相中，客串了一集小和尚。如果不是姨妈反对，马大导演还要让"仁小和尚"再演它个十集八集，捧出个小和尚童星不在话下。

　　姨妈青春焕发，年过半百生下孩子，血脉轮回，白发染黑了，看上去还是个少妇。父亲虽然两鬓染霜，但神情慈祥，语态温和，记忆中的暴嗓子和紧锁的眉头已被新一轮爱情悄然淡化。对了，早该叫妈妈了。这么多年，姨妈为我做的，跟母亲一样。

　　姨妈并不要求我叫她妈妈。

　　仁光祖未去往南国，叫我"哥哥"，发出的音是三声和四声，听到的人都想挠自己的胳肢窝。仁光祖自己被剃了光头，不摸，见面就要摸我的光头。摸过了，他说："阿米多多，多多多。"小家伙还瞄上了我挂在胸前的那一对智齿项链。我不给。父亲俯身过来，十分温和地说："弟弟要嘛，你是当哥哥的呀。"我说："爸爸，别的可以，这个不可以。"父亲挺起身，双手搁在腹部，看看姨妈，不再说话。这造型如果再配上蝴蝶结、白手套，就可以充任欧洲某个大庄园的管家了，"绅派"十足。姨妈还是当年的姨妈，父亲已经不是当年的父亲了。

姨妈把仁光祖拉到一边，耳语几句，仁光祖非但没有乖乖服从，反而跳将起来。这一招惹怒了矜持的姨妈，她一巴掌掴上去。自从记忆启蒙，就没有挨巴掌的内容，这太突然了！仁光祖呆住了，不哭了，不闹了。

这是在一家大餐厅，父亲和姨妈做东，宴请剧组的人。所有的人都听见了小和尚脸上传出来的脆响，纷纷驻筷侧目。姨妈先跟大伙道声歉，然后来到我身边，含笑而语，她说："天木，对不起啊，弟弟太小，不懂事，你别往心里去。"

我不能确定姨妈的表现是帮着她的儿子变相向我讨项链，还是真的向我表示歉意。就像我不了解姨妈和父亲的爱情故事。有一点我清楚：我无权对此说三道四。

我拼命回忆像仁光祖这么大的时候，有没有遭母亲打骂。没有。这类记忆的空缺诱发嫉妒，令我怅然若失。有什么东西鲠住了咽喉，我竟吃不下饭菜了。

这个红绳穿住的智齿项链是井裳清给我留下的信物。在野鸡胡、二十一沟，我都是不断地变换藏匿地点，几次"清监"，特别是"非典"时期，都差点儿被没收。我留着这两颗智齿，当然是想留住井裳清的体温和她的气息，也许还有温存和缠绵、感情和爱情。我已经记不得井裳清有没有跟我说过爱情，但就我经历的女人而论，删繁就简，沾点爱情的，似乎只有井裳清更加贴近。卫元泽在舞台边的无花果树下十分郑重地告诉我，说希腊人说的，一个人没有爱情类似行尸走肉，而经历了爱情便是死而无憾。我想过为井裳清去死，可是不知道用什么方法。

"晒雪"曾经勾起我的爱情幻想，她跟井裳清类似，属于"天上掉下来"的"林妹妹"。只是，"晒雪"这个"林妹妹"太有主张，在以雪花的形态从天而降的过程中，遭遇地面强烈上升的暖流，未经着地就融化了、消失了。"晒雪"不能容忍在《风吹大墙》节目中被边缘化，篇幅少得跟我的一姐一妹类似。据说，她抛弃我之后，卷入一位79岁的数学家的绯闻。79岁数学家早年丧妻，他的孩子都比"晒雪"大一轮，但她喜欢。据说他们已经开始谈婚论嫁。舆论坚称此乃典型的"无性婚姻"。哼哼，卫元泽说过，有这样的女人，她们患有"性交恐惧症"。无性婚姻恰如其分，"晒雪"也许找到了属于她的归宿。还有马良行的女儿，近几年平均两个月看我一回。这是马良行安排的。马良行安排我做他未来的女婿。可是，马良行的女儿和我始终没有找到一个可以令双方都兴奋起来的话语方式。大致如此吧。

这么多年了，关于井裳清的消息，除了传说还是传说，这样的后果是一次次不断地累加那两颗智齿在我心中的分量。

红绳的长度不富余，两颗智齿几乎没有获得在我颈前摆荡的空间，它们坐在我的两根锁骨之间的窝窝中。它们在等待，等待它们的主人给一个说法。可是当这两颗智齿再见到它们的主人的时候，我彻底明白了，井裳清早已经下定决心，不再"打扰"我的生活。她跟吕刚结婚，生下一个女儿，吕刚和她都明白这个孩子是仁家的种。夫妻俩的确为这件事闹腾过，但结果是仁爱占了上风。之所以说仁爱，就是说不仅井裳清，吕刚也一样对孩子宠爱有加，视若掌上明珠。从另一个通俗的层面上讲，吕井夫妇对仁家都有所亏欠，养这个孩子也算是一种终极报答吧。

井裳清早年办诊所，专治龟溪镇一带的地方性大脖子病，在百姓中获得了极好的口碑，为她日后步入仕途、竞选市长打下了基础。吕刚做过几回生意，赔得多，赚得少，后来索性在县机关水利局谋得一职位，成了国家干部。现在，吕刚差不多也该退休了吧。

龟溪镇属于吉凤县。吉凤县在21世纪的第三年升级为县级市。井裳清以卫生局局长的身份竞选副市长成功，主管文化、医疗和环保。井副市长"代表市委、市政府热烈欢迎"以著名导演马大刚为首的摄制组，希望弘扬陕西地方文化，某些剧组也希望传媒批判破坏环境的事情不要在吉凤县发生。

井裳清甚至都没有来到我面前特意问候，也没有单独拉着我们的女儿一起吃顿饭，单独见个面。干脆说吧，她摆出来的是完全不认识我的架势。这样，我就会骂人了！

在龟溪镇拍摄的一集剧情是这样：某村村委会一干人腐败，被村民弹劾。村民请来一和尚（我）做村长。村长（我）上任第二天，县长深入基层视察，晚了，投宿村部，第二天起床找不到牙刷，就训斥随行的镇长，镇长再训村长（我），村长（我）便用大喇叭向村民广播："哪个嫖客日下的，偷了县长的牙刷？！"之后村民开始辩论，一个村长（我）能不能这样满口污言秽语对着广播大喇叭嚷嚷。正方说很好很亲切，反方说很黄很暴力，不文明不和谐，驴生骡子马生猫，狗拿耗子鸡叨苗。后来正反方合流，说重点不是骂人不骂人，重点是村长（我）是否清正廉洁，是否拈花惹草。听说那可是个收钱嫖妓的花和尚。

那段广播是核心台词，当然必须用龟溪镇当地土话来说。我说不准，方言专家反复教，反复修正。我有所改进，但力度不够。方言专家不停地鼓励我："秦腔，秦腔，够重、够粗的秦腔！丹田之气！仰脸冲天花板！拉不出屎，憋得脸红的那种！不要斯文，要粗俗的，屎尿味十足的！"

我运足了气，大吼一声："我操你姥姥连带日你们全家女生和宠物！"

有人鼓掌，是丰满如观音的姜楠！

姜楠与我热烈拥抱。我的神啊，姜楠的身体好厚啊，好有弹性啊，好奶啊。当年我在野鸡胡的小杨树林中，冒着雨顶着野猪群的乱阵抱着姜楠，可没这么沉啊。拥抱，这种拥抱是十二分纯洁的拥抱。因为她的手在我的肩背上拍了两下，也许是三四下。这种拍法我见过，那是总统跟元首拥抱之后的后续动作。这种拥抱也像是久别重逢的战友，后续台词是："同志，我可找到你啦！"后续动作是什么呢？反正不是脱衣解带，不是同枕共欢。

姜楠身后站着一位笑吟吟的男人。这个男人衣冠楚楚，面色红润，可以说他是位曾经沧海的老者，也可以说他是位精力旺盛的中年人，他是华子良！华子良曾在野鸡胡的公共厕所的粪沟里向上偷看姜楠的大屁股。姜楠非但没有惊叫、报警，而是说："天太冷，要不，我脱光了给你看！"姜楠不但愿意让华子良看自己的身体，而且一定神不知鬼不觉地为华子良成功地续上了一句歌词："我有一头小毛驴，从来也不骑，今天我高了兴……"

只要续上"今天我高了兴"一切就都续上了。就这么简单吧。

一位翩翩少年。

井裳清，井副市长。

吕刚，高大伟岸的中年男人。不对，也有六十岁了吧。

一位婀娜少女。

我说什么来着？我说探班跟探监是不一样的。

面对一双儿女，恍然如梦。

那天晚上我喝了很多酒，抱了很多人，我说："亲人啊，亲人啊……"

姜楠和井裳清在她们的孩子三岁和三岁半的时候正式结交为好朋友、密友。她们一同分担秘密的巨大重量。她们商量好了，有朝一日共同、一并与我进行"了断"。她们美其名曰："给天木一个自由的天空——天高任鸟飞；给天木一个广阔的海洋——海阔凭鱼跃！"

这天下午，在斜照的阳光下，我居中，两个孩子左右挨着我，两个母亲左右挨着自己的孩子，两个丈夫左右挨着自己的妻子，吉凤县宣传部的干事十二分殷勤地为我们照了一张相。一双儿女一定不知道我是他们的父亲，不然他们不该只是笑而不语。给我们合影的这个干事一点也不在乎在众多大艺术家面前班门弄斧。同样的场景和人物，他用两个照相机轮番拍照，一版黑白，一版彩色。干事干完活，恬不知耻地模仿艺术家的话语，说："黑白，具有强烈厚重的历史感！"围观的艺术家们纷纷鼓掌。干事不明白，这掌声是专供副市长井裳清的。

一张照片。

这就是她们策划已久，等待多年的"了断"。

那天下午很热，娱记们昏昏然，没有在这个天高云淡，却也毫无异象的下午的探班中嗅出爆炸性绯闻的蛛丝马迹。之所以如此，不能怪娱记们智商低下，它与三兄弟影视公司大老板项明上午就来探班有关。摄像记者们远远地用长焦吊项明，平面媒体的记者则纷纷拽住制片主任，一个问题："今天何时可以采访董事长？"

项明来探班，从来不打搅进度，他总是远远地看我们拍戏，看着看着，制片主任便会悄然出现，轻轻凑上去，小声地跟大老板汇报拍摄进度、资金运作、人员安排及相关情况。当然，也包括记者的要求。

项明中午就听说井副市长要来剧组。他吩咐制片主任，让宾馆厨房准备晚宴。据说项董事长与井副市长十分投缘，已经谈好了为吉凤县环保和当地旅游开发投资九千万的意向。项明以商场的本能反应认为，是井副市长消息灵通，下午来剧组多半是要跟他谈意向书的某些细节。

项明判断有误。他没想到井裳清要见我，没想到她还领着丈夫和孩子，更没想到他们与我照相，郑重其事地照相。剧组有两女一男早已成名的明星，井副市长问都不问。

项明远远地看着我们照完相，走上前来与井副市长寒暄。井副市长做贼心虚，说："啊，是孩子，孩子是仁天木的粉丝呢，闹着要签名，要照相。"之后，井副市长又热情周到地、不厌其烦地逐一向项董事长介绍他们堪称宠大的"粉丝团"成员。她这样做的目的，就是要尽可能回避与我对视，挨得太近，更不要说单独静静地说几句话了。

"亲人啊……"

我说过我那天晚上喝了许多酒，但我并没有抱住井裳清。我不想抱姜楠，而这个胖观音却被我抱了五六趟，她好像总是在我发作的时候堵在我奔赴的路上。这是一个阴谋，一个巨大而温软、发福而肿胀的阴谋。我需要一个铁腕的经纪人，我需要男女双煞两个律师，他们精通遗传学和父子亲情，外加父子权利和义务。姜楠贴着我的耳朵说："天木啊，我曾经幻想过生一群孩子！我知道那是幻想，不过现在也挺好的。喔，剧组这么多女人，会把你累坏的。爱情的蜜汁会呛着你的。"

爱情。哈哈。我像猩猩那样，笑的时候，呼吸不停，才会被呛着。

我跟卫元泽那老头谈过爱情。我说我梦见过爱情。我说我在梦中为爱情舍命狂奔。但即使在梦中,我也一次次被棉花套一样的软物频频绊倒。卫元泽笑着重复他说过的话:"孩子,爱情是傻子的游戏,你太过聪明,没资格谈爱情——别说哪个政府骂过你猪,那不算。"

姜楠的唇口在我耳畔的动作,让我想起佛法大师一浪紧似一浪,却无限轻柔地颂经。她说:"别为孩子担心。井副市长跟那个姓吕的结婚前就做了输卵管结扎手术。这是她与姓吕的结婚的先决条件。意图不言而喻,就是要最大限度地保护你们俩女儿的权利和利益。别绷着脸嘛。"

我跟马良行和姨妈说过我的孩子,我说我可能真的有两个孩子,而我一想到他们就羞愧难当,如坐针毡,手足无措。我说我不知道这是为什么。为什么呢?姨妈,你要告诉我。

姜楠说:"我和井裳清可是用心良苦啊!"

马监狱长你也要告诉我。你让你的女儿像亲属一样去二十一沟探望我,是想让她嫁给我吧。你是传统观念的人,你不会怂恿自己的女儿只是跟我逗着玩儿吧?那样,你会认为自己和女儿都吃了大亏。我呢?我不亏吗?

"这是真的吗?"

宋丽芸的儿子汪东锦每次见到我都要这样问。近一年的时间里,小家伙见我有六次了吧。这个十六岁的少年继承了汪家的传统,学习成绩顶好顶好,全家人都指望他将来上北大、清华。而相差十三岁的他叫舅舅的宋玉升却好像注定了要干一辈子体力活。其实宋玉升并不笨,他只是"生不逢时",只是家里在他能干活挣钱的时候,特别需要他挣的那些血汗辛苦钱。

我说起宋玉升和汪东锦,是因为他们出现在我身后。在我看着"粉丝团"和项董事长缓缓离开我任村长的村子的时候出现在我身后。他们约我去他们许多年前常常玩耍的地方。那地方叫蝴蝶沟。那里除了数不清的各色蝴蝶,还可以看大雁,还有红嘴红冠的水鸟,说那是朱鹮。前几天下雨,昨天放晴,今天是个好天气,好日子。宋玉升跟我说过那个蝴蝶沟。他说年少之时那些蝴蝶和飞鸟令他心驰神往,思绪飞扬。剧组还没来龟溪镇他就说过。

我好像应该拒绝他们,让那该死的蝴蝶沟自己晒太阳吧。

第五健干的活差不多就是宋玉升的跟班和保镖。他驾驶一辆沙漠王子越野车,载我们三个人去往蝴蝶沟。蝴蝶沟在钓台庄方向,距我任村长的村子三十多公里。

"为什么呢?"

我神不守舍。汪东锦就眨巴着他长长的睫毛,忽闪着明亮的眼珠,问我。十六岁,在城市应该有过好几个女朋友了,即便是在县城,跟省城也没多大差异了,网吧，台球，游戏，QQ，手机，MP3、P4、P5、P18，啥也不缺，国际国内、上下五千年，没有不知道的。汪东锦跟我装儿童呢吧？！

什么"真的吗"，什么"为什么呢"！

汪东锦和宋玉升第一次来见我，剧组还在省城。剧务主任奉项董之命，专门安排了一间房子，让我们见面，一张桌子，两条长凳，有点像监狱里的接见。他们说的话跟那一张桌子两条凳子十分搭调。宋玉升说他母亲汪红特别交待，要我们两个探望你，说你是我们家的恩人，说你是为我们家才坐的牢。汪东锦说他的外婆汪红告诉他，他的母亲宋丽芸本来是要嫁给仁天木的，这是两家期盼了很久的婚事。而且已经订了婚了，喝了订婚酒了。可是，可是，那十六岁的少年就问了："为什么呢？！"他还说，外婆说了，"要是天木赏脸，你就认他做干爹吧"。

汪东锦的出现，搅得我心绪难平。好在他学业紧，不是经常光顾。宋玉升就不一样了，他是三兄弟公司的在编人员，剧组成立的时候他就担任剧务。别的剧务都忙着联系场地、布置场景、搬道具、向副导演和剧务主任汇报工作，宋玉升却几乎天天关照我，好像是我的专职服务生。他帮我拿行头，为我打饭，甚至还送我手机。我用不上手机，姨妈送给我一个我都没要。我不要，宋玉升说："你可以送给别人嘛，实在自己不用的话。"

之后，邢质洁就跟我提起她的手机不小心掉便池了，得换一个。我就送给邢质洁了。给女人送礼物的感觉蛮好。我领受了"洁姐"充满惊喜和感激的目光，为此，我愿意把我的身体再重复地献给她。我和邢质洁的相处十分轻松，彼此都不会向对方提出道德和责任问题。

其实宋玉升自己并不是乱花钱的主儿，这可能与他干过许多脏活累活的"劳动人民本色"有关。他给我送东西，帮我做事，只是表达他母亲汪红的心愿。是在用各种方式不断卸载他的家庭背负了快二十年的精神包袱。汪红和宋丽芸也想来探班，但害怕父亲和姨妈生气。宋玉升听见一个老演员说我和邢质洁"磨豆浆"，他拉住人家就是一拳头。有一次剧组跟当地农民纠纷，农民兄弟镢头扁担齐上阵押我当人质，宋玉升冲上去，跟人家说："他是犯人，穷光蛋！我有钱，我跟他换，我有钱！"

车过钓台庄，离蝴蝶沟还有两公里。宋玉升的手机响起来，宋玉升的电话没讲完，第五健的手机也响起来。我不知道汪东锦是不是有手机，这念头没落干净，汪东锦的"彩铃"也响起来。汪东锦的"彩铃"是周杰伦的《说好的幸福呢》。

三人的电话一个讯息：立即返回龟溪镇，并赶往吉凤县县城。宋玉升和汪东锦都不高兴。汪东锦委屈地看着舅舅宋玉升，操着嫩腔，说：

"为什么呢？！"

宋玉升和汪东锦各自用自己的方式向我描绘蝴蝶沟的美景，我用野鸡胡的画面跟他们交换。本来我对他们两人口中的蝴蝶沟是不以为然的，一路上也是克制着厌烦的心境。可是行程中断，旅行未果，陡然之间就改变了我对"传说中"的蝴蝶沟的印象。返程中我不断地问他们蝴蝶沟的细节，若有所失。可能每个人都有他向往憧憬的地方，而最终未能如愿，错过一次机会，也许一辈子都不会再有机会。那便成了梦想，成了一个明确、有蓝图、不断期许却总是鞭长莫及的未来。

项明跟井裳清就设计了类似的未来。项明把对吉凤县的投资追加到一亿五千万。来到酒席桌前，那个在艺术家面前班门弄斧的吉凤县宣传干事就跟我叨叨叨地说了一番，好像项明投资一亿五千万是他一张照片的功劳。

我说过这个晚宴我喝多了。

在我"亲人啊"开始抱人之际，井裳清谎称胃痛退席。为了躲我，井副市长连这么重要的宴会也敢退席，也不怕项董不悦，取消投资。项明这小子跟井裳清心有灵犀吗？井裳清退席，他还微笑着欠身摆手，为人家引路，他们去了侧旁的休息室。亲人被别人抱了，仗势欺人啊！没王法啦！没人管啊！

我得骂两句。

"哪个嫖客日下的偷了县长的牙刷？！"

方言专家举着红酒杯跟马大导演碰了一下，说仁天木这回声音到位了。马大导演当即对剧务主任说，明天早上再拍的时候别忘了带上两瓶酒。可笑的马大导演，自以为是的马大导演，哪有什么明天，有酒就趁现在赶快喝吧。梅昊说过，"其实我们曾经为之倾情、为之奋斗的未来早就过去了，我们以为还在前头。昨天不就是前天的未来吗？！今天呢？正是昨天的未来。当我们产生了向往好日子的念头时，好日子其实已经过去了"。我常常觉得梅昊跟项君可能师出同门。

当"明天"来临的时候，我被戴上手铐，身边侍立着两位政府。这两位政府是在九十分钟之内从各自的老家赶到现场的。刑警的警车呜呜地闪着红蓝灯，二十一沟监狱狱政科的人马也当仁不让，悉数上阵。马良行是两小时之后赶来的，他一会儿拥到我脸前，提出一个问题，一会儿仰天长叹，再蹲下抱头。一阵阵剧烈的咳嗽是这几个动作的衔接和转换。马良行一定是从梦中惊醒，没来得及刷牙，昨夜吃的韭菜盒子从胃的深处翻上来，浓烈的口臭喷向我的脸。他的问题是"喷"出来的，从胃的深处，甚至阑尾那个地方喷出来，他的肠子全成了帮助喷射的管道。围观的群众人山人海，勤勉而亢奋的记者左冲右突。空气中弥漫着阴冷的湿气，仲秋刚过，清晨已经相当的冷。

项明死了。

项明挨了一掌，后脑撞在楼梯扶手上，他就缓缓地坐下去，坐下去，不动了。他的眼睛本来睁得很大，一只手半空举着，仿佛指着空旷的走廊。后来胳膊撑不住了，猝然坠落，后来眼皮也撑不住了，砰然闭合。

为什么呢？

还得从酒席宴上说起。

按照"惯例"，将我送回房间的应该是邢质洁。邢质洁也的确送了。今天邢质洁也喝多了，所以她搂架着我的时候嬉皮笑脸，好像叫花子在街边捡了一笼刚出锅的肉包子。她说："天木啊，不对呀，今天好像要出事啊。你没看见啊，那位井副市长在抹眼泪啊。我看哪……"

第五健接过我空余的膀子，他叫邢质洁回桌上继续吃席。邢质洁不撒手。第五健用力掰开她的手。邢质洁叫了一声："哎呀！你弄疼我啦！"

"你干吗？！"我推了一把第五健，说，"你，你敢欺负我姐姐！"

第五健忙堆起笑脸，连声道歉，但他叫邢质洁离开的动作并没有停止。

我照着第五健的腮帮子就是一拳。没给上劲儿。酒精折损了我的力气。要是平常，别说第五健练过把式、专业保镖，我不打他个满脸桃花开，我叫他老大！

"老大！老大老大！"第五健跟我肚子里的蛔虫似的，知道我在想啥。他连声叫着，可是取代邢质洁的动作还是不停。

"你个驴甚！项大老板有指示？"我喷着酒气说。

"老大英明！我叫服务生把酒拿到房间，老大要喝我陪着喝。我，我也是'亲人'嘛！"

项明架住了刚才邢质洁架的那一半膀子。

项大老板亲自搀扶。这太意外了，太消受不起了。我喷着秽气说："项大老板，你偷了县长的牙刷！你偷了县长的牙刷！"

第五健怒了，正要发作，被项明一个眼神就支开了。真乖啊，狗腿子，嫖客日下的。来呀，老子练过童子功，怕你？！

我在房间里吐了。我故意吐到项明的怀里。我看见、听见第五健、项君、项帅、邢质洁甚至包括刚生完孩子、休完了假上班不到一周的办公室李主任，还有马导和许多人来到房间。他们为项董的君子大量感慨唏嘘，纷纷上手要帮忙，但项明一一阻止，执意自己料理。项明说："你们都出去，出去！都别进来，别进来！"

"你也出去！滚出去！信不信我咬你！"我的手攥着项链上的两颗智齿。我觉得这两颗牙齿可以变成虎狼之牙。"信不信我……"的话语方式是马大帅导演的北京话习惯，也是野鸡胡的吕长樱的语言习惯，特别是他提着枪的时候。现在，我兴致所至，不妨借来一用。哈哈。

项明脱去西装，解开胸部的衬衣扣，为我脱鞋、端水、拧毛巾，反复为我擦脸擦嘴，对我的粗暴和无礼均报以微笑。听到我说咬人，他的唇角咧得更宽展一些。这家伙的嘴比一般人的大许多。

来来去去的人推开门又关上门，后来门就敞着再没被关上。出了房间的门，他们可能回自己房间了，也可能去世界任何一个地方。我不知道。我也不知道井裳清井副市长是还滞留在饭店或是携夫携子回到家中。姜楠都没有离席上楼，井裳清就更不可能站在我房间的门口。我的脑子出现过井裳清如犯错的学生一样站在我的房门外，等候传唤，等候说明，等候申辩的幻象。

项明拉住我的手，他的手硕大而温软，完全不是劳动人民的手。这样的手却很容易传导亲和的信息。他说"兄弟啊"，顿住，又说"兄弟啊"，又顿住，类似我说"亲人啊"。我不知道他喝了多少酒。我知道他酒量惊人。说了好几遍"兄弟啊"之后，项明运了几口气儿，才说出下文。他从井裳清他们一干人跟我照相说起，说他敏感地意识到其中必有蹊跷。说看见井副市长眼里噙着泪水，他更是坚定了自己的预断。说："井副市长支开了丈夫和女儿，跟我说了实情。她说她受不了，要崩溃了。你醉酒的样子令她心碎！她还说这么些年没去探望你，是觉得自己不配。"

我咽喉干涩，使劲咽口水。如果井裳清把自己的身世向项董事长和盘托出，应该需要很长时间，而项明来到我身边的时间明显很快，这就是说，他们在以前的交往中就点点滴滴地渗漏着，今天只是说出了某个关键的内容，比如"孩子的亲爹仁天木"。

项明给我递上烟，点上，自己也点上。他说他完全能理解我的感受，因为他也经历过爱情。说到爱情，他当然要搬出姚奂芝。说起姚奂芝，更多的血液很快赶往双眸，他的眼睛就发红了。怀揣爱情的人都会眼睛发红吗？为了缓冲这种发红的炎症，泪水慌忙登场实施润滑。泪水在他的两个眼球上四处奔忙，终于被离心力甩出眼窝。这时他说到了他与姚奂芝夭折的、胎死腹中的孩子。显然，井副市长的坦诚和真情流露传染到项明了。

夜风吹进半开的窗户，白纱窗帘像旗帜一样被呼啦啦卷起。我们俩吐的烟雾也被搅扰地四下窜逸。

说到孩子，自然就跟出了宋玉升、汪东锦。项明说宋玉升对他还是抱有深深的怨艾，而汪东锦正在读书，怕耽误他考学，暂时还瞒着。项明连续叹气，之后，他突然跳到项帅和冷杉那里，斥责冷杉身为女人对婚姻对生孩子的态度。又是一串串叹息，他说："我也搞不明白，为什么会这样。罪孽深重，罪孽深重啊！"提起罪孽，他又回到了自己的轨道。

项明把我的手当做牧师的手了，当方丈的手了，他不断地忏悔。他说起苗伊娜怀着他的孩子，他掰指头算，如果正常出生的话该是几岁。他还说起与女人相关的往事，说出N种可能。项家老二——哲学家项君在他的书中说过："孩子是被父母夸大美化的神圣化的未来。"既然项明有好几个确凿的孩子，还有N个可能的孩子，那他就应该拥有更多的未来，他应该高兴、自豪。为什么反倒愁眉苦脸呢？关于女人，项明归结道："我现在差不多是个阳痿患者了。我有精神障碍了。我有病了。"

门口有动静。

项明刷一下脸，没抬头，就知道是办公室李主任来了。他说："我说了别进来别进来！"

我看出来了，项明把一句话说两遍就是发火了。而他却一次次成功地按捺住了火气。

"可是，都凌晨两点多了。"李主任喏声说道，"用点夜宵吧。"她把一个托盘放在茶几上，退出房间。

汤圆、馄饨、水晶蒸饺、酱凤爪、鲫鱼丸子汤、八珍豆腐煲，六样。我想不出在一个普通的县城，在居民晚上十点之前就拉灯睡觉的地方，深更半夜到哪儿弄这些吃喝。也许李主任第一次离开我的房间就去准备这些了。李主任这叫"有备而来"。李主任的神情永远都是从容不迫，永远都是"有备而来"。

我饿了，可是酒精束缚了我的肌肉，我的身体沉重得好像捆着一头驴。

项明见状，高兴地把好大的托盘端到我床边，让我选着吃。他自己端起了那一小碗汤圆。

李主任在项明身后的茶几上又放了一个托盘。这一盘是粤式小蒸笼。蒸鱼头、蒸猪手、蒸大虾、蒸肉包、蒸花卷、蒸米饭，六样。

项明临死之前没有享尽这些美食，他就吃了一小碗汤圆。

吃了东西，感觉不一样了。"这下好啦！"项明咂吧两下嘴，说，"感觉好些了吧？！"我埋头啃猪手，点点头。他又开始说我们的家人。我们的家人包括我的父母，他的父母，我的姐妹，他的兄弟。他说他早就想跟我好好聊聊，说说心里话，排遣心结，一直找不到机会。也不是没机会，是被一些心理障碍和忧虑困扰，怕我不赏脸，怕我意气用事，总之，用项君的话说，算是人性的弱点吧。今天可能是受到井副市长的感染。唉，一吐为快。

我撇下猪手骨，找湿毛巾擦手，无意中看见项明敞开的衣襟，里面悬垂着一座翠观音。我禁不住说："开过光的吗？"

项明抬手抚摸着翠观音，说："啊，是的，是的，是宝函寺的方丈亲自开的光。喜欢吗？我送给你。"

我未置可否。我想起了母亲。

"或者咱们选个好日子，一块去宝函寺，再请……"项明发现了我的情绪变化，他停下来，伸出手，握住我的手，说："兄弟，要说佛，还是我母亲把你母亲拉入佛门的。你出生的那天，你母亲看见了光晕，我母亲就说那是佛光。后来，我母亲说，觉澄法师为你摸顶赐名。你的名字本来应该是天目，目是眼目的目，而不是木头的木。我母亲当时认定觉澄法师指认你为宝函寺的后续与未来，那就相当于藏传佛教，寻找到了转世活佛……"

"你别说了，我都知道，都知道。"其实项明说的后面的内容我并不知道。照他的说法，我这十八年应该在庙里吃斋念佛，而不是蹲监狱，这两样事情有一点相同，那就是顶着秃瓢。我快哭了，所以用改变话语主导的方式掩饰一下。项明说了许多话，作为礼貌，我也该说说了。我说，项董。他叫我叫他项明，我说叫项明不妥，叫他大哥吧，不习惯，我也有心理障碍。他说随你吧，叫什么都无所谓。

"大哥。"

我叫了一声。这一声叫得恍如梦境。我并没有感觉到我跟眼前的项明离得近了或是远了。眼前的这个人并不是我长久以来臆想的人。我可能是被某种情势催逼的，挤压的，口中冒了两个肥皂泡泡。我用了几十秒对现状进行甄别。时间太久了，那种情势催逼着我必须张嘴了，而起头要有个称呼，就像划拳要有过门，我才继续说："大哥，我这快二十年了，翻来覆去想过不知多少回了，就像你说的，咱们，那些事都过去了，过去了。我一直想说很抱歉，可是抱歉并不能说明什么，也不能解决什么。我，我，我……"我感觉屎到直肠，一泻方快。我"嗨"了一声。

"你说得对！过去了，让它过去！"项明边说边给我递烟，又说："咱们这些活着的人要好好活，好好活！咱要活得像一家人！项君和仁小宜的事你一定知道吧，也不知道你和你父亲的态度。顺其自然？！阿弥陀佛！阿弥陀佛！等仁小宜生下孩子，咱们就是亲戚啦！真正的一家人啦！我要是有妹妹，打死也得让她嫁给你！"

项明还说了一系列他的未来设想：赞助姨妈和父亲的学校，为姐姐仁少宜的

下篇 397

尼姑庵捐款；给我娶媳妇，买别墅，买车；请我到他的公司当总经理；更名"四兄弟影视公司"；去美国，到现场看NBA……说得兴起，他打开一瓶人头马，倒了两杯，一杯交给我。我看见项明的瞳孔中散发出熠熠的光彩，并且感觉到他突突的心跳。

碰杯！

"我干了，你随意！"他说。在情场上、商场上，项明"摆平"过许多许多人和事。那时，他就喜欢开怀畅饮，他就喜欢说："我干了，你随意！"现在，他也摆平了我，摆平了我，就摆平了三个家族。所以，他有理由豪迈地说"我干了，你随意"。

我们俩浑然不觉天色已经麻麻亮。

四十 佛痒痒

周玉环和宋玉升出现的时候，项明正在跟我唠叨他回西安后遇到的麻烦。他说十分奇怪，当他一心向善的时候，麻烦就接连不断，而这之前他做什么生意都很顺利。但他引用项君的话说："仁者，不可因善小而不为，更不能遇阻力就退缩。"看来行善也不是简单容易的事。

周玉环先进屋，她看上去情绪有些失控。宋玉升随后跟进，宋玉升显然是追着周玉环进来的。他要阻止她。他们两个人的眼睛疲倦而亢奋，大概也是整夜未眠。是"发扬一不怕苦，二不怕死"的战斗精神反复做爱呢，还是为什么问题讨论、争执，不清楚。

"今天你不可以不给我一个说法！不可以，一定不可以！当着宋玉升的面儿，咱们三个人锣对锣，鼓对鼓，敲明叫响！你们全家都是骗子！把我当三陪耍啊！"周玉环说着，两只手一会儿叉在腰间，一会举起来挥舞，其动态类似南方某个少数民族的舞蹈。周玉环要什么说法呢？要项明公开承认宋玉升是自己的儿子吧。

项明皱起眉头，十分绅士地对我说声对不起，转向周玉环，说："咱出去说，出去说，让仁天木休息，让仁天木休息！"

我理解，项明这样有"家丑不外扬"的意思。我勾住头，嘴唇在酒杯沿上蹭几下，舔几下，算回避吧。刚才项明干了三杯，我只抿了两下。我已经七分清醒。

我不知道如果我待在床上，或者蒙头大睡，事后会是什么状况。熬了一夜，我也该睡了。但是我翻身下了床，因为周玉环的声音更激烈了，而宋玉升也在大声喊叫。他叫:"你跟我走!回去!你走不走?!你以为我不会打人吗?兔子急了还咬人哪!"宋玉升生得虎背熊腰,英武身材,但我从来没见过他发火,也没听见过他咆哮。跟我在一起,他永远都是服务生的神态和做派。今天他视我为无物,看都没看我一眼。我想起昨夜好像宋玉升和周玉环来过我的房间,好像有三次,都没进门,二人有所争执。

"今天不说清,咱们一块去法院,让法官说说清楚!你别拉我!别碰我!你这个农民工!"

我的房间门斜对着楼梯口,我走出房门的时候,看见周玉环扑着扑着逼迫项明给个说法。身体离得太近,项明可能是怕撞在一起,抬手推住了周玉环的小肩膀。项明说:"你安静一下,好不好,别这么激动。"

项明的话完整地说完了,但后半句是身体失去了平衡之后凭着话语惯性说完的。也许没说完,说到"别"就停了,也许是说到"这么"才停。而我依照他的话语惯性替他说完了。

宋玉升叫了声"你少碰她",同时上手推了项明一掌。看上去推的那一下并不猛烈,并不凶狠,仅仅是随手带了一下。但是,项明的身体大字张开向后仰去,后脑磕在楼梯的扶手上,然后快速地向斜上方弹起,再落下,磕第二次。那扶手的材质是塑料,却一点也不柔软。那东西也许不叫塑料,叫"UV""PVC",叫"塑钢"。丁树在装修商品房期间与别的政府时不时地冒出这些个英文缩写和词组。据说那种化学材料会因为添加物的不同而具备百变身形和千差万别的质地和硬度,据说日本人还用它做汽车零件。它可以像口香糖那么柔软,也可以赛过钢铁,像金刚石那么硬。

宋玉升的动作连贯性地落在周玉环身上。所谓连贯,是说他的动作的目的地并不在项明身上,而是在他的未婚妻周玉环身上。他没有再看项明一眼。周玉环跳着脚被宋玉升挟持着回走廊尽头他自己的房间了。

项明大睁着双眼,一只胳膊还滞留在半空。我来到他身边蹲下之前,那只胳膊垂下去,他的双眼也闭上了。他的脸前,白衬衣上,还残留着没有清理干净的我的呕吐物浆渍和剩渣。

"大哥……"我的喉咙抽搐两下。

在我向项明靠近的时候,楼道里已经开始陆续出现其他人的身影。如果这些人不是有天不亮就起床的毛病,那就应该是被吵醒的。他们都瞪着眼睛。他们不敢相信自己的眼睛。他们纷纷围拢过来。

"大哥——"项帅叫大哥的声音滚雷一样在走廊上震颤。

我被项帅一把拎起,要不是项君等人死命拉拽、阻挡,项帅会把我举起来丢到楼梯下面。

"你个畜生!"霹雳雷。

"放开我!"炸雷。

"我要宰了他!"轰顶雷。

项帅的名字完全可以改成"项雷雷"。项帅跟我说的话可以用一只手数清楚。这三个雷几乎就是全部。不过,跟在那一串雷声后面的连串嘶喊,叫我听出了对死亡不可抗拒的恐惧和绝望。这时,我才感觉到自己身体的颤抖。

有人为项明做人工呼吸,有人拨打120叫救护车。当然,也有人喊保安、打110报案。

宋玉升被众人的嘈杂声重新召唤回来。我再次见到宋玉升的时候,恍惚间似乎是见到另一个项帅。项帅玩四川绝活"变脸"?宋玉升挤到前面,看看项明,再看看我。他拉住我的手急切地问:"咋回事?是我刚才碰了他一下吗?不会吧?!"宋玉升声音绵细,生怕把睡过去的项明——他的父亲吵醒似的。

我没吭声。

我在短时间里无法适应两个项帅的大幅度情绪跳跃。

宋玉升还送过我一台笔记本电脑。我用那电脑上网、玩游戏。最着迷的是下围棋。网络为我打开了一个全新的世界。地球上身处任何一个地方的人都可以通过网络找到游戏门户跟对手"手谈",还可以边下棋边聊天儿。我有幸真切地领教了网络语言的青春气息。"囧""雷""顶","88""521""741"不一而足。我键字的速度不算慢,也不算快,我是在二十一沟在姨妈送的电脑上练的。我下围棋,用两个月的时间从1d下到6d。马大刚导演也爱下围棋,见我玩儿,要跟我面对面下。他问我几段,我说"6d",他说:"哎哟,那我得先摆三个子儿!"

宋玉升不会下围棋,他喜欢引诱我玩枪战游戏,龙珠游戏,甚至还有跳舞游戏,我俩摆着两个电脑扮对手。这时,我们俩差不多就回到了童年,虽然我们俩的童年并无相似。如果孩童期的梦想与欢愉有什么亏欠,宋玉升更需要加倍追讨。他喜欢的游戏我都玩不过他。他反应快,手快,熟悉游戏的套路和机关。每回他赢了,都会露出孩童般的笑脸。他笑的时候,腮上本来应陷酒窝的地方纵向显出皱折,叫人想起俞金花,更像一个参加民歌大赛获一等奖的陕北男歌手。他并不任性,赢我几把,高兴一下,显摆一下,就自觉地退出,看我下围棋。围棋术语"挂"呀、"尖"

呀、"刺"呀、"涨死牛"呀、"弃子争先"呀"入界宜缓"呀,等等,他很好奇。我说教他下,他不,他嫌这玩意儿太费脑筋。另外,在网上看美国大片,逛黄色网站,自然也不在话下。宋玉升曾说:"我们在网上下载游戏、下载电影,网上什么都能下载。"我说:"那你帮我下载一份刑满释放令。"他盯着我,笑起来,说:"我还想下载三宫六院七十二妃呢。"

在省城,网络的速度很快,到了县城和镇上就差许多。网速慢的时候,点击过后,鼠标的小箭头旁就会出现一个上下对称的沙漏,有时一漏就几分钟,甚至十几分钟。剧组中有网瘾的不在少数,随身带着笔记本电脑的更多。编辑的剧本、导演的分镜头、副导演的演员名单照片和背景资料、剧务的杂务支出菜单等等都在他们的电脑上。大家不约而同把性格缓慢,上厕所半天不出来,没赶上剧情节奏,没按点送盒饭之类的,统统称之为"漏啊"。

"漏啊你!"

我听到"漏啊"的时候会想到胃出血、脱肛、脊椎穿刺、遗精、女人例假之类的身体症状和病例;我还会陡然忆起一段往事,一个或几个淡忘的人。

遗漏的往事和人物可能很多。比如我提到过名字的好些个群众和政府的未来和命运。比如我从小就经常跟爷爷去村后山坡的杏树林,半道上会遇见那两株"鸳鸯柳"。"鸳鸯柳"当年只有大人的拇指那么粗,我每次经过都要把它们分开,并从它们中间跨过去,而且要来回反复好几遍,我把那当乐趣;光阴流转,我长,它们也长,它们长,我也长,即便我上了小学、中学,离家很远,寒、暑假也几乎是天天都要"推"很多回,不推就不舒服。结果,浑然不觉中,我练就、拥有了神力一般的推掌。第五健说,那叫"童子功"。

不过,我的故事截止之前,最重的遗漏可能是与项明相关的女人在他死后扯起的财产官司。

项明被确认死亡的第三天,一位大律师率两名助手找到项君和项帅,给他们出示了一份项明的遗嘱。遗嘱中有一份项明财产的分割清单,很长,它牵扯到项君、项帅、七个董事、仁天木、仁少宜所在的尼姑庵、宋玉升、汪东锦、汪红、宋丽芸、四所学校和一些潜在的人和目标。这位律师还出示了一份项明的血样DNA鉴定样本。这份样本出自北京一家全国性医院的权威性鉴定。并告之:立遗嘱时项明头脑清楚,思维正常,当时有另两位利益不相干者在场,并且——律师又出示了北京一家最大的公证处开具的公证书。也就是说这份遗嘱完全合法,完全经得起法律的推敲和挑剔。

项君面对律师十分平静。项帅忍不住提出疑问。而项帅的疑问在那三份文件和法律常识中都可以轻易找到答案。比如："什么时候立的遗嘱？！""为什么不先告诉我和二哥？""我们怎么相信你？！"之后项君和项帅商量了一下，找来三兄弟影视公司自己的律师，确认了那三份文件的真实性、合法性。自己的律师说："它必须执行，在法院的监督下执行。"

"那就执行吧！"项帅咽着口水说，"我自己有一双手，用不着那么多钱，给我的已经够多的了。"

项君颔首认同。

一切按照法律程序进行，有个过程，似乎也很简单，虽然总数接近十亿。

但是，一周之后，办公室李主任聘请的私人律师又来到三兄弟影视公司，他们打开了另一份项明的遗嘱。这份遗嘱说要从项明的遗产中分得总数的三分之一。根据是，李主任生下的那个女婴是项明的骨肉。他们也一并出示了项明和那个女婴的 DNA 鉴定。之后他们将这些文件附本呈交承担此案的法院。大律师注意到，李主任提供的项明的遗嘱只有手印，没有签名。

必须告之一下李主任的真名、全名、法名、大名了，她的名字是"李国桢"。

项君和项帅愕然。整天"李主任""李主任"地叫，项帅浑然不知李主任的真名、全名、法名、大名，他问二哥项君，项君一时也说不上来。

大律师说："这些有待进一步甄别和鉴定。也许这正是项明——项先生留下自己 DNA 样本的用意所在。但是……后续的事情会十分麻烦。"

麻烦的事情接连不断：陕北某县警方来三兄弟影视公司找项明，声称项明是陕北某煤矿的董事长，该矿不久前发生瓦斯爆炸，死了 11 个矿工。姓钱的总经理畏罪潜逃。李国桢出示她那份遗嘱的当天晚上，项帅接到一个匿名女人的电话，说李国桢是在项董醉酒后用嘴和手取了项董的精液，还说一共是四次，每次都有人为她望风，其中两次"被我们录下来了"。电话断了。项帅感觉电话中的女音在哪儿听到过。她说"我们"，说明知情者不是一个人。谁呢？项帅与冷杉商量。冷杉情绪低落，不是因为项明死了，是因为她的宏图大业突然蒸发了，未来的肥皂泡破裂了。冷杉的样子让项帅联想到那三个仍在公司工作的从狱中出来的女人：杜月妍、别新蕊、兰香。可是，待项帅寻找她们的时候，杜月妍猝死，另两个失踪了。

"这事必须报警了。"项君对项帅说。

警方介入。

三兄弟影视公司再次成为更多媒体关注的焦点。五花八门的故事版本在网上五花八门地传播。甚至编出了李国桢身后的国际黑社会组织，说总部设在冰岛，不在意大利，意大利黑手党早就没落了。他们还搬出1990年去世的巴西首富佩雷拉死后的遗产争夺作类比，说项明就是"中国的佩雷拉"。

杜月妍的死亡经法医鉴定是脑溢血，而杜月妍平时从来没有说过自己血压高、血脂高或头部不适。一起工作的同事，包括她曾服刑的女监也证明从没见她有过高血压、高血脂的症状。警方担心失踪的别新蕊、兰香也有生命危险，也许已经死亡，只是还没有发现尸体罢了。

那么，传说中的录像能不能找到呢？

这是一个问题。

三兄弟影视公司本来门庭若市，现在则是门可罗雀。晚上，保安结伴待在前厅，没有人敢上楼。因为天黑之后，楼上鬼不鬼，神不神地猛不丁会传来女人的哭声。公司的女性都告假回家了，晚上更不可能有人在楼上，怎么会有女人的哭声呢？

有天晚上，一个披头散发的女人牵着一个少年敲三兄弟影视公司的大玻璃门。保安问："你找谁？"

这个女人说："找孩子他爹！"

……

我可能不是第一次用省略号，但我不是爱卖关子的人，实在是诸多信息和情报还没有搜集完备。不过，好在我有的是时间。需要说明的是，如果李国桢向项明取精被证明是真的，她也不能与姜楠归为同类项。因为，很明显，姜楠没有以图谋我的遗产为目的，她只是想要一个孩子。

刑警队与二十一沟监狱刑侦科发生了不小的争执。他们都要把我带回他们的牢房。看守所的监舍也是牢房。有的人被判一年多、两年多刑，可以不去监狱，就在看守所服刑。因为被关押后，常常会有拖了一年半载才判刑的，而减去羁押时间，剩下也没几个月了。

案情审理都会有一个过程。

项明猝死的案子头绪很多。

宋玉升说他可能无意间推了项明一把；项君说，项明患心脏病已经好几年了，并且血压偏高。在被警方正式询问之前，项君刚给大学生上完一堂课，他在课堂上说："死亡对我们的品质和人格进行最后一次审验，它是终极审验。"项帅说他亲眼看见仁天木把项明摔向楼梯扶手，如果不是楼梯扶手挡着，项明会被摔到下一层楼。项帅的证词有四个人愿意证明，也就是说"他们都看见了"。周玉环说那一晚她跟宋玉升睡觉，哪儿也没去；李国桢说她深夜送酒送夜宵的时候在走廊上碰到了邢质洁；招待所保安说他在前半夜看见李国桢与第五健悄悄出去了，第五健开车，四十分钟又返回；七八个剧组成员说他们"看见仁天木站在项明的身（尸）体旁边……

我什么也没说。

如果在十几年前，看守所的"群众"会帮着刑警用十八般功夫撬开我的嘴。但时代不同了，我有权保持沉默。我需要一名律师。

我有一些想法。

依照案情，本案应属"伤害"致死人命，最少判十二年。我并没有高尚到要替宋玉升顶罪的程度。但是，如果项帅调动他的力量，加害于我，我几乎是无力回天的。一个正在服刑的人的口供在警方那里基本就是谎言。再说，我也没有旁证。别人看到项明的死亡现场确实只有我一个人。

项明在漫漫长夜中为我许诺了一个十二分华丽的未来。这个许诺给我心灵的冲击比姨妈、父亲、马良行和其他所有可能的未来梦幻加起来都大、都美妙，因为它融化了累月经年，也许要纠缠我一生的积郁。它深深地钉入我的心灵，并与血肉结合一体。现在，天下大白，又要让我把那美妙的未来当作一场滑稽的梦从记忆的皮肉中连根拔起。我一时半会还没找到撬钉子的带有两瓣撬页的那种榔头。就是找到了这种榔头，我也拿不出勇气去撬那颗钉子。那会很疼，很疼很疼。

在那个漫漫长夜，项明的话语如同母性的手一层层揭去覆盖在他的家族和我的家族心灵创伤上的、浸满血渍和生命本源的纱布。我以为我的心灵、他的心灵终见天日，可以畅快地呼吸了；我以为我的心灵、他的心灵从此得到了救赎。我们的心灵一起手挽手得到了救赎。我曾不无得意地自诩为"攀岩者"。我从沟底攀上了崖顶，我拒绝"亲友团"的援助，"一览众山小"的豪迈，唯我独享。我不知道花了十八年攀援而上的崖顶是一个新的谷底，它甚至连一个台阶都不是。我错了。项明错了。我们错了。我们，不，这回只剩下我了。我得从头再来。

我可以从头再来。我可以么？

可是那些与我血肉相连、瓜葛丛生的人呢？

父亲、姨妈不可以。他们甚至无法保证再活二十年。

项明不可以。我的视线最后离开项明的时候，他是一张白色的布单。那张布单在我的某个瞬间臆想中，是一片天使的羽毛，洁白而光滑。而现实是，那张白布单并不平展，也不光滑，它在项明的颈部形成了一个凹陷。那个凹陷的下沿以一个完美而惊悚的弧线构建了一张笑脸。是的，一个两头向上的弧线就是一张笑脸。这张笑脸的弧翘向两侧无限地展延。我不知道，它是不是试图在空中与另一个反向的弧线对接？那个反向的弧线源自眉周县十八年前的一个菜市场、一个卖肉的摊铺前，作者是项明的父亲项智义。如果对接成功，那应该是一个圆。

马良行不可以。他已经没有从头再来的资本。他已经过了五十岁，快要"退居二线"了。他计划的未来是把女儿嫁给我，自己同时也跟那个女儿为他找的女人携手踏上婚礼的红地毯。他的女儿也接近三十岁了，在姨妈的调教下，已经出落成"没有家庭背景"的大家闺秀。她相信父亲的话，相信我是一个可以托付终生的男人，她已经等了快十年了。

看着马良行在阴冷的晨风中剧烈咳嗽，脸憋得像紫茄子，我很想说声对不起。可是我被项明许诺的迷幻的未来钉在半空，我没法立即解脱，我张不开嘴。

最终他们决定联合侦办此案，我被押上囚车，返回二十一沟监狱，返回佛足山。二十一沟监狱比任何一家县级看守所都坚固。

要看出佛足山的轮廓，须驾乘飞行物凌空鸟瞰。从省城去二十一沟监狱，要翻过一座高高的山梁，在这个山梁的弯道处，也可以看出佛足山的轮廓。通常的日子，我们群众都是"身在其中"，浑然不觉。

我去剧组的时候，二十一沟监狱"改造翻新工程"已经动工。一年多了，工程早已竣工。佛足山上，梯田一样的平台，像佛趾关节上的皱褶。佛的五根脚趾粗细不一，五溜子，原先像旧墙土一样颜色的号舍全被崭新的白色砖瓦房取代，一律的二层楼。绿树掩映之中，远远看去，贴满白色瓷片的号舍反射着刺目的阳光，边围生发光晕，软化了建筑的棱角，叫人联想白云下的羊群。白云被太阳射穿，看久了就会感受到红色和黑色，而红与黑，正是裁剪记忆的锐利剪刀。这个裁剪的过程令人眼花缭乱，善恶和美丑同时被分解和消化。一切都幻变成虚渺的光晕。

不知道那样的光晕算不算佛光？

翻新的不仅仅是号舍。还新建了会议室、餐厅、厕所、浴室、监门、监墙。监门是"AB"门，A门开、B门关，B门开、A门关，A门验指纹、B门验密码，进出监门的车辆必须经过包括底部在内的全方位摄像扫描和反复检查，杨玉堂如果活着，不可能"故技重演"。监墙上面两侧再加装2.5米高的蛇腹刀刺网，一监区监墙里面的那座烟囱也被炸掉了，监墙内每隔三十多米就有一个红外线扫描仪，不管是童自可，还是项帅都不可能再飞跃监墙。厕所是一色的白瓷砖，浴室是统一的喷头淋浴器，拿着毛笔在浴池中蘸黑水练字的时代一去不复返了。这样，中国传统文化不经意间又被悄悄削弱。各监区都配备了一百多台电脑，群众写忏悔书也可以在键盘上敲字。在表格上打钩或签字时才用笔。还有什么改变了呢？禁闭室。我被押解回二十一沟监狱就住禁闭室。在项明之死的案子水落石出之前，我都住在禁闭室。现在的禁闭室据说是按瑞典皇家监狱的规格和样式建造的。本来要按美国的样式建，但人大代表们强烈反对，他们说美国国会年年攻击我国没有人权，使用他们的图纸，不就等于承认我们过去没有人权吗？！人民代表有权发言，改扩建监狱的钱来自国债，那是人民的血汗钱。

　　佛足山换了新装。盖新房子用去许多砖瓦石灰和水泥，还有钢筋。佛的脚丫子要经历一个适应过程。它的皮肤、汗毛孔、毛细血管、末梢神经会把表面的变化和刺激物质造成的细微感觉传导给神经系统，神经系统再传向中枢、传向大脑。

　　嗨！也许用不着那么麻烦，凭借本能的条件反射，佛足就会作出响应。

　　佛老是在那儿笑，不会就是因为痒痒吧。

2006 年春至 2009 年元旦草稿
2009 年 8 月第二稿
2009 年 11 月第三稿
2011 年 6 月第四稿

图书在版编目(CIP)数据

佛痒痒 / 简明 著. – 重庆:重庆出版社,2011.9
ISBN 978-7-229-04442-8

Ⅰ.①佛… Ⅱ.①简… Ⅲ.①长篇小说—中国—当代
Ⅳ.①I247.5

中国版本图书馆 CIP 数据核字(2011)第 162233 号

佛痒痒
FO YANG YANG

简明 著

出 版 人:	罗小卫
策 划:	华章同人
封面题字:	陈忠实
责任编辑:	陈建军 张好好
特约编辑:	王宏亮
责任印制:	杨 宁
营销编辑:	魏依云 杨鑫垚
装帧设计:	主语设计

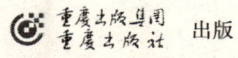

重庆出版集团
重庆出版社 出版
(重庆长江二路 205 号)
北京联兴盛业印刷股份有限公司 印刷
重庆出版集团图书发行公司 发行
邮购电话:010-85869375/76/77 转 810
E-mail:bjhztr@vip.163.com
全国新华书店经销

开本:787mm×1092mm 1/16 印张:26 字数:380千
2011年11月第1版 2011年11月第1次印刷
定价:39.80元

如有印装质量问题,请致电023-68706683

版权所有,侵权必究